义乌发展之
文化探源

Cultural Roots of
YiWu Miracle

中国社会科学院 《义乌发展之文化探源》 课题组

著

社会科学文献出版社
SOCIAL SCIENCES ACADEMIC PRESS (CHINA)

中国社会科学院《义乌发展之文化探源》
课题组组成

总 顾 问　冷　溶

总 协 调　朱锦昌

执行主持人　王延中

总 论 组

组　　　长　王延中

成　　　员　张冠梓　徐　平　倪鹏飞　钟宏武　张晓晶

文化溯源组

组　　　长　陈祖武

副 组 长　高　翔

成　　　员　杨艳秋　林存阳

文化精神组

组　　　长　杨　义

成　　　员　陶国斌　张　剑　冷　川

文化发展组

组　　　长　李景源

副 组 长　张晓明

成　　　员　余　涌　李　河　贾旭东　章建刚

审 稿 组　陈祖武　杨　义　李景源　王延中

目 录
CONTENTS

文化溯源篇

文化精神篇

文化发展篇

序

冷　溶

　　《义乌发展之文化探源》一书完成了，课题主持人请我为该书作序。我作为中国社会科学院与浙江省进行省院合作领导小组负责人之一和《义乌发展之文化探源》项目组的顾问，首先对中国社会科学院与浙江省合作进行的国情调研项目取得的又一重要成果表示祝贺。

　　2005 年，中国社会科学院与浙江省签署了省院合作框架协议，由此开展了省院合作重大国情调研课题《浙江经验与中国发展——科学发展观与和谐社会建设在浙江》的调查研究，并于 2007 年初完成了六卷本、数百万字的调研成果。《义乌发展之文化探源》就是在开展上述项目的过程中同时进行的。两个项目的立项与调研过程尽管有先后，但在调研内容、调研方法等方面是有内在联系的，可以说是姊妹篇。前一个项目是对浙江全省政治、经济、文化、社会和党的建设情况的全面调研，《义乌发展之文化探源》则聚焦在浙江省的义乌市，集中探讨义乌发展奇迹的文化原因，是对浙江发展一个点的某一方面的深入调研和案例研究。《浙江经验与中国发展》的调查研究与成果的出版，引发了理论界、学术界对浙江经验及中国奇迹的讨论，取得了很好的社会反响。希望《义乌发展之文化探源》的出版，能够使理论工作者和社会各界对浙江经验的理解更加深入，对义乌发展奇迹深层根源的认识更加深刻，对义乌、浙江的未来发展，对中国特色社会主义事业的辉煌前景更加充满信心。

　　党的十一届三中全会以来，浙江是中国经济社会各方面快速发展的一个缩影。浙江抓住改革开放的大好机遇，在短短 20 多年中，从一个经济社会发展相对落后的农业省份，迅速崛起为经济总量尤其是人均 GDP 领先的经济强省，在很多方面取得了"走在前列"的显著成就。从发展速度、方式、动力、前景等方面看，义乌在改革开放以来创造的发展经验和取得的辉煌成就，无疑又是浙江发展模式或者浙江经验的一个典型。中国社会科学院赴浙江调研组到义乌市进行实地调研过程中，被义乌市经济社会发展创造的一个个"奇迹"所打动。在我国沿海地区和整个浙江省，义乌发展的初始条件并不好，不论自然资源、地理区位，还是交通基础设施、优惠发展政策，义乌市几乎没有任何优越性可言，甚至可谓"一穷二白"。但就是在如此困难的条件和环境下，义乌市经济迅速崛起。在全国 2000 多个县市中，义乌从一个名不见经传的山区农业县，经过短短 20 多年的快速发展，迅速崛起为经济总量和综合实力位居前列的国际商贸城市，其背后的根源值得探究。深入研究义乌这个典型，不仅可以加深对浙江经验的理解，而且可以增强对中国特色社会主义道路的认识。探究义乌发展道路及其快速发展背后的深层原因，对其他类似区域或中小城市的发展可以提供有益的启示。2006年 5 月，浙江省委、省政府专门向全省发文，发出了向义乌学习的号召。其实，义乌经验尤其是以"勤耕好学、刚正勇为、诚信包容"为主要特征的义乌精神，不仅体现了义乌人继承历史与开拓未来的有机结合，更是义乌人坚持从实际出发、积极进取、永不懈怠精神的集中体现。这种精神是创造义乌奇迹的内在动力，对浙江省和全国其他地区的未来发展也具有一定的启示和借鉴价值。另外，义乌的发展奇迹作为一个在经济学理论上难以完全解释清楚的现象，对区域经济社会发展的理论创新也是一个难得的素材和样本。

中国社会科学院是我国人文社会科学的综合性研究机构，学科比较齐全，应用对策研究蓬勃发展，基础理论研究功底深厚，尤其是文史哲三大学科是传统的优势学科。党的十六大以来，中国社会科学院被明确为党中央、国务院的思想库和智囊团。时代的发展和中国特色社会主义的实践的需要，要求社会科学研究更好地与现实国情相结合，从事基础理论研究的同志也需要走出书斋，密切关注现实。正是在这样的背景下，根据义乌市领导的建议，中国社会科学院组织了以文学、历史、哲学三个研究所为主，同时结合经济学、社会学、法学等应用学科，共同组成了研究义乌发展与义乌文化问题的课题组，对义乌发展的文化根源进行跨学科的综合研究。这项研究虽然规模不及《浙江经验与中国发展》，但研究主题更加集中，学科视角更具特色。希望该研究成果能够准确地反映义乌的历史与现实，体现中国社会科学院人文学科的优势，经得起学术界的评判，经得起历史的检验。

　　《义乌发展之文化探源》是 20 余位专家学者历经两年多的调查研究完成的，在此向付出辛勤努力的同志们表示感谢。同时感谢义乌市委、市政府及各有关部门在课题组调研过程中给予的多方面的大力支持与协助。作为一项任务重、时间紧的跨学科研究项目，《义乌发展之文化探源》还只是一个阶段性成果，需要继续研究的问题还很多，空间还很大。希望我院学者在理论与现实结合的道路上继续努力，希望我院与浙江及义乌的合作更加深入。

（作者系中国社会科学院常务副院长、研究员）

序

吴蔚荣

2005 年 6 月，中国社会科学院冷溶副院长莅临义乌指导工作期间，我有幸与冷院长就义乌发展的相关问题进行了深入交谈，他以学者的独到眼光和高瞻远瞩向我提出了一个极具现实意义的命题：改革开放以来，义乌从一个传统落后的农业小县跃升为市场大市、经济强市，蜕变之中有偶然更寓有必然，追根溯源，与义乌深厚的文化积淀密不可分，在这方面，义乌可以借助中国社科院的优势和力量，进行很好的探源总结。冷院长的一番言语，使我们深受启发、大有感触。此后不久，中国社会科学院朱锦昌秘书长率社科院专家学者一行专程来义乌考察指导，他对义乌的发展历程产生了浓厚的兴趣，交谈之中，都认为挖掘义乌发展的文化源泉十分必要、意义重大，我们一拍即合。这便是《义乌发展之文化探源》一书的由来。

《义乌发展之文化探源》一书的撰写和出版，自始至终得到了中国社会科学院的高度关注和大力支持。朱锦昌秘书长在日理万机的情况下，亲自过问筹划，专门组织文、史、哲三所的专家学者和骨干成立了课题组。强大的学术阵容，严谨的工作作风，独特的选题视角，为本书的科学性、学术性和可读性提供了有力的保证。

该书的出版发行，在挖掘义乌历史文化底蕴，阐述义乌文化精神及其渊源，总结义乌人文精神对经济发展的智力支持，加快推进国际性商贸城市进程等方面，有着十分特殊而深远的意义。主要体现在以下几个方面：

一是通过历史的探源，大力推动文化大市建设。文化是民族之根、城市之魂。一个城市没有经济实力，就没有地位；一个城市缺乏文化内涵，就没有品位，没有发展后劲。发展经济与重视文化并举，是一个城市走向成熟、赢得魅力的关键所在。作为"浙中母县"、"八婺肇基"的义乌，历史源远流长，文化底蕴深厚。现在我们对其进行深入挖掘，既是时代的召唤，也是坚持历史文化与现代文化相承接，加强文化大市建设，有效提升城市竞争力的需要。

二是通过人文的剖析，生动诠释了"义商"崛起的成因。无论是过去还是现在，文化的主体和客体都是人的本身。文化通过流淌在人的血脉里的文化因子，对经济社会的发展起着能动作用。《义乌发展之文化探源》一书通过对义乌几组特殊群体，包括敲糖帮、义乌兵、地方官及名门望族等的剖析，对人文性格予以深刻透视，对发展动因进行理性分析，对地域文化给予大气解读，特别是对今日"义商"与义乌人文历史渊源关系予以了较为深入详细的梳理，总结出了义乌人在代代传承中形成的独特品格和人文优势：深厚的文化底蕴与时代精神的完美结合，造就了义乌人重商重义的传统，也造就了义乌人勤耕好学、刚正勇为、诚信包容的品格。在开山驭水急促的脚步中，义乌人能够更为清醒地判断发展环境并作出更切实际的选择。这是义乌商人崛起的独特内因。

三是通过发展因果的探究，强化了义乌可持续发展的理论支撑。义乌悠久文化传统的多因素综合效应，既是区域人文精神的发展，更是地方形象的展示，怎样使诸多历史文化因素的综合效应得到有效发挥，充分展示具有特色的城市文化和地域风情，形成独特的文化魅力，加速推进国际性商贸城市建设，这是需要认真思考的问题。《义乌发展之文化探源》一书通过对义乌发展因果的研究，理论结合实际，提出了许多得之于自身研究的创见和判断，对有关经济、文化发展因果链上的一些重要问题提出了富有启发性的意见，进一步强化了义乌可持续发展的理论支撑，在今后义乌发展过程中必将起到巨大的引导作用。

理性和成熟，从厚重的历史积淀中孕育和酿造出来。感怀历史，我们深切感受到自身的社会责任；因为责任，我们获得了继续前行的不竭动力。这也是我们组织编写此书的主旨所在。

值此机会，真诚感谢中国社会科学院和课题组的全体同志。两年来，他们深入基层，访谈实录，观古察今，彰往昭来，付出了艰辛的劳动，终于为义乌留下了一份珍贵的文化产品。

为此，写下诸多感言，是为序。

（作者系中共金华市委常委、义乌市委书记）

总 论 篇

第一章
义乌经济社会发展奇迹

20多年的时间，义乌从一个相对落后的农业小县，发展成享誉世界的"小商品世界"和国际化商城，创造了举世瞩目的发展奇迹。义乌发展的初始条件可谓"一穷二白"，没有支撑发展和推动崛起的最基本的要素，不仅高级生产要素如资金、技术和人才十分匮乏，而且初级生产要素如土地、淡水等自然资源也十分短缺，没有任何优势可言；不像正在创造奇迹的其他沿海城市，义乌地处内陆、区位条件也不优越；义乌不是特区，没有优惠的政策支持，更没有来自上级政府部门的资金支持。在如此的条件和环境下，义乌的奇迹不仅更具传奇和神秘性，也向传统的理论和世俗的眼光发出了重要的挑战。了解义乌发展的现状，分析义乌发展的轨迹，探索义乌快速发展背后的深层次原因，不仅可为我国乃至世界其他国家城市发展提供有益的启示，具有重要的现实意义，而且为区域经济社会发展的理论创新，提供了素材和样本，具有重要的理论意义。

第一节　义乌经济社会发展奇迹

改革开放以来，义乌的经济社会发展一日千里，城市面貌日新月异，在这片土地上，义乌人上演了惊天动地的历史剧，创造了史无前例的人间奇迹。

一　综合经济绩效遥遥领先，综合经济实力迅速上升

改革开放前，义乌是浙江闻名的贫困县，与浙江东部的宁绍平原、北部杭嘉

湖平原地区相比，义乌的经济发展和群众生活都处于较低水平，而浙江在全国也属于落后的省份。但 2006 年义乌实现地区生产总值 352.06 亿元，同比增长 15%，高于全省平均水平 1.4 个百分点。按户籍人口计算，人均 GDP 为 50148 元人民币，按年平均汇率折算达到 6300 美元。全年完成财政总收入 44.9 亿元，比上年增长 28.1%，为年度预算收入的 106.8%。年末全市金融机构存款余额突破 700 亿元，达到 720.7 亿元，增长 22.9%，全年新增存款 134.5 亿元；城乡居民储蓄存款余额 375.3 亿元，增长 26.2%。城镇登记失业率控制在 2.73%。这些宏观绩效指标在全国城市中均处于前列。最新的 2005 年全国百强县排名（2006 年的排名数据尚未发布）义乌综合排名为第 12 位，在 2000 多个县级区域中名列前茅（见表 1 - 1）。

表 1 - 1　义乌历年在全国百强县排名变化情况

年份	1992	1993	1995	2000	2001	2002	2003	2004	2005
名位	未进入	未进入	47	21	19	17	17	15	12

国家统计局从 1991 年开始进行百强县测算，20 世纪 90 年代共进行过三次。从 2000 年开始，国家统计局农调总队每年根据全国 2000 多个县的社会经济统计资料，从发展水平、发展活力、发展潜力三个方面对县域社会经济综合发展指数进行测算，每年公布综合发展指数前 100 位的县。义乌在 1995 年前未能进入全国百强县，其综合实力表现一般，从表 1 - 1 中我们可以看到。1995 年义乌第一次进入百强，就取得了第 47 名的好成绩，到 2000 年国家统计局重新进行排名时，义乌已经跃居前 21 名，在短短的 5 年中进步很大，到 2005 年，义乌排名已经到了第 12 位，进入了前 15 强，表明义乌具有很强的增长实力。[①] 并且其发展潜力指数名列第 7 位，表明其经济社会发展在不久的将来还将有一个较大的提升。

二　产业规模迅速扩大，产业结构持续升级

义乌地处浙江中部，境内丘陵起伏，土壤贫瘠，农业生产的自然条件并不优越。在传统农业社会，农业水平决定了经济发展水平。改革开放前，义乌虽是一个

---

① 根据县域经济竞争力评价中心 2007 年 8 月发布的 2006 年全国经济百强县评价结果，浙江义乌市排名第 9 位，首次进入前 10 名。

农业县,但人均可耕地不足 0.5 亩,农业发展基础薄弱,经济发展水平较低。经过改革开放 20 多年的发展,义乌产业结构迅速提升。截止到 2006 年,第一、二、三产业占地区生产总值的比重为 2.7:46.1:51.2。农业稳定发展,绿色农业取得了长足进步,农业品牌建设成效明显,农业产业化水平得到提升,全市有一定规模的农业企业(户)达 2300 多家、农业龙头企业 180 家。而且 2006 年全市完成工业总产值 707.4 亿元,增长 19.3%,其中规模以上工业总产值 335.8 亿元,增长 28.8%,增幅在全省 14 个经济强县中继续领先。服务业增加值占 GDP 的比重提高到 51.2%,率先实现了由"二三一"向"三二一"的战略性产业结构调整,基本形成了以商贸流通为主体,以传统服务业为支撑,市场化、社会化、产业化特征明显的现代服务业体系。

义乌产业呈几何扩张是全球经济版图中一个不多见的景观:1 个市场和 2.5 万家工业企业共生共荣,1 个市场衍生出了 10 万家服务业企业,1 个市场带动了周边地区 30 万农村劳动力就业,每年输出来料加工业务货值 100 多亿元。在义乌市场销售的商品中,30% 来自义乌本地,30% 来自浙江其他地区,30% 来自全国各省区市,10% 来自境外。到 2006 年底,全市已有各类服务业经营单位 10 万余家,从业人员 50 多万人。

"市场带动工业,工业支撑市场,市场与产业联动",市场变成了一座巨大的反应堆,引发了资本、人力、信息等生产要素的连续裂变,变出了一个以服务业占主导地位的现代产业结构。

三 集市贸易蓬勃发展,小商品市场辐射全球

义乌虽有经商交易的传统,但历史仅仅是以物易物,行商交易,小打小闹,处于贴补农业、维持生计的水平。改革开放后,从"鸡毛换糖"的货郎担开始商贸活动,1982 年开始兴建集市贸易,义乌人用 20 多年时间创造了一个有"世界超市"之誉的小商品市场。1982 年,义乌城乡集市贸易额只有 3000 多万元,2006 年增长到了 415 亿元,其中中国小商品城成交额 315 亿元,成交额连续 16 年位居全国日用品批发市场之首。集贸市场贸易额 24 年间增长了 1100 多倍,发展速度非常惊人(见图 1-1)。

2005 年,义乌中国小商品城拥有 260 多万平方米的营业面积,5 万多个经营商位,20 多万经营人员,20 多万人次的日客流量,近万吨的日吞吐货物量,是

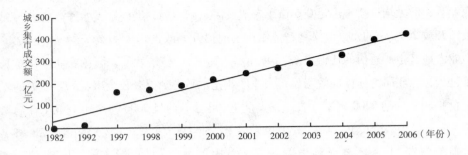

图 1 – 1　1982～2006 年义乌城乡集市贸易成交额

一个世界上最大的超级市场。义乌市场的商品已出口到全世界 212 个国家和地区，每年直接或间接的订货交易额约 300 亿美元，其中欧盟各国、美国和俄罗斯成为义乌市场商品的主要出口国。联合国统计，世界上所有商品共 50 多万种，其中义乌小商品市场拥有 40 多万种。义乌成为国际性小商品集散中心和外商重要的采购地。2006 年来义乌采购的外商总数达 26 万人次，现有来自 100 多个国家和地区的近万名外商常驻义乌采购小商品。义乌小商品市场已具备影响全球小商品价格走势的力量。2005 年，联合国与世界银行、摩根斯坦利等世界权威机构联合向全世界公布了一份《震惊全球的中国数字》的报告。义乌小商品榜上有名，义乌市场被称为全球最大的商品批发市场。

四　现代化建设一日千里，国际化程度不断提高

1982 年义乌城市建成区面积仅 2.8 平方公里，城市化率不到 10%。1988 年撤县建市，2006 年主城区建成区面积约 56 平方公里，全市户籍人口 70.67 万人，其中建成区人口 54.14 万人，城市化率达到 62%。经过 20 多年的建设和发展，义乌不仅规模扩大，而且或者更重要的是已经建设成为一个现代化的国际性商贸城市。

20 多年来，义乌基础设施不断完善。对外交通，目前以公路、铁路和航空为主体框架迅速建成。公路主要由杭金衢高速公路，S03、S37、S20 省道，金甬高速公路构成主框架，2005 年底建成通车，全市城乡已基本实现道路、公交一体化，中心城区至镇已建成高等级道路，形成了"十分钟经济圈"；浙赣铁路电气化新线沿杭金衢高速公路内侧经过；此外义乌还拥有一个 4C 机场，已经开通

了义乌至北京、深圳等国内主要大城市的航线。义乌机场 2006 年班机起降 3466 架次,完成民航客运量 32.8 万人,同比增长 57.1%。对外通信以邮政、电信、互联网为主体迅速发展。2006 年全年完成邮政业务总量 9913 万元,同比增长 42.1%,完成电信业务总量 239592 万元,同比增长 30.1%;2006 年末全市本地电话用户数 63.2 万户,同比增长 26%,其中农村电话用户 12.2 万户,固定电话普及率达 90%;2006 年末移动电话用户 107.2 万户,同比增长 16.9%;国际互联网用户数 12.2 万户,同比增长 28.3%;数字电视用户快速拓展,数字电视用户达到 8300 户,用户总数位居全省县级市第一位。

义乌城市环境令人心旷神怡。在市区里,有整洁宽阔的林荫大道,精致华美的高楼大厦,鳞次栉比的商铺餐馆,触目可见的花园绿地;在义乌江两岸,全长 12.5 公里的 13 处休闲绿地组成的江滨绿廊成了义乌最绿、最美、最长的风景线。义乌城市建成区绿化覆盖面积已达 2209 公顷,绿地率 32.2%,绿化覆盖率 37.8%,人均公共绿地面积 8.56 平方米。全市工业废水排放达标率为 96.9%,烟尘控制区面积 103.5 平方公里,噪音达标区 101.7 平方公里,空气质量优良率达到 80.5%。

20 多年来,义乌实现了国际化发展,国际化程度处在全国县级市的第一位。2006 年,长期居住在义乌的外国人达 8000 多人;全年旅游接待境外游客 26 万人次,民航义乌机场境外乘客比例达 4 成以上;在义乌设立的境外公司驻义办事机构有 1072 个;已有 35 家义乌企业在 16 个国家开设了 46 个分公司。义乌小商品的触角开始伸向全球。义乌已经成为全国重要的日用品出口基地、最大的内陆海关和首个可直接办理外国人签证和居留许可的县级市。每年 40 万个集装箱把 40 多万种商品运往 212 个国家和地区。2006 年完成自营进出口总额 146569 万美元,比上年增长 24.7%;出口国家和地区不断扩大,达到 212 个国家和地区,同比增加了 18 个。实际利用外资 13927 万美元,同比增长 13.9%。联合国难民署等机构在义乌建立采购中心,全球海运前 20 强企业中有 8 家在义乌设立办事处。中国义乌国际小商品市场,"天天都是博览会",已经成为世界上最大的小商品采购展示中心。

五 社会事业发展迅速,教科文卫体育全面进步

改革开放 20 多年来,义乌在经济上创造奇迹的同时,社会事业也取得了惊

人的成就。

教育方面：2006 年全市共有小学 91 所，在校学生 67423 人；普通中学 37 所，在校学生 43107 人；职业中学 4 所，在校学生 12058 人；普通高等学校 1 所，在校学生 5645 人；幼儿园 301 所，在园幼儿 37428 人。全年共投入教育经费 9.47 亿元。在单位就业人员中，具有研究生及以上、大学本科、专科、高中、初中及以下学历的人员分别占 0.1%、4.1%、8.5%、23.1% 和 64.2%。在具有技术职称的人员中，具有高级、中级、初级技术职称的人员分别占 6.5%、30.0% 和 63.5%。在具有技术等级资格证书的人员中，具有高级技师、技师、高级工、中级工、初级工资格证书的人员分别占 1.7%、5.1%、9.8%、24.5% 和 59.0%。

科技方面：2006 年，义乌已经连续三年被评为全国科技进步先进市。全年专利授权量 1759 件，其中发明专利 13 件，专利申请量和授权量继续双双名列全省县级市第一。2004 年末，在义乌市规模以上工业企业中开展科技活动的有 93 个，占 11.5%。在大中型企业中，开展科技活动的企业所占比重为 42.9%；在小型企业中，开展科技活动的占 9.2%。义乌具有企业研发中心 91 家。2004 年，规模以上工业企业投入科技活动经费 4.3 亿元，其中，用于新产品开发的经费 2.0 亿元，占 46.3%。科技活动人员 2545 人，其中，科学家和工程师 519 人，占 20.4%。在科技活动经费投入中，代表企业自主创新能力的研究与试验发展（R&D）经费 2.2 亿元，其中，大中型企业投入研究与试验发展经费 1.2 亿元。

卫生体系环保等方面：义乌是全省第一批社区卫生服务先进县（市、区），基本完成社区卫生服务框架建设。城乡群众文化、体育活动丰富活跃，普及范围广泛。全市有线电视用户总数达 23 万多户。2006 年被评为第一批浙江省社区卫生服务先进区市、国家卫生城市、全国民政工作先进市、全国环境保护模范城市、浙江省十大旅游休闲城市、浙江省首批体育强市、浙江省园林城市、浙江省示范文明城市等荣誉称号。

六 城乡统筹协调发展，居民生活水平居全国前列

20 多年来，义乌不仅居民生活水平总体迅速提高，而且城乡差距也在缩小。义乌人在坚持统筹城乡发展的理念下，还创造了一个城乡统筹、均衡发展的新奇迹。

2006 年，全市城镇居民人均可支配收入 21576 元，同比增长 13.5%。城镇居民家庭恩格尔系数为 0.311。农村居民人均纯收入 8810 元，同比增长 13.9%，连续两年超过城镇居民收入增幅，农村居民家庭恩格尔系数为 0.323。城镇居民人均住房使用面积 32.2 平方米，农村居民人均居住面积 62.4 平方米，分别比上年增加 1.6 和 3.9 平方米。2006 年末每百户城镇居民家用汽车拥有量为 28.3 辆，成为全国城镇居民家用汽车拥有率比较高的城市。

全市已有 80 个村进行了旧村改造，50% 以上的村进行了村庄环境整治工作。通村公路全面实现等级化、硬面化。城乡垃圾日产日清，做到网络化收集、无害化处理。全市 80% 以上的农村劳动力已转移到城镇和第二、第三产业，8.6 万名被征地农民全部有养老保障，46 万名农民参加大病医疗保险，农村"五保"人员集中供养率达 100%，覆盖城乡的社会保障体系初步形成。

第二节　义乌经济社会发展历程

从一个农业小县一跃成为闻名全球的国际商贸城市，义乌经历了一段怎样的波澜壮阔的发展历程呢？

早在明代，义乌在集市贸易方面就有所发展，尤其是在鸦片战争以后，由于国外资本和现代工业技术的传入使社会各方面出现了一些经济现代化的迹象。但是我们必须看到，以"鸡毛换糖"为主体的义乌集市贸易虽然在贸易形式方面有所改变，然而这种交易形式的改变，并没有对其贸易实质产生根本性的影响，从传统集市贸易向现代化贸易中心的变革还非常缓慢，仍然不是现代意义上的市场经济。从新中国成立到改革开放以前这一时期，与全国其他地区相比，义乌在经济体制上并没有明显的优势。此外，由于义乌地处沿海省份，国家出于战略的考量而很少投资，因而工业基础非常薄弱。而且在浙江省内，由于义乌是中部山区，主要以农业生产为主，其经济发展也相对较为落后。总之，改革开放以前的义乌无论是在经济发展的动力，即经济体制方面，还是在经济发展的基础等方面，在全国甚至在当时经济发展相对落后的浙江都没有任何优势，以"鸡毛换糖"为代表的市镇经济并没有给义乌经济社会带来实质性的改变，因此义乌经济社会发展的初始条件相对来说是比较差的。

改革开放以后，在群众自发形成的小商品贸易的基础上，义乌当地政府敢于突破传统思想的束缚，因势利导，长远规划，以大力发展小商品贸易为主要推动力，以"兴商建市"为总体战略，使义乌经济社会得到了全面、高速的发展。改革开放后的义乌经济社会发展大体经历了以下几个阶段。

一　乘虚先发（1978～1984年）

1978年底，党的十一届三中全会召开。实现了指导思想上的拨乱反正，重新确立了实事求是的思想路线，将全党工作重心转移到经济建设上来。以十一届三中全会为标志，中国进入了改革开放的新时期。在这种大背景下，具有经商传统和群众基础的义乌县，率先冲破了计划经济体制的束缚，走上了开放小商品市场，发展市场经济的道路。

这一阶段是以"四个允许"作为标志的。改革开放以后，"敲糖帮"中的一批先知先觉者最先觉察到计划经济链条中最薄弱的农村——尤其是山区农民需要"小百货"，而国营、合作商业网点尚为空白这一缝隙，因此可以"乘虚而上"，把货郎担交易的内容由"鸡毛换糖"演变为小百货买卖，因此就产生了便于货郎担在当地配货的小摊贩，以及由此形成的小商品市场的雏形。但是，人民群众的这一善良愿望与当时把计划经济作为社会主义的本质特征，而把商品经济视为资本主义，以及农民"以农为主"，不能涉足工业品批发等的上级政策和理论观点是不相符的。对此，当地有关部门曾试图加以取缔，但货郎担和小摊贩像"游击队"一样出没灵活，且队伍不断发展壮大。在这种情况下，1982年9月，义乌县委、县政府尊重群众发展小商品贸易的强烈要求，毅然作出开放小商品市场的决策，提出了"四个允许"（允许农民经商、允许从事长途贩运、允许开放城乡市场、允许多渠道竞争），并出资在县城建了简陋的市场设施，这个义乌的第一代市场仅有705个摊位。义乌县委、县政府还对刚刚萌生的个体、私营工商户采取了"政治上鼓励、资金上照顾、技术上指导、税收上优惠、法律上保护"五项优惠措施。在政府各项政策的鼓励支持下，义乌第一代小商品市场迅速发展。到1984年，市场摊位已发展到1887个，年成交额2321万元。

二　以商兴市（1984～1992年）

这一阶段是以正式提出"兴商建县"、"兴商建市"为标志的。1984年10月，党的十二届三中全会作出《关于经济体制改革的决定》以后，义乌县委、县政府受党的十二届三中全会关于发展社会主义商品经济决定精神的鼓舞，果断提出"兴商建县"的发展战略，把市场摆在义乌经济社会发展的龙头地位，把商贸业作为义乌的主导产业，大力发展小商品市场，推动义乌市场发展进入一个新阶段。由于这一战略的实施，至撤县建市时的 1988 年，小商品市场的摊位数量已增加到 6131 个，成交额达 2.65 亿元；与小商品市场配套的农村工业以及城市基础设施建设等均有了较大发展，为撤县建市奠定了坚实的基础。1988 年撤县建市后，"兴商建市"战略更加深入人心，其内容也更加丰富。1988 年，义乌第三产业比重达 39.2%，成为比重最高的产业部门。当年全市三次产业结构首次呈"三二一"的格局，标志着义乌经济已经发展为主要依靠第三产业支撑的基本格局。1992 年 8 月，国家工商总局正式将义乌小商品市场命名为"中国小商品城"。城乡集市贸易额，在 1982～1992 年 11 年间增长了 60 多倍。

三 工商联动（1992～1998 年）

这一阶段是以"引商转工"、"工贸联动"发展策略为标志。1992 年在邓小平南方谈话精神的鼓舞下，广大干部群众更加坚定了坚持"兴商建市"总体战略的信心，针对全国、全省同类市场蜂拥而起，义乌市场的产业支撑不足的实际，市委、市政府于 20 世纪 90 年代初、中期适时地提出了引导部分已完成资本原始积累的经商户把商业资本转向工业，实行工商联动；90 年代中、后期为了推进市场化、工业化的进程，提出在全省率先基本实现现代化；20 世纪末到 21 世纪初，先是提出建设现代化商贸城的方针，而后在几年的实践基础上，进一步统一认识，明确了建设国际性商贸城市的目标，制定了全省第一个《城乡一体化行动纲要》。在上述 20 多年的历程中，一方面始终坚持"兴商建市"的总体目标，另一方面结合各个历史时期的实际，不断深化、拓展这一总体发展战略的内涵和外延，体现了实事求是、与时俱进的精神。

具体来讲，1992～1998 年，义乌经济社会发展在以下一些方面取得了巨大的成就。

城乡集市贸易额，在 1992～1997 年仅仅只有 6 年时间就增长了 30 多倍，1997～1998 年，受金融危机的影响，义乌城乡集市贸易成交额增长速度较为缓慢。在 1992 年，当小商品市场发展到一定规模的时候，义乌人在继续经营外地厂商产品的同时，开始自己办厂，创建自己的品牌。由于有充足的资金支持，顺畅的销售渠道，义乌工业得到了迅速的发展。自 1992 年以来，义乌实施"以商促工、工贸联动"的发展战略，发挥在市场发展过程中业已形成的人才、资金、信息、机制等先发优势，转化商业资本，投资发展工业企业，大力发展小商品加工业。政府引导民营企业家和经商户，利用所掌握的市场信息和销售网络，向工业扩展，发挥"销地产"便于客户了解产品的生产过程和产品质量的优势，拉长产业链，大力发展低能耗、无污染、优势明显、市场关联度大的产业和产品，以商促工、引商转工、工商联动，推动市场与产业、城市联动发展，形成了市场带动工业、工业支撑市场，两者双向互动、相互依存、共同繁荣的局面。第二产业在义乌产业结构中的比重迅速增长，仅 7 年时间，就从 1992 年的 29.2% 上升到了 1998 年的 50.7%。

工贸联动的迅速发展，大大促进了市场所在地的城镇建设，带动了周边乡镇的发展，促进了农村人口向城镇集聚，加速了义乌的城市化进程。1982 年义乌城区面积仅 2.8 平方公里，1997 年已扩展至 15.2 平方公里。从 1997 年开始，义乌通过产权市场向社会公开出让使用权、经营权、受益权，发行债券，运用 BOT 和"四自"、"五自"等模式，筹集社会资金投入基础设施建设，使交通、电力、通信、供水等得到了极大改善。

四　国际商贸（1998 年至今）

这一阶段是以 1998 年"国际商贸城"的建设为肇始的。随着工商联动的进一步推进，到 2002 年义乌形成了以篁园市场、宾王市场和国际商贸城为主体的三大市场群。2003 年，义乌市政府因势利导，在义乌市《城乡一体化行动纲要》中提出了进一步建设"国际性商贸城市"的发展目标，把城市发展目标定位为国际性商贸城市，提出建设国际性小商品流通中心、制造中心、研发中心和国际购物天堂的目标，实施"一体两翼"的城市、市场、产业同步扩张战略，即新建以商贸服务业为主体的 100 平方公里中心城区，同时在义乌西南和义乌东北开发建设两个各 100 平方公里的产业带，实现城市中心的商贸服务业和城市外围的制造业之间的良性互动。市政府每年投资数十亿元资金，建设了一大批城市重大基础设施和功能设施，实施了大规模的旧城改造，组织了大面积的城市绿化，开展了轰轰烈烈的全国文明城市、园林城市、环保模范城市和生态市的创建活动。自 1998 年以来，义乌投入城市基础设施建设资金已达 500 多亿元，建成了一大批重点工程项目。到 2006 年底，义乌城市中心城区面积已达 56 多平方公里，并已形成 100 平方公里的城市道路框架，城市功能日臻完善，城市现代化、国际化气息日益浓郁，义乌对国内外创业者和投资者的吸引力进一步增强。

义乌在推动工商联动和城市建设发展的同时，进一步加强了小商品市场建设的力度。如今的义乌小商品市场，以中国小商品城为核心，10 多个专业市场、30 多条专业街相互支撑，拥有经营面积 260 万平方米、经营商位 5.8 万多个，从业人员 20 多万，日客流量 20 多万人次，展销商品涵盖 41 个行业、1900 多个大类、40 多万种。义乌建立起一个综合性的专业市场群，发展成规模宏大、品种齐全的全国最大的小商品集散地，形成了一个覆盖全国、连接城乡、辐射境外的商品销售网络和物流、客流、资金流、信息流网络，还锻炼出 20 多万名经商能人。义乌市场成为推动义乌经济持续增长，加速义乌市场化、工业化、城市化和国际化进程的强大"引擎"。

1998～2003 年 6 年间，城乡集市成交额不断扩大，年均增长达到了 23 亿元。2003～2005 年，则是义乌城乡集市成交额飞速增长的时期，其成交额从 2003 年的 287 亿元增加到了 2005 年的 389 亿元，在短短的两年中，成交额增加超过了 100 亿元。2006 年，义乌城乡集市贸易成交额达 415 亿元，又上了一个新的台阶。我们从义乌城乡集市贸易成交额的历史变化，可以看出义乌经济尤其是第三产业得到了飞速的发展，这不能不说是义乌经济社会发展的又一个奇迹。

第三节 义乌发展奇迹的时空格局

要说明义乌创造的奇迹仅仅就其自身历史的比较是片面的，还需要横向的比较，尤其是横向的历史比较。通过横向历史比较不仅可以发现自身的发展变化，还可以认识自身地位的变化，更清楚地了解自身的发展。如何综合地比较一些区域的发展状况及其变化，可以有多种方法，比如竞争力比较、综合实力比较等，这里我们选择工业化程度的比较，因为工业化程度的比较，实际是区域发展阶段的比较，除了可以了解自身的发展、自身地位的变化，还可以清楚地了解自己和其他区域各个发展阶段的变化，这种比较分析价值更大。

以下将构建工业化时空综合分析模型，通过与其他城市定量比较的方法，对义乌奇迹的内涵做出更为全面而深刻的揭示。

一　分析框架与方法

（一）工业化的时空分析模型

时空分析模型是通过时间和空间双重维度全面了解区域综合发展环境，准确认知区域历史发展趋势，对区域发展的整体形势进行客观考察、研究和判断的分析框架。该模型突出时间和空间的包容性与一致性，是一种理性的思考方式，同时也是一种科学的分析方法。工业化水平是判断一个城市综合发展状况的重要依据。为了全面反映义乌发展状况，本章在时间和空间两个层面对义乌工业化水平进行分析。

（二）工业化的指标及标准

根据经典工业化理论，工业化是一个国家或地区随着工业发展、人均收入和经济结构发生连续变化的过程，人均收入的增长和经济结构的转换是工业化推进的主要标志。考虑到指标的代表性、可行性及可比性，本章选择了以下指标来构造城市工业化水平的评价体系：经济发展水平方面，选择人均GDP为基本指标；产业结构方面，选择一、二、三产业产值比为基本指标；空间结构方面，选择人口城市化率为基本指标；就业结构方面，选择第一产业就业所占比例为基本指标。参照西方学者钱纳里的划分方法，将工业化过程大体分为工业化初期、中期和后期，并且结合相关理论研究和国际经验确定了工业化不同阶段的标志值，如表1-2所示。

表1-2　工业化不同阶段的标志值

基本指标	前工业化阶段 (1)	工业化实现阶段			后工业化阶段 (5)
		工业化初期(2)	工业化中期(3)	工业化后期(4)	
1. 人均GDP（经济发展水平）					
1995年（美元）	610～1220	1220～2430	2430～4870	4870～9120	9120以上
2000年（美元）	660～1320	1320～2640	2640～5280	5280～9910	9910以上
2004年（美元）	745～1490	1490～2980	2980～5960	5960～11170	11170以上
2. 三次产业产值结构（产业结构）	$A^* > I$	$A > 20\%$,且$A < I$	$A < 20\%$,$I > S$	$A < 10\%$,$I > S$	$A < 10\%$,$I < S$
3. 人口城市化率（空间结构）	30%以下	30%～50%	50%～60%	60%～75%	75%以上
4. 一产就业人员占比（就业结构）	60%以上	45%～60%	30%～45%	10%～30%	10%以下

　* A、I、S分别代表第一、第二和第三产业增加值在GDP中所占的比重。

（三）评价方法与步骤

在选定城市工业化综合指标和相应的标志值以后，本章选用指标含义清晰、综合解释能力强的传统评价法（加法合成法）来计算城市工业化进程的综合指数 K（$K = \sum_{i=1}^{n} \lambda_i W_i / \sum_{i=1}^{n} W_i$，其中 K 为地区工业化的综合评价值；λ_i 为单个指标的评价值，n 为评价指标的个数；W_i 为各评价指标的权重——由层次分析法生成），具体研究路径如下：

搜集数据，即搜集评价指标体系中各指标的具体数值，并对其进行整理、统一口径；对选定的指标进行指标同向性和无量纲处理，得出各指标的评价值；用层次分析法计算出各个指标的权重；用加权合成法对各指标的评价值进行综合，得出综合评价值，并对相关城市进行工业化综合评价值排序。

（四）样本及其数据处理

在时间层面上采用 1995 年、2000 年和 2004 年三个时间节点，在空间层面上，在全国范围内选取了发展基础相近的浙江桐乡、辽宁海城、山西古交、湖北仙桃、云南瑞丽、重庆合川、河南项城以及湖南浏阳一共八个县级市作为比较对象。为确保各城市数据的可比性和研究的延续性，本章主要从各类官方统计年鉴中收集城市工业化数据，对于不能直接获取的数据（主要是城市化率指标），将参考相关研究成果，并根据经验事实进行修正。

我们选择了既有一定可比性，又有一定完整性的汇率——平价法（将汇率法与购买力评价法结合，取其平均值），对各地区的人均 GDP 进行折算。

为了准确反映工业化各个阶段的特征，本报告还选择了阶段阈值法对各指标进行无量纲化处理。

在指标权重确立方面，本章采用了层次分析法确定城市工业化综合评价指标的权重，其具体结果如表 1 - 3 所示。

表 1 - 3　城市工业化指标的权重

单位：%

指　标	人均 GDP	三次产业产值比	人口城市化率	第一产业就业人口比
权　重	40	30	20	10

二 义乌的发展水平越来越领先

根据各城市工业化指标的原始数据与前述评价方法，得出包括义乌在内的九个县级市的工业化指数单项值，如表 1 - 4 所示，其中各指数数值为百分制，得分越高表示发展水平越高。

表 1 - 4 各城市工业化指数单项值（1995/2000/2004）[*]

时 间	1995				2000				2004			
城 市	人均GDP	产业产值比	城市化率	产业就业比	人均GDP	产业产值比	城市化率	产业就业比	人均GDP	产业产值比	城市化率	产业就业比
义 乌	59	66	0	56	68	96	0	64	100	100	0	75
桐 乡	57	88	0	76	66	90	0	73	94	90	0	81
海 城	55	51	0	64	61	60	0	73	73	74	0	80
古 交	28	38	0	36	38	41	0	42	52	60	0	68
仙 桃	19	22	0	25	22	23	0	15	36	40	0	25
瑞 丽	17	30	0	6	23	36	0	8	35	42	0	16
合 川	5	21	0	2	9	26	0	3	19	30	0	8
项 城	4	22	0	1	7	25	0	3	18	28	0	7
浏 阳	2	20	0	1	5	24	0	2	16	25	0	6

　　[*] 与多数研究一样，我们采用人口城市化率（城镇户籍人口占总人口比重）来衡量各目标城市的城市化进程，受现行户籍制度的限制，城镇户籍人口数会远小于城市常住人口数，这将低估各个城市的城市化水平，特此说明。

从表 1 - 4 我们可以看出，1995 年，义乌人均 GDP 指数为 59，虽然排名第一，但与第二、第三名的桐乡和海城差别不大，处于同一梯队，表明义乌经济发展程度在样本城市中的优势并不明显；在产业产值比方面，排名第二，并且与第一名的桐乡差了 22 个百分点，因此其产业结构有待进一步优化；在城市化率方面，所有城市都为 0，表明在城市化进程中，包括义乌在内的大多数城市还有较大的差距；在产业就业比方面，义乌得分为 56，排名第三，处于中等水平。

2000 年，义乌在人均 GDP 指标上仍然排名第一，与 1995 年相同，但是与第二、第三名的距离有所拉大，这表明义乌的上升速度很快；在产业产值比方面，义乌从 1995 年的第二名，跃居到了 2000 年的第一名，而且比第二名的桐乡高 6

个数值，对照两个城市 1995 年的基础，义乌在产业结构优化方面的进步是非常明显的；在城市化率方面，包括义乌在内的所有城市仍然为 0；在产业就业比方面，义乌得分为 64，仍然排名第三。

2004 年，义乌在人均 GDP 方面得分为 100 分，表明义乌该项指标满足了后工业化水平的要求；在产业产值比方面，义乌得分为 100 分，在所有比较城市中名列第一，表明义乌在产业结构优化方面达到了相当的水平；在城市化率方面，义乌得分仍然为 0，这表明义乌在城市化进程中仍需努力；在产业就业比方面，义乌排名虽然仍为第三名，但是与前面两个城市的差距并不大，这表明义乌在短短的四年中取得了较大的进步。

综上所述，在衡量工业化进程的四个单项指标方面，义乌在短短的九年中，取得了很大的进展。到 2004 年为止，除了城市化率这个指标仍然得分较低外，其他指标在各城市中名列前茅。

三 义乌的发展阶段超常跨越

按照前面介绍的综合评价方法，我们得出 1995 年、2000 年、2004 年三个时间节点各城市工业化综合指数和所处阶段，如表 1 - 5 所示。

表 1 - 5 各城市工业化进程：指数与阶段（1995/2000/2004）*

地　区	1995			2000			2004		
	综合指数（百分制）	工业化阶段	排序	综合指数（百分制）	工业化阶段	排序	综合指数（百分制）	工业化阶段	排序
义　乌	49	三（Ⅰ）	2	62	三（Ⅱ）	1	78	四（Ⅰ）	1
桐　乡	57	三（Ⅱ）	1	61	三（Ⅱ）	2	73	四（Ⅰ）	2
海　城	44	三（Ⅰ）	3	50	三（Ⅱ）	3	59	三（Ⅱ）	3
古　交	26	二（Ⅱ）	4	32	二（Ⅱ）	4	46	三（Ⅰ）	4
仙　桃	17	二（Ⅱ）	5	19	二（Ⅱ）	6	29	二（Ⅱ）	5
瑞　丽	16	二（Ⅰ）	6	21	二（Ⅱ）	5	28	二（Ⅱ）	6
合　川	9	二（Ⅰ）	7	12	二（Ⅰ）	7	17	二（Ⅱ）	7
项　城	8	二（Ⅰ）	8	11	二（Ⅰ）	8	16	二（Ⅰ）	8
浏　阳	7	二（Ⅰ）	9	9	二（Ⅰ）	9	15	二（Ⅰ）	9

*这里，我们用"一"表示前工业化阶段，"二"表示工业化初期，"三"表示工业化中期，"四"表示工业化后期，"五"表示后工业化阶段；"（Ⅰ）"表示前半阶段，"（Ⅱ）"表示后半阶段；"二（Ⅰ）"即表示该城市处于工业化初期的前半阶段。各工业化综合指数（百分制）区间与工业化各阶段的对应关系如下：0 为"一"，1～16 为"二（Ⅰ）"，17～33 为二"（Ⅱ）"，34～50 为"三（Ⅰ）"，51～66 为"三（Ⅱ）"，67～83 为"四（Ⅰ）"，84～99 为"四（Ⅱ）"，100 为"五"阶段。

从表 1-5 可以看出，1995 年，义乌处于工业化中期的前半阶段，与海城工业化水平相差不大。桐乡已经处于工业化中期的后半阶段，余下的城市则分别处于工业化初期的前半阶段和工业化初期的后半阶段。在所有城市中，义乌工业化指数排名第二位。因此，与其他城市相比，在 1995 年这个时间节点上，义乌经济发展取得了一定的成就，并且为未来的发展奠定了坚实的基础。2000 年，义乌进入工业化中期的后半阶段，此时其工业化指数排名超过了桐乡而居于第一位。在 2004 年时间节点上，义乌已经处于工业化后期前半阶段，并且从工业化指数来看，义乌领先第二名——桐乡五个点，使两者之间的距离进一步拉大。

四　义乌的工业化加速推进

表 1-6 为各时期城市工业化速度的比较，其主要目的是考察各时期各城市工业化的增长情况。从表 1-6 中可以看出，1995～2004 年的九年间，义乌工业化年均增长速度达到 5.3，在所有城市中排名第七。其中 1995～2000 年间的年均增长速度为 4.8，在所有城市中排名居第四位，而 2000～2004 年，年均增长速度为 5.9，排名居第七位。虽然义乌在各个时期，其工业化速度在所有城市中的排名并不靠前，然而我们必须看到，排在义乌前面的城市在 1995～2004 年间绝大多数处于较低发展阶段的工业化初期阶段，其工业化综合指数的加速增长相对来说较为容易。因此对义乌工业化增长速度的考察，更为重要的是必须将其与义乌工业化阶段大体相仿、处于工业化中后期阶段的桐乡和海城进行对比，从表 1-6 可以看出，与这些城市相比，义乌工业化的增长速度无疑是最为快速而稳定的。

表 1-6　城市工业化速度（1995～2004）

地　区	工业化综合指数			工业化年均增长速度			类型
	1995	2000	2004	1995～2004	1995～2000	2000～2004	
义　乌	49	62	78	5.3	4.8	5.9	加速
桐　乡	57	61	73	2.8	1.4	4.6	加速
海　城	44	50	59	3.3	2.6	4.2	加速
古　交	26	32	46	6.5	4.2	9.5	加速
仙　桃	17	19	29	6.1	2.2	11.2	加速
瑞　丽	16	21	28	6.4	5.6	7.5	加速
合　川	9	12	17	7.3	3.2	9.1	加速
项　城	8	11	16	8.0	6.6	9.8	加速
浏　阳	7	9	15	8.8	5.1	13.6	加速

总之，通过时空分析模型和百强县综合排名相互印证的分析，我们可以看出，无论是从时间的维度，还是从空间的维度，义乌经济社会发展所取得的成就都是让人惊叹和信服的。义乌奇迹已经成为一个铁的事实，我们相信义乌未来还将取得更大的进步。

第四节　义乌发展奇迹的经济学解析

有史以来，地球上不同国家、不同区域的经济社会发展存在着巨大的差异，当一些地区创造灿烂文明的时候，另一些地区却处在荒芜和蒙昧状态；当一些地区高歌猛进的时候，另一些繁荣地区却表现出令人难以置信的衰落。英国工业革命以来，人类社会进入一个加速发展和广泛联系的时代，国际之间、区域之间发展不平衡及其此起彼伏、你追我赶的变化进一步加剧。区域发展及其差异不仅是由多种因素决定的，而且随着政治、经济、社会、科技的进步，这些决定因素也在不断变化。作为解释经济发展现象、揭示经济规律的经济学，自创立以来发展了多种假说和思想体系以解释各种经济现象。其中经济增长理论、区际贸易理论和区域发展理论及其不断发展和融合，对全球区域经济发展及其差异进行解释，得出了越来越有说服力的答案。然而，对于义乌的奇迹，这些经济学理论却难名其中的奥妙，很难做出令人满意的解释。

一　经济增长理论对全球区域经济发展的解释

（一）古典增长理论对区域经济发展的解释

对经济增长做出较早经济学解释的当属亚当·斯密，他根据当时英国农业仍占重要地位、工业革命刚刚兴起的经验现实，提出：经济增长就是人均产出的增加，经济增长的因素有劳动、资本、土地、技术进步和社会经济制度环境五个方面。

继承亚当·斯密关于经济增长的基本思想，大卫·李嘉图从收入分配角度研究经济增长，但突出强调资本积累是经济增长的主要决定因素。

古典经济学关于经济增长的最初而简单的论断，包含了现代增长理论的基本内核，对于解释当时甚至现代许多区域增长和发展现象都具有很强的说服力。

但是，义乌自古以来就是一个十分贫穷而偏僻的地方，境内丘陵起伏，土壤贫瘠，人均土地面积仅五分（0.5 亩），并且土地的酸性很强，不适合种植业的发展，境内资源十分匮乏，自然环境十分恶劣，在 30 年前经济开始起步时，资金十分短缺，技术几乎为零，社会经济环境和内地其他区域没有太大区别，同处在计划经济的控制之下。改革开放后这些要素、环境的状况除了制度发生了一些渐进性变化外，其他方面没有根本性改变。因此，古典增长理论提出的劳动、资本、土地、技术和社会制度环境是经济增长的基本因素理论，无法完全解释义乌的奇迹。

（二）新古典增长理论对全球区域经济发展的解释

随着世界经济特别是西方资本主义经济的发展，经济关系变得越来越复杂，影响经济发展的因素也变得越来越复杂，这促使经济学家不断发展和创立新理论以解释生动丰富的现实经济世界。经济学进入新古典阶段，经济学家对经济增长也提出了新的解释。

作为新古典经济学的创始人，马歇尔对经济增长理论也作出了突出的贡献，他认为：人口数量的增加、资本的增加、智力水平的提高、工业组织（分工协作）的引入等，都会提高工业生产，促使经济增长。

熊彼得用创新理论解释经济增长，认为创新是指企业家对生产要素实现的新组合，企业通过创新获取垄断地位，从而得到超额利润，这便打破了原有的均衡状态，于是经济中的总收入增加，经济出现增长。

哈罗德·多马模型是现代经济增长理论中的经典模型之一，模型假定资本产出比率不变，经济增长由储蓄率亦即资本率决定。经济增长率随着储蓄率的增加而提高，随着资本产出比的扩大而降低。资本投资也就成为推动经济增长的决定性因素。

索洛模型指出经济增长率是由资本与劳动的增长率、资本与劳动的产出弹性，以及技术进步共同决定的。索洛根据对美国经济长期增长的研究，发现并认为技术进步是推动经济增长的决定性因素。

丹尼森将经济增长的因素划分为两大类：生产要素投入量和生产要素生产率。细分为八个方面：使用的劳动者的数量；使用的劳动者的结构工作小时；使用的劳动者的教育程度；资本存量的规模；知识的状态；分配到无效使用中的劳动的比重；市场规模；短期需求压力的格局和强度。

库兹涅茨强调需求结构的高改变率对现代经济增长中生产结构的高转换率影

响巨大。它会引起创造新产品的技术创新与发明，促进新产业的形成与发展，最终促进现代经济增长和发展的速度。

新古典经济学关于经济增长的解释十分细致和丰富，对于解释当时甚至现代许多区域增长和发展都具有很强的说服力。

但是对照和比较义乌的市情，我们发现：除了资本的增加外，在人口数量的增加、智力水平的提高、工业组织、企业家创新、需求结构快速升级、技术进步、当地市场需求规模等这些影响经济增长的关键因素上，义乌的表现均不够突出，可以说其经济增长速度高于其中任何一个因素的增长速度。

新古典增长理论关于经济增长的诸多解释因素，也无法很好地解释义乌30年超常规发展现象和义乌奇迹。

（三） 新经济增长理论对全球区域经济发展的解释

20世纪80年代中期兴起的以罗默、卢卡斯、斯科特等为代表的内生增长理论，对经济增长作出了更为新颖和深刻的解释。

罗默的知识积累增长模式把技术进步视为知识积累的结果，认为知识积累是现代经济增长的新的源泉。

卢卡斯的专业化人力资本增长模式认为，只有特殊的、专业化的人力资本积累才是经济增长的真正源泉。

斯科特的资本投资增长模式更强调资本投资的作用，认为是资本投资决定了技术进步从而推动了经济增长，并且认为，劳动同资本一样重要，不过在现代社会，劳动要素对经济增长的推动作用是通过知识和技术对劳动力质量和劳动效率发生重要影响而实现的。

巴罗认为，政府是推动经济增长的决定力量，并将政府支出流量纳入宏观经济生产函数，建立了分析政府活动影响经济增长的内生经济增长模型，论证了政府支出的积极效应。

刘易斯的经济增长理论指出：经济增长的三个直接原因是经济活动、知识的增长以及资本的增加。他从个人的行为选择出发，研究国家财富增长的历史因素、制度原因、社会价值取向，借助于历史研究的方法，肯定了创新精神、冒险精神、产权制度在经济增长中的重要作用。

道格拉斯·诺斯提出的"制度决定论"指出：一种提供适当个人刺激的有效的产权制度是促进经济增长的决定因素，他还特别强调制度对提高竞争力的重要性，认为有效率的经济组织是西方兴起的真正原因，是经济增长的关键。

新经济增长理论更加强调资本投资、技术进步、专业化的人力资本积累、政府投资和产权制度，这些理论对世界上许多区域的发展和繁荣做出了相对令人满意的解释。

虽然上述提到义乌的教育科技有一定的发展，但是和其他城市相比较，尤其是和大城市相比较，应该说资本投资、技术进步、专业化人力资本积累、政府投资不但不是义乌所长，恰恰是其所短，至少不占特别的优势。个别新经济增长理论虽然提到价值观的重要性，但并没有给予足够的重视，也没有将其纳入完整的分析框架或模型中，用新经济增长理论无法完整解释义乌现象。

二　分工贸易理论对全球区域经济发展的解释

分工贸易理论，最先是针对国际分工与贸易而提出来的，后来被区域经济学家用于研究区域分工与贸易。在一定意义上，分工贸易理论可被视为"比较经济增长理论"。

（一）亚当·斯密的绝对利益理论

绝对利益理论认为，任何区域都有一定的绝对有利的生产条件。若按绝对有利的条件进行分工生产，然后进行交换，会使各区域的资源得到最有效的利用，从而提高区域生产率，增进区域利益。即如果一个区域的土地、资本、自然资源及劳动力等要素比另一个区域丰富，该区域将获得更好的发展，或更具竞争力。

（二）大卫·李嘉图的比较利益理论

比较利益理论认为在所有产品生产方面具有绝对优势的国家和地区，没必要生产所有产品，而应选择生产优势最大的那些产品进行生产；在所有产品生产方面都处于劣势的国家和地区，也不能什么都不生产，而可以选择不利程度最小的那些产品进行生产。这两类国家或地区可从这种分工与贸易中获得比较利益。即如果一个区域生产其有优势的产品，该区域将获得更好的发展，或更具竞争力。

（三）赫克歇尔与奥林的生产要素禀赋理论

生产要素禀赋理论认为，各个国家和地区的生产要素禀赋不同，这是国际或区域分工产生的基本原因，如果不考虑需求因素的影响，并假定生产要素流动存在障碍，那么每个区域利用其相对丰裕的生产要素进行生产，就处于有利的地位。简言之，劳动力丰富的国家出口劳动密集型商品，而进口资本密集型商品；

相反，资本丰富的国家出口资本密集型商品，进口劳动密集型商品。总之，生产要素丰富并充分利用生产要素禀赋的优势，区域将获得繁荣。

（四）波特的竞争优势理论

竞争优势理论强调微观经济基础的作用，认为一国的国内经济环境对企业开发其自身的竞争能力，对区域的繁荣有重要影响。其中影响最大、最直接的因素有四项：生产要素、需求因素、相关和支持产业以及企业战略和组织结构。辅助因素有两项即政府和机遇。这四个因素构成菱形相互影响，在一国的许多行业中，最有可能在国际竞争中取胜的是那些国内"四因素"环境对其特别有利的那些行业，因此"四因素"环境是产业国际竞争力的最重要来源。利用波特菱形理论，波特详细分析了这四大因素及两个辅助因素的相互影响。

无论绝对比较优势、相对比较优势、竞争优势都在强调，如果一个地区自然资源、生产要素、需求因素、相关和支持产业以及企业战略和组织结构环境具有明显优势，并且区域内企业能够充分利用这些优势，这个区域将不断繁荣。事实上，义乌在这些方面的主要部分不具有优势，义乌自然资源贫乏，生产要素特别是高级生产要素奇缺，本地市场狭小，企业属个体、私营中小型家族企业，组织优势并不明显，更谈不上充分利用本地这些优势。虽然没有分工贸易理论提出的这些优势，义乌却也创造了惊人的奇迹。因此，分工贸易理论无法解释义乌的繁荣。

三 区域理论发展对全球区域经济发展的解释

上述增长理论和分工贸易理论基本上是在抽象掉空间因素的条件下进行的，实际上经济活动都是在一定空间条件下发生的，各区域发展是不平衡的，又是相互影响的，以下理论从区域间的相互关系角度，对区域的繁荣进行解释。

（一）佛朗索瓦·佩鲁的增长极理论

法国经济学家弗朗索瓦·佩鲁提出的"增长极"理论认为：主导部门和有创新能力的企业，在某些地区或大城市的聚集发展而形成的生产、贸易、金融、科技、信息、人才、交通、服务、决策等经济活动恰似一个磁场，能够产生较强的吸纳辐射作用。它不仅加快了自身的发展，而且通过向外扩散还带动了其他部门和所在地区乃至周围地区的经济增长。

这一理论无法解释义乌的发展和繁荣的事实。因为弗朗索瓦·佩鲁提出的

"增长极"是在发展条件较好的大城市，居于生产、贸易、金融、科技、信息、人才、交通、服务、决策等经济活动中心地位，而义乌地处穷乡僻壤却成了区域的增长极。

（二）萨伦巴的点轴开发理论

点轴开发理论是增长极理论的延伸，但在重视"点"（中心城镇或经济发展条件较好的区域）增长极作用的同时，还强调"点"与"点"之间的"轴"即交通干线的作用，认为随着重要交通干线如铁路、公路、河流航线的建立，连接地区的人流和物流迅速增加，生产和运输成本降低，形成了有利的区位条件和投资环境。产业和人口向交通干线聚集，使交通干线连接地区成为经济增长点，沿线成为经济增长轴。该理论十分看重地区发展的区位条件，强调交通条件对经济增长的作用。

这一理论也不能很好地解释义乌的发展和繁荣的事实。义乌不仅不在区位条件优裕的地区，更不在所谓的交通线上，而且区位和交通条件是其致命的弱点。

（三）弗农的梯度转移理论

梯度转移理论认为，区域经济的发展取决于其产业结构的状况，而产业结构的状况又取决于地区经济部门，特别是其主导产业在工业生命周期中所处的阶段。如果其主导产业部门由处于创新阶段的专业部门所构成，则说明该区域具有发展潜力，因此将该区域列入高梯度区域。随着时间的推移及生命周期阶段的变化，生产活动逐渐从高梯度地区向低梯度地区转移，而这种梯度转移过程主要是通过多层次的城市系统扩展开来的。

反梯度推移理论又指出，相对落后的低梯度地区也可以根据实际情况，引进国外领先技术，发展高新技术产业，借助后发优势实现超越，然后向较高梯度地区进行反梯度推移。

梯度转移理论不能解释义乌现象，因为义乌的产业就是十分普通的商贸或小商品交易，不存在创新产业及其转移的问题；反梯度推移理论也不能解释义乌现象，因为义乌借助后发优势实现超越，然后向较高梯度地区进行反梯度推移，并不是通过引进国外领先技术，发展高新技术产业进行的。

（四）缪尔达尔的累积因果理论

缪尔达尔等认为，在一个动态的社会过程中，社会经济各因素之间存在着循环累积的因果关系。某一社会经济因素的变化，会引起另一社会经济因素的变化，这后一因素的变化，反过来又加强了前一个因素的变化，并导致社会经济过程沿着最初那个因素变化的方向发展，从而形成累积性的循环发展趋势。市场力量的作用一般趋向于强化而不是弱化区域间的不平衡，即如果某一地区由于初始的优势而比别的地区发展得快一些，那么它凭借已有优势在以后的日子里会发展得更快一些。这种累积效应有两种相反的效应，即回流效应和扩散效应。前者指落后地区的资金、劳动力向发达地区流动，导致落后地区要素不足，发展更慢；后者指发达地区的资金和劳动力向落后地区流动，促进落后地区的发展。

义乌的发展恰恰与这一理论相违背，义乌不是越来越落后，而是发展和繁荣并不断地赶超先进地区，它与先进地区的差距呈收敛趋势。

（五）劳尔·普雷维什、弗里德曼的中心—外围理论

中心—外围理论认为，任何国家的区域系统，都是由中心和外围两个子空间系统组成的。资源、市场、技术和环境等的区域分布差异是客观存在的。当某些区域的空间聚集形成累积发展之势时，就会获得比其外围地区强大得多的经济竞争优势，形成区域经济体系中的中心。外围（落后地区）相对于中心（发达地区），处于依附地位而缺乏经济自主，从而出现了空间二元结构，并随时间推移而不断强化。

义乌的发展恰恰与这一理论相违背，义乌作为外围地区，不是在和中心地差距越来越大，而是在不断地赶超先进地区，它与中心地区的差距呈缩小趋势。

总之，遍观经济学关于区域增长、发展和竞争力的诸多文献，这些理论学说都从不同的角度对全球范围内一定区域的衰落和繁荣做过或做了很有说服力的解释，至少是对其他多数区域发展的解释是具有一定说服力的。然而用这些理论的任何一个或共同用几个理论均无法很好地解释义乌的发展和繁荣。决定义乌繁荣的最重要的因素，在这些理论里均没有包含，涉及的内容都很少。在没有开发出新的分析工具之前，经济学还无法构建正式的定量模型，形成系统的分析范式来解释此类现象，也无法对义乌的奇迹作出令人信服的解释。

第二章
义乌发展奇迹的文化解析

　　义乌经济社会的快速发展奇迹，令世界震惊，也给人们留下了巨大的疑问：一个资源贫乏的农业小县，为何能够在改革开放以来的短短 20 多年里，迅速成为实力雄厚的经济强市？一个缺少地缘优势的偏僻农村，为何能够从普通的乡村集贸市场，发展成为辐射世界各地的著名小商品市场？原因总结了千条万条，最深层次的究竟应当是什么？上一章已经指出，用经济学理论解释义乌经济社会的快速发展奇迹比较困难。如果不是"莫名其妙"，但至少也是难解其妙。因此，我们需要把认识的思路从经济学向外拓展，尝试用其他学科的理论来理解，或者从其他的角度来解释。

　　研究一个地方的发展如果像经济学那样主要只关注经济增长的物质层面的因素，往往很难解释物质层面要素不突出地区的超常规发展现象。毫无疑问，义乌发展"奇迹"背后的因素很多。我们认为，文化因素无疑是其中最值得关注的因素之一。一个区域的发展主体是当地的人民，当地人民归根结底是由当地文化塑造的。本章我们首先简要分析文化因素在经济发展中的作用，然后结合义乌发展的实践，具体分析义乌发展中比较突出的文化因素。

第一节　文化在经济发展中的作用

　　随着全球经济一体化的发展和科技的进步，文化这一伴随着人类发展的社会现象，对当代社会经济生活拥有越来越大的影响力和制约力。目前对影响经济增长的文化因素的分析，主要体现在以下几个方面：一是认识到引发或推进经济增长的因素是多元的，文化因素也是其中的一个重要方面。二是对影响经济增长的文化因素进行了探讨，不同学者从不同角度具体地分析了文化的各个方面及其与经济增长内在的关系。三是经济学的一些流派如制度学派、文化学派等十分关注影响经济增长的文化因素，对影响经济运行的规范、体制、精神、伦理、态度、思想、动机、欲望、情感、风俗、传统、知识、科技、意识形态、资本主义精神或企业家精神、行为模式等因素进行了详细探讨。四是涌现了从文化角度探索经济增长的经济学分支学科，如经济哲学、经济伦理学、制度经济学、经济人类学、经济心理学、经济文化学等。

研究文化因素在经济发展中的作用，首先需要回答经济与文化的关系。从整体上讲，经济是基础，经济的发展决定或影响着文化的发展。同样，文化对经济具有反作用，文化对经济发展能够产生极其广泛而深刻的影响，渗透在整个经济领域，既表现为资源、手段，又体现为一种润滑剂，既为经济发展提供精神动力、智力支持、道德规范和文化环境，又为其提供文化资源和整合力量。文化对经济具有拉动作用，可以优化产业结构，提高企业和产品的竞争力，提升经济增长的质量和层次。文化产业是具有巨大发展潜力和较高产业关联度的新兴产业，而且文化产业作为联系经济和文化的纽带，其发展有助于二者相互促进、协调发展。

一 文化作为动力，为经济发展提供"引擎"

说到文化对经济的意义，首先的一点是，文化是经济发展的精神动力。社会经济的发展，必须有理性的精神支撑。最初的经济活动可能与人的生存本能有关，而一旦上升到发展的意义上，经济活动中的文化要求就被提出来了。需不需要发展？为什么需要发展？怎样发展？这样一些问题超出了经济范畴，是不能仅从经济的角度给以回答的。

文化作为经济发展的精神动力，突出表现为文化为经济发展提供理论引导和价值的支持。从需求的层面看，文化是拉动增长的动力和社会需求的重要来源。一种需求要获得正当性成为现实的社会需求，必然要通过文化的关口，经受文化价值的评判。越是到现代社会，需求中的文化价值含量就越高。正因为如此，文化对经济形态的特点、经济增长的速度乃至对某些特定经济门类是否应当发展都产生着决定性的影响。

文化作为经济动力的另一个方面，意味着它是经济增长的智力资源。所谓智力资源，主要指技能、知识与科技。在知识经济年代，知识与科技已成为推动经济发展与社会进步的关键性力量。如果说在蒸汽机时代，科学技术对经济发展产生的是"加数效应"，电气化时代，科学技术对经济发展产生的是"乘数效应"，那么，在信息时代，科学技术对经济发展产生的就是"幂数效应"。当今科技革命是经济增长的主要动力。需要特别说明的是，文化作为经济动力的一个方面是其作为智力因素的存在。经济发展必须有智力的支持，只有掌握技术和拥有人才，才能具有真正的优势。人是生产力中决定性的因素，以人为本，进一步激活人的潜能，才能推动社会生产力向前发展。文化是实现人的自由和全面发展的重要条件，人越是发展，创造的物质文化财富就越丰富。现代社会中经济发展越来越离不开适合生产力要求的人才。

文化作为促进经济增长动力的又一体现是文化资源的开发利用。文化资源是以精神内涵为主要存在形式的发展要素。与物质资源相比，文化资源最大的特点就是可以多次开发和重复利用，这决定了它具有其他资源所没有的强大生命力和巨大开发价值。正因为如此，文化作为资源，可以为经济发展提供"燃料"。文化资源的开发利用必须与市场充分结合，这是经济发展的关键。现代社会的发展显示出一种市场经济与文化相互融合相互促进的趋势，许多学者用"文化经济化"和"经济文化化"来概括这种变化。经济市场化所提供的价值观念和伦理规则，能够为文化的发展提供新条件、新机遇。文化之所以可能在一定程度上商业化，是由于随着生产的发展、生活的改善，文化成了公众生活中的普遍需求和主要消费方向，并因而成为经济发展的巨大推动力。国内外经验证明，将市场作为发展文化的手段，不仅是必要的和可行的，而且可以使它成为一种有效的、先进的、强大的手段。

二　文化作为环境，为经济发展营造社会环境

人类的经济活动总是在一定的约束条件下进行的，这种约束条件包括正式制度安排和非正式制度安排。所谓非正式制度安排也被称为"潜规则"或"软规则"，是指人们在长期社会交往中逐渐形成，并得到社会广泛认可的理想信念、伦理道德、风俗习惯等，它和由一系列政治规则、经济条约构成的正式制度安排

相辅相成，共同约束着人们的经济行为。正式制度安排只有在与非正式制度安排相容的情况下才能发挥良好的作用，如果不相容，再好的一种正式制度安排也有可能失效，甚至被扭曲。新制度经济学上述观点的意义在于把经济活动放到更广阔的社会结构中去审视，它给人的启示是必须高度重视非正式制度形式的营造，必须高度重视非正式制度安排与正式制度安排的协调。这里所说的非正式制度安排，在某种意义上可视作文化环境或社会环境。

法国社会学家佛朗索瓦·佩鲁指出："经济体系总是沉浸在文化环境的汪洋大海之中。在此文化环境中，每个人都遵守自己所属共同体文化的规则、习俗和行为模式，尽管未必完全为这些东西所决定。"藏族在青藏高原创造了一种适应自然环境的生存文化，这种生存文化与自然环境高度适应，其生活方式都是这种文化的一个有机组成部分。在藏族传统文化中存在一些禁忌以示人类对自然的尊重。这种对自然的禁忌，构成藏族文化中的生态经济伦理理念，如对神山的禁忌：禁忌在神山上挖掘；禁忌采集砍伐神山上的草木花树；禁忌在神山上打猎；禁忌将神山的任何物种带回家去等。对神湖的禁忌：禁忌将污秽之物扔到湖（泉、河）里；禁忌在湖（泉）边堆放脏物和大小便；禁忌捕捞水中动物（鱼、青蛙等）。还有对土地、家畜、鸟类、兽类的禁忌，及打猎的禁忌。这一切禁忌是建立在人类在追求自身的生存时，也必须考虑到对自然权利的维护，其核心是不能触动自然界，保护自然的完整及自然生态系统的和谐平稳发展。这种文化的价值观念决定了其生活方式不是纯粹为牟利的经济活动方式，而是在追求人与自然和谐共处基础之上的节俭、适度的生活方式。

文化环境对经济的发展具有某种意义上的规定性，是经济全面发展的不可或缺的前提。在经济运行中，每一个活动主体都不可避免地感受到文化背景的深沉力量。司马迁的《史记·货殖列传》分析各地商业活动，无一例外地揭示了当地经济发展的文化背景，如齐国"其俗宽缓阔达，有先王遗风"；邹鲁"有周公遗风，俗好儒，备好礼，地小人众，俭啬"等。文化背景的差异，总是通过经济活动的方式、规模、层次曲折地反映出来。在当代，文化力量对于经济效益的作用日益显著。一方面，人们享受着文化背景所赐予的灵感和力量；另一方面，他们也日益感受到消极文化所带来的惰性与锁定效应。一般来说，先进的文化造就发达的经济，落后的文化只能伴随着贫困的经济。目前，长江三角洲的上海及江浙地区是我国最重要的经济增长区域，也是经济较为发达的地区。在其经济迅速增长的原因中，历史传统、科技人文等地域文化因素即是重要的一方面。自宋代以来，该地区即是中国经济最为富庶、文化最为发达的地方。该地区的文化水平高，商品意识浓厚，又有着经营工商业的经验。所有这一切都对该地区改革开放以来的起飞和发展提供了文化资源。

地域文化类型使区域经济呈现出不同的特点。中国传统文化可以划分为若干个主体地区，每一个大的文化区又可以划分为相当数量的亚文化区。这些有着相似或相同文化特质的文化地理区域，其居民的语言、宗教信仰、艺术形式、生活习惯、道德观念及心理、性格、行为等方面具有一致性，带有浓厚的区域文化特征。如南方文化中的主体文化——长江文化，就划分为巴蜀文化、滇文化、黔文化、荆楚文化、赣文化、吴越（江浙）文化、江淮文化、闽文化、岭南文化、桂文化等，这些不同的文化共同体在相同的文化规则下聚合成一个庞大的文化体系。再如黄河文化中的三晋文化、齐鲁文化、燕赵文化、中原文化（豫）等，也有各自不同的特点。由这些不同文化观念主导下的区域经济也呈现出不同的类型和特点。例如，山东省境内的齐文化和鲁文化就造就了不同特色的区域经济。从历史上看，鲁国认真推行周制，而齐国则"简其礼"，从而导致齐文化轻灵、功利，世俗色彩浓；而鲁文化厚重，伦理色彩浓。今天山东境内各地经济发展不平衡，齐地的经济强于鲁地，固然有政治、历史、地理等因素的作用，但由于地域文化的差异导致人们思想观念的不同而对经济发展产生影响也是不容忽视和低估的。

文化氛围是凝重的，它不仅包括历代名人的遗迹，也应该包括这些已经凝固了的古迹在今人身上生发的活力。它在民间涌动，是出于普通人的精神需要，是普通人实现自我价值的一种方式。在有这种活力的文化氛围中，文化人的劳动才会得到应有的理解和尊重，文化名人才能有得以孕育的土壤。文化名人是一个地区的"精气神"的集中体现，在塑造一个地区文化精神方面发挥着巨大的作用。这种生生不息、充满活力的文化氛围，正是一个地方经济人文永远发展、长盛不衰的历史和社会原因。

三 文化作为增长极，是新的经济增长点

如果我们进入更为狭义的文化现象，可以发现文化在经济发展中不仅仅是动力和环境，它本身还是一种产业，是国民经济体系中不可或缺的重要组成部分。

在市场经济条件下，文化与经济的结合即为文化产业，具体是指从事文化产品生产、经营和服务的行业，是一种以知识和智力密集为主要特征的产业。文化产业以文化为基础资源，规模化生产，追求社会效益和经济效益双重效益。

文化产业这个名词最早出现在美国。当今世界，文化产业是极具发展潜力的朝阳产业。一般的说，经济社会发展程度越高，文化对于综合国力的贡献就越大，占 GDP 的比重就越高。目前美国各类文化产值约占 GDP 的 25%，为美国第二大产业，意大利约占 25%，日本约占 17%，英国约占 10%。美国影视业创造的价值已经超过了航天工业，美国娱乐业龙头迪斯尼的产业规模和赢利已稳入世界超大企业前十强，一部电影《泰坦尼克号》就创下十几亿美元的票房价值，美国《读者文摘》已发展成为年收入近 30 亿美元的国际性大企业。英国的艺术品经营业拥有 170 亿美元的产业规模，与汽车工业并驾齐驱，旅游业收入的 27% 来自艺术。在日本，文化产业也是仅次于汽车制造业的第二大产业。位于欧洲大陆心脏的德国北威州（北莱因－威斯特法伦州），文化产业快速发展。1996～1999 年文化产业销售额增长率为 21%，2000 年文化产业所提供的就业机会为 28 万个，1996～2000 年文化产业的年就业增长率为 9%。北威州众多的外来人口所带来的多元文化为文化产业的发展提供了坚实的支撑。目前在北威州生活的外国人有 190 万，占人口总数的 10% 以上，他们中多数是 20 世纪 50 年代从希腊、土耳其、意大利、西班牙、葡萄牙等地移民而来的客籍工人及其后代。经过几十年的融合，丰富多彩的多元文化已经成为北威州社会生活最为显著的特征，形成了文化产业发展的肥沃土壤。北威州政府采取各种措施，大力资助艺术家开办自己的企业，促进文化产品商品化、文化产业化。同时，他们创造外部环境条件，如创立了多个大型的文化产业中心，举办各种论坛、各类文化活动，为文化产业构筑多层次的发展平台。北威州政府的文化举措具有多样性、国际性、市场性等特点，文化企业，特别是中小型的文化企业从中获益匪浅，文化产业也由此向前发展。一些发展中国家如阿根廷，其 1992 年的文化产业就占国民经济比重的 4%，现在的比重更高。以上事例表明文化不仅服务于经济，而且文化就是经济。

我国在 2000 年 10 月出台的中共中央《关于"十五"计划的建议》中第一次明确提出了文化产业这个概念，但文化产业本身的发展要早得多。目前我国尚没有一个规范的文化产业统计指标体系，一般认为文化产业包括文艺演出、电影电视、图书音像、文化娱乐、文化旅游、艺术培训、艺术品生产经营等内容。其实，文化产业的内涵不只这些，既包括物质层面的，如图书印刷、文化产品包装等，也包括非物质层面的，如电影、电视、新闻出版等。近年来，文化创意产业作为文化产业的一个重要方面被突出强调了出来。

从全球来看，文化创意产业已成为新经济时代最为鲜明的特征，文化产业的发展规模已成为衡量一个国家或城市综合竞争力高低的重要标志。创意产业的知识密集型、高附加值、高整合性，对于提升我国产业发展水平，优化产业结构具有不可低估的作用。和其他国家相比，我国民族文化丰富多彩、历史悠久，各类文化产值仅占 GDP 的 3%，文化产业发展空间巨大，在国家能源紧缺，倡建节约型社会的大背景下，文化产业应该成为我国转变经济增长方式的战略选择，为我国经济腾飞增添新的发动机。文化经济化、经济文化化、文化经济一体化是当今世界发展的重要趋势，也是中国发展的趋势，已成为许多地区选择的发展模式。从发展的态势看，文化产业作为文化范畴中最具产业特性的部分，作为经济与文化结合最紧的部分，作为文化经济一体化的象征，它的出现和加速成长，更具有启示意义。

经济与文化作为物质文明与精神文明的集中体现，共同组成了人类文明。经济与文化，虽然其发展各有自身规律和相对独立性，但两者之间始终保持着"脐带"关系。随着经济的发展与社会的进步，二者的关系会越来越密切，越来越复杂，也越来越深刻。一方面，经济对文化既具有基础性、规定性，另一方面，文化对经济具有导向性，二者具有互动效应，并在交互作用中发展。这一点已经被国内外实践所证明，文化因素在义乌经济发展中的突出作用，是这种交互作用的又一生动例证。

第二节　义乌发展奇迹的文化解析

正如"性格决定命运"的规律一样，一个人的成败荣辱往往取决于他的性格；一个地方的兴衰利弊，往往要从这个地方的文化特征分析入手。文化就像植根于一个地方肌体内的遗传基因，它是在长期的历史过程中积淀下来的，是由一代又一代当地人的"集体无意识"创造出来的共同特征。文化特征一经形成，虽然会随着时代的变化而不断扬弃变异，但总体上具有很大的稳定性，会持久地作用于现实生活。发掘义乌现代发展的文化根源，不仅有利于更好地解读"义乌现象"，有利于深入理解"义乌之谜"，更可以从根本上学习和推广"义乌经验"。

文化如风，似乎看不见，却又摸得着。说起来总是有些虚无缥缈，但又真切地体现在现实生活的方方面面。正因为文化带有强烈的主观感受，自然就是各家有各家的高见。从19世纪末英国人类学家泰勒提出第一个文化的确切概念以来，迄今为止有200多种不同的定义，各说各有理。其实万变不离其宗，归纳起来无非就是两类：一类指人类群体的"活法"，即所谓的文化模式，重点在于总结人类不同的生存方式；一类是指人类群体的"想法"，即所谓的文化性格，重点在于指明不同群体的精神特征。也可以说一类重物质文明的总结；一类重精神文明的分析。更广泛认可的文化分析方法，是将文化分解为物质文化、制度文化和精神文化三个方面的整体结构。就像地球是由地壳、地幔和地核构成一样，物质文化是地壳层，浮在结构的表面，最容易感受也最容易变化；制度文化是地幔层，埋藏在物质文化之下，起着支撑组织的作用；最核心的是精神文化部分，变化的速度最慢，作用也最持久。三方面的文化构成了文化的整体结构，互相联系彼此影响，他们的互动过程带来整体文化的变迁，在文化的变迁中不断推动人类社会的进步。我们正是从这样的角度来探讨义乌文化与义乌发展的关系。

一　穷则思变变则通

我们首先从物质文化的层面探讨义乌的文化特征。人类社会无一例外必须解决基本的生存问题，恩格斯总结为完成两种再生产，即自身的生存和种的繁衍，而生存的基本条件来自于大自然的恩赐。自然资源的供给情况，直接影响着人类文化的形成和发展。特别是人类的早期生活，基本上是取之于自然、仰赖于自然，所谓"靠山吃山，靠水吃水"，由此形成了采集、狩猎、游牧、农耕、渔业等不同的生存方式。自然环境的差异，也直接形成地区和民族文化的差异，也就是人们常说的"一方水土养一方人"，构成早期文化人类学热衷研究的千姿百态的"文化模式"。在人类历史的漫长过程中，绝大部分时间是在相互隔离、自给自足中度过的。生产力的进步促使人口繁衍，造成迁徙和地域的扩张，人类的文化接触也越来越多。欧洲近代的工业革命，成为人类命运的转折点，现代工业化生产和商业文明的兴起，迅速地改变了人类的生存方式，有力地推动着人类文化的交融和进步。如果说早期人类的生存和进步主要取决于对自然的适应和利用，那么自工业革命以来就越来越表现在对外来文化的适应和吸收上。一个地方或民族的文化，是否具有强大的生命力，关键在于能否在人类必然的发展规律中，迅速抓住历史的机遇，实现文化的更新。

回顾义乌物质文化的变迁过程，我们可以看到义乌和整个中国文化的共同点和不同点。在漫长的农业文明时期，中华文化取得了巨大的成就，在有限的土地资源上，生存和繁衍着庞大的人口，形成了世界罕见而持久的中华帝国。在现代工业文明到来之前，它一直如《马可波罗游记》所描述的那样，是西方以至世界向往的梦境之地。农业文明的成功，取决于物质文化的有机构成。中国人以农耕为主，却从来都是兼营畜牧，汉字的"家"说明了家庭经济运转在种田之外还必须养猪。人们因地制宜地养殖猪、牛、马、羊、骡、驴、兔、狗、猫、鸡、鸭、鹅等动物，形成粮—畜的良性循环和互补。农业的副产品养畜禽，畜禽不仅提供肉食、皮毛、畜力，更提供丰富的农家肥，所谓"养猪不赚钱，肥了一方田"，求得农业文明的最大最合理的综合效益。特别是粮—畜循环，保障了土地资源的长久利用。因而，中国人从来都对家畜家禽有着特殊的感情，正如农民对土地的感情一样，会为耕牛过节（义乌以农历四月初八为牛的生日），有的地方还崇拜专门的牲畜保护神，春节时要平等地祈求人畜平安兴旺。农业和畜牧业的有机结合，是中国农业文化成功的基本特征，使有限的土地资源养活无限的人口，也形成了中国人民勤劳的基本品格，更形成顺应自然、尊重规律的天人合一的自然观。

根据男女性别上的生理特征，中国传统的农业文化还形成了"男主外，女主内"的性别分工，男耕女织是传统的自给自足模式。农业生产的季节特征，表现在农忙时的劳动力短缺和农闲时的劳动力多余，既为农村以家庭—家族—邻里—村落之间的互助合作提出了要求（也包括雇工），也为以农业为主线的家庭副业生产发展提供了条件，采用多种多样的方法转移农闲时的富余劳动力，实行多种经营增加家庭经济收入。在总体上重农轻商的文化氛围下，商业作为人们生活的必要条件，也在伴随城镇的发展而兴旺起来。这样，农业为本、牧业为辅、多种经营的生产生活方式，形成了中国农业文明的强大生命力，哺育了一代又一代的中国人。形成安土重迁、求稳不求变的古典农业文化精神。

义乌市位于浙江省中部，地处金衢盆地东缘，以丘陵为主，东、南、北三面环山，构成一个南北长、东西短的长廊式盆地。南部与永康市交界的大寒尖，海拔 925.6 米，为全市最高峰，北部大陈江边的瓦窑头，海拔 41.9 米，为全市最低点。境内山地、丘陵、平原呈阶梯状分布。东北部的大山海拔 906.6 米，南部的大寒尖海拔 925.6 米，西部的鹅毛尖海拔 840.7 米，这三座山成三足鼎立之势耸立在市域边界。中部为义乌江、大陈江、洪巡溪冲积而成的河谷平原。河流属钱塘江水系。境内最长的河流义乌江，源出磐安县大盘山，流经徐江镇中央村与南江汇合入婺江，境内流长 39.75 千米，有支流 90 余条；其次是大陈江，由六都溪、八都溪、鸽溪于大陈汇合，注入浦阳江，境内流长 17.5 千米；此外尚有浦阳江支流洪巡溪等。有山林 4.9 万公顷，林木以松、杉和毛竹居多，森林覆盖率达 37.2%，全市共有耕地 22810 公顷，其中水田 18990 公顷。以种植水稻、麦类为主，为"国家级'一优两高'农业示范区"、"省级商品粮基地"。经济作物以甘蔗为主，为"国家级糖料基地"，兼营茶叶、黄花梨、柑橘、青枣等。生猪、蚕桑、甲鱼等养殖业也有较快的发展。[1]

从以上的基本情况，我们就不难看出，义乌历史悠久，秦嬴政二十五年（公元前 222 年）置乌伤县，公元 624 年改称义乌，1988 年撤县建市，已经有两千多年的历史。义乌也和中国无数乡村一样，经历了漫长的农业文明时代，至今还没有完全结束。黄山八面厅的主人，是靠做火腿生意发家的，说明了这里粮—猪结构发挥着重要的作用，至今生猪生产还影响着义乌的农村经济，一直是著名的"金华火腿"主产地之一。林业和石材资源的丰富，也为这一地区农村手工艺的发展展现了前景，我们同样可以从黄山八面厅的精雕细刻、横亘在赤岸镇雅治街龙溪上古月桥的高超技术、我国现存最早的双林寺铁塔的冶炼铸造水平，以及众多的文物古迹中，看出义乌人的精明能干和精益求精，这些都潜伏着义乌未来工业制造的文化基础。义乌将中国传统的农业文明，演绎得有声有色，创造了相当的辉煌。如果仅只如此，义乌人就会像大多数中国农民一样，过着贫穷而自满的生活，难于跳出农业文明的泥沼。

义乌农村与其他农村不同，在于它比普遍贫穷的中国农村还要贫穷，自然资源贫乏到连小农经济都维持不下去。义乌的总面积 1105 平方公里，常住人口 67 万，自然环境被总结为"七山二水一分田"，长期以来人均耕地极少（我们无法

---

[1] 资料引自义乌市政府公众信息网，http://www.yw.gov.cn。

掌握义乌历史上的耕地情况，但以现在情况来看，全国人均耕地面积约为 1.5 亩，义乌人均耕地仅 0.5 亩，由此推测历史上的比例大致也是如此）。要维持农牧互补、多种经营的传统小农生产，必须以一定数量的土地作基础，农业始终是生产生活的主轴，主轴无力就难以运转。黄宗智在研究华北和长江三角洲的农业经济时，在格尔兹的"农业内卷"概念基础上，提出了"过密化生存"策略观点。为了应对人口和耕地反向增长的压力，小农在单位劳动日边际报酬递减的情况下，仍旧不断增加单位耕地面积的劳动力投入，以换取单位面积产出的增长，这种内向型精耕细作的结果，虽然在高人力成本下维持了小农经济的长期稳定，却形成了"没有发展的增长"局面，使中国农村无法摆脱小农经济的约束。

要维持这种"没有发展的增长"的小农经济，至少也需要人均一亩以上的土地作保障。义乌的土地资源状况，即使义乌农民通过高人力成本维持小农经济也不容易做到。义乌人均只有五分地，而这极少的土地，还非常贫瘠，土层也很浅薄，为了增加地力提高产量，当地农民除了通行的粮—猪互补外，在长期的农耕实践中，还发明了"塞秧根"的施肥方法，即将鸡毛等动物毛发碾碎后拌以草木灰、人畜粪便等，搓成小团，在插秧后七天左右塞入秧苗的根部。这种施肥方法可以有效地提高粮食产量，但需要大量的鸡毛等动物毛发。由此衍生出了一种流动的"鸡毛换糖"交易：用自家酿制的饴糖和生姜糖加工成的"敲糖"，走乡串户换取鸡毛等动物毛发，用作种植水稻的主要肥料。如果仅依赖人均五分耕地的资源，即使不断提高单位农田的投入，其产出也受制于农业的边际效应，义乌人还是无法养活自己。这不幸的土地资源缺乏所带来的贫穷根源，却又有幸地为义乌未来的发展埋下了机缘。

要打破这种"没有发展的增长"的小农经济，走出农业生产过密化带来的恶性循环，必须寻找新的谋生途径，替代的就业选择必须高于小农耕作的"机会成本"，展现出更好的生存效益。义乌人像每一位中国农民一样，努力加大农业的投入，却又无可奈何地必须寻找农业之外的生计。"鸡毛换糖"本是为了增加地力，小商业交换的目的是为了维持小农经济的基本循环，交换本身却带出了更广阔的商机，对利润的追求促使"鸡毛换糖"的商业内涵不断升级，逐渐跳出其原本的意义，成为专门的商业活动，不断向更广领域和更大地域扩张，甚至形成独具地方特色的商业网络。事实上，因为农业容不下越来越多的人口，为了缓解人口压力，义乌人除"鸡毛换糖"一类的商业活动外，还大量地从事传统的手工艺，通过各种各样的途径向外移民和做工，包括数千义乌人跟随戚继光抗倭，也是一种人口流动和转移方式。

在义乌城乡广泛流传的"义乌道情"（一种以说为主、说唱结合的民间说唱艺术），说出了义乌人的心声，也说出了义乌发展的奥秘："义乌自古是穷地，人多地少缺粮米，为了解决温饱大问题，鸡毛换糖做生意。改革开放春风起，义乌人赶上了好时期。经商做生意，拨浪鼓摇出了新天地。"贫乏的土地资源，迫使义乌人最早在农业之外寻求生计，打破了中国小农经济的制约，造就了义乌人勤劳自立、勇于开拓、心胸开阔的群体性格特征，特别是"鸡毛换糖做生意"，更是奠定了义乌文化中的商业基因，一旦时机成熟，就会"拨浪鼓摇出了新天地"。如果从物质文化层面对义乌文化进行简短的总结，那就是穷则思变，变则通！

二 农商皆重重则灵

仅只是从物质文化的层面，还不足以解释义乌文化与发展的关系。中国农村像义乌一样因为人多地少而极度贫困，却至今无法摆脱小农经济恶性循环的地方比比皆是。它们也都努力在农业生产之外，寻求多种经营的生产生活方式，但始终未走出家庭小农经济的制约，说明在物质文化的构成之外，制度文化在一个更大层面上影响着社会的发展。制度是构成一个社会的基本框架，组织并支撑着一个社会的运转。作为上层建筑的重要组成部分，制度一经形成，就会强有力地反作用于社会，制约或者推动社会的发展进步。制度文化既指基层的家庭、家族、乡党的传统方式，也指上层的政府、政策造就的政治环境。

从基层的制度看，义乌农村和其他地方的中国农村一样，家庭是基本的社会细胞。自古以来家庭既是基本的生活单位，也是基本的生产单位。家庭成员按年龄、性别和技能进行分工合作，共同维持家庭的运转。家长是家庭的代表，个人淹没在家庭的集体之中，社会管理也以家庭为单位，所谓"家喻户晓"，必然是"人人皆知"，家庭成员违法乱纪，也会拿家长是问。义乌因为人多地少的矛盾较为突出，家庭经营的种类和活动范围也就更广泛，特别是"鸡毛换糖"的商业活动和外出打工，使其家庭经济的有机构成比其他地方要高，更加注重彼此的团结和配合。这为义乌前店后厂式的家庭手工业发展埋下了伏笔。

家庭的扩大就形成家族。义乌过去以多代同居为荣，有多至五代同堂的。家庭内部男子占统治地位，家长为辈分最高的年长者。家庭难于治理时便析产分居。长辈生活费用先提成并固定为公有常产，常产由一房专管或各房轮流值年，常产经管人就是供养长辈的人。亦有将家产分光后，由各房轮值供养的。新中国成立后，社会制度变革，生产发展，妇女解放，促使封建大家庭解体。大家庭的维持是以相应的经济实力作基础的，仅只靠农业收入远远不够，必须在家长的有力领导下，家庭成员分工合作多种经营才做得到。义乌人比之其他地方的农民，更多在农业之外寻求生路，"鸡毛换糖"所代表的、和农业紧密相关的商业发展，使义乌的经济更加发达，在历史上大家庭更为普遍。

义乌黄山八面厅的主人，提供了生动的案例。八面厅的第一代主人伯寅公，与兄弟们分家后勤劳务农，据说在乾隆四十年（1775）五月十三日在荞麦山种地时偶从地下挖出银子数百两（其实应是长期积蓄而成，义乌人提倡"闷头发大财"，不愿张扬，为了给自己的资产来源有一个合理的说明，就编造出这种神奇的故事），从此开始做火腿生意。十年后在金华县孝顺镇、东阳、兰溪等地开设火腿庄。孝顺镇为总庄，历代由长子金山、长孙正启公、次孙正德公继管。伯寅公五世同堂，人口上百人。1793 年伯寅公去世，长子年迈，由长孙正启公主持家政，根据遗嘱建八面厅，众兄弟各司其职，分工合作，家中数代和睦相处。嘉庆十七年（1812）为老祖母贺 90 大寿，家道达到鼎盛。道光十一年（1831）正启公年逾花甲，主持分家，以后各家长辈先后过世，后辈无有能者，特别是经1861 年兵乱后家道日渐走向衰落。[1]

家族再进一步扩大，就形成宗族。义乌多数村落是聚族而居，一姓即一宗族。一个或数个同姓村落建有宗祠，一般为三进，作为悬祖像、供牌位、收租息、岁时祭祀和续修宗谱的场所。宗祠事务由辈分最大的族长或绅衿、理事主持。族皆有谱，记载本族源流、行状、铭旌及世系、排行（名讳、生卒年、简历）。一般 20 年续修一次，木刻活字，印刷、修谱经费由全族负担或各房分摊，有的要第一次上谱的男孩缴"新丁费"。谱修成后，在宗祠内举行隆重"祭谱"仪式，演圆谱戏庆祝。一般宗族均有祀产，以其租息供祭祀费用，祭后分享胙肉，俗称"分肉碗"。有的家庭逢喜庆亦祭告祖先。长期离家远行，在出归之日举行祭祖仪式，以祝福保佑平安。20 世纪 50 年代土地改革后，祭祀修谱等活动

---

① 义乌市博物馆编《黄山八面厅》。

皆废。通过祭祀共同的祖宗达到族内的团结合作，一旦有超越家庭和家族范围的商业活动，在宗族的组织下更容易协调行动，也提供了共同的商业信息圈，特别是通过血缘关系的融资活动，能够补足农村金融的不足，在此基础上发展起来的"合会"一类组织，为义乌以后的工商发展提供了强大的金融基础。家族和宗族往往还通过"族田"、"公田"、"祀产"等形式，帮助困难的家庭，扶持有培养前途的同宗后代读书科举，形成人才辈出的局面，这些为学做官的人，又反过来帮助家乡，为家乡提供更多的发展机会。

超越血缘关系之外，义乌的乡土性地缘组织也较为发达。传统的节日活动，在过去的义乌农村都有较完整的保留和展现。除了家庭—家族—宗族的结婚、建房、生育、贺生、丧葬、祭祀活动外，还有许多社区性活动，表现出强烈的地域整合作用，如春节期间的迎龙灯、舞狮灯、走马灯、接花灯，其他时节的祭雨、斗牛等。义乌历史上儒、道、释并举，相应的庙会和社戏活动也格外兴旺。借祭祀神灵的名义，达到娱乐活人、整合社会的目的，这是中国各地农村普遍存在的现象，汉字"社会"一词就表明了其含义。新中国成立前全县较大的庙宇在所供神佛生日时都要举行庙会，如稠城镇的三月廿八、十月十五，佛堂镇的十月初十，曹村的九月初八，楂林的八月十三，苏溪的八月十五，义亭、廿三里的九月初九等，醵资演剧于神庙前，并以旗伞、锣鼓、抬阁、罗汉班等娱神。神庙开光，戏班演戏，俗称"做好看"。有的每村演一台戏，几台戏在同时同地演出，俗称"斗台"。远近赶往看戏的，男女塞途，人如潮涌。民国十四年（1925）铜山岩开光，义亭秀才鲍其华（卓甫）撰写在何金玉戏班台柱上的台联，"金鼓闹铜山，屈指算来，月十一，日十一，戏班亦十一；玉萧震铁岭，抬头望去，男万千，女万千，赌局也万千"，真实地再现了当时的热闹场面。[①]

义乌农村在"农商皆重"的经济结构下，更容易将社区活动演变成推动商业贸易的举措。佛堂镇向来是义乌最大的集镇，但过去除了元宵、清明两次灯节，却从无庙会庙市。传说南朝梁普通元年（520），印度天竺国僧达摩来东方传教。当他云游至乌伤，恰逢江水漫溢，就将铜磬抛进江里，磬化为船，救出被洪水围困的百姓。当地百姓在达摩渡江处建"渡磬寺"。寺内楹联题写道"佛堂市兴永千秋"，说明了建寺的商业目的。大约在1932年，商业竞争日趋激烈，佛

---

① 引自义乌市政府公众信息网，http://www.yw.gov.cn。

堂镇商人眼睁睁看着别的地方因有庙会而生意兴隆，也想兴个庙会。于是借题发挥，说当年达摩于农历十月初十离此他往，应在这一天举行庙会作为送行的纪念，逐渐兴起著名的佛堂庙会，随之兴旺的更是佛堂商业，使之成为水陆码头，"千年古镇"终成"百年商埠"，凭借便捷的义乌江水上交通运输，一直凌驾在义乌县城稠城镇之上。① 佛堂镇上的商人，有固定店面开店的称为"坐商"，赶市摆摊做小买卖的称为"行商"。佛堂古镇上"坐商规矩多"的风俗，形成了具有鲜明地方特色的商业文化。他们以精明的头脑、杰出的才能、务实的经营作风，恪守商业道德取得了巨大成就，创造了惊人的财富。

　　义乌在人多地少的情况下，必然走上多种经营的道路。比之其他地方的小农经济发展模式，"鸡毛换糖"的特殊选择最终形成了"农商皆重"的经济结构，在"重农轻商"的中国正统农业文化中，其生存和发展是有限度的。我们从黄山八面厅家族的兴衰史，也可以看到另一种形式的"内卷化"发展状态。主人在最兴盛的时期，用18年时间兴建了八面厅，在这漫长的过程中，有一个"十八根扁担"的故事。主人精心选择了18位忠诚的挑夫，在18年里不断从金华县孝顺镇的火腿总庄挑回建房所需的银钱，每次都伪装成挑蔬菜，18年居然未被人识破。在这个故事背后，可以看到当时的社会背景没有为商业的进一步发展提供条件，即使义乌人经商赚了钱，主人不是用于扩大商业再生产，而是将钱置田买地（据现存的卖田账册，八面厅主人有田1400余亩，地200亩，山37处1000多亩），至多是偷偷地建成豪宅（建有厅堂9座计207间，平房100余间，家族人口最多时达200余人）。只要参观过八面厅的人，都会从精雕细刻的装饰中感受到那种资本无处可去而形成的沉闷的夸富情绪。八面厅主人发财后最壮观的举动，就是再经若干年的积累，将卖火腿的利润变成了庆贺老祖母90寿辰的上百盏花灯，用了上百位挑夫运灯，堆满三大间房子。以后随着大家族的分裂和有才能的家长过世，八面厅的辉煌也就成了过去。② 这或许是历史上许多成功的义乌商人所不断上演的轮回故事，因为传统的社会制度和相应的社会发育程度，都未为义乌商业提供广阔的空间，商业仅只是农业的补充，通过农商并举，养活了一代又一代的义乌人，传递着义乌在农业文明时代少有的商业文脉。

---

① 朱新海：《谈庙会》，载《义乌文史资料》第五辑。
② 义乌市博物馆编《黄山八面厅》。

虽然中国传统的主流文化否定甚至打击商业文明的兴起，但历朝历代的统治者，却无法铲除这种特殊环境下生长起来的以商补农的生存方式，因为"农商皆重"只是义乌人适应自然经济的必然选择，在实质上仍只是小农经济下的一种多种经营形式而已。如果总结义乌在小农经济时代的生存策略，那就是农商皆重，重则灵！在人多地少的制约下，义乌人充分利用传统的家庭、家族、宗族和社区文化的基层组织作用，分工合作，多种经营，以商补农，创造了小农经济时代的繁荣。

三　内外相合合则兴

内在的商业发展需求，还必须辅之以外在的社会环境，工商业才可能顺利成长。义乌近百年的历史充分地展现了这样一个曲折的过程。政治大环境对经济的制约作用，是最明显的制度文化反作用于经济基础的表现。义乌在传统小农经济基础上成长起来的商业萌芽，虽然在一定程度上带来了乡村的繁荣发展，甚至成长起来一批如佛堂、稠城、廿三里、赤岸等小商业集镇，但其性质仍未超出农业经济的范畴，商业的发展一直只是农业的补充，其深层的原因是缺乏现代商业发展的社会基础。19 世纪后半叶西方商业文明大举进入古老的中国，在造成民族危机的同时，也将中国传统的小农经济强行拉入世界经济贸易圈，从根本上侵蚀和改变着中国传统的社会和经济结构，逐渐为近代工商业的发展提供了一个完全不同的社会背景。随着近代工商业在东部沿海的率先兴起，义乌的工商业发展也进入一个新的阶段。

义乌地处浙江中部，东阳江过义乌经兰溪入钱塘江，早有航船直达杭州，其后又有浙赣铁路纵贯义乌，交通更方便，地理环境更优越。于是安徽、福建、绍兴等外地客商纷纷迁来义乌定居经商。19 世纪 90 年代，沪、杭等地首先出现了代表商界利益的商会，义乌商会也应运而生。其初称商会分会，属初期筹备阶段。于 1916 年成为正式商会，名曰"义乌县商会"，先后建立烟业、粮食、酒酱、肉业（包括腌腊）、医药、棉布、南货、京百货、文具、五金（包括铁业）、成衣、什货、银钱（银楼、照相）等 18 个同业公会。但时合时分，其组织有所变动。主要的活动有：①商品批零价格和服务性行业的收费标准，均同行公议，遵守议定价格，各商户无权更动，并挂"同行公议"牌子于门首，有的商户还写上"货真价实、童叟无欺"字牌，以昭信誉。如被顾客发现确有弄虚作假行为者，要受同行组织议处。②调解和仲裁同业间争执和纠纷。③缴交商会会费和筹措商会通过的地方公益事业经费。④相互通报外埠经营信息，研讨办事。有的同业约期聚餐，联络感情，消除同业嫉妒观念。⑤承担商会秉承县府交办事宜。商会在民国八年（1919）举办贫民习艺所，设有木匠、泥水、篾匠、雕刻、染色、纺织、缝纫等科，凡贫民均可进所学艺。1932 年修筑义东公路，成立义东汽车股份有限公司，公路竣工后，公司即备汽车经营客、货运输业务。商会童子联等发起筹股创办义乌发电厂，每股大洋 60 元，共发行股票 120 股，共 7200 元。购进大飞轮 60 匹马力柴油机 1 台，发电机 2 台。白天碾米磨粉，晚上照明，其设备虽简陋但已初步改变以菜油、煤油点灯的陈旧面貌。胡纯道会长任内，深感商会旧址台门傅场所狭窄，以 800 元募捐款，建造了楼房 9 间作办公场所。①

商业的发达，使得义乌经营存贷汇兑业务的钱庄也应运而生。相传晚清义乌就有几家富商兼营银钱存放业务，正式打出钱庄称号的是裕盛钱庄，资本额约 4 万元。钱庄由于实力较雄厚，加上股东杨忠财是义乌籍旅居兰溪的巨商，当时担任兰溪县商会会长，在金、兰、杭、沪等地商界颇有声誉，因此业务兴盛，雇有职工及学徒十一二人。到 1922 ~ 1923 年间，佛堂人毛祥发在上海经商发财，由其弟毛祥荣在佛堂开设了源昌钱庄，地点在中街，资本 4 万 ~ 5 万元，先后聘请金华人周某、绍兴人冯少庭为经理。钱庄的主要业务是吸收私人存款（社会游资），放贷给可靠的工商户，同时承办对外地的汇兑业务。当时存款利息为月息 7 厘左右，贷款利率不固定，根据市场对资金的需求情况而浮动。农历正月、二月间贷款利率可以低到 1 分左右，秋后则可高达 1.8 ~ 2 分。秋后粮食、红糖、柏籽等大量上市，入冬后腌制火腿，经营者需要大量资金，钱庄除运用本身资金放贷，还向外地同行拆借资金来满足本地金融市场的需要。钱庄经营汇兑业务，解决了经商者携带银元既不方便也不安全的问题。向外地销售土产，销后把货款就地交给钱庄，回义乌后就可取款；到外地进货，只要携带本地钱庄签发的汇票就可以购货；对信用好的商户，钱庄还可期票交易。这样就大大提高了经商者的资金使用率。钱庄发挥融通资金的作用，有利于生产和市场繁荣。②

---

① 朱新海、王茂松：《义乌商会史》，载《义乌文史资料》第六辑。
② 朱新海：《解放前佛堂镇钱庄的兴衰》，载《义乌文史资料》第三辑。

　　近代工商业的发展带来了义乌商业文化的短期繁荣，但半殖民地半封建的中国社会性质，却从根本上制约了义乌商业的进一步发展。先是军阀混战，然后是日寇入侵，接着是解放战争，义乌的工商业在这种战乱的背景下奄奄一息。北伐时期，军阀孙传芳部队溃兵经过义乌，勒索商会。以佛堂的钱庄为例，1931年的"九·一八"和1932年的"一·二八"事变后，日寇侵华，世界经济萧条，民族工商业一落千丈，沪杭等地钱庄纷纷停业，严重影响了义乌新兴的钱庄业。1940年，日军渡过钱塘江，一度侵犯诸暨，义乌受到威胁，源昌、裕盛两家钱庄不得不宣告停业。1942年义乌被日军占领，商会所建电厂被毁，工商业都处于凋零状态。抗战胜利，裕盛钱庄曾于1946年恢复营业。由于国民党发动内战，民不聊生，法币天天贬值，钱庄无法继续营业，复业不久的裕盛钱庄于1948年再次宣告停业。[①] 义乌的商会虽然维持到义乌解放，也历经磨难。

　　新中国成立后，在一穷二白的基础上建立社会主义国家，重点发展重工业和城市成为必然的选择，逐渐形成了城乡分割、以农促工的社会经济结构。义乌人经历了所有中国农村走过的历史，走得格外地艰难。义乌市于1950年10月开始进行"土地改革"，1951年开始组织农业互助组，不久组织初级农业社，1956年升级为高级农业合作社。在义乌这种以家庭多种经营、农商并重的地方，实施集体化的单一农业生产，必然要遭到农民的抵制，许多地方为了搞合作社，对单干的农民采取"抄粮食"政策，通过卖余粮强迫这部分农民入社[②]。1958年秋义乌县撤区、乡，县政府下设人民公社，人民公社辖生产大队管理区。全县由原来60个高级农业合作社会重新组成7个人民公社，63个生产大队管理区，2个直属镇。1959年贯彻中央指示，在全县纠正"一平二调"共产风的错误，并退赔无偿调拨的钱物，实行"三级管理"，以生产大队为基本核算单位。1961年10月人民公社开始实行"三级所有，队为基础"，全县除保留2个县直属镇外，新建6个区、45个人民公社。

　　在人民公社制度下，义乌农村也大搞土法上马、大炼钢铁；贯彻"八字宪法"，大办农业；全民发动，大兴水利；建立公共食堂，跑步进入共产主义等活动。1958年8月3日，《义乌报》载称："我县早稻放出第一颗卫星：佛堂镇出

---

① 朱新海：《解放前佛堂镇钱庄的兴衰》，载《义乌文史资料》第三辑。
② 冯志来：《〈半社会主义论〉、〈怎么办〉出台的前前后后》，载《义乌文史资料》第九辑。

现亩产二千斤（一吨）丰产田。"以后粮食亩产后浪推前浪，几千斤、几万斤的消息纷纷出现。① 农民生活日益贫困，在三年困难时期，许多农民逃荒要饭，也出现大量的非正常死亡现象。乔亭村当时有 1400 余人口，正常的死亡率为每年约17～18 人，但 1960 年死亡人数却高达 80 人，出现了历史上罕见的"饿、病、流、荒"现象。② 1960 年冬，义乌县贯彻中央提出的国民经济"调整、巩固、充实、提高"八字方针，采取一系列有效措施，到 1961 年下半年经济开始复苏，人民生活逐步有所好转。

义乌人多种经营、农商并重的经济结构，在人民公社的单一经济制度下遭到严重的扭曲。但这种植根于传统文化的生存方式，必然会"野火烧不尽"似的顽强生长。面对日益加剧的经济困难，人民群众发扬自强自立精神，不断开展生产自救。如开荒种地，外出敲糖换鸡毛，采集田荠、金刚刺、葛根、苎麻根、松毛等代食品，等等。短缺经济加之由于实行单渠道经营，严格限制了商品的正常流通，造成商品奇缺，物价上涨，许多农副产品的黑市价格高出牌价三五倍，甚至十几倍，如大米、猪肉的牌价只有几角钱一斤，而黑市的大米价为两元多，猪肉价达五元多。国营、合作商业经营的农副产品收购价，地方工业、手工业品的价格，短途运输和修理服务行业的收费等都曾一度出现混乱。这也为传统的"农商皆重、多种经营"提供了再生的机会，即使是在当时的政治环境下，农民们仍不断发挥他们的生存智慧，展现其潜藏的商业才能。

张兆曙先生的《乡村五十年：日常经济实践中的国家与农民——以义乌市后乐村为个案的实地研究》一文，为我们展示了义乌市后乐村 50 年社会变迁的真实案例。直到人民公社解体前的 1980 年，后乐村平均每户人家只有不到 1.7 间的住房，年人均集体经济收益分配从未超过 100 元。后乐村农民 50 年来一直顽强地坚持着"农商并重"的经济传统，而且不断顺应时代的发展提升本村的经济结构。在 20 世纪 60 年代末期之前，后乐村被当地人称为"草鞋村"，原因是后乐村家家户户都依托当时的乡村集市从事"草鞋交易"；从 20 世纪 60 年代末期到 70 年代末期，后乐村被称为"鸡毛换糖村"，当时几乎所有家庭的成年男性都要利用各种借口外出"鸡毛换糖"；从 20 世纪 70 年代末期到 90 年代初

---

① 金洪军、翁本忠：《三年困难时期义乌农村情况简述》，载《义乌文史资料》第九辑。
② 冯志来：《〈半社会主义论〉、〈怎么办〉出台的前前后后》，载《义乌文史资料》第九辑。

期，后乐村被称为"小百货村"，大量的后乐村农民从事小百货交易；20世纪90年代初期之后，后乐村则变成了"家庭工业村"，小商品生产取代了小百货经营。发达的小商品生产和商业经营，迅速使后乐村成为廿三里镇的首富村，该村在当地被称为"亿元村"，2000年人均收入达6728元。①

后乐村走过的道路，正是义乌农村发展的整体缩影。历史上长期形成的农商皆重、多种经营的传统，只有在合适的制度文化下才能够发扬光大，达到超越小农经济的质变点，进入全新的商业文明阶段。在遭遇制度文化的阻碍的时候，义乌农商皆重的文化虽然也能表现出顽强的生命力，却更多局限在以商补农的范畴内，无法充分展现其内在的魅力。改革开放以来宽松的政治环境，以经济建设为中心的政策导向，特别是社会主义市场经济制度的确立，为义乌数千年孕育的商业文化提供了前所未有的机遇，"一遇雨露就发芽，一见阳光就灿烂"，内在的商业基因和外在的制度环境一旦相符，义乌的商业文化传统立即表现出惊天动地的爆发力。在当地政府积极的"无为"和有力的护航下，义乌坚持"兴商建市"发展战略，从"鸡毛换糖"、马路市场起步，通过繁荣发展小商品市场，积极推进市场化、工业化、城市化，走出了一条独特的区域经济社会持续快速协调健康发展的成功道路。

四 耕读包容容则大

以农为主、农牧互补从来就是中国源远流长的产业结构，种植业和家畜养殖业形成最古老的生态循环，使有限的土地资源养活了越来越多的人口，成为中国几千年文明生生不息的基本原因，同时也成为安土重迁、不思进取的小农经济思想的根源。在人多地少的地方，除了农牧的结合，加进了农工互补的经济内容，即所谓的男耕女织，同时从事小手工业生产和交换，带来早期的商业繁荣。义乌人生存环境的恶劣，土地资源的严重缺乏，使他们除农牧互补、农工兼营外，还必须挑起货担走出去"鸡毛换糖"，从而走出了一条独有的农商皆本、多种经营的道路。比之其他地方的中国农民，义乌农民从来就不只是经营农业，也不看重老婆孩子热炕头的生活，贫穷逼迫他们走四方，也就"走"出了更宽广的胸怀和眼光。在长期社会实践中沉淀下来的精神文化，又强有力地反作用于社会生

---

① 转引自中国论文下载中心，http：//www.studa.net。

活，构成了义乌独特的精神文化体系。

农商并重、多种经营的生存方式，打破了农业生产特有的农忙农闲的时间划分，义乌人一年四季都在辛勤地劳作，养成了义乌人勤劳实干的基本地方文化特征。"闷头发大财"是义乌人经常说的一句话，表明了义乌人注重实干不务虚名的人生态度。在义乌的大街上，平日里很难看到衣冠楚楚、闲庭信步的人，从外表不容易分辨出贫富贵贱，人们都在匆忙地做着自己的工作。义乌人重视创业却不重视享受，看重实干却不尚空谈。农商皆重、多种经营的生存方式，也打破了地域上的乡土局限性，义乌人是最早从农田里拔出腿来的中国农民，他们挑着货担走四方，这使得他们不仅能够吃苦，还必须具有极大的开拓精神，也必须摒弃小农经济带来的强烈本位主义，培养出平等互利的思想观念，逐渐发展成为农业社会中极为少见的经济理性和商业精神。

义乌的"货郎担"作为农民中的一个特殊群体，有着强烈的求生欲望和求利动机。但单纯的求生欲望并不一定就是商业精神，其中需要从求生的功利追求转化为对货币增值的功利追求，有学者认为促成这一转化的一个契机就是历史上著名的义乌兵。义乌兵不仅创造了义乌农民离农经商的契机，影响了一代代义乌人，而且义乌兵在军旅生涯，尤其是在作战中养成的一些习惯和传统，对义乌人独特的商业运作方式也有着深远的影响。戚家军特别注重士兵的组织纪律和作战时的分工合作，这样才能依靠集体的力量战胜个人能力远高于农民兵源的倭寇海盗。而且戚家军特意用义乌人来组织指挥义乌人，在军队中容易形成核心。当这些义乌兵退役后被迫背井离乡做起小生意的时候，在这种传统影响下的商业活动也表现出有组织的分工合作。通过组织和合作将千万个分散的农民组成一个商业团队，商业团队之间有着明确的市场范围，在一个市场范围内有组织地形成了商业网络，只要义乌人到一个地方，他就能依靠着一个网络和组织在短时间之内开始商业活动，这一特点保留着义乌兵组织良好、团结合作的优长。①

义乌兵的后人们，还有不少世代留在了外地，表现出义乌人特有的敬业爱岗精神。明代隆庆三年（1569），戚继光开始调配士卒，在蓟镇（现山海关西）东至镇边（今北京昌平县西）的1000公里防线上，建筑空心台。经过数年的艰苦

---

① 白小虎：《文化内生制度与经济发展的文化解释——鸡毛换糖、义乌兵与板凳龙》，载《浙江社会科学》2006 年第 2 期。

努力，至万历三年（1575），整个蓟镇长城共建成了1337座空心台，从而结束了守军暴露在风霜雨雪之中的艰苦生活。据《明史·戚继光传》的记载：隆庆五年秋，台功成。精坚雄壮，2000里声势相连，益募浙兵9000余守之。这9000人分到长城沿线各个提调辖段，按户分守一座空心台，这在董家口、城子峪一带明代属蓟镇石门路大毛山提调辖段最为突出，如今人们仍然称其当年戍守过的台楼为"张家楼"、"孙家楼"、"陈家楼"等等。在城子峪堡南关、城里的明代街上，随处可见人字梁瓦屋，早些年的高跷秧歌、跑旱船、祭祀祖先上坟等等民俗，均和义乌方志介绍的差不多，随处可以发现义乌的影子，他们甚至将家乡的茶楼搬到了长城脚下。[①] 这些北迁戍边的义乌人，就世代与长城为伴，他们身上体现了义乌人顽强的生命力。今天我们在看到大量的外地人迁入义乌的时候，还有不少的义乌人纷纷到外地谋生，他们高喊着"义乌人来了"，将小商品市场从东部、中部直推到西部，从国内办到了国外，这种文化之根至少可以追到400多年前守长城的义乌人身上。

事实上，整个中国在历史上就是一个人口流动的大舞台，义乌也不例外。语言是最能显示人类群体迁徙变化的指标，义乌方言是浙江南区吴语婺州片中的一个小分支，全市均讲吴语。义乌话受邻近方言的影响较大，内部差异也较明显，有"义乌十八腔，隔溪不一样"的说法，义乌话的多样性说明义乌人在历史上有相当复杂的来源。戚继光带领义乌兵，转战东南沿海，扫平了倭寇，北修长城，史书记载他祖居安徽定远，后迁山东东牟，他怎么会和义乌人产生关系？经后人考证，原来戚继光是东海戚氏的子孙，而东海戚氏本源于义乌赤岸，现子孙仍在义乌东阳等地居住。[②] 这既说明戚氏原来是回家乡组织的子弟兵，就像后来曾国藩率领湘军、李鸿章率领淮军，都是依托传统的宗族、乡土关系来维系；同时也说明义乌长期有着较为频繁的人口流动，比之安土重迁的其他地方农民，更具有开拓和包容精神。

这种包容精神也表现在义乌的宗教文化上。义乌自古以来就是具有多种宗教信仰并存的地方，对不同的宗教信仰具有很大的宽容性。佛教自南朝萧梁代传入义乌，历唐至宋，寺庙林立，僧尼众多。据嘉庆《义乌县志·寺观》记载，清

---

① "义乌兵与长城茶苑"，引自义乌市政府公众信息网，http://www.yw.gov.cn。

② 资料引自义乌市政府公众信息网，http://www.yw.gov.cn。

时有宝林禅寺、圣寿禅寺、仙山教寺、云黄庵等寺庙113处，据1952年7月调查，尚存寺13处，庵4处。"文化大革命"期间又毁坏一部分，近年部分寺庵得以修复，庙会时有信众聚拜，1985年经县府批准的有9处寺庙。道观据嘉庆《义乌县志·寺观》记载，当时有伏魔道院、元真道院、开元观等，有道士住持。后来道观皆废。到新中国成立前夕虽有少数道士存在，但已分散住家，务农为主。唯受雇请时则设醮做道场，画符念咒，为人"驱邪赶鬼"。基督教于清光绪二十一年（1895）传入义乌。新中国成立前有4个派系，1949年后增加1个，共有5个派系，各自独立活动。1979年后统一组织，成立义乌县基督教"三自"爱国运动委员会。清光绪二十九年（1903）三月，天主教传入义乌，在稠城镇赶婆桥设天主堂，后曾迁至西门街蒋宅弄，一直影响不大。随着义乌成为现代商贸城市，又增加了伊斯兰教的信徒，义乌市宗教部门专门划拨地皮建起了清真寺，并扩大重建了基督教堂。

传统的包容精神，包含着现代商业文明的基本精神内涵，所谓有容乃大。义乌人从"客人是条龙，不来要受穷"的朴素观念出发，从来就是以平等互惠的态度热忱欢迎外来人。在当地人和外地人产生矛盾时，反而会偏向外地人。这就排除了地方本位主义的干扰，为义乌从一个区域市场转化为全国市场，而且正努力建设世界小商品大市场，打下了坚实的基础。目前，以商贸流通、物流、金融、会展、购物旅游等为主体的现代服务业体系在义乌基本形成，全市已设有各类金融机构37家；货运企业13家，国内货运经营单位600多家，货运直达全国250多个大中城市；宾馆700多家，床位总数5.5万张，平均住宿率75%以上；有各类异国餐厅30多家，境外商品专卖店50余家；有律师事务所、会计税务代理机构、人才职业介绍所、科技中介机构、翻译机构及各类培训机构235家，组建行业协会和商会55家。购物旅游业蓬勃发展，2005年义乌共接待游客360万人次，其中境外游客20万人次。全市共有各类服务业经营单位10万余家，从业人员50多万人，2005年的第三产业增加值占GDP的比重已达50.9%。

随着市场化、工业化、城市化、国际化的不断推进，义乌已经成为一个外来建设者超过本地人口的多民族聚居的"移民"城市。全市160余万人口中，常住外来人口近100万人，常住外商近8000人；外来人口中有40个少数民族的群众数万人，其中仅穆斯林就有6000多人。面对新情况新问题，义乌积极推行"外来人口本地化"政策，逐步使流动人员在社会保障、医疗、住房、就业、子女上学、职业介绍、劳动保护等方面享有市民待遇，增强流动人口的归属感和主人翁意识，真正使流动人口融入"第二故乡"，由"城市边缘人"成为"城市建设的生力军"，推行社会化管理、亲情化服务、人性化执法。坚持把服务融入管理的全过程，努力以优化服务促进管理，以优质服务凝聚人心。义乌还把"外来打工者"改称为"外来建设者"，强调用开放、包容、平等的理念善待他们，组织开展"十佳外来建设者"和"优秀外来建设者"评选活动，鼓励他们为义乌建设争作贡献。针对义乌常驻外商多的情况，积极探索涉外警务新机制，建立外事专管员和外事联络员制度。义乌还在全国首开外来职工参与人大代表、政协委员选举和担任人民陪审员的先河，已有65名外来建设者当选为镇级人大代表，11人当选为市级人大代表。

　　义乌能够从一个农业小县，成长为有世界影响的小商品市场，一个很重要的原因就是注重人力资源的开发。小农经济时代的农商皆重，就是以劳动力资源补自然资源的不足，而鸡毛换糖的小商业形式，更是典型的以劳动换资本，积少成多地解决了商业所必需的原始积累问题。仅只如此，义乌永远也走不出农村集镇的水平。这时，义乌特有的传统文化就发挥了重要作用。义乌人向来不只追求物质财富，民间奉行"穷不丢书"的传统，特别讲究"耕读传家"，既注重物质文明建设，也注重精神文明建设，历代产生一大批著名的学者和官员。义乌老百姓注重教育投资，我们在义乌中学参观时，不仅看到了现代化的教育设施，更注意到义乌人对教育捐资助学的热情，政府也一直在倡导建立学习型城市、学习型社会。随着国际商贸往来的日益频繁，在外商开始学习汉语的同时，义乌市民学习外语的热情也日益高涨。义乌市教育部门也有针对性地组织开设了外贸英语、电子商务等课程，免费进行培训，仅2002年就培训了1.14万人。更为重要的是，义乌人因此学到了先进的商业文化理念，使得义乌的小商品市场不断得以提升。

　　值得一说的是，义乌素有文化之乡的美誉，著名的有"初唐四杰"之一骆宾王、宋朝抗金名将宗泽、金元四大名医之一朱丹溪及现代教育家陈望道、文艺理论家冯雪峰、历史学家吴晗等。改革开放以来，义乌市认真贯彻把"精神文明建设落实到城乡实处"和坚持文化事业和文化产业协调发展，文化建设取得了可喜成绩，至2004年6月，城市中心区共有公益性文化设施7.25万平方米（不含各类公共文化广场），镇街道有文化设施1.78万平方米。城区有"三馆"（图书馆、文化馆、博物馆）、三院（书法院、画院、剧院）、一团一办一公司

（婺剧团、文化市场管理办公室、电影公司），有 13 个镇街道文化站，5 家镇街道文化中心（其中省级文化明珠 3 颗、金华市级明珠 2 颗），10 个镇街万册图书馆、5 家国有影院、36 家农村电影队。其中市图书馆建筑面积 3500 平方米，义乌剧院 3764 平方米，义乌婺剧团 2638 平方米，义乌影都 5000 平方米，绣湖体育馆 2900 平方米，座位 1400 个；梅湖体育场有 3.5 万座位，体育馆座位 6000 个。文化网络进一步健全，文化设施得到了较大改善，有力地促进了文化体育事业的发展，获得了"全国文化先进县"、"全国体育先进县"、"中国武术之乡"、"中国现代民间绘画之乡"、"中国曲艺之乡"等荣誉。[①] 2006 年、2007 年连续两年成功举办了中国义乌（国际）文化产业博览会。

五　义利共举举则明

简单对义乌精神文化特征进行总结，那就是崇尚勤劳、注重合作，讲究耕读传家，富有开拓精神，而且有容乃大。如果要进一步深究，就会发现在这些品质后面，还有更深层次的精神结构。义乌人重视利益也很会创造财富，但支撑"利"的却是另一个"义"字。这个"义"字既潜伏在义乌人祖祖辈辈相传的民间文化传统中，也包含在数千年农业文明所依托的中国传统的儒家文化里，更表现在建设中国特色社会主义的伟大实践中。有了"义"的支撑，义乌人的"利"走得更远，也更具丰富的内涵，用最简短的语言概括，就是义利并举，举则明！

义乌的地名来自乌伤，传说秦时孝子颜乌事亲至孝，父丧自己负土埋葬，感动天上的乌鸦飞来衔土相助，以致喙伤，反映了当地人民尊老重亲的传统。南宋义乌名士徐侨任职太常少卿时，为理宗赵昀侍讲经筵，专门讲了这个故事，强调忠孝乃治国之本。右丞相乔行简奏请理宗给孝子颜乌立庙。理宗亲赐"永慕庙"匾额一块，命携回义乌并饬知县蒋祀嘉在孝子坟旁择地建造永慕庙，供奉孝子颜乌牌位，永享香火，忠孝文化在义乌更是发扬光大。义乌文化底蕴深厚，历代修志多达十余部，旧县志称颂本县民情风俗："颜宗流风薰被，民多尊长孝亲，忠心为国"；"崇礼仪，尚孝义"；"勤劳俭朴，鲠直好武"。

除了彰显孝道文化外，义乌的民间传说也表达了人们对传统美德的推崇。航慈溪桥的传说，对急公好义充满敬重之情。据说从前航慈溪上的木桥常被大水冲

---

① 　资料引自义乌市政府公众信息网，http：//www.yw.gov.cn。

走，涉水过溪的人时有被淹死的。当地傅员外用一半家财，在溪上建了一座石桥，但不留下建桥者的姓名。后来桥两端被大水冲坍，子遵父嘱，变卖家产重建石桥，也不留名。从此洪水畅流，保住石桥，交通方便，年年丰收。但傅员外子孙贫困，三代倾家修桥不留名的美德广为流传，百姓造庙永祀。

还金亭的故事，则是对信义的表彰。相传某天傍晚，有个商人路过今夏演乡桥头村，休息后急于赶路，忘带装有金银的褡裢，被一老农拾得。深夜，失主返寻，老农将原物归还。商人以一半金银酬谢。老农不受也不告诉姓名。后商人特在桥头建了座"还金亭"。

取金钟的故事，表达了"父子一条心，泥土变黄金"的古老训诫，强调人与人之间的团结合作。相传塔山脚下的双林寺大殿前有口塘，塘里有个金钟，需十个亲兄弟齐心协力才能取出。而义亭的故事，则有两个版本，一是狗为看守主人遗失的钱袋活活饿死，人们为纪念其忠心而建亭，宣传的是忠诚精神；另一个则是传说早在隋朝年间，义亭地方只有几垛草房，也没有村名。一条从乌伤去婺州的官路从中穿过，商贾行人多在路旁的十棵高大松树下歇脚，常因无处避雨而难堪。时到唐初，有鲍氏从山东平阳迁来此处居住，人丁逐渐兴旺，便召集长老议事，提议建亭造福社会。族人们纷纷响应，有钱出钱，有物出物，有力出力，不多时便造成凉亭一座，接着在大树四周，一连造了五座亭子，村名也因之为五亭。唐朝兴忠扬孝，到了唐末"孝义"二字深入人心，义乌县衙决定改"五亭"为"义亭"，从此义亭之称一直沿用至今。

这些流传千百年的民间传说，陶冶了一代又一代的义乌人，使传统的忠、孝、信、义等传统美德家喻户晓，代代相传，既构造起义乌独特的地方文化传统，也在义乌的现代发展中起着重要的文化整合作用。这些传统的美德曾一度在"文化大革命"中被当作封建主义的流毒遭到反复的批判，现在也多少被看做传统的包袱而遭到漠视。当我们在惊奇义乌的现代发展奇迹时，千万要记住这些潜伏民间的传统文化，它们一样在现代化进程中起着重要的精神建构作用。义乌人历来奉行儒家文化的传统价值观，主张"老吾老以及人之老，幼吾幼以及人之幼"，寄情于人与人仁爱、人与社会和睦，培植"万物一体"的整体关怀，追求人与自然和谐，这种精神追求，使义乌在历史上一直保持了较为和谐的状态。尤其可贵的是，义乌人在富裕之后，立即着手解决长期形成的城乡差距和贫富差距问题，最早开始城乡一体化建设，大力进行以工补农、以城带乡。积极推进社会保障体制建设，初步形成覆盖城乡的一体化社会保障体系。针对义乌私营企业多、职工流动性大的特点，切实抓好养老、失业、工伤等保险的扩面征缴工作。建立和完善了以大病统筹为主的合理可行的新型城乡居民医疗保险制度，对五保户、低保户、特困残疾人、退职民办教师等困难群体由财政专项资金解决，被征地农民大病医疗保险个人缴费部分也全部由市财政承担。实施无助病人救助制度，使困难群众得到及时有效的救助。顺应城乡一体化进程，实行个人专户与社会统筹相结合的保障模式，解决被征地农村居民的基本生活保障问题。目前，全市各类保险已达 200 万人次。养老保险已实现企业全覆盖，工伤保险基本覆盖；城镇职工基本医疗保险参保人数 5.2 万人；城乡居民大病医疗保险参保率达 72.1%；农村被征地农民养老保险率为 91.3%，农村"五保"和城镇"三无"人员集中供养率达 100%。

从超越民间的基层文化结构，我们可以看到从农业文明里生长出来的儒家文化，在浙江的土地上发生了一些明显的变异。重农轻商的传统在这里变成了农商并重，更加关注民生，重视民利。浙江学者从来都具有强烈的自主批评精神和民生为本意识。在浙江的文化史上，东汉王充是具有独立批判意识的第一人，主张"自主、从实、明理、合道"，将自由思想、独立判断视为"天道自然"的组成部分，打破了人为的精神藩篱，为解放思想，独立思考，提供了重要的理论依据。南宋时期，当"存天理，灭人欲"的程朱理学成为儒学正统而得到统治者的推崇时，却在浙江遇到了批判和修正，叶适、陈亮、吕祖谦等人提出了"义利并立"、"以利合义"的事功学说，在全国的学术格局中兴起自成体系的浙学。在明末清初，催生了以黄宗羲、万斯同、全祖望、章学诚为代表的浙东学派。黄宗羲大力强调"工商皆本"，主张发展工商业，打破重农抑商的藩篱，其重商理论已接近近代的经济思想，而他最大的贡献还在于倡导民本思想，以"万民之忧乐"为天下大事，关注国计民生，提出著名的"黄宗羲定律"，给予后世以深远的影响。无论是以叶适为代表的"务实而不务虚"的永嘉学派，还是以陈亮为代表的"才德双行"、"义利双行"的永康学派；无论是以吕祖谦为代表的"切于实用"的金华学派，还是提倡个性自觉和主体能动的阳明心学；无论是被历代商贾尊为祖师爷的范蠡，还是呼吁"不拘一格降人才"的龚自珍；近代的革命的精神领袖章太炎、蔡元培、鲁迅、邵飘萍、陈望道等，他们留下了一脉相承的义利并举的价值观念和求真务实的行为取向。这些取向恰恰与现代市场经济的发展要求比较吻合，造就了义乌人健康的财富观（"取之有道"）和永不气馁的持续进取精神。

六 刚正勇为图发展

经济学知识之所以难以解释义乌奇迹的奥秘，根源不在于经济学解释工具不够犀利和精巧，关键在于一个地方的发展动力不是来自理论的实验室，而是来自现实生存和发展竞争的压力。不同地区的居民由于文化及价值观的差异，迎接这种压力的态度及行为各不相同，造就了不同的地域文化和发展道路。由于经济学过多地关注资源禀赋和自然区位特点等容易量化分析的"物质"方面的"硬"实力，因而难以深入到不同地方人群的生产生活方式内部寻找"硬"实力背后的"软"实力。其实，一个地方能否发展的关键还是当地人民自身所拥有的综合竞争实力。义乌人在稀缺的土地资源、匮乏的自然资源等劣势面前，谋生存、求发展的思路和实践只能是眼光向外、通过发挥自身的勤劳智慧获取（区域）外部的资源。这是市场经济天生的发展动力，也是蕴藏在义乌人尤其是广大民众身上的文化基因。可以说，自古以来，义乌民众发展商品经济、从事市场交换、寻求生存发展的内在动力十足，基础深厚。

值得欣慰的是，义乌的"官方"文化对民众的这种发展要求是理解的、宽容的，在一定程度上还给予支持和引导。当地知识分子在"重农抑商"传统儒家文化的大环境下，发展出了容忍商业存在和谋取商业利益的"实用"之学。这是地方小传统对国家"大传统"的一种改造，以适应本地生存发展的需要。在国家垄断现代工商业发展的计划经济时期，当地政府与人民对发展市场经济的渴望并没有完全被压制。共同的地域文化基因使当地政府官员与当地民众在发展道路方面容易沟通和达到高度的共识。政府与市场、官员（包括各种广义的知识分子）与民众成为发展的协作者，形成了合力。这种现象在义乌和整个浙江都比较明显。在这种深厚的发展基础支撑下，一旦外部环境得到改善，除非自身出现发展决策方面的错误或者失误，其发展之势将难以阻挡。

政府作用的有效发挥取决于当地官员的群体素质和行为取向。义乌耕读包容的文化氛围造就了一大批优秀的、具有专业风范的官员队伍。他们在价值取向和专业技能方面更加符合当地发展的需要。在他们的带领和支持引导下，义乌民众深厚的发展力量得到了充分的释放空间。

　　义乌位于浙江省的中部，深受各路浙江儒学的影响，历史上人才辈出，儒家传统的"立功、立言、立德"三立思想，较为深刻地影响着世代为学从政的义乌人，这些优秀的官场文化传统，对义乌的现代发展也起着至关重要的作用。楼偃（461～547），字希贤，南朝齐梁时乌伤县（今义乌市）香山人，在梁武帝时，征战沙场，镇守北平数十年，立下了汗马功劳，被封为燕国公。告老还乡后，又应达摩之请，主持修建了香山寺。宗泽（1060～1128），字汝霖，婺州义乌人。生活于民族矛盾极其尖锐复杂的北宋、南宋之交，是在抗金斗争中涌现出来的杰出政治家、军事家，我国历史上著名的民族英雄。毛炳（约1170～1245），字伯光，义乌稠城人。因抗金有功，擢官兵部郎中，进职天章阁待制，迁至宝谟阁学士。为官公正廉明，不肯依附权势，敢于上书历数奸相史弥远之罪。直谏犯颜，反遭斥责。因而绝意仕途，请求辞官归里，卒于途中。喻侃（1154～1237），字伯经，婺州义乌香山（今义乌市城西街道东河）人。义乌著名文人喻良弼之侄。进士出身，为官清廉勤政，然仕途坎坷。"头顶法理三尺剑，为民作主莫糊涂。"喻侃执法如山，不偏不袒，"喻青天"的名声不胫而走。致仕后，闭门著书立说，著述颇丰。叶由庚（1202～1279），南宋理学家，他精心研究、传播理学，学识渊博，主张知行并进，修身齐家，身体力行，因而备受尊重，称为"修身践行之士"。以上只是义乌历史上涌现的大量优秀人才中的几位代表，他们要么在国家危亡之际挺身而出，忠诚报国；要么为官清正，廉洁自爱；要么奉公执法，不徇私情；要么为学严谨，身体力行。

　　除此之外，在近代传入的马克思主义所代表的红色文化，也给义乌文化注入了全新的活力。义乌市城西街道夏演分水塘人陈望道（1891～1977），是我国著名的语言学家、教育家。1915年赴日本留学，回国后任教于浙江第一师范学校。1919年冬，在老家的柴火房里，他翻译出版了第一本《共产党宣言》，毛泽东同志就是读了这本书后开始研究马克思主义的。这本伟大的著作点燃了中国革命的天火，为苦难的中国指明了前进的方向。在这以后，义乌人从土地革命时期开始，历经抗日战争、解放战争，一批又一批优秀儿女前仆后继，英勇战斗，为新中国的建立作出了自己的贡献。新中国成立以来历代义乌党政领导努力工作，奋发图强。特别是改革开放以来，坚持班子只当"流水兵"、发展才是"铁营盘"的理念，历届党政班子始终咬住"兴商建市"的发展战略不动摇，以专业市场的发展和提升带动工业化、城市化、国际化。在推进社会经济快速发展过程中，

"义乌市委、市政府始终坚持在推进经济社会发展中既有所作为，又决不为所欲为。他们尊重群众首创精神，决不置之不理；尊重市场在资源配置中的基础性作用，决不放任自流；面对事关经济社会发展全局的重大问题，决不放弃领导；面对资源要素的瓶颈制约，决不无所作为。他们始终保持强烈的危机意识和忧患意识，抢抓机遇不松劲，遇到困难不退缩，做到清醒坚定有作为。他们牢牢把握发展的主导权，适时提出重大战略举措，依法调控管理市场，积极创造良好环境，不断提高驾驭市场经济的能力和构建和谐社会的能力"①。

可以说历史上的"为民做主、勤政廉洁"的官场文化传统，与中国共产党奉行的"立党为公、执政为民"的现代政治理念结合在一起，造就了义乌良好的政治文化氛围，使义乌的当政者站得更高，看得更远。加上传统的"义利并举"的儒家思想和植根于群众中的忠孝信义传统，使义乌的干部群众同心同德，与时俱进，不断进取，才创造出令世人震惊的"义乌奇迹"。

义乌发展的经验有千条万条，人们已经从各个角度进行了总结。如果从现代政府与市场的关系进一步分析，归根结底在于历代当地政府坚持从本地实际出发，真正做到了胡锦涛同志 2007 年 6 月 25 日在中共中央党校讲话中提出的"四个坚定不移"。义乌从改革开放之初的"四个允许"出发，尊重人民群众的首创精神，因势利导，不断提升义乌小商品市场的品质，从地方性市场到区域性市场，再到全国性市场，最终成为国际性市场。逐渐形成"兴商建市"、"以商促工"、"城乡一体"的递进性科学发展模式，始终干在实处，走在前列。

创造"义乌奇迹"成功的原因，首先是义乌历届党政领导，坚定不移地做到解放思想，以实事求是的马克思主义基本态度，积极应对新形势新问题，引领着经济社会健康发展。其次是坚定不移地走改革开放的道路，立足义乌的实际情况，努力开拓国内国际两个市场，不断提升产业结构，改革阻碍生产力进步的各种因素，率先在全国探索和建立适应社会主义市场经济的体制和机制。再次是坚定不移地按照科学发展观办事，政府有所为，有所不为，准确把握发展的主动权，按照"五个统筹"的基本要求，整体推进经济、政治、文化、社会的全面发展。最后是坚定不移地全面建设小康社会，针对现实生活中突出的矛盾和问

---

① "义乌发展经验"调研组：《全面建设小康社会的成功典范——关于义乌发展经验的调查报告》。

题，具体而微地落实以人为本的思想，真正做到执政为民，推行"阳光行政"，处处事事把人民的利益放在首位，鼓励全民创业，实干兴市，让各种创造力都进发出来。大力推行城乡一体化，提高农民生活水平，关注外来务工人员、城市弱势群体的利益，提升社会保障能力。使得困扰中国的贫富、区域和城乡三大矛盾，在义乌都得到有效解决，成为建设社会主义和谐社会的成功典范。

　　义乌在改革开放以来所取得的巨大成就，充分证明了社会主义市场经济的活力和深入贯彻科学发展观的重要性，为中国其他地区在新世纪的进一步发展树立了榜样。文化是一种巨大的力量，在"义乌奇迹"背后，既蕴藏着义乌数千年来的深厚文化积累，也表现出当代义乌人与时俱进的文化创新能力。"勤耕好学、刚正勇为、诚信包容"的义乌精神，对义乌的快速发展起着重要的支撑作用。

第三章
当代义乌崛起的精神秘密

"文化"虽然是个可大可小的概念，但所有文化对象都有个共同特征，即它无非是物质与精神的复合体：物质的东西构成有形载体或表现形式，精神的东西则是被负载或被表现的意义内涵。从生成的角度看，一个被归入"文化"范畴的产品一定是（或可以被理解为）精神创造物——因此，"精神变物质"这句话在文化领域是绝对正确而且必须如此的。义乌作为依靠"兴商建（县）市"战略崛起的城市，其崛起离不开义乌人的文化精神尤其是现代商业精神。本章运用群体意识分析的方法，描述义乌人尤其是义乌民众的现代商业精神和经济伦理是如何"自下而上"地从传统和底层民众意识中发生的。同时，从规则制定的角度，观察义乌历代领导集体是如何在"顺应民意"（无为）的前提下扮演"规则制定"（有为）角色的，即如何把群众的自发创业热情转变为一种自觉的制度创新力量的。只有认识清楚义乌的群众和领导者所拥有的精神世界，才能从文化的角度解释义乌崛起的精神动力之源。

第一节　边缘地带群体性创业精神与内在活力

"有生于无"与"无中生有"是孪生语词，但后者强调物质的东西有着精神的根由，套句我们熟悉的话说，"精神变物质"。对当今中国人来说，"精神变物质"是个有着严重历史问题的说法。当初基督教《圣经·旧约》开篇就讲了这样一段神话："起初，神创造天地。……神说：'要有光。'就有了光。"这个神话罗列了许多个神用语词创造世界的事。而"用语词呼唤世界"的想象甚至比《圣经》产生的还要早得多。文化人类学家说 4000 多年前的苏美尔神话中就已经包含着这类叙事内容。"神话"顾名思义是人所不能行的，因此，人们称这类"精神变物质"的故事是宗教唯心主义的幻想。除了《圣经》，我国 1958 年大跃进也强调"精神变物质"，"变"的结果酿成了一个悲剧性的历史记忆。从那以后，"精神变物质"就成了一个狂热时代的语词标签。但语词创造世界、呼唤造就未来的事在人类世界中本来就有，只是看人们如何对它进行科学的解释。

以当代义乌来说，它的商业发展原本不具备物质性的初始性条件。它当初的商业发展唯一可以凭恃的只是一种积淀于传统、蕴藏于民心的群体性致富欲望，而观念、欲望或精神在哲学上也常被界定为"无"，所以"精神变物质"就成为当代义乌商贸奇迹"有生于无"的最贴切文化解释。一个现代性社会，无论是"原发型"还是"后发型"的，如果没有那种看似"乌有"实则强劲的群体性"创业热情"，那是无论如何也"发"不起来的。值得注意的是，义乌干部群众中蕴藏的那种最有利于社会主义市场经济创建和完善的群体意识并非舶来之物，它在义乌传统中即有其根苗。由于义乌在中国传统时代长期处于边缘地位，这种根苗和基因始终得到护持，并最终在现代性来临的时代"一遇雨露便发芽"。

一 "颜乌葬父"与"鸡毛换糖"：传统与现代的两大起点故事

一个精神文化传统往往会有一个源头性的故事或神话。这类故事的形成看似偶然，故事内容最初也看似平淡，但它却蕴涵着后面的所有解释源泉，并随着不断的解释而日益衍生出规范制约的力量。公元前 9 世纪的荷马史诗对希腊乃至西方传统的影响是如此；17 世纪初美国"五月花号"故事也对这个尊重契约、崇尚完全市场经济的民族产生了重要的塑造作用。① 因此，探讨义乌的文化——无论是古典的还是现代的，都应当从起点性传说开始。而"颜乌葬父"与"鸡毛换糖"就构成了义乌"传统时代"与"当代"的两大源头性故事。

我们从"颜乌葬父"的故事可看到如下的精神要素构成。

---

① 1620 年 9 月 6 日，102 名英国清教徒从英国普利茅茨港出发乘"五月花号"（Mayflower）船前往美洲开辟第一块殖民地。这些人在船上签署了《五月花公约》。经过后来数代人的征引解读和引申，这份协议成为美国民主制度、契约精神和以"独立"为核心的美国精神的源头性文件。这批清教徒在美国马萨诸塞州登陆处至今也叫普利茅茨。

（1）颜乌葬父是个民间故事。这种故事的"民间性"首先体现在"颜乌"这个人名构成上："颜"字蕴涵着一种谱系联想，它让人想到孔子的第一门生颜回；"乌"则与中国民间的"孝鸟"乌鸦形成暗射关系，并由这个关系转而形成一种价值联想，即让人想到"孝义为本"这个中国主流传统的重要核心价值。俗语说"百行孝为先"。孔子更断言孝是"为仁之本"，"君子务本，本立而道生"。① 由此可见，先秦时代的义乌虽地处偏僻，但其民众在核心价值方面已"翕然向化"，归于主流了。

（2）"本立而道生"。秦汉以降，始于"孝义"的义乌古典精神日益向着"义"之内涵的全方位展示这个方向发展。于是在唐代，"义"被嵌入这个县的正式名称中，而与"孝义"并行的"忠义"逐渐成为唐宋以后故事演绎的主流价值线索。这些故事从骆宾王草檄开始一直流传到现代。

（3）"刚正"、"忠义"价值观的影响。义乌人的"刚"缘于越民"性脆而愚"。"脆"即宁折不弯的刚直。与此同时，义乌人十分重视孝道，具有"忠义"传统。经历了南宋抗金抗元、明代3000义乌兵抗倭的洗礼，塑造了义乌人的"刚猛"、"忠义"性格。今天的"义乌精神"，无论其早期版本（8个字）还是最新版本（12个字），都弃用"柔慧"而采用"刚正有为"这4个字，足见义乌人性中的"刚性"特征。当初孔子论中国南北人民性格差异时论到："宽柔以教，不报无道，南方之强也。……衽金戈，死而不厌，北方之强也。"② 而宗泽抗金和义乌3000子弟兵的经典故事则告诉我们，义乌人更像是"南方的北方人"。

（4）义乌在漫长的中国古代经济政治文化地图上长期处于"边缘"地位，因而其民众信念和积习就难免会形成一些与中国主流传统和主流价值略为脱节的边缘特性。如果说其古典精神凸显着鲜明的"以义为本"线索，而这一线索大体属于中国主流传统的核心价值，那么宋明以来浙东学派大力倡导的"义利并重、工商皆本"思想则显示出强烈的"边缘思想"特征。正是这种"在传统中的边缘思想"为义乌"古代故事"向"现代故事"的转型埋下了重要的伏笔。

当代义乌崛起的基础是商业。但义乌人"经商意识"的萌发由来已久。《宋史》曾以赞许口吻评价义乌人说："善进取，急图利，而奇技之巧出焉。"我们

---

① 语见《论语·学而》。
② 参见《中庸·十章》。

知道，中国主流大传统的极端形态表现为孟子的那句质问："王何必曰利？"即使有变通者认为"图利"是必要的，也会把这个行为视为末行。因此，在"士农工商"百业排序中"商"为末，在"重本抑末"的传统国策中"末"为商。韩愈因此会说"巫医药师百工之人君子不齿"。但"八山一水一分田"的自然条件，远离政治和意识形态中心的文化地理，都让生活在边缘状态的义乌传统获得了吸纳"商与利"的机会空间。

翻阅义乌古代商业史，我们看到自汉唐到宋元，义乌的商品经济是一有机会就滋生，这种态势在明末清初愈演愈烈，而"鸡毛换糖"或"敲糖帮"故事在17世纪中叶的清初已经产生。有了这个背景，我们就可以理解，1978年之前，"敲糖帮"这一生业一直是义乌这块土地上的重要副业。今天每当人们谈到"义乌国际小商品城"，必提到"鸡毛换糖"传统，并由此上溯到"敲糖帮"的初起，上溯到义乌人"进取图利、义利并重"的信念，可以说，"鸡毛换糖"成为义乌现代性进程的源头性故事。解析这个故事，可引申出如下判断。

（1）如果说中国传统经济是农本经济，"鸡毛换糖"则代表着由"农商"承担的"边缘经济"。所谓"农商"是指那些务农为主的小生意人；所谓"边缘"意味着农商经济只是副业，它的经营对象是小商品，其所得除了补充农业收入，无法形成大规模的资本积累。

（2）"鸡毛换糖"的民间性和草根性商业行为，虽然一直没有发达为强大的现代市场创建，但它在数百年来一向"持续着"。这种"持续性"使它积淀为一种"进取图利"的民间传统，它为现代商业的崛起创造了精神温床。

（3）"鸡毛换糖"既然是一种持续性的商业活动，就离不开"信用"观念。不过它的信用观念是基于熟人社会的基础上，因而具有强烈的非形式、非法制的民间习俗特征。

（4）"鸡毛换糖"不仅仅是指民间糖业经济，它代表着一种民间性的商业经济。但中国传统时代固有的兴废循环逻辑使这种小商品经济始终停留在盛世业兴、乱世业败的状态。宋代、元代、明代、清代和民国初年都曾有小商业的繁荣期，但终于没有实现向现代性市场经济的跳跃。

总之，"民间性"、"边缘性"、"持久性"构成了"鸡毛换糖"这一小商品经济故事的基调。发达不起来但又打压不下去构成了这个小商业活动在传统时代的基本命运。有意思的是，在"文化大革命"这个中国历史上少有的围剿小商业的时代，"鸡毛换糖"竟然奇迹般地在义乌延续。1966 年"大串联"期间，义乌基层组织居然给外出的"敲糖帮"开出长期证明，上面赫然写道："这是我县传统的支援农业措施之一。"此外，"文化大革命"最盛的一年义乌全县竟有7000 多副货郎担外出，其数目简直要让人想起"敲糖帮"在清朝初年的全盛景象。这些事实生动地告诉我们，义乌在政治文化地理上的"边缘境地"是如何转化为一种保持和发展现代商业意识的"边缘优势"的。

二 从经商传统折射出的市场经济伦理

一向处于农本经济"边缘"、一向处于中国传统儒家主流意识形态的"边缘"，一向处于 1949 年后计划经济时代的"边缘"，这三个"一向"使义乌在1978 年后尝到了"边缘优势"的甜头。

（一）"思想解放"在义乌体现为"民意认可"

国外现代化理论把现代化进程分为"内源性原发型"与"外源性后发型"，区别之一在于："内源性"现代化进程是"由下而上"的，是由民众的草根性活动逐渐滋生成型的；而"外源性"的现代化则多是"自上而下"强加或"由外而内"强迫的产物。比较起来，义乌的现代化进程虽然晚出，但却具有很强的"内源性"和"原发型"特征。它的小商品市场显然是从民间"自下而上"发育起来的，是从历史传统"由远而近"衍生而来的。正因为这样，20 世纪 70 年代末和 80 年代初，义乌那里存在的所谓"思想解放运动"，具有很强的"民意认可"色彩。

如今国内各地在回顾其社会主义市场经济创建的经验时，都会对当初力图从计划经济体制挣脱出来的"思想解放运动"大加赞扬，这是符合大多数地方实情的。因为许多地方的民众很少有市场经济的传统和积习，要让他们从中国农商经济的主流传统中走出来、从国家包办的计划经济中走出来，非需要大力的自上而下的"思想解放"或"思想培训"而不能奏效。有些地方的民众即使经历多次"思想解放"依然不能摆脱"等靠要"的积习，那里的市场经济就往往会成为一个噩梦。但所有这一切在义乌几乎没有发生过。20 世纪 70 年代末到 80 年代初，义乌当时的县委和县政府做得最多的事就是，对一向在边缘中滋生的、在民众中屡禁不绝的经商观念给予"认可"。这个认可从观念的意义上说就是让民众和传统中那种强烈的"经商欲望"充分释放出来。当然，这并不是说那种旨在从计划经济观念解放出来的思想运动在义乌从未发生，而只是说，由于义乌民众一向有强烈的致富欲望，义乌这个地方又有大批经过地下小商品经济熏陶的经商人才，特别是由于义乌的干部群众早就习惯于利用"边缘处境"来最大限度地谋取民众利益，所以思想解放的任务在这里要比其他地区轻省得多！

我们说改革开放之初义乌的"思想解放"不过是"民意认可"，这决不是一句戏言。因为即使在计划经济时期，义乌尚有近万人的"鸡毛换糖"大军分布各地，形成了一条个体小商品流通渠道。为顺应这个局面，1980 年义乌县工商局发布《关于颁发小百货敲糖换取鸡毛什肥临时许可证的通知》，让义乌"敲糖帮"及其所代表的义乌小商业第一次得到了虽欠正规、但是合法的确认。当年这个证件就发出 7000 多份；次年的 1981 年又增发 5000 余份，并批准了 200 个小百货个体经营户。1980 年的这张"临时许可证"显然应被视为当代商贸义乌的"准生证"！

20 世纪 80 年代初，义乌百米小巷湖清门，小摊林立。对这种小生意，政府相关部门虽曾依照"打击投机倒把"的政策进行打击，但却始终"赶不了，堵不死"。在此背景下，义乌县委顺应民意，终于在 1982 年出台"四个允许"这个义乌历史上的划时代文件，即"允许农民经商、允许长途贩运、允许开放城乡市场、允许多渠道竞争"。在提倡率先开放小商品市场的同时，义乌当地政府还提出了政治上鼓励、资金上照顾、技术上指导、税收上优惠、法律上保护等五项扶持政策。义乌小商品市场由此走上轨道。显然，1982 年的这个"四个允许"政策可以被视为是当代商贸义乌的"正式出生证"！

无论是 1980 年的"临时许可证"还是 1982 年的"四个允许"，这两个标志性文件中的"许可"和"允许"两个词都清晰地表达着前面所说的"民意认可"的内涵。政策"认可"造就了别一番天地。当初义乌出现规模性商业活动时，从事商业活动的人员不过万人，但到 2006 年，义乌个体工商户总数已达 9.4 万户，各类企业总数达到近 1.2 万家。

由此可见，"许可"就是"释放"，"许可"就是"用呼唤创造未来"的生动实例！

（二）"克勤克俭、将义取利"：义乌市场经济形成时期的经济伦理

市场经济是一场涉及千万人的经济游戏，这个游戏赖以形成的精神前提就是"经济伦理"。自著名学者马克斯·韦伯的《新教伦理和资本主义精神》提出对这个命题的一种解释之后，这成为许多西方经济伦理和经济史学者关注的主题。

人们普遍认为，现代市场经济在结构和内生条件上要求与之匹配的基本经济伦理。而这种伦理意识很可能已经萌发于传统主义的意识形态之中。在各种传统主义居于支配地位的背景下，要形成一种与现代市场经济要求相匹配的经济伦理，必须经历德国学者科斯洛夫斯基所说的观念"释放"过程。①

"释放"就是要让那些在民间和传统中特别有利于市场经济的观念因素解放出来。这些因素包括谋利动机、节制意识、艰苦工作、精打细算、敢想敢做等等。它们在哲学上也可以被概括为个体性意识、主体性意识和实用理性意识。而所有这一切，都是要把人变成一个自主的权利主体，一个享有财产权、生产权和平等交换权的主体。我国计划经济时代的历史证明，没有这种权利主体的支撑，单靠非市场或超市场手段推动的经济模式虽然可能在短时期内造出崛起奇迹，但从长远来看是不可持续的。总之，上述因素的空前"释放"是现代市场经济赖以形成的重要观念前提。

义乌当代市场经济的形成就证明了这一点。现在义乌的小商品经济，从经营类别和经营传统都在义乌数百年的农商传统中有其根苗。更重要的是，我们从近来义乌学者整理的传统时代文献和民俗遗存中可以发掘到大量相关的伦理意识。如：

> 乾隆时，后宅全备村人陈锦宠"克勤克俭，克恭允让，经营取义，名显苏杭"。同业者每不解其故，有问之，曰："吾无他长用，吾诚而已，一诚无伪，人皆信之，吾是以得战胜商场也。"②

> 乾隆己卯（1759），义乌人王佳悦"善理家事，克勤克俭，尝务阛阓，业有陶朱之知，权子母，司出入，铢积寸累，渐致殷富"。③

> 另有民国初年（1923）的记载：义乌江湾人吴尔海，字森舟，"乃称贷营商，以求自立，君资性故勤慎、擅计算、重然诺，用是所业日盛而财雄一乡，君于是遂能自立"。④

---

①　参见〔德〕科斯洛夫斯基《资本主义的伦理学》，王彤译，中国社会科学出版社，1996，第6页。科斯洛夫斯基认为，像"财产占有、利润与收益最大化"等意识的"释放"是现代市场经济形成的前提。
②　参见民国十八年（1929）重修的《泉陂陈氏宗谱·榛七十三讳锦宠公传》。
③　民国二十五年（1936）重修的《凤林蒲潭王氏宗谱》。
④　民国十三年（1924）重修的《延陵吴氏宗谱·吴君尔海家传》。

类似记载不可胜举。我们从中可以看到，"克勤克俭"、"诚信为本"、"精于计算"、"吃苦耐劳"、"不弃微利"等都是义乌人早期农商传统所认肯的经济伦理。类似的流传至今的说法还包括："客人是条龙，不来就受穷"。当一个区域群体普遍信守这样的传统伦理信念时，商品经济活动的成规模发生就是迟早的事。

第二节　植根现实善抓先机的理性选择与引导力

当代商贸义乌的精神原动力在民间，但仅有民间的热情和探索，商贸义乌也不一定能迅速浮出水面。要使这个原动力得以顺利释放，并使这种"内在性精神力量"逐渐转变为推进市场制度创新的"内生性精神力量"，关键在干部。"自下而上"的热情如果没有"自上而下"的引导性支持是难以长久的。

自 1978 年以来义乌换了 8 届领导班子。8 届领导都传承着一个共同的"特点"，即他们都能准确地拿捏"无为"与"有为"的微妙分寸，并在每一个历史机遇面前表现出高度的直观和敏感，做出"先人一步"的正确抉择。这里所说的"无为"，集中体现为"顺应民意"；这里所谓的"有为"，则尤其表现为涉及制度创新的重大抉择。翻开义乌市场的发展史可以清晰地发现，在每个重要的历史关头，我们都能看到义乌党委和政府的有形之手在起作用。义乌市场一共经历了 8 次搬迁和 11 次扩建，它的每一步扩张都带有浓重的"策划"色彩。虽然人们对政府的计划调控总是心存疑虑，但让人欣慰又使人多少感觉不可思议的是，从谢高华到吴蔚荣的义乌市 8 任领导，每一任都能恰到好处地踏在快速发展的节拍上。在连续 8 届领导集体的漫长时间内，义乌虽号称"探索"发展道路但却基本没有因为领导集体的决策失误走过弯路或"付过代价"。

下面让我们从当代义乌发展的几个关键时期截取几个片段。

一　商贸义乌的开创者谢高华

一桩事业、一个社会或一个传统，作为其开创者或奠基者的个人是非常重要的。华盛顿之于美国政治、马丁·路德·金之于美国民权运动或者普希金之于俄罗斯文学莫不如此。马克斯·韦伯认为，大多数传统或运动的开创者都是"个人魅力型"领袖，但他忘记说，这种"魅力"一方面是天生的，一方面是时世塑造的，还有一方面是由后人在解释中逐渐赋形生成的。好的开创者可以垂范后世，也只有可以垂范后世的人才可以成为真正意义上的开创者。

前面提到，1982 年义乌出台的"四个允许"政策是如今举世瞩目的商贸义乌的"出生证"，而签发这个出生证的人就是当时的县委书记谢高华。在多次听到或读到关于他的事迹之后，我们终于在 2007 年 1 月一个寒风料峭的日子到浙江衢州谢高华家中去拜访。在那里我们再次重温了那段虽未亲历，但却感觉十分亲切的历史。

1982 年，谢高华任义乌县委书记时，十一届三中全会的决策已全面推行，义乌的稠城镇和廿三里镇出现了自发形成的小商品贸易市场。但当时还有不少干部认为搞自由市场是"投机倒把，盲目外流"，因而主张对小商品贸易市场采取"禁、限、关、阻"政策。谢高华说，是一位叫冯爱倩的妇女触发了他的思想转变。她曾闯到谢高华办公室当面责问为什么不允许大家经商致富。这件"民妇闯堂"的事件让谢高华开始了几个月的调查，并在调查后最终得出结论：农民从事小商品生产和经营对农民个人、集体和国家都有好处。另外，还是在 1982 年，从广州到上海列车的乘警在检查爆竹时意外发现一个义乌农民携带着一箱现金。谢高华听说了这件事情，不仅没有对这个在广州经商的小生意人进行追查，而且让他在义乌到处宣传自己的生意经。从这些事例不难看出谢高华在当时的背景下，他处理小生意的方式总显得有些"反常"。当然，反常处置带来了不同寻常的效果。而最反常的事件就是 1982 年 9 月义乌县委做出开放小商品市场的决定，进而又提出了"四个允许"。谢高华说，义乌人民很感谢他，其实他自己所做的仅仅是尊重了人民群众的首创精神，顺应了民心。

是的，"顺应民心，释放民欲，焕发民力"，这里的主体概念就是一个大写的"民"。要执政为民必须要以民为先、顺乎民意。这看似"无为"，但却是"有为"之始，是"有为"之本。孔子早就断言："好人之所恶，恶人之所好，是谓拂人之性，灾必逮夫身。"[①] 计划经济时代就充斥着大量"拂人之性"的观念和措施，因而给人民带来灾难。在市场经济启动阶段，谢高华正是以"认可民意"这种似乎消极无为的方式，为即将启动的义乌市场经济的车子猛推一把，使它走上了通往商贸义乌的轨道。

----

① 参见《大学·十章》。

二　历届义乌领导集体的接力与创新

中国古代素有"后朝写前朝史"的传统，而现代西方文化理论中也有"传统只能在续写中才真正获得生存"的看法。这不难理解，一个良好的开局，如果没有精彩的续写，就失去了成为"开局"的资格，至于"良好"的评价更无从谈起。

义乌虽有谢高华这样的书记开了先河，虽有"四个允许"政策催生了市场经济，但如果没有后面"兴商建（县）市"方略的出台，没有 20 世纪 90 年代初关于建设义乌国际商贸城的决策，没有 90 年代末"引商转工"的抉择，义乌奇迹都不会像今天这样辉煌，甚至可能半途而废。实际上，90 年代初期，武汉汉正街、成都荷花池市场、沈阳五爱市场、江苏常熟市场以及河北白沟市场都与义乌市场几乎处于同一水平线。但十几年过去，那些市场或者萎缩，或者原地徘徊，找不到提升的路径，失去了跃升的机遇。相比之下，只有义乌市场一跃成为世界性的品牌。为什么呢？这要归功于义乌历届班子始终如一地坚持"兴商建市"，而不是一任领导一个主意。归功于历届班子都高度关注政府对市场的可能引导，争取将所有的市场资源最大程度整合起来。

其实，义乌市场发展战略的实施也并不是一帆风顺的。"八五计划"时曾提出：义乌市场量的扩张到此结束，今后的工作重点是"改造市场、提升市场"。但这个原则放在现实中却受到了越来越大的挑战。一尺见方的摊位怎么改？难道真的在螺蛳壳里做道场？副食品市场作为试点改造了一次，结果经营户上访不断。1994 年，金华市办了个市场开始招商，结果 6000 名义乌经营户赶去报了名。义乌市场怎么走？义乌市政府就召开了两次全市市民大讨论。讨论的结果是一个软硬件领先全国的国际商贸城破土动工。这个集商品展示、外贸洽谈、电子商务、外贸服务、现代物流、商检报关、国际金融等现代贸易功能于一体的商品批发市场让义乌再次吸引住世界的眼球，也让义乌搭上了中国加入世贸组织、全球经济一体化、世界工厂大转移的快车，使义乌市场迅速走上与国际接轨的道路。

也是在 20 世纪 90 年代中期，随着劳动密集型产业向内地转移，义乌政府审时度势、因势利导，提出"引商转工"、"贸工联动"的新战略，引导商业资本转向工业制造领域，让已完成原始积累的经营户纷纷投资办厂，这样"新光"、

"浪莎"等一批行业龙头企业应运而生。

党的十六大之后，敏感于义乌商圈的出现，认识到义乌作为区域中心城市的历史任务，同时为了顺应科学发展观的要求，义乌现任党委和政府提出，要在不久的未来使义乌成为兼有"国际小商品展示中心、国际小商品信息中心、国际物流中心和国际金融中心"四大功能的"浙中商务中心城市"。① 这个畅想让我们感觉到，它距离 20 世纪 80 年代初的那个"马路市场"仿佛已经有三世之隔，但从那个"马路市场"到明天的国际商务中心城市，中间确实贯穿着一条一以贯之的为政风格，那就是不仅尊重民意，而且学习市场，并且能够把民众精神这个"内在力量"真正转化为市场经济制度创新的"内生性动力"。

三　植根实际把握发展先机

义乌近 30 年来实现多次跨越式发展的原因很多，其中一个重要原因是它总能在体制和机制创新方面"先行一步"。"先行一步"使它能够抓住机遇获得"先发优势"，不断地"先行一步"使它能够将"先发优势"逐步稳固化，最后形成行业内和区域内的"先导优势"。

义乌原市委书记楼国华曾指出，义乌的跨越式发展得益于一种以"适调性干预"为特征的发展机制。所谓"适调性干预"的实质在于，政府在尊重民众发展经济的自发性实践的同时，又具有一种强烈的抢占先机的意识，即"先机意识"。"先机意识"是政府创新意识的具体体现。它主要体现为：第一，政府应敏锐觉察民众的发展要求，没有民众的发展要求，所谓"先机意识"是不切实际的。第二，政府在一个群雄并起的竞争环境中应具备准确把握发展时机的能力。一个地区只有能够"抢占先机"才能形成自己领先的、独特的发展优势。第三，政府应具备适时进行体制机制和政策调整的能力，这种调整不跟上或不及时，已经形成的发展优势也可能会很快丧失。

的确，义乌的几次飞跃都与当地政府能够"先行一步"推出市场取向的改革措施密切相关。这些措施通常会比国家相关措施的出台略早两三年。正是这个"时间差"使义乌在发展中占尽先机，形成自己独特的、在区域范围内无人可以取代的优势。让我们再重温一下下面这个已为人们熟悉的历程表。

---

① 参见楼国华、陆立军的调研报告《"义乌商圈"的形成机理、发展趋势和政策选择》。

1982 年，义乌县政府明确提出旨在鼓励农民经商和开放市场的"四个允许"政策。这个政策不仅早于周边地区，也比中央的相关政策出台早了两年。由于有了这个政策，俗称"草帽市场"的义乌第一代小商品市场迅速形成。

1984 年底，当中央推出发展社会主义商品经济的决定时，义乌已开始打造第二代小商品市场，并顺势提出"经商建县"（1988 年撤县建市时改为"兴商建市"）方针。这个方针确定了义乌近 30 年的发展轨道，如今依然发挥着重要的指导作用。

1992 年，当很多地区因为小平南方谈话终止了在"姓社姓资"问题上的争论时，义乌在同年 8 月已被国家工商总局正式命名为"中国小商品城"。走上正轨的小商品城成交额连年翻番，并很快将义乌送入中国"百强县"的排行榜。

2002 年，在延续至今的"省管县"争论刚刚出现时，义乌便从率先实施"省管县"实验的浙江省那里获得了扩大经济管理权限的优惠政策。由于抓住了这个机遇，只用了短短三年，义乌的人均 GDP、财政收入、金融机构存款余额等都比 2002 年翻了一番。在区域内的发展优势得到了进一步强化。

2006 年，义乌市政府更加明确了自己的发展方向。该市"十一五规划"提出，要在不久的将来把义乌建设成"国际性商贸城市"、"区域发展的增长极和中心城市"，建设成全面实现小康和达到中等发达国家水平的现代化都市。然而，这时的义乌也感到，以前的几次飞跃主要依靠这个县级市政府自身的体制政策创新能力，但现在其自身的体制政策创新资源和空间已基本耗尽。义乌能否尽快实现其成为区域性—国际性商贸中心城市的目标，主要取决于外部能给予它多大的体制政策创新空间。正是在这个时候，2007 年 4 月浙江省再次向义乌下放数百项社会管理权限。这就使这个城市大大缓解了"小马拉大车"的那种不堪负重的局面。

基于内部的创新冲动、得益于浙江省给予的得天独厚的优惠政策，义乌的先发优势已全面转化为先导优势。这个县级市正在向区域性—国际性商贸中心城市的目标大踏步地前进。

文化溯源篇

第四章
义乌历史沿革及区域文化的萌生

地处东海之滨的浙江，枕山面海，有着悠久的历史和昌盛的文明。45 万年前，在浙北的安吉就已有了人类活动的踪迹。距今 10 万年前的旧石器时代中晚期，栖息在浙西山地的"建德人"便已开始创造远古的浙江文化。2 万年前到 8000 年前，随着海侵的进退，建德人相继在太湖平原、杭嘉湖平原和宁绍平原生存并建立起文明的聚落。根据考古学家苏秉琦先生的划分，新石器时代的浙江分属于长江下游以太湖为中心的东南文化区和以鄱阳湖到珠江三角洲一线为中轴的南方文化区两大文化区。距今 7000～5800 年前，浙江北部的杭嘉湖平原和宁绍平原地区是马家浜文化的分布区域，与马家浜文化并存的是距今 7000～6000 年间，主要分布在宁绍平原地区的河姆渡文化。距今 5900～5200 年前，浙北的杭嘉湖平原和宁绍平原发展到了崧泽文化阶段。距今 5300～4000 年前，浙江跨入了以良渚文化为主的发展阶段。[①] 事实证明，大约 7000～4000 年前，浙江就已建立起可以和黄河流域的中原文化相媲美的灿烂的史前文明。正是在那灿烂的浙江文明的孕育下，位于浙江中部、金衢盆地东缘的义乌，经历了历史的风风雨雨，而今，以其独有的特质，走向了世界。

第一节　义乌的历史沿革

一　史前掠影、上古扬州地

在距今 1 万到 5000 年前的新石器时代，义乌就已经有了人类活动。20 世纪

---

①　参见林华东《浙江通史·史前卷》（《总论》、《导论》），浙江人民出版社，2005。

80 年代以来，义乌稠城镇西门、楼店村、化肥厂址，以及佛堂镇道院山和起鸣村、佛堂梅林江边、廿三里何宅等地，零星有石刀、石锄、石斧、石簇、穿孔石斧、穿孔石刀出土。可以想见，当时的义乌先民已能磨制石器，使用石斧、石镞、石刀等工具伐木狩猎，制造生活用具，而且已经可以用石锄种植作物，从事原始的农业。这些新石器时代文物的出土地点，多在东阳江河谷平原两侧岗坡高阜，夏秋两季的河水泛滥，泥沙冲积而成土壤肥沃的河谷平原，易于耕作，义乌先民遂得以在此繁衍生息。

2001 年 2 月，浙江省文物考古研究所在浦阳江上游的浦江县黄宅镇渠南村发掘出了一处早期新石器时代遗址——上山遗址，碳 14 测定的 4 个数据的树轮校正值约在距今 11400～8600 年间。研究表明，大约 1 万年前，这里已经开始有了水稻的种植，上山遗址文化比河姆渡文化还早 3000 年，被称为"世界农业文明的曙光"，可见这里是世界农业文明最早的起源地之一。[①] 上山遗址距离今义乌市还不到 10 公里，这可以证明，古义乌及其周边地区具有较为发达的史前文明。

《义乌县志》载：义乌"在唐虞为禹贡扬州之域，荒服之地"[②]。也就是说，上古时义乌为"天下九州"之一的扬州属地。《尚书·禹贡》称："禹别九州，随山浚川，任土作贡。"传统史家认为，夏朝的开国君主禹建立夏朝后，将他统治的疆域划为冀州、兖州、青州、徐州、扬州、荆州、豫州、梁州、雍州九个州。古义乌所属的扬州在东南方，《汉书·地理志》记载："东南曰扬州：其山曰会稽，薮曰具区，川曰三江，浸曰五湖；其利金、锡、竹箭；民二男五女；畜宜鸟兽，谷宜稻。"当时扬州的地理范围在今日淮河中下游以南的广大地区，起自淮河、黄海，涉及江苏、安徽、江西及其以南的地方，地为潮湿泥土。天文分野，则在婺女星座之下。

二　於越春秋

於越（也作于越）人是分布于南方的少数民族中的一支，据《越绝书》、《史记》等史籍记载，夏王朝传五世至少康，封其庶子无余于会稽，以奉守禹

---

① 童俊伟：《浦江上山遗址独步万年》，2004 年 12 月 30 日《金华日报》第 1 版。
② （万历）《义乌县志》卷二《建制》；（嘉庆）《义乌县志》卷二《建制》。

祀，号称於越。① "文身断发，披草莱而邑"②，"不设宫室之饰，从民所居"③。对"越为禹后"这种说法，学者们持有不同意见，但於越为百越民族中最古老的一支，也是文化最发达的一支，则被普遍认同。据义乌旧志记载，从商至周，义乌皆属於越，其地在於越的西部。

无余之后，於越世系若断若续，非常模糊，《越绝书》卷八称："无余初封大越，都秦余望山南，千有余岁而至勾践。"又说："越王夫镡以上至无余，久远，世不可纪也。夫镡子允常。允常子勾践。"也就是说，从无余之后至夫镡，约有1000年的史事难以考见，这个时期大约是殷商和西周时期。我们见到的有关於越的最早记载，是今本《竹书纪年》周成王二十四年（公元前1040年）所记："於越来宾。"可见西周时，於越曾向周天子进行朝贡。

无余传20余世后，至我们熟知的越王勾践的父亲允常，越国才开始了真正的霸业。这时的宁绍平原，由原来的海滩、海涂，因水位下降而成为肥沃的绿洲，农业生产得到进一步发展。《吴越春秋》卷六《越王无余外传》称："越之兴霸，自元（允）常矣。"大约在公元前6世纪末，允常称王，越人以会稽（今绍兴）为都城建立了越国，一度成为於越地区，甚至更广大地区的政治文化中心。当时历史已经进入春秋时期，诸侯争霸，楚国成为南方的霸主，吴国和越国都是楚的附庸。允常之时，与吴王阖闾攻战而相怨伐。周敬王二十四年（公元前496年）允常死，子勾践即越王位。勾践立国时，於越族人活动的主要区域是以绍兴为中心的浙江地区。《国语·越语》载："勾践之地，南至于句吴（今诸暨），北至于御儿（今嘉兴），东至于鄞（今鄞县），西至于姑蔑（今衢县附近）。"按现在的地理位置，在今宁绍平原、杭嘉湖平原、金衢丘陵地一带。勾践三年（公元前494年），越为吴所败，勾践入吴为质。还国后，勾践卧薪尝胆，奋发图强，将都城迁到平阳，经过"十年生聚，十年教训"，从困顿中崛起。周成王三年（公元前473年），勾践兴兵灭吴，进而北渡淮河，迁都琅琊，跻身中原霸主之列，号令诸侯，此后，至周安王二十三年（公元前379年），越王翳还都于吴，越国的霸业持续了大约100年时间。数十年后，齐楚等周边国家

① 《越绝书》卷八。《史记·越王勾践世家》载："越王勾践，其先禹之苗裔，而夏后帝少康之庶子也，封于会稽，以奉守禹之祀。"
② 《史记》卷四十一《越王勾践世家》。
③ 《吴越春秋》卷六《越王无余外传》。

不断强大，越王无疆欲图"与中国争疆"，向中原发展，兴师北伐齐，西伐楚，结果于周显王三十九年（公元前333年）被楚威王所败，无疆被杀，楚尽取故吴地，浙江（钱塘江）南北均臣服于楚。越国自此国势日衰，秦王政二十五年（公元前222年），被秦所灭。

三 从乌伤到义乌

（一）秦汉——会稽郡下的乌伤

秦王政二十五年，定荆、江南地，平百越。於越国地置会稽郡，次年，实行郡县制。会稽郡下，于杭嘉湖平原设钱塘、余杭、由拳（今嘉兴）、海盐、乌程5县，在宁绍平原设山阴、上虞、余姚、句章（今慈溪）、鄞（奉化）、鄞（宁波）6县，在天目山区设鄣县（今安吉），在金衢盆地设诸暨、太末、乌伤3县。这15个县中，除山阴、海盐是以中原语言习惯命名的地名外，其他13县都属于越语地名，带有越文化的深刻烙印。当时的乌伤县境，北接诸暨，南邻太末（今龙游），大致包括今金华、兰溪、义乌、永康4市县全部，东阳、磐安、武义、浦江4市县的大部和仙居、缙云的一小部分。

西汉沿袭秦制，后王莽篡汉，建新朝，建国元年（公元9年），将乌伤县名改为"乌孝"，这个县名使用了16年。建武元年（公元25年），刘秀建立东汉王朝，又恢复乌伤旧名，属会稽郡西部都尉治。汉制，县下行政区划为乡、亭、里三级，时乌伤县有上浦、新阳等乡。东汉献帝初平三年（公元192年），分乌伤县地西面一部分辖境置长山县（今金华、兰溪）。兴平二年（公元195年），分乌伤县东部地建吴宁县（隋朝并回乌伤）。

（二）六朝与隋——东阳郡下的乌伤

西晋灭亡，南北对峙，北方十六国与南方的东晋共存。东晋以后，宋、齐、梁、陈继起，史称南朝。南方的吴、东晋、宋、齐、梁、陈均定都建康，史称六朝。

三国吴赤乌二年（公元239年），乌伤县西南地建武义县。赤乌八年（245年），分乌伤县地南面一部分辖境置永康县。吴宝鼎元年（公元266年），原会稽郡西部分设出东阳郡，以郡在瀫水（即衢江，因水纹似瀫，古称瀫江）之东、长山之阳得名，治所长山。领长山、乌伤、永康、吴宁、丰安、太末、新安（今柯城区、衢县）、定阳（今常山）、平昌（今遂昌）9县。乌伤归东阳郡管辖，经晋和南朝270多年，行政关系未变。梁、陈时期，东阳郡更名为金华郡，取其天文分野金星与婺女星争华之意，乌伤仍隶属之。隋开皇九年（公元589年）平陈，废金华郡，改吴州。十三年（公元593年），又于此郡旧处复置婺州，取其地天文以婺女分野，故以为州名。炀帝初，废婺州为东阳郡。

（三）唐宋元——婺州下的义乌

唐高祖武德四年（公元621年），东阳郡改称婺州（今金华），朝廷划出乌伤县置稠州，与婺州并列。稠州以稠岩得名，时县北10公里一带山峦稠叠，主峰山顶有巨岩，名稠岩，即德胜岩。武德六年（公元623年），稠州分置乌孝和华川两县。乌孝县境包括今浦江，县治在乌伤治城，即今天的稠城。华川县以绣湖而得名，《宋濂集·华川书舍记》称："乌伤有大泽曰华川。唐武德间，尝置华川县。今之所谓绣湖，即其地也。"其地包括今东阳，县治在今天的赤岸。

以"义乌"名县，始自武德七年（公元624年），据《旧唐书·地理志》记载："武德七年，改乌伤为义乌，以县属之婺州。"这一年，稠州州制被撤销，乌孝、华川两县合而为一，始称义乌县，隶属于婺州。自此，义乌之名沿用至今。

此后，义乌又有县析出，唐垂拱二年（公元686年），分义乌县东面吴宁故地建东阳县。天宝元年（公元742年），改婺州为东阳。天宝十三年（公元754年），分义乌县北地及析兰溪、富阳部分地区，建浦阳县，后改名浦江县。唐肃宗乾元元年（公元758年），改东阳郡为婺州。分江南东道为浙江东、西二道，各设节度使。浙江东道领八州，义乌属八州中的婺州。据崇祯《义乌县志》记载，唐时义乌有30乡，乡下有里。当时以500家为乡，百家为里。

五代十国至两宋和元代，义乌均属婺州。吴越天福四年（公元939年）九月，诏升婺州为武胜军。北宋置两浙路，始有两浙之称，北宋淳化元年，改武胜军为保宁军。南宋分两浙东路和两浙西路，始有浙东、浙西之名。宋熙宁四年（1071），实行保甲法，10家为保，50家为1大保，10大保为1都。义乌当时有26乡，乡各有都，都各有保，宣和元年（1119），增为28都保。

元至元十三年（1276），改保宁军为婺州路，领县六：金华、东阳、义乌、永康、武义、浦江；州一：兰溪。元代实行行省制，婺州路属江浙行省。

按当时郡县的等级划分，义乌在唐为紧县（3000～4000户），宋为望县（4000户以上），元为上县（2000～3000户）。

（四）明清——金华府下的义乌

随着明朝的建立与巩固，浙江作为一个独立的地方行政区的地位最终确立，当时的浙江省领 11 府、1 州、75 县。洪武九年（1376），罢行省之名，设浙江等处承宣布政使司，性质与行省相同。

在明朝建立的过程中，义乌所属府的名称一再发生改变，元至正十八年（1358），朱元璋部攻取婺州，义乌归附，婺州路一度改置宁越府。至正二十二年（1362），改名为金华府。明成祖永乐十六年（1418）十二月，再改为宁越府，十八年（1420）正月，又改回金华府，领金华、兰溪、东阳、义乌、永康、武义、浦江、汤溪八县，自此至清代而不变。

《大明一统志》卷四十二《金华府》记载：

> 义乌县在府城东一百一十里，本汉乌伤县，属会稽郡，孙吴以后，属东阳郡。隋属婺州，唐即县，立稠州，又分置华川县，寻废州省华川入乌伤，又改曰义乌县。元仍旧，本朝因之，编户一百四十一里。

据《义乌县志》，当时县城划分为 4 隅，有 3 条街道、5 条小巷，街道分别名为县前直街、上市街和下市街。全县分为崇德、缙云、龙祈、永宁、智者、同义、双林、明义 8 乡，嘉靖时共编户 153 个里。境内的 3 个巡检司，分别位于智者同义乡、双林明义乡和龙祈镇。

清康熙六年（1667），改浙江承宣布政使司为浙江省，下辖 11 府、2 厅、75 县。因袭明朝旧制，义乌仍属金华府，《大清一统志》卷二百三十一《金华府·义乌》详细描述了当时义乌县的大小四至，可知当时的义乌县在金华府府东北 110 里，东西距 60 里，南北距 120 里。东至东阳县界 20 里，西北至金华县界 40 里，南至永康县界 90 里，北至浦江县界 30 里，东南至东阳县界 50 里，西南至金华县界 50 里，东北至绍兴府诸暨县界 50 里，西北至浦江县界 30 里。

民国初，义乌直属于浙江省。1914 年又复归属于金华。1949 年 5 月 8 日，义乌解放，属第八专员公署（后改称金华专员公署），从此进入历史新阶段。1959 年底，浦江县（除 5 个公社外）并入义乌县，1968 年 5 月分出恢复。1970 年后，义乌属金华地区行政公署，1985 年 7 月起属金华市。1988 年 5 月，经国务院批准，义乌撤县设市。

自秦置县以来，义乌先后有乌伤、乌孝、稠州、华川和义乌5个县（州）名，2000余年沿革表明，义乌是一个承载着深厚历史文明积淀的城市。

第二节 於越文化对义乌的影响

一 於越发展中的义乌古地

由于缺少可靠的文字记载，在於越发展的过程中，义乌古地的情形和所处地位，我们已无法进行翔实的描述。《越绝书》载："无余都会稽山南，故越城是也。"《吴越春秋》中记勾践语范蠡曰："先君无余，国在南山之阳，社稷宗庙在湖之南。"近几年来，据一些学者的考证推理，当时处于会稽山南的义乌应当是古越城所在地方，於越开国国君曾在此建都。也有学者经过考证，认为越王勾践曾建国都于义乌北部的勾乘山。是否属实，尚待进一步的研究。

尽管文字资料有限，但义乌的早期文明却被考古发掘所证实。1981年，今义亭镇平畴乡平畴村南200米的大山边缘脊（又名枧山）发掘出一座西周墓，墓中出土62件随葬品，墓左侧挖出52件，合计114件。出土原始青瓷盂、缸、豆、碗、碟、盂、黑釉印纹陶缸、陶罍等百余件，从造型、釉色上，属于当地产品。数量之多，在全国亦属少见，这批陶器具有西周中晚期的特色。这表明义乌是全国烧制原始瓷最早的地区之一，也说明在越国之前，义乌之地已经展现出生气勃勃的景象。

春秋战国时期，浙江境内大部分地区属于诸侯国越国，少部分属于诸侯国吴国。以会稽为都城的越国，在越王勾践时期相当富强，农业生产已经使用青铜器和铁制农具；酿酒业和纺织业已初具规模；冶炼业和制陶业已相当发达；其中原始青釉瓷器的烧制，揭开了中国青瓷生产的历史。[①] 这时的义乌，我们仍然只能借助于地下发掘来了解。2000年5月2日，在义乌旧城改造取土工程中，今绣湖广场东北侧，原处于朝阳门南侧金山岭顶的小山坡下，发现了春秋战国古井遗址，水井离地表约4米，在水井中出土春秋战国时期的细方格纹红陶罐一只。据义乌市博物馆提供的考古资料称：

---

① 参见蒋中崎《源远流长的浙江文化》，《今日浙江》2002年第17期。

水井总残深 4.10 米，木质井架残存 8 层，高 1.42 米，方形，呈"井"字，井架直径 1.73 米，每层用 4 根条木搭成井字形，条木上有榫扣，互相咬合，条木长 1.03 米，宽 0.05 米，高 0.18 米；岩石部分高 2.68 米，为圆形，直径 0.97 米。[①]

水井遗址的发现，说明义乌旧城城区中心在当时曾为人口的聚集地。在义乌廿三里街道莲坑村北矮坟山，有春秋战国时期的矮坟山陶器遗存，面积约 4000 平方米，也证明了当时义乌制陶业的存在。

二 於越青铜文化

从考古材料来看，早在商代，吴越地区就已有发达程度不一的青铜文化。春秋战国时期，吴、越两国的青铜器数量众多，质量上乘，"超过了周王室器物的水平"[②]。春秋战国时期越国的青铜文化，是这一时期浙江经济文化的集中反映。作为春秋五霸之一的越国，这一时期青铜文化达到了鼎盛。在古於越人生活地区出土的青铜器中，有一个非常重要的特点，即青铜农具和青铜兵器占有突出的地位，青铜礼器则十分少见，这和中原地区普遍用青铜铸造礼器的情形截然不同。在青铜文化中，呈现出鲜明的地方特色，对周边地区甚至海外也产生了积极的影响。

为什么宝贵而稀有的金属材料被用来制作工具、农具和兵器而不是礼器呢？在寻找这个答案时，一些学者力图从於越人的生存状态及其生发出来的文化品质中找到某些线索，作了非常精彩的阐发，他们认为：於越人生活的区域在历史早期是一片广阔的沿海平原，由于咸潮卤涩，垦植困难，於越人面临着巨大的生存压力。在长期的争生存、求发展的过程中，逐渐形成了於越人富有特色的民族文化。当中原国家大规模铸造精美的青铜礼器时，於越人却将青铜这种珍贵的金属材料主要用于制造工具、农具和兵器，这种选择典型地反映了於越人在文化品格和价值取向上与中原汉人甚至楚人不同的特质，这说明他们把"耕"和"战"视为国家事务的重中之重，所以在铸造青铜器具时，选择了关系国家存亡、强弱的兵器和农具，而不是无实用价值的礼器。事实证明，这种选择为越国灭吴雪

---

① 义乌市博物馆提供《义乌考古篇》文档。
② 金景芳：《中国奴隶社会》，上海人民出版社，1983。

耻、称霸中原提供了坚实的物质保证。"如果说越国取得彪炳千秋的业绩的基础是经济繁荣与军事强大的话，那么，在国力强盛的背后支撑着的，则是於越人精勤耕战的文化品格和经济为本的价值取向。"[①] 义乌所出土的青铜器，也体现出了这种价值取向。

根据义乌市博物馆提供的《义乌市内出土先秦文物一览表》统计，至 2004 年，义乌出土的青铜器有青铜簇、青铜斧、青铜矛、青铜剑、青铜钺等共 9 件[②]，皆为兵器，其年代为春秋战国时期。以下对义乌市博物馆的两件藏品作一重点描述。

20 世纪 80 年代，义乌县佛堂镇杨宅村拦水坝工地出土春秋战国时期青铜剑：

> 长 46 厘米，宽 3.5 厘米。剑身修长，剑锋尖锐，双刃犀利，剑身中线起脊，脊宽平，下端有一小夔纹图案。剑首圆形，剑茎短，扁圆状，茎两边还有扁棱，以便于手持或佩带。

1990 年 12 月义乌市桥东乡西江桥底出土战国时期青铜矛：

> 18.5 厘米。狭叶刃，头较尖，往后渐宽，底部骤收，脊两旁有微突的血槽，与刃并收。骸尾较粗，中空。骸口呈"^"形，用以装柄，在骸上置有两个半环扣，便于将矛头固定在木柄上，以防拔矛时矛头脱落。全器修长，壁薄而刃锋利。[③]

从义乌春秋战国时期青铜器物中，我们多少可以看到於越青铜文化的影响，那么，於越人"精勤耕战的文化品格和经济为本的价值取向"应当也是今天义乌精神的文化源头之一。

三 商业精神溯源

商业文化是义乌乃至浙江的一大特色，追溯这种重商精神的萌生，我们会发

---

① 梁晓燕：《从青铜农具兵器看於越人的文化品格》，《东方博物》2004 年第 4 期。
② 《义乌市内出土先秦文物一览表》，《於（乌）越文化研究》，第 179～180 页。
③ 义乌市博物馆提供《义乌考古篇》。

现，其源头非常久远。20 世纪 80、90 年代的考古发掘证明，春秋战国时期的越国，其商品交易形式已进入实物货币、金属称量货币到金属货币的演变。①

《越绝书》和《国语·越语》中都提到越国大臣计倪和范蠡对于发展国家经济和商业的重视。《越绝书·计倪内经》记载，计倪本晋国亡公子，游于吴、越、楚之间，从事商品买卖，"以渔三邦之利"。越王勾践被俘返国后，曾问计于计倪，计倪主张强国必须先富国，发展生产，经营商业，从中获利。他为越国制定了一套兴农利商的政策，定下了"农本俱利，平粜齐物"、"货物宫市"的基本国策。勾践用其计，"三年五倍，越国炽富"，"乃著其法，治牧江南，七年而擒吴也"。

越大夫范蠡则将经营商业付诸实践。《吴越春秋》记载，越王勾践委托范蠡"筑城立郭，分设里闾"，里闾，即城外的居民区和集市，据《越绝书》记载，当时已有淮阳里、北坛利里、高平里、田里、富阳里、安城里、南里等名称。《史记》记载，范蠡辞官以后，泛海经商，"候时转物，逐什一之利，居无何，则至赀累巨万"，19 年中，三致千金。范蠡居于陶，易姓为朱，自称陶朱公，"陶朱公"从此遂成为商业巨富的代名词。在商业实践中，范蠡认识到"贵上极则反贱，贱下极则反贵"的价格波动规律，认为应当"贵出如粪土，贱取如珠玉"，还提出"水则资车，旱则资舟"的"待乏"原则，运用到商业中，就是必须事先筹办将来急需的货物。这些带有早期商业理论色彩的思想，对今天的商业发展仍有指导意义。

应当说，浙江先民的重商重利是有着自身原因的，浙江虽然较早地发展出稻作农业，但是由于海侵，长期不能够有稳定的耕种和收成。因此，必须在农耕之外，寻找其他的生存方法。越人自 7000 年前就开始向外开拓，这一方面是向外移民，另一方面，则是到外面谋生，而经营商业，是谋生的一大手段。②

由于史料的缺乏，我们依然难以勾勒当时义乌的商业状况，还是需要借助于地下发掘的考古资料。2000 年 5 月，在市区兴建绣湖广场工程中，发现了春秋战国时代水井一口、汉代古井 10 多处（砖井、木架井）。人口大规模聚居之地

---

① 佘德余：《浙江文化简史》，人民出版社，2006，第 21 页。
② 参见滕复《陈亮与浙江精神》，《浙江学刊》2005 年第 2 期。

与饮水之"井"、交易之"市"有密切关系,"古者未有市,若朝聚市汲,共汲水,便将货物井边买卖,故曰市井"①。可见,市井交易是原始商业之滥觞。如此密集水井的发现,表明义乌一地在很早时期就已出现了一定规模的商业交换活动。

第三节 乌伤置县与中国传统孝文化

一 乌伤县名由来与孝子颜乌的故事

公元前221年,秦王嬴政统一六国,在空前广阔的领域内建立起统一的多民族的中央集权国家——秦朝。为了巩固王朝的统治,统治者从中央到地方,都采取了一系列的重大措施。地方行政管理上的重大举措是郡县制的推行,通过郡县组织将地方的权力集中到中央。实际上,在秦朝尚未完成最终统一的时候,乌伤县就已经设立。秦王嬴政二十五年(公元前222年),秦将王翦平定江南,在吴越两国旧地建会稽郡,郡内建县,下设的15县中,乌伤就是其中之一。由此可见,乌伤县始名于秦,随着秦王朝的建立而出现,是我国开始实行郡县制时,最早设置的郡县之一。所以古《义乌县志》的序言中有言:"郡县初开,即有兹邑。"②

乌伤县名的由来,与孝子颜乌的名字紧密联系在一起。颜乌以其感天动地的孝德备受历代推崇,有关他的故事在义乌广为流传。

从今天留下的历史记录来看,颜乌葬父、孝感群乌的传说,最早见于南北朝时期。南朝宋刘敬叔的《异苑》一书中,主要记述自先秦迄刘宋时的神怪变异之事,其中卷十(《四库全书》本)载:

> 东阳颜乌以纯孝著闻,后有群乌衔鼓,集颜所居之村。乌口皆伤。一境以为颜至孝,故慈乌来萃,衔鼓之兴,欲令聋者远闻,即于鼓处置县,而名为乌伤。王莽改为乌孝,以彰其行迹云。

---

① 《史记正义》卷三十《平准书》。
② 金世俊:《序》,(崇祯)《义乌县志》卷首。

根据这一记载，颜乌是一个远近闻名的孝子，他的孝行感动上天，群乌衔鼓来到他所居村庄进行表彰，以致伤喙，所以在衔鼓之地置县，名为"乌伤"，意即群乌伤喙之地。

《异苑》在流传过程中，出现了不同的版本，除了群乌"衔鼓"说，还有"衔土"之说。北魏郦道元《水经注》引《异苑》称：

> 东阳颜乌以淳孝著闻，后有群乌助衔土块为坟，乌口皆伤，一境以为颜乌至孝，故致慈乌。欲令孝声远闻，又名其县曰乌伤矣。①

再如宋《太平御览》卷九百二十引《异苑》：

> 阳颜以纯孝着闻，后有群乌衔鼓集颜所居村，乌口皆伤……而于鼓处立县，而名为乌伤。王莽改为乌孝，以彰其行迹云。

王先谦《汉书补注》引《异苑》：

> 东阳颜乌以淳孝著闻，后有群乌助，衔土块为坟，乌口皆伤……又名其县曰乌伤矣。

《大清一统志》中，"衔鼓"和"衔土"则全被引用，其卷二百九十九引《异苑》群乌衔鼓之说后，又云：

> 一说乌父亡，负土成冢，群乌衔土助之，乌吻皆伤，因以名县。

这足以说明，《异苑》在流传的过程中，确有不同的版本存在。在《异苑》的不同版本中，关于颜乌的故事，有两种不同的记载。"群乌衔鼓"、"群乌衔土"其音相近，很可能是在流传讲述过程中出现了误听误记。这也说明，在当时颜乌的故事已经广为流传，因此才有了这些细节上的差异。

---

① 郦道元：《水经注》卷四十《浙江水》，《四库全书》本。

　　无论流传的细节如何，《异苑》中"乌伤"之名的最直接的由来是"乌口皆伤"，其中蕴含的精神，则是感天动地的孝。《异苑》中对乌伤县名由来的解释，被唐以来的历代县志所接受，颜乌也得到立庙奉祀的荣耀。唐李吉甫《元和郡县志》卷二十七《义乌县》载：

　　　义乌，本秦乌伤县也。孝子颜乌将葬，群乌衔土助之，乌口皆伤。时以纯孝所感，乃于其处立县曰乌伤。

明万历、崇祯朝修《义乌县志》亦称："《异苑》载以颜乌孝子事，因名县曰乌伤。"①

　　南宋理宗端平二年（1235），丞相乔行简（东阳人）上书朝廷，请求立庙奉祀颜孝子，理宗赞许，赐庙名为"永慕"。淳熙元年（1241），邑人康植在墓旁建屋，设颜乌牌位。景定二年（1261），知县李补筹建庙宇，次年竣工，名曰"永慕庙"，俗称"孝子祠"。李补为文记曰："秦颜孝子氏，事亲孝，葬亲躬畚锸，群乌衔土助之，喙为之伤。后旌其邑曰乌伤，曰乌孝，曰义乌，皆以孝子故。"又称："我冢既封，乌吻血流。感尔异类，愧我同侪。"②

　　我们发现，随着时代的推移，在流传过程中，颜乌故事的情节越来越丰满。在《异苑》中，只是指出颜乌"纯孝"，没有孝的具体事例。在《元和郡县志》中有"孝子颜乌将葬"的说明，后又有"葬亲躬畚锸"、"乌吻血流"的更为生动的记载。清光绪年间义乌颜村《颜氏宗谱》中，孝子颜乌有了完整的世系，其五世祖颜高为孔门七十二贤之一，宋封雷泽侯，世居山东东平州平阴里。祖颜琴，迁兖州曲阜，有文名，周慎靓王朝荐为河阳大夫，避乱归隐。父颜凤，避乱南行，寓浙江会稽郡南界，遭疾身亡，颜乌乃负土葬之。《颜氏宗谱》载："（颜）乌事亲至孝，父丧，负土筑茔，感群乌衔土助之，乌吻皆伤，乌亦恸竭伤亡，附葬于左，因名县曰乌伤。"颜乌的故事发展到这里，我们发现，颜乌不仅因葬父孝感群乌，而且颜乌本人也因孝哀恸而死。此时，"乌伤"两字表述了两层意思：一是群乌之吻因衔土而伤；一是颜乌因丧父伤痛而亡。就是说，当时

　　① （万历）《义乌县志》卷二《建置》；（崇祯）《义乌县志》卷二《建置》。
　　② （崇祯）《义乌县志》卷五《经制考·秩祀·永慕庙》。

人们所理解的"乌伤"县之得名，就不仅是乌口之伤，还有颜乌之亡。这使县名"乌伤"更为感人，因为这里还蕴含着生命的代价。或者说，这使颜乌的孝更为感人。这表明人们对孝的推重在一步一步地加深，因而根据颜乌葬父而献出生命这一事迹，将县名命名为"乌伤"。

由此看来，县名"乌伤"与颜乌孝行之间的联系，在千余年来的历史发展过程中，早已深入人心。但通过对颜乌故事的梳理，我们依然会心存疑惑。问题的症结在于，秦乌伤县和东阳颜乌的矛盾。"东阳"名称最早出现在三国时期的吴宝鼎元年（公元266年），是年，分会稽郡西部置东阳郡，治所长山县（今金华），取东阳之名，是因郡地"在金华山之阳，水之东"。若追溯至其地最早建县的时候，也应当是东汉献帝兴平二年（公元195年）设置的吴宁县。

近年来，一些学者对乌伤县名的由来进行了一系列的考证，主要有以下几种观点。

（1）由乌伤古国而来。这种观点依据考古学家苏秉琦先生"秦汉郡县大致都是以现专区一级范围的古文化和古国为基础的"这一成果，认为在今以东阳和义乌为中心的古婺州地区，极可能有一个古国乌伤，属于古代防风国的丹朱部落。乌和商（伤）是古太阳神鸟的别名，其原型是生活在会稽山的赤鷩。[1]

（2）乌伤的"乌"是鸟图腾，秦将王翦平定乌地，将土著居民赶尽杀绝，命名为"乌伤"，一则是这个以乌为图腾的部族元气大伤，二则强秦要对乌地强悍的精神予以致命的打击。[2]

（3）乌伤的"乌"代表太阳，与"吴"一样，是太阳最早升起的地方。乌上，於（乌）越，秦始皇为了巩固统一大业，企图破坏一切有王气的风水宝地，将於越旧地比喻为受伤的太阳，不再升腾，这完全是一种政治意图。[3]

（4）当代几位历史地理学家著文，认为"乌伤"是古越语地名用汉字记音。

以上四种观点，基本代表了传统看法以外当代学者的认识。他们的考证，一般通过字义的分析，再加上对远古於越的地理状况的考察，进行推理而得，所谓仁者见仁，智者见智，都不失为有根据的解释。相同的一点是，学者们在推证乌

---

[1] 华柯：《乌伤正义与乌伤国考》，《义乌文史资料》第十三辑。

[2] 张金龙：《乌伤县名考》、《也说义乌的乌》，《义乌文史资料》第十三辑。

[3] 冯志来：《勾水·於（乌）越城·义乌市》，《上海师范大学学报》1999年第6期；《话说义乌的"乌"》，《义乌文史资料》第十三辑。

伤县名的来历时，几乎都将乌伤县的最初命名和颜乌葬父的故事割裂开来，即认为颜乌葬父的故事并不是乌伤县名的最早的源头。乌伤是秦时所置，而东阳是秦以后所置，先有乌伤后有东阳，所以"东阳颜乌"不应是秦县乌伤名称的由来。

二　汉县乌伤与颜乌的故事

颜乌的故事既然不是秦县乌伤之所以得名的源头，那么，这个孝感群乌的传说是怎样产生的呢？

首先，我们需要弄清楚乌是如何与孝联系在一起的？《尔雅·广鸟》中记载："纯黑而反哺者谓之乌。"这是说，乌这种鸟初生时由母鸟喂养，长大了能反过来喂养母鸟，这可以引申为是对父母养育之恩的报答，就是孝亲。《说文》称："乌，孝鸟也。"晋成公绥《乌赋序》中写道："有孝乌集余之庐，乃喟尔而叹曰：余无仁惠之德，祥禽曷为而至哉！夫乌之为瑞久矣，以其反哺识养，故为吉鸟。"可见乌为孝鸟，古已有称。

乌为什么是孝鸟呢？《春秋元命苞》曰："火流为乌，乌孝鸟，何知孝？乌阳精阳天之意，乌在日中，从天以昭孝也。"这就是说，乌的出现昭示着孝行。舜是我国古时孝子的典范，《抱朴子》中就记载："有虞至孝，三足乌集其庭。"

其次，我们来推断颜乌的故事大约在什么时候开始流传。《异苑》的作者刘敬叔为南朝人，那么，最晚在魏晋时期已经有这个故事了。实际上，颜乌的故事出现的时代更早。《汉书·地理志》"会稽郡"下，有"乌伤"县，其下注曰："莽曰乌孝。"根据这一线索，我们可以进一步推断颜乌故事发生的时间。公元9年，王莽建立新朝，他以《周礼》为依据，重新调整划定地方行政区域，力图恢复周朝的典章制度。他的做法是所谓的"改制"，包括更改郡县名称，会稽郡26个县中，有17个县被改名，其中，乌伤县名被改为"乌孝"。这说明，至少在西汉末年，乌伤已经和"孝"联系在一起了。《异苑》中称："王莽改为乌孝，以彰其行迹云。"说明直接用"孝"来表明置县的意图了。也就是说，很可能在西汉时期，颜乌孝感群乌的故事就已流传开来。

虽然许多记载中称颜乌为"秦孝子"，但是汉颜乌的说法也很多，宋代金华人潘自牧《记纂渊海》卷十记：

汉颜乌父亡，负土成塚，乌衔土助之，其吻皆伤，因名乌伤县。

义乌人何恪《汉乌伤侯赵君庙碑》记：

> 《乌伤县碑》云，汉孝子乌伤颜乌所居之乡，有群乌衔土而来，其口皆伤，因即其所立县而名焉。①

明徐应秋《玉芝堂谈荟》卷十三《群乌衔土》记：

> 汉颜乌父亡，负土筑墓，群乌衔土助之，喙尽伤，因以乌伤名县。

《大明一统志》在记载颜乌这个人物时，也称"汉颜乌"，明官修《大明一统志》卷四十二记载：

> 汉颜乌，会稽乌伤人，事亲孝，父亡，负土成坟，群乌衔土助之，其吻皆伤，因以名县。

明义乌人王袆虽然认为颜乌是秦人，却将据此立乌伤县断定为汉代。他说："余家乌伤县，县人有颜氏者，秦人也。盖葬其亲而躬负土焉，群乌衔土来助，乌吻皆伤，故汉即其地县且名之。"②

在许多志书中，汉乌伤县与《异苑》中的颜乌故事联系在一起。宋乐史《元丰九域志》卷五《两浙路·义乌县》记：

> 汉乌伤县也。《异苑》云：东阳颜乌以淳孝著闻，父死，负土成坟，群乌衔土助焉，而乌口皆伤，因以名县。

《舆地广记》卷二十二《义乌县》记：

> 本二汉乌伤县，属会稽郡。《异苑》曰：东阳颜乌以淳孝著闻，父死负

---

① 何恪：《汉乌伤侯赵君庙碑》，《敬乡录》卷二。
② 王袆：《王忠文集》卷二十二《熊孝子传》。

土成城，群乌衔土助焉，而口皆伤，因以名县。

将这些零星的记载联系在一起，我们大致可以得出这样一个结论：两汉时期，人们对颜乌孝感群乌、"乌口衔鼓"或"乌口衔土"的传说已经深信不疑，还据此给乌伤县命名，赋予它孝的深刻意义。在从秦乌伤县到汉乌伤县的过程中，县名的因袭是一个表面的现象，置县意义的变化却有着深层次的文化内涵，这与中国传统孝文化的发展相适应。

三 乌伤置县与中国传统孝文化

孝是我国儒家伦理思想的一个重要范畴，孝的理念源于父系氏族社会，导源于先民的生殖崇拜和祖先崇拜。[①] "孝"字最早见于殷商甲骨文，距今已有4000多年。春秋时期，随着鬼神观和天命观受到人们的怀疑，个体家庭的相对独立，孝的主要意义发生了变化，由崇拜祖先的宗教观念和宗教仪式转为对父母的生养、死葬、丧后之祭等具体活动的实践，养亲逐渐成为孝的主要内容。在儒家孝道观的形成过程中，孔子、孟子等人起了关键性的重要作用。孔子主张养亲、敬亲、爱亲，"葬之以礼，祭之以礼"。孟子对孔子的"孝"思想作了进一步的拓展，他不仅主张养亲，还提出尊亲，认为"事亲为大"[②]，"孝子之至，莫大乎尊亲；尊亲之至，莫大乎以天下养"[③]。还归结出"五不孝"[④]，对孝进行了更详细的说明。到秦统一之前，孝道已涉及家庭生活的方方面面，孝已成为当时公认的一种道德观念。即使是在以"暴秦"见称的秦朝，在法律中也有将不孝子戍边的规定。但在确立孝道和孝行的积极意义，令其深入社会的每一个角落，特别是与政治紧密结合，汉代才是一个里程碑式的时代。

刘汉代秦，中国大一统的封建帝国进入了一个相对稳定的时期，经过汉初一段时间的探索与反思，统治阶级逐渐认识到，只有儒家学说最适合巩固统治的需

---

① 朱汉民：《忠孝道德与臣民精神》，河南人民出版社，1994，第37页。

② 《孟子·离娄上》。

③ 《孟子·万章上》。

④ 《孟子·离娄下》："惰其四肢，不顾父母之养，一不孝也；博弈好饮酒，不顾父母之养，二不孝也；好财货，私妻子，不顾父母之养，三不孝也；从耳目之欲，以为父母戮，四不孝也；好勇斗狠，以危父母，五不孝也。"

要，儒家的孝道观也因此得到了空前的重视。从汉初开始，孝就已经成了辅助治国的思想，如刘邦在建汉之初，就倡导尊崇"三老"，汉惠帝表彰"孝悌"，吕后"举孝授官"，文帝"置《孝经》博士"。汉武帝罢黜百家、独尊儒术之后，以孝为核心的统治秩序逐渐确立，孝体现在国家制度、为政政策和国家立法各个方面，再加上对《孝经》的推广和传播，"以孝治天下"成了两汉最核心的统治思想。

孝在汉代国家制度中的最重要体现是确立了"举孝廉"的任官制度，以孝悌品行选拔官吏。汉初设孝悌力田科，这是孝道的政治化开始。汉武帝元光元年（公元前 134 年）十一月，"令郡国举孝廉各一人"，这时的"孝"，尚包括"孝"和"廉"两重含义。但武帝元朔元年时"举孝廉"，主要考察的是"孝"。这里，"孝"必须是真实的，"廉"可以是潜在的，一个人只要"孝"就可能"廉"，从此，"兴廉举孝，庶几成风"①。"孝廉"成为汉代官场一项既定人事制度，并被武帝以后的统治者所承袭，史称汉代"得人之盛，则莫如孝廉，斯为后世所不能及"②。当代史学家陈寅恪先生指出：汉代主要士大夫，"其为人也，则以孝友礼法见称于宗族乡里。然后州郡牧守京师公卿加以征辟，终致通显"③。

在为政政策方面，统治者用"孝治"解决了汉初自刘邦以来一直困扰汉统治者的政体问题。元朔二年（公元前 127 年），武帝采用主父偃的"推恩议奏"，颁布"推恩令"，"令诸侯以私恩自裂地分其子弟，而汉为定制封号，辄别属汉郡。汉有厚恩，而诸侯地稍自分析弱小"④。在孝的掩盖下，把大国小国、天子诸侯、官吏百姓、家主臣妾之间的阶级对立、等级差异统统隐藏在宗法血缘之中。

不断完善有关"孝治"的立法，是两汉实行孝治的一个重要特点。汉法规定，如果有地方官不按制度规定推荐孝子为官，就要受到严厉处罚，即"不举孝，不奉诏，当以不敬论"⑤。汉宣帝为了使百姓能"尽孝"，下诏免除"有大父

---

① 《汉书》卷六《武帝纪》。
② 徐天麟：《东汉会要·选举上》。
③ 陈寅恪：《金明馆丛稿初编》，上海古籍出版社，1980，第 42 页。
④ 《汉书》卷五十三《景十三王传》。
⑤ 《汉书》卷六《武帝纪》。

母、父母丧者"的徭役。又颁布诏令："自今子首匿父母、妻匿夫、孙匿大父母，皆勿坐。"① 解决了子孙"尽孝"与长辈"犯法"的矛盾。汉代，不孝被看做极大的罪行，所谓"五辟之属，莫大不孝"②，"甫刑三千，莫大不孝"③，针对各种不孝犯罪或不孝行为的处罚，制定了非常明确、细则化的量刑标准。

汉代，儒家《孝经》一书受到了特别的重视。西汉初年，废除挟书律，经学开始兴盛，托名于孔子和孔子弟子曾子所作的《孝经》由河间颜芝、颜贞父子传出，这就是所谓今文本《孝经》。《孝经》是我国历史上著名的儒家经典之一，全书共18章，从孝的基本伦理、孝道与政治的关系、孝道的实践三个方面阐述了儒家学派的孝道理论。《孝经》中，孝的作用被提到了无以复加的高度，如《开宗明义章》称："夫孝，德之本也，教之所由生也。"《三才章》称："夫孝，天之经也，地之义也，民之行也。"《圣治章》则说："天地之性，人为贵。人之行，莫大于孝。"

不唯如此，《孝经》对于从帝王将相到黎民百姓各个阶层的孝行都作了明确的规定，不同阶层、不同等级的人，行孝的具体要求也不同，其中《天子章》讲到的"天子之孝"是"爱敬尽于事亲，而德教加于百姓，刑于四海"，即是《孝治章》的"明王以孝治天下也"。更为重要的是，孝与忠联系在了一起，《孝经》的绝大多数章节，不是讲"事于亲"，而是讲"事于君"。所谓"夫孝，始于事亲，中于事君，终于立身"，"君子之事亲孝，故忠可移于君"。明确指出，孝开始于事奉双亲，中间经过事奉国君，最后达到建功立业。这就将孝道的核心内容从"善事其父母"发展到以孝事君，其引申意义便是"以孝治天下"。

汉武帝时，在中央设立"五经"博士，东汉时逐渐加《论语》为"六经"，再加《孝经》为"七经"，在全国范围内逐渐确立了《孝经》的经学地位。曾为《孝经》作注的学者马融、何休、孔安国、郑玄等人都是当世的名儒。与《五经》相比，《孝经》是必读经。《后汉书·荀爽传》称："汉制，使天下诵《孝经》。"《孝经》亦被用以取士，如《续汉书·百官志》载："汉制：以《孝经》试士。"《后汉书·百官》也记载："《孝经》师主监试经。"

汉代统治者还将《孝经》作为学校教育的重点内容，从中央到地方，都设

① 《汉书》卷八《宣帝纪》。
② 《汉书》卷六十八《霍光传》。
③ 《汉书》卷十四《齐武王列传》。

"《孝经》师",《汉书·平帝纪》载："立官稷及学官。郡国曰学,县、道、邑、侯国曰校,校、学置经师一人。乡曰庠,聚曰序,序、庠置《孝经》师一人。"《孝经》在全国范围内加以推广,成为社会教化的工具。

总之,从汉代开始,由于大一统的形成趋于稳定,创发和定型于孔孟儒学的孝道和孝行成为主流思想的组成部分,孝正式成为统治者教化的根本和治国的有力武器,在社会中发挥着越来越重要的作用。我们发现,自汉惠帝以下,孝文、孝景、孝武、孝昭等汉朝皇帝,莫不以"孝"为谥,颜师古说:"孝子善述父之志,故汉家之谥,自惠帝以下皆称孝也。"①　又称:"汉之传谥,常为孝者,以常有天下。"②

乌伤以孝名县,正是产生在两汉以孝治天下这一孝文化发展的大背景之下,它的背后是民族大融合与越地文化和汉文化的传播与交融。

秦汉统一,伴随着统治者对东南边疆的经营,越国故地进入了一个越人与华夏民族融合的新时期。这一时期的民族迁移包括越祖人民的北迁和汉人的南移。越人北迁主要是统治者的强制迁移,同时,因为求学、求官等原因,也有少量的越人向外流动。汉族人南迁,一是随着郡县制的推行,朝廷派北方人士担任越地的郡县官员;二是朝廷有组织的移民;三是因功分封迁居;四是躲避战乱,主要发生在王莽篡汉时期。南迁的汉人进入今浙江境内,主要分布在太湖流域和杭州湾以南各县以及金衢盆地沿乌伤江与今衢江一线的乌伤、太末等县。

秦汉北人南迁乌伤,有史可考者,有颜、杨、刘、楼、骆、斯等姓氏③。多数北人南迁是经会稽郡北部平原南下金衢盆地,位于盆地东部的乌伤县首当其冲,随着北人南迁,乌伤县的地位也在不断上升,东汉初年,威寇将军杨茂封为乌伤新阳乡侯,汉明帝时,光武帝太孙刘辉封乌伤郡王显示了这一特点④。这一

---

① 《汉书》卷二《惠帝纪》。
② 《汉书》卷六十八《霍光传》。
③ 颜:义乌颜村清光绪《颜氏宗谱》载"秦颜乌父颜凤,避乱南行,寓浙江会稽郡南界,遭疾身亡,颜乌乃负土葬之"。杨:东汉光武帝建武元年自河东迁入。《后汉书·杨璇传》载"杨璇字机平,会稽乌伤人也。高祖父茂,本河东人,从光武征伐,为威寇将军,封乌伤新阳乡侯。建武中就国,传封三世,有罪国除,因而家焉"。刘:汉明帝时迁入。《义乌县志》载"东汉明帝时,刘辉之封乌伤郡王,从河南南阳迁稠城石鼓金(青溪)"。楼:汉明帝时,在东汉会稽郡治移至山阴前后迁入乌伤。《义乌县志》载"汉顺帝时,楼屹任太卿麒麟阁护军都监,从会稽郡迁入县西竹山里(今夏演乡)"。骆:《义乌县志》载"东汉时,骆雍临从陕西骆谷迁入"。斯:《东阳市志》载"白石斯氏,祖居地京兆,东汉末年从山东嵫阳迁入后里"。
④ 参见王志邦《浙江通史·秦汉卷》,浙江人民出版社,2005。

时期，杨璇、杨侨、骆俊、骆统等人被载入正史。北人的南迁促进了当地的民族融合，杨、刘、楼、骆等定居于此的汉人带来了汉文化和儒学知识。

秦汉郡县制推行，乡里的建立，特别是"三老"的设立，极大地推动了汉文化的传播。史称："三老掌教化。凡有孝子顺孙，贞女义妇，让财救患，及学士为民法式者，皆扁表其门，以兴善行。"① 通过三老这个层面，儒家道德规范逐渐向这一地区的社会下层渗透。汉武帝独尊儒术后，儒学也成为会稽士人安身立命的家学，士人们拜师受经，游学京师。东汉末年，一批儒生南下，促进了当地儒学的发展。东汉和帝时期，张霸为会稽郡守，"郡中争厉志节，习经者以千数，道路但闻诵声"②。在向汉文化的转型过程中，儒家的孝道观念也逐渐深入人心。会稽郡虽地处东南边疆，但忠孝之风盛行，号称："山有金木鸟兽，水有鱼盐珠蚌之饶，海岳精液，善生俊异，是以忠臣继踵，孝子连闾，下及贤女，靡不育焉。"③ 句章董黯、上虞曹娥等人都因为孝亲而光耀史册。地处边陲的乌伤县与孝子颜乌联系在一起的过程，正反映出了儒家的道德观念在这一地区深入人心的过程，同时，也留下了越国故地由越文化向汉文化转型的印迹。

四　孝与义的结合

汉代的"重孝"，"以孝治天下"，主要是侧重于政治指导思想和治理国家的实践，而不是侧重于信仰和伦理道德。汉以后，孝观念发生变化，出现了"孝感"和"孝义"。南北朝时期，《魏书》设立了《孝感传》，其序言称："《经》云：'孝，德之本'，'孝悌之至，通于神明'。此盖生人之大者。"所谓"孝感"，是说人行大孝，可以感动上天，"诚达泉鱼，感通鸟兽"④，降福于身。颜乌孝感群乌的故事也正是在这一时期出现在《异苑》中。

所谓"孝义"，指的是要秉义行孝。从正史中的列传名称来看，自《晋书》设《孝友》传起，此后编撰各部正史均为孝子设专门列传，《魏书》有《孝感传》，《梁书》、《陈书》、《北史》有《孝行传》，《旧唐书》、《新唐书》、《金史》、《元史》有《孝友传》，《宋书》、《齐书》、《周书》、《南史》、《隋书》、

---

① 《后汉书》志第二十八《百官五》。
② 《后汉书》卷三十六《张霸传》。
③ 《会稽典录》，《三国志》卷五十七裴松之注引。
④ 《魏书》卷八十六《孝感传叙》。

《宋史》、《明史》则均有《孝义传》。《孝义传》的设置，表明了人们对"义"的重视，《宋书》卷九十一《孝义传序》称："《易》曰：'立人之道，曰仁与义。'夫仁义者，合君亲之至理，实忠孝之所资。虽义发因心，情非外感，然企及之旨，圣哲诒言。"

《南齐书》卷五十五《孝义传序》则更为典型，其中道：

> 子曰："父子之道，天性也，君臣之义也。"人之含孝禀义，天生所同，淳薄因心，非侯学至。迟遇为用，不谢始庶之法；骄慢之性，多惭水菽之享。夫色养尽力，行义致身，甘心垅亩，不求闻达，斯即孟氏三乐之辞、仲由负米之叹也。

王莽将乌伤改为乌孝后，东汉初即被改回"乌伤"，唐武德七年，改乌伤为义乌。以"义乌"名县，也是孝与义结合的反映。明虞国镇在《义乌县志序》中称："自秦以来，高颜乌之义，受名孝乌，嗣后显人代作。"[①] 万历和崇祯朝《义乌县志》回顾了义乌的历史沿革，说明立《建置》的必要时强调道："嗟乎，乌犹知义，何况于人？生斯地者，慎毋俾昔贤专美于前，而使重者轻哉！"[②] 可见这里的义，既指孝子颜乌之义，又指衔土乌乌之义。

2000余年来，义乌县的县名虽然经历过数次变动，但以孝为根本的中华民族的伦理道德却一直根深蒂固、深入人心。被称为"乌伤四君子"之一的何恪在《孝子颜氏墓碑》中写道："孝子以匹夫，有至性，独不移于习俗，亲葬自负其土，感乌衔泥来助，乌吻为之伤，因名县曰乌伤，其后或曰乌孝，或曰义乌，皆必本于孝子。"[③] 清童楷在为康熙《义乌县志》所作序言中亦强调："上溯秦汉，八婺皆以乌伤得名。由唐及今，或名乌孝，或名义乌，世变而名不变，以见孝道之恒存天壤也。"毋庸置疑，孝文化是义乌文化的一个极其重要的组成部分，乌伤置县，县名的发展变化，从乌伤、乌孝到义乌，展现出了中国传统孝文化的发展的轨迹。

---

① （崇祯）《义乌县志》卷首。
② （万历）《义乌县志》卷二《方舆考·建置》。
③ 何恪：《孝子颜氏墓碑》，《敬乡录》卷十。

童楷还在《义乌县志》中论述说:

> 夫孝为百行之原,作忠于斯,求忠于斯,事功、理学莫不根本于斯。故邑有孝子,而后如骆文忠抗辞讨武,宗忠简恳奏回銮,王忠文秉节于谕梁,龚忠愍捐身于靖难,英风大节,千古为昭。至若徐文清、黄文献之理学,杨仆射、吴司寇之事功,本朝朱梅麓公之绩著河防,金紫汾公之名高谏议,以及文人壮士、烈女贞姬,更仆未易悉,何莫非颜孝子有以开其原,而诸先正有以接其流哉?①

在这段话中,作者指出,百行孝为先。自颜乌以孝行著称,其后唐骆宾王的节义,宋宗泽、明王祎、龚泰的尽忠报国,宋徐侨、元黄溍等人的理学成就,东汉杨侨、明吴百朋的功业,清朱之锡的治河业绩、金汉鼎的仗义执言等等,无不根源于此。在孝的基础上,一代一代的义乌人谱写了许多壮丽的诗篇。

---

① 童楷:《序》,(嘉庆)《义乌县志》卷首。

第五章
三国至唐宋义乌多元文化的发展与共生

第一节　义乌对佛学发展的推进

吴越地区具有悠久深远的文化传统，在历史上又不断受到中原先进文化的深刻影响。在继承了华夏文明光辉成就的同时，这一区域也是历史上较早受到域外文化影响的地区之一。远在东汉时期，安息国的高僧安世高游说会稽，宣传教义，为佛教传入浙江之始。三国两晋南北朝时期，浙江佛教进入了兴盛阶段，北方名僧南渡，佛教人才南流。据文献记载，当时的会稽剡地石城的高僧就有 20 余位。隋唐五代时期，浙江佛教进入极盛期，吴越国的国王以杭州为中心，大力提倡佛教，礼遇各派高僧，大建佛寺，有"东南佛国"之称。[①]

义乌地区也深受印度佛教文化的影响，随着浙江的佛教进入兴盛期，南朝萧梁时代，佛教传入义乌，历唐至宋，寺庙林立，僧尼众多。

南朝惠约、傅大士、唐代玄朗是义乌历史上最为著名的三位高僧。

一　梁国师惠约

惠约，亦作慧约，俗姓楼，名灵璨，字德素，乌伤县竹山里（今义乌市夏演乡）人。生于南朝宋元嘉二十九年（公元 452 年），为南朝齐梁间高僧。12 岁，始游于剡，遍礼塔庙，纵览山川。远会素心，多究经典。17 岁，在上虞县东山寺落发出

<hr>

① 参见佘德余《浙江文化简史》，第 405 页。

家，拜秣陵南林寺惠静和尚为师，取法号惠约。惠静是当时著名的高僧，"于宋代僧望之首，律行总持"，著有《命源佛性论》。惠静后来又携惠约去山阴天柱寺、梵居寺和西台寺。惠静死后，惠约返回天柱寺，潜心研究大品诸经，名声大起。惠约青年时既为显贵所崇，齐竟陵王萧子显即认为他日后当为"释门领袖"①。晋室南渡以后，佛教的弘传方式主要表现为高僧与帝王、名士交游，研讨佛理。慧约所交，亦多为当朝官吏，齐朝太宰褚亦渊、尚书左仆射琅琊王俭、著名文学家沈约、湘东王谘议范贲等都与他相交频繁。梁武帝对他的高度重视，更使他的盛名达到了顶峰。

天监十一年（公元512年），梁武帝请惠约相见。从此经常参与后堂斋讲，每与武帝说法清谈，动经晨夜，所受礼遇崇信无人能比。惠约法师每入朝，必设特榻，帝座居其侧②。天监十八年（公元519年），武帝以惠约为师，受菩萨净戒。此后，太子、诸王、公卿、道俗授其戒者达4.8万人之多。为示尊敬，梁武帝呼为"阇黎"而不名，又令臣下尊称"智者"，惠约由此而成了名副其实的梁朝的国师。大同元年（公元535年）九月六日，惠约入灭，世寿84岁。梁武帝素服临丧，为之辍朝七日，4.8万多受戒的弟子皆服缌麻送别，可谓极尽哀荣。

二 傅大士与双林寺

傅大士，名翕，字玄风，自号"双林树下当来解脱善慧大士"，《续高僧传》称傅弘。南朝梁代禅宗著名尊宿，义乌双林寺始祖，中国维摩禅祖师，与达摩、志公共称梁代三大士。建武四年（公元497年），生于乌伤县稽亭里。

普通元年（公元520年），受西域高僧嵩头陀的指引，傅大士在双梼树下结庵，修行七年，名声渐起，"远近师事日重"，傅大士亦自称"得首楞严三昧"，"得无漏智"③。佛教创始人释迦牟尼逝世后，由于对释迦牟尼所说的教义有不同的理解和阐发，先后形成了许多不同的派别。按照其教理等方面的不同，以及形成时期的先后，可归纳为大乘和小乘两大基本派别。小乘佛教注重个人修行，以取得个人解脱为最终目标。大乘佛教提出了"普度众生"的口号，愿一切众生得同解脱。晋室南渡，北人大规模南迁，浙江境内各种社会矛盾交错，大乘佛教

---

① （唐）道宣：《续高僧传》卷六《梁国师草堂寺智者释慧约传》。
② （宋）志磐法师：《佛祖统纪》卷五十一。
③ 《傅大士集》卷一《传录》，义乌市志编辑部影印本。

的思想给人们指出了一条解脱苦难的途径，因而大行其道，傅大士是大乘佛教教义的推行者和实践者。他一再舍去田地产业，布施困穷，设法会供养诸佛大众。梁大通元年（公元527年），地方发生饥荒，大士设善会，作偈曰："舍报现天心，倾资为善会。愿度群生尽，俱翔三界外。归投无上土，仰恩普令盖。"天台山惠集精勤佛法，为傅大士的深解大乘所折服，遂为弟子。经过十年的修道和弘法，傅大士已在社会上产生了很大的影响，中大通四年（公元532年），命惠集至京弘法。中大通六年（公元534年）正月，又派弟子至京奉书梁武帝，称：

> 双林树下当来解脱善慧大士，白国主救世菩萨，令条上中下善，希能受持。其上善，以虚怀为本，不著为宗，无相为国，涅槃为果；其中善，以治身为本，治国为宗，天上人间，果报安乐；其下善，以护养众生，胜残去杀，普令百姓俱禀六斋。①

是年十二月，傅大士应诏进京。大同元年（公元535年）正月，参加重云殿法会，会后又与梁武帝讲论佛法，徐陵在《傅大士碑文》中记载："大士言如重颂，句备伽陀，音会宫商，义兼华藻，岂唯宝积献盖、文成七言、释子弹琴、歌为千偈而已。"大同五年（公元539年），大士再度入京，于寿光殿同梁武帝论佛学真谛，讲"息而不灭"。又应诏为梁武帝讲《金刚经》，契于帝心。大同六年，他第三次进京，向朝廷请求建造双林寺，梁武帝下诏，于双梼树旁设寺。

大士三次到京师，见重于梁武帝，所度道俗不可胜计，他被赞为"自然智慧，深解大乘"。又称，"凡所著述，不以文字为意，但契微妙至真之理，冀学者因此得识菩提之门"；"其为说法，不过数句，而听者各随性分得解也"②；"京洛名僧，学徒云聚，莫不提函负帙，问慧咨禅"③。傅大士倡导三教合一，他曾道冠、僧服、儒履④，表达了合会三家的思想取向。

---

① 《傅大士集》卷一《传录》。
② 《傅大士集》卷二《传录》。
③ 徐陵：《傅大士碑文》，《傅大士集》卷四。
④ （唐）楼颖《傅大士录》载：大士一日，顶冠、披衲、跣履。帝问："是僧耶？"士以手指冠。帝曰："是道耶？"士以手指履。帝曰："是俗耶？"士以手指衲衣。遂出。故今双林寺塑大士像，顶道冠、身袈裟、足跣履，仿此迹也。见《傅大士集》卷一。

双林寺建成，傅大士即依此弘法，度过了他的后半生。侯景之乱，民不聊生，傅大士率领双林寺僧众散布资财，救济饥贫，"课励徒侣，共食野菜煮粥，人人割食以济闾里"。《续高僧传》中，傅大士舍田园家业、牛牲仓库以济灾困的记载随处可见。他主张"普为一切众生，不惜身命"，"倾资为群品，奉供天中天，仰祈甘露雨，流注普无边"。陈大建元年（公元 569 年）四月二十四日，大士涅槃，年 73 岁。南怀瑾先生曾说："傅大士生于齐、梁之际，悟道以后，精进修持，及其壮盛之年，方显知于梁武帝，备受敬重。而终梁、陈之间，数十年中，始终在世变频仍、生灵涂炭、民生不安中度过他的一生。但他不但在东南半壁江山中，弘扬正法而建立教化，而且极尽所能，施行大乘菩萨道的愿力，救灾济贫，不遗余力。"[①] 日本学者忽滑谷快天在《中国禅学思想史》中亦评述说："梁武帝时代，僧副、慧初等，息心山溪，重隐逸，小乘之弊犹未能去。独傅翁超悟大乘，出入佛老，感化及于后世禅教者，翁一人也。"

傅大士之传语，昔日甚多，唐代义乌进士楼颖曾追访长老，录大士圣言懿行，汇成《善慧大士传录》，也名《双林傅大士语录》八卷。此后宋、明、清及近代皆有人传刻重刊。

傅大士是义乌双林寺的创建者，由于傅大士在佛教史上的重要地位，双林寺数度成为佛教活动中心，历史上规模之大、历代帝王赍赐供养之盛非一般寺院可比，影响更是达于域外。

自从普通元年（公元 520 年），傅大士在双梼树下结庵开始，云黄山下即已逐渐形成两处精舍，聚集了许多佛教的信徒，随同傅大士修道，但没正式建立寺院。直到他最后一次见到了皇帝，即大同六年（公元 540 年），才向皇帝建议造双林寺，并得到梁武帝的同意和支持，下诏于双梼树旁设寺。梁中大通六年（公元 534 年）檀越贾昙颖即此开基建寺，名双林佛殿。此后，双林佛殿成为当地名刹，陈、隋两代，曾有帝王大臣数百人为护法檀越，隋文帝、炀帝还数次作书宣敕慰问住持，使双林寺声名大振，昭彰寰宇，成为"震旦国中，庄严第一"。双林佛殿到北宋时已有僧舍 1200 间，成为规模宏大的江南名刹。宋英宗治平三年（1066），赐"宝林禅寺"匾额。徽宗大观二年（1108），赐田十顷。南宋宁宗品定天下禅宗丛林，选出禅宗五山十刹，双林被列为十刹之八。历元、

---

① 南怀瑾：《禅话》，中国世界语出版社，1994，第 37 页。

明、清三朝，双林寺虽屡经兴废，但仍保持相当规模，在国内外享有盛名。

唐宋时代，日本曾有上百名僧人来浙江，部分曾到双林，其中就有著名的日本高僧源信。唐贞元二十年（公元 804 年）日本高僧最澄来中国时，推崇傅大士与慧文禅师，同列为天台宗二祖，最澄返日，携带大批佛像及经书，并在日本京都选择极像义乌双林寺之地创建了日本双林寺。元代以后，到双林来的日僧有铁印景印、寂室无止、大拙祖能等，其中大拙祖能在中国 14 年，曾拜双林住持德辉为师。

同时，双林僧人也将中国佛教传往域外，双林寺出家的唐代高僧无言通到越南传教，成为越南禅宗主要派别的祖师。双林住持东渡日本的有本觉、兀庵普宁、明极楚俊等多人，其中明极楚俊对日本文学发展影响很大，元文宗天历二年（1329），双林寺首座住持高僧明极楚俊应日本佛教界邀请，与竺仙梵一同东渡，历住日本建长、南禅、建仁等大寺，宣扬中国禅风。他擅长诗文，对日本文学的影响也很大，许多诗文至今仍在流传。直到今天，一些日本佛教界人士还常常问及双林。①

三 天台八祖玄朗

天台宗是中国佛教宗派之一，其学统虽自称一祖龙树、二祖慧文、三祖慧思、四祖智颛，但实际创始人是陈、隋之际的天台四祖智颛，因其居住在浙江天台山，故名天台宗。其教义以《妙莲法华经》为依据，提倡止观并重，定慧双修，认为如此则可进入涅槃，解脱苦难。四祖智颛时期，其势力已由浙江扩大到江苏、山东和湖北，天台国清寺、南京栖霞寺、山东灵岩寺、湖北玉泉寺号称四大丛林，盛极一时。隋开皇十九年（公元 597 年），传五祖章安灌顶后，由于华严宗、禅宗的兴盛，天台宗渐渐走向衰落，至八祖玄朗，局面才有所改观。

玄朗，字慧明，俗姓傅氏，唐高宗咸亨四年（公元 673 年）生于义乌县上傅村（今义乌市塔山乡上傅村），为傅大士六代孙。9 岁出家于清泰寺，"师授其经，日过七纸"。20 岁后，四方求学，先向光州（今河南潢川）岸律师处学习律

---

① 参见《中国大百科全书·宗教卷》；冯志来《傅大士》，载义乌名人丛书编纂委员会编《义乌名人》，中国文史出版社，2000，第 39～40 页；《义乌县志·佛教》，义乌县志编委会 1987 年修。

宗，又至东阳天宫寺从慧威大师求学，学法华经，精研止观学说，于天台宗旨趣，解悟无遗。遂以此为旨归。

当时湖北当阳有天台宗的支派，三传至恭禅师，玄朗即"依恭禅师重修观法，博达儒书，兼闲道宗，无不该览"，肖其先祖傅大士，融会贯通，合释、道、儒三教为一。但是他"虽通诸见，独以止观以为入道之程，作安心之域"。后于今浙江浦江一处面临翠峰、左萦碧涧的岩穴建左溪寺，习头陀苦行，凡30年，故自号"左溪"。《宋高僧传》中称其"食不重味，居必偏履；非披阅圣教，不空然一烛；非瞻礼尊仪，不虚行一步。其微细修心，皆笔循律法之制，是以远方沙门，邻境耆宿，拥室填门，若冬阳在阴，不召而自到也"。据天台九祖湛然大师的俗家弟子李华在《故左溪大师碑铭并序》中记载，玄朗的弟子有"开左溪之秘藏"的6人，"饱左溪之道味"的6人，"传左溪之法门"的婺州开元寺僧行宣、常州妙乐寺僧湛然2人，"沾左溪之一雨"的弟子2人，还有新罗国（今朝鲜境内）僧徒法融、理应、英纯3人，他们归国后"弘左溪之妙赜"，可见当时玄朗道场规模之盛。[1] 故撰《宋高僧传》的赞宁赞叹说："天台之教鼎盛，何莫由斯也！"[2]

天宝十三年（公元754年）九月十九日，玄朗以薄疾而终，卒年82岁。其著作有《法华经科文》二卷。在这部著作中，他阐述天台宗止观学说，"因字以诠义，因义以明理，因理以同如"，宣扬"定慧双修，空有皆舍"[3]，为传承和发扬天台宗教义做出了不可磨灭的贡献，也为天台宗在此后九祖湛然时期的中兴打下了基础。

第二节　节义之美与卫国之忠

一　唐骆宾王与《讨伐武曌檄》

"天地有正气而人得以生，故杀身成仁，舍生取义，孔孟所深嘉焉。"[4] 义

---

① 参见朱亦秋《玄朗》，义乌名人丛书编纂委员会编《义乌名人传》，中国文史出版社，2001，第88页。
② 赞宁：《宋高僧传》卷二十六《玄朗传》。
③ 赞宁：《宋高僧传》卷二十六《玄朗传》。
④ （崇祯）《义乌县志》卷十三《人物·气节》。

之所尚，由来已久。义乌人重视操行节义，亦古有传统。东汉乌伤杨乔拒绝桓帝以公主相配，宁愿绝食而死，"以饿死而却桓帝之强婚"。《金华献征略》中评述说："人之志量，相越固不远哉？好色富贵，人之所欲也，椒房贵主，自乔视之，若处子之避强暴，求托不得，则继以死，盖礼重于色，义重于生也。"① 杨乔之后，唐骆宾王之节操义行，千载而下，尤为义乌典范。

骆宾王，字观光，生于唐高祖武德二年（公元619年），一生主要活动在太宗贞观时期和高宗朝。宾王少年丧父，养亲抚弟，生活窘迫，曾为道王府属史。乾封二年（公元667年）中选为奉礼郎。不久从军边塞，归后官武功、明堂、长安主簿。高宗末，以频进章奏获罪，被贬为临海丞，怏怏失志，弃官而去。弘道元年（公元683年），高宗去世，高宗皇后武则天废黜继立的中宗和睿宗，临朝称帝。文明元年（公元684年）九月，徐敬业在扬州起兵，倡言恢复李唐，骆宾王乃作幕于敬业军中，所有檄文，几乎尽出其手。尤其是那道《为徐敬业讨伐武曌檄》，直指武则天的过失，词锋犀利，激愤慷慨，撼动朝野。其中"一抔之土未干，六尺之孤安在"一句，让人无不为之动容。十月，徐敬业兵败被杀，骆宾王的下落，也成了千古之谜。② 清人陈熙晋在他的《骆临海集笺注》中写道："临海少年落魄，薄宦沉沦，始以贡疏被愆，继因草檄亡命"，道出了骆宾王的坎坷遭际和悲剧性的结局。

骆宾王是我国历史上最为杰出的诗人之一，他童年时，就留下了那首传唱千古的《咏鹅诗》："鹅，鹅，鹅，曲项向天歌。白毛浮绿水，红掌拨清波。"史称其"少善属文，尤妙于五言诗，尝作《帝京篇》，当时以为绝唱"③。其所作《在狱中咏蝉》、《送别》等诗歌，皆是文学史上的传世之作。他与另外三位唐代杰出的诗人卢照邻、杨炯、王勃合称为"初唐四杰"，因此长期以来受到人们的赞誉和重视。在新、旧《唐书》中，他被载入《文苑传》。

宋元以来，随着理学的兴起，武则天以女子主天下，为封建士人所不容。骆宾王便不再单纯被看成是一位杰出的文学家和诗人，他的反武行动被赞扬为忠义之举，他那激愤不平，志在匡复李唐，声讨女主武则天的《讨伐武曌檄》一文，

---

① 王崇炳：《金华献征略》卷二《忠义一·杨乔传》。
② 《旧唐书·骆宾王传》载："伏诛，文多散失。"《新唐书·骆宾王传》载："敬业败，宾王亡命，不知所之。"
③ 《旧唐书》卷一百九十上《文苑上·骆宾王传》。

更被人广为传诵，激扬百世。在义乌等地的乡邦文献中，我们发现，他的节操义行，更令人心所向往。在历代义乌县志中，骆宾王以节义之士著称，人们所关注的是他的气节。崇祯《义乌县志》列之入《节义传》，称："乃若骆宾王草檄斥武后之罪状，黄中辅题词讥讽秦桧之议和，不胜鞅鞅，逞于一击，几不免虎口，危矣哉。然其感时愤事，发于忠肝义胆，此亦有所长，非苟而已。余故并列之气节。"[①] 又论述说："宾王附徐敬业，荷义戈，志在扫挽抢而新日月，即沉沦落魄，不失为节侠慷慨之士。"[②] 嘉庆《义乌县志》列其入《志节传》。《金华献征略》将其事迹列入《忠义传》。作者认为，武则天破坏李唐帝统时，像徐有功、狄仁杰这样的贤臣都依违其间，而骆宾王"首先倡义，指斥不讳"，不愧为"慷慨节侠士也"[③]！

此后，"抗当路而脱陈亮之罗织"的喻南强和"题词讥秦桧之议和"的黄中辅，[④] 也皆被视为节义之士。

二　抗金名将宗泽

至宋代，当婺州涌现出浦江梅执礼、东阳藤茂实等不少忠君爱国之士时，义乌籍抗金将领宗泽的忠心为国也光照史册，他的抗金事迹和壮志未酬，也一直成为婺州作家歌颂的对象。

宗泽，字汝霖，北宋嘉祐四年十二月十四日（1060 年 1 月 2 日）生于义乌石板塘。自幼豪爽有大志，元祐六年（1091）中进士。廷对时极陈时弊，考官恶其耿直，置末等，任大名府馆陶县县尉兼摄县令职事。后 20 年中，历任衢州龙游、莱州胶水、晋州赵城、莱州掖县等县知县。宣和元年（1119），宗泽年届60，告老还乡，获准主管南京（即应天府，今河南商丘）鸿庆寺，旋以诬告，发镇江监管。宣和六年（1124），复出任巴州通判。

时值北宋末年，金灭辽，以宋背盟为借口，大举南下。面对金人入侵，宋徽宗传位其子，逃往南方，钦宗继位。靖康元年（1126）初，以御史大夫陈过庭推荐，廷召宗泽进京出任台谏。不久，即被派往宋金战争前沿的磁州任知府。宗

---

① （崇祯）《义乌县志》卷十三《人物·气节》。
② （崇祯）《义乌县志》卷十三《人物·气节》。
③ 王崇炳：《金华献征略》卷二《忠义传一·骆宾王》。
④ （崇祯）《义乌县志》卷十三《气节》。

泽毅然北上赴任，指挥磁州城保卫战，粉碎了金兵的攻势。十一月，金兵分东西两路进围宋都开封。十二月，朝廷传檄，令各地勤王师赴大名府。靖康二年（1127）正月，宗泽率军进京勤王，与金军连战13场，屡战屡胜。二月，接连攻克南华、卫南、韦城，但由于兵力不足，未能解开封之围。四月初，金人俘徽、钦二帝，北宋灭亡。

北宋王朝灭亡后，康王赵构在南京应天府（今河南商丘）即帝位，建立南宋朝廷，改年号建炎。当时南宋朝廷为主和派所把持，一味主张议和。宗泽上《条画四事札子》、《乞毋割地金人札》，反对妥协投降，并请赴抗金冲要。不久，被任命为东京留守兼开封府尹。宗泽到任，立即整饬战备，任用岳飞、王彦等抗金将领，联络两河义军。建炎二年（1128）正月，金国大军进袭开封，宗泽诱敌深入，伏击获胜，收复了延津、胙城、河阴等地，一直追到滑州，并捣毁滑州城西金兵囤粮营寨。滑州之战后，宗泽声名远扬，金兵退至黄河北岸，从此不敢大举进犯。

宗泽时刻未忘国土沦丧、二帝被俘的家国之耻，建炎元年（1127）七月至建炎二年五月，在不到一年的时间里，他接连上了24封《乞回銮疏》，力劝高宗还京，北伐抗金，进兵渡河，收复北方失地，这就是历史上著名的"乞回銮二十四疏"。由于朝廷的腐败无能，宗泽上疏均为奸佞所阻，因而郁愤成疾，疽发于背。建炎二年七月十二日，宗泽已在弥留之际，仍然念念不忘北伐，连呼三声"渡河"，含恨而殁。去世时，无一语言及家事。宗泽的临终《遗表》中写道："心期许国，每输扶厦之忠；死不忘君，犹积恋轩之意……嘱臣之子，记臣之言，力请回銮，亟还京阙。上念社稷之重，下慰黎民之心。"[1] 一片忠诚，感人肺腑。

宗泽去世后，赐赠观文殿学士，通义大夫，谥号忠简，遗著《宗忠简集》六卷。对他的卫国之忠，《宋史》评论说："方金人逼二帝北行，宗社失主，宗泽一呼，而河北义旅数十万众若响之赴声，实由泽之忠忱义气有以风动之"，"虽处死生祸变之际，而犹不渝若是！"[2]

南宋隆兴二年（1164），义乌知县晏节在本县建忠孝堂，祭祀颜乌、宗泽。

---

① 宗泽：《遗表》，（万历）《义乌县志》卷二十。

② 《宋史·宗泽传》。

黄中辅为文记载："山川郁苍，人物风流。孝行卓异如颜氏子，忠义激切如宗忠简，非惟朝野一时钦重，虽禽鱼蛮貊亦识姓字……二公世之相后千余载岁，琅琅相映若宫商，然自尔居家孝，卫上忠，代不缺人，盖有倡于前也。"① 在"忠孝一体"道德理念下，将颜乌之孝、宗泽之忠合为一体。

骆宾王和宗泽所代表的忠义节风，历来为义乌人所重。金世俊在所作《义乌县志序》中推扬道："敬业一檄，千秋诵义，曰义乌骆宾王，而义乌重矣。东京留守，只手中原，过河之呼，至今犹壮，曰义乌宗泽，而义乌益重矣。"② 当代文豪郁达夫亦感于两人事迹，题《过义乌》诗曰："骆丞草檄气堂堂，杀敌宗爷更激昂。别有风情忘不得，夕阳红树照乌伤。"正气所在，遗响久远。

第三节　婺学与朱子学的传承

儒家学术，号称"羽翼圣经，发明圣道"。因时代久远，史料湮没，南宋以前，义乌儒学的发展很难查考，仅有零星的记录。据古《义乌县志》，孙吴时期，骆统曾师从以儒学闻名的江东丹阳人唐固。南朝时，齐楼幼瑜长于《礼》学，著有《礼捃拾》30卷、《文集》66卷等，聚徒教授，不应征辟。崇祯《义乌县志》之《儒林》，嘉庆《义乌县志》之《理学》，均始自南宋，可见义乌儒学的发展是从南宋时开始兴盛的，这与当时的社会背景与学术发展有着密切的联系。

靖康之难后，衣冠南渡，政治、经济、文化中心的南移，使东南之地的文化水平骤然提高。经过50多年的努力，南宋统治者在政权基本得到巩固后，把"兴文教，抑武事"作为实现"长治久安"的基本国策，在长达80余年的时间里，开展了三次兴学运动，在地方上兴办了一批官学。婺州的州学和义乌、武义、东阳、浦江、兰溪、永康各县的县学，也在这一期间相继建立。古《义乌县志》载"县故有学，肇自元魏"，唐末五代渐废，仅保留了祭孔之礼。北宋庆历、崇宁中，即文庙建县学。官学兴起的同时，两浙地区的民间书院也大量涌现。见诸方志记载，婺州地区的民间书院就有30多所，其规模也大大超过官办

---

① （崇祯）《义乌县志》卷十九《古迹》。
② （崇祯）《义乌县志》卷首。

学校，其中金华丽泽书院、东阳石洞书院、武义明招山书院都是当时的著名书院。义乌徐侨所创东岩书舍和致仕吏部尚书虞复所建东崖书院也始设于此时。

南宋时期的浙江，文教兴盛，书院林立，学者名儒登坛讲学蔚成风气，培育出了众多的人才，也促进了地域学术的发展，其中尤以浙东路的婺州文化最盛。这里名儒接踵，人文荟萃，因而赢得了"小邹鲁"和"东南文献之邦"的美誉，逐渐成为学术区域化发展的一个重镇。南宋时期也是义乌儒学发展的黄金时期。

宋乾、淳之际，东莱吕祖谦、金华唐仲友、永康陈亮三位著名的学者并起于当时，"东莱氏以性命绍道统；说斋氏以经世立治术；龙川氏以皇帝王霸之略志事功"①。婺州学术，遂异彩纷呈。清人全祖望就此评论说："乾淳之际，婺学最盛。东莱（吕祖谦）兄弟以性命之学起，同甫（陈亮）以事功之学起，而说斋则为经制之学。"② 义乌人黄溍亦称："盖婺之学，陈氏先事功，唐氏尚经制，吕氏善性理，三家者，唯吕氏为得其宗而独传。"③ 三位婺州学者的学术，吕祖谦之学和陈亮之学在后世都代有传人；而唐仲友因被朱熹所劾，其学遂告失传，但在义乌一地也留下了分量很重的传人。

一　陈亮永康学术在义乌的传承

陈亮，字同甫，原名汝能，后改名陈亮，婺州永康（今浙江永康市）人，人称龙川先生。"为人才气超迈，喜谈兵，议论风声，下笔数千言立就。"④ 乾道四年（1168），会试落第，上《中兴五论》，进献收复北方策略，奏入不报。乃归家下帷讲学，"益力学著书者十年"⑤。淳熙四年（1177），连续三次上书孝宗皇帝，在《上孝宗皇帝书》中提出"任贤使能"、"简法重令"，主张革新图强。又高倡"中兴"、"复仇"，力主抗金。此后，遭当权者嫉恨，淳熙十一年（1184）、绍熙元年（1190）两次被诬入狱。⑥ 出狱后，志气益励，归家讲学著书。光宗绍熙四年（1193）策进士，擢为第一，授建康军节度判官厅公事，未

① 杨维桢：《序》，宋濂：《宋学士文集》卷首，《四部丛刊》本。
② 《宋元学案》卷六十《说斋学案》。
③ 黄溍：《金华黄先生文集》卷十六《送曹顺甫序》。
④ 《宋史》卷四百三十六·《儒林六·陈亮传》。
⑤ 《宋史》卷四百三十六《儒林六·陈亮传》。
⑥ 参见董平、刘宏章《陈亮评传》，南京大学出版社，1996，第110～125页。

到任而卒。著有《龙川文集》、《龙川词》。

陈亮一生，提倡"着实而适用"的"实事实功"之学。反对理学家空谈"尽心知性"，论学著文，无不以功利为依归。他与朱熹书信往还，辩论"王霸义利"达三年之久，令当时学术界为之震动。《宋元学案》卷五十六《龙川学案》引黄百家语说："陈亮同甫又崛兴于永康，无所承接。然其为学，俱以读书经济为事，嗤黜空疏。随人牙后谈性命者，以为灰埃。"在理学流行蔓延之际，陈亮之学，以此独树一帜。

陈亮是永康人，其所开创的学派被称为永康学派。他和永嘉学派的郑伯雄、薛季宣、陈傅良、叶适等人都有密切的交往和良好的友谊。永康学派和永嘉学派被称为浙东事功学派。

陈亮虽然不是义乌人，但他与义乌却有着非常密切的关系。陈亮的友朋中，喻良能、何恪、喻良弼、陈炳四人是与他生活在同一时代的义乌名士，四人品行清高，以文名于世，被陈亮称为"乌伤四君子"。陈亮与四君子有着非常深厚的感情，他在为喻良弼的文章所作题跋中写道："而四君子者，尤工于诗，余病未能学也。然皆喜为余出，余亦能为之击节。"①"四君子"中的何恪，在陈亮尚未显达时，便为其才华所折服，引为同道知己，还请其兄长将次女嫁给陈亮，陈亮因此成了义乌的女婿。陈亮对何恪的评价很高，认为："其人山峙玉立，地负海涵，目空四海，独能举意一世豪杰。其文奇壮精致，反复开阖，而卒能自阐其意云。"②

陈亮弟子众多，万斯同《儒林宗派》中列18人，《宋元学案·龙川学案》中列有34人，义乌籍人则有喻民献、喻侃、喻南强3人。

喻民献，原名汝方，其父喻师与陈亮友，故遣其从学，民献以学问自见于乡间。

喻侃，原名宏，字伯经，一字楠老，义乌香山（今义乌东河乡）人，喻良能从孙。宋宁宗庆元五年（1199），由太学生中进士，官宣城尉。开禧三年（1207）金兵犯淮，喻侃护粮饷军，奋不顾难。历任宜春县丞，处事谅直，民退无后言。后签书镇南军节度判官厅公事，侃久从诸老游，与幕中新进少年议论不合，遂辞归乡里，筑室香山夫人峰，谓"芦隐"。嘉熙元年（1237）九月卒，年

---

① 陈亮：《陈亮集》卷二十五《题喻季直文编》，中华书局，1987。
② 吴师道：《敬乡录》卷十《何恪传》。

84 岁。

喻侃性格豪爽，尤长于文辞，时人称其为文"质而不俚，华而不靡，愤而不激，怨而不怼。不以食脍炙为美，淡乎其有味；不以刺文绣为工，黯乎其有光。其感时念故，推物类情，抑扬离合，必穷其源，以扬其波，其不合于律者鲜矣"①。

喻侃早从良弼学，继受经于陈亮，守陈亮之学，终生不渝。陈亮崛起之初，"人多疑其说而未信"，喻侃独为诸生倡，"布磔纲纪，发为词章，扶持而左右之"，"使亮之门恶声不入于耳，高名出诸老上，皆侃之功也"。陈亮被诬陷下狱，当路必欲挤之死地。喻侃又号召同门，与同志极力营解陈亮于万死一生之中，数次祸及自身。陈亮为此感慨："此生死而肉骨也。"② 著有《随见类录》200 卷、《芦隐类稿》50 卷，以论六经之功用为主，皆散佚。

喻南强，原名宽，字伯强，喻侃从弟。庆元中，连贡于乡，入太学，学业名列前茅，但久不得登第。后为富阳县尉，转修职郎，整饬县备。礼部侍郎真德秀反对宋金和议被贬，舟过富春江，南强赋诗为之饯行，"人皆壮之"③。后调缙云县丞，未赴职。绍定三年（1230）三月卒，终年 71 岁。

南强自幼负奇气，其父直方以为与陈亮相类，使之从学。时陈亮弟子岁数千百人，独南强能探深索隐，得其精要，陈亮曾说："喻伯强文墨翰议，凛然可畏也。"陈亮入狱，诸弟子畏当路威焰，嗫不敢言。南强作书指责说："先生无辜受罪，赍恨入土，吾曹为弟子，当怒发冲冠，乃影响昧昧，是得为士类耶?"④ 与从兄喻侃不避危难，奔走营救，又冒风涛之险，到东瓯拜见叶适，备陈冤状，陈亮之狱终解。

南强读书不为口耳学，必欲见之实践。为文善驰骋，下笔辄数千言。文多散佚，明初尚存《梅隐笔谈》13 卷，今佚。

宋濂在《喻侃传》中指出：

当乾道、淳熙间，朱熹、吕祖谦、陆九渊、张栻四君子皆谈性命而辟功

---

① 宋濂：《文宪集》卷十《喻侃传》。
② 宋濂：《文宪集》卷十《喻侃传》。
③ （嘉庆）《义乌县志》卷十四《理学·喻南强》。
④ 宋濂：《文宪集》卷十《喻南强传》。

利，学者各守其师说，截然不可犯。陈亮倔起其傍，独以为不然。且谓性命之微，子贡不得而闻，吾夫子之所罕言，后生小子与之谈之不置，殆多乎哉。禹无功，何以成六府？乾无利，无以具四德，如之何其可废也。于是推寻孔、孟之志，六经之旨，诸子百家分析聚散之故，然后知圣贤经理世故与三才并立而不废者，皆皇帝王霸之大略。明白简大，坦然易行。人多疑其说而未信。

这段话中，陈亮学术的主要观点得到了确切的阐释。同时，我们也看到，他的观点与当时理学诸家公开对立，为当时的学术主流所不容。可见喻氏兄弟是在陈亮处境最为艰难、其学术推行受到重重阻碍的情形下，成为承传其学的中坚力量，而且义无反顾，终生守之不渝。义乌学人对陈亮学术的护持和推行，对永康学派的形成和兴盛起到了积极的作用；也在无形中，使义乌人受到了那种关注现实事务与义利并重思想的沾溉。

二 吕祖谦与唐仲友学术在义乌的传承

吕祖谦，字伯恭，婺州金华人，学者称东莱先生。隆兴元年（1163）进士，复中博学宏词科。后历官太学博士、秘书郎、国史院编修、实录院检讨等职。与修《徽宗实录》，擢著作郎。辑《皇朝文鉴》，复授直秘阁。淳熙六年（1179），以疾董武夷山冲道观，晚岁设帐于郡城丽泽书院，淳熙八年（1181）殁，享年44岁。谥成。

吕祖谦与朱熹、张栻齐名，并称"东南三贤"。其所创"吕学"与朱熹的"闽学"、张栻的"湖湘学"互为声气，鼎足而三，在南宋中期思想学术界影响甚巨。

淳熙以降，理学歧分，朱熹主明理，陆九渊持明心。淳熙二年（1175），祖谦邀约朱、陆，主持信州铅山举鹅湖之会，力调朱、陆异同，终以朱、陆各执己说之深，合会难成。但祖谦却能兼收并蓄，博采众长，以务实为宗，主张"明理躬行"，经世致用，反对空谈性命，自成一家。在南宋之世，巍然魁儒。清代学者全祖望阐发吕祖谦的为学特点说："宋乾、淳以后，学派分而为三：朱学也，吕学也，陆学也。三家同时，皆不甚合。朱学以格物致知，陆学以明心，吕学则兼取其长，而复以中原文献之统润色之。门庭径路虽别，要其归宿于圣人则一也。"①

吕祖谦学问渊博，著作宏富，有《东莱左氏博议》、《吕氏家塾读书记》、《大事记》、《文海》、《古周易》、《书说》、《春秋左氏传说》、《春秋左氏传续说》、《历代制度详说》等著述 10 余种，并与朱熹共辑有《近思录》，还有《东莱集》40 卷传世。

唐仲友，字与政，号说斋，婺州金华人，学者称"说斋先生"，因称其所创学派为"说斋学派"。仲友少承家学，博涉群书，绍兴二十一年（1151）中进士，复中宏词科，累官判建康府。继试馆职，历秘书省正字、著作佐郎。曾上万言书论时政，后为朱熹弹劾罢官。仕未通显，隐居讲学，从游者常数百人。仲友博闻强识，史学精绝。其学"不专主一说"，不"苟同一人"。于诸家学说"合者取之，疑者阙之"。为学主张博览，"上自象纬、方舆、礼乐、刑政、军赋、职官"，以至一切掌故，无不探索考订，究其本末；而于儒家经典尤为重视。力主"经制之学"，反对空谈讲论，为说斋学派之最大特色。其学与朱子相异，与永嘉诸子相近，"最为同调"，但不与其来往，"孤行其教"，②在南宋学派林立之际，独树一帜。主要著作有《愚书》、《说斋文集》、《六经解》、《九经发题》、《诸史精义》、《帝王经世图谱》等。

吕祖谦与唐仲友的学术在义乌的传人，据现有资料，略次如下。

毛炳，字伯光，稠城人。吕祖谦弟子。宝庆二年（1226）进士，历任安康推官、瑞州判官。因抗金有功，提兵部郎中，升天章阁待制，官至宝谟阁学士。史弥远擅政，屡上书，摒斥不纳，忧郁成病，致仕归，卒于富春江舟中。

朱质，字仲文，南宋婺州府义乌县溪西（今义乌市佛堂镇溪西村）人。少受业于吕祖谦弟子叶邽，后转而就学于唐仲友。绍熙四年（1193）会试中式，时陈亮列第一，朱质居其次。累官太常寺少卿，兼权吏部左侍郎。朱质能文善武，秉性刚直，多次反权臣对金妥协，后遂求致仕还乡。所著有《易说举要》和奏议诗文杂稿。

傅芷，字升可，义乌人。曾从学唐仲友。六经俱通，尤精史学，从游之士户屦恒满。淳祐五年（1245）进士，授仙居尉，未上而卒。著有《六经讲义》及

① 《宋元学案》卷五十一《东莱学案》。
② 《宋元学案》卷六十《说斋学案》。

《南园诗文杂稿》20 卷。

在义乌，传承唐仲友的学术，影响最大的学者是舆地学家傅寅。傅寅，字同叔，号杏溪，义乌人，学者称杏溪先生。傅寅自幼嗜学，经史百家悉能成诵。及长，受业于唐仲友之门，质疑问难，皆有援据，仲友称为益友，又称其职方、舆地尽在腹中。叶适则赞扬他"精通古书，特有隐趣"①。

傅寅长于舆地之学，他曾遍游江淮，纵览六朝故迹，于南北形胜，稽诸史牒，而得其成败兴废之故，了如指掌。于天文、地理、明堂、封建、井田、律历、兵制之类，靡不穷究根穴，订其讹谬。事为一图，累至于百，号为《群书百考》。曾著《禹贡图考》，吕祖俭称其书可谓集先儒之大成。② 家贫，以教举子为业，四方来学之士恒以百数。傅寅教以小学入手，必先授以《曲礼》、《内则》、《少仪》、《乡党》诸篇，"使于日用之间，操存持养，与义理相涵，徐及于经世之事"。③

傅寅所交皆一时名士，当时名流如黄灝、汪逵、黄度、彭龟年、张颖对他无不推敬。吕祖俭在朝中数言其文学行义，黄度也曾建议推荐傅寅为官，但傅寅性格狷介，无意仕进。嘉定八年（1215）卒于家，享年68 岁。

傅寅留下的著作是《禹贡说断》，系乾隆年间编纂《四库全书》时，取《通志堂经解》刊本《禹贡集解》与《永乐大典》本《禹贡说断》互相勘校而成，今《四库全书》本为10 卷。《四库全书总目》评述说："博引众说，断以己意，具有特解，不肯蹈袭前人。其论《孟子》'决汝汉排淮泗而注之江'为古沟洫之法，尤为诸儒所未及，洵卓然能自抒所见者。"清人王崇炳论及傅寅的学术传承说："予读唐悦斋井田纲领上下篇，贯穿《周礼》，博大明确。——可以绘而为图，今观杏村九等授田之论，其学出于唐氏无疑也。"④

三 朱子学在义乌的传承

宋室南渡以后，朱熹与金华吕祖谦并起，均为大家。朱子学虽然又称"闽学"，势力范围主要在福建、江西一带，但由于他生前曾在婺州丽泽书院、东阳石洞书院、武义明招山书院等处讲学，接引弟子，他的学术在金华地区也产生了

---

① 吴师道：《敬乡录》卷十三。
② （崇祯）《义乌县志》卷十二《儒林·傅寅》。
③ 王崇炳：《金华献征略》卷十《文学·傅寅》。
④ 王崇炳：《金华献征略》卷十《文学·傅寅》。

很大的影响。朱熹去世后，朱子学在浙东得以传扬。浙东朱子学的传承中，金华一地可谓功不可没。闽县黄榦是朱熹的大弟子，他授学的弟子中，何基为金华人氏，何基学成后，在金华广传理学，传弟子王柏，王柏传兰溪金履祥，金履祥又传东阳许谦，这四人均为婺州人，婺州后改称金华，历史上又把这四位学者称为"北山四先生"。他们宗接朱学，衣钵相传，一扫闽中、江右朱门弟子的支离和固陋，保留了朱子学的基本思想，被朝廷看成是朱熹的嫡传。所以朱熹虽非浙人，但浙东朱子学却被奉为朱学正宗。

以往学术界在探讨浙东朱子学的传承时，着力于对"北山四先生"的研究，而对义乌的朱子学则涉及较少。翻阅文献，我们发现，南宋时期，义乌的朱子学传承清晰，系统完整，堪称金华朱子学，乃至浙东朱子学的重要一脉，在理学北传和开启明初理学方面，功不可没。

据古《义乌县志》，当时直接从朱熹授业，得其亲传的弟子中，有傅定和徐侨两位义乌人。

傅定，字敬子，嘉庆《义乌县志》称其潜心理学，得朱子之微言奥旨，"朱子亟称之"[①]。傅定是朱子的坚定追随者。庆元三年（1197），由于朝廷政争，拥护丞相赵汝愚的一批理学家被划入"伪学"党籍，道学被视为伪学加以禁止，史称"庆元党禁"，朱熹亦被划为党人。直到嘉泰二年（1202），党禁始解。许多学者害怕祸及自身，都不敢再向朱子问学，改事他师。傅定却不为所动，与古田林子武从朱子讲论不辍。[②] 朱熹文集中载："书院中只古田林子武及婺州傅君定在此读书，颇有绪，傅犹刻苦。"[③]

徐侨是南宋时期义乌朱子学传承中一位最为重要的人物。徐侨字崇甫，义乌靖安里龙陂（今王宅乡）人。淳熙十四年（1187）进士。授上饶主簿，后任绍兴、南康司法，皆以丁忧去职。嘉定七年（1214）后，服满晋京候选。历任刑工部架阁文字、秘书省正字，兼吴王、益王府教授、安庆府知州、提举江南东路茶盐等职。南宋宁宗嘉定十一年（1219），徐侨上书议论时政，斥奸臣专政，被权相史弥远罢官。端平初年，迁秘书少监、太常少卿，手疏数千言，皆感愤恺

---

① （嘉庆）《义乌县志》卷十四《理学》。
② 李清馥：《闽中理学渊源考》卷十七《县尉林子武先生夔孙》。
③ 朱熹：《晦庵朱先生文公文集续集》卷一。

切。除兼侍讲，开陈友爱大义，恢复蒙冤而死的皇子竑的爵位。徐侨与侍读真德
秀等人力陈理学家周敦颐、程颢、程颐、张载、朱熹从祀孔庙，宁宗皆如其请。
迁工部侍郎，嘉熙元年（1237）四月，以宝谟阁待制致仕。十一月，卒于家，
年78岁。赐谥"文清"，葬五云山南麓。徐侨是南宋著名的政治家和思想家，
史称："其学以真践实履为尚，奏对之言，剖析理欲，因致劝惩。若其守官居
家，清苦刻厉，操尤人所难能。"①

徐侨少时从学吕祖谦门人叶邽，授上饶主簿后，始入朱熹之门。朱熹称其
"明白刚直"，命以"毅"名斋。明代王祎在《义乌宋先达小传》中称："朱子之学
诎于庆元，及伸于端平，侨与度正、叶味道实发之。"② 徐侨中年罢官归里，先居
五云山，在五云寺隐居，后徙丹溪，于赤岸建东岩书舍，开门讲学，传播理学。其
学行纯笃，为君主论学，讲求"正心"。论治道，则曰"在知人"。其教学者，以
命、性、中、诚、仁为穷理之要，九思、九容为主敬之本。曾传道云："心体之流
行，即天运之流行也，无乎不通而塞之，人其物也。"③ 家居17年，潜心研讨，使
考亭学说大行于浙东。明苏伯衡评论说："宋渡江以来，婺之先达，清修直亮，贵
而能贫，惟公及中书舍人潘公。而公之学术，尤粹且正，是诚何可及哉！"④ 清人
王崇炳《金华献征略》，赞其于朱子之学，豁然贯通，可称"朱子之的传"。⑤

据《义乌县志》之《徐侨传》记载，徐侨著有《读易记》三卷、《读诗纪
咏》一卷、《杂谈》一卷、《文集》若干卷，惜遭灾毁，世无传本。现在所能读
到的只有《毅斋诗集别录》一卷，为徐侨十一世孙徐兴于明朝正德元年（1506）
刊行。朱元龙、康植、王世杰、叶由庚、朱中、龚应之皆其门人。

朱元龙，字景云，嘉定十六年（1223）进士，义乌稠城西门人。历任温州
平阳、池州青阳县尉，调饶州司理参军，任中多所平反，"以宽简勤廉得民和，
理冤滞，恤贫弱，尚教化，凛凛有古良吏风"⑥。后又官宗正寺丞、权左司郎官、
国史院编修、实录院检讨等职。元龙一生为官清廉，"天资鲠直，屹然不肯阿

① 《宋史》卷四百二十二《徐侨传》。
② 王祎：《王忠文集》卷二十一《义乌宋先达小传》。
③ （嘉庆）《义乌县志》卷十四《理学·叶由庚》。
④ 苏伯衡：《苏平仲文集》卷十《书徐文清公家传后》。
⑤ 王崇炳：《金华献征略》卷四《儒学·徐侨》。
⑥ 袁甫：《蒙斋集》卷十三《处州缙云县重修鼓楼记》。

附"。数度上书言事，触怒权臣，遂以朝奉大夫致仕，家居十年，赍志而殁。

元龙早受业于徐侨，后又从学于四明袁燮。袁燮为陆九渊弟子，所以元龙之学，可称"得朱陆之异而会其同"①。著有遗稿十卷及《读骚集》。

康植，字子厚，义乌稠岩人（今义乌后宅曹村）。其父仲颖，字蕴之，淳熙十四年（1187）进士，仕为尚书、吏部郎中，"莅官以清白称"②。康植为嘉定七年（1214）进士，授奉化县主簿，三迁为武安军节度掌书记。后又为刑工部架阁文字，迁国子正，改通直郎，再改任浙西提点刑狱。康植勇于言事，因劾奏深得理宗信任的史嵩之、史宅之兄弟狼狈为奸，调提刑福建，不久又调宁国府、建宁府等地任职。在任其间，曾奏免和籴，行经界法，出赈水灾，政声远播。淳祐十年（1250）春，调任临安。上任途中，病故于建溪驿，享年55岁。

康植父仲颖与徐侨为同年，因此康植很早就入徐侨之门，师门中，独其从游最久，"以需次之暇，执经于侨之门三年"③。端平初，徐侨启用赴京，康植亦侍从左右。宋代理学家王柏称赞康植"操尚之坚，风力之劲，有文清（徐侨）之遗"④。

朱元龙和康植是徐侨弟子中以科第显达，同时又约为操守者，这和朱子学在金华的另一支何基、王柏的"隐德不仕"不同。王祎在《义乌宋先达小传》中论及这种情形时称："文清则学行纯笃，风节高峻，诚可谓道学之宗师矣。朱子之传，闽中则有黄幹氏，而浙东为文清，然黄幹氏一再传为何基氏，为王柏氏，皆文清同郡人，而皆隐德不仕。文清之传如元龙、植，则皆起科第，跻政路，故著于大节，表表如是焉。"⑤ 其实，徐侨的弟子中，以科第仕进为官、坚尚操行的义乌人远不止朱元龙、康植两人，所以，在这段话后，王祎又感慨地说："呜呼！宁独植而已哉。"龚应之、楼大年、王世杰等人皆因此而称徐门高弟。

龚应之，字处善，嘉定十六年（1223）进士，以所奏为宋理宗赏识，官至礼部侍郎。曾随徐侨问学。

楼大年，字符龄，义乌竹山里人。少从徐侨游，长于性命之学。嘉定十六年（1223）进士。为隆兴府南昌县知县，治先教化，建利去病，号称循吏。其为人

---

① 王祎：《王忠文集》卷二十一《义乌宋先达小传》。
② 王祎：《王忠文集》卷二十一《义乌宋先达小传》。
③ （嘉庆）《义乌县志》卷十一《理学·康植》。
④ 王祎：《王忠文集》卷二十一《义乌宋先达小传》。
⑤ 王祎：《王忠文集》卷二十一《义乌宋先达小传》。

"襟度洒落，如晴空皎月，一尘不染"，"在官洞察民隐，有理未安，必反复沉思，终夜不寐。所见一定，屹如砥柱不移，虽压以权贵，人之势弗回也"①。明初大儒宋濂经过竹山，拜大年遗像，赞扬道："大年受学徐侨，与闻濂、洛、关、闽之学，其所养充矣，此所以复然独异也，学之所系于人者有如是哉。"②

王世杰，字唐卿，由太学生登进士第。徐侨倡道丹溪，世杰为秘书丞，得徐侨之端绪，又传弟子石一鳌。

一鳌字晋卿，景定乡贡进士。少从王世杰游，"实大而声远，负笈执弟子礼者数百人"③。晚年精思《易》学，著有《互言总论》一卷。

在徐侨的众多弟子中，以未曾入仕的叶由庚的影响最大。叶由庚，字成父，号通斋，学者称通斋先生，义乌后宅人。生而口吃，不受世赏，嗜读书。早年从周大亨习《春秋》，为举子业，应试不中，遂绝意进取。时徐侨倡朱子之学于丹溪，遂执经从学，"夙夜磨砺，探穷经旨，验之躬行，期凝合而无间"④。徐侨以为后继有人，称"吾道为有所托矣"⑤，名其书斋为"通斋"。当时金华何基、王柏皆宗朱子之学，次第相传，皆慕由庚造诣真切，于是相与贻书往还，论学辨析，至无虚月。何基疑《太极图》补《先天图》之未备，由庚则认为两者各有精义，并无优劣之分，不必相互参校。王柏以所著《鲁经章句》相质，由庚逐卷讨论，指出编次不当。何、王二人皆深服其言。志载：由庚"于讲切义理，不立异，不苟同，虚己精索，必求真是之归，虽十往返不厌"⑥。问学之人纷至沓来，他教诲学者说："古之人知行并进，闻一善言，见一善行，未之能行，惟恐有闻，若一向为言语文字缠蔽，夺其精神，必待知至而后行，是终无可行之日也。"识者以为名言。后来郡守赵汝腾、赵孟颁先后请他担任丽泽书院山长，均力辞。"而名闻益显，妇人女子亦知其为修身践行之士也。"⑦ 明初著名学者宋濂为叶由庚作传，称其对理学的研究，可说是"婺传朱子之学而得其真者"。叶氏著有《论语纂遗》，今佚。

① （嘉庆）《义乌县志》卷十四《理学·楼大年传》。
② 宋濂：《文宪集》卷十《楼大年传》。
③ （嘉庆）《义乌县志》卷十四《理学·石一鳌》。
④ （嘉庆）《义乌县志》卷十四《理学·叶由庚》。
⑤ 宋濂：《文宪集》卷十《叶由庚传》。
⑥ （嘉庆）《义乌县志》卷十四《理学·叶由庚》。
⑦ 宋濂：《文宪集》卷十《叶由庚传》。

在东南传播朱熹之学的过程中，徐侨和叶由庚占有重要的地位。宋濂于《叶由庚传》末论述"婺传朱子之学"称：

> 婺传朱子之学而得其真者，何基则受经朱子之高第弟子黄幹，而王柏则基之门人也。至若徐侨亲承指授于朱子，而由庚从侨游者最久，又尽得其说焉。及侨既没，由庚与基、柏遂以道学为东南倡。评者谓：基深潜冲淡，得学之醇；柏通睿绝识，得学之明；由庚精详畅达，得学之通。①

明金华苏伯衡《苏平仲文集》卷十《书徐文清公家传后》亦评述道：

> 考亭朱子之学大行于婺，由公与文定何公（恪）始。文定承再传之绪于文节黄公（幹），而公则亲承指授于朱子者也。文定后传文宪王公（柏），文宪传文安金公（履祥），文安传文懿许公（谦），而其学人到于今传焉。徐公游最久，而尽传公之学者，曰通斋隐君叶由庚。公既殁，隐君与文定、文宪皆以道学为东南之望。②

可见，金华朱子学的传衍，除何基、王柏、金履祥、许谦一系，尚有义乌一系。南宋以后，朱子学在义乌继续传续，徐侨而后，叶由庚传王炎泽，王炎泽传黄潜，黄潜又传宋濂、王祎。明崇祯《义乌县志》载："乌自徐侨受业朱熹，以道学为东南倡，而叶由庚又得其精而益阐扬之。渊源流派，至于我朝，硕学之士往往辈出焉。虽所造浅深不同，然皆能遨游乎经籍之圃，而步武乎先哲之躅矣。"③

第四节 商业的孕育与逐渐兴起

一 宋以前义乌商业发展概况

浙江地处东海之滨，居大陆海岸线中段，海道辐辏，内陆河道纵横，交通

---

① 宋濂：《文宪集》卷十《叶由庚传》。
② 苏伯衡：《苏平仲文集》卷十《书徐文清公家传后》。
③ （崇祯）《义乌县志》卷十二《儒林》。

便利，土地肥沃，物产丰富。从西汉建立至南北朝的 800 年间，是浙江文化异彩纷呈的开始。这一时期，中原居民的多次南迁，江东地区劳动力的急剧增加，浙江地区的开发加快，农业、手工业、商业以及运输交通全面发展。隋唐以来，江南经济持续发展。南方在农业技术方面领先于全国，两浙的粮食生产在全国占有重要的地位，太湖周围的苏、常、湖、秀成为著名的粮仓。农业、手工业的发展，提供了较多的商品，会稽、余杭、东阳等地，商业非常繁荣，史籍记载："宣城、毗陵、吴郡、会稽、余杭、东阳，其俗亦同，然数郡川泽沃野，有海陆之饶，珍异所聚，故商贾并凑。"① 五代十国时期，浙江属于临安人钱镠建立的吴越国，当时境内社会安定，经济发达，号称"竟内无弃土"，"斗米十文"②。

在浙江经济发展的过程中，由于文字资料的缺乏，宋以前义乌商业发展的状况，我们几乎难以见到直接的描述。不过，借助考古发掘和其他旁证资料，还是可以大致梳理出其经济和商业发展的概况。

1981 年义乌平畴村南西周墓中出土原始青瓷 100 件，这批青瓷属西周晚期的当地产品，说明当时的居民已经有了初步的社会分工和商品交换。③ 2000 年稠城老城区春秋战国时期和汉代古井群的发现，是义乌古代商业发展的源头。在今稠城及其周边，分布着众多汉代墓群。在稠城镇北郊稠城墓群、稠城镇秦塘村一带秦塘墓群、稠城镇机场路 60－110 号机场路墓群、稠镇化工路与稠州路交叉口化工路墓群、稠城镇井头村西北后山背墓群的墓葬中，出土器物有陶瓮、纺轮、弦纹罐等陶制品，鼎、瓿、盒、壶等原始瓷器、铁釜、铁剑、铜洗、铜剑、铜釜、铜碗、铜镜、铜提梁盉等器具，可以想见，两汉时期，以今稠城为中心的区域是人口稠密的繁荣地区。今天义乌赤岸镇青口村南古太婆山汉代建筑遗址、后宅街道宅里塘村西北叶塘山汉代建筑遗址、佛堂镇田心村金鸡笼山汉代陶瓷窑址的遗存，也是两汉义乌人文活动频繁的见证。

化工路墓群汉五铢钱，稠城北郊汉墓（西汉）小半两钱和五铢钱的出土，以及今天的义乌市王莽货泉的出土，从侧面反映出两汉乌伤商业流通的信息。汉

① 《隋书》卷三十一《地理志》。

② 钱文选编《钱氏家乘》卷六《家训》。

③ 参见傅健《义乌商业史略》，未刊稿。

代，义乌原始青瓷的生产有了较大的发展，在西汉墓中还出土了大量仿青铜礼器的原始青瓷。

汉末和三国时期，乌伤县析出长山、永康二县，一分为三，反映出当地经济的发展和人口增长的事实。南北朝时期，佛教的兴盛促进了寺院经济的发展，义乌双林寺是当时的名寺大刹。今义乌稠城街道仓里村西南仓里晋墓、徐江镇隔塘村后山背隔塘晋墓、下骆宅罗店村东罗店晋墓等东晋墓葬和义亭镇西山西侧西山南朝墓中，有青瓷盘口壶、青瓷虎子、青瓷狮形烛台、盘口壶、土瓷鸡首壶、四系盘口壶、黄釉网纹铺首盘口壶、神兽镜等器物出土。这一时期的青瓷很有特色，普遍采用了模印、刻画、粘贴等装饰工艺。

义乌地面保留的隋、唐、五代时期的建筑遗存不多，五代后周广顺二年（公元 952 年），野塘蒲墟（今赤岸）人朱禄捐铸双林铁塔，是我国现存最早的铁塔。地下出土的这一时期的文物较少，但不乏精品。1978 年义乌县平畴公社白莲塘村出土的隋代青瓷鸡首壶、1977 年义乌县廿三里公社王店村出土的五代青瓷执壶，都是瓷器中的精品佳作。1978 年 3 月义乌县田心公社田心四村出土的唐代三彩瓷枕，是在南方较为少见的器物，今义乌市博物馆所藏唐代青瓷褐花模印贴花壶是典型的长沙窑产品，也多少反映出一些商品流通的信息。

隋唐时期的铜镜在义乌文物中颇为引人注目。1982 年 8 月，桥东乡青岩刘村唐代铜镜窖藏的发现，是义乌重要的考古发现之一。在距地表约 1.5～2 米深处，窖中陶罐内藏双鸾长绶镜、花鸟镜、折枝花鸟镜、凸缘素面镜各一件。[①] 从义乌市博物馆所藏隋代瑞兽纹铜镜、唐代神兽葡萄纹铜镜、菱花形瑞鸟纹铜镜、花鸟纹铜镜、葵形仙人骑鹤纹铜镜来看，这些铜镜图饰华美、制作工艺极其精湛。[②] 义乌隋唐时期这些日用精品的出现，反映了人们生活需求和生活水平的提高。

唐德宗乾元元年（公元 758 年），唐王朝根据盐运史第五琦的建议，颁布"榷盐法"，实行盐的国家专卖。后刘晏担任盐铁使，进行了盐法调整，除官卖外，还将盐官收盐转价卖给商人，由商人转运各地出卖。古《义乌县志》之《物土考·贡税·盐钞》记载：唐刘晏"法令亭户粜盐，纵商人取之，此商盐所

---

① 义乌市博物馆提供文档；《文物》1990 年第 2 期。
② 参见吴高彬主编《义乌文物精华》，第 140～143 页。

由始。郡县又有常平仓盐，每商人不至，则减价以粜，官收厚利，而民不知贵，此官盐所由始"①。在这种制度下，义乌也出现了经营盐业生意的盐商。

二　两宋东南经济的发展与浙江士人的商业思想

唐以前的漫长历史时期，中国古代社会的政治、经济中心都位于北方地区。随着人口的迁徙，长江以南的江浙一带聚集了大量南迁的贵族官僚、文人士大夫和百姓，他们带来了中原先进的生产技术和文化成就，再加上东南优越的地理条件、便利的交通和较为稳定的社会环境，江南地区不仅逐渐成为人口最密集的地区，而且也逐渐发展成为全国经济最为发达和人文素质最好的地区。北宋中期时，东南地区的经济发展在整体上全面超过了北方，中央对东南财政的依赖局面已经形成。时人称："两浙之富，国用所恃，岁漕都下米百五十万，其他财富供馈不可悉数。"② 至有"国家根本，仰给东南"③ 之论。

北宋末年，在金军占领中原南进的过程中，"中原士民，扶携南渡，不知几千万人"④，使东南地区成为移民最集中的地方，而流入两浙的人口最多，"四方之民，云集两浙，百倍常时"⑤。南宋政权建立后，绍兴八年（1138）迁都临安，"中朝人物悉会于行在"⑥，大批皇族与北方士大夫和地主、熟练农民、技艺精湛的手工业者的迁入对经济文化重心进一步南移起到了巨大的作用。长江中下游人口继续增加，农业、工业、商业以及教育文化事业都得到了进一步的发展。

两宋时期，由于东南经济的发展，中国政治经济重心的南移，两浙逐渐成为中国封建社会最繁华富庶的地区之一。随着农业、手工业生产的进步和海外贸易的发展，商业也出现了非常繁荣的局面。两宋时期，浙江海外贸易更为发达，杭州、宁波、温州等地官方都设有市舶司，与高丽、真腊（柬埔寨）、日本都有商船往来，在贸易中温州等地呈现出"珠官贝阙竞来还，泉阁鲛人争献宝"、"有司资回税之利，居民有贸易之饶"⑦ 的繁荣景象。南宋临安、明州、绍兴各城市

---

① （崇祯）《义乌县志》卷七《物土考·贡税》。
② 苏轼：《苏轼文集》卷三十二《进单谔吴中水利书状》。
③ 《宋史》卷三百三十七《范祖禹传》。
④ 李心传：《建炎以来系年要录》卷八十六，绍兴五年闰二月壬戌条。
⑤ 李心传：《建炎以来系年要录》卷一百五十八，绍兴十八年十二月己巳条。
⑥ 陆游：《渭南文集》卷十五《傅给事外制集序》。
⑦ 《乾道四明图经》卷八《宝庆四明志六·市舶》。

的商业都有了相当的发展，临安成为全国最大的商业中心。城市商业发展的同时，出现了众多的农村市镇，宋代浙江各地的农村市镇已增至四五百个，这些市镇是商业经济活动密集的地区。越来越多的人参与到商业活动中，不仅有经营数十万、上百万计的豪强大族，许多农民也"往往负贩佣工，以谋朝夕之赢"①。

南宋浙江商品经济的繁荣发展，特别是城镇工商阶层势力的逐渐壮大，其对社会制度和政治管理的要求，势必在思想领域中得到反映。永康陈亮，永嘉薛季宣、叶适，金华唐仲友等人，受当时温州、宁波、金华等地区经济发展、商贾发达的空气熏染，讲究功利，主张发展工商业，形成了较为系统的商业思想。他们的商业思想集中表现在以下三个方面。

第一，义利双行、功利并重的观念。自孟子提出"为富不仁"后，后世人多把道德和财富对立起来。汉武帝独尊儒术开始，董仲舒倡导"正其谊不谋其利，明其道不计其功"，鄙视功利的思想遂成为儒家传统。南宋理学流行，重谈心性而鄙视功利，认为理欲不可并存，义与利更是尖锐对立。在浙江经济发展的过程中，随着商品经济的日趋繁荣，传统的义利观念受到了冲击。陈亮提出了"王霸并用，义利双行"的命题。他认为义与利相辅相成，义要通过利来体现。义利对立是后世儒家的陋见，从而指出财富和仁义并不是相互对立的东西，"仁者天下之公理，而财者天下之大命"②。强调人为地将义与利、仁与富割裂和对立起来是腐儒迂见。陈亮还从人欲的角度论述了追求财富的合理性和必然性，认为"人生何为？为其有欲，欲也必争"③，所以人们去经商是无可非议的，"争名者于朝，争利者于市"。薛季宣指出："惟知利者为义之和，而后可与共论生财之道。"④ 公开主张重利、重商。叶适则倡言就利远害，是众人之同心，"古人以利与人，而不自居其功，故道义光明。后世儒者行仲舒之论，既无功利，则道义乃无用之虚语耳"⑤，力倡义与利一致。

第二，肯定了商业的重要性。中国自古以来是一个农业国家，农业被称为本业，商业则被称作末业，重本抑末的思想由来已久。随着浙江经济的发展，士人

---

① 王柏：《鲁斋集》卷七《社仓利害书》。
② 陈亮：《陈亮集》卷十四《问古今财用出入之变》。
③ 陈亮：《陈亮集》卷三十六《刘和卿墓志铭》。
④ 薛季宣：《浪语集》卷二十九《大学解》。
⑤ 叶适：《习学记言序目》卷二十三。

们对商业的重要性有了充分的肯定，认为农业与商业在社会经济体系中具有同等重要的地位。陈亮主张农商并重，他说："古者官民一家也，农商一事也。上下相恤，有无相通，民病则求之官，国病则资诸民。商借农而立，农赖商而行，求以相补，而非求以相病。使得以行其意而举其职，展布四体，通其有无，官民农商，各安其所而乐其生，夫是以为至治之极，而非徒恃法以为防也。"① 这种"商借农而立，农赖商而行"的思想，意在说明农业、商业是互相补充的关系，两者互为基础、互为促进、互惠互利。处理好两者的关系，做到有无相通，相辅相成，才能达到民富而国强的目标。唐仲友则提出："食所以养民，货所以通食而济民用，养生备矣。"② 力倡在注重发展农业的同时，通过发展商业、物品流通，以达到各供所余，各取所需，提高百姓的物质生活水平。叶适也鼓吹："夫四民交致其用而后治化兴，抑末厚本非正论也。"③ 认为士、农、工、商四民是社会经济生活中的必要分工，四民只有借助商品交易，有无相通，天下才能大治。主张扶持商贾，流通货币，发展工商业。

在此基础上，他们主张国家实行有利于商业发展的政策，减轻工商业者的负担。南宋政府对盐、茶、酒、矿产等生活和生产必需品实行严格的专卖制度，以谋取暴利，这种禁榷政策引起了士人们的担忧。叶适反对政府禁夺平民的山泽茶盐之利，指出其弊在"榷之太甚，利之太深，刑之太重"④，认为如果不改变这种政策，则无以立国。在《义乌县减酒额记》中，陈亮表达了对政府重征酒课的担忧："榷酤之兴，本以佐军旅之用……其后设计巧取而始专于利矣。今郡县之利，括之殆尽，能者无所用其力，惟酒为可措手，而一县之计实在焉；又从而括之，则县不中为矣，剥床及肤，其忧岂不在民乎。"⑤

第三，对财富的推重。陈亮一向重视商人与富人，指出："缓急指呼号召，则强宗豪族犹足以庇其乡井，而富商大贾出其所有，亦足以应朝廷仓促之须。"⑥他认为今所在豪民"谷无五年之积，镪无巨万之藏"，决非国家之幸，是民乏财

①　陈亮：《陈亮集》卷十二《四弊》。
②　唐仲友：《帝王经世图谱》卷四。
③　叶适：《习学记言序目》卷十九。
④　叶适：《水心集》卷四《财总论二》。
⑤　陈亮：《陈亮集》卷二十五《义乌县减酒额记》。
⑥　陈亮：《陈亮集》卷十三《问汉豪民商贾之积蓄》。

匮的表现，反对抑制商人致富。他对我国古代著名的商人范蠡、白圭以及那些勤俭起家、铢积寸累的富人，如"徒手能致家资巨万"的东阳郭彦明等，赞赏不已，① 因而积极主张人们致富。叶适认为富人在社会发展中具有十分重要的作用："小民之无田者，假田于富人。得田而无以为耕，借资于富人。岁时有急，求于富人。其甚者，庸作奴婢，归于富人。然则富人者，州县之本，上下之赖也。富人为天子养小民，又供上用，虽厚取赢以自封殖，计其勤劳亦略相当矣。"② 反对打击富人，遽夺其利。③ 唐仲友则积极倡导注重积聚财物，他说："不厚其本，物何由阜？不节其用，积何由富？……桑木不蚕，则贡篚不足以御天下之寒；货财不阜，则府库不足以给天下之用。"同时，主张藏富于民，强调："百姓足，君孰与不足？百姓不足，君孰与足？"把百姓的富足比作国家的财源。进而他还指出："盖益民乃所以自益，利民乃所以自利也。"④

浙江士人的商业思想是浙江商业文化发展中的一个重要方面，他们的重商、重利、义利双行、农商皆本、鼓励致富思想的提出，在当时具有思想解放的重要意义，对推动两浙地区发展，乃至东南沿海尤其是温州、金华、义乌、永康一带私有经济和商品经济具有一定的指导意义，是浙江文化精神宝库中的一笔宝贵财富。

三 两宋义乌手工业商业的发展

义乌地处浙江金衢盆地的东部，金华江流域的东阳江中游，唐宋之间，金华地区以陂塘为中心的小规模水利工程建设广泛展开。⑤ 义乌的水利疏浚和陂塘修建在南宋以来开始引人注目。绍兴十三年（1143），义乌知县董燻发动民工疏浚绣湖，湖水可灌田 1360 亩。淳熙五年（1178），县丞吴沃将涵洞改建为闸门，以调剂湖水流量，保障灌溉。后在开禧二年（1206）、景定五年（1264）又两次加以疏浚。淳熙十三年（1186）至嘉泰二年（1202），历时 16 年，致仕在家的大理寺卿王槐募工修建成义乌县最大的水塘——蜀墅塘，融防洪、灌溉功用

---

① 陈亮：《陈亮集》卷三十四《东阳郭德麟哀辞》。
② 叶适：《水心集》卷五十四《民事下》。
③ 叶适：《水心集》卷四《财计上》。
④ 唐仲友：《悦斋文钞》卷三十五《馆职备对札子四》。
⑤ 参见包伟民、王一胜《义乌模式：从市镇经济到市场经济的历史考察》，《浙江社会科学》2005 年第 2 期。

于一体，保障了三万亩水稻的收成。这些水利工程的修建，不仅使该地区的农田和人口数量不断增长，而且促进了养蚕、种茶、果树栽培等农副业的发展。同时，为手工业和商业的发展奠定了基础。商业进步必以商品经济的发达及丰富的物产为基础，宋代义乌丝织业、制瓷业、制酒业、印刷业的发展较为引人注目。

1. 丝织业

据《义乌县志》记载，宋代义乌当地的土贡中，有岁贡含春罗 30 匹、花罗 100 匹。土贡之意为当地的土特产，可见义乌也是丝织品的产地。而淳化中的杂赋，则有"和预买婺罗四千匹、花罗五百匹、平罗二千七十五匹、绢陆百七十八匹"①，这是政府强令将织物贱价出售，或者是先收再付价。其中婺罗、花罗、平罗数量很大，说明当时义乌的丝织业已相当发达。这些丝织品也加入到商品流通中，正因如此，义乌县的官吏为了从中谋利，将八乡织户的姓名登记造册，掠其所织罗帛于官府，逼交商税。《宋会要辑稿》记载："义乌县有山谷之民，织罗为生。本县乃尽拘八乡柜户，籍以姓名，掠其所织罗帛投税于官，民甚苦之。"② 为了解决这个问题，宋乾道四年（1168）九月初五日，朝廷诏令婺州义乌县，允许商店、牙人买卖，依照规定收税，不得在离城五里之外拦截勒索。③

2. 制瓷业

宋代是婺州窑最为兴盛的时期，义乌是婺州窑瓷器的主要产地之一。根据义乌市博物馆提供的资料，目前发现的宋代或跨宋元的古窑遗址就有 18 处：

> 高树山瓷窑址：位于廿三里街道光耀境村东侧高树山，面积约 250 平方米。
> 陈陀瓷窑址：位于廿三里街道陈陀村东北，面积约 500 平方米。
> 小山瓷窑址：位于苏溪镇新院村北小山，面积约 200 平方米。
> 粟木山瓷窑址：位于大陈镇楂林朝塘村东粟木山，面积约 200 平方米。
> 大王瓷窑址：位于稠城街道荷叶塘东南坞盆村，面积约 200 平方米。

① （万历）《义乌县志》卷七《物土考·杂赋》；（崇祯）《义乌县志》卷七《物土考·杂赋》。
② 《宋会要辑稿·食货》。
③ 参见《义乌大事记》乾道四年条，载 1987 年编《义乌县志》。

井头山瓷窑址：位于廿三里街道窑埠头村东北井头山，面积约 100 平方米。

屋后山瓷窑址：位于廿三里街道陈陀村西北屋后山，面积约 100 平方米。

陈山瓷窑址：位于廿三里街道陈陀村东北陈山，面积约 100 平方米。

溪大坞瓷窑址：位于廿三里街道红山村东溪大坞，面积约 120 平方米。

华溪瓷窑址：位于廿三里街道碗窑村旁，面积约 120 平方米。

矮坟山陶瓷窑址：位于廿三里街道莲坑村北矮坟山，面积约 160 平方米。

北山瓷窑址：位于廿三里街道大岭村西南北山，面积约 100 平方米。

馒头坡瓷窑址：位于稠江街道毛店山脚村东北馒头坡，面积约 200 平方米。

叶塘山瓷窑址：位于后宅镇宅里塘村西北叶塘山，面积约 200 平方米。

青芝山瓷窑址：位于赤岸镇乔亭村东青芝山，面积约 150 平方米。

安前山瓷窑址：位于赤岸镇石城村北安前山，面积约 300 平方米。

范家村碗窑背窑址：位于苏溪镇范家村名为"碗窑背"的山上，窑址有三处堆积层，面积约 800 平方米。

葛塘村碗窑山窑址：位于廿三里街道葛塘村东边约 200 米的碗窑山上，面积约 160 平方米。

遍及义乌各地的宋或宋元窑址遗存足以说明，宋代义乌的制陶业相当发达，很多窑址范围内的村庄，如窑埠头村、坞盆村等，都是先有窑，后来发展成为村庄的，可以推见当时手工作坊之多。当时义乌各窑的产品，主要是碗、盘、壶、罐等日常生活用品，这种"天下无贵贱通用之"的生活必需品主要作为商品出售，在商品构成中占有相当的优势。

3. 制酒业

《宋史》卷一百八十五《食货下》记："宋榷酤之法：诸州城内皆置务酿酒，县镇乡间或许民酿而定其岁课，若有遗利，所在多请官酤。"宋代酒的生产和销售实行禁榷制度，一般有两种方式：一种是官榷，即官府设立官酒务经营酒的生产和销售；一种是买扑制，即由民间与官府签订契约，获得酿卖权，承包一定地区内酒的生产和销售，按期向官府交纳酒课。熙宁十年（1077），北宋政府对全国的酒课课额进行了调整，当时婺州在州城及东阳、义乌、永康、武义、浦江、兰溪县、李溪、孝顺镇设有 9 个酒务，熙宁十年前岁课额为 120412 贯，本年租额 64054 贯 701 文，买扑 29373 贯 909 文。①

古《义乌县志》载，宋时义乌酒务租额为 9400 贯，收 4867 贯 564 文。村坊 21 处，界为钱 25146 贯 998 文，课利钱每月 169 贯 18 文。② 南宋时期，随着国家财政支出的增加，酒课也不断增加，以致太过繁重，地方难以承受。陈亮《义乌县减酒额记》中记载，乾道初，义乌县"有宰驱八乡牙柜列之市肆，商贾争来，榷酤倍入。既贡其余于郡，又增岁额一百石。及市易者交病，而官听其便，独酒额如故。逋负岁积，以至于不可计，官不得脱，而吏就黥者相望"③。淳熙十二年（1185），县尉赵师日向上级官员请求，减免义乌县酒税，获得允准。

4. 印刷业

印刷业的发展主要与地区文化的发达及造纸业发展相关。两宋金华地区是婺学流播的中心，当时名家大儒多在此著书讲学。又与南宋行都临安接近，文化素称发达，有"小邹鲁"之称。金华地区多丘陵，有丰富的纸张原料。当时婺州（金华）、东阳、义乌、兰溪、永康等地为浙江主要刻书地之一，所刻书称"婺本"，与临安本、建本、川本并列。

两宋印刷业以雕版印刷为主，婺州民间刊工众多，经常盗刻和私刻违禁书籍，以至于官府屡次颁令禁止。婺州东阳、义乌一带私家雕印也非常兴盛，东阳西北的义乌似是婺州雕版业的重点。义乌苏溪水源丰富，盛产水竹，可作造纸原料。苏轼在《东坡志林》中说："今人以竹为纸，亦古所无有也。"嘉庆《义乌县志》记载，宋时，义乌县的青枣、三花梨即已闻名外郡，又为印刷业提供了丰富的雕版材料。此可见义乌拥有发展雕版印刷业的良好物质基础。

义乌苏溪蒋宅崇知斋、青口吴宅桂堂都有产品问世。蒋宅崇知斋所刻郑玄注《礼记》5 卷，现藏北京图书馆。其书版式为巾箱本，半页 10 行，行 20 字，注双行 28 字。卷一有墨记云："婺州义乌苏溪蒋宅崇知斋刊。"④ 书中避讳"慎"字，宋孝宗名慎，说明它应当刻于孝宗时期。吴宅桂堂刻有《三苏文粹》70 卷。据傅增湘先生《藏园群书经眼录》，吴宅桂堂所刻《三苏文粹》还有两个版本。一为巾箱本，每半页 14 行，每行 20 字，"字体俊整，镌工精湛"。一为中板，14

---

① 《宋会要辑稿·食货》。
② （万历）《义乌县志》卷七《物土考·课利》；（崇祯）《义乌县志》卷七《物土考·课利》。
③ 陈亮：《陈亮集》卷二十五《义乌县减酒额记》。
④ 傅增湘：《藏园群书经眼录》卷一。

行，26 字，"写刻精湛"。目后有牌子，文曰："婺州义乌青口吴宅桂堂刊行"。据《三苏文粹》一书版心下所记姓名统计，当时雇佣的刊工多达 24 人，[①] 可见其刻书规模之大。

宋代义乌的商业发展，还可以通过当时征收的商业税反映出来。据古《义乌县志》记载，宋代义乌税务租额为 2400 贯，收 1650 贯 18 文。绍兴二十二年，牙契税钱共收 8133 贯 365 文。盐每年任卖 150 多万，为钱 80160 贯，茶每年任卖 1400 斤，为钱 308 贯。[②]

南宋时期，出现了普遍流通的纸币——会子。尽管南宋的会子伴随着钱荒的困境而出现，但纸币为适应物货交流日益庞大的需求而产生，以之取代笨重的金属货币，则是经济进步的表现，也在一定程度上反映了当时的商业繁荣。淳熙四年（1177），婺州刻字匠蒋辉在广德军伪造会子 450 道，在临安府事发，断配台州。淳熙七年（1180），他又到义乌苏溪楼大郎家中，伪造会子。会同伙伴黄念五仿刻印章 6 枚，"并写官押及开会子留相人物，造得成贯会子九百道，与黄念五等分受"[③]。这种巨大经济利益驱动下的舍身犯险，也从一个侧面表明，当时的义乌及其周边地区已经形成了较大规模的商品流通和纸币流通的商业市场。

宋代义乌还出现了经商致富的大商人，如光绪辛丑（1901）《重修吴氏宗谱》中记载，当地吴圭"善治生，以赀雄里甲，好施予"[④]。陈亮的岳父，义乌何恢极善理财，家赀积累巨万，为义乌有名的富户。

由上可知，义乌的工商业发展，已经达到了一个新的阶段。这一新趋势，无疑为义乌经济此后的进一步发展和繁兴，打下了坚实的基础。

---

① 傅增湘：《藏园群书经眼录》卷十八。
② （万历）《义乌县志》卷七《物土考·课利》；（崇祯）《义乌县志》卷七《物土考·课利》。
③ 朱熹：《晦庵集》卷十九。
④ （光绪）《重修吴氏宗谱》卷十六《列传》。

第六章
元明清时期义乌文化的繁盛

    元明清时期,不仅是中国传统社会的最后发展阶段,而且也是中国传统社会达到最为繁盛的阶段。特别是大一统局面的再度形成与持续发展,更为传统社会奠定了良好的发展空间,从而有力地促进了社会文化的走向高潮。在此社会发展态势之下,义乌的文化发展,也经由自秦至南宋的酝酿、发展和兴盛,而步入更为繁荣的历史阶段,达到了新的高度,取得了较之此前更为显著的文化成就。义乌文化在元明清时期的新发展,不唯承继了前代的优秀成果,对其加以成功总结,而且在已有文化成就积淀的基础上,更孕育出新的文化因素,从而成为义乌文化整体特色得以凸显的有机组成部分。从文化演进的角度看,元明清时期义乌文化的更新,可谓是义乌文化发展史上一个承前启后的重要链环。更为重要的是,义乌文化新成就的不断涌现,对其社会整体发展来说,无疑发挥了重要的、不可替代的作用。可以说,义乌社会的持续发展,与其文化的不断更新是息息相关的。

第一节　元明清时期义乌文化的繁荣

    文化的发展,总是在不断的承继和更新中得以丰富和完善的。义乌文化自身特色的凸显和成型也是如此。经过自秦至南宋1500余年的持续蕴积和结晶,义乌的文化遂逐渐趋于成熟,形成颇具地方特色的个性文化。义乌人"勤耕好学,刚正勇为"的文化品格和文化传统,就是于此时孕育、奠基的。而元明清时期义乌文化的新发展,更将此一文化品格和文化传统予以发扬推阐,并在新的经济社会因素浸润下生发出新的文化内涵，义乌文化由此定型，其社会发展也由此得到更进一步的推进。

义乌文化在元明清时期的演进，尽管其间经历了诸如朝代更迭、民众抗争等的创伤和曲折，但其总体趋势是持续发展的。且与往代相比，由于大一统局面的形成、新经济因素的出现，以及受西方文化的影响，此一时期的义乌文化已具有了新的发展态势，文化内涵更趋丰富。大要而言，有如下诸端。

地方官的文化取向　作为亲民、治民最基层的行政建置，县级地方官无疑是国家治理地方社会的根基，政令之下达、民情之上通，皆有赖于地方官为之周旋处理。其处理得好坏，直接关系到一方的福祸乃至整个国家的治乱。因此，地方官本身的素养与为政取向，在其间无疑起着至关重要的作用。元明清时期义乌许多历任地方官的行为举措，从某种意义上来说，对当地的文化发展发挥了积极的推进作用。

按照规制，义乌县地方官设有正职与佐职，其名目、数额自元至清则略有变更。元朝时，设达鲁花赤一员，掌一县之事，兼劝农事，衔称"监县"，以蒙古人担任；县尹一员，号司判，亦兼劝农，秩同达鲁花赤，以汉人、南人任之。既设达鲁花赤又设县尹，是元统治者意在实行民族压迫政策、限制汉人的体现。又设丞一员、簿一员（同金署县事）及首领官典史一员（专掌公牍）。及至明朝，名目稍更，设知县一员，主一县之政；县丞一员，佐助知县分理政务；主簿一员，掌勾稽出纳，以佐知县；首领典史一员，主出入文书，赞理县政。有清以降，官员数额减少，设知县一员；典史一员；县丞、主簿初各设一员，旋于顺治四年（1647）裁去。[①]

义乌地方官之与当地文化发展，不少人发挥了表率作用，功不可没。约略而言，他们的文化取向有如下一些表现：元朝达鲁花赤亦璘真"明敏不察，仁恕有容，抑豪强，恤群下，务以恩信及民……又崇礼教，兴孝悌，修学校，劝农桑，治官舍，颓废者新之。修桥梁以济不通，浚绣湖以兴水利"；县尹魏祚"因元初设科举，建兴文坊"；周自强"循廉有为，治民一以慈惠阜安为心……又用民余力，治土木，饬儒黉，创常平仓，公私皆足"；胡惟信"梓黄文献公潜集二

---

① 参见（嘉庆）《义乌县志》卷八《官师》，1929 年灌聪图书馆石印本，又义乌市志编辑部 2001 年影印本。

十五卷，立祠以祭"。明朝知县王允诚"尤崇重学校，善绝断民苦"；张永诚"为政简易……治行为越东诸县最"；吴祐"公恕廉洁"；李玉"性气果敢，廉介有守"；李通"奉法循谨，急先务，甚谙练，不为深刻，在任十年，民庶乐业，野无旷土，一时风俗归美"；刘同"任性廉勤，课农兴学，爱民如子……尝重修县治、学校、祠宇、桥梁。著《县令箴》以自警……与县丞刘杰同辑《县志》"；吕盛"作兴学校，亲课农桑……重建明伦堂、儒学门，创号房四十余间，拓泮池，甃石为桥，甚有功于黉校"；被誉为方青天、方一科、方一升的方介"自奉清苦，至激赏生儒，则丰腴倍常。延有学行明师于尊经阁，群博士弟子时时披阅，诲诱誉髦，蒸蒸然向风"；汪道函"尤崇重学校，造就青衿，所奖拔俊异为时名流"；欧阳柏"垂意学校"；赵大河"以讲学为己任"；俞士章鉴于"民俗近偷，注圣谕六章颁示，亲讲乡约，月课衡文，务究大义"；熊鸣夏"为政浑厚洁清，不事更张，而一意拊循，士民宜之"；周士英"作叶歌劝民孝友"；张维枢"清净宁一，不为赫赫可喜之功……重刊黄文献公潜、王忠文公祎集"；熊人霖之表彰乡贤、刊刻文献、重修县志、引导士子，颇多佳绩可称，而其鉴于张永诚、刘同、王杰、罗柏、欧阳柏、范俊、熊鸣夏之治绩善政，因作《七贤小传》以褒扬之；主簿陆府康"实心爱民，苞苴不入"。清朝知县孙家栋"季必试士，所拔尤者礼接之，然数见则加苛责。先师庙及庑圮，属教谕徐弘彰董新之，又严饮射，以崇有德"；于涟鉴于"县志自明万历丙申后，诸令或增或改，皆就原本补订之，至有失其初迹者"，因"复续之，未成梓以行"；王廷曾接续于涟之后，再加订讹补阙，遂卓有成书，"而刊宗忠简、黄文献、王忠文集，尤见仕优则学为不可没"；沈曾纯"果毅明决，廉介自矢……勤政之暇，则与博士弟子员论文讲艺。岁大比，自三月至六月，设七篇会。每月定期召集诸生，命题较课，以尽鼓励造就之意。创兴义学，捐俸延师，俾编户单寒咸就学焉"；连一鸣"优容士类，使人人知所自爱"；韩慧基"政尚严猛，勤恤民隐……重新育婴堂，建节孝祠，倡修义学，重修县志……亦一时政治卓卓者"；赵弘信"崇山长，兴教化，士尤知劝。文庙就圮，捐资重修，自庙门两庑以至大殿，焕然一新"。[①] 诸如此类，不胜枚举。而归其义类，约有表彰乡贤、加意学校、敦风化俗，以及注重乡邦文献的整理刊刻和县志的续修等。此外，若刚明公敏多惠政，发奸摘伏若神

---

① （嘉庆）《义乌县志》卷八《官师》；卷九《宦迹》。晚清以降，详参《民国义乌县志稿》。

明，宽厚笃行清节真心，安详雅饬不倨不降，执法省刑不好烦扰等等，亦不乏其人，虽然其取径各异，或勇于进取，或清净持循，要以敦风化俗、导民于善、兴学育才、扶正祛邪、民物康阜为施政归趣。凡此，无不起到了积极的导向作用。

值得专门指出的是，在义乌地方官的文化取向中，撰修和续修县志，对义乌文化的保存和承继起到了重要作用，从而在存史、资治和教化等方面发挥了独特功能。然自秦至五代之季，义乌县并没有专门的志书；而北宋神宗元丰年间知县郑安平所修《元丰旧志》和南宋度宗咸淳年间黄应龢（元黄溍族曾祖）所修《咸淳续志》，前者因"所记下及南渡以后，必非本书"，后者则因"手稿见在，而别本互有异同，盖方纂辑而未经裁定，亦非其成书"①，皆难以据信。其真正意义上的修志，则应从元代始。

历观由元至清所修义乌县志，以成书为标志，大体可划分为六个阶段：第一阶段为元至正十三年（1353）黄溍领纂的 7 卷本。该本系黄溍应达鲁花赤亦璘真之嘱，属门人王祎、朱廉合元丰、咸淳二志并参之郡乘而成。其做法是，"删其繁冗，订其舛误。法当补书，则引类相从而增入之，附以辨证……初以图冠于篇首"。书成之后，黄溍亲为之作序，因王、朱二人参加乡试，遂嘱另一门人傅藻"相与较正"②，然后送请县执事予以刊刻，从而弥补了元统一 78 年间官府建置、人物登用、风俗趋向、户口盈缩、贡赋多寡悉无所载的缺憾。第二阶段为明万历二十四年（1596）知县周士英刊成之 20 卷本。该书之前，亦曾有人续修，如清康熙时知县王廷曾尝言及曾见正统五年以前 10 卷残本；明正统十年（1445），知县刘同也曾"参以旧说，分其类例"而续修成 14 卷，朱肇评此举曰："考订之精详，纂修之具备，教化以明，政令以兴。上可以裨益于今日之治道，而比拟于成周之盛典也，非浮泛之士核之未精、缺而弗具者所可同年而语矣"③；又明隆庆间知县潘允哲也曾从事于续修，然"书未成，而以内召行。属经生司其事，叙述阔略，编次无伦，识者慨焉"④。周士英继起，发凡起例，令诸生吴从周、金应秩等网罗旧闻，删赝录真，汰驳澄醇，又得县儒学署教谕事举人谌廷锦之商榷，遂成 8 类 53 目之巨帙，是为万历丙申本。谌氏称该志：

① 黄溍：《序》，（嘉庆）《义乌县志》卷首。
② 黄溍：《序》，（嘉庆）《义乌县志》卷首。
③ 朱肇：《序》，（嘉庆）《义乌县志》卷首。
④ 周士英：《序》，（嘉庆）《义乌县志》卷首。

"其义约而该，其事核而可信，其辩确，时务甚晰而其法可行之久，傥亦司马氏之意乎！"① 虞德烨也赞之说："人事乃十七为志人物，则表以存其概，传以录其尤；志艺文则章疏取其披丹，篇什取其襄化；方舆则弁以图说；时务则纪及矿兵。补苴往昔，而抒轴自我。更于类例，反复阐明。盖洵乎精且详矣。"② 即此不难看出万历丙申本之规模及文化取向之所在。第三阶段为明崇祯十三年（1640）知县熊人霖所刊本。该本乃响应明廷修会典之召，因时间紧迫，故成书较快，仅用时匝月即毕。熊氏之续修，"雅不欲纷更"，而遵循黄溍的修志思路"法当补书，则因类相从而增入之"，故"追寻遐逖，附以新政"，亦可谓"难而易矣"。③ 此即所谓的崇祯庚辰本。第四阶段为清康熙三十一年（1692）知县王廷曾续修本。其先，因应清廷修《大清一统志》之需，知县于涟曾于康熙十二年（1673）从事续修，但可惜的是，仅缮成而未刊。尽管如此，此次之举，其意义仍不可小视。于氏自序称："其前志所不必补者，分野、疆域……无烦续貂。若风俗所以辨人心，经制所以昭宪典，赋税所以资国用，以及人物之盛衰，时务、杂述之升降得失，是不可不详加纂定，依次补入。而补之中又有难为补者，人物志也……是书起于崇祯十三年，迄于康熙十二年，凡今之异于古，与今之继乎古者，合则因纲总叙，分则逐目条疏，一一附于各条之后，补成而上之。"期望本志之成，能成为"义邑更化之一大机括"④。童楷认为该志之"详记述，严去留，补缺正讹，无偏无滥"，"于以上告成书，为盛朝黼黻，则忠全而孝亦全也"⑤。此后，知县辛国隆再事续编，但仅成康熙十三年（1674）至二十三年（1684）之抄略，无多大推进。有鉴于此，知县王廷曾再加整理，一方面参阅《金华府志》、《浙江通志》，取宗泽、黄溍、王祎文集进行订补编刻，另一方面则大量利用金涓、宋濂等人文集，合之《甲子会记》、各省通志、绍兴诸县志，以互相雠证。而尤可注意的是，该续志的重心，乃"于国计民生，尤三致意焉"⑥。至于义例之精明，考据之详核，则为后继者知县韩慧基所推扬。此为

---

① 谌廷锦：《序》，（嘉庆）《义乌县志》卷首。
② 虞德烨：《序》，（嘉庆）《义乌县志》卷首。
③ 金世俊：《序》，（嘉庆）《义乌县志》卷首。
④ 于涟：《序》，（嘉庆）《义乌县志》卷首。
⑤ 童楷：《序》，（嘉庆）《义乌县志》卷首。
⑥ 韩慧基：《序》，（嘉庆）《义乌县志》卷首。

康熙壬申本。第五阶段为清雍正五年（1727）知县韩慧基续修本。本次之续修，乃鉴于王氏壬申本成后 30 余年，即已"残编失次，刊板罔存"。为求"上以表协和之化，下以彰激劝之机，近之存一邑之掌故，远之襄一代之简编"，韩慧基乃"仍其旧而增其新"①，在沈裕、孔衍诩、黄之琦、楼承焜、王夔、楼元斐、黄士翮等人的襄助下，遂刊成雍正丁未本。第六阶段，也是义乌修县志在传统社会中的最后一次修志，为知县诸自谷所修清嘉庆本（教谕程瑜、训导李锡龄为总修）。本次续修，经始于嘉庆四年（1799）仲秋，历时 39 个月，于嘉庆七年（1802）遂成 22 卷、49 万余言之本。此志之编纂缘起及取向，其凡例 20 条已表之甚详。至其取裁，诸氏自言："博采通志、郡志及诸先达文集与各族家乘，正其讹谬，补其阙佚，事增于旧而帙不加繁，体从乎因而功同于创。"② 无怪乎时任金华知府的严荣称誉道："余览其卷帙次第，若网在纲，去赝而存真，事增而文省，较前志灿然改观焉。是何其知之能详且备也！"③ 就从事之久、成卷之丰、取舍之慎等方面来看，严氏此评洵非虚誉，确实指出了本志的特色之所在。而义乌在传统社会之面貌，亦藉本志而得以较为全面地呈现出来。

由以上简略的叙述可见，元明清时期义乌的地方官是十分重视县志的编纂、续修的。其后先相继，善继善述，承往开新，去短扬长，对义乌文化底蕴的展现、保持和世风民俗的培育、扬励，无疑有着非常重要的历史意义。严荣曾说："知县，知一县者也。不特簿书、钱谷宜知也，知今古之异宜以资因革，知风俗之醇漓以资利导，知人才之盛衰以资长养。夫欲周知古今、风俗、人才之故，以尽因革、利导、长养之宜，舍县志奚从哉？"④ 此一定位，可谓得"知县"之为"知县"之体要。而其所谓的今古之异宜、风俗之醇漓、人才之盛衰，则无不关乎一地文化的命运。所以，作为亲民官的知县，能否尽到应尽的职责，实对一方民众的福祉至关重要。当然，传统社会之修地方志，有其时代的局限，如囿于朝廷功令、从事者的偏向及不免因陋就简等，但其对一地之史的保存、社会风尚的引导，特别是修志精神的赓续，则对后人还是很有启益的。尽管嘉庆志后中断了很长时间，民国时仅成简略的志稿，但改革开放后 1987 年义乌县志编纂委员会

---

① 韩慧基：《序》，（嘉庆）《义乌县志》卷首。
② 诸自谷：《序》，（嘉庆）《义乌县志》卷首。
③ 严荣：《序》，（嘉庆）《义乌县志》卷首。
④ 严荣：《序》，（嘉庆）《义乌县志》卷首。

所编《义乌县志》的成书，以及目前义乌市志编纂委员会对新志紧锣密鼓地酝酿，不唯体现了对旧志的扬弃和更新，更体现出义乌地方党委和政府对一方传统文化的关注和对文化传统的张扬。正所谓与时俱进，义乌文化两千余年的蜕变，于此可见其承继与更新之消息。

学校教育与人才　人才的多寡，关乎一地文化的盛衰；而人才的造就，则有赖于教育的发达与否。义乌文化在元明清时期的繁盛，与其时人才的兴起密切相关。继宋代特别是南宋时期达到一个大的高潮之后，此一时期的学校教育和通过科举成才的人数，又掀起了一个更大的高潮。

从教育种类上而言，元明清时期义乌的知识传播主要有如下一些途径：一是县学，即官学，因设于孔庙亦称庙学，又因其教学宗旨以儒家经典为核心亦称县儒学或儒学，属于国家正规教育体系。在元明清科举特别是明清八股考试盛行的时期，能考入县学是士子们步入仕途的根基或重要转折。县学在管理体制上奉行朝廷颁布的禁令（如明太祖所颁禁例12条即通常所说的"卧碑"，清世祖所颁"上谕六条"即《钦定六谕卧碑文》、圣祖所颁"圣谕十六条"、世宗所颁《圣谕广训》）和学规（如《钦定学政全书》），所收学生有廪膳生、增广生和附学生三类（其中前两类各20名，明时附学生无定额，清时亦定为20名），其经费主要由学田收入来供给。二是社学，多由地方官府兴办。社学之设，始于元世祖至元二十三年（1286）之劝农立社，每社50家，社各一学，明朝较为盛行，义乌知县熊人霖曾于崇祯十一年（1638）立九社（绣湖、青岩、石楼、讲岩、稠岩、五云、钓岩、云黄、仙屏）课士，即所谓的"龙门大社"；其经费则来源于官府划拨和民间出资。三是私塾，俗称蒙馆，即儿童开始接受教育的最初级形式，盛行于明清。因主办者的身份不同，又可分为坐馆或教馆（富裕人家延师于家教子弟者）、族塾或村塾（一族一村或几家一起择馆延师者）、门馆或村塾（教师在家或借地招收学童者）等几类形式。四是书院，有官办也有地方自办，为有一定根底的士子讲学或进修之所。师徒授受和学说的传播，书院发挥了重要作用，可以说书院是学术演进的孵化器和助推器。义乌在元明清时期建立了不少书院，如元之五云书院、华川书院，明之杜门书院、钟山书院，清之紫阳书院、漱芳书院、绣湖书院等，皆成就卓然。目前仅存杜门书院之遗迹，虽历经岁月沧桑，仍能令人对其流风余韵心生仰慕之情。五是学堂。义乌之有学堂，始于石溪（稠西石塔）人吴源于光绪二十六年（1900）出资创办的"民义学堂"。宣统元年（1909），义乌设官立高等学堂 1 所、两等学堂 19 所及初等小学堂 5 所，在校学生计 1020 人。据统计，清季义乌共设高等和初等学堂 64 所。其中，"除两所官立小学堂外，其余所有学堂均利用祠堂、贤田、常产和私人捐款创办"，"义乌百姓兴教之艰辛、办学之热情、重教之古风可见一斑"。① 正是由于各级各类教育的受重视和蓬勃发展，义乌历史上遂孕育出众多的人才。就中进士的数量来看，文进士元朝有 1 人、明朝有 29 人、清朝有 18 人；武进士明朝有 16 人、清朝有 8 人。② 仅此一斑，亦可见义乌人才之盛了。而对基础教育的重视，更成为义乌的一种文化传统。时下义乌率先实行的普及十五年教育，当与这种文化传统有一定的渊源。

义乌教育之所以能不断得以推进，其中的一个重要原因是儒学教官作用的发挥。按照定制：元朝于学职设教谕二员、训导一员（大德四年仅设教谕，选请训导一员）；明朝设教谕一员、训导二员；清朝设教谕一员、训导二员（康熙三年裁，嗣于十七年复设一员）。而大要言之，其中的一些学官具有如下一些特点：一是自身富于学养。身为学官，自己的学问素养如何，将直接关系到生徒教育的成效。观此一时期义乌之学官，其于学问，专精者有之，博通者更不乏人。如明朝教谕贾进"博通经史百家之书"，辛荣江"尤善古文"，陈得安"凡经史子集靡不博通旁究，尤长于古文诗歌"，李汰"尚正大，循礼法，通经史，尤精于《易》"，王汝源"孳孳圣学，博通经传要旨"，郑茂林"博学善谈论"；训导庄观"凡子史百氏之书，靡不博览"，顾善"凡经史群书，悉皆研究"，朱明"涉猎经传子史"，许敬"博通经传百氏书"，徐灌"文学清雅，深明《易》理"，罗傅岩"博通经史，习古诗文"。清朝教谕俞经"淹贯经籍，博通子史"；训导王业澄"深于学，以经义造其子弟"，汪浤"好读书，甘淡泊"等等。二是循循善诱。学官既具有学养，但能否尽到职责及正确地引导士子，亦是教学成败的一大关键。在这方面，义乌学官做得相当有成绩。如元朝教谕叶谨翁"以教养为务，兴坏起废之功为多"，沈文衡"以慎行立言、考德问业、风厉作兴为事"。明朝教谕胡春同"诲训生徒，随才造就"，贾进"教规严厉，造就随材"，陈得安"恭谨自持，动止以礼，诲诸生必倾竭底蕴"，黎祖庆"律身以礼，诲人

---

① 义乌教育志编辑办公室编《义乌教育志》（第二稿），2005 年 7 月未刊稿，第 8 页。
② 详参义乌名人丛书编纂委员会编《义乌名人传》，附录二《义乌历代进士名录》。关于义乌科举人才之具体情况，可参见（嘉庆）《义乌县志》卷十《选举》、卷十一《贡士》，及《民国义乌县志稿》之《科名》等有关记载。

不倦，虽隆寒盛暑，亦必正衣冠端坐于堂，与讲论经传子史闾奥"，王汝源"日召诸生，相与讲明义理之学。作《谕士》一编，始立志，终畏法，首尾谆切，归于笃彝伦、务实学、躬行有得"，章日辉"恂谨折节，教士端严而肃"；训导朱明"始终以敬诲诸生，循循善诱"，郁珍"立身行己，动闲礼法，讲学造士，所在有声"，叶惟大"较量贤否，锱铢不爽"。清朝教谕王立鳌"训士勤于督课，多所启迪"，俞经"悉心训课，务为根柢之学，因材造就"；训导王业澄"勤于课士……每与诸生讲论文体，谓格必溯先正，而气必夺时贤，诸士从之"，汪泫"勤于校课，由二篇会、三篇会至五篇会，循序无间，悉捐俸供给，以尽一日之长"，陈世傅"殷勤考课，杜绝苞苴"。三是提携寒素。学校教育能否普及贫寒之家，亦关系到人才整体素质的提高。于此，义乌学官颇有可称述者。如明朝训导叶惟大于"弟子有衣食不赡者，捐俸数周之"；清朝教谕王立鳌之"于甄拔寒微……尤汲汲焉"；训导王业澄于"寒士之乏箸火资者，访而遗之"，汪泫针对乡隅辽阔者"则以东壁西园诗句编号命题，详阅评删，且为之甲乙次第，以示鼓励，如是者五年不倦。遇能文士，不惜清俸，以资膏火"，陈世傅对"士子之单寒者，给资以济其膏火"。四是整饬文庙。作为士子进德修业和瞻礼之所，文庙之修饬与否，同样对教育有一定影响。前述义乌的一些地方官即颇注意于此，而学官中亦有拳拳不倦者。如明朝教谕胡春同鉴于"庙学颓敝，捐俸修之"；清朝教谕钟之枚也曾"捐修文庙，置书架，珍藏宗、王二公文集版，士论归之"。正是由于学官们的以身率人、勤于督课、以斯道自任，义乌士子遂能如坐春风中、沾时雨之化，其奋发自励、擢高第者科不乏人。此外，如元朝教谕沈文衡之"采国初以来学教谕凡三十九人，作《学官题名记》，捐俸勒石，以为龟鉴"；明朝教谕胡春同"事有关风化者，悉为举行"，王汝源"举行乡约，访求节孝，力请表扬，而一尘不染"；清朝教谕王文明于"朱司马之锡、金黄门汉鼎望隆中外"之时，"遇其子弟，惟以德业相勉，司马、黄门甚重之"，王立鳌"修文庙、兴义学诸大典外，于甄拔寒微，表扬节义，尤汲汲焉"① 等，无不关涉到治之教化。如此等等，皆显示出身为学官者的"师范"效应，而士子无不感其德化之功。宜乎义乌人士为之树碑立传、去思不已！

忠义志节之文化传统　科举作为传统社会育才、选官的一条重要途径，承载

---

① （嘉庆）《义乌县志》卷八《官师》，卷九《宦迹》。

着知识酝酿、传承和选拔人才、治理社会等诸多功能。尽管庸陋者视考试为梯荣之具，但更多的仁人志士则凭此步入仕途，以昔之所蕴，发为济世之才，遂于澄清政治、扶持教化、维系民命等卓然有见于世。义乌历史上即不乏忠肝义胆、志节皎然之士，并结晶成一种绵绵不绝的文化传统。

义乌人的忠义志节气概，其表现是多层面的，既有致身显要者的大忠大义、持正扶危，也有守土卫疆者的立身不苟、锄强扶弱，更有抗击倭寇入侵、捍卫国家尊严者的丰伟武功（如吴百朋、义乌兵诸将领）。无论"建大策、决大疑、定大难、当大任"的名臣（如明之吴百朋、龚一清、金世俊，清之朱之锡等），"遭逢多故，甚至捐躯殉国，以全大节……以忠烈照汗青"的忠臣（如明之王祎、龚泰，清之楼璿、龚子敬、楼挺、金汉蕙等）①，还是卓然自立于天地之间的志节之士（如明之虞怀忠、童一贤等），本经术以为治术的循良之吏（如元之傅光龙，明之龚永吉、朱肇、虞守愚、楼镇、朱湘、虞国镇，清之陈达德、丁尔发、冯敬玉等），皆彪炳一时，光耀史册，接武前贤，楷模后人，为义乌文化和精神注入新的内涵和意蕴。②

明人金世俊尝称："秦颜乌氏孝感飞乌，而吾邑以义乌名……故越中一壮县也。山水清美，代有伟人。唐初文杰，实产于斯，敬业一檄，千秋诵义，曰义乌骆宾王，而义乌重矣。东京留守，只手中原，过河之呼，至今犹壮，曰义乌宗泽，而义乌益重矣。此百代殊绝之人物，不待志而著。他若文清徐侨之正色立朝，文献黄溍之雄文擅代，忠文王祎、忠愍龚泰之竭忠殉国，皆如轰雷皎日在人耳目，而历溯前修，文章、节义往往克自树立。"清人童楷亦称："夫孝为百行之原，作忠于斯，求忠亦于斯，事功、理学莫不根本于斯。故邑有孝子，而后如骆文忠抗辞讨武，宗忠简恳奏回銮，王忠文秉节于谕梁，龚忠愍捐身于靖难，英风大节，千古为昭。至若徐文清、黄文献之理学，杨仆射、吴司寇之事功，本朝朱梅麓公之绩著河防、金紫汾公之名高谏议，以及文人、庄士、烈女、贞姬，更仆未易悉。何莫非颜孝子有以开其原，而诸先正有以接其流哉！"正因如此，故明人虞国镇揭其底蕴曰："盖为政者，齐民必以义，道民必以礼。欲义先惠，欲礼先立。既立既惠，政

---

① （嘉庆）《义乌县志》卷十三《名臣》、《忠臣》。

② 关于义乌忠义志节之士的详细事迹，义乌名人丛书编纂委员会所编《义乌名人传》有详细、通俗的介绍；另外，可参阅（嘉庆）《义乌县志》卷十三、十四、十五等有关人物传记。

事用备，小大有章，乃绩可纪。考往训今，式昭民度。若乃董董簿书者，岂暇游神于言文行远哉?"① 由此不难看出，义乌文化不仅源远流长，而且富于个性特色。"义乌精神"之"刚正勇为"，可谓渊源有自，个中消息于此可窥一斑。

民风世俗之递嬗　义乌向有"小邹鲁"之称，此一称誉正代表了本地民风世俗之主流趋向。当然，由于时移世迁，在外在大环境的影响下，义乌的文化风俗亦有多样性的呈现。所谓俗轻躁、少信行，及"人性柔慧，尚浮屠之教。俗奢靡而无积聚，厚于滋味。善进取，急图利，而奇技之巧出焉"② 者，间亦不免，但勤耕织、尚礼义、崇廉节者，更足称道。究其因，则源自义乌历史上之悠久文化传统。嘉庆朝所修《义乌县志》卷六十四《风俗》中于此揭示道："义乌风俗，前有颜、骆垂型，宗、黄建鹄，近若王氏祖孙、龚氏父子，并以文章、忠孝辉映后先。乌人濡染深矣，故其礼义廉节之风，不特士习以此自厉也，虽愚夫妇亦多有焉。" 此言颇有一定道理。

义乌风俗所涉甚广，大凡衣食住行之所尚，生老婚祭之礼仪，年令时节之习俗，信仰禁忌之常惯，林林总总，无不关涉广大民众的日用常行。③ 这些风俗，既是国家推行风教的结果，又得益于义乌知识群体的倡导和楷模效应，更是广大义乌民众自身日积月累、绳绳继继的选择和积淀。其间虽不免因时代所限造成的消极因素，但大体上是适应民众实际生活需求的。"从善汰劣的适应性、理性和人性"，是义乌民风世俗的核心特征，其主要表现为"对生命的重视，追求平安（健康、安全）和无灾无难，向往生存道德、珍视祖墓，怜悯人骸（不使暴露）；对生者友善、爱护亲人，关爱世人，推己及人、予人方便；反对强权，扶助弱小、贫残，不妒富、不媚财。善于认识世界，长于利用客观，勇于改变现状。精于图利、巧用智慧，锱铢必积，狠抓现实。敢作敢为，不留丑名。鄙夷厚己薄人，轻视损人利己。"④

值得指出的是，在义乌风俗的形成和实践过程中，家族或宗族发挥了重要作

① 金世俊、童楷、虞国镇：《序》，（嘉庆）《义乌县志》卷首。
② 《宋史》卷八十八《地理四》，中华书局，1997，第2177页。
③ 陈元金先生主编的《义乌风俗志》（浙江省义乌县文化馆，1985），有较全面、系统的论述，颇便参阅。又翁本忠先生《浅述义乌民间艺术》（《义乌方志》2006年第3期）一文，对义乌民间的艺术特色有详细论述，可参阅。
④ 义乌市志办编《市志社会卷·民俗篇》第三稿（未刊稿）。

用。元明清时期的宗族，与宋代以前在性质上大有不同，呈现出新的发展趋势。冯尔康先生指出："宗族发展到宋代之后，不再是皇族、贵族、士族及官僚的群体，平民建立自己的宗族组织，使它进入了平民化的新时期，主要表现则是祠堂的普遍出现和一部分平民掌管宗祠，宗族的集体经济增多，私家修谱逐渐兴盛，取代了往昔的官纂谱牒。"① 义乌聚族而居的普遍情况正反映了此一时代特点。而宗族之得以延续，主要靠祠堂、祠产（祀田，间有书田、义庄）和宗谱（或族谱、家谱）来维系。祠堂是族人聚会祭祖及对族人进行伦理教育（如宣讲宗规、家训或皇帝的圣谕等）的场所；祠产则是维持祠堂开展活动、办学经费及赈济贫穷族人的经济支柱；宗谱则发挥着联宗睦族、敦族明伦、彰统系、别亲疏、轨族人等功能。其中，宗谱中之族规或家规，颇能代表宗族的文化取向，也可彰显一地的民风世俗。如《金氏宗谱·金氏家规》，即纲举目张地开列了隆孝养、崇悌顺、笃义方、勤生业、尚俭朴、正婚姻、重丧祭、别内外、择交游、戒伪妄、禁佛老等11条规范。正是在此类礼仪规范的浸润下，义乌风俗愈益风清气正、浓郁醇厚、道教隆洽，遂孕育出教泽绵长的学术世家、官宦世家、经商世家及数量众多的平民世家，激烈慷慨之风彪炳一时，而楼、朱、金、黄、丁、龚诸世家大族遂得以显扬于世。更可注意的是，宗族对教育的重视，更极大地促进了人才的普遍兴起。吴潮海先生曾指出："金氏是义乌的名门望族。元代的理学大儒金涓、钦赐'清慎'玺印的清官金德孚、明工部右侍郎金世俊、抗倭名将金福、清初名将金光，均为同一世族，他们都是名盛一时的文臣武将和志行卓异的俊士。"② 至于黄山八面厅之宏丽绚烂，蟹钳形山宗族古墓群之肃穆静谧，存古堂、容安堂、萃和堂、义性堂、培德堂、承吉堂、存厚堂之余韵流风，更可见义乌风俗之雅尚。③ 明人虞国镇曾论义乌风俗称："允笃果贞、急公赴义、乐易于善，复为他郡望焉。"并感慨道："盖为政者，齐民必以义，道民必以礼。欲义先惠，欲礼先立。既立既惠，政事用备，小大有章，乃绩可纪。考往训今，式昭民度。若乃董董簿书者，岂暇游神于言文行远哉？"④ 义乌文化传统之根蒂，

① 冯尔康主编《中国社会结构的演变·绪论》，河南人民出版社。1994，第133～134页。
② 吴潮海：《金汉鼎》，义乌名人丛书编纂委员会编《义乌名人传》，第462～463页。
③ 义乌市博物馆曾撰有《乌伤遗珍》（2006年，未刊稿），于义乌文化文物遗存有较清晰、全面的梳理和介绍，一旦面世，对读者更理性地了解义乌文化将大有助益。
④ 虞国镇：《序》，（嘉庆）《义乌县志》卷首。

于此可见冰山之一角。

悬壶济世者的情怀　中医学作为祛病健体、呵护生命的一门精深学问，是中国传统绚烂文化的一朵奇葩。在西方医学传入中国之前，中医一直承载着国人对抗疾病、延年益寿的重要使命。浙江自古以来即在医学方面有突出成就，特别是随着宋代政治、经济、社会各方面趋于兴盛，医学成就呈现迅猛发展之势，以此为基础，元明清时期的医药机构更趋完善、医学名家辈出、著述颇丰，遂将医药学推向新的高度。[①]　在此氛围之下，义乌的医学文化亦有突出表现。

明英宗正统八年（1443），知县刘同于县治东侧一间楼房内设惠民药局，这是积极响应洪武三年（1370）朝廷下令全国各府州县设此局的一项善举，意在对贫穷患病的民众施以援助，明万历前废止。清前期，治痘局的出现，成为新的医疗机构。官府设有医学署（旧在三皇庙，后内迁县治东），从事医药行政管理与医学教育，其主管官员为医学训科（旧称医学教谕）。如元代的宋渊（宋濂之兄），明代的朱文永、商伯永，清代的陈继华、楼子和、金光曜等，皆曾担任此职。医学训科的设置，对义乌医学人才的培养和医学事业的普及，发挥了积极的推动作用。民间方面，其以从医为业，无论出自自学成才，还是承家学庭训者，亦不乏人。乡村医生的大量存在，无疑对广大民众更具有亲和性、普适性。这两支力量，遂孕育出众多的医学人才。元之刘应龟、朱震亨、朱玉汝、朱嗣汜、虞诚斋，明之虞抟、陈樵、龚士骧、楼汝樟、朱文康、朱贤、商节、朱宗善、金孔贤、朱燧、徐行、商伯承，清之方起英、金光、王毓秀、金学超等，皆是其间的佼佼者。[②]　其中，朱震亨、虞抟更是名噪一时、影响深远，其医德、医术及学说为世所推誉。

在中国医学发展史上，金元时期是一典型转折期，出现了以"金元四大家"为代表的医学流派争竞的兴盛局面。义乌赤岸人朱震亨（1281～1358），即其中的一家。与河北河间人刘完素的"寒凉派"、河南考城人张从正的"攻下派"、河北正定人李杲的"补土派"不同，朱震亨在借鉴、吸收他们成就的基础上，再加融会贯通、推阐发明，遂形成独树一帜的"滋阴派"。朱震亨之从事医学，导因于其母患病。当时，众医对其母之病束手无策，震亨遂自己刻苦钻研《素问》等医书，经过五年的不懈努力，辛勤求益，他不仅治好了母亲的病，而且

---

① 详参朱德明《浙江医药史》，人民军医出版社，1999。

② 参见朱德明《浙江医药史》，第 129、137、150 页。

奠定了良好的医学基础。此后，他到八华山就学于当时的著名理学家许谦，以酬求学之夙愿。四年的潜心研读，使震亨在理学上颇得许氏为学之要，于理学颇有所会。这一经历，为其后来将理学与医学相结合打下了重要根基。而由于科举考试的两次失败，震亨遂无意仕途，转而欲以学医济众成就自己德泽远披的理想。在许谦的鼓励下，他开始了自己新的人生道路。为寻良医，他不辞艰辛，先后到吴中、宛陵、南徐、建业等地求师问友，但终无所遇。当听说杭州的罗知悌学问精湛、医术高明时，他随即前往。但身为刘完素弟子、宋理宗御医的罗知悌，性情比较孤傲，震亨虽屡次拜谒，都被拒绝。震亨决心已定，不轻易放弃，经过三个月的苦苦坚持，其诚心感动了罗氏，终于成为罗氏的唯一弟子，而尽得刘完素、张从正、李杲之学，且在罗氏的悉心教导下，于医学造诣有了质的长进。元泰定四年（1327）夏秋之际，罗氏故世，震亨料理完师傅丧事后遂返回义乌，拉开了悬壶济世的序幕。此后，他一方面为人治病，以高尚的医德、精湛的医术赢得了时人的信赖，一方面则继续深入研究医学、收徒授业。实践与理论的结合，使他在医学上获得了很大的成就。其表现，即《格致余论》、《局方发挥》、《本草衍义补遗》、《伤寒论辨》、《外科精要发挥》等的成书，其学说精蕴亦体现在这些论著中。作为震亨医学学术思想的代表作之一，《格致余论》一书阐发了在"相火论"基础上的"阳常有余、阴常不足"的新观点，确立了"滋阴降火"的治疗原则，树立起"滋阴派"的大旗，揭开了医学史上的新篇章。而从其学者，不仅有义乌本邑人（如虞诚斋），还有其他各地慕名来学者（如金华赵道震，绍兴徐彦纯，丽水楼厘，江苏王安道、刘叔渊等）。丹溪学说由此声名大振，影响及于海内外。15 世纪时，日本人月湖和田代三喜即将丹溪学说传入日本，并成立了"丹溪学社"，其流风至今犹存。① 朱震亨的医学成就，不仅造福了一方，而且在浙江甚至全国的医学发展史上，都有着举足轻重的地位。

　　而继朱震亨之后，明代的虞抟更将丹溪学说发扬光大。虞抟家为医学世家，其曾祖父诚斋为丹溪授业弟子，父南轩年轻时即潜研医书，以"不为良相，则为良医"自励，于医术甚有所造，兄怀德亦精于岐黄之术。虞抟不仅能秉承家学，阐丹溪之遗风，而且能博采众长，深造自得：既擅长察脉理，又创造性地提

---

① 　参见冯汉龙《朱丹溪》，义乌名人丛书编纂委员会编《义乌名人传》，第 236～250 页；陈邦贤《中国医学史》（第二编第四、五章），团结出版社，2006。

出了"两肾总号命门"、"三焦腔子之说"的医学理论，对治疗便秘很具有指导作用。《医学正传》、《方脉发蒙》、《证治真诠》、《苍生司命真复方》等书，为虞抟医学理论和实践的结晶。一如丹溪学说，虞抟的医学成就也传播海内外，尤以日本为盛，将其著作作为教科书的传统至今依然。而尤可称道者，虞抟继承了朱震亨免收贫穷患病者医酬的优良传统，这一高尚情怀，为世人所仰慕。① 此外，祖辈从慈溪迁居稠城的陈训堆，亦精于医术，尤长于痘麻少儿科，用药灵活，不泥于古，著有《医学心得》、《家传验方》（皆系手稿），从其受业者十余人，侄子陈祥发承其传。与朱震亨"滋阴派"不同，训堆属于"温热学派"。尽管两者取径有异，但各自都产生了重要影响。《义乌稠城镇志》称："本县人'金元四大医家'之一朱丹溪首创'滋阴派'理论，明代虞天民、清代王毓秀、近代陈无咎皆传其学。至清代中后期陈训堆从慈溪来本镇行医，传入'温热学派'。于是，稠城镇形成'杂病宗传丹溪'、'疫病祖述鞠通'的格局。"② 正是在以上这些悬壶行医者的辛苦、持续努力下，义乌的医学文化事业遂蒸蒸日上，而他们的大众情怀、淑世操行、精湛医术、创新学说，则为义乌文化谱写了浓墨重彩的华章。

当然，义乌文化的繁盛并非仅如上所述，其表现是多层面、多角度、多样化的。然即此数端之大略，已可概见元明清时期义乌文化演进之趋势及根底之所在。义乌人"勤耕好学，刚正勇为"的文化品格和文化传统，于此可见一斑。更可注意的是，在义乌繁盛文化诸多因素之中，理学的传承、义乌兵的崛起和拨浪鼓文化的酝酿三大文化因子，实对义乌社会文化的发展起到了支撑力的核心作用。诚如义乌市委书记吴蔚荣所揭示的："义乌发展的文化探源，义乌商业的寻根究底，要探究的是义乌文化圈的形成特质以及宋代事功学说对义乌'义利并重，无信不立'文化精神的影响，明代'义乌兵'对于义乌'勇于开拓，敢冒风险'文化精神的影响，清代'敲糖帮'对于义乌'善于经营，富于机变'文化精神的影响等。"③ 因此，很有必要对这些文化因子给予应有的关注，以揭示义乌社会发展的文化命脉之所系。

---

① 参见骆斌《虞抟》，义乌名人丛书编纂委员会编《义乌名人传》，第302～306页。
② 义乌稠城镇志编纂委员会编《义乌稠城镇志》（第十编第四章），第289页。
③ 楼国华、吴蔚荣：《义乌丛书精选本·总序》，义乌丛书编纂委员会整理《义乌丛书精选本》卷首，浙江古籍出版社，2006。

第二节　义乌学术的传衍与更新

学术作为文化结晶的集中体现，不唯在人文精神的孕育、知识的传承方面发挥了重要作用，而且对社会思潮的走向、文化氛围的塑造等亦具有重要的导向作用，更为重要的是，它是凝聚社会的核心文化力。学术每随世运而变迁，其演进更新，颇能反映出一时一地社会盛衰的消息。

义乌学术，历有渊源。清代义乌知县王廷曾尝称："乃瞻邑里，含宫嚼征。文人之杰，实惟义士……斯文云亡，受之故老。以启来贤，为世师表……学从师授，渊源可数。何逊直卿，真小邹鲁……前有韦吴，后有汪许。我瞻高山，搔首延伫。"① 先贤教泽，滋惠后学。尤其是宋室南渡之后，在朱子道学，吕祖谦婺学，陈亮、叶适事功之学，唐仲友经制之学等的浸润下，义乌人才蔚起，学术趋盛，大有成为理学重镇之势。经此酝酿，元明清时期遂呈全面繁兴之局面，理学、儒术、艺文交相辉映，成就颇著。

从学术师承上来看，义乌学术可谓得朱子学之正传，且能发挥婺学博采兼收的优良学风。嘉庆《义乌县志》述其间传授称："自朱子讲道于婺，同时郡人东莱吕氏、同甫陈氏、悦斋唐氏，皆以学著，何、王、金、许又递传朱子之学于黄氏焉。文清徐氏、敬子傅氏，并亲受业于朱子。吕氏、唐氏则仲文传之，伯经、伯强乃守范于陈氏者也。厉志朱氏、子厚康氏、唐卿王氏、通斋叶氏辈，皆文清高第，而通斋为尤著。唐卿、通斋传南稜王氏，唐卿后传晋卿石氏。至希善登北山之门，丹溪、青村承东阳之绪。虽或派别流分，递相师祖，要皆可以驯致圣贤之域，而躏中庸之庭也。"② 也就是说，朱子之后，义乌之传播其学者，一系出于亲炙朱子之教的徐侨、傅定，而徐氏之传，更得叶由庚、康植、王世杰、龚应之、石一鳌、王炎泽等义乌诸门人而光大；一系则出于朱子门人、女婿黄幹，遂有何基、王柏、金履祥、许谦"北山四先生"之递相传授，被世人推为理学正宗，而许谦之授徒八华山，义乌学人遂得延其教泽。义乌学脉之流衍，可谓根深柢固、枝繁叶茂

---

① 王廷曾:《景行篇》，（嘉庆）《义乌县志》卷二十二《艺文下》。

② （嘉庆）《义乌县志》卷十四《理学》。

矣。至于其学问"足以翼经明道，出则见诸实事，处则传之其人，不立异，不苟同"① 的学人，亦皆能志圣人之学，称誉儒林。

元代以降，赓续、推阐二系之学，其大致情形如下：一是"北山四先生"一脉。元代陈杕游学何基之门，"探索隐赜，深得要领"，其执教浦江，"日与诸生讲明性理之学、修治之方"，从其学者皆赖以有成；朱震亨从学许谦，受许氏"天命人心之秘、内圣外王之微"之教，融会贯通，于"理欲之关、诚伪之限，严辨确守"，卓然有得，而"为文以理为宗，必有关于纲常、治化"；王顺登许谦之门，"读书必欲见之躬行，使物被其泽"，如鉴于移风易俗必本于学，遂建书塾，招良师，作育乡族俊秀子弟，而以"孝悌姻睦之道，诱掖而劝导之"；丁存曾游何宗文之门，"相与阐明理学，以溯金、许之传"，其为学"博洽群书，善属文，尤长于诗赋"。二是徐侨一脉。元代被誉为"儒林四杰"之一的黄溍（其三为浦江柳贯、临川虞集、豫章揭傒斯），曾从师徐侨再传弟子王炎泽、石一鳌（王氏受业于叶由庚、王世杰，石氏从学王世杰），奠定了理学根基，宋濂、王祎、傅藻等承其学；明代王汶，上承六世祖炎泽之教，继祎、绅、稌而起，颇能世其家学，王氏一门五世，"以忠孝文章相承"，于理学多有所得。三是兼承二系者。元代朱同善，幼承祖杓家学，得徐侨之传（杓为徐氏弟子），复从许谦受业，"研究奥旨，上承文公五传之绪"，于"天人性命之本，礼乐刑政之原，古今治乱得失之迹，莫不洞该"，统宗会元，味道尤深；同善子廉，赓绪家传，受业黄溍之门，在明初预修《元史》，授经东宫，且编成《理学纂言》一书，尊朱子之学而能扶导之；金涓先从黄溍问学，及溍应召入翰林，遂登许谦之门，得谦"学者必以五性人伦为本，以开明心术、变化气质为先，以为己为立心之要，以分别义理为处事之制"之教，于是"朝夕惕厉，研究奥旨，体认践履，务期吻合"，遂卓然拔出于许氏众弟子之列，称入室高第，其文章"雄健有奇气"，诗格清和婉约，颇能自谐雅度；宗诚受业许、黄二氏，"经明学邃，家居授徒"；冯翊受业许谦之门（翊父友仁亦师许氏），继从黄溍，黄氏视之为"畏友"，"相与讲明性理之学"。② 以上诸学者，或师弟授受，或家学相继，或不专一师，或转向授受，皆于理学能深造自得，且能躬行践履，亦不乏体之政事

① （嘉庆）《义乌县志》卷十四《儒林》。
② （嘉庆）《义乌县志》卷十四《理学》、《儒林》。

者。此可见义乌学术之主流所在。

　　义乌学术不仅能得理学之正传，且能融会他学，深得吕祖谦博采众长之婺学旨趣。论其典型代表人物，当推黄溍（1277～1357）为翘楚。黄氏为学，既得王炎泽、石一鳌理学之传，复得刘应龟、方凤文学之教，更与吴思齐、胡之纯、柳贯、张枢、龚开、周密、李孟、赵孟頫、危素等人相交游，转益多师，论学问道，卓然有得。更为难能可贵的是，黄溍不仅对朱子学、婺学深有研究，其于永嘉之学、陆学等学术的源流分合也做了相当的探究，故其论学，主张"义理与事功并重统一，反对并批评义理派与事功派的相互轻视、相互指责"，从而形成了"兼重义理与事功，博采心学、气学以及传统儒学，甚至老庄之学，而成融通各家之势"① 的独具一格的为学特色。基于此，黄溍于六经群史、诸子百氏，莫不穷其渊源、究其根底，其发于文章、施之政事，遂能风清气正，蔚为大观。门人王祎曾论其师称："公学博而操则约，力宏而造则微，统一圣真，融贯理奥，不大声色，任斯道而委蛇。故其形于文章，譬如周廷重器，圭璧鼎敦，分置罗列，蓄光彩而严等威……性灵以之而发舒，造化以之而补裨，圣贤经传以之而羽翼，古今事理以之而纲维。"② 又称："公以精锐之学，羽翼圣学，以典雅之文，黼黻人文，诚一代之儒宗、百世之师表。"③《元史》亦推誉道："溍之学，博极天下之书，而约之于至精，剖析经史疑难，及古今因革、制度名物之属，旁引曲证，多先儒所未发。文辞布置谨严，援据精切，俯仰雍容，不大声色，譬之澄湖不波，一碧万顷，鱼鳖蛟龙，潜伏不动，而渊然之光，自不可犯。"④ 洵为的论。而应指出的是，黄溍之文、道并重或文学与理学并重的思想取向，继承、发扬了金华学派"以理学为学术根基，又以诗文创作显名于世"的治学传统。有学者指出："在许谦之前，婺州学风中虽有重道不废文的传统，但理学家们毕竟还是以著述为主，未将创作文辞作为终身的职业。许谦以下，到黄溍、柳贯这一代，才将文辞创作作为一种职业。"⑤ 这一"流而为文"的趋向，开创了义乌学术的新局面。至于其带领门人修《元史》、《义乌县志》，于国史、地方文献

---

① 桂栖鹏、楼毅生等：《浙江通史·元代卷》，浙江人民出版社，2005，第183页。
② 王祎：《王忠文公集》卷十九《祭黄侍讲先生文》，《丛书集成初编》本。
③ 王祎：《王忠文公集》卷十三《黄文献公祠堂碑铭并序》。
④ 《元史·黄溍传》，第4188～4189页。
⑤ 桂栖鹏、楼毅生等：《浙江通史·元代卷》，第186页。

尤功不可没。当然，黄溍之得以学显于世，与当时的时代氛围也有密切关系。贡师泰称："文章与世运同为盛衰，或百年，或数十年，辄一见焉。先生（指黄溍——引者注）当科目久废之余，文治复兴之日，得大肆力于为己之学，以擅名于海内，虽其超见卓识有以异于人，其亦适值世运之一盛也耶。"①总之，黄溍之学术、文章、志节、置身清要，皆可表率后学，垂范后世，其继往开来之功，光耀史册。流风所披，宋濂、王祎、朱廉、傅藻、金涓、屠性诸弟子，皆能光大师门，有名于世，而王祎更为黄门得意弟子。宋濂称王祎之学："凡天人之理，性命之奥，皆肆其玄览，而养厥灵淳，其学遂底于成。"苏伯衡亦称："夫圣人远矣，后世于圣人之道犹有知焉，则由六经之作，其所以载夫道者，以言为之舟车也……先生以绝人之资，承家传之旧，而与侍讲黄文献公居同里，游其门最久，心传指授，悉得其蕴奥。且山林之日长，考索之精，造诣之深，尤非诸人所能及……而要其归，无不本于经者，可谓有德有言之君子。"②由宋、苏二氏所论，可见王祎得黄溍统绪精要之一斑。

义乌学者除承继朱子理学之外，亦对阳明心学有所研究。众所周知，王守仁"致良知"学说在明代中叶的崛起，使学术风气为之一变，流风所向，致使晚明的学术界"谈良知者盈天下"③。此一局面，既为当时的思想界注入一股清新之风，又对朱子理学形成很大的挑战。在此氛围之下，义乌学者自不免为王学所吸引。如明代义乌教谕王汝源，曾受业于阳明高第唐一庵之门，"端悫沉毅，孳孳圣学，博通经传要旨，讲习磨砺，充养温粹"，深得王学之传。及其任职义乌教谕，"日召诸生，相与讲明义理之学"，并作"《谕士》一编，始立志，终畏法，首尾谆切，归于笃彝伦、务实学、躬行有得"，以之引导士子。当其时，王氏鉴于文庙"宫舍颓、庑位乱、祭器残、典籍缺"的凋敝情形，乃谋之县大夫，并捐俸区画，"不逾时，颓者饬，乱者整，残者新而备，缺者构而补"，文庙为之改观。至于其"举行乡约，访求节孝，力请表扬，而一尘不染，尤近世所罕睹"④。如此等等，足可见王氏对斯文斯道的笃敬之忧，可谓得阳明融心学与事功学于一

① 贡师泰：《黄学士文集序》，义乌市志编辑部影印《金华黄先生文集》卷首，杭州萧山古籍印务有限公司，2003。
② 《王忠文后集原序》，王祎：《王忠文集》卷首，《四库全书》本。
③ 顾宪成：《小心斋札记》卷六。
④ （嘉庆）《义乌县志》卷九《宦迹》。

炉的正传，而没有像某些阳明后学流于空疏、游谈无根、非名教所能羁络之弊。义乌士子熏染于此风此教，自然有奋发于其间者。清人戴殿江曾不无感慨地称："窃见吾婺理学之懿，由于服膺朱子，其渊源授受，有亲炙者，有私淑艾者，既源远而流长，亦统明而绪正，而于金溪明心之学，则谢不欲闻。及其始衰，则枫山先生起而振之，三百年绵绵延延，后先辉映于婺女之墟者，莫非朱学嫡传也。嘉隆以后，良知之教兴，吾婺五峰诸子亦从风而靡，而桑梓之承传，遂骎骎乎浙失其旧。"① 这从一个侧面亦反映了心学对义乌学术的影响。

入清之后，随着学术界对王学流弊的挞伐，心学式微，在清廷"崇儒重道"政治文化取向的孕育下，朱子理学重新被确立为官方正统思想，而经顾炎武、黄宗羲诸大儒的倡导，经史之学渐呈兴复之势，至乾嘉而达到高潮。由于身处学风蔚盛的浙江地区，义乌受到整个浙江学风（如浙西的朱学、考证学，浙东的史学等②）的陶铸。尽管此一时期义乌的知名学者不多，难以与宋元明时期相比，但向学者亦大有人在。其中，清季的朱一新便是很有成就和影响的学者。朱一新幼而颖异，"长嗜濂、洛、关、闽之学，务通经以致用"③，历官至陕西道监察御史。由于生性刚直，故居言官时，上《豫防宦寺流弊疏》切陈太监李莲英预政之弊，故而得罪老佛爷慈禧太后，被降为主事。一新见事不可为，遂以母患病告归。后应张之洞聘，先后任广东端溪、广雅两书院山长。其教导士子，"先读书而后考艺，重实行而屏华士"，而以经、史、理、文作育之。他认为："蕲至于道者，无他焉，反经而已矣……若狂者，若狷者，皆载道之器；若汉学，若宋学，皆求道之资……则夫明六经之恒言，返而求诸圣凡共由之大道，抑亦志士所不容自己者也。"④ 又称："近世汉与宋分，文与学分，道与艺分，岂知圣门设教，但有本末先后之殊，初无文行与学术、治术之别。"⑤ 由此不难看出，朱一新之为学，是主张不立门户、汉宋兼采的，而大旨主学必期其有用、功必归诸实践，以及由训诂进求义理、由义理探源性道。这一为学新取向，与乾嘉诸儒之言

① 戴殿江：《金华理学粹编·自序》，《金华理学粹编》卷首，《四库未收书辑刊》第六辑第十二册。
② 详参滕复等编著《浙江文化史》（第十三章第一节），浙江人民出版社，1992。
③ 《清史列传》卷六十九《儒林传下二·朱一新》。
④ 朱一新：《序》，《无邪堂答问》卷首，中华书局，2000。
⑤ 《清史列传》卷六十九《儒林传下二·朱一新》。

多不合，与浙江学者之言尤多不合，却意在不负圣门教人之旨。钱穆先生于此揭示道："鼎甫主张所以转换学风以开此后之新趋向者，则在史不在经"，"鼎甫之论，盖有鉴于当时汉学分析琐碎之病，而求有以为之合。不徒求学术与治术合，又求学与行合。盖仍主宋儒以来修、齐、治、平为学之全量者"。① 学术嬗变之消息，于此可窥一斑。

义乌不仅学术人物代有其人，而且在著述方面，无论经史专著，抑或诗文集等，其成就也都相当可观。如经学有元石一鳌《周易互言总论》，施郁《春秋经传纪要》；明沈宾国《五经注疏》，张衡《周易讲疏》，虞守愚《四书一得录》，《经书一得录》，朱湘《家礼俗通习韵稿》；清骆宁桢《五经宗旨》，陈圣圭《易图解》、《五经要旨》，朱崇鲁《四书了义》等。史学方面有明王祎《续大政记》、《续东莱大事记》，金江《续纲目书法》；清骆宁桢《通鉴举要补》，丁先庚《资治通鉴纲目书法补》等，皆学有擅场。至于个人诗文之结集，更不可殚述，其中如黄溍、王祎等人的集子还一刊再刊。他如朱廉《理学纂言》、陈圣圭《理学渊源录》之于学术，虞抟《医案正宗》之于医学，杨芾《元诗正声类稿》、王宗圣《六朝诗汇》、金江《华川文派录》、刘元震《金华文选》之于诗文汇辑等，无不彰显出义乌学人在学术上的丰硕收获。② 而特别值得提及的是，"类间耆儒名士，不类闺阁中人"的女中豪杰倪仁吉，以其独具一格的才情，在诗、书、画、绣等领域，抒写了极具意境和内涵的诸多华章。其所著《凝香阁诗稿》、《宫意图诗稿》、《四时山居杂咏》，诗词之合乎正、谐乎风雅，绘事之精工，书画之交融，以及刺绣之神妙，不仅寄情托感、高古老健，而且意蕴深邃、言正理当，更张扬了独立的主体人格。清人张德行曾赞之曰："倪子壶操家学，具类大家。其天才云涌，时有出大家所未逮。字簪卫花，画分管竹。更奇者，善以绣代笔，凡美女奇卉，随经点黹，波动欲生，莫窥其针所由度……其为诗也，本廉静之性，酌雅赋言，元情应律，不涉阅而有山水之清，不规模而有朝庙之肃，不出乎户庭而精。"③ 倪仁吉之所造，真可谓不让须眉矣。

---

① 钱穆：《中国近三百年学术史》，商务印书馆，1997，第 697、699 页。
② 参见（嘉庆）《义乌县志》卷二十《艺文上》。
③ 张德行：《凝香阁诗序》，倪仁吉：《凝香阁诗稿》卷首，《义乌丛书精选本》。关于倪仁吉的详细情况，可参见骆有云《倪仁吉》，载《义乌名人传》；吴璧瑛：《倪仁吉的故事》，中国文联出版社，2005。

义乌之学术文化之所以能取得如此成就，其原因是多方面的，如地方官的扶持、义乌人尊师重教的优良传统、深厚的文化底蕴等等。而直接促进其发展的，如下三个方面的原因尤为关键。一是书院的不断发展。如元代建有五云书院、华川书舍、景德书院，明代建有杜门书院、钟山书院、纯吾书院、葛仙书院、石楼书院，清代建有紫阳书院、淑芳书院、绣湖书院、延陵书院等。这些书院，在传播学说、造就士子、收藏文献等方面，对推动义乌学术的发展皆发挥了重要作用；且相对官学而言，书院的治学氛围更浓、自由度更大，既是官学的有益补充，又在一定程度上超越了官学的功能。① 二是一些著作对义乌人物及其文献的表彰。这方面又可分为两种情况：其一，专门表彰义乌学人者。如明代金江所著《义乌人物记》，分忠义、孝友、政事、文学四类，对义乌人物加以表彰。金氏此作，乃意在通过对人物生平的订疑核实以纪实，由纪实而昭世则，从而彰显其意义，亦即"考索而著定，著定而记成，记成而实纪，于是晦焉用彰，淆焉用别，善焉用旌"②。《义乌县志》中之理学、儒林、文苑传等，亦可归于此类。其二，他书含括义乌学人者。如明郑柏《金华贤达传》、应廷育《金华先民传》、赵鹤鸣《金华文统》、戴应鳌《金华诗萃》，清吴之器《婺书》、《婺书别录》、王崇炳《金华文略》、楼上层《金华耆旧补》、戴殿江《金华理学粹编》、胡凤丹《金华丛书》等，③ 皆收录有义乌学人及其文献。《金华府志》、《浙江通志》以及国史诸书之有关卷次，亦属此类。这些文献无论为之传、系之统，还是录其诗文、刊其著述，皆扩大了他们的社会影响，并对义乌后学起到了激励作用。三是刻书的发达与藏书的丰富。浙江的刻书业向来居全国前列，在此氛围之下，义乌在出版印刷方面亦乘势而起。如元代曾刻黄溍领纂之《义乌县志》七卷，明清义乌知县曾一再刊刻宗泽、黄溍、王袆等人的集子。④ 由《义乌市图书馆古籍目录》（善本、地方文献部分），也可见义乌刻书事业发达之梗概。至于众多的家

---

① 关于元明清时期书院发展的整体情况，可参阅章柳泉《中国书院史话——宋元明清书院的演变及其内容》，教育科学出版社，1981。

② 金江：《义乌人物记引》，《义乌人物记》卷首，《四库全书存目》本（史部95），齐鲁书社，1996。

③ 郑著见《四库全书存目》史部88，赵著见同书集部297，戴应鳌著见同书集部371，王著见同书集部395，戴殿江著见《四库未收书辑刊》6辑12册；楼著有道光十一年（1831）读书楼刻本，胡著有民国间退补斋补刻本。

④ 详参顾志兴《浙江出版史研究——元明清时期》，浙江古籍出版社，1993。

谱、族谱，更反映了义乌在刻书方面的普遍性。而刻书的发达，又带动了藏书业的不断发展。县署、学署为官方藏书之所，书院的藏书更为丰富，民间则以私人藏书为主。义乌私人藏书，宋代的何恪已开其先河，其所藏至万卷。其后，如明代的虞守愚，所藏之书亦达万卷之多，后为胡应麟收购；吴之器性喜藏书，建有抱翁园藏书处，蓄书十余楹，俯仰其间，孜孜不倦。及至清代，陈熙晋之"日损斋"，积书更达数万卷，他不仅富于藏书，而且能充分利用这些藏书，其所著《春秋规过考信》、《古文孝经述义疏证》、《骆临海集笺注》等书，即其辛勤考索的结晶；朱一新的"佩弦斋"藏书楼，藏书亦不下万卷，而古本尤多。① 此仅其荦荦大者，至于中、小型的藏书之所，亦不在少数。刻书与藏书的发展，无疑对知识的传承、学术的流播、文化的普及等起到了积极的推动作用。

　　总之，元明清时期的义乌，不仅学有统绪、历有渊源，而且人才代兴、文献繁盛。在此风气浸润之下，以斯道自任者有之，著书立说者有之，致力于文教者有之，端风正俗者有之，如此种种，遂孕育出义乌富有个性的学术文化传统。而可注意的是，义乌学人不惟致力于学，更能学以致其用。王祎尝言："六经，圣人之用也。圣人之为道，不徒有诸己而已也，固将推而见诸用，以辅相乎天地之宜，财成乎民物之性，而弥纶维持乎世故，所谓'为天地立极，为生民立命，为万世开太平'者也……圣人之道，蕴诸心而不及于用者有之矣，未有措诸用而不本于心者也。况乎六经为书，本末兼该，体用毕备……若夫徒言乎心，而不及于用者，有体无用之学，佛、老氏之所为道也，岂所以言圣人之经哉？"又称："人之各习其业以为世用者，其为道举不易也。而其尤难者，盖莫难于为士矣。士之难为何也？必其性之尽于内者，有以立其本，而才之应于外者，足以措诸用也。"② 即此不难看出义乌学人之为学宗尚矣，亦不难理解义乌学者何以能立朝而不苟、临难而持守、犯颜而直谏、伏处而坚贞了！学术之于义乌文化，其意义实在不可小觑。

第三节　义乌兵的崛起及其意义

　　在义乌历史上，崇文尚武，可谓其文化传统的两大主干。嘉庆朝修《义乌

----

① 详参顾志兴《浙江藏书史》，杭州出版社，2006。
② 王祎：《王忠文公集》卷一《六经论》、《原士》，《丛书集成初编》本。

县志》中称："《易》重丈人，《诗》称元老，揆文奋武，二者兼资。乌邑自忠简而后，以文事兼武备者，史不绝书……此外，虎臣辈出，谋勇并施，上之勋庸，建树载在旂常，次亦御侮折冲，保障民社。虽由乌人尚义使然，抑亦前哲之遗徽未艾也。即较之于古，干城腹心之寄，何多让焉。"① 其实，在宋代以前，义乌所在的地域即已有尚武因素。《汉书》称："吴、越之君皆好勇，故其民至今好用剑，轻死易发。"②《隋书》亦称："扬州于《禹贡》为淮海之地……吴、越得其分野……京口东通吴、会，南接江、湖，西连都邑，亦一都会也。其人本并习战，号为天下精兵。俗以五月五日为斗力之戏，各料强弱相敌，事类讲武。宣城……东阳，其俗亦同。"③ 而就义乌来说，其"在万山中，非用武之地，本无兵事可言"，"然历代以来，凡规浙江者，必先争衢、严，次及金华，以其地为上游故也"，"义乌即为通上游之间道，故大军往来、溃卒奔窜趋捷径者，在所必经"，④ 这在客观上激发了义乌人尚武勇为的风气。不过，义乌人真正以尚武勇为大显于世者，则缘于"义乌兵"之抗倭御寇。

义乌兵的兴起，乃导因于明嘉靖间日本倭寇之侵掠中国东南沿海地区。早在元末明初，倭寇问题即已出现，但由于明初国力强盛、政治处于上升趋势，故其为祸尚不致太烈。然明中叶之后政治日趋腐败，社会动荡加剧，倭寇遂于嘉靖朝中期再度乘势肆虐，其危害则愈演愈烈，对东南沿海特别是浙、闽两省造成很大威胁。鉴于此一事态的严重性，明廷遂调兵遣将，予以抗御。但由于明廷内部存在抵抗和妥协两派意见，致使抵御外侮一再掣肘，一些抗倭将领甚至受到颠倒功罪的不公正待遇。这一局面，后来才得到扭转。有学者指出："明廷在文臣中主要任用胡宗宪，采取剿抚兼用的策略，诱杀倭寇重要首领徐海、王直；在武将中主要任用戚继光、俞大猷等抗倭将领，募兵苦战，坚决执行抗倭御倭的方针政策，在东南沿海广大人民的支持下，到嘉靖四十五年（1566）才终于取得了抗倭战争的全面胜利，使东南沿海重新恢复稳定。"⑤ 其间，戚继光所招募的义乌子弟兵，尤其发挥了骨干作用。

---

① （嘉庆）《义乌县志》卷十五《武功》。
② 《汉书》卷二十八下《地理志》第八下，第 1640 页。
③ 《隋书》卷三十一《志》第二十六《地理下》，第 886～887 页。
④ 黄侗：《义乌兵事纪略·例言》，《义乌兵事纪略》卷首，义乌西街童慎记 1932 年印。
⑤ 张显清、林金树主编《明代政治史》，广西师范大学出版社，2003，第 993 页。

戚继光之所以对义乌子弟感兴趣，乃事出有因。其先，戚继光曾任用处州兵抗倭，但因其性悍气勇而不坚，仅一二胜以后就遇敌辄败。继训绍兴兵和台州兵，亦无大起色。嘉靖三十六年（1557）二月，戚继光条上《练兵议》，请求训练越人以从事，得总督胡宗宪、巡抚阮鄂应允后，遂于季冬接掌兵备金事曹天佑所部3000兵。经过训练，这些兵虽"颇入彀率，军容咸整，然终怯于短刃相接"，原因在于"其居习使然，亦缘兵皆市井之徒，性殊狡猾"。① 这一局面，使戚继光再度陷入窘境，不得不另寻途径。此时，义乌发生的一件大事，为戚继光带来了希望。

义乌县南50里有一山，因在第八保，故名之为八保山，壤与永康接界而逼近处州。因"保"、"宝"谐音，俗传为"八宝山"。嘉靖三十七年（1558），永康盐商施文六载盐经过，听说"八宝"名，认为这一带小山土色产矿，遂伙同方希六等90余人，由枫坑到山开采。此一举动，激怒了近坑居民，其豪有力者陈大成、宋廿六等遂率族人子弟，将方希六等14人擒拿至县衙，知县赵大河念其系邻县之人，遂善谕放还。六月十九日，施文六再度纠集千余人侵矿，陈大成督率众子弟擒11人送往金华府，并凭借知府"坑场杀死者不论"的告示，统领亲丁数百人追上山，杀死文六等33人，余众逃走。不久，这些逃走的人又偷偷以银沙和入土矿来煽动他县人，聚惯贼杨松等3000余人到山，建立栅寨，大肆掳掠。知县赵大河鉴于事态的恶化，遂遍檄各都选兵防御。于是，各都冯、陈、杨、王及本都陈、宋合众3000人，并力出击，杀贼200余人。十月，贼众又大集其党，意欲报复，从天龙山慈溪岭、挂纸岭、枫坑岭分道进攻。义乌方面早有准备，陈禄等率众奋击，陷其前锋，赤岸、田心诸兵从旁夹击，杀贼数千人。又廿八都莱山的朱九龙，亦率族人与贼大战于上陈塘，大获全胜。② 此一事件，不仅震动了义乌，就连永康、武义、金华、东阳等地也为之戒严，遂轰动一时。

经此事件，义乌人勇于战斗的名声随之鹊起。而恰巧的是，参加此次护矿的冯子明，决定投笔从戎，遂晋见总督胡宗宪，愿为抗倭出力，胡宗宪把他推荐给戚继光。戚继光从冯子明那里听到护矿的事，心里为之一动，决定到义乌去募

---

① 戚祚国汇纂《戚少保年谱耆编》，中华书局，2003，第30页。
② 参见（嘉庆）《义乌县志》卷四《矿防》。

兵。这一想法，得到了跟随他在台州抗倭部下义乌人楼楠、丁邦彦、楼大有等人的支持。① 于是，戚继光于嘉靖三十八年（1559）八月再次上《练兵议》，强调："无兵而议战，亦犹无臂指而格干将。乃今乌合者不张，征调者不戢，吾不知其可也。闻义乌露金穴括徒，递陈兵于疆邑，人奋荆棘御之，暴骨盈野，其气敌忾，其习慓而自轻，其俗力本无他，宜可鼓舞。及今简练训习，即一旅可当三军，何患无兵！"② 这一建议由总督胡宗宪上报，得到认可。与此同时，义乌知县赵大河曾上书胡宗宪，建议招募义乌民丁，以提高抗倭官兵的素质。胡宗宪遂派赵大河协助戚继光办理募兵事宜。九月，戚继光募得4000义乌子弟。这些义乌兵经过戚继光的新法训练，无不以一当百，能征善战，令倭寇闻风丧胆，人称"戚家军"。

义乌兵不仅在抗倭斗争中屡建奇功，平定了浙江、福建一带的倭寇，为捍卫家园作出了很大贡献，而且在随戚继光北调镇守蓟辽、抵御鞑靼人进攻时，亦发挥了重要作用，对巩固北疆长城一带的防线功不可没。③ 而在抗击"南倭"、抵御"北虏"的过程中，义乌兵中更涌现出了一大批杰出的武官。如朱文达、吴惟忠任左军都督府都督佥事，毛子高、冯子明、楼子正等任总兵，楼楠、楼大有等任副总兵，王如龙、童子明等任参将，毛国科、龚子敬等任游击将军，丁邦彦、陈大成等任指挥使等等，计任千总以上武官有据可查者达140余人。可以说，义乌兵的崛起，在保家卫国、造就军事人才等方面，皆具有重要意义。尽管"朝廷视义乌兵为无敌，遇有战事，征调频仍，致邑中壮丁死于锋镝者不可计算，人口为之锐减"④，但义乌子弟以自己的鲜血铸就的大无畏的勇为精神，则像其作为"兵样"一样，堪为世人楷模，永垂青史。⑤

在义乌兵的影响之下，义乌人尚武的风气得到进一步张扬。其表现：一是习

---

① 据冯志来先生考证，戚继光的祖籍在义乌赤岸镇，义乌子弟之所以踊跃应募，"义乌兵"之所以能和戚继光融成一体，与乡土之谊应有一定关系。详见《戚继光祖籍赤岸镇》，《义乌文史资料》第十辑。
② 戚祚国汇纂《戚少保年谱耆编》，第30页。
③ 详参冯志来《戚继光与义乌兵》，《义乌文史资料》第八辑；张金龙：《义乌兵及其将领》，《义乌名人传》；吴潮海：《义乌兵与长城寻踪》，《义乌方志》2006年第3期。
④ 黄侗：《义乌兵事纪略》，嘉靖三十七年条。
⑤ 在抗击倭寇、捍卫北疆过程中，与戚继光同时的义乌名臣吴百朋，同样作出了重要贡献，是一位闻名遐迩的儒将。事见（嘉庆）《义乌县志》卷十三《名臣》。骆有云先生所撰《吴百朋及其子孙》一文，对其事迹有详细论述，详见义乌名人丛书编纂委员会编《义乌名人传》。

武人才不断涌现。如由武科中进士者，明代有虞宗诩、龚彰、丁茂学、朱邦佐、刘惟镇、冯愿六人；清代有冯廷雄、龚黄、龚堂、何懋、盛大可、朱英、贾廷瓒、冯汇八人。至于中武举人者，更是人才济济。一县而有如许脱颖而出的武学人才，亦可谓盛矣。二是民间习武风气盛行。"罗汉班"的大量普及，武书堂的广泛设立，即体现了这一社会风气。"罗汉班"属南少林派，主要以武术打拳为主，以"叠罗汉"为辅，大都由一个族或一个村的人组成。"罗汉班"既丰富了民间的文体娱乐活动，又起到了强身健体、保卫家园等作用。武书堂则是大的宗族为勉励子孙成才而设，其开支由宗族经费提供。武进士、武举人的大量涌现，即与武书堂的普遍设立密切相关。风气既张，遂孕育出义乌人尚武勇为的文化传统，其影响历久不衰。江征帆在一首诗中称："宾王草檄气冲天，宗泽兴师靖寇烟。乌伤子女多奇志，杀敌前哨贼胆寒。"[1] 即此一文化传统的很好体现。

"义乌兵"的崛起，除有力地推进了义乌人尚武勇为的文化传统外，还有一个重要影响，即直接促发了义乌鸡毛换糖经商活动的萌生，从而为义乌"拨浪鼓文化"商业传统奠定了重要根基。义乌兵之从事经商，原因在于：当跟随戚继光抗倭、镇守北疆的一部分义乌兵返回家乡后，呈现在他们眼前的是，本就不太景气的故园，因受倭寇祸乱及人丁锐减的影响，更趋凋敝，有的人家甚至已无立锥之地。面对这一困境，为求生存，这些人中有的便操起了手摇拨浪鼓、肩挑货郎担的走街串巷的经商行当。史称："后万历年间，率多习兵应募，已而罗募营废，皆散入江干，徙为他业，如肩挑买卖不等。每当冬春之交，来者熙熙，往者攘攘，不啻数千人。其迁居著籍者，又不胜数也。"[2] 以此为契机，行担经济应运而生，拨浪鼓终于摇出了一片新天地，形成了一种新的商业文化传统。

第四节　经商传统与敲糖帮的兴起

如果说学术的发展体现了义乌"尚文好学"的文化传统，义乌兵的崛起体现了义乌"尚武勇为"的文化传统，那么，市镇经济的发展和敲糖帮的兴起，则体现了义乌"尚利进取"的文化传统。从某种意义上来说，它们构成了义乌

---

[1]　江征帆：《重返义乌抗日根据地》，载《历代名人咏义乌》，《义乌丛书精选本》。
[2]　（康熙）《新修东阳县志》卷四《风俗》。

文化不断发展、兴盛的三大支柱；而三者的彼此良性互动，更成为义乌文化生命力的不竭源泉和强大动力。

就中国传统社会的发展形态而言，农耕文明居于社会的主流地位。但在社会实际运转中，经济的发展则发挥了强有力的支撑作用；而商业的发展，尽管在传统观念中仅居"士、农、工、商"之末，却对社会财富的积聚意义重大。所以，尽管传统社会以"重农抑商"或"重本抑末"为导向，但实际上经济与商业的发展却一直在发挥着重要功能。尤其是自宋代以后，在社会演进、观念更新的推动下，尽管"以农立国"的导向政策没变，但经济与商业在社会中的比重则越来越大。商业的繁荣，市镇的兴起，就是这一转折的体现。其后，明中叶更进入全面兴盛阶段，而经过明末清初的短暂萧条，康熙、乾隆朝又重新趋于高涨，呈现出迅速发展之势。与此走势相应，居于浙江中游、金华府上游的义乌经济社会，遂呈现出新的发展态势。

义乌商业的发展，早在先秦时期已开始萌芽，平畴村西周晚期墓出土的器物（青瓷 100 件及陶器等 14 件）、春秋战国时代古井的发掘，即表明当时的社会经济和商品交换已有了初步发展。秦朝之设乌伤县，盖与此有关。之后，经汉至唐的不断发展，无论是整体经济发展水平，还是商业的繁荣，都有了很大的提高。入宋以后，由于受当时政治、经济大环境的影响，义乌的经济和商业更上一个新台阶，其中尤以丝织、酿酒、陶瓷、印刷业为发达，繁重的税收及古窑址的遗存即其表征。《宋史》中所称"俗奢靡而无积聚，厚于滋味。善进取，急图利，而奇技之巧出焉"①，亦体现了当时义乌发展的新动向。及至元代，义乌的经济发展虽较为缓慢，但仍有所进步。如廿三里葛塘等以生产碗为主的大量古窑址的遗存，不少就属于元代的，说明当时的商品生产和交换有相当的规模。又监察御史王龙泽在批评当时差拨夫役之弊的呈文中指出："至有路县官吏……但遇差夫，不问数目多少，便行一例差拨……每日又于市井辏集去处，拖扯买卖及入市农人，拘留一处，逐旋差拨。虽无差拨，亦三四日不会还家，索要钞物才方放免。以此人民失业，田地荒芜。"② 也反映出当时市场有一定的发展。而铸有"龙凤七年"铭文铜权的出土，则是义乌商品经济繁荣的历史见证。明代以降，特别

---

① 《宋史》卷八十八《地理四》，第 2177 页。
② 《元典章》卷二十六《夫役·主簿论差搬运人夫》。

是明中叶以后，义乌的商业经济无论广度抑或深度都得到了快速发展，从商人员大大增加，有的还从事海外贸易（如赤岸人冯允奇），商业活动频繁，集市交易活跃，商人的社会地位也得到明显提高，经济活动中出现了新的因素。而值得一提的是，王祎所撰《泉货议》一文，将货币提高到"有国家者，恒赖以为生民之大命，而不能以一日废"的高度，且鉴于以往之弊，主张"广开鼓铸"、"罢铸大钱"，并进一步提出"使官民公私，并得铸黄金、白金为钱，随其质之高下轻重，而定价之贵贱多寡，使与铜钱母子相权而行，当亦无不可"① 的看法。这一思路，不仅反映了其时货币经济发展、货币作用扩大的现实，而且对此后货币流通思想的转型产生了一定影响。明清更迭，社会一度陷入动荡不安的窘境，经济发展受到很大冲击。但经过恢复和调整，康熙中叶以后，特别是在乾隆朝"市井之事，当听民间自为流通"② 政策的推动下，商业活动再度兴盛。史称："乌人世经商他处，远至京师，著籍不啻千家，他乡故知视同骨肉。"③ 这反映出义乌经商活动的繁荣。而甘蔗的普遍种植、制糖技术的提高，更激活了乡村经济的发展，并推动了鸡毛换糖小买卖的不断发展壮大。时至晚清，尽管遭受战火的摧残，但义乌的商业经济仍在艰难困苦中缓缓前行，经商致富者不乏其人。④ 由上不难看出，义乌的经商传统不仅历史悠久，而且其商业经济发展在元明清时期尤其明清两代更达到了一个新的高度。

　　义乌商业经济在明清时期的繁荣，一个突出表现就是市镇的兴起。按中国古代市镇的发展，宋代是一重要转折期，其机能于明清时期更发生了明显的变化。刘石吉先生指出："在宋代，由于城市中坊市制度的破坏，以及临近乡村地区懋迁的方便，原有的定期市逐渐演变形成商业性的聚落，作为固定地名，具有固定居处的'市'于焉形成。另一方面，原有以行政军事机能为主的城镇，也渐次蜕变转化为商业及贸易的重要据点。此种商业化的趋势，直到明清时代，传统的市镇均脱离了它的原始含义，而一以商业机能为标准。"⑤ 义乌市镇的发展，大体与此演进进程相一致。不过，其真正形成规模化并在社会经济中发挥重要作用

---

① 王祎：《王忠文公集》卷十二《泉货议》。

② 《清高宗实录》卷三百一十四，乾隆十三年五月乙酉条。

③ （康熙）《新修东阳县志》卷四《风俗》。

④ 参见傅健《义乌商业史略》，未刊稿。

⑤ 刘石吉：《明清时代江南市镇研究》，中国社会科学出版社，1987，第120～121页。

的，则是在明中叶之后，宋元时期的发展水平还相当有限。据万历六年（1578）时所修《金华府志》，义乌县有市计 12 个：县市、念三里市、倍磊市、苏溪市、青口市、光明市、洋摊市、赤岸市、野墅市、楂林市、卢寨市、江湾市；至万历二十四年（1596）修《义乌县志》时，则又增加了湖塘市、八里市、双林市、花溪市，计 16 个。这些市主要分布在县的东部、东北和南部、西南，位于东阳江中游；而从结构上来看，已具有以三角形为基础而形成六角形市镇结构的雏形。尽管从层次上来说义乌市镇的发展尚属低级层次，如"镇的比例很低"、"经常市少，定期市多"、"没有出现专业性市镇"，但其"以县城为中心，向四周乡村扩展，形成县城 15 里范围内的城郊圈、15 里至 30 里范围内的远郊圈和 30 以远至县界的乡村圈的阶梯结构"①，则已初步形成以市镇为基点的城乡市场网络。这一城乡市场网络的形成，既是社会经济尤其是商品经济发展的结果，又反过来进一步推动了社会经济尤其是商品经济的更大发展。商税在官府课税中所占比例的迅速提高（万历初年义乌为 86.57%，高于金华府 80.67% 的比例），以及社会风气由勤于耕织向忘本业、争功利的转变，即体现了这一发展趋势。

明清易代之后，义乌的市镇发展虽因时代动荡一段时期内受到影响，进度缓慢，但社会渐趋稳定之后，雍正朝已恢复到明万历时的水平，而经乾隆朝的更新、壮大，其形势已大为改观。据嘉庆朝修《义乌县志》载，此时的市已增至 29 个：县城有县市、湖塘市，四都有大元市、廿三里市，五都有华溪市、何宅市，六都有尚经市、骆宅市，七都有苏溪市，九都有楂林市，十都有大陈市，十一都有郑朱市，十二都有鹤田市、湖门市，十三都有曹村市、柳村市，十四都有东河市、龙回市，十五都有上溪市、夏演市，十七都有吴店市，十八都有王阡市、义亭市，十九都有畈田市，二十二都有江湾市，二十四都有佛堂市上市，二十五都有佛堂市下市、野墅市，二十六都有赤岸市，二十七都有倍磊市。而廿三里"枕南山，带大溪，有分防营"、苏溪"夹溪倚山，重关绝险"、佛堂"南负云黄，北朐大溪，跨以浮梁，船只泊岸如蚁附"②，地理位置重要、商业经济发达，更发展为镇，其重要性和规模已远非一般市所能比。正由于这三个镇的崛起，以及受县城的影响，原先处于它们之间的小市如青口市、西陶市、八里市、

---

① 陈国灿、奚建华：《浙江古代城镇史》，安徽大学出版社，2003，第 349～350 页。

② （嘉庆）《义乌县志》卷一《市镇》。

卢寨市、洋摊市、双林市、光明市等，遂告衰落而成废市。此时的市场结构，"因东阳江左侧大量产生新市镇，较雍正时期已有突破性发展，其市镇结构是以县市及苏溪、廿三里及佛堂三镇为中心，构成六角形市镇网。诸镇应已具有中间市镇的功能，而县城中央市镇的地位更为突出"。这样一种市场网络结构，更有力地促进了义乌商业经济的发展。每一市集一至三户的牙行，以及牙税收入的数额，皆体现出义乌商业之繁荣、人口之密集的盛况。而与金华府其他县相较，"清代中期义乌的市集实为全府之冠"①。迨至晚清，因受外国列强入侵及太平天国起义的影响，义乌的市镇趋于衰落，仅有 3 镇（廿三里镇、苏溪镇、佛堂镇）10 市（江湾市、低田市、柳村市、赤岸市、野墅市、倍磊市、义亭市、楂林市、华溪市、吴大元市）②，仍在支撑经济的发展。此时的市镇，主要集中于县城西南地区，县镇以西及佛堂四周的数量则大量减少。经济与商业之因时代盛衰而消长，于此可见一斑。

市镇的繁荣，无疑体现了义乌经济发展大体水平的提高，然其作用范围仍以少数市和镇为主，虽也波及周围的乡村，但主要限于大宗的商品交易，且其交易日期有一定的间隔。如此一来，数量众多的乡村百姓的日用需求，便难以由市镇的供给来满足。如何解决这一供需之间的矛盾，遂成为义乌整体经济发展的一大问题。货郎担生意的兴起及"敲糖帮"的发展壮大，弥补了这一缺口。

货郎担的出现，是适应乡村百姓的日用需求应运而生的。龙登高先生指出："由于个体小农交易的细碎性与间隙性，流动商贩应运而生，他们肩挑货担，沿村叫卖，逐户交易。货郎的周期性流转，反映了农民不时的细碎交换需要。"③但其发展，大多属于个体的、零星的交易行为。义乌的货郎担则不然，不仅从业人员众多，而且还逐渐形成了成规模、有组织、系统化的"敲糖帮"，并发展成一种对当地农村经济很有影响的行担经济，强有力地推动了义乌社会的发展。

---

① 李国祁、朱鸿：《清代金华府的市镇结构及其演变》，《台湾师范大学历史学报》第 7 期，第 161 页。

② 参见清宗源瀚等原纂修、民国徐则恂等修订《浙江全省舆图并水陆道里记》第一册《义乌县水路道里记》，第 274～276 页；第四册《义乌县五里方图》，《中国方志丛书》第 47 号，杭州武林印书馆，1915 年石印本。

③ 龙登高：《江南市场史——十一至十九世纪的变迁》，清华大学出版社，2003，第 22 页。

义乌货郎担的发展，历有渊源。早在宋代，王柏就曾指出："今之农与古之农异，秋成之时，百逋丛身，解偿之余，储积无几，往往负贩佣工，以谋朝夕之赢者，比比皆是也。"① 这表明，百姓为解生活之困，从事小本买卖者已有相当的数量。到了明中后期，随着"义乌兵"的崛起，其返乡者更推进了这一行当的兴起，操此业者越来越多，甚至影响了周边县的人也加入这一行列。② 经此酝酿，至清顺治、康熙之际，随着种蔗制糖技术的引进，义乌以鸡毛换糖的"敲糖"生意更迅速崛起，③ 到乾隆年间达到极盛，约有"糖担"万副，而以廿三里、苏溪两镇最为集中，从而形成规模浩大的"敲糖帮"，并孕育出富有特色的"拨浪鼓文化"。

敲糖生意的主要货物，开始时以"作糖"为主。到了太平天国以后，又增加了一些针头线脑等与乡村百姓生活日用相关的什物。所谓"作糖"，就是用义乌所产"青皮糖梗"即糖蔗，榨汁煎熬成"青砂糖"或"青糖"（外地人称之为"义乌青"），然后进一步加工成糖粒、糖片、糖饼等。其种类有二："一为土作糖，是以米、粟、麦芽，制成饴糖，再加红糖、花生、芝麻，制成花式糖，如寸金糖等，以现金交易为主。一为换货糖，是大作糖或红白糖加薄荷精，制成糖块糖粒，以糖易货。"④ 按：义乌之种蔗制糖，有明确记载者始于清代顺治、康熙之际。康熙、雍正朝修《义乌县志》有"蔗糖：黑者近始习熬"的记载，雍正朝修《浙江通志》称："蔗：《义乌县志》向无此种，顺治年间，从温州得种，

① 王柏：《鲁斋王文宪公文集》卷七《社仓利害书》。

② （嘉庆）《义乌县志》卷七《丐俗》中称："男业蛙糖，妇趋婚婢。会稽有《风俗考》，浦江有存据之碑，有定制之刻。"鲁迅先生在《我谈"堕民"》一文中指出："在绍兴的堕民，是一种已经解放了的奴才，这解放就在雍正年间罢，也说不定。所以，他们是已经都有别的职业的了，自然是贱业。男人们是收旧货、卖鸡毛、捉青蛙、做戏，女的则……"（1933年7月6日《申报·自由谈》）郑公盾先生《浙东"堕民"采访记》也说："'堕民'中耕农鲜如凤毛麟角……此外过着肩挑生活的，下乡用饴糖、炒黄豆、缝衣针，去换鸡毛、鸭毛、鹅毛、头发、破布、棕丝等广物变卖。他们像吉卜赛人一样到处流浪，足迹遍及东南的穷乡僻壤。"（《浙江学刊》1986年第6期）可见，所谓的"丐户"或"堕民"，有的也从事货郎生意。

③ 义乌不仅自身的行担生意兴盛，还带动了周边县的百姓亦操此业。如（康熙）《新修东阳县志》称："后万历年间，率多习兵应募，已而罗募营废，皆散入江干，徙为他业，如肩挑买卖不等。每当冬春之交，来者熙熙，往者攘攘，不啻数千人。其迁居著籍者，又不胜数也。"（卷四《风俗》）（康熙）《永康县志》亦称："濒溪或操舟，平原第负担而已。民无远虑者，或弃本不事，专力负担。"（卷六《风俗》）

④ 陈元金主编《义乌风俗志》，第164页。

乃竟栽种之。而地力不称，利颇微。其制为糖，不晓作伪，得法者真足称砂糖耳。"① 又《洋川贾氏宗谱》载："惟承……清顺治年间，客游闽越，模仿糖车之式，教人栽植甘蔗，制为红糖。邑民享其美利，至今庙祀。"② 也就是说，义乌自清顺治年间就已开始从温州或福建引蔗制糖了，而贾惟承在其间发挥了重要作用。不过，直到康熙年间，种蔗制糖的技术才有了明显改善，其利也随之增加，许多民众群起而效之。康熙《新修东阳县志》所称"向无此种，顺治年间，临邑义乌从温州得种，传其利可得数倍，乃竟买其栽种之，而地力不称，则颇微。近岁闽路不通，糖货不至，邑资其利，种者益多，几于十室而九"③，就反映了这一转变过程。④

义乌的鸡毛换糖生意，在组织结构上大体由两大部分组成：一是担头，即挑糖担走街串巷者；二是坐坊，即为担头提供各种服务者。因从业能力的不同，担头又分为四个级别：老路头，统领一路糖担，对敲糖门路最为熟悉，由本乡各大族共同推举；拢担，业务水平次于老路头，由各村众糖担自行推定；年伯，由拢担指定比较精于此业者担任，凡想加入此行者，必须由老糖担一至二人介绍，拜过年伯（叩头、认长辈、送礼），经年伯认可后，才能正式加入；糖担，为刚开始出门做生意者，受年伯管理，三年后始可成为"正担"。而因经营业务的不同，坐坊则分为四类：糖坊，为糖担提供货源和货具，收进或代销糖担换回的货物；站头，专供糖帮的食宿，兼营糖担来去货物的转运；行家，供应糖担所需的各种小百货；老土地，在义乌老家专门收购糖担换回的货物，从中赚取利润。⑤很明显，较之此前人员分散、规模较小的情形，这一组织结构无疑大大超越了"拾遗补缺"阶段的局限性，其货源更为充足，流通更为顺畅，销售更为便利，

---

① （雍正）《浙江通志》卷一百零六《物产六》。
② 《洋川贾氏宗谱》卷六《行传》。关于贾惟承引蔗制糖的详细过程，可参见贾沧斌《贾惟承》，载《义乌名人传》。义乌种蔗的分布情况，可参见义乌县地名委员会编《义乌县地名志》（1984年印）。
③ （康熙）《新修东阳县志》卷三《物产》。
④ 参见傅健《义乌红糖》（未刊稿）。关于义乌种蔗、制糖的过程，可详参徐珂《清稗类钞》第五册《工艺类·制糖秆》，中华书局，1996，第2366～2367页。另外，关于糖的发展史，可参见季羡林先生所著《糖史》，《季羡林文集》第九卷，江西教育出版社，1998。而值得注意的是，义乌之产蔗糖，除食用、制作换货糖饼等外，亦与医药用糖有一定的关系。
⑤ 参见胡琦《义乌的"敲糖帮"》，《浙江文史资料选辑》第二十一辑；陈元金主编《义乌风俗志》第七章第六节。

利润也大大增加，从而形成颇具专业化的规模经济。

敲糖帮不仅组织结构严密，而且在做生意的线路方面亦有较为固定的商道。主要有三：一是"赴宁波旱道，由邑之东乡，过东阳等处"；二是"赴苏杭、上海大江水路，由邑之南乡，过金华、兰溪等处"；三是"赴临绍小江水路，由邑之北乡，过诸暨等处"。其运费，"担脚较重，水脚较轻"[1]。糖担各按分定的路线做生意，不得任意抢道，违规者则受到勒令停业的处罚。因做生意行走的路线长短不同，故有"敲长路"和"敲短路"之分。各路设有"总站"，如衢州是南、中两路的总站，南星桥站是北路的总站，总站下属数量不等的分站，供糖担膳宿和批发作糖及小百货。义乌东乡人在衢州开设的"郑公茂"糖坊、城郊西江桥村人陈大浒开设的"陈泰兴"糖坊，以及南乡人王姓开设的"王嘉盛"烟号（虽以烟名店，但也经营糖担所需之百杂货）等，都是资金雄厚、规模很大而颇负盛名的老字号。批得货物后，糖担便在年伯的带领下，走上了艰辛而漫长（长则一年，短亦需时约四、五个月）的"敲糖"之路。[2]

糖担足迹所至，遍布城乡，尤以广大乡村为立脚点。在交易活动中，他们以儿童和妇女为主要交易对象，用作糖换取鸡鸭鹅毛、兽皮兽骨以及废铜烂铁等，也有的直接以钱买糖。然后，再以所换之物抵付糖坊、行家所赊糖饼、小百货的费用，或者返村后用货物与老土地进行交易。尽管走街串巷、往返路途十分辛苦，但一趟生意做下来，绝大部分糖担还是获利非常丰厚的。正因如此，从事敲糖者才乐此不疲，有的人甚至专门操此业。

敲糖帮的兴起和发展壮大，客观上产生了如下一些影响：一是培育出浓郁的经商社会风气，改变了商人在社会中的地位，扭转了"贱商"传统观念；二是敲糖者的收入大大增加，不仅能应付各种支出，而且还有不少的盈余，有的人甚至因此而致富，从而在整体上带动了当地经济的发展；三是促进了农业经济的发展，敲糖者以换回的鸡鸭鹅毛用作土地的填充肥料，大大增加了水稻的产量；四是扩大了当地特色产品的流通和销售，糖担不仅在本省做生意，而且远及安徽、江西、上海等地，从而提高了义乌南蜜枣、火腿的知名度[3]，带动

---

① 魏颂唐：《浙江经济纪略·义乌县》，第6页。

② 详见胡琦《义乌的"敲糖帮"》，《浙江文史资料选辑》第二十一辑。

③ 关于义乌南蜜枣、火腿的详细情况，可参见黄乃斌、朱盛卿《青枣史话》，《义乌文史资料》第一辑；《火腿春秋》，《金华文史资料》第十五辑。

了这些特色产品的经济效益。如此等等，便形成了义乌既具特色又具活力的行担经济。① 这一特色经济和经商传统，无疑为义乌小商品经济的萌生打下了深厚的根基。

更可注意的是，无论在市镇经商、他处经商，抑或从事敲糖生意者，其在善进取、急图利的同时，尤为注重以义取利、义利并举。如元代以"通商致赢"的吴义，"性好施，尝奉例输粟丝，官至千石，恩授大使"②。明代正统年间的朱文完，"素饶于财，赴义乐施，惠及乡闾。虽商旅往来，困乏者莫不赈之"③；从事外贸生意的冯允奇，"颀然伟然，德备才全。先意承志，孝友夙娴。数奇有待，出塞贸迁。波斯珍异，载满归船。开阡卜筑，游何有天。仁心义质，闾里贰贤。达尊者三，翁有二焉……积厚流长，方至如川"④。清顺治年间的杨思睿，"善于经商，事父母以竭力，处宗族而怡怡"，"盖一方之彦士也"，其族后人康熙年间的杨允寿，"慷慨好施，轻财重义，惟勤惟俭，治家有陶朱之致，和宗睦族、待客多孟尝之风"⑤；乾隆时的陈锦宠，"克勤克俭，克恭允让。经营取义，名显苏杭"⑥；王佳悦，"善理家事，克勤克俭。尝务寰阛，业有陶朱之知，权子母，司出入，铢积寸累，渐致殷富"⑦，等等。其中，亦不乏由业儒而经商，或弃商而业儒者。从这些人身上，我们不难看出，他们是既重利又重义的。以义和利、义利并举，可谓义乌经商者的一个重要特质。所谓良贾、义商、儒商，在义乌商人身上就有明显的体现。

义乌经商者的另一个特质，就是非常讲究诚信。如乾隆时的叶宜春，"尝客杭，行主误发米银六十余两，抵家始知，即遣人送还"⑧。清末的陈开兰，"兼营商货，至苏杭，必大获利归，操赢如操券"，同业者问其有何诀窍，

---

① 关于"行担经济"，王一胜先生的《金衢地区经济史研究：960～1949》博士论文已有详细而深入的探讨。又白小虎先生《交换专业化与组织化的理论与历史考证——以义乌的"鸡毛换糖"、"敲糖帮"为例》（《中国经济史研究》2005 年第 1 期）一文，对敲糖帮的演进和意义，进行了详细而富理论性的解读。

② （民国重修）《延陵吴氏宗谱》卷二十上《胜一府君仁十三府君传》。

③ （嘉庆）《义乌县志》卷十六《实行》。

④ （民国重修）《赤岸孝冯氏宗谱》卷十二《行传》。

⑤ （民国重修）《金谷杨氏宗谱》卷一《奉赠秀廿九公传》、《奉赠秀十六翁传》。

⑥ （民国重修）《泉陂陈氏宗谱》卷八《榛七十三讳锦宠公传》。

⑦ （民国重修）《义乌大岭丁氏宗谱》卷三《生六十五号北岩公序》。

⑧ （嘉庆）《义乌县志》卷十六《实行》。

他回答说："吾无他长用，吾诚而已。一诚无伪，人皆信之，吾是以得战胜商场也。"① 民国时的吴尔海，"资性故勤慎，擅计算，朴毅重然诺，用是所业日盛，而财雄一乡"②。而一些老字号店铺，之所以能生意兴隆、长盛不衰，很大程度上也是靠质优价廉、童叟无欺的经营理念支撑的。至于不带分文出门做敲糖生意的糖担，更是靠诚信，一方面赢得糖坊、行家的信任而得到源源不断的货物，另一方面则赢得广大客户的信任而生意越做越火、市场越来越大、利润越来越丰。讲究诚信，可谓义乌经商者的活力源泉。

正是在义利并举和讲究诚信理念的孕育下，义乌的商业文化在整体上遂呈现出迥异于唯利是图者的精神风貌，"拨浪鼓文化"由此大放异彩，在义乌历史上谱写了绚烂的一章。而"拨浪鼓文化"的形成和内涵的不断丰富，则与南宋事功学派对义利关系的重新塑造（"义利并重"）、清代浙东学派对工商地位的重新定位（"工商皆本"）③、理学文化传统（"诚"、"信"）的长期浸润（义乌一度成为理学发展的重镇）④，以及义乌宗族文化熏陶（族规、家规、家训⑤中对诚信的规范）等，有着密不可分的渊源。或者说，义乌的"拨浪鼓文化"，乃根植于事功学派、浙东学派、理学观念、宗族文化之上而形成的一种颇富包容性的商业文化。正是在这样一种商业文化精神或文化传统的陶铸下，义乌的"草根文化"遂得以焕发出历久而不衰的生命力和活力。

---

① （民国重修）《泉陂陈氏宗谱》卷八《洪百廿三开兰公行传》。

② （民国重修）《延陵吴氏宗谱》卷二十中《吴君尔海家传》。

③ 关于中国传统社会农、商关系的演进，可详参吴松等著《中国农商关系思想史纲》，云南大学出版社，2000。

④ 明代金华知府赵鸣鹤在《金华文统引》中称："朱子之解孔子四教章有曰：'教人以学文修行，而存忠信。忠信，本也，夫惟以忠信为本，尚何行之不醇、文之不懿哉？'洙泗之教，至是不可加矣。金华先正，刚烈为盛，其间若颜乌伤之孝，宗开封之忠，潘待制之介，以至正学诸儒进退礼法。然验之表里终始，而无或差者，是其行之本于诚信也，况于文乎？诸生以诚为本，以行为先，而又由正学诸儒所造，以求至孔子之教，其于文殆庶几乎？"（《金华文统》卷首，《四库全书存目丛书》集部297）

⑤ 详参徐少锦、陈延斌《中国家训史》，陕西人民出版社，2003；又见王长金《传统家训思想通论》，吉林人民出版社，2006。

第七章
近现代义乌文化的转型与革新

　　1911 年，即清宣统三年，对中华民族来说，是一个无论如何也不能被人忘却的年份，因为孙中山先生领导的辛亥革命于是年底缔造了中华民国，而统治中国 260 余年的大清王朝亦于是年轰然坍塌，退出历史舞台，尤其是象征最高权力的封建帝制就此失去了其当然性的根基，为世人所唾弃、挞伐。然而，面对晚清70 年的跌宕起伏、心灵磨难，当获得"新生"的人们，在尽情享受政体转型曙光的同时，也不得不对未来命运的究竟予以反思，渴望能有一个新的开始。但令人懊恼的是，这一"美梦"尚未做圆满，就被新一轮的动荡所扼杀，帝制的幽灵再次将人们拉入历史的噩梦；接踵而来的军阀割据和混战，使人们看不到鲜血付出之后的收获何在；日本侵略者对中华民族的残酷蹂躏，无情地将人们拖入灾难的深渊；而国民党统治的最后挣扎，更搅得人们民不聊生。在此民族多灾多难之时，义乌的历史亦随之发生跌宕、转折。

　　1949 年中华人民共和国的成立，不但是翻天覆地的政治变革，也是翻天覆地的经济变革、文化变革，这场变革深刻地改变了中国人的历史命运，改变了中国人的生活方式、行为方式，使他们在一个全新的社会形态下开始了新的生活。义乌——这一中国东部偏僻的小县，也开始了自己新的文化旅程。作为共和国文化历史的组成部分，新中国义乌的文化历史，可以清晰地分为两个时期：一是建国初期，其重要特点是以马克思主义为指导，以爱国主义、集体主义和社会主义为核心价值观的新文化的确立；二是改革开放新时期，其重要特点是以开拓创新、敢为人先、诚实守信、以义取利、推崇法制、奉献社会为重要特征的社会主义商业文化的兴起。

第一节　社会变奏时势下的文化抉择

一　时势移易下的社会变奏

革命党人武昌起义的枪声，在中华大地上激起了巨大波澜，一时间，各地响应者纷纷投入推翻清廷腐朽统治的大潮之中，以摧枯拉朽之势，迅速埋葬了清王朝。当此天崩地裂之际，浙江亦乘势而动。1911 年 11 月 4 日，驻杭州的新军起义胜利，浙江宣布独立。翌日，浙江军政府在杭州成立，推举汤寿潜为都督，陈黻宸为临时民政长，周承菼为总司令。是月，浙江省属各府先后光复，并建立军政分府。至此，浙江历史揭开新的一页。

浙江自 1911 年 11 月建立新政权至 1949 年 10 月大陆全部解放，大体经历了如下四个阶段。第一阶段，从辛亥光复至 1927 年 2 月，为旧军阀统治时期。这一阶段又可分为两个小的阶段：1916 年以前为浙人治浙阶段，汤寿潜、蒋尊簋、朱瑞、屈映光、吕公望等先后担任都督（1914 年 6 月改将军，1916 年 7 月改督军）、民治长（1914 年 5 月改巡按使，1916 年 7 月改省长）；1917 年以后为北洋军人统治浙江阶段，卢永祥、孙传芳、孟昭月、齐耀珊先后任军政长官。"在浙人治浙时期，由于陆军分为武备派、士官派、保定派、陆师派，派系争斗与权力抢夺较为激烈"；而"北洋系入浙后，全国南北分裂局面形成，浙军各派系便由省内政争，转到依附于南北政府而成为对立势力"①。在此阶段，尽管政局动荡，但经济发展则在振兴实业、发展经济时代潮流的促动下一度呈迅速增长之势，尤其是民族资本主义经济发展更为迅速；而在五四运动的推动下，浙江在传播马克思主义方面取得了一定成就；更为重要的是，一些有志之士为中国共产党的创建和发展，作出了非常关键性的贡献。第二阶段，从 1927 年南京国民政府建立至 1937 年 11 月浙西大部分沦陷，为国民党统治时期。此一阶段，经济建设受到一定的重视，但由于国民党政府代表着大地主、大资产阶级的利益，所以对农村社会一直没能给予应有的关注，致使广大民众受沉重压迫、剥削的状况依然如故。不过，在教育、文化方面还是有一定发展的。而随着中国共产党的发展壮大，不

---

① 金普森等主编《浙江通史·民国卷上》，浙江人民出版社，2005，第 2 页。

仅在浙江建立了中共领导组织（中共浙江省委、中共闽浙临时省委），而且还建立了浙西南游击根据地，从而推进了党的革命事业的发展。第三阶段，从1937年11月至1945年8月日本政府正式宣布无条件投降，为抗日战争时期。此一阶段，国民党政权、中国共产党领导的抗日民主政权、日伪政权在浙江并存，逐渐形成正面和敌后两个战场。为抗击日寇，浙江省政府成立了"政治工作队"，并组建地方抗日武装"国民抗敌自卫团"，积极抗战。与此同时，中国共产党在浙江成立临时省委，于各县建立县委或工委，并在军事上建立了三北抗日游击根据地。但由于受到国民党顽固势力的破坏，各级中共组织一度遭受挫折。但浙赣战役爆发后，为进一步发展浙东敌后抗日根据地，中共又成立了浙东区委和第三战区三北游击司令部，以反击日伪的扫荡和应对国民党顽军的挑战。以此为基础，又开辟了四明、会稽、金萧三块根据地，从而形成了以四明山为中心的浙东敌后抗日根据地，进一步巩固和扩大了抗战成果。由于日本侵略者的野蛮掠夺、破坏和奴化教育，浙江的经济遭到重创，财产损失巨大，沦陷区的教育更是极度恶化。第四阶段，从抗战胜利至浙江大陆全部解放，为国民党统治的垂死阶段。抗战胜利初期，浙江处于短暂的和平时期，工商业因市场需求而得到较快恢复。但随着各级政府盘剥的加剧，以及通货膨胀经济政策的出台，工商业迅即又限于困顿。1946年6月国民党悍然发动全面内战，更使其统治失去人心，陷入孤立的境地。随着人民战争的迅速推进，中共在浙江的地方武装相继解放了一些县，人民解放军第二、第三野战军更以恢宏的气势，一举摧毁了国民党在浙江的长期统治。1949年5月6日，中共浙江省委的成立，拉开了浙江历史新的帷幕。[①]

义乌在民国时期的历程，基本上与整个浙江的演进相一致。1911年11月6日，以沈荣卿、张恭为首的"龙华会"革命党人积极响应起义，光复金华，成立金华军政分府，推义乌人朱惠卿为分府长（后改临时都督）。旋罢义乌知县，改设民政长，杭县邵贻谷受委任事。翌年5月，民政长改为县知事，县衙改称知事办公处（次年改称县公署），首任知事为王廷扬。此后，在北洋军阀和南京国民政府的掌控下，义乌的社会虽然在整体上处于缓慢发展状态，但在道路运输、工商业和文化教育等方面，也有不小的进步；且在中国共产党的领导下，义乌党

组织和党员人数都有一定的发展，有力地促进了广大受压迫、受剥削民众抗争残酷统治思想觉悟的提高。正当义乌社会的发展渐露曙光之时，日军侵华的巨变再度将义乌人民拖入阴霾之中。抗战初期，在国民政府和中共党组织的带领下，义乌人民积极投身到抗日救亡的大潮中去，尤其是义乌子弟组建的"义乌营"（不久整编为省抗敌自卫总司令部特务大队），更发扬了明代"义乌兵"的精神，以热血之躯守护着家园，为抗战事业提供了强有力的支持。尽管此时的义乌尚未沦陷，但仍遭到日军的空袭和入侵，受到很大破坏，更受到日军细菌战的毒害。自1942 年 5 月 21 日沦陷至 1945 年 8 月 14 日日本天皇宣布无条件投降，整个义乌社会受到重创。据统计，义乌县受侵华日军烧杀掳掠的残害损失，计：耕牛 3 万头、稻谷 6.4 万余石、工具什物 4.5 亿元、民房被毁 9576 所、店屋被毁 1835所、商店财货 8.59 亿元、伤残 15449 人、死亡 1767 人等。这还仅是粗略估计，实际损失会更大。尽管损失惨重，但义乌人民的抗战豪情始终未减，他们以"志节如骆临海（骆宾王）之不事伪朝，武功如宗爷（宗泽）之留守东京，他如戚南塘（戚继光）之三千骠骑（'义乌兵'），吴襄毅（吴百朋）之平剿十八窟，伟绩丰功，皆足以惊天地，垂万古"① 相激励，奋勇杀敌。特别是在中共党组织和武装的正确领导下，义乌成为中共敌后抗日根据地的重要阵地。抗战胜利后，为维持和平，义乌中共党组织和武装除留秘密工作者和少数武装外，奉命撤离浙东，开赴苏北，义乌重又回到国民党政府的统治之下。经过短暂的稳定，义乌经济和商业开始复苏，渐有起色。但为时不久，即遭到通货膨胀的摧残，再度陷入困境。在此期间，由于国民党发动了不得人心的全面内战，搞得民不聊生，从而激起义乌人民的抗争。随着人民解放战争的迅速推进，义乌中共党组织和武装重新组建，积极开展解放斗争。1949 年 5 月 8 日，中国人民解放军第二野战军 12军 35 师从金华乘火车北上阻截杭州南逃之敌，所部 104 团解放了义乌。当月 12日义乌县人民民主政府成立，21 日中共义乌县委成立，23 日义乌县人民政府成立。从此，义乌历史翻开了新的一页。

义乌自辛亥革命胜利至新中国成立的 28 年间，可谓历经磨难，但也谱写了英勇不屈的壮丽诗篇。军阀的倒行逆施，日寇的残酷掳掠，国民党政府的黑暗

---

① 见义乌县政府《抗战建国五周年纪念告义乌民众书》，《义乌大事记》（义乌市志办提供，未刊稿）。

统治，固然使义乌遭受了一连串的沉重打击，如社会动荡、经济衰微、民生困顿等等，但好义尚武的义乌人民并没被这些困难压倒，反而奋起抗争。尤其是在中国共产党的伟大领导下，更明确了奋斗和前进的方向，从而在打碎旧世界、建设新中国的历史转折关头，坚持了正确的革命道路，最终获得新生。虽然，从整体上说，义乌在民国时期的发展是缓慢的，但在许多领域也取得了较大的发展，如文化教育、商业经济等方面就比较明显，这无疑是义乌得以持续发展的重要根基。

二　应对时代危机的文化抉择

面对风云激荡的时代环境，义乌广大人民群众不仅为争取新生进行了艰苦卓绝的抗争，而且随着时势发展又创造性地推进了文化的更新。在此新旧更替之际，义乌文化不惟表现出对传统文化的承继，同时更随时代需要孕育出了新的文化成就。马克思主义的传播，中国共产党组织的发展壮大，抗战文化的红火开展，报刊的兴起，藏书出版事业的发展以及教育近代化的推进等，即此过渡、转型时期文化演进的表征。

当孙中山先生于1905年7月20日在日本东京成立中国同盟会时，义乌人陈楑、黄侗、丁乃刚等即加入这一革命组织。辛亥革命的枪声打响之后，浙江新军八十二标二营管带义乌人吴肇基率所部"义乌营"（由吴氏两次到义乌招募的新兵800余人组成）起义，加快了杭州的光复。不久，吴肇基又率"义乌营"参加浙江"援宁支队"，在攻打镇江、南京战斗中，身先士卒，表现英勇，功不可没，为中华民国的成立作出了较大贡献。这表明，当革命形势高涨之时，义乌有志之士的思想觉悟是非常高的，且能随时代潮流而动，为中华民族的光明前途尽了一份应尽的职责。

随着新文化运动的推进，义乌有志之士亦加入这一行列。1918年1月15日，《新青年》四卷一号出版，改用白话文，并使用新式标点。是年，义乌人陈望道即于该刊发表《标点之革新》等多篇文章，积极推进白话文的普及。1919年6月，陈望道应聘到杭州浙江第一师范学校任国文教员，与夏丏尊、刘大白、李次九（被称为"四大金刚"）积极倡导新文化运动，提倡自由平等，反对尊孔读经。这一活动，引起以浙江省长齐耀珊、教育厅长夏敬观等为首的守旧者的不安，省议员们更联名抛出"质问书"、"查办案"，诬蔑这些进步人士"非孝、废孔、共妻、共产"。经过密谋策划，他们于 1920 年 2 月至 4 月阴谋发动了意在扼杀新文化思潮的震惊全国的"一师风潮"。在学生的坚决斗争和社会各界的压力下，当局不得不妥协，"一师风潮"以学生们的胜利而告终。鲁迅先生曾高度评价"一师风潮"说："十年前的夏震武是个'木瓜'，十年后的夏敬观还是一个'木瓜'，增韫早已垮台了，我看齐耀珊的寿命也不会长的。现在经亨颐、陈望道他们的这次'木瓜之役'，比十年前我们那次'木瓜之役'的声势和规模要大得多。……不过这一仗，总算打胜了。"① 这一事件，使陈望道的思想有了很大转变，他意识到仅靠改良是不会从根本上扭转局面的，必须另辟蹊径方能奏效。抱持这一信念，他遂于是年底回到故里分水塘村，开始着手翻译马克思主义经典著作、国际共产主义运动第一个纲领性文件——《共产党宣言》。翌年 4 月下旬，译稿完成，经陈独秀、李汉俊校阅后，遂作为上海社会主义研究会"社会主义研究小丛书"的第一种于 8 月正式出版，一问世千余册即销售一空，应读者需求于 9 月再版。第二年 9 月，中国共产党在上海成立人民出版社，决定重印该书，至 1926 年 5 月，已相继印行 17 版。对于该书面世的意义，毛泽东同志曾说："有三本书特别深刻地铭记在我的心中，建立起我对马克思主义的信仰……这三本书是：《共产党宣言》，陈望道译，这是用中文出的第一本马克思主义的书……"鲁迅先生也指出："现在大家都在议论什么'过激主义'来了，但就没有人切切实实地把这个'主义'真正介绍到国内来，其实这倒是当前最紧要的工作。望道在杭州大闹了一阵之后，这次埋头苦干，把这本书译出来，对中国做了一件好事。"②

陈望道不仅在传播马克思主义方面作出重要贡献，他还参与了缔造中国共产党组织的筹备工作。1920 年 4 月底，应陈独秀之邀，陈望道到上海参加《新青年》的编辑工作。8 月，他与陈独秀、李汉俊、李达等在上海成立了中国第一个共产主义小组——"马克思主义研究会"，带动了共产主义事业的蓬勃发展。为筹备中国共产党第一次全国代表大会的召开，陈望道做了许多工作。但由于与陈独秀发生了一些不愉快，他愤而提出脱离组织的要求，所以没出席党

---

① 浙江省委、杭州市委党史资料征集研究会编《浙江一师风潮》，浙江大学出版社，1990，第 15 页。

② 参引自宗廷虎《陈望道》，《义乌名人传》，第 567～568 页。

的"一大"会议。尽管如此,直到党的"三大"召开后,陈望道才正式脱离党的组织。此后,他虽暂时离开党组织,但仍为党的事业作出了不可磨灭的贡献。

继陈望道之后,义乌的党员和党组织不断发展壮大,对义乌的抗战和解放发挥了重要作用。第一次国共合作时,共产党员方元永于 1926 年 7 月回义乌开展革命活动。11 月,中共党组织派赵平生在稠城阜亨酱园孟允庆家建立秘密联络点(联络代号是"袁当甫"),并发展了孟允庆、孟荷珠、何廉等人加入党组织。12 月,赵平生、方元永等联合国民党员刘逸天等组建了国民党义乌县党部,7 名执行委员中有 5 名是共产党员。此时,义乌的共产党员已发展到 13 名。第二年 2 月,国民党义乌县党部创刊《鸣喊报》,方元永任主编。由于国民党的"清党",中共党员受到冲击。鉴于这一局势,中共浙江省委派共产党员方城顺回义乌开展工作,发展了前洪村的吴溶品等 3 人入党,并于 11 月成立了义乌县第一个党支部——中共前洪村支部委员会,吴溶品任书记。是年底,义乌计有党员 27 名,党支部 5 个。1928 年 10 月,民主选举产生中国共产党义乌县委员会,朱鸿儒任书记,下辖 6 个区委和前洪村党支部,有基层党支部 48 个、党员 500 名;12 月,吴溶品任书记。是年 7 月,冯雪峰回县任义乌中学国文教员,秘密建立义乌城区支部,同时发动学生组织"试鸣社",引导阅读进步书刊。10 月,在学生中秘密发展社会主义青年团员,成立义乌第一个团支部。12 月,中国共产主义青年团义乌县委成立,蒋山任书记。1931 年 4 月后的几年内,由于中共党组织遭到国民党的严重破坏,义乌县中共党组织的活动一度处于低潮。1937 年底,中共义乌县特支成立,下设 3 个党支部,有党员 18 名。1938 年 6 月,成立中共义乌县委,是年冬改为中共义乌中心县委,第二年 12 月再改为中共义乌县委。到 1940年,计有区委 5 个,党支部 28 个,党员 100 名。1941 年 1 月"皖南事变"发生后,委员会制于 10 月改为特派员制,实行单线领导。1942 年 5 月,恢复县委,领导人民抗日,并建立抗日第八大队和民主政权——"金(华)东义(乌)西联防办事处",翌年 2 月改称"中共金(华)义(乌)县委员会",建有区委 2个、党支部 36 个,发展党员达 367 名。1943 年 7 月,浙东区委为使四明山和金义浦抗日根据地连成一片,遂成立中共义东北工作委员会;8 月 21 日第八大队第二中队宣布成立"坚勇大队"。1944 年 2 月,中共金义县委改称中共金义浦县委,活动中心仍在义西,党员达 400 名;3 月,成立中共诸义东县委。1945 年 3

月，成立中共金华山工作委员会，有区委 8 个、党支部 43 个，党员发展到 428 名；9 月，第八大队和坚勇大队北撤后，革命根据地的共产党员转入秘密活动。直到 1947 年 9 月，县委复建。1948 年 12 月，中共路北县工作委员会成立，活动在义乌县西南部和北部地区，以及金华县东、浦江县东南、兰溪县北部。1949 年 4 月，建有区委 8 个，党员约 300 名。① 正是这支有着坚定信念的革命队伍，点燃了义乌大地的希望之火，有力地抵制了国民党的黑暗统治，痛击了日本侵略者，最终将义乌人民领向光明之路。

义乌党组织和武装在进行革命斗争的同时，还开展了丰富多样的文化宣传活动，以推进革命事业的深入。主要有如下一些形式：一是创办革命报刊，如 1938 年 6 月中共义乌县委创办《正义报》，及时报道时事，宣传抗日救亡；1943 春县委创办机关报《抗日报》，10 月第五大队政工室创办《大义报》；1944 年 6 月诸义东县委创办《抗敌团结报》等。此外，"南联"创办的《南联旬报》、义乌青年学会创办的《青年导报》，以及民间人士创办的《义乌民报》等，也对革命事业起了一定的积极作用。② 二是成立战地服务团（1942 年 7 月 24 日正式成立），以激发广大群众的抗日热情。战地服务团由年青的中共党员和进步学生组成，以演唱抗日歌曲的形式来发动群众投入敌后抗日游击战争，并借助办《烽火》大墙报扩大影响，还积极恢复和发展学校教育。三是丰富部队的文艺生活。为缓解战士的紧张情绪和鼓舞他们的斗志，八大队在战争间隙举行了唱歌和演戏等活动。《义勇军进行曲》、《新四军军歌》、《八路军进行曲》、《延安颂》、《游击队之歌》、《救亡进行曲》、《钓鱼战歌》等等，广为战士们传唱；战地服务团演出的话剧《重逢》、《雷雨》，政工室演出的大型话剧《凤凰城》、《打日本鬼子去》，政工队演出的街头剧《放下你的鞭子》，八大队"金义剧团"（1945 年 1 月成立）演出的《桥头烽火》、《莒城起义》、《马母》等，深受战士和广大群众的喜爱，反响强烈。③ 这些文艺活动，不仅丰富了部队的文艺生活，而且极大地鼓舞了部队的士气，以及广大群众的抗日热情，从而为抗战的胜利作出了很

---

① 参见义乌县志编纂委员会编《义乌县志》，浙江人民出版社，1987，第 347～348 页。

② 抗战之前，义乌尚创办了《稠州周报》（1919 年 7 月创刊，孟宗剡任主编）、《稠州日报》（陈积能于 1921 年创办）、《义乌新报》（陈积能约于 1923 年创办）、《义乌民报》（1933 年 3 月创刊）等。

③ 详参朱雪芳整理《义乌抗日武装革命文化活动概况》，《义乌文史资料》第五辑。

大贡献。这一局面的形成，与金华在抗战前期成为浙江的文化中心有很大关系。

　　随着时势的推移，义乌教育也发生了转型。1912 年设县教育科，隶属于县知事；按照南京临时政府教育部颁发的《小学校令》，学堂改称学校，官立绣湖高等小学堂遂改称县立第一高等小学校，绣川、松友等 17 所初等小学校相继创办。1913 年，经县决议，在廿三里、田心、上溪、苏溪分别设立第二、第三、第四、第五县立高等小学校，萃英、梅川等 30 所初等小学校于是年立案。此后至 1940 年的数量每年都有增加。1916 年，改苏溪县立第五高等小学校为义乌县乙种职业学校。1918 年，创办义乌县立女子高等小学校，内设女子初等小学校。1923 年，创办义乌县立农商乙种学校，以及县立幼稚园（附设于县立女子高等小学校内）。1927 年，义乌县民众教育馆（由县通俗图书馆、通俗讲演所、公众运动场合并而成）成立，主管社会教育事业。同年，创办义乌县立初级中学。1929 年，县"识字运动宣传委员会"成立；学校始设民教部，分管民众教育。1931 年秋季，县立初级中学设立师训科，第二年又设民众识字班 4 个。1933 年春，县立初级中学附设师范科，第二年成立中国童子军第 906 团。1935 年，县立初级中学附设简易师范科，9 月县教育局改县教育科；短期小学于是年试办，至 1937 年全县发展到 54 所。抗战初期，冯雪峰于 1938 年创办"义乌县赤岸战时补习中学"；1940 年春创办"义乌战时初中学生补习学校"（1942 年春改名"义乌私立树德战时初中学生补习学校"）；1941 年，全县初等小学校一律改为国民学校，9 月"义乌县私立中正战时初中学生补习学校"创办（后于 1944 年春易名"义乌县私立中正中学"，于 1945 年秋又改名"义乌县私立大成初级中学"）。沦陷后，义乌教育一度受到很大冲击。抗战胜利后，国民党政府虽然设置学龄儿童强迫入学委员会、将金华师范迁入佛堂镇、创办县立简易师范学校、成立县教育特种基金保管委员会，以及有义乌私立江南中学、私立东南初级中学的开办，但收效甚微。[1] 直到新中国成立后，义乌的各项教育事业始步入新的轨道。尽管义乌民国时期的教育整体进展缓慢，但毕竟迈开了近代化的步伐，各级

---

[1]　参见义乌教育志编纂组编《义乌教育志》附录一，《义乌教育大事记》（义乌印刷厂 1986 年 6 月印刷）第 94～100 页；义乌教育志编辑办公室编《义乌教育志》第 2 稿（2005 年 7 月未刊稿）。又有刘文革先生《二十世纪义乌教育概况的回忆》一文，对义乌民国时期的教育有大体介绍，详见《义乌文史资料》第一辑。

学校的设置改善了教育结构，职业学校、师范科的设立开拓了教育领域，民间办学风气的盛行拓展了办学途径，而民众教育特别是义乌中共党组织领导的各种形式的民众教育（如民众夜校、农民俱乐部、抗日文化宣传等）的开展，更在很大程度上促进了广大群众素质的提高。尤其重要的是，义乌有志青年在新文化运动、马克思主义和中国共产党领导的抗战文化熏陶、引导下，更冲破了旧思想、旧观念的束缚，积极投身到革命文化的大潮中去，并以实际行动推动着教育的更新，激励着周围广大群众的觉悟。这些努力，无疑为义乌教育事业新的开始打下了坚实的基础。

出版和藏书的进一步发展，也反映了民国时期义乌文化的发展与转型。晚清以降，随着西方文化和科技知识的传入，现代印刷出版技术和出版机构遂应运而生。其中，美国人姜别利（William Gamble）发明的用电解法铸造汉字字模的新方法和按部首排列的汉字字盘，对于"清末民初正处于脱胎换骨期的中国近代印刷业的革新起了巨大的作用"。"1909年，上海商务印书馆聘请文字学家将姜别利设计的排字架进行改造，更加方便于一般书报的排印。商务印书馆还在姜别利创制的'明朝字'的基础上创制出楷书体、隶书体和方头体等，精美雅致，受人欢迎。"① 正是由于印刷技术的不断更新，遂大大推进了出版事业的长足发展。尽管民国初期袁世凯政府和北洋军阀政府抛出《出版法》、《著作权法》蓄谋扼杀革命党人的宣传活动，但革新的步伐是不因他们的倒行逆施而停止的，虽然受到一定影响，但出版技术仍在继续发展，特别是铅印、石印技术提高更快。此后，随着新式印刷设备的引进和造纸业的迅速发展，出版业更呈现出新的发展势头，新书业得到较大发展，书籍装帧设计艺术更为美观。义乌的出版事业，大体与此演进趋势相一致。前面提及的义乌各种报纸的创办，以及抗战文化的丰富展开，既是出版业不断更新的结果，同时又推进了出版业的进一步发展。金华之成为抗战前期浙江文化的中心，无疑带动了义乌出版业的发展。值得特别指出的是，义乌人陈望道于1928年9月创办的大江书铺（设于上海虹口东横滨路景云里附近），在介绍西方学术论著和传播进步思想方面，起到了重要作用。1939年4月，义乌"抗建书店"（在县城孟宅弄）的开办，不仅承担着传播知识的功能，更肩负着金衢一带中共地下党的联络使命（中共金衢特委联络站）。而黄侗

---

① 寿勤泽：《浙江出版史研究——民国时期》，浙江大学出版社，1994，第4页。

所刊《义乌先哲遗书六种》、胡宗懋所刊《续金华丛书》① 等，对推扬义乌学者的成果更起到了重要作用。至于灌聪图书馆及印刷厂的作用，更是不可忽视，至今义乌图书馆仍存有其印制的许多古籍，如嘉庆朝修《义乌县志》即其中重要之一种。此一时期大量宗谱、家谱的刊刻，也体现出义乌出版业的发展。藏书方面，由于时局的动荡和战火的影响，私人藏书渐趋衰落，但公共图书馆的出现，则使藏书事业步入新的里程。民国初年，义乌即设立县立通俗图书馆。1927 年，又将其与通俗讲演所、公众运动场合并，成立县民众教育馆。1941 年，建立县立图书馆。此外，如学校等处亦有一定数量的藏书。藏书的这一新变化，对推进知识的普及、新思想的传播，以及传统文献的保存等，无疑发挥了重要作用。

民国时期，义乌的戏剧也得到了发展。婺剧作为"金华八婺的地方戏，因其粗犷、豪放、乡土气息极浓而深受基层观众喜爱"，其"演出范围广及金华、衢州、丽水、严州、温州、台州等大半个浙江和赣东、皖南一带"②。而在婺剧的酝酿和发展中，"崛起于明代中期的'义乌腔'是婺剧六大声腔中'高腔'的奠基声腔。高腔是婺剧六大声腔中形成最早的声腔。而高腔则是'义乌腔'传入各地后，融进了地方音乐而形成的腔调。由此可见，义乌是婺剧的主要发源地"。更为重要的是，"由于义乌人好戏、尚戏，400 多年来，一直传承着婺剧这一古老的民族传统文化，义乌也成了培育、发扬婺剧的一方沃土。"③ 秉承此一传统，义乌戏剧于民国期间有了进一步的发展壮大。如 1923 年，杭畴上胡村的胡志钱与胡樟松合办徽戏"大鸿福"班，后由胡志钱独自经营，改称"胡鸿福"。该班有多位名角，能演出 20 多本传统大戏和 150 多个折子戏。在演出《大香山》一剧时，该班还首创婺剧布景设置。1925 年，东河村何文灿建办"何金玉昆腔班"。该班亦不乏名角，曾上演过 43 本大型正本戏及一些折子戏，其演出活动遍及东阳、建德等 10 多个县。至于一些小型戏班、业余剧团和民间群众自

① 《义乌先哲遗书六种》共九卷，刊于 1933～1935 年间，收有：陈德调撰《我疑录》（附《读古本大学》）、《存悔堂诗草》，楼杏春撰《粲花馆诗钞》、《词钞》，陈元颖撰《栗园诗草》，黄卿夔（黄侗之父）撰《石古斋诗文杂存》。胡氏所刊《续金华丛书》中，收有义乌人金江撰《义乌人物记》，朱震亨撰《格致余论》、《局方发挥》、《金匮钩元》，王祎删定《重修革象新书》，傅翕撰《傅大士语录》，黄溍撰《金华黄先生文集》等。
② 贾祥龙：《义乌与婺剧文化》，《义乌文史资料》第十四辑，香港，中华金孔雀出版集团，2005，第 1 页。
③ 贾祥龙：《义乌与婺剧文化》，第 1 页。

娱自乐的演戏活动，就更为普遍了。而抗战期间吴山民创办的"义乌服务团"（主要任务是演戏，演员由从义乌一带太子班中抽调的和外地班社中回乡的义乌人组成），更为抗战的胜利作出了不可忽视的贡献。这一时期，义乌戏剧无论在戏班的数量和规模，还是在演出技巧和剧目等方面，皆有相当大的发展。贾祥龙先生所著《义乌与婺剧文化》有详细梳理，兹不赘述。

医药事业在义乌一直有着优良传统，民国期间更在传统基础上有了进一步发展。中医方面，1936 年 12 月，吴舜和、张心景在稠城镇西门育婴堂创办"义乌国医馆"，内设施诊所，为民众义务看病，次年初停办。1939 年，县民众施诊所建立，先设在梅麓公祠，后迁至湖清门民众教育馆。1945 年 11 月 9 日，县中医师公会成立，朱仁惠任常务理事。至 1948 年，义乌有太和、天和、天德、存德、回春、回生、仙芝、玄盛、再生、厚生等众多中药店，其中佛堂镇的沈太和与寿春堂，稠城镇的毛天德与魏立盛东记等，皆是全县较大的商号。西医方面，"1919 年金祖铭在义乌县稠城镇开设义乌医院。1925 年佛堂镇开办孙伯仁诊所，1928 年稠城镇骆孜修开办义乌医院，1930 年稠城镇黄馥梅开办产科，1939 年佛堂镇周文穆开办佛堂慈医院，1940 年稠城镇骆望潮开办定江医院，1941 年义乌县卫生院建在县城南门外陈思敬祠堂。1945 年佛堂镇盛友柏开办天行医院和张殿枢开办康乐医局，1946 年佛堂镇马民焕夫妇开办福音医院，1948 年稠城镇张一泉开办牙科诊所和姚崇开办光明眼科诊所"；"1939 年，义乌县佛堂镇有仁泽医院和卫生药房供应西药"①。其间，一些行医者还兼通中、西两医。由此可见，义乌的中西医药事业是相当兴盛的。民间流传的"疯痨膨膈疑难病，须求（楼）翰香与（骆）虞廷；妇女经带请洪基，（陈）祥发天花与麻疹；跌打刀伤傅勤勉，急病（骆）孜修去打针"②的说法，就反映了中、西医并存的状况。不过，当西医兴起之时，中医事业曾一度面临较大危机。1929 年的中医兴废之争，就是这一危机的主要表现。当时，以余云岫等为首的一批西医向国民政府中央卫生委员会提请《废止旧医以扫除医事卫生之障碍案》，强调旧医一日不除，民众思想一日不变，新医事业一日不能向上，卫生行政一日不能进展。由于事关重大，以及国民政府内部对此提案看法不一，中央卫生委员会遂将此提案修改为《规

---

① 朱德明：《浙江医药史》，人民军医出版社，1999，第 66～67、99 页。
② 义乌稠城镇志编纂委员会编《义乌稠城镇志》，第 289 页。

定旧医登记案原则》，委托卫生部负责实施，其实际目的在于限制中医的发展。此事遭到全国中医界的一致反对，反响甚为强烈。在中医药界的共同努力下，国民政府迫于压力，不得不废止对中医限制的规定。① 在这场斗争中，陈无咎曾积极联合社会名流，上书抗争，坚决捍卫传统医学，为抗争取得最后胜利作出了重要贡献。此举不仅体现了陈无咎对中医事业贡献的一部分，更为突出的是，他承继和发扬了丹溪学派的"滋阴学说"，既博通中医，又精研生理解剖诸原理，从而将义乌中医推上了又一高峰，与元代朱震亨、明代虞抟并称"义乌三溪"。在投身护法运动中，陈无咎经常出入总统府为孙中山先生号脉诊病，其精湛的医术和识见深得中山先生器重，中山先生于 1919 年曾亲笔题"磨夷研室"匾额相赠，以资鼓励。此后，陈无咎鉴于军阀混战、民不聊生的恶劣现状，遂无意从政，毅然辞官，致力于医学研究和教育工作。他曾于 1925 年在上海创办"汉医学院"，任"丹溪医科学社二十代总教"；继于 1938 年出任上海丹溪大学校长；并先后担任《神州医药总会》月刊主笔、中华博医学会编审主裁、中央国医馆学术委员，主持中医学的名词统一整理工作，从而为弘扬中华医学、培育中医人才、推进中医事业，作出了巨大贡献。其所著《黄溪医垒》丛书，以及《黄溪大案》、《内经辨惑提纲》、《中华内科学讲义》、《金匮参衡》等医学著作，更从理论和临床等方面将中医成就推向新的高度。②

　　还需提及的是，义乌历有重视修本县地方志的传统，但嘉庆七年（1802）续修之后，由于清廷统治遭受到内忧外困的双重压力，故无暇顾及此事，从而中断了下来。直到 1919 年，朱乾、吴镜元始再度续修，编成《民国义乌县志稿》，沿革记载到 1917 年。此次修志，尚有《民国义乌县志采访录》两册，东乡部分为骆蕙春编，南乡部分由王鎏编，城区部分由楼炳文、黄馥泉编等。但遗憾的是，此次所修仅为初稿，未成定本。此后，1946 年县参议会一届一次大会通过成立县修志馆案；1947 年 7 月 29 日县参议会决议成立义乌县文选委员会，准备从事修纂县志，指定吴雄才、楼云汉为正副主任委员，傅亦僧、何竺钦等 15 人

① 参见袁成毅《浙江通史·民国卷下》，第 154 页。
② 参见陈仲芳、陈红盛《陈无咎》，《义乌名人传》。按：陈无咎所著《黄溪医垒》共五辑，第一辑收有《医量》、《医学通论》；第二辑收有《医轨》、《藏腑通诠》、《妇科难题》；第三辑收有《医事前提》、《黄溪方案》、《在抢室答问》；第四辑收有《黄溪友议》、《刚底灵素》、《医垒》等；第五辑收有《伤寒论蜕》、《中国儒医学案》。

为委员，并于次年 2 月印出办事细则。但由于解放战争的迅速推进，此次筹措亦没能付诸实施。不过，民国期间义乌修志的努力，不仅延续了此前修志的传统，而且为新中国改革开放后的再度修志积累了一定的素材。从这一角度来看，其意义亦不容忽视。

第二节　近代商业演进与敲糖帮的壮大

民国时期义乌文化的进一步发展，另一重要面向是商业文化的再度繁兴。此一局面的出现，与实业救国的兴起、挽救民族危机的时代潮流有很大关系。其主要表现，为商业的进一步繁兴与敲糖帮的不断发展壮大。而交通运输业的新进展，在其间无疑发挥了具有转折性的重要作用。

作为商业盛衰表征的市镇，其数量和规模体现着一地经济的发展状况。义乌市镇一度因战火和时局更替而衰落，但进入民国之后，经过一段时间的恢复和发展，重又趋于繁兴。20 世纪 20 年代以后，其发展规模和水平遂迈入一个新的发展时期。其表现为集市和城镇数量的增加、规模的扩大、商业活动的频繁、商品种类的增多，以及新的商业组织的出现、金融业的兴起、商业影响增强等。

与清代相较，此时的市镇已有了明显的改观。据魏颂唐先生统计，义乌"东乡有廿三里镇、花溪市、尚经市、下骆宅市、里塘市、何宅市；南乡有佛堂镇、江湾市、赤岸市、毛店市、培磊市、雅墅街市；西乡有上溪镇、吴店市、义亭市、畈田朱市、低田市、夏演市（即下沿）、东河市；北乡有苏溪镇、楂林市、大陈市、下殿市、胡门市、寺前市、曹村市、柳村市"①，若加上县市，共 4 镇 24 市。1922 年，佛堂上市人数和货品剧增，原有老市基无法容纳，因在镇南另辟一新市基，佛堂成为当时全县最大的集市。至 1934 年推行"保甲制"，县城废 4 乡，建稠城镇，义乌镇的数量和规模又有了进一步扩大。在货物的进出境方面，官盐、京货、南货、药材、白糖、田料等为入境货品大宗，火腿、南枣、毛猪、醃肉、蚕丝、蜜糖、靛青等则为出境货品大宗。在 1929 年 6 月浙江省主办的"西湖博览会"上，义乌县的一些产品在中外 10 余万件参展产品的激烈角逐中，脱颖而出，获得一些重要奖项。其中，龚振昌特别南枣、傅吉祥顶陈甘露

---

① 魏颂唐：《浙江经济纪略·义乌县》，第 5～6 页。

酒、黄培记号红糖获特等奖；顺记火腿、楼大成延寿菜（九头芥干）、龚和顺南枣获优等奖；周恒大银鱼、陈日新五加皮酒、陈平顺酱油、源顺官酱园酱油、朱义兴记丝线、福泰竹手炉获一等奖。据调查统计，1929 年义乌有 7 个主要行业，商号 68 家，年交易额 78 万银元；1933 年，全县桐油产量达 200 吨，大多销往英、美、苏各国以及南洋；1936 年，义乌商家增至 1000 多号；1938 年，全县产南枣 100 吨、蜜枣 250 吨；1939 年，积谷谷仓计有县仓 1 个、乡镇仓 40 个、义仓 5 个，县仓积谷实存 69767 斤。1947 年，义乌有糖、山货、中药、粮食、图书教育用品、钱庄等 32 个行业，各种商店 652 家，从业人员 1000 余人，资金总额法币 2.34 亿元。[①] 此一状况，体现出义乌当时商业活动、商品生产的规模和水平已达到一个新的高度。

随着商业的不断发展，适应新需要的商业组织应运而生。早在 1900 年，佛堂镇便成立了工商业联合会，是义乌县成立最早的一个商会。至 1916 年 2 月，义乌县商务分会改组为县商会，初设渭川公祠，后租设台门傅祠（金山岭顶朝阳门内），公举楼虎臣为会长，连任 4 届共 12 年。1930 年 1 月，县商会第一届执行委员会选陈乃薰为主任委员。1946 年 1 月，召开县商会会员代表大会，公推季敬铭任理事长；2 月，恢复县政府合作指导室，推进合作组织。是年，成立乡合作社 3 个，保合作社 89 个，糖蔗生产专营合作社 13 个。1948 年 3 月 20 日，县合作社联合社成立，经营业务为信用、生产、供销、公用、公利等，共 98 个合作社参加，股金每股法币 5 万元，共认购 2690 股。而商会的产生，又促进了同业公会的发展。自商会成立后，烟业、肉业、医药、南货、京百货、文具、运输等 18 个同业公会亦相继诞生。在商品批零价格和服务性行业收费标准的制定、调解和仲裁同业间的争执和纠纷、缴交商会会费、筹措商会发起兴办地方公益事业经费、互通外埠经营信息、承担商会所接受的县府交办事宜等方面，同业公会皆发挥了重要作用，从而又促进了商会的进一步发展。[②] 商会、同业公会、合作组织的出现和发展，对商业发展的整体谋划、行业的自我规范和有效合作等，无疑发挥了非常重要的指导和组织作用。

钱庄的发展和银行的兴起，更有力地支撑了义乌商业的快速成长。1917 年，

---

① 参见傅健《义乌商业史略》，未刊稿。

② 参见朱新海、王茂松《义乌商会史（1906 ~ 1949）》，《义乌文史资料》第六辑。

佛堂中街开设义源钱庄，为义乌县建钱庄之始。1929 年，上海、杭州等地的钱庄利用义乌钱庄，发放大量贷款。1934 年 6 月 26 日，义乌、东阳、浦江农民借贷所合并，成立义东浦地方农民银行，股本银圆 49408.07 元，义乌设有办事处。1939 年，浙江地方银行义乌办事处在县城西街 43 号成立，次年在佛堂设立分理处，江湾、苏溪后亦设分理处，资金由总行调拨，沦陷后停业。至抗战胜利后，稠城、佛堂分理处先复业，义乌办事处于 1947 年恢复。正是在钱庄和银行的促进下，义乌的商业活动遂有了强大的后盾，直接促进了商业发展的步伐。以佛堂镇为例，作为浙东的大镇、名镇之一，佛堂因水运的便利，而成为义乌商业发达的重要之区。正因其商业的发达，经营存贷汇兑业务的钱庄遂应运而生。自义源钱庄开设后，张和顺又约同丁景法、杨忠财（旅居兰溪的巨商，时任兰溪县商会会长）等合资于 1919 年开设了裕盛钱庄，因资本雄厚（约 4 万元），业务颇为兴盛。毛祥荣（得其兄祥发资助）于 1922～1923 年间开设源昌钱庄，资本4 万~5 万元，后在鲍济治（先任外账房职务，后提升为协理，实际行使经理之责）的经营下，业务超过了裕盛钱庄。这些钱庄的兴起，既发挥了融通资金（吸收社会游资，开办放贷业务）的作用，又大大提高了经商者的资金利用效率（经营汇兑业务，解决了携带银元不便的困难）。但由于受日寇侵华的冲击，源昌、裕盛遂不得已而停业。虽然抗战胜利后裕盛一度于 1946 年恢复营业，但在国民党通货膨胀举措的摧残下，其经营非常惨淡，不久即于 1948 年再度停业。[1]由此可见，金融业的兴衰，直接关涉到商业的能否正常运转。此外，民间的私人借贷业务，更对小商小贩的经商行为有着重要影响。

还需提及的是，萤石矿的开采和外销，也是义乌商业发展的一个重要方面。1918 年 7 月，矿商陈鉴与开源砩石公司杨成章合股开采马面山萤石矿，为义乌县开采萤石之始。砩（氟）石，当地人称为绿石，以其色绿故名，"其效用有三：（一）制造砩酸，（二）供各金属之镕料，（三）制七宝料"。产地主要集中在"南乡塔山下庄之老虎洞滴水岩，又陶斯庄里侧山罗汉塘，以及东乡之青岩傅、牛脚迹、岩坑山等处"，由民众领照后进行开采；"开采纯以古法，用火药并石匠、土工"，年开采量"计二千余吨，每吨价值十五元，总额在三万金左右"。[2] 1928～

---

① 朱新海：《解放前佛堂镇钱庄的兴衰》，《义乌文史资料》第三辑。
② 魏颂唐：《浙江经济纪略·义乌县》，第 7 页。

1929 年，佛堂一地出口萤石达 1 万余吨，十之八九运销日本。1934 年 8 月 11 日，义乌至上海的萤石铁路联运开通，所产萤石多运销上海；义乌火车站经杭江铁路局与京沪、沪杭甬两铁路局商妥，办理萤石联运，由义乌火车站代收矿税，时每吨矿税为大洋三角五分。但可惜的是，1942 年义乌沦陷后，日军在塔山下至佛堂之间铺设轻便铁轨，用小火车将所掠夺的萤石运至佛堂，再用汽车送到义亭，装上火车运走，使义乌经济遭受了极大损失。

正是由于义乌商业的不断发展，遂吸引了一大批外地经商者到义乌寻找商机。清朝末年，徽帮商业势力逐渐由兰溪、金华沿江而上，在义乌开设"京货店"（即绸缎棉布店，如隆顺泰、梅宏泰等）。其后，闽帮染色、干果店（如福建桂圆栈等）在义乌开业。后来，中药"四溪"的"慈溪帮"到义乌开设中药店（如养正堂、魏立盛等）。此外，如金日升鞋帽店、三元斋笔店、胡开文墨庄、李厚生绣衣店、沈良贵锅店、楼元行行灯（灯笼）店、源盛与源茂"官盐栈"等专业商店，多数为外地人开设。[①] 同时，由于商业扩展的需要，许多义乌商人亦到外地经商，从而拓展了义乌商业的影响力。如义乌旅居兰溪商人杨忠财于 1922 年被公推为兰溪县商会会长，以他为首集资建造了义乌旅兰同乡会馆"稠州公所"（俗称"义乌会馆"，馆址在兰溪县城坞口巷）；1923 年，他又与会董赵鸿儒等创办了兰溪县商科职业学校；1931 年，再办戏院，称"稠州戏院"（后更名"东南戏院"）。"稠州公所"的建立，不仅体现了义乌商人的实力，起到了敦乡谊、叙桑梓、答神麻、互助互济的作用，更促进了兰溪商业的发展。又如义乌民间糕点技师于民国初年流入杭州，摆摊设店，逐渐发展成杭州城糕点业中的一支重要流派。其经营业务，主要以糖制小食品为主，如吴义泰、傅香村等商号产销的麻饼、寸金糖、麻片等，因别具特色，遂成为"义乌帮"的招牌商品。至于经商他处而致富或财雄一乡者，更是大有人在。

义乌商业经济之所以能呈现新的发展趋势，交通运输业的兴起在其间发挥了积极的推动作用。1922 年 2 月，钱江商轮公司为发展浙东水上交通，增开浅水滑艇，所定航线以江干为起点，东南线达义乌，西南线达长山。1931 年 12 月 4 日，杭（州）江（山）铁路钉道工程进抵义乌县城，23 日通义亭，第二年 3 月通兰溪，义乌县境内设大陈、苏溪、稠城、义亭 4 个车站。起初，杭、江间每日

---

① 参见义乌稠城镇志编纂委员会编《义乌稠城镇志》，第 78～79 页。

开直达旅客列车往返各两次；杭州、金华间，每日开混合列车往返各一次。1932年7月，佛堂商人集资建筑的佛（堂）义（亭）公路路基建成，全长 6.06 公里，是县内兴建最早的公路；12 月，县城北门至火车站段的人力车道竣工，长 1.7 公里，由商人集资 1050 元、县府拨款 300 元修筑而成。同年，"苏念路人力车业股份有限公司"兴建苏溪至廿三里段双轮手车道；县商会会长陈乃薰与东阳县商会协商建义东公路，于第二年 11 月竣工后投入营运，全长 18.25 公里。1935 年 9 月，义乌至永嘉开始办理直达联运与旅客班车业务。1938 年 12 月，义浦县道工程处成立，开始兴建义乌至浦江段手车道。1939 年 9 月 1 日，制定全县手车道系统建设规划。1940 年 1 月，稠城成立运输商业同业公会；12 月 7 日，县手车职业公会成立。1941 年 1 月 1 日，县驿运段与船舶调配所合并，成立义乌驿运站；9 月 12 日，"佛堂人力车合作社"成立，经营义乌—东阳—永康运输业务。1947 年 3 月，东江桥修竣，义东公路全线恢复通车。1948 年 3 月，佛亭公路运输合作社办理佛（堂）义（亭）公路货物、旅客运输业务。铁路、公路、手车道的建设以及运输商业同业公会等的建立，对商品流通、货物周转、行业间合作、商业竞争等，无疑起到了促进作用。尽管此一时期的发展还相当有限，但毕竟迈开了新的一步。而由于交通运输的这一新变化，遂导致商业重心的转移。稠城历来为义乌政治、文化中心，过去客货运输主要靠东阳江航运，因此交通、商业逊于佛堂镇。杭（州）江（山）铁路于 1931 年底开始通车，其后浙赣铁路接轨，义乌站与全国铁路网联结一起，稠城镇遂成为义乌经济、交通中心。

随着义乌整体商业经济的提升，敲糖帮在民国时期亦获得了进一步的发展壮大，从而迎来了继乾隆朝兴盛之后的又一发展高峰。敲糖帮于此时之所以能得到进一步发展壮大，主要基于种蔗制糖规模的扩大，以及糖业合作组织的产生和生产技术的提高。20 世纪三四十年代，是义乌历史上种蔗制糖的最盛时期。1933年，全县种蔗面积达 2.5 万亩，所制红糖为本县外销货品大宗，成为当地经济命脉之所寄。1934 年，可供制糖的蔗梗产量"逾十万担，大部产自沿江两岸。而民间制糖糖车，共有三百八十余处，年产青糖逾六万担"[①]。同年，为改善红糖质量，义乌组织了合作社，时有 2 处红糖运销合作社、1 处糖车合作社、2 处糖业生产合作社，分别对土法制作红糖进行改良，红糖质量得以提高，每担售价增

---

① 《浙江省金区合作糖厂初步计划》，《浙江省建设月刊》第 7 卷第 12 期，第 19 页。

加 2 元左右；本年产红砂糖 1 万担。至 1946 年 2 月，恢复县政府合作指导室，以推进合作组织，其中糖蔗生产专营合作社有 13 个。同年，义乌种蔗面积达 6.67 万亩，产糖约 1 万担，特别是作为义乌首镇的佛堂，更是全县产糖的中心地区。但由于自 10 月份开征红糖货物税，遂导致糖价狂跌，物价飞涨，以致糖价所得尚不敷成本，激起广大民众的极大愤慨，大半糖车拒绝登记产量。1947年，义乌共有糖车 518 部，有江湾、佛堂、倍磊、六和、永宁、廿三里等 8 个糖场；每部糖车日制糖一般为 300 余斤，多的达 500 余斤；全县红糖产量 21385 市担。是年，县政府降低了红糖税额，但仍采用市场征收和要道堵征等方法进行强征，遂引起糖农更强烈的抗争，4 月乡民捣毁货物税分局义乌办公处，7 月设于佛堂的县税稽征所和警察分局以及义乌办公处佛堂征收处均被乡民捣毁，省督导员也被打伤。总之，种蔗面积的扩大、红糖产量和质量的提高，以及糖车合作社的产生，有力地推进了义乌糖业的快速发展。

义乌传统的制糖技术是采用牛拉糖车榨汁的方法，一直延续了几百年。民国时期，又出现了用新式机器制糖的技术。据朱乾、吴镜元编的《民国义乌县志稿》，1917 年佛堂镇即开始创办制糖厂，成效颇著。1933 年，浙江省政府拨款 10.4万元，由义乌县实验科长肖家点兼任主任委员，在江湾村创办"浙江金区合作糖厂"，置有榨糖机、真空蒸发器、离心机等设备。抗战时，一上海人在义亭镇使用压榨机榨糖，效率倍增。[①] 尽管此时机器榨糖的普及率尚十分有限，却在生产技术上有了新的突破，从而为新中国成立后糖业机器生产的扩大开了一个头。

正是在以上因素的促动下，敲糖帮的敲糖生意有了新的发展。首先，糖业的发展为敲糖帮提供了更为充足的货源，缩短了货物的周转期；其次，红糖质量的改善提升了换货糖的品质，增强了糖担的信誉；再次，种蔗制糖的普及，吸引了更多的人加入敲糖行列。这一时期，从事敲糖生意者已发展到三万余人，大大超过了乾隆时糖担万副的规模；而业此者，虽仍以义东、北二区为主，但义西、南二区的人数也有了明显增加。"直到解放前几年，还保持着六七千副'担头'。其中'东帮'约占十分之五六，'北帮'约占十分之三四，西、南两乡约占十分之一二"[②]。而由于受

① 参见傅健《义乌红糖》，未刊稿。
② 胡琦：《义乌的"敲糖帮"》，中国人民政治协商会议浙江省委员会文史资料研究委员会编《浙江文史资料选辑》第二十一辑，浙江人民出版社，1982，第 176 页。

整体商业发展氛围的影响，糖担经营货物的种类大大丰富；交通运输业的改进，更方便了糖担的出行。基于此，义乌的敲糖生意遂再度兴盛一时。可以说，敲糖帮的进一步发展壮大，不仅满足了广大农村的生活需求，活跃了农村市场，而且作为商业活动的一支重要生力军，大大推进了义乌商业经济整体实力的提高。这一颇具草根性和活力的经商传统，为当今义乌奇迹的呈现打下了坚实的基础；而"拨浪鼓文化"的绵绵传延，更为义乌新文化的铸造提供了丰厚的资源。

义乌原市委书记楼国华和现任市委书记吴蔚荣曾指出："'勤耕好学，刚正勇为'是义乌精神，'崇文、尚武、善贾'是义乌民俗，义乌的民风则是'博纳兼容，义利并重'。义乌精神及民风、民俗遂成为源远流长的中华民族之泓泓一脉，成了中国历史上不可或缺的页码。千百年来，义乌始终在传承着文明，演绎着辉煌，从而使义乌这座小城艳光四射，魅力无限。"[①] 此一高度概况，可谓把握住了义乌传统文化和文化传统的根蒂，揭示了义乌文化的生命力和增长点之所在。

第三节　新中国义乌文化的革新与发展

1949年中华人民共和国的成立，是中国历史上翻天覆地的大事。它不仅改变了国家政治经济社会制度，也改变了文化发展走向。但是，剧烈的制度变革并不能从根本上改变生产力本身和一个地区长期历史发展凝结成的生产生活方式。新中国成立后义乌经济社会和文化，在剧烈制度变革的背景下不断革新，不断发展，构成了一幅经济与文化相互融合、相互促进的崭新画卷。

一　社会主义文化经济基础的确立

经济是文化发展的基础。马克思在《〈政治经济学批判〉序言》中指出："物质生活的生产方式制约着整个社会生活、政治生活和精神生活的过程。不是人们的意识决定人们的存在，相反，是人们的社会存在决定人们的意识。"[②] 新中国成立以后，义乌地区生产关系所发生的革命性的变化，不但为义乌地区文化

---

① 楼国华、吴蔚荣：《义乌丛书精选本·总序》，义乌丛书编纂委员会整理《义乌丛书精选本》卷首。

② 马克思：《〈政治经济学批判〉序言》，《马克思恩格斯选集》第2卷，人民出版社，1995，第32页。

的变革奠定了坚实的基础，而且也从根本上决定了义乌新文化的性质。

1949 年后，义乌生产关系的变革，主要集中在两个方面。

一是土地改革和农村生产关系的变化。1950 年 6 月，中央人民政府委员会通过了《中华人民共和国土地改革法》，宣布要"废除地主阶级封建剥削的土地所有制，实行农民的土地所有制，借以解放农村生产力，发展农业生产，为新中国的工业化开辟道路"。从 1950 年秋开始，义乌农村开始进行土地改革。土地改革贯彻"依靠贫农、雇农，团结中农，中立富农，有步骤地有分别地消灭封建剥削制度，发展农业生产"的总路线。通过宣传发动、划分阶级成分、没收征收、分配胜利果实等步骤，由点到面，分批进行。这次改革废除了封建地主土地所有制，把大批地主占有的土地分给无地少地的农民，使农民真正成为自己土地的主人，从而解放了生产力。当时，全县有 97296 个农户领到了《土地房产所有证》。经过土地改革，贫雇农、中农占有耕地总面积的 89.6%。此外，富农也留有一定的土地，地主也分到一份土地。

在土地改革中，义乌共没收地主多余房屋 1.2 万间，贫雇农分得 0.66 万间，中农分得 606 间，余作公用；耕牛 616 头，其中贫雇农分得 521 头，中农分得 38 头；农具 10.85 万件，其中贫雇农分得 9.42 万件，中农分得 0.92 万件；此外，还有一些粮食、家具等，也被分给普通群众。土地改革，不愧为中国历史上一场深刻的革命，它彻底改变了中国持续几千年的不合理的土地制度，改善了贫苦农民的生活，为发展生产创造了条件。

然而，在一家一户、自给自足的自然经济的基础上，不可能建立和巩固社会主义制度，也不可能带领广大群众，真正摆脱贫穷落后的面貌。对于新中国成立初期的中国共产党和中国人民来说，走向集体经济，就成为时代的必然要求。

义乌县在完成土地改革以后，在中央的统一部署和领导下，农村中的社会主义生产关系逐渐萌生并发展起来。在 1950 年夏季，柳和乡（今柳青乡）的一些农民，就曾自发成立"以工换工，劳值结算"的互助组。土地改革后，义乌县委本着"自愿互利，等价交换"的原则，通过典型示范、培训骨干、评选模范等活动，进一步加强对农民的组织和引导。1951 年 12 月，互助组发展到 1109个，参加农户 8453 户，占农户总数的 9.76%。1952 年全县共有互助组 6017 个，入组农户 3.6 万户，占农户总数的 40.95%。到 1954 年，互助组有 4247 个，入组户数达 4.04 万户。互助组的出现，虽然没有改变生产资料所有制关系，但为生产关系的变革准备了条件。

1952 年，义乌的第一个初级农业生产合作社自发创办。1953 年 12 月，党中央发表了《关于发展农业生产合作社的决议》，强调要"逐步进行农业的社会主义改造工作"，"要善于掌握各地区的互助合作运动中所存在的和新发展的各级形式的不同典型，把点和面相结合，把创造和推广相结合，把普及和提高相结合"，把"互助合作运动纳入党中央所指出的正确的轨道，有计划地逐步地完成改造小农经济的工作，使农业在社会主义工业的领导下，配合着社会主义工业化的发展，而胜利地过渡到全国的社会主义时代"。义乌县委积极贯彻了中央这一方针，到 1955 年春，入社农户占 34%。1955 年 8 月，毛泽东主席发表《关于农业合作化问题》一文，批评"小脚女人"，号召将合作化运动向前推进。此后，全国掀起"合作化高潮"。这年年底，义乌初级社发展到 2177 个，高级社 1 个，入社农户 6.39 万户，占农户总数的 74.87%。1956 年年底，高级农业生产合作社发展到 507 个，入社农户 8.4 万户，占总农户的 91.67%。

1958 年秋，兴起大办人民公社运动。8 月 27 日，成立佛堂人民公社。9 月，全部区、乡、村、社合并为佛堂、赤岸（后并入佛堂）、义亭、稠城、苏溪、后宅、廿三里 7 个人民公社，入社农户 9.31 万户，占总农户数的 99.6%。公社下设生产大队（又称耕作区或管理区）、生产队和生产小队。1962 年贯彻《农村人民公社工作条例（草案）》（即"六十条"），确定"三级所有，队为基础"，以生产队为核算单位。坚持经营和分配统一，农业生产因此有了一定发展。

义乌实行人民公社体制 20 多年，经历了一条曲折的道路。但在进行农田基本建设方面取得了不少成果，尤其是水利建设。新中国成立前，全县蓄水量不过 2588 万立方米。人民公社化后，投放大量民工，搬动土石方多达 3880.9 万立方米，国家投资 2000 余万元，使全县总蓄水量达 1.68 亿立方米，是建国初期的 6.5 倍。再加上农业新技术的推广，1963～1975 年间有 9 年增产，1975 年比 1957 年增长 39%。递增率 4.7%，人均占有粮食 336 千克。1980 年粮食总产达 24.25 万吨，人均占有量更高达 453.4 千克。

改革开放以后，义乌生产关系进行了新的调整。1979 年冬，出现分小生产队和部分旱地包产到户。1980 年 9 月中共中央发出《关于进一步加强和完善农业生产责任制的几个问题的通知》，开始实行多种形式的生产责任制。1980 年冬季，全县有 3223 个生产队自发分户种春粮，少数实行包产到户。大多数自动调小生产队规模，全县比 1978 年增加 2268 个生产队。生产队由 1978 年平均 31.86 户缩小为 21.09 户，还有 437 个队分出操作组 1005 个。

1982 年 4 月，全县实行联产承包责任制的队达总数的 99.5%，农民成为责、权、利相结合的自主经营者，农业出现了创纪录的丰收。1982 年粮食总产量达 30.12 万吨，比 1980 年增产 19.4%，比 1957 年增产 61%。

农村家庭联产承包责任制的建立与完善，使义乌农村经济连续 4 年保持较大幅度的增长。为义乌经济社会、特别是市场经济的建立和发展，奠定了坚实的基础。

二是工商业生产关系的变革。在农业中的社会主义生产关系得到建立和发展的同时，工商业中的社会主义生产关系也逐步建立和发展起来。1950 年，义乌县第一个国营商业企业——中国百货公司金华分公司义乌办事处，在稠城开业。1952 年，光明电厂实行公私合营，是为义乌县企业公私合营之始。1953 年开始动员无证商贩转业、停商就农或组织参加生产。从 1953 年下半年开始，国家进一步扩大了对私营工业的加工订货和统购包销的范围，使工厂产品与批发商脱钩，直接纳入国家计划。11 月，实行粮食、油料的统购统销；1954 年 9 月，实行棉花统购和棉布统销；随后对生猪、鲜蛋、烟叶、皮革及中药材等重要农产品实行派购和统一收购。经营这些业务的私营商业，分别实行转业、歇业、经销、代销，部分从业人员由国营企业安排工作。

1956 年 2 月，全县对私营商业进行全行业社会主义改造。到 10 月底，通过多种形式改造私商 1201 户，1801 人，占全县商业总数 1485 户的 80.9%。其中：直接过渡国营或吸收入供销合作社的 75 户（含 46 户鲜肉店直接过渡为国营食品公司门市部），200 人（内国营归口 52 户，97 人）；公私合营 38 户，238 人（内国营归口 8 户，36 人）；合作商店 233 户，347 人（内国营归口 55 户，66 人）；合作小组 826 户，985 人（内国营归口 174 户，260 人）；代购代销 29 户，31 人。其余的 284 户个体自营中的一部分，在 11 月份组成合作小组。这年年底，未组织改造的只有 107 户，130 人（其中纯商业 60 户，66 人；饮食业 25 户，25 人；服务业 22 户，39 人）。

1957 年，将糖果、照相、机面、洗染、理发、修理、补鞋、水作、鞋革 9 个行业划归商业部门管理，继续安排改造；并对商业网点的设置作了规划与调整。私营商业经过清产核资，折价入股，参加公私合营企业，按期领取年息 4 厘的定息（"四清"期间曾扣发，1979 年落实政策时，一律补发到 1966 年 9 月止）。资方或其代理人，由合营企业安排工作。1958 年实现商品一条流通渠道，国营企业独家经营，个体商业不复存在。

在新中国成立初期，农业和工、商业部门社会主义生产关系的确立，具有极其重大的历史意义。它不但使以工人、农民为主体的最广大人民群众摆脱了剥削和压迫，真正成为自己的主人，有助于年轻的人民政权的巩固，而且使党和政府有可能集中一切可以调动的资源恢复发展社会经济，重建社会秩序，使新中国在帝国主义孤立和封锁的严酷国际环境中获得了生存和发展的强大基础。不但如此，社会主义经济基础的确立和巩固，还使社会主义新文化的建立和发展成为可能，使爱国主义、社会主义和集体主义，逐渐成为最广大人民群众的基本价值观，这是社会主义政权赖以生存和发展的重要思想保障。

改革开放以后，义乌市的生产关系又发生了重要变化。1979 年，义乌恢复了传统的集市集期，开放了粮食市场。进入 20 世纪 80 年代，义乌大力清除极"左"思潮的影响，坚持解放思想，实事求是，大胆开拓，不断创新，逐渐形成了社会主义市场经济体制。据义乌工商行政管理局 1982 年初统计，1974 年底，义乌从事个体经济的有 486 户，到 1980 年底即增加到 1082 户。值得重视的是，农民经商之风迅速兴起，个体商贩猛增，到 1982 年初，达到 4000 余户，其中经营小百货的就有近 3000 户，从业人员达 6000 余人[①]。此后，随着政策的进一步放宽，义乌市改革开放力度的扩大，义乌的市场经济建设步伐进一步加快，这为义乌市社会主义新文化建设和发展提供了新的历史机遇和重要的时代契机。

二 社会主义新文化的建立

在人类历史上，文化的演变确实有其自身的规律，但这种规律归根到底要服从社会演变之规律，它是社会变迁在精神领域的集中反映。也就是说，"每一个时代的理论思维，从而我们时代的理论思维，都是一种历史的产物，它在不同的时代具有完全不同的形式，同时具有完全不同的内容"[②]。

社会主义，不但是一种全新的社会经济形态，而且也是一种全新的文化形

---

① 义乌市档案局编《义乌市小商品市场发展文件材料汇编》，第 12 页。
② 恩格斯：《自然辩证法》，《马克思恩格斯选集》第 4 卷，人民出版社，1995，第 284 页。

态。新中国成立以后，和全国其他地区一样，义乌也开始了创建和发展社会主义新文化的宏伟进程。历经数十年艰难曲折的发展，逐渐形成了既充分体现社会主义价值观念，又具有鲜明地方特色的文化形态。

新中国成立以后，义乌文化建设取得了长足进步，城乡居民的思想政治觉悟和科学文化水平明显提高，这为义乌经济和社会发展提供了重要的思想保障。

爱国主义、集体主义和社会主义，构成了新中国社会主义文化的重要价值特色，也是义乌社会主义新文化的核心价值理念。在土地改革和抗美援朝运动中，义乌县广大青年体现出极其宝贵的爱国热情，踊跃报名参军，奔赴保家卫国最前线。仅 1951 年，经批准入伍的就多达 2000 余人，为巩固人民政权、保卫祖国作出了重要贡献。当时，义乌县各界人民订立了《爱国公约》，开展增产节约、捐献飞机大炮及拥军优属活动，全县人民捐献飞机大炮款多达 32.74 亿元（旧币）。

在新中国成立后的几十年中，义乌涌现出一大批优秀共产党员和先进工作者，像贫农出身的虞小玉为抗美援朝，将分得土地上第一次收获的稻谷拿出 225 千克捐献造飞机大炮，又送儿子参加中国人民志愿军，赴朝参战。1951 年 11 月，儿子在前线壮烈牺牲。获知消息，她强忍悲痛，将 140 元抚恤金中的 100 元捐出，作为村农会经费，20 元买公债，另赠 10 元给两户互助组员买簑簍。她多次被评为先进工作者、防洪模范、"三八"红旗手。

公民叶英美，新中国成立前为谋生计，学唱"道情"。此后，身背鱼鼓，手持竹简，四处卖唱，饱尝辛酸。新中国成立后，她翻身作了主人，参加县曲艺人联合会、加入了中国共产党。以人民群众喜闻乐见的道情为武器，密切配合党的中心任务进行创作、演唱活动，歌唱社会主义，歌唱新人新事新生活，抨击歪风邪气。长年累月到工地、田间、集市演出，足迹踏遍全县，成为广受欢迎的人民艺术家。

高度重视教育，是新中国义乌文化建设的重要特点。教育是文化发展的基础，在一个充斥着文盲的国家，是不可能建成社会主义的。新中国成立以后，义乌的教育得到了长足的进步。新中国的教育，和以前历代相比，具有一个十分重要的特点，那就是它面向最广大人民群众，服务于最广大人民群众。新中国成立初期，义乌的教育，首先致力于普遍提高百姓的文化水平。早在 1956 年，义乌县有线广播站就开始播音。这年 8 月，全县 60% 以上农村装上广播喇叭。各级人民政府充分利用有线广播，宣传党的方针政策，宣传社会主义思想，在实践中取得了明显成效。

新中国成立初期，老解放区传来的"冬学"被引进义乌。1949年冬，全县办有冬学673所，973个班，共有43993名不识字或粗识字的男女青少年，甚至老年、壮年也参加学习，占全县人口的13%。1950年1月，义乌县成立冬学委员会，县人民政府颁发《义乌县冬学实施大纲》。1951年，义乌县有503所冬学（村办）转为常年农民业余学校。1952年冬，全县办有833所，有学员52402名。此外，还建立了各种形式的扫盲学校，如农民业余初等学校、工农速成初等学校、农民政治文化夜校等，实行"农闲多学，农忙少学，大忙放假，坚持常年自学"，大力消除文盲。经过近30年的努力，这一工作取得了重大成绩。1985年12月，经金华市扫盲验收检查组验收，全县少青壮年总人数为292806人，文盲半文盲数为14572人，非文盲率为95.02%，这就是说义乌已基本无文盲。

新中国成立以后，职工教育也取得了明显进步。1951年，"稠城镇工人业余学校"创办，有初小班2个，学员100名。至1954年，发展到8个班，278名学员。是年，还创办了义乌县工人业余学校，有学员100名，1982年，该校发展到15个班级，828名学员。此外，还建立了稠城镇工人业余学校、佛堂工人业余学校、义乌县商业职工学校，等等。县人民政府还成立职工教育管理委员会，设立办公室，专门管理职工培训事宜。

新中国成立以后，义乌建立了一批具有影响的文化设施，建立了具有较高素质的文化宣传队伍，为丰富人民群众文化生活，提高文化层次，发挥了十分重要的作用。

1950年，义乌建立了县文化馆。时有工作人员3人，次年增至6人，从事识字教育、时事宣传、文化娱乐、科学普及等工作。改革开放以后，活动内容和形式不断充实，除举办展览、文艺晚会、文化夜市、舞会等阵地活动外，还开展戏剧、曲艺、美术、摄影、文学创作等辅导工作。1988年7月义乌撤县建市，改称义乌市文化馆。

与此同时，区、镇、乡文化站也相继建立起来。新中国成立初期即建有佛堂镇（区）文化站。此后，逐渐建立了义东、义亭、苏溪、城阳等文化站。此外，全县还建立了数百个"青年之家"，建立了青少年宫和农村文化活动中心。

在地方党委和政府的支持和引导下，义乌成立了不少民间业余剧团，多以自然村为单位，由爱好戏曲、有一定表演才能的青年人和老艺人自愿组织而成，人数一般为三四十人。农闲时排练，逢年过节为本地群众演出。特别是农村业余剧团，是新中国成立后相当一段时期义乌文化发展的一大特色。1951 年，全县共有 220 个，1953～1954 年间有 140 多个。主要上演《土地还家》、《生产发家》、《翻身乐》、《挖穷根》、《兄妹参军》、《眼光放远》、《保卫好日子》、《兄妹开荒》、《王秀蛮》等节目。农村剧团除上演配合当时中心任务的小型节目外，亦上演大型现代戏。主要剧目有：《刘胡兰》、《党的女儿》、《三月三》、《血榜记》、《夺印》、《审椅子》、《江姐》等。"文化大革命"期间，业余剧团有的解散，多数改名"毛泽东思想文艺宣传队"。1972 年，全县有此类宣传队 185 个。各队普遍学演"样板戏"，同时上演小节目。

义乌农村业余剧团的演出，曾取得了较好成绩。1950 年底，在稠城镇举行首次农村业余剧团会演，有约 20 个剧团参加演出。此后 30 余年中，会演、调演时有举行。前洪剧团在历次会演中，数次荣获县演出一等奖和优秀演出奖，1951 年参加首届金华地区农村剧团会演，荣获优秀演出奖，并得到浙江省文化局奖赠绣有"农村剧团会演优胜纪念"的大幕。1979 年又被评为"金华地区优秀农村剧团"。

除了农村业余剧团外，义乌还拥有学校演出队、厂矿演出队、工人业余剧团等文艺团体。1957 年，举行了首次县职工业余文艺会演。"文化大革命"期间，基层厂矿普遍有工人业余文艺宣传队。1979 年，县总工会建立了工人业余艺术团，有演职员 40～50 人，经常配合党的中心任务开展宣传演出活动。

锣鼓班是活跃在义乌的重要文艺团体。这是一种民间业余说唱组织，由当地农民组成，能作锣鼓细乐的吹打演奏和戏曲剧目的念白坐唱。人数 7～20 人不等。剧种有昆曲、徽戏、乱弹、滩簧等。因组织简易，活动方便，锣鼓班在义乌城镇乡村十分活跃。每逢迎神赛会、庆贺丰收或逢年过节，都要应邀演唱。锣鼓班奏唱剧目以传统历史剧为主，有正本、折子戏。常见的有《琵琶记》、《火焰山》、《铁灵关》、《百寿图》、《打金枝》、《打登州》、《龙虎斗》、《文武生》、《白蛇传》、《金棋盘》、《前后麒麟》等。改革开放以后，锣鼓班活动的还有 50 个左右，分布于 20 多个乡，有成员约 500 人。

改革开放以后，特别是 80 年代中叶以后，随着电影、电视、网络等其他文化娱乐活动的大幅度增多，业余演出活动时有减少。这是社会进步中很难避免的带有普遍性的现象。

在义乌县委的领导下，义乌农村积极创新载体，全面推进新文化建设，经常性开展形式各样、内容丰富的文化活动，极大地丰富了农村居民的文化生活。如组织书法爱好者参加春节前的送春联活动，组织武术爱好者参加民间武术比赛和气功比赛，组织开展爬山比赛，还有各村间的篮球赛、拔河比赛、象棋、围棋、乒乓球比赛等。这一系列活动，不仅丰富了广大农村居民的业余生活，陶冶了情操，还涌现出很多闪光点。如大陈镇多个村的元宵迎龙灯活动，由于规模大、组织好，多次被市级媒体宣传报道。

第四节　当代商业文化的发展与繁荣

一　义乌当代商业文化的勃兴与主要特征

在计划经济时期，义乌深厚的商业传统积淀并没有因为"一大二公"体制消失殆尽，依然通过规模很小甚至"地下"形式的集市贸易维系着顽强的生命力。这种商业文化传统的延续为历史新时期商品经济和商业文化的发展奠定了重要的历史基础。1978 年底，党的十一届三中全会召开，此后，中国的社会主义事业进入改革开放新时期。改革开放和现代化建设的伟大实践，使义乌悠久的重商传统得以恢复和光大，进而逐渐形成了具有深刻时代内涵的地方商业文化，形成了以开拓创新、敢为人先、诚实守信、以义取利、推崇法制、奉献社会为特点的当代义乌商业文化精神。

义乌当代商业文化不仅是对过去商业传统的继承，更是在新的时代背景下的创新与发展。当代义乌商业文化特征主要表现在以下几个方面。

第一，重视商业，以商致富。十一届三中全会以后，党的思想路线得以重新确立，义乌在贯彻党的思想路线、坚持改革开放上，迈步早，步伐大。从资源相对贫乏、自然条件较差这一实际出发，义乌人逐渐认识到，义乌要发展，要前进，发展商业是唯一切实可行的出路。要做到以人为本，让老百姓过上好日子，不发展现代商业不行。于是恢复和发展义乌的重商传统，就成为新时期义乌建设的重要特色。

历史新时期义乌重商观的显著特点是：彻底破除对商业的歧视，坚持解放思想，实事求是，从推动社会经济全面发展的战略高度，认识并推动市场经济的建立和发展，将发展商业作为致富强市的基本途径。

　　早在 1979 年 1 月 16 日，党的十一届三中全会闭幕不到一个月，义乌县革命委员会就颁发文件，正式宣布在全县范围内恢复集市贸易。"文件"指出：集市贸易是社会主义经济的必要补充，必须"拨乱反正，落实政策，活跃经济，方便群众"，"充分发挥集市贸易的积极作用，限制它的消极作用，做到'管而不死，活而不乱'"。① 从 20 世纪 80 年代起，义乌商品经济的发展就走在了全国的前列。1982 年初，当全国许多地方极左思想还没有得到全面清除的时候，1 月 20 日，义乌县工商行政管理局在《关于个体工商业户的登记发证和管理问题的报告》中，就明确提出："我国生产力发展水平不高，商品经济不发达，在相当长的历史时期内，多种经济成分和多种经营方法同时并存是必然的。"② 2 月 9 日，义乌县政府在《批转县工商行政管理局〈关于个体工商业户的登记发证和管理问题的报告〉的通知》中，就明确指出："从事个体经营的公民，是我国社会主义的劳动者。他们的劳动同国营企业、集体企业职工的劳动一样，都是社会主义所必需的，都是光荣的，应当受到社会的尊重。"并强调："对个体经济的歧视，乱加干涉或者放弃领导的消极情绪，都不利于社会主义经济发展，要努力避免。"③

　　1982 年 9 月 20 日，义乌县委正式做出决定，开放义乌小商品市场，并由县政府发出通告④。这年 12 月，义乌县委颁发了《关于大力支持专业户、重点户发展的几点意见》⑤，将重视工商业，发展民营经济的思想进一步落到实处。该文件明确提出发展专业户、重点户，走家庭式个人承包制与社会专业化相结合的农业新路子，"是专业化商品生产的雏形"，明确提出要改变自给自足的自然经济，发展商品经济，要发挥本地优势，广开致富门路。这份在义乌历史上具有重要影响的文件，提出了著名的"四个允许"，即"一是允许专业户、重点户（包括干部、教师、职工家属）在生产队同意下将承包的口粮田、责任田自愿转包给劳力强的户；二是允许专业户、重点户在生产需要的时候经过批准雇请三至五

---

① 义乌县革命委员会《关于全县农村集市贸易恢复原来节日的通知》，义乌市档案局编《义乌市小商品市场发展文件材料汇编》，第 3 页。

② 义乌市档案局编《义乌市小商品市场发展文件材料汇编》，第 12 页。

③ 义乌市档案局编《义乌市小商品市场发展文件材料汇编》，第 10 页。

④ 谢高华：《忆义乌小商品市场的兴起》，浙江省政协文史资料委员会编《小商品大市场——义乌中国小商品城创业者回忆》，浙江人民出版社，1997，第 5 页。

⑤ 义乌市档案馆编《义乌市发展社会主义市场经济文件材料汇编》（1979～1993），第 1～7 页。

个学徒或帮手；三是允许专业户、重点户在完成国家征购、派购任务按照合同交足集体以后，将自己的农副产品继续卖给国家，也可以向市场出售；四是允许专业户、重点户在国家计划指导下，完成国家征购、派购任务后，把自己的产品长途运销（除粮食及其制品外）"①。现在看来，这"四个允许"也许在有些地方限制还比较多，开放得还不够到位，但在 20 世纪 80 年代初，却是非常大胆的举动，对大多数人来说甚至具有震撼的意义。这份文件实际上为义乌市场经济的发展开了绿灯，标志着义乌开始建立起具有自己特色的市场经济。

1987 年，随着思想的进一步解放，义乌提出了"充分发挥集体经济组织和群众的积极性，实行多层次办市场的方针"，明确了"小商品，大市场"的市场经济发展思路。90 年代，义乌进一步明确了"兴商建市"战略。1992 年，义乌市委、市政府在《关于进一步加快改革开放和经济发展的若干意见》中指出："要继续发挥义乌的流通优势，建设市场，努力形成以小商品市场为龙头，各类专业市场相配套，以稠城镇为中心，城乡一体化的市场格局，朝着'大市场、大流通、大商业'的目标，把义乌建设成为多功能、远辐射、大吞吐的全国性的小商品批发中心，并带动其它第三产业的发展。"② 这一文件进一步指明了商业在义乌现代化建设中的关键地位。

反观改革开放以来义乌经济发展历史，可以发现，尽管领导换了一届又一届，但对商业的重视始终没有动摇，改革开放以来，义乌确立并实践"兴商建市"发展战略从未动摇，遵循抓市场就是抓经济的理念从未改变，推进专业市场硬件完善、功能拓展、业态提升的工作从未停止，真正做到了工作围绕市场转、城市围绕市场建、产业围绕市场育。不但如此，在实践中还对"兴商建市"战略思想进行了丰富和完善，提出了"以商促工"、"以商强农"、"以商兴城"、"国际性商贸城市"、"义乌商圈"等发展目标和理念。可见，义乌传统的重商文化，逐渐和当代经济社会发展的现实需要结合起来，成为推动义乌社会进步的重要战略思想。

第二，开拓创新，敢为人先。和农耕文化比起来，商业文化具有更加活跃、

---

① 义乌市档案馆编《义乌市发展社会主义市场经济文件材料汇编》（1979～1993），第 1～7 页。
② 义乌市档案馆编《义乌市发展社会主义市场经济文件材料汇编》（1979～1993），第 50～63 页。

追求变化和发展的特点。十一届三中全会以来，随着党的思想路线的确立，义乌市坚持解放思想、实事求是，改革开放和现代化建设取得的长足进步，推动着义乌市社会主义商业文化的建立和发展，逐渐形成以开拓创新、敢为人先为重要特色的时代精神。这一精神，反过来也为义乌现代化建设的宏伟事业提供了强大的精神动力和文化支撑。

建立和发展社会主义市场经济，对当代中国来说，是前无古人的全新事业。具体到义乌，发展小商品市场，实施兴商建市，也是前无古人的全新事业。提出这一重要战略目标，没有理论和战略勇气不行，要真正实施这一战略目标，没有理论和战略勇气更不行。它要求人们大胆冲破教条主义的束缚，大胆开拓，大胆创新，坚定不移地走自己的发展道路。实践证明，改革开放 30 年，义乌之所以取得成功，之所以能够在现代化建设中走在前列，之所以能创造所谓的义乌奇迹，关键在于它坚持从实际出发，与时俱进，开拓创新。比较典型的如，1982年9月，义乌决定开放小商品市场，并由县政府发出通告，这在当时可以说是一种了不起的创新，对许多人来说是冒险之举。时任县委书记的谢高华回忆说：

> 在当时既无明确的政策又无先例的状况下，县委要发出开放小商品市场这样的通告，是要担风险的。一些同志难免会有些顾虑，作为县委书记，我怎么办？敢不敢从实际出发？敢不敢对人民负责？敢不敢担风险？我认为开放义乌小商品市场是从义乌实际出发的，是对人民负责，也是对党负责，我作为一名共产党员，对有益于人民的事，应敢于担风险、挑担子。于是，我明确表态：开放义乌小商品市场，出了问题我负责，我宁可不要"乌纱帽"。①

开放小商品市场的通告发出后，义东、稠城两个小商品市场相继开放，整个义乌沸腾起来，人们欣喜万分，奔走相告，甚至燃放鞭炮相庆祝。在改革开放的道路上，义乌迈出了关键的第一步，而这一步，走在了全国的前列。

1992 年，义乌的商品经济已经取得了比较明显的进步，人民的生活水平已

---

① 谢高华：《忆义乌小商品市场的兴起》，浙江省政协文史资料委员会编《小商品大市场——义乌中国小商品城创业者回忆》，第 4～5 页。

经获得较大提高，然而，义乌并没有满足现状，而是紧紧抓住邓小平同志南方谈话这一宝贵契机，将义乌的改革开放和现代化建设推向前进。

1992 年 6 月，义乌市委、市政府发布了《关于进一步加快改革开放和经济发展的若干意见》。《意见》指出：要认真贯彻邓小平同志重要谈话精神，进一步解放思想，明确目标，加快改革开放和经济发展的步伐。正是在这份文件中，义乌强调要兴商建市，拓展小商品市场，完善市场体系；要创办义乌小商品交易中心，并把市场办到省外、国外去；要扩大市场开放度，吸引厂家和经营人才，来义乌经商；要大力发展第三产业，转变经营机制，有重点地建设一批高水平的商业网点。

1992 年 11 月，义乌市委、市政府颁发了《关于加快市场建设培育市场体系的若干意见》，进一步提出了繁荣市场的具体措施，强调要"进一步解放思想，转换脑筋，把市场办好办活"。这份文件正式而且明确提出要把义乌市建设成为全国的小商品流通中心这一宏伟目标，并对如何加快市场建设和培育提出了详细的方案。"文件"指出："谁有积极性，谁兴建；谁出钱，谁受益。"要"鼓励各行业主管部门积极参与市场建设，成为承办市场的主体；鼓励多方投资，充分发挥国家、集体、个体的积极性，可采用股份合作形式创办市场，加快市场建设步伐。市场经营要放开放活，在品种上除国家明令禁止的以外，一律放开经营"。提出"要大量地吸引个体户进场交易，使个体户成为专业市场经营的主体"。在市场建设管理上，"文件"提出要采取"先繁荣后疏导；先发展后规范的方针"，要努力为市场的建设和发展造就一个良好的环境①。

1992 年义乌市关于发展商品经济、推进市场建设的上述两个文件，从观念上和政策上大大突破了传统的商业发展思路，为义乌以小商品为中心的市场体系的建立和完善创造了良好的政策环境。

1999 年，在义乌市作为全国最大的小商品流通中心地位已经确立的情况下，市委、市政府又下达了《关于进一步繁荣商品市场的若干政策意见》，强调市场已经成为义乌经济发展的最大特色和优势，对全市经济和社会事业的快速发展起到了巨大的推动作用。要求进一步提高认识，坚决克服在市场发展中无所作为或

---

① 义乌市档案馆编《义乌市发展社会主义市场经济文件材料汇编》（1979～1993），第 64～69 页。

盲目乐观等观念，把市场发展提高到一个新的水平，也就是将着力点从注重量的扩张转移到既注重量的继续适度扩张，更注重质的提高上来；从注重扩展国内市场转移到既注重巩固国内市场，又注重开拓国际市场上来；从注重市场带动全市经济社会发展转移到注重通过全市经济社会全面发展促进市场繁荣上来，巩固和发展市场。① 特别是近年来，义乌加快国际商贸城建设，不断完善市场功能，进一步巩固国内市场，积极拓展国外市场，从"买全国货，卖全国货"到"买全球货，卖全球货"，加快与全球贸易接轨，在竞争中求生存，在竞争中求发展，义乌的商品经济特别是市场建设，开始向现代化的国际著名小商品流通中心的方向迈进。

许多义乌人回顾义乌商业发展史，认为义乌主要占了起步早的优势。而义乌之所以能够起步早，关键在于义乌人具有敢为人先的勇气，具有开拓创新的精神，而这正是义乌商业文化的重要精髓之所在。

第三，诚实守信，以义取利。诚信是商业活动的基本准则，离开了诚信，商业活动的正当性本身就值得怀疑。一个充斥着尔虞我诈的市场环境，不可能培育出繁荣发展的商业文化。在以儒家思想为主导的中国传统伦理中，诚信是做人和社会交往的基本原则，诚信伦理渗透于中国古代商人的经营活动中，具体表现为诚实不欺、遵守承诺的商业道德。继承和发扬以诚信为核心的中国优秀商业文化传统，对当代市场道德建设具有十分重要的意义。

改革开放以来，义乌一方面为市场的建立和发展创造了良好条件，同时，也高度重视以诚信为核心的商业道德的培育。1986 年，义乌县委、县政府在《关于进一步搞活义乌小商品市场的若干意见》中，明确提出要加强市场管理，规范经营，以制度的方法，加强商业诚信建设。该文件强调："禁止以次充好，以假充真，掺杂使假，短尺少秤，走私贩私等违章违法经营。"② 1986 年，义乌县制定了《义乌县城乡个体工商业管理暂行办法》，提出个体工商业户必须"正当经营，文明经营"。该文件对商业道德，特别是商业诚信作出了十分具体的规定，强调"严禁欺行霸市，掺杂使假，以劣充优，缺斤少两，损害消费者利益"。对个体工业、手工业户，规定"不得粗制滥制或偷工减料，不得污染环境"，"对经营作风不正，哄抬物价，缺斤少两，以次充好，弄虚作假，粗制滥

---

① 义乌市档案局编《义乌市小商品市场发展文件材料汇编》，第 62 页。
② 义乌市档案局编《义乌市小商品市场发展文件材料汇编》，第 5 页。

造，坑害消费者的，视情节轻重，分别给予批评教育、警告、没收其非法所得外，可并处十元至三十元的罚款，直至责令停业整顿。对欺行霸市，违法经营，给社会和人民生活造成严重后果的，吊销其营业执照，移送司法机关依法处理"。① 1994 年，义乌采取措施，加强市场精神文明活动。当时，采取了两大措施：一是通过"商城精神大讨论"，总结出了"勤业兴商，以小创大，诚心致富，敢为人先"的商城精神；二是评选出十名市级"十佳经营户"，作为众商户学习的榜样。1999 年，在义乌市着手进一步提高市场发展水平的时候，特别强调要"开展创建文明规范市场活动"，提出要严厉查处各种不法商业行为，开展区域性的商品质量专项检查活动，严厉打击各种制售假冒伪劣商品的行为，进一步提高商品市场和生产领域的整体质量形象。②

讲究商业道德，注视诚信经营，坚持文明经营，确实是新时期义乌商业文化的重要内容，也是义乌市场经济得以健康、快速发展的重要文化前提。不少义乌商人在回忆自己的创业历史时，都谈到这样一个感受：做生意就是做人，经商不易，做人更难。他们许多人没有什么本钱，主要靠勤奋工作和诚实经营起家。商人杨仲清在谈到自己的创业史时说："我初进义乌城时只有 2000 元本钱。但是，我自觉地以道德、信誉作大本钱，把生意做起来了。"他销售的商品被客商誉为不必还价、不必点数、不必检查的"三不"商品。因信誉良好，年年经营，年年赢利。③ 义乌商人叶美芳曾多次将别人多付的钱退回去，"对商品的质量问题从不护短，是什么货就是什么货"，"经商十多年来，没有本领，没有本钱，靠的就是诚信经商这一条"。她感叹说："在市场经济状况下，见利忘义的人有，掺杂使假的人有，短斤缺两的人也有。对这一切，我总是嗤之以鼻。不少人认为我把多付的钱退回去是傻瓜，但我不这么想，市场是大家的市场，信誉是义乌人的信誉，如果自己不顾信誉，就是给义乌人抹黑，是自己拆市场的台，我这傻瓜有什么不好呢？"④ "敲糖帮"传人朱关龙说，"10 多年来，我在市场经商，注重

---

① 义乌市档案局编《义乌市小商品市场发展文件材料汇编》，第 16 页。
② 义乌市档案局编《义乌市小商品市场发展文件材料汇编》，第 67 页。
③ 杨仲清：《经商不易，做人更难》，浙江省政协文史资料委员会编《小商品大市场——义乌中国小商品城创业者回忆》，第 221～222 页。
④ 叶美芳：《诚实经商天地宽》，浙江省政协文史资料委员会编《小商品大市场——义乌中国小商品城创业者回忆》，第 211 页。

商业道德，我摊售出的商品保质保量，从不掺假使杂"，"在市场里，凡是我摊捡到的钱物，只要认定失主，肯定物归原主。不知有多少次，客商错付、多付了货款，我摊总是如数归还"。①

诚信商业道德的确立，已经成为新时期义乌社会主义商业文化的重要特征。这一特征，从文化的角度，为义乌市场经济的繁荣和发展提供了重要保障。

第四，推崇法制，重视管理。现代商业文化，必须是一种制度文化，特别是法制文化。坚持按制度管理商业活动，商业活动必须尊重并服从制度的约束，必须在制度特别是法制的规范下进行，是义乌市场经济取得成功的重要原因。推崇法制，依法经商，是义乌商业文化的重要特点。

义乌市场经济的发展有一个十分显著的特点，那就是从一开始就重视市场的法制建设和管理。在1979年1月义乌县革委会决定农村集市恢复原来市日的通知中，就提出要加强对集市贸易的领导和管理，既要充分发挥其积极作用，又要限制它的消极作用，做到"管而不死，活而不乱"②。1982年，义乌县稠城镇人民政府专门颁发《关于加强市场管理的通告》，强调："凡参加稠城镇经营活动的工商企业、个体工商业户、农村社员，都要遵守政府政策、法令和本通告，文明经商，公平交易，服从市管人员的管理。违者，要进行批评教育、罚款、没收等处理。"③ 在小商品市场的兴起和发展中，义乌县工商局形成了"四管理、二教育"的做法。所谓"四管理"指的是：证件管理，坚持凭证经营；经营范围管理，不准经营违禁品；市场秩序管理，不准场外交易，欺行霸市，扰乱市场；税务管理，坚持按规定纳税和征收费用。所谓"二教育"，指的是加强思想教育，经常宣传党和政府的政策，表扬先进，批评落后；加强个体劳动者的自我教育，鼓励其相互监督，共同维护市场秩序。现在，百分之百的新入场的经营户接受了文明经商、场规场纪教育培训。在整个义乌市民众中，义乌市开展了"信用义乌"建设，强化市民的信用观念、信用意识和信用道德，加快制定社会信用体系建设相关的各项制度，为进一步提高义乌市场"重质量、守信用"的声誉创造良好的制度和社会环境。

---

① 朱关龙：《鸡毛沃黄土，货郎育商城》，浙江省政协文史资料委员会编《小商品大市场——义乌中国小商品城创业者回忆》，第128页。
② 义乌市档案局编《义乌市小商品市场发展文件材料汇编》，第4页。
③ 义乌市档案局编《义乌市小商品市场发展文件材料汇编》，第17页。

2006 年 10 月，义乌市又制订了在全市公民中开展法制宣传教育的第五个五年规划，强调要大力推进法制宣传教育"进机关、进乡村、进社区、进学校、进企业、进单位"活动。围绕提高依法管理和服务社会的水平，开展"法律进机关"活动。做到有计划、有安排、有落实、有检查，逐步实现法律知识考试考核工作规范化。围绕社会主义新农村建设，继续实施"法律进乡村"活动。做到法律宣传资料进乡村、法制文艺进乡村、法律服务进乡村，扩大宣传教育覆盖面，深化"民主法治村"建设活动。围绕和谐社区建设，继续深化"法律进社区"活动，建立社区居民学法制度，完善社区法制宣传基础设施建设，成立社区法制宣传教育队伍和市民学校并发挥作用，全面开展"民主法治社区"建设活动。围绕法治校园建设，继续推进"法律进学校"活动，发挥第一课堂的主渠道作用，确保学校法制教育计划、教材、课时、师资的落实；积极开辟第二课堂，推进学法用法实践活动；开展法制教育师资培训，推动法制副校长、法制辅导员工作规范化；组织和引导学校开展依法治理活动。围绕整顿和规范社会主义市场经济秩序，深入开展"法律进企业"活动，推进诚信企业建设。通过深入、系统的法制建设，为市场经济的发展创造良好的社会环境。

在加强法制建设，强化市场管理的过程中，义乌市有三点做法是特别引人注目的。

一是高度重视对市场管理人员的选拔、教育和管理。1984 年，义乌县针对市场管理人员重收费、轻管理，服务态度不好，工作方法存在问题等现象，提出要加强对市场管理干部的政治思想教育工作，提高其业务水平，对不称职的临时管理人员予以解聘，重新挑选思想好、作风正派、善于管理的同志担任。这一做法对维护市场正常秩序，为经营者创造良好的制度环境，具有十分重要的意义。

二是解决查处假冒伪劣商品，保证市场的规范化运作。20 世纪 80 年代中叶以后，针对制售假冒伪劣商品、坑害消费者等现象，义乌地方政府把打击制售假冒伪劣商品，置于关系义乌市场前途的高度，置于坚持社会主义方向的高度来认识，持续不断地采取措施，打击制假贩假活动。1987 年，义乌县政府颁发了《关于坚决查处制售假冒伪劣商品的布告》，提出坚决查处制售假冒伪劣商品的犯罪活动，强调要以法律为准绳，积极运用经济手段、法律手段和行政手段，采取有力措施，抓住典型，从严查处，特别是食品、药品、烟酒、化肥、农药、建材等直接与人民身体健康和生产安全有关的重要商品及出口创汇商品，一旦发现问题，要严查严管，追究到底。该布告还提出：严禁侵权假冒商标和印制、传播虚假广告，违者要依法追究责任，并赔偿经济损失。同时，对在打击违法活动、查禁假冒伪劣商品工作中成绩突出，做出重大贡献的单位和个人，要予以表彰和奖励。[①] 1991年下半年，义乌市又开展了打击制售假冒伪劣商品的专项斗争。当时，这项斗争采取了企业、个体户自查、互查和组织抽查相结合，专业检查与群众举报监督相结合，普遍检查与重点检查相结合，经常性检查与突击性检查相结合等方法，查市场、居民点、农村、装卸货点、交通要道，切断假冒伪劣商品流通渠道、卡住假冒商品的源头，究源捣窝，摧毁地下工场，卡断地下网络，严惩违法团伙，收到了较好成效。

三是不断改进政府管理职能。义乌从一开始就高度重视改进政府对商业和市场的管理。特别是进入21世纪以来，在改进管理上力度不断加大，并引进了新的管理理念和技术。2007年1月，义乌市委发布了《关于构建社会主义和谐社会的意见》，强调要全面推进依法行政，依法规范行政权力，切实做到行政权力授予有据、行使有规、监督有效。加快政府职能转变，更好地发挥经济调节、市场监管、社会管理、公共服务职能。继续深化行政审批制度改革，建立行政绩效评价和考核机制，提高政府行政效能和执行力。更加关注民生，兼顾公平与效率，优化公共资源配置，逐步形成惠及全民的基本公共服务体系。改革和完善公共财政制度，调整财政支出结构，加大财政在教育、卫生、文化、就业服务、社会保障、生态环境、公共基础设施、社会治安等方面的投入，不断增强公共产品和公共服务供给能力。2007年2月，又颁布了《关于推进我市阳光政务信息服务工程建设的实施意见》，以114号码百事通为基础，建设"阳光政务信息服务平台"，实现四大功能：①"政府总机"功能，提供各镇（街）、各部门、各企事业单位对外服务电话、监督电话、投诉电话的查号和转接服务，方便群众获取相关部门的基本信息。②语音留言功能，当转接电话占线或无人接听时，提供留言信箱，由政府相关部门工作人员听取留言并给予答复，使群众及时便捷地获取政策、法规咨询。③便民服务功能，配套提供旅游、医疗、交通、餐饮等各项便民信息咨询服务，方便群众日常工作和生活。④服务监督功能，为政府开展政务服务成效、服务质量的统一监督，提供相关统计分析资料，进行满意度调查等，

①　义乌市档案局编《义乌市小商品市场发展文件材料汇编》，第25～26页。

有效促进政府与公众的沟通，从而推动义乌市政府信息化水平走在全省前列。

总之，用科学的方法管理市场、领导市场经济，已经成为义乌市商业文化的重要组成部分。

在义乌地方党政部门高度重视商业管理的同时，义乌商人的制度观念、法制观念也普遍得到了加强，顾全大局、服从管理、依法经商的自觉性有了明显提高。一些先进分子积极配合党政部门，参与市场管理。像商人朱关龙出生于世代从事"敲糖换鸡毛"的普通家庭，从16岁就开始从事"敲糖换鸡毛"的经商活动，改革开放后，进入市场摆摊，积极参与市场上的各项工作，虽然所做工作都是不计报酬的无偿劳动，但任劳任怨，干得有声有色。再如商人龚辉潮，不但自己坚持遵纪守法，文明经商，礼貌待客，而且协助工商、税务部门做好治安、调解工作。商人何海美在担任义乌个体劳动者协会副会长后，积极履行职责，注意维护个体户的合法权益，协助市场管理人员解决各项纠纷，为义乌市市场的发展出谋献策。商人藤永伟有很强的法制观念，自称："我对国家规定的税收非但毫无异议，而且积极主动缴纳。有人说我傻，但我总觉得人民政府征收的税款是取之于民，用之于民的，个人无故吞占怎能心安理得？"① 显示出良好的法制观念和道德素养。

第五，饮水思源，奉献社会。社会主义的商业文化，和资本主义商业文化最重要的区别，不在于要不要致富，而在于致富手段的不同，致富目的的不同。社会主义商业文化，必须始终坚持爱党爱国、奉献社会这一基本价值理念。经过新旧中国的对比，经过改革开放前和改革开放后的对比，经过历史新时期30年的商业实践，义乌人民对社会主义商业文化的认识逐渐深刻，饮水思源、爱党爱国、奉献社会，成为其重要特点。

如果仔细检视义乌商城有影响的经营者们的历史，就会发现，他们中大多数人都出生于贫寒之家，都没有较高的文化知识，都对党对国家抱着一种质朴的感情，他们认识到个人或一方的致富，"归根到底要靠大形势的发展"。因此，他们衷心感谢党、感谢政府给了他们好的政策，使他们能够通过勤奋、诚实的劳动，摆脱贫困，走上致富之路。正是这种朴素的感情，推动着他们饮水思源，不

① 藤永伟：《要做好生意，先要做好人》，浙江省政协文史资料委员会编《小商品大市场——义乌中国小商品城创业者回忆》，第281页。

忘回报国家，回报社会。像出身贫穷的朱关龙就说："现在享国家改革开放的好政策的福，我们生活富裕了，但我们十分同情那些因天灾人祸还在贫穷中受苦的人们，我们愿意为社会多作贡献。近些年来，我支持了多种社会募捐活动，付出捐款（包括救灾、造桥、社会公益基建和资助学校等），共达 5000 余元。"[①] 商人楼香云说：大家有个共同的认识，那就是只有在党的富民政策照耀下，才能有我们的今天。他曾填词（卜算子）一首，以表达对改革开放政策的衷心感谢。词云：

乌伤两千年，勤耕三分田，缺米少柴更无钱，此苦向谁言？邓公乾坤转，改革宏图展，是年景上都红遍，喜在百姓间。[②]

商人龚辉潮说：

人总得有理想、有追求。我从经商中深深体会到：自己之所以能从一个年纪轻轻的敲糖佬起步，成为首先富起来的一员，拥有了自己的房产、拉链加工点等等，并非由于我个人有什么特殊的才能（比我能干的多着呢），也并非由于我肯吃苦耐劳（以往农村中谁不吃苦耐劳，可不还是一样贫穷吗），而是靠党的好政策，才有我的发家致富。因此，我对邓小平同志自十一届三中全会以来确立的改革开放政策，有着刻骨铭心的感激之情，也时时想为他人、为集体多做一些贡献，也时时激励自己追求进步，追求人格的完美，做一个对党对人民都有益的人。[③]

正是抱着这种感恩回报之心，龚辉潮在 1983 年带头捐款，组织乡亲们共同努力，使自己生长的乡村通了电，1985 年又发动全村修了公路，并捐款修建校

---

① 朱关龙：《鸡毛沃黄土，货郎育商城》，浙江省政协文史资料委员会编《小商品大市场——义乌中国小商品城创业者回忆》，第 128 页。

② 卢浩：《我是怎样做起生意来的》，浙江省政协文史资料委员会编《小商品大市场——义乌中国小商品城创业者回忆》，第 238 页。

③ 龚辉潮：《由"鸡毛换糖"起步》，浙江省政协文史资料委员会编《小商品大市场——义乌中国小商品城创业者回忆》，第 139 页。

舍，1994 年加入了中国共产党。

再如商人叶美芳，致富以后，深感除了改善自己的生活外，总得做一些对人民、对社会有利的事，于是遇到支援抗洪救灾、捐助"希望工程"、"为残疾人献爱心"等活动，总是走在前面，尽力而为。

像朱关龙、龚辉潮这样饮水思源，一心回报社会的商人，在义乌还有很多。这一事实充分说明：社会主义市场经济，必然孕育社会主义的商业文化，孕育以爱国主义、社会主义、集体主义为核心的先进价值理念，这是当代中国社会主义商业文化的核心内涵。

二　当代文化事业的发展和繁荣

社会主义市场经济体制的建立，现代商业文化的兴起，带给人们的是文化事业的空前繁荣和发展。

改革开放以后，随着经济建设的推进，义乌的文化基础设施建设取得了长足进步。伴随着市场经济的发展、社会生产力水平和经济实力的提高，我们看到，义乌的文化建设，几乎每年都有新的进步。以商业文化为主体的义乌文化在不断发展，日渐繁荣。

教育事业取得明显进步　文化的主体是人，离开了人的素质的提高，发展和繁荣文化就会成为一句空话。为了提高干部群众文化素质，义乌市高度重视教育工作，义乌的教育事业取得了长足进步。1979 年，浙江广播电视大学义乌工作站成立；1980 年，义乌县教师进修学校创办；1984 年，民办"树人中学"和"子光中学"创办；1997 年，义乌市通过浙江省基本普及九年制义务教育、基本扫除青壮年文盲复查验收。

义乌的高等教育也得到了较好发展。义乌工商职业技术学院（简称义乌工商学院）是一所工商贸易学科优势较强的公办全日制普通高等院校。学院前身是创办于 1993 年的杭州大学义乌分校。学院下设工商管理、计算机工程、外语、艺术设计、土木工程、现代文秘、旅游、国际贸易 8 个系 22 个专业，并办有自考学院，浙江大学、西安交通大学、复旦大学远程教育义乌教育中心和成人教育函授点。以"面向市场，面向学生，面向实践"为人才培养原则，依托中国小商品城和义乌众多知名企业，坚持开放式办学，以发展为主题，以改革为动力，走质量、规模、结构和效益等协调发展的道路，致力于培养德智体全面发展的、具有业务拓展水平和实践能力的高素质应用型人才。

除工商职业技术学院外，浙江广播电视大学义乌学院，也系培养专业技术人才的重要基地之一。此外，高等教育自学考试工作，为地方经济文化建设也培养了不少有用人才。

注重市民教育、努力提高市民素质，是新时期义乌教育的重要特点。2001年，中国小商品城个体劳动者协会培训学校成立，并举行了开学典礼。培训对象为市场经营户。2001年度举办3期，7100余人参加商贸英语、电脑、营销、法律等知识培训。

2005年，义乌市民大学正式成立。这是一所由义乌市人民政府主办，义乌市教育局主管的集学历教育、非学历教育于一体，为提高社区教育服务，提高义乌市民素质和经济建设服务的开放性、多功能的学校。市民大学承担学习型城市建设规划的实施，以及对各类学习型组织和镇、街社区教育学院指导、检查、评价等职责，负责市民科学文化、文明礼仪、思想道德、民主法制、健康保健、社会生活等基础知识的教育培训工作，配合市委、市政府抓好全市范围内的各种公益性培训教育工作。

成立"市民大学"，就是把服务市民与提高市民素质有机统一起来，通过提高劳动者的综合素质和创造才能，努力为促进人的全面发展，提供智力支持和人文关怀，使"市民大学"成为创建全国文明城市，建设学习型城市和打造"文明义乌，礼仪商城"的加油站、推进器和催化剂。"市民大学"有利于营造"人人都是学习之人，处处都是学习之所"的城市环境，为义乌的三个文明建设提供了活力和源泉。

文化建设发展迅速　改革开放以来，伴随着经济实力的增强，义乌市文化场馆的建设取得了明显进步。市文化馆已经成为全市群众文化艺术活动的组织，辅导、培训教育中心，设有综合办公室、群众活动部、群众培训部、群众调研部等部室，以及文化艺术培训学校、舞蹈健美中心等机构，是浙江省群众文化先进单位、浙江省文化下乡先进集体、义乌市宣传思想工作先进集体、浙江省"婚育新风进万家"先进单位、义乌市创建文明城市工作先进集体，并荣获"江滨之夜"广场活动组织奖、奉献奖等众多荣誉。

除文化馆外，其他文化设施也相继建立起来。1982年，义乌剧院工程竣工并交付使用。该剧院建筑面积3764平方米，1510个座位。新建的义乌电影院建筑面积 2000 平方米，座位 1187 个，投资 42 万元，可兼放宽银幕和立体电影。1988 年义乌电视台开通两座卫星地面接收站，义乌大部分地区可以收看中央 1、2 台，浙江 1 台，义乌台等节目。1990 年，义乌市区开始有线电视安装工作，1993 年，义乌人民广播电台正式开播。到 90 年代末，义乌实现了村村通广播电视，与此同时，企业文化节、农村文化节、乡镇文化节、灯会、"商城之春"大型文艺晚会等活动相继举行，民间剧团会演不时展开，老百姓的文化生活明显改善。

需要特别指出的是，在文化建设中，义乌高度重视利用现代科技手段，为精神文明建设和商业发展服务。早在 1998 年，义乌市公众信息网就开通使用，中国小商品城互联网络信息有限公司成立，在网上开通了"商城信息"。义乌市邮电局和商城集团联合开发的"小商品信息库"也向海内外公众开放。"义乌通"信息库容纳了义乌的人文景观、社会风情和生活信息服务等。此外，还建成了义乌科技信息网，开通了"义乌青少年网"。义乌青少年网是浙江省首家县市级青少年网站，为孩子们的健康成长提供了丰富多彩的网上资源。

文学艺术繁荣发达　作为一个商业城市，义乌在经济发展的同时，文学艺术也取得了引人注目的成绩。党的十一届三中全会后，义乌农村业余剧团重新恢复起来。1979 年有 46 个，多数为婺剧团，也有柳青、苏溪等越剧团。以上演大型传统古装戏为主。主要剧目有《百寿图》、《珍珠塔》、《打登州》、《铁龙山》、《铁灵关》、《九件衣》、《二度梅》、《三请梨花》、《大破洪州》、《马超追曹》、《杨门女将》等。演出范围仍以本县（市）、本乡为主。

1982 年，义乌县文学艺术工作者第一次代表大会在稠城召开，成立了县文学艺术界联合会及文学、戏曲、美术书法、音乐舞蹈、电影、摄影 6 个协会和冯雪峰研究会。值得特别提及的是，作为现代重要传媒手段的电视业，在义乌发展很快，并取得很大成功。如 1999 年，以义乌改革开放为题材的 20 集电视连续剧《鸡毛换糖》上演；义乌市广播电视台电视节目中心加入"中国县市电视外宣协作网——黄河电视台"。义乌电视台摄制的《历史不能忘记》、《进军大西北》、《难忘中国之行》、《播种希望的人》等 14 部电视专题片在美国斯科拉电视网播出。2000 年，全国第二届"彩桥奖"对外电视栏目和短片节目颁奖会在京举行，义乌电视台选送的电视专题片《历史不能忘记》获三等奖，《生活之路》栏目获对外电视栏目优秀奖。此外，义乌电视台摄制的电视外宣片《故乡的女儿》获

"中国彩虹奖"一等奖。该片历经 5 年跟踪拍摄，反映了侵华日军细菌战中国受害者诉讼团团长王选（原籍义乌市崇山村），历尽艰辛，先后 19 次代表细菌战中国受害者在日本东京法庭出庭申诉，揭露当年侵华日军违反国际法，使用细菌武器，大规模残杀中国人民的罪行。应该说，电视等现代传媒在义乌的迅速发展，在一定程度上是开拓创新、不断进取的义乌精神在文化领域的反映。

精神文明建设取得长足进步　现代商业的发展，会不会导致宣传思想工作的薄弱？会不会妨碍甚至削弱精神文明建设？改革开放以来，义乌市的实践给了一个很好的回答。那就是坚持"两手抓，两手都要硬"，大力加强宣传思想工作，是确保改革开放和社会主义市场经济沿着正确方向发展的重要前提。

义乌市一直高度重视宣传思想工作，注意发动群众，共同推进精神文明建设。从 1988 年开始，义乌市就开始征集"义乌精神"，第二年正式提炼为"勤耕、好学、刚正、勇为"。这八个字充分反映出当时义乌人的精神风貌。到 1993 年，随着商品经济的发展，义乌在市民中开展"美我商城，爱我义乌"活动。具体内容有："我是义乌人，热爱义乌城"，"治理脏乱差，建设文明城"，"岗位学雷锋，行业树新风"，"弘扬义乌精神，倡导文明新风"等活动，以促进全市社会主义精神文明建设。市精神文明建设领导小组办公室公布了《义乌市市民守则》征求意见稿。主要内容为：①热爱祖国，建设义乌；②诚实劳动，勤俭致富；③遵纪守法，刚正勇为；④团结互助，敬老爱幼；⑤礼貌待人，文明谦让；⑥尊师重教，好学上进；⑦拥军优属，军民一家；⑧讲究卫生，美化环境。这些活动，对提高市民素质，为商品经济的发展创造了良好环境。1994 年，义乌市委批准了《义乌市社会主义精神文明建设实施意见（1995～2000 年)》。该《意见》对义乌今后一个时期的精神文明建设作出了明确规定。2006 年，义乌开展了新时期"义乌精神"大讨论活动，将原有的义乌精神丰富发展为"勤耕好学、刚正勇为、诚信包容"。这一丰富发展，为新时期标志着义乌精神的与时俱进，体现了历史新时期义乌社会主义文化的崭新内涵。

在发展社会主义市场经济的同时，义乌市还采取坚决果断措施，对经营图书、音像制品的摊店进行全面整治，清理、切断黄色和非法出版物的流通渠道，确保文化建设的正确方向。此外，还开展了学习雷锋式好战士金正红，学习上溪镇马岭村党支书叶上金艰苦创业、无私奉献等活动，评选了"敬老爱幼好媳妇"，成立了义乌市法律援助中心，举办了中国经济论坛、《商贸名城战略与电子商务》电子商务论坛等。这一系列重要举措，使义乌市精神文明建设在层次上有了进一步提升。

改革开放以来，义乌市文化建设取得的重要成绩，为社会主义市场经济体系的建立，提供了坚实的思想保障、精神动力和智力支持。与此同时，义乌市也因文化建设成绩突出而获得了不少荣誉，如连续五次荣获"全国双拥模范城"，荣获"全国文化先进县（市）"称号、浙江省文明城市称号、"全国科技进步先进市"称号、国家卫生城市、浙江省首批"科技强市"称号等。

令人瞩目的是，义乌市委、市政府并没有安于现状，而是对今后一个时期的文化发展，作了深入规划。2005 年 7 月，义乌市委作出了《关于加快推进文化大市建设的决定》，明确提出义乌文化大市建设的总目标是：围绕建设国际性商贸城市目标，以全面提高市民的文明素质和全面提升城市文化内涵为重点，把义乌建设成市民素质优良、城市品位一流、教育科技发达、社会文明进步、文化繁荣开放、传统文化与现代文化并存、华夏文化与世界文化交汇、物质文明与精神文明辉映，具有鲜明时代特征和商贸特色的具有较大影响的文化大市，成为区域性的文化、休闲、娱乐中心，实现政治、经济、文化、社会的协调发展。这一宏伟目标的提出，无疑为义乌社会主义新文化的繁荣发展，指明了方向。

文化精神篇

第八章
义乌文化精神的地缘特征

　　人类文化的发展总要受到时空因素的限制，人们总是在自己特有的区域空间、地理环境中创造自己的文化。义乌地理环境不适于农业的深度开发，家族的流动带来开拓进取精神，方位的边缘性使之容易产生和接纳重商思想，所有这些都使义乌成为商业精神高扬的沃土。因此对义乌文化精神的揭示，首先要从义乌的地域空间和文化环境着眼，即对其做一文化地理学的剖析。义乌文化精神的形成有一个长期的历史过程，在这个历史过程中，不同身份、不同阶层的义乌人，对义乌文化精神的形成起到了合力作用。因此探源义乌的文化精神，比较适宜从阶层角度观照。首先是地方官阶层，他们是义乌地域文化"金字塔"结构中的塔顶，在整个义乌地域文化中起决策和导向作用。其次是义乌望族和义乌文化名人，他们是义乌地域文化"金字塔"的中部地带，起到承上启下的重要作用；再次是民众，它们是义乌地域文化"金字塔"的塔基，是构成义乌地域文化的本体。

第一节　义乌文化圈

一　义乌文化圈

　　中华民族拥有长城内外、大河上下、大江南北、岭南海外等巨大的幅员，也拥有数十个不同文化传统的民族，在长期历史发展过程中，它们形成了各具特色的文化板块。由于各文化板块的地理位置，空间距离、文明阶段、文化方式、历史渊源和现实状况千差万别，它们的存在形态和表现方式在整个中华文化总体结构的位置、意义和功能也就不同。这些文化板块漂移、挤压、碰撞、交流和吸收，深刻地影响着各自板块的多样性的文化特质、存在形态和未来命运。它们共同构成了兼容多元、激活原创、共构合力、生生不息的中华文明总系统。可以说，中国文化发展成今天多元一体的宏伟结构，正是由于多地域、多民族文化互相碰撞、交流、融合、重组而激发的文化思变图强的活性所致。因此我们探讨任何一种地域文化，都不能忘记它是中华文化共同体中的一部分，它与它周边的其他文化板块有着共生互渗、共谋共创的密切关系。我们研究义乌地域文化精神，必须将眼光放开，从"义乌文化圈"这种活性动态的立场出发，才能找出义乌文化特质，从而揭示出当代义乌文化精神，尤其是它的诚信、坚韧和机警的重商精神的根系和文化基因。

义乌古属越国，据《太平寰宇记》载："婺州，春秋战国为越之西界。"公元前222年，秦将王翦定楚江南地，降越君，设乌伤县，辖区约今金华市属各市县区全部及仙居、缙云等县的一部分，属会稽郡。新莽始建国元年（公元9年），乌伤县名改为乌孝。东汉光武帝建武元年（公元25年），恢复乌伤县名。东汉初平三年（公元192年），分乌伤县西南地置长山县。三国吴赤乌八年（公元245年），分乌伤县南上浦乡地建永康县，隶会稽郡。宝鼎元年（公元266年），原会稽郡西部分设东阳郡，乌伤归东阳郡管辖，历晋和南朝的宋、齐两朝270多年，隶属关系未变。梁、陈两朝，东阳郡改称金华郡，乌伤仍隶属之。唐武德四年（公元621年），东阳郡改称婺州，乌伤县划出，升稠州；七年（公元624年），废稠州，建县易名义乌，隶婺州，此为义乌县名之始。垂拱二年（公元686年），划出县东面废吴宁时并入的五乡，重置东阳县。天宝十三年（公元754年），又分县北加兰溪、富阳一部分设浦阳县（今浦江县）。五代十国至元，本县均隶属婺州（婺州在此期间曾分别易名武胜军、保宁军、婺州路）。明、清婺州称金华府，义乌隶属关系不变。民国初，撤府建制，义乌直属于浙江省。新中国成立后，义乌属第八专员公署（即金华专员公署），1970年，隶金华地区行政公署，1985年起属金华市。1988年6月，义乌县改称义乌市，行政区域不变。

从义乌行政区域的历史沿革可以看出，它基本上归属于古代婺州（今金华市）区域，与婺州其他市县同处婺江流域，彼此间的空间距离大多只有数十公里，所谓一方水土孕育一方历史文化，在大的层面，金华各市县有着近似的生活习惯、价值观念和民风民俗，研究义乌文化，不能脱离金华文化。如南宋以来，整个金华地区文化兴盛，出现了以吕祖谦、唐仲友为代表的婺州学派和以陈亮为代表的永康学派，他们所提倡的经世致用、重史求实、多元并存、义利并举等思想主张，构成了金华这一区域薪火相传的历史文化基因，使义乌等市县在较强的区域历史文化认同感中很早就出现了重商言利的意识。但是，从更细的层级看，中国古代的行政机构设置一般及县而止，作为国家行政最基层的各县级区域，其实本身也极富值得探讨的历史文化价值。以金华为例，民间长期流传的诸多俗语，如"兰溪人的喷头，义乌人的拳头"，"东阳刀头、义乌拳头、浦江吓头"，"东亲戚不如乌相识"，"义乌拳头、东阳笔头、兰溪唬头、金华派头"等，足以说明，各县也有着自己独特的精神文化发展史和文化圈，然后才是各个文化圈之间相互联结、渗透、影响，复又构成同中有异、多元共存的上一级区域文化。

具体到义乌文化圈，该是怎样的一幅图景呢？我们知道，义乌历史上荟萃了各种类型的文化名人，孝义如颜乌，忠简如宗泽，理学如徐侨，勇武如骆统、吴百朋，文学如骆宾王、黄溍、王祎，医学如朱丹溪、虞抟等，他们就是义乌文化圈的特色力量，因为就学术而言，东海西海，此心攸同；而就人才而言，千人千面，各不相同。再加上金华文化圈内兴盛的婺学、永康之学，以及南宋以降成为全国正统文化主流的程朱理学，由内及外，由小及大，共同构筑成义乌文化圈。明末清初义乌名士骆宁桢对本土文化有一段精炼的概括：

> 儒者讨理于经，而不可不穷其要；铸才于史，而不可不会其通。况邑有前模，颜氏之孝，忠简之忠，文清之学，忠文之文，有不必远宗他域者。
> （嘉庆《义乌县志》卷十四《儒林》）

骆氏的叙述是由大及小，由外而内的。"儒者讨理于经，而不可不穷其要"，主要指程朱儒学，它不仅是义乌文化中的正统，也是中华文化的正统；"铸才于史，而不可不会其通"，主要指金华文化圈里富有特色的婺州学派和永康学派，它同样也是义乌文化圈的重要组成部分。"颜氏之孝，忠简之忠，文清之学，忠文之文"分别指颜乌、宗泽、徐侨、王祎，是义乌各类人才的代表，也是义乌文化的独有部分，构成了与民间重商精神互补的结构，形成商、文互渗的形态，更是我们探讨义乌文化圈和义乌文化精神应该重点关注的层面。

同时应看到，这类"孝"、"忠"、"学"、"文"有其既古老又具有时代性的双面性。在士大夫和民间的流传濡染中，在时代古今转型和改革开放大潮中，它吸收了民间的和世界的智慧成分，衍化成坚韧、重信义和精明的现代商业精神。

二　义乌的文化主脉

很多人有一种误解，以为婺学和永康之学既然兴盛于金华文化圈内，便应该是金华文化圈的一直不变的主流。事实当然并非如此简单。因为南宋一朝，程朱理学虽经庆元年间的短暂打压，但其总趋势是趋于日渐提高的。理宗即位前，就从郑清之那里学习程朱理学，即位后又请真德秀讲授朱熹的《四书集注》，后来更以端平更化为契机，将真德秀、魏了翁等一批理学名臣召回朝廷辅政，淳祐元年（1241），下诏正式肯定二程到朱熹是孔孟以来道统的真正继承人，从此不仅使程朱理学成为官方正统思想和哲学，也成为科举考试的标准教材，这种情况历经元、明、清三代近700年大致未变。在此大趋势下，婺州的主流学风当为程朱理学不难想见。即使是学术相对多元繁荣的南宋前期，我们也无法认可婺学或永康之学在金华区域文化中的主导地位。朱熹虽非婺州人，却经常到婺州讲学，广纳学子；与程朱理学一脉相承的兰溪人范浚，反对浙东学者多尚事功，家居授徒，至数百人，他们在当时足可与吕祖谦为代表的婺学和以陈亮为代表的永康之学分庭抗礼。如果具体到各自的后世承传和影响，婺学和永康之学的非主流地位更是昭然若揭：陈亮去世之后，永康之学很快与婺学合流，共同成为以历史研究为主的学术流派，退出了思想文化界的逐鹿之争。而程朱之学则挟天子之令，风卷四方，朱熹的大弟子黄幹门下，有婺州籍的何基、王柏、金履祥、许谦四人，史称"金华四先生"，成为南宋以降婺州学术的主要渊源。即使是范浚之学，也远比陈亮的永康之学生命力强劲，范浚的《心箴》，被朱熹采入所著《孟子集注》中，还被真德秀过录至所著的《大学衍义》，明代嘉靖皇帝亲为《心箴》作注，刻石太学，明代婺州人甚至认为他才是婺学的开创者，"独是吾乡圣贤之学前此未之闻也，而濬其源者自先生始，继而后有东莱兄弟丽泽之讲授，又其后何、王、金、许遂相继以得考亭之统，道学之传于是为盛，非先生之功而谁功"（章懋《重刊香溪先生文集序》，见范浚《范香溪先生文集》卷首，《金华丛书》本）。

具体到我们的课题对象义乌，其文化主脉又如何呢？嘉庆《义乌县志》卷十四《理学》中共收有宋元 19 位理学家事迹，主要师承派别如下。

宋代：

徐侨，字崇甫，谥文清，师事朱子。其子铢、钧、镈皆传家学。门人曰朱元龙（号厉志）、康植、王世杰、龚应之、叶由庚、朱中。

傅定，字敬子，傅寅侄儿，受业朱子之门。

傅大原，傅寅仲子，从慈湖杨简游。

康植，字子厚，徐侨弟子。

王世杰，字唐卿，徐侨弟子。

叶由庚，字成父，学者称为通斋先生，徐侨弟子。

龚应之，字处善，徐侨弟子。

楼大年，字元龄，徐侨弟子。

朱杓，宋乡贡进士，徐侨弟子。

朱质，字仲文，受学吕祖谦弟子叶邦，而卒业于唐仲友。

喻侃，字伯经，良弼侄，早受经于陈亮。

喻南强，字伯强，师从陈亮。

王炎泽，字威仲，从外祖叶由庚，传徐侨之学，王炎泽为王祎先祖。

石一鳌，字晋卿，一字巨卿，初学于王世杰，传徐侨之学。

元代：

陈杙，字希善，尝游何基之门，传朱子之学。

朱震亨，字彦修，号丹溪先生，从许谦承朱子学。

朱同善，字性与，幼承祖杓家学，复从许谦传朱子学。

王顺，字性之，从许谦传朱子学。

金涓，字德原，号青村，从许谦传朱子学。

19 人中只有朱质、喻侃、喻南强三人传婺学或永康之学。将眼光再扩大到嘉庆《义乌县志》卷十四的《儒林》中，其中共收录 20 位人物事迹，可以看出师承派别的有 12 人。

宋代：

毛炳，字伯光，初游东莱之门，后沐西山之教，专心正学，克绍薪传。可见即是以传程朱学为主。

傅寅字同叔，讲学杏溪，学者称之杏溪先生，从悦斋唐公质疑问难。

元代：

黄溍，师从石一鳌，传程朱道统。

丁存，字性初，传程朱之学。

宗诚，字仲实，受业于许谦及黄溍。

冯翊，字原辅，师许谦、黄溍。

明代：

朱廉，字伯清，朱杓之后，师从黄溍，尝编晦翁语类精粹，传程朱之学。

王汶，字允达，炎泽之后，传程朱之学。

王如心，字元近，传程朱之学。

清代：

胡之翰，字屏仲，讲授四书五经，传程朱之学。

李尔阊，字又损，号觉庵，传阳明之学。

陈圣圭，字君特，号东岩，陈亮后裔，传阳明之学。

除傅寅传唐仲友之学，李尔阊、陈圣圭传阳明之学，其余九人亦全部是程朱一脉。嘉庆《义乌县志》卷十四《理学》曾总结云：

> 自朱子讲道于婺，同时郡人东莱吕氏（指吕祖谦）、同甫陈氏（指陈亮）、悦斋唐氏（指唐仲友）皆以学著，何、王、金、许（指金华四先生）又递传朱子之学于黄氏（指黄幹）焉。文清徐氏（指徐侨）、敬子傅氏（指傅定）并亲受业于朱子。吕氏、唐氏则仲文（指朱质）传之，伯经（指喻侃）、伯强（指喻南强）乃守范于陈氏者也。厉志朱氏（指朱元龙）、子厚康氏（指康植）、唐卿王氏（指王世杰）、通斋叶氏（指叶由庚）辈皆文清高第，而通斋为尤著。唐卿、通斋传南棱王氏（指王炎泽），唐卿后传晋卿石氏（指石一鳌），至希善（指陈代）登北山（指何基）之门，丹溪（指朱震亨）、青村（指金涓）承东阳（指许谦）之绪，虽或派别流分，递相师祖，要皆可以驯致圣贤之域而蹁中庸之庭也。

可见，义乌的士大夫文化主脉仍显现为程朱之学。这一点使它虽然地处僻远，但依然不后于和不外于中国文化进程，与全国的社会历史发展保持着有机的整体性。

三　义乌的边缘活力

如果我们以为义乌文化主脉是程朱之学，而就将其泯同于其他区域文化，那就有失偏颇了。在义乌文化圈内，除了流淌着程朱文化的大河外，还涌动着数条文化支流，它们虽处边缘却充满多元的活力，时时增添着义乌文化圈内的活力。我们不妨将这一现象称之为"边缘的活力"。

"边缘的活力"是杨义先生率先提出的术语。他认为，少数民族文学为我们提供的文化资源，是中华民族文化宝库中不可或缺的组成部分，"边缘地区民族文学无比绚丽的多样性，同时也赋予了中国文化生命以强大的'边缘的活力'"。杨义客观地评价了处于"边缘"状态的各少数民族文化在中华民族文化发展中的地位和影响，探讨了它与"主流文化"的关系，以及对于汉文学的积极影响，他指出："当中原文化在'有序性'结构中以模仿求精致，而趋于陈陈相因的老化或僵化的时候，边远地区民族文化有可能给它提供一些别开生面的文化方式和美学方式。"他从"边缘的活力"这样的视角研究边区民族文化对中原文学的补充功能，把著名的三大史诗——藏族的《格萨尔》、蒙古族的《江格尔》、柯尔克孜族的《玛纳斯》，以及维吾尔喀拉汗王朝时期的《突厥语大辞典》、《福乐智慧》，元代的《蒙古秘史》等都纳入了中华文学史的研究视野，具有创造性地重绘了中国文学地图，取得了文学研究的新突破。这一做法为我们研究义乌文化提供了有益的启示。

义乌隶属古婺州，而婺州是婺学的发源地，虽然程朱理学南宋以后在婺州取得了文化上的主导地位，但婺学作为本地学术资源仍有着根深蒂固的影响，重史学重事功的思想在婺州从来不曾真正泯灭。黄溍就曾云："盖婺之学，陈氏先事功，唐氏尚经制，吕氏善性理，三家者，唯吕氏为得其宗而独传。"[①] 其实"陈氏尚事功，唐氏尚经制"也并未绝灭，而是以与吕氏之学合流的方式延续下去。前述清初骆宁桢的"铸才于史，而不可不会其通"之语恰可为其旁证，它们对程朱主流空谈心性之学的弊病有着补正偏失和输送新鲜血液的功用。在义乌，除了吕氏之学颇具声势外，陈亮的永康之学似乎更有市场。陈亮本人即是义乌官塘望族何氏的女婿，内弟何大猷更师事陈亮，义乌望族喻氏中的喻民献、喻侃、喻

---

① 《金华黄先生文集》卷十六《送曹顺甫序》，四部丛刊本。

南强均为陈氏弟子，是永康之学的中坚力量，义乌与永康又是邻县，故永康之学在义乌极有潜在的影响力。陈亮不仅为人处世相当特异不为时论所接受，其学术思想"更是当时以程朱理学为主导的思想界一个令人刺激的不和谐音"①。

程朱理学以为道是现象世界存在的绝对本体，体现在人类社会中，道即是人类的道德本体，一切现象均为道的分化。历史和现实的存在不一定体现为道的存在，如汉唐曰霸曰利就是非道的体现，道统的承传不与历史的发展契合，道是某种观念的绝对化。作为人类，人性善而人欲恶，人性之善即是人们先天就具有的道德本体，即天理，而人欲则是天理流行的阻碍，学做圣人的工夫即是"尽去人欲而复全天理"，向内完善个人的道德。因此程朱理学重经而轻史。

而陈亮则认为道绝非先验的形而上学的价值本原，而是普遍存在于经验世界并且时刻伴随着人类的经验活动。道常行于事物之间，甚至事物存在本身便是道的真实显现。因此他重视历史经验的总结及其在现实政治与各种制度之中的具体施用，也不承认有一个可以割断社会历史的道统存在。另一方面，陈亮虽然承认"心为治之原，其原一正，则施之于治，循理而行，自与前人默契而无间"②。也承认这个心应该是仁心，并认为"仁义者人心之同然"③，但他却认为这只是一种伦理价值上的应当，并非现实的必然，心在繁杂的现实诱惑中有可能向相反的恶的方向发展。换言之，陈亮并不认为人性惟善，而是认为欲望与道德皆人自然禀赋，功利与道德是统一的，关键在于历史过程中人类如何努力节制过分的欲望，使人人皆得其正。

> 夫喜怒哀乐爱恶，欲之所以受形于天地而被色而生者也。六者得其正则为道，失其正则为欲。而况人君居得致之位，操可致之势，目与物接，心与事俱。其所以取吾之喜怒哀乐爱恶者，不一端也。安能保事事物物之得其正哉？一息不操，则其心放矣。放而不知求，则惟圣罔念之势也。夫道岂有他物哉？喜怒哀乐爱恶得其正而已。行道岂有他事哉？审喜怒哀乐爱恶之端而已。④

---

① 董平、刘宏章：《陈亮评传》，南京大学出版社，1996，第16页。
② 邓广铭点校《陈亮集》卷十七《汉论·孝景》，中华书局，1987。
③ 《陈亮集》卷十九《汉论·高帝朝》。
④ 《陈亮集》卷九《勉强行道大有功》。

因此，道德的价值只能在经验实践中才能实现，道德的判断也只能以经验上表现出的效果为依据，而且效果越好价值越高，这与程朱理学将善视为先验的人性本然大相径庭。也与同样重视历史研究的吕祖谦有了区别，吕祖谦尽管承认天理与人欲有统一的一面，但却认为人性善，为道、为天理，道统的承传是存在的；而且吕祖谦对于历史重在典章制度考订和历史事实的研究，这一点与永嘉学派近似（但永嘉学派反对性善论、道统论又与陈亮契合），陈亮却倾心历史人物事迹的研究与古今大势的推寻，想要超出对具体的历史事件的描述，生发出应对现实世界的经验智慧，功利性更为明显。永嘉学派的陈傅良即批评陈亮的学说为"功到成处便是有德，事到济处便是有理"①。这使陈亮的学说即使在同为事功学派的浙东学人中亦非主流。

因此，传播陈亮学说最有力的义乌，其边缘活力便表现得更加强韧。今天看来，义乌市在当代经济发展中的许多敢为人先、独具一格，从而使其经济实力与中心城市力都位居金华榜首，也许就与这种边缘活力不无关系。於越文化的西南两翼，即今日浙中浙东南一带，古为百越民族所居，处在吴、越、南蛮的文化结合部，晋唐以后又移入许多中原家族，文化在驳杂中具有对官方正统文化质疑的特色。宋以后吕祖谦代表的金华学派，叶适代表的永嘉学派，陈亮代表的永康学派，倾心史学或推重事功，都以一种地域文化的明暗之流，滋润着这片土地在成规之外求创造，在农本之外重商品的潜在意识。

第二节　义乌文化精神

超越成规、求创新的地域文化意识，在 1989 年 5 月 8 日义乌市召开纪念义乌解放四十周年暨"义乌精神"报告会中有突出的表现。"义乌精神"自 1988年 7 月开始征集，最终提炼为"勤耕、好学、刚正、勇为"八个字。2006 年，义乌市委、市政府通过网络、短信、信函及单位组织四个途径，分六个方面在全国范围内开展新时期"义乌精神"新的表述语的征集活动，全市各部门各单位还组织开展了近百个专题讨论座谈会，层层讨论筛选，对"义乌精神"又增补了"诚信包容"四个字，将新时期"义乌精神"表述语确定为"勤耕好学　刚

---

① 《止斋文集》卷三十六《致陈同甫书》，四部丛刊本。

正勇为 诚信包容"。在这十二个字中，"勤耕好学"提供了义乌商业精神的基础，"刚正勇为"促进了义乌商业精神的实践，"诚信包容"保证了义乌商业精神行为的可持续发展。十二个字形成了一个互动互补的精神逻辑系统，从内在品格上体现了义乌人的传统秉性、创业精神及义乌国际商贸城市特色。但是，所谓精神，从哲学层面讲，应是指人的意识、思维活动和一般的心理状态。具体到某一地域，应该是指该地域长期形成的相对稳定、相对普遍的价值观念和思维方式，这一价值观念和思维方式，应该有别于其他地域的相对独特之处。

十二字精神中，"勤耕好学"是传统中国农业社会基本的要素之一。与"耕读传家"的俗语相对应，与全国性的文化精神发生联系。这十二字精神又可以在义乌传统文化精神中寻找到根系和血脉，这个根系与血脉，按照我们的研究，可以概括为"勇韧、义信、勤敏、开纳"八个字。应该说明的是，这八个字与义乌广大干部群众讨论形成的十二个字是古今承接、与时俱进、相得益彰的关系，八字为十二字开源，十二字为八字拓流，形成义乌文化精神渊源有自、波澜壮阔的景观。换句话说，此八字乃是对彼十二字的学理阐释和另一种角度的观照，从而为义乌新时期的十二字文化精神提供更加深厚坚实的历史支撑和学术支持。

（一）勇韧

所谓勇韧，既指义乌人勇武强悍、勇于作为的品质，又指这种品质并非刚而易折，而是韧性十足。我们不妨想一想宋代义乌名将宗泽，徽、钦二帝北狩，天下惶惶之际，他却收溃卒、抚义兵，迎难而上，痛击金兵，可谓勇矣！而一心北伐，不断上疏高宗，劝其还汴以图恢复，虽不纳而终不放弃，先后24次上疏，临终尚连呼"过河"者三，可谓韧矣！

值得注意的是，勇韧并非宗泽个人特征，而是贯串义乌古今的一种稳定的文化性格。如明代著名的义乌兵，以往人们多留意其勇敢，而很少关注其韧性的一面，其实正是这种勇韧兼具的品格，才使戚继光最终选择义乌兵作为抗倭的主力。《纪效新书》卷首《或问篇》云：

> 浙江乡兵之称可用者，初为处州，继而绍兴，继而义乌，继而台州。至于他处，则虽韩、白再生，不可用也。是皆有其故焉，何则？
>
> 处州为乡兵之始，因其山矿之夫，素习争斗，遂以著名。及其用之杀

倭，不过仅一二胜而已。以后遇敌辄败，何也？盖处兵性悍，生产山中，尚守信义，如欲明日出战，先询之以意，苟力不能敌，即直告曰不能也。如许我以必战，至其期必不爽约，或胜或负，定与寇兵一相接刃。但性情不相制，胜负惟有一战，再用之瘘矣。气勇而不坚者也。此兵著名之时，他兵尚未有闻，及三十二三年，方有绍兴之名。

盖绍兴皆出于嵊县、诸暨、萧山，并沿海。此兵人性伶俐，心虽畏怯而门面可观，不分难易，无不领而尝之，惟缓急不能一其辞。然其性颇为无奈，驱之则前，见敌辄走；敌回又追，敌返又走。至于诱贼守城，扎营辛苦之役，则能不避。驭之以宽亦驯，驭之以猛亦驯，气治而不可置之短锋者也。此后方有台兵之名。

盖台兵以太守谭公之严，初集即有以慑其心，故在谭公用之而著绩，他人则否。其人性与温州相类，在于虚实之间，着实鼓舞之，亦可用。

岁己未，以义乌尹赵公之集兵，予奉命会选而教练之，为部伍，于是而始有义乌之名。以前非无乌兵也，盖辄屡出屡败，故不为重轻。义乌之人，性杂于机诈勇锐之间，尤事血气，督之冲锋，尚有惧心，在处兵之下。然一战之外，尤能再奋，一阵之间，尤能反戈。但不听号令，胜则直前不顾，终为所诈。

至于他处之兵，伶便谲诈，柔懦奸巧，在我鼓舞之令未下，而众已预思奇计为之张本矣。

义乌的勇韧精神在今天表现得也很明显，祖籍浙江省义乌市崇山村的弱女子王选，1995 年，开始从事日军侵华战争细菌战受害者调查和对日民间索赔工作，从此开始了长达十年的诉讼工作，在辩论和审理细菌战问题的日本法庭上，常常只有王选一个中国人出席；在美国国家档案馆里查阅日本细菌战资料的，也常只有王选一个中国人；2005 年 7 月 19 日，日本东京地方法庭，王选第四十一次站在这里，尽管再次败诉，日本仍然拒绝道歉和赔偿，但日本法庭再次承认了日本军队曾经在中国犯下的细菌战罪行。专门研究日本细菌战历史，写有《死亡工厂》一书的美国作家谢尔顿·哈里曾说："如果有两个王选，日本就会沉没。"这话里流露的岂不正是对王选勇韧精神的赞扬？

义乌市文联编著有《天南海北义乌人》丛书，其中选编了许多在天南海北创业有成的义乌人的事迹，如在呼和浩特通达商场大展身手的吴鲜民，皮具之星王理英，衬衫巨子刘加强……每个成功的义乌商人身上都有勇韧精神在闪光。这种精神，对当代义乌经济发展的作用有目共睹。

（二）义信

所谓"义信"，即持义守信。义乌人尚节义重信用的传统，由来已久。先言"义"，秦孝子颜乌，其父死，负土葬父，群乌衔土助焉，而口皆伤，因名县曰乌伤，唐武德七年为彰其义行，复改乌伤为义乌，从此沿用至今。东吴骆统，上疏勤政，仗义执言；唐骆宾王，义檄天下，抗辞讨武；宋宗泽，只手中原，恳奏回銮；元黄溍，为国史官，笔无所阿；明王祎，秉节谕梁，捐身大义；清金汉鼎，直言无讳，名高谏议。而民间亦"急公慕义"（清童楷康熙《义乌县志序》），"兴大役，动大众，一呼而集，不费公帑"（万历《义乌县志·风俗》），当今的义乌，已经成为粗具规模的世界商贸城市，但无论城市改造、市场建设、交通发展还是第三产业开发等，主要也都是利用民间资金，"年年高楼大厦，政府一毛不拔"，这句在义乌流行一时的俗话一方面反映了政府的施政智慧，另一方面也说明了义信精神在义乌人身上得到了很好的继承发扬。

再看"信"，明代万历《义乌县志·风俗》中曾对比东阳与义乌的风俗云："礼仪繁委，不及东人。然真情款洽，重然诺不欺，过之远矣。"这段话被崇祯《义乌县志·风俗》所沿袭，而且明中后叶正是商品经济活跃、智毒渐作、民风浇薄的时代，义乌民风犹能如此，说明其有一定的客观性和稳定性。值得注意的是，万历《义乌县志·风俗》中又有"俗轻躁少信行"的记载，似乎自相矛盾。清诸自谷主修嘉庆《义乌县志·风俗》遂辩解云："义乌风俗，前有颜、骆垂型，宗、黄建鹄，近若王氏祖孙，龚氏父子，并以文章忠孝，辉映后先，乌人濡染深矣！故其礼义廉节之风，不特士习以此自厉也，虽愚夫妇亦多有焉。至如《郡国志》所云'俗轻躁少信行'者，间亦不免。而轨道以定其趋，崇德以昭其化，非长民者今日之先务乎？"在诸自谷看来，"轻躁少信行"只是个别人的行为，而颜、骆、宗、黄等人的忠信节义才是义乌民俗已定的轨道。其实"俗轻躁少信行"一语指的是婺州整体的风俗（见《太平御览》卷一百七十一《州郡部》，《太平寰宇记》卷九十七《婺州》），并非义乌的专指，"郡国志"三字已经提示得非常明白，诸自谷等人本来用不着如此紧张辩解的。

"信"在今天义乌人身上表现得更为明显，义乌市场的经营者提起他们的成功经验，"信誉"总是被列为最重要的条件之一。如第一代创业者龚瑞芳经营袜业时，由于重信誉，与客户关系都很稳定，有的交易甚至不曾签什么合同。大禹陵袜厂的一位厂长说："我和龚瑞芳之间，说了的话便是合同。"卢浩也认为"商人应有商业道德，最重要的是讲信用"，1983 年，有个湖南邵东的客户进了他 1300 多元的货，然后将钱放在桌上，说："我还要到别家去进货，钱你点一下，下午 2 点钟我来取货。"卢浩点钱时发现对方多付了 2000 元，直到下午取货时客人仍未发现，卢浩当即说明情况并将钱还给他。不出 10 天，这位客人又来进货，同时带来了四位新客户。叶美芳在 20 世纪 80 年代初，曾去杭州小百货批发部进了两箱次品手帕，回家后才发现批发部的人误将正品发给了她，她想的不是多赚钱，而是担心批发部因此要亏损不少钱，于是当天夜里，又坐上赴杭州的火车，带上两箱货去调换。由于她诚信不欺，回头客很多。用她自己的话说就是："我自思自己经商十多年来，没有本领，没有本钱，能在市场上站得住脚，靠的就是诚信经商这一条。"[①] 如今，信用更成了义乌市场对外竞争和发展的法宝，也成为义乌人的"第二生命"，义乌市市长吴蔚荣形象地将诚信称为义乌人的"第二个身份证"。

（三）勤敏

勤劳是中华民族优秀的传统美德，但勤劳而机敏却是义乌人相对独特的精神魅力。历史上的义乌人是勤劳的，万历《义乌县志·风俗》云"男子服耕稼，女子勤纺织"，清代、民国时期的敲糖帮，冬春农闲之际，不论风霜雪雨、严寒酷暑，都要爬山过涧，到处跋涉，足迹所至，多为荒村野壤，人家欢欢喜喜杀鸡宰鸭团圆过新年，敲糖人却要赶千村穿万户乘此机会多做鸡毛换糖生意，农忙时节又要参加劳动，义乌曾流传着"苦，苦不过大年初一披星戴月走千家的敲糖帮"。义乌人的勤苦可见一斑。即使今天，义乌人的勤奋也是人所共知。小商品城创业初期，义乌商人大多秉承着著名的"四千精神"："走遍千山万山，道尽千言万语，想尽千方百计，吃尽千辛万苦。"如今，许多人都成了"腰缠十万贯"的老板，但却没有"驾鹤下扬州"去享受，而是仍保持着当年的勤劳精神。

---

① 以上三人事迹均见浙江省政协文史资料委员会编《小商品大市场——义乌中国小商品城创业者回忆》。

义乌人不仅手脚勤劳，而且头脑机敏，善于捕捉机遇。在当今商海畅游的义乌人，对瞬息万变的市场行情大都有着敏锐的目光。像何海美，1978 年开始走上经商之路，时值"文化大革命"结束不久，传统戏刚刚放开，何海美开始制作古装戏明星片，生意相当红火；当明星片市场开始被他人瓜分时，她又开始寻找新的项目。一次在杭州进货，看到一种布制的"太阳帽"很新潮，但携带不便，于是她开动脑筋，开发出可折叠的太阳帽，迅速赢得了市场青睐。[①] 再如郑礼龙，1986 年就开始率先在老家郑山头村办起纱绸厂生产彩带，很快打开了市场；当别人仿效办厂时，他已开始将产品辐射到全国；当彩带市场供大于求时，他又抢先开始生产粘扣带；当粘扣带市场还在看好时，他已未雨绸缪的开始生产了胶枪，处处占得先机，所以能处处占得市场。[②] 义乌人对于商机的敏锐，不是书本上学来的，而是在从市场中锻炼出的。李君如概括义乌发展的奥妙时说：

> 妙就妙在从当地实际出发，在市场化取保中培育新的"资源"；妙就妙在把农业就业、家庭工业和市场物流有机统一起来，创出了"兴商建市"的发展新路；妙就妙在以商促工，以商哺农，始终保持协调发展、可持续发展、和谐发展的态势。义乌有胆魄、有能力、有条件应对新情况、新问题，并不断创造新的经验。[③]

这些新鲜的思路，无不体现着义乌人的机敏和智慧。应该说明的是，义乌人的这种机敏和智慧，有别于《宋史·地理志》言两浙路民风时所说的"柔慧"[④]，

---

① 见王卫平、张锦春编《义乌——没有围墙的城市》（"商海精英"篇），中国轻工业出版社，2000。
② 见王卫平、张锦春编《义乌——没有围墙的城市》（"支柱产业"篇）。
③ 《"义乌发展经验"的内核——访中共中央党校副校长李君如》，2006 年 5 月 25 日《浙江日报》。
④ 《宋史》卷八十八《地理志》言两浙路民风时曾云："人性柔慧，尚浮屠之教，俗奢靡而无积聚，厚于滋味，善进取，急图利，而奇技之巧出焉。余杭、四明通蕃互市，珠贝外国之物颇充于中藏云。"万历《义乌县志·民俗》择其要曰："人性柔慧，尚浮屠，急于进取，善于图利。"《宋史·地理志》这就给人一种误解，似乎"柔慧"专指义乌而言。其实《宋史·地理志》的指向分明是就两浙路而言，其代表性的城市是指杭州（余杭）和宁波（四明）。传世的古代各种《义乌县志》风俗篇，其共同特点是先志义乌风俗，后附列史志、郡国志中相关记载。这种相关，或是就路、府等大的地域范围而言，或是就义乌邻县而言，或是就义乌本身而言，需要区别对待。

它是一种洋溢着"义乌拳头"精神、充满勇气和胆量的"刚性智慧",戚继光就曾云:"义乌之人,性杂于机诈勇锐之间。"(《纪效新书》卷首《或问篇》）慧而不柔,这使义乌在整个趋于轻扬柔慧的南方文化中,显现了一定的特殊性。正是这种"刚性智慧",使义乌人善于乱中取胜,不惧困难、不怕竞争。骆宾王、宗泽、吴百朋、朱之锡……哪一个不是迎难而上,最终名扬天下?小商品城中的创业者们,哪一个不是南征北战,最终竞秀商场?

李向东、张锦春《义乌人——四访义乌市长周启水》① 一文中曾对义乌人的勤和敏有过生动描绘:

> 义乌人有一种永不满足的劲头,说得俗气一点是赚钱永不满足,说得好听一点是干事业永不满足。义乌人有艰苦创业的精神,能吃常人不愿吃的苦,能干常人不愿干的活,能赚常人不愿赚的"小钱"。他们脑子不停地转,手脚不停地干,眼睛紧紧盯住市场,一旦有新的机遇闪现,就立即敏锐地抓住不放。如今许多人已经有了几百万的资产,应该说资本的原始积累阶段早已完成,但是照样吃方便面,吃盒饭,照样出门乘火车坐硬座,来了货照样把碗一撂就去装卸。他们不做食利族,不是把钱存在银行里去吃利息,而是作为生产资金再投入,或是用于扩大再生产,或是投资新领域,比如投资办教育,搞环保,开发农业、旅游。讲起这些,周启水十分动情:"他们好像从来不懂得坐享其成,永远在寻找新机会,永远在创业。这种永不满足的精神,就是义乌得以持续发展的原动力。"

可见,义乌人的"勤敏"并不仅仅是为生活所迫,而是一种天性使然,富足后仍然勤勉,不断敏锐地寻找新的机遇施展自己的勤奋,"敏"使"勤"永远有用武之地,"勤"使"敏"充满活力,义乌人的"勤敏"确实与义乌经济的发展密不可分。

(四)开纳

所谓开纳,即开放包纳。一般来讲,"开纳"往往是在用来形容一个大都市的文化精神时才使用的词语,用这个词来形容一个县级市,本身就显现出这个城

---

① 见王卫平、张锦春编《义乌——没有围墙的城市》,第24页。

市的特异之处。

义乌处于群山之中，生活环境相对安定，历史上属于移民较多的区域。据1987 年版《义乌县志》统计，义乌移民主要由中原移民构成，且来源广泛，迁入期分散，这使义乌容易形成一种包容性和开放性较强的社会文化精神。同时，婺州学派吕祖谦主张兼容并蓄，陈亮的永康之学也包纳异端之学。这种精神在当代义乌发展中仍发挥着重要影响，按义乌市前市委书记楼国华的说法，义乌是个"移民城市"①。目前，义乌籍常住人口不足 70 万，外来人口却超过百万，近几年来，外来建设者以每年 10 万人以上的速度递增；截至 2006 年底，有 40 余个国内少数民族的数万人、100 多个国家和地区的数千名外商常驻义乌；世界各大宗教信徒皆有。据人民日报主办的《信息导刊》2004 年第 17 期报道，有 8 位外商旁听义乌人大会议，11 位外来务工人员当选为镇或市人大代表。外来人口已经成为义乌经济发展的一支重要力量。在这个复杂多变的环境中，义乌多年未发生重大刑事案件和安全事故，人民群众安全感满意度达到 94.3%。保持了义乌社会的稳定和谐。

义乌人的开纳精神也使义乌能够吸纳八方才，共圆致富梦。义乌人不但不排外，而且善待外人。义乌民间有着"客人是条龙，无客便是穷"的古训，人们常以"算计别依一千，自己划到八百"相告诫，直至 20 世纪六七十年代，义乌人好不容易杀了一口猪，卖掉猪肉，猪血、猪内脏分送亲邻，往往最后送得一干二净，这就是义乌人先客后主、善待他人的典型事例。当今的义乌商人，也多有"想赚钱先让别人赚"的思想。梦娜袜业的创始人之一宗承英这样讲述自己的生意经：

> 我做生意的一贯宗旨可以用七个字概括：进价贵，卖价便宜。所谓"进价贵"是相对而言的，即进货时尽量不去压对方的价，以便长期保持业务联系，今后时间一久，双方建立起相互信任关系，对方就会先发货后收钱，这样对自己的资金周转大有帮助。"卖价便宜"就是尽量不卖高价，赚取利润要适当，这样货才能很快卖光，顾客才会多。如此循环往复，生意就好做了。②

---

① 中共义乌市委宣传部编《开放的义乌》，第 264 页。
② 浙江省政协文史资料委员会编《小商品大世界——义乌中国小商品城创业者回忆》，第 195 页。

在衬衫业呼风唤雨的刘加强也说：

> 乖巧投机者总是只顾眼前的蝇头小利，生意只做了一次就没有回头客了，这岂不是自断财路，砸了自己的饭碗。有时候诚信经营，作些让利，表面上确是吃亏，但却赢得了别人的信任，在往后长期的合作中，就有机会获利，这就是"双赢"，这就是"得失相伴，吃亏也占便宜"的道理。①

的确，"决千金之货者，不争铢两之价"（《淮南子·说林训》），只有顾及对方利益，才能吸引对方，建立长期的伙伴关系。像义乌双童吸管公司，每根吸管不过赚取 0.08 分的利润，但由于把广阔的利润空间留给了客户，双童吸管生意越做越大，行销全世界，日产达 8 吨，产量占据了全球吸管需求量的 1/4 以上，成为全球最大的吸管供应商。其他像 0.01 分利润 1 根的牙签，0.2 分利润 1 只的塑料袋，1 分利润 1 支的铅笔，5 分利润 1 双的袜子，2 角利润 1 件的衬衫……别人压根儿看不上的生意或不屑赚的小钱，义乌人都能长年累月地干下去，将它做成一个庞大的产业。义乌之所以客商云集，外来人口越来越多，市场越搞越大，生意越来越火，跟义乌人善待外人、先为他人利益着想，从而真正实现"双赢"的"开纳"精神息息相关。

当然，上述概括还可以再讨论，同时它也没有包容义乌文化精神的全部，如义乌人的节俭、务实等精神，亦有其特点和历史文化成因，没有单独罗列出来。我们所总结的八字精神主要来源于文献的研究，与今天义乌市确定的十二字文化精神尽管在总体上有很大的重合之处，但在表述上略有差异。我们希望在明确义乌文化精神的同时，能从历史文献的角度给予它新的观察和思考。当然，文化精神是动态变化和发展的，应随着时代和义乌的不断发展，不断赋予它新的内涵。

---

①　义乌市文联编《天南海北义乌人》丛书之二，中国文联出版社，2004，第 61 页。

第九章
义乌文化精神的历史塑造

广义的文化虽可指称人类在社会实践过程中所获得的物质的、精神的生产能力和创造的物质财富、精神财富的总和，但狭义的文化则专指精神生产能力和精神产品，包括一切社会意识形式。[①] 一个地区文化精神的形成是历史的产物，是生活在这块土地上的人民在生产生活实践中创造的。从现实出发虽然可以对历史上的文化精神以参照，但毕竟不能复原历史本身。研究义乌过去的文化精神，主要依靠历史文献中关于义乌人的记载，尤其是义乌人自身创作、影响当世和后代的精神文化产品。由于时代久远，留传至今的义乌人的精神产品主要是关于当地历史名人、官员和望族的。这些人对塑造义乌文化精神的影响是巨大的、深远的。下面我们从义乌地方官、名门望族和历史名人三个方面，具体描述义乌人文化精神的表现及其影响。

第一节　义乌地方官与地方文化

义乌文化精神的形成，与历史上义乌地方官及其政见政绩有着深刻的内在关系。贤明的地方官，往往因地制宜，运用行政资源和行政能力，对民间愿望加以正确引导，使其实物化、制度化，为政一届，造福一方。这种以民为本的思想行为，也是今日商业经济行为的基础或内在宗旨所在。

---

① 参见冯契主编《哲学大辞典》，上海辞书出版社，1992。

224

一 以民为本的地方官

中国古代的行政机构设置一般至县而止，因此县官便是国家行政的最基层的管理人员，被称为亲民官。明杨荣《送知县黄时懋赴东阳序》云："国朝选贤任官，尤慎择守令之职，诚以其为近民之司。"（《文敏集》卷十二）其实不仅明代如此，县令因其最近民、亲民之故，历来都甚受中央统治者重视，清翰林院编修林浦封论贞观之治时曾对县官职位的重要性有过一段精辟的论述。

> 史称贞观四年，米斗不过三四钱，终岁断刑才二十九人，东至于海，南及五岭，皆夜户不闭，行旅不赍粮，取给于道路，大有之盛如此然。考之唐初，承隋末之乱，武德以来，兵革未息。贞观元年，关中饥；二年，天下蝗；三年，大水；民生雕敝极矣。至于四年，即以大有特书治化之美，流光史册。论者以为魏征劝行仁义之效如此其速也。夫仁义固足以致治，而行之必在乎得人。天下之大，非一手一足之烈明矣。尝深求其故。窃于《纲目》所书贞观二年择亲民之官，而知其政治之效所由速也。……太宗初政，诏举堪为县令者。其言曰："与朕养民者，惟都督刺史，至于县令，尤为亲民，不可不择。"命五品以上各举以闻。是时太宗虚己励精于上，房、杜、王、魏诸臣竭诚交赞于下。询事考言，登明选公，中外承风，勤求至理。是以上无不达之隐，下无不逮之恩，阴阳和而风雨时，衣食足而民俗厚，仅及四年，遂致太平。向使守令非得其人，即有良法美意，不过视为具文，甚或藉以营私扰众者矣。太宗虽贤，乌能家喻户晓，身亲致之于民哉。且夫水旱，由于天时，圣王所不能免。惟有抚恤之方，得人而任之，乃可转危而为安，易贫而为富。历观前古，莫不皆然。……唐玄宗初年，引见畿县官，戒以惠养黎民，屡遣大臣巡访之。开元之治与贞观并此，其明验也。故自古极乱之世，得贤守令足以保障一方者有矣……惟守令之职与民最亲，处置设施，易中肯要，举凡课农桑、厚风俗、抑豪强、抚孤弱、赈救灾荒、安集流散，何一非其职分之所当为？

这段奏论可以说主要是将守令职责和地位的重要，以及贤守令对国家兴盛和地方建设的意义揭示了出来。当然，除了"课农桑、厚风俗、抑豪强、抚孤弱、赈救灾荒、安集流散"外,守令要做的重要工作之一还有兴文教。宋黄幹《帖军学请孟主簿充学正》一文云:"守令之职,不惟治狱讼、理财赋,正欲崇学校、养人才,使教化行而风俗燉。"(《勉斋集》卷三十五)义乌地方建设包括文化建设,当然离不开历代贤守令的努力。

从现存各种史料看,义乌历史上虽偶有贪鄙之官,如清代咸丰年间知县甘履祥,"性贪黩,闻邻邑有警,假名团练,剥取民财,饱入私囊,绝无准备。贼至,携爱姬先遁"(黄侗《义乌兵事纪略》)。但总的说来,却代有循良,遗爱在民,堪为传记,其中元以前因年代久远,在义乌任上之事多湮没不闻,元以后则稍详,嘉庆《义乌县志·宦迹》中载有40多名守令的传记。其中义乌任上事迹较著者略举数例如下。

元代亦璘真(达鲁花赤①),字毅斋,畏兀儿人。至正三年以儒林郎来任,"明敏不察,仁恕有容,抑豪强,恤群下,务以恩信及民。时田政久废,徭役不均,十年秋,橢城董公长越宪,议均役。金华、武义、永康以他路县清强吏委之,而令公自治其邑。……值岁不登,田使者将征租,公力言之,得免十之八九,民深德之。又崇礼教,兴孝悌,修学校,劝农桑,治官舍颓废者新之,修桥梁以济不通,浚绣湖以兴水利。在县六年,以任满去,民思之不置,为立去思碑"。

元代周自强(县尹),字刚喜,临江人。"至正三年以承直郎来尹,循廉有为,治民一以慈惠阜安为心,建局核田粮,令民自实,民不敢欺。部使者、郡长吏数以疑狱不决者委之,折以片言,莫不服其明允。又用民余力治土木、饬儒黉,创常平仓,公私皆足。及书满去,民为立生祠。"

明代刘同,字伯询,江西庐陵人,正统己未进士,五年授任。"性廉勤,课农兴学,爱民如子。莅任初,有大辟囚,通谋吏卒,诈死出狱,同是夕恍惚见人披发跪床下诉冤,惊以为怪。明日,诈死事闻,悟夜告者乃其仇杀人也,呼其父族省谕,其人归狱就死。民有以诬死系宪司狱十二年者六人,系本县狱三年者五人,会审刑官至,同为达其枉,皆得免。有与盗贼同姓名被误执系新城狱者,同设法获真盗,解其人得释。尝检验邻邑东阳、玉山尸伤,释诬指者四十余人。壬

---

① 元代守令设达鲁花赤和县尹各一名,达鲁花赤主要以蒙古人、回族人担任,理县事兼管劝农,谓之监县,与县尹并治。县尹多以汉人任之,号为司判正官,亦兼劝农。

戍岁大旱，躬露跣拜祷三日，大雨于堂，后作喜雨亭。县尝发预备仓谷给贷，以岁饥为请上司丰年还官；又特章奏减税粮，民乃得苏。时有灵椿生戒石亭，猛虎自投毙，皆以为仁政所致。郡有贰守某，行县要求非礼，即上章劾奏。甲子秋，有顽民梗化，数逋赋役，为手书谕之，其人觉悟赴役。又有重犯未获，其妻收系，禁卒诱奸，怒曰：'败伦伤化，禽兽之行。'立罪其卒。尝重修县治、学校、祠宇、桥梁，着县令箴以自警，又与县丞刘杰同辑邑志。祠名宦。"

明代方介，字子和，直隶合肥人，系进士，嘉靖十五年任。"宏才伟略，古貌真心，断狱刚方而案无滞牍，躬行俭素而库有余财，大书包孝肃诗于座右，日诵自警，朔望谒城隍庙，高声盟心于神。以其一尘不染，乌人呼为方青天；以其剖决如流，呼曰方一刻；犯人不入，歇家炊爨台下，又呼为方一升。自奉清苦，至激赏生儒，则丰腆倍，常延有学行明师于尊经阁，群博士弟子，时时披阅诲诱，謦欬蒸蒸然向风，性亢直不阿，朝无先容，门无私谒。或劝盍少贬以谐俗，曰：'吾遭风波，妻子皆鱼腹矣，幸不死，已逾涯分，亦复何求。'故于死生祸福、毁誉是非毫不介意。卒忤当道，调黄岩。公每按部，不受民馈食，一竹箪自随。至是道出东界，士民置酒尧岭坡，乃乐饮终日，怡然若忘己之迁谪。乌民如赤子失怙恃，攀辕泣留。公慰谕再三曰：'吾已不职调，诸君何恋恋也。'治黄岩如乌，力抗权豪。贰守高州府，后知处州，衣旧敝袍，以杂色缘其袖，清正不容，调长芦运同，遂拂衣归。祠名宦。"

清代连一鸣，字根园，福建同安举人，康熙五十六年任。"恺弟严明，刚柔并济，事无大小，必用意周浃。听讼偶有未决，早夜思维，几至寝食俱废，得其情理而后释然。优容士类，使人人知所自爱。编立保甲，盗贼敛迹。值五十八年、六十年连岁亢旸，比户皇皇。公详蠲赈，情词痛切。又亲历八乡，竭诚劝输，开粥厂三十余所，分男妇就食，藉活万口。而公以此致疾，竟卒于官。"

考其所为，正属黄幹和林浦封所说的"崇学校、养人才"，"课农桑、厚风俗、抑豪强、抚孤弱、赈救灾荒、安集流散"，这是古代社会赋予地方官员的主要职责。当然地方长官还有副手，如宋除设知县外，还有县丞、主簿、县尉等；元设除达鲁花赤和县尹外，还有县丞、主簿（兼县尉）、典史、教谕、训导；明除设知县外，也有县丞、主簿、典史、教谕、训导；清初承旧制，置知县、县丞、主簿、典史，顺治四年裁县丞和主簿，设教谕和训导。一个地方官要想做出政绩，必须要有一个好的班子相配合。义乌的主簿、典吏、县丞、县尉、教谕、训导中也有不少可赞可记之人。如唐天宝年间义乌县尉王士宽，"以清干称"①。宋淳熙年间义乌县尉赵师日，请求大学士李公，为县减免酒税，"盛德在民为甚深，邑民将立公生祠于星祠之东，而朝暮奉事"②。元义乌教谕叶谨翁，大儒叶邦的曾孙，"以教养为务，兴坏起废之功为多"③。明永乐年间义乌典吏锺鸣，"赞理恭勤，持身廉洁"、"赋役以均，田野以辟，邑以治化称，吏民怀之"。明万历年间义乌教谕周维洪，配合当时县令张维枢，"建塔修学、浚绣川、新俎豆"，以身任之。④

可见一个地方官要想做出政绩，还必须要有一个好的班子相配合。但是做好这一点并不容易，像方介一尘不染，自奉清苦，以至官袍上都打了补丁；而连一鸣，为百姓废寝忘食，以至赈灾时劳累过度，卒于任上；汪浤不但甘于淡泊，还将自己微薄的俸禄用来资助学子。然而对于贤明地方官的执政功绩，民众是不会忘记的，他们以各种方式表达着自己的感激之情，如为他们立碑石、建祠庙等。

立各种碑石以怀念他们，像"甘棠碑"、"去思碑"、"存教碑"之类。如元代达鲁花赤亦璘真"以任满去，民思之不置，为立去思碑"⑤。明代知县周士英离任后，百姓为其立"甘棠碑"。清代县令孙家栋，"以精明强固之才，秉恺悌慈祥之性，操严冰檗……任历十载，督抚二台荐为治行第一，已迁江南邳州知州，邑人建去思碑亭于治东街"。明代教谕王汝源，"赞佐令尹，举行乡约，访求节孝，力请表扬，而一尘不染，尤近世所罕"，去之日，民立"存教碑"以纪之。

立各种祠庙，如生祠、名宦祠等。生祠即为仍活着的人建立祠庙以感戴之，如元县尹周自强任满，"民不忍舍，为立生祠"。明知县吕盛，"为政务大体，不事烦苛，开诚布公，作兴学校，亲课农桑……升任去，民生祀之"。潘允哲"惠政甚多，颂声载道，逾年以行取去，民至今思之，建生祠以祀"。欧阳栢"在任

---

① 白居易：《白氏长庆集》卷四十二《唐扬州仓曹参军王府君墓志铭》。按历代《义乌县志》未载王士宽，似可补阙。

② 陈亮：《龙川集》卷十六《义乌县减酒额记》。

③ 黄溍：《文献集》卷九下《叶审言墓志铭》。

④ 锺鸣、周维洪两人事迹见嘉庆《义乌县志》卷九《宦迹》。

⑤ 嘉庆《义乌县志》卷九《宦迹》。以下引文材料（限本小节）凡未注出处者，均据此，以下同。

以风力刚决闻，较考治平异等，召拜刑科给事，民见思焉，立生祠"。范儒"清廉仁恕"、"士民为立生祠"。名宦祠即为政绩突出者所修祠庙，如明知县王允诚，"国初以亲军总管来任知县，时承兵火之后，庐井荡然，允诚修举拊循，不逾时而民安堵……民到于今思之，见入名宦祠"；张永诚"为政简易，吏民悦服，创公宇，争相趋赴，治行为诸县最，民思之勿替，见入名宦祠"；吴祐"公恕廉洁，士民爱戴……在任田野辟，逃亡归，利兴弊革，以疾卒，民莫不哀慕焉，见入名宦祠"；刘同"性廉勤，课农兴学，僚属相亲，爱民如子……见入名宦祠"。还有一些祠庙是视地方官政绩随机而建的，如义乌邑东之三里有东江桥，是交通要道，历代地方官多有修缮，民众于桥附近遂立有"王公祠"（知县王廷曾康熙三十年曾修此桥）、"张公祠"（知县张若需康熙五十四年曾修此桥）等以祀之（见嘉庆《义乌县志》卷二《桥渡》）。

以姓氏冠于工程或自然景物。地方官铺路架桥、筑堤治湖、植树修渠，以利民生，民怀念之，故以其姓氏名之。如宋庆元三年知县薛扬祖曾造石桥，民名之曰"薛公桥"（嘉庆《义乌县志》卷二《桥渡》）。明代知县郑锡文，"性度恢弘谦折，莅下严明，丈量田土，清理粮税，禁辑盗贼，甚得体查，复绣湖旧迹，浚之，仍建闸，以时启闭，民赖灌溉，因于湖上造亭立石，以叙其绩，号郑公墩"。俞士章"治务持大体"，民大称便，离任之日不仅民遮道留之，离任后又立去思碑怀之。俞公在任日率民沿绣湖甃石植柳，杜绣湖之侵，民感之，称曰"俞公堤"。

遮留。地方官施政若得民心，离任时民众往往劝阻挽留，不忍分别。如明知县王允诚，"擢南安守去，民涕泣拥留，马不得行"。李玉"性气果敢，廉介有守。……解任回京，民遮留弗忍舍"。罗栢"廉洁无私，禁伏豪强，扶植寡弱，尊礼贤士，锄铲盗贼，以正直忤上司，调兴化去之日行李萧然，民攀号而别"。方介"以其一尘不染，乌人呼为方青天"，离任日民"号泣留之，侯竟以民故再居弥月，不避失限之罪"。汪道昆"英特警敏，风力过人……治以严明称，性好学，博览多识，不以案牍辍披吟，尤崇重学校，造就青衿，所奖拔俊异，为时名流，以行取，入为工部主事，民遮道泣留不忍别"。

写诗文歌赞。地方官离任时若有政绩，士子往往以诗文记其事，以传久远。如元教谕应裕，诲人不倦，离任之日，邑人"相率赋诗以惜其去"。明知县梅淳离任之日，"荐绅先生盛为诗歌"颂美之。清知县赵宏信，"才能敏捷，摘伏惩奸，是非立断，严行保甲，民赖以安"，去之日，"民讴思之"。

留衣物以为纪念。有睹物思人之意。如明知县沈天麟"视民犹子"，离任日"闻者奔走号呼，至拥不能行，乌虽留，殆未足以伸民私也"。梅淳更得人心，去之日，"子弟攀辕卧辙，请脱乌易袍者环千数辈，庭不能容。公怫然面斥之曰：'吾生平所深薄者，此类也。'诸子弟乃伏泣久之。公益厉，弗少霁。忽有睹箧端袍乌者，遂强留之，悬于丽谯之楼"。而且民众怕衣袍、鞋子不能保存太久，又恳请邑名士虞德烨写《梅公去思碑记》刻于石。

古今虽制异，但对于地方官的职责要求也无非是上述种种。所不同的是，古代社会抑商重农，而今社会以经济建设为中心，则要兴商利农。当代义乌地方官在这方面做得非常出色。党的十一届三中全会后，当时的义乌县委县政府因势利导，提出了允许开放城乡集贸市场、允许农民进城经商、允许多渠道竞争、允许长途贩运的"四个允许"，并于1982年正式开放了小商品市场，1984年又提出了"兴商建县"的战略发展思路，为义乌的经济腾飞赢得了先发优势。提起那一届的政府，又有哪一个义乌百姓不击节赞好，衷心感铭呢？"官一分好，民之感即不止一分"（莫友芝《外舅夏辅堂先生墓志铭》），这是清代道光、咸丰年间曾任石泉、洛川知县的夏辅堂深有感触的一句话，用于义乌，亦很贴切。

二 地方官在义乌发展与精神文化塑造中的作用

地方官的积极施为，为地方文化留下了内含着精神蕴涵的物质遗迹，供人记忆，供人怀念，供人寻味，供人继承。这些都为现代经济崛起的义乌增加了文化底蕴，令人抚今追往，或睹物感怀，在历史长河中寻找义乌精神源远流长的精神脉络。我们能够清晰看到，义乌在长期历史发展过程中，不管是形胜还是人文都逐渐形成了一些具有自己文化特色的成果，地方官对于这些特色的形成起到了非常重要的作用。

（一）绣湖

绣湖又名绣川，位于今义乌市绣湖广场西侧。历史上曾"广数顷，群峰环列，云霞掩映，烂然若绣"（嘉庆《义乌县志》卷二《湖》），故名之曰"绣湖"。绣湖历史悠久，宋大观之前，濒湖寺院与好事者已多建亭台楼阁。大观三年，知县徐秉哲筑堤植柳以通往来，即后来所云绣湖八景之一的柳洲，并造塔建寺，绣湖景色益胜。绍兴十三年，知县董燁率民治湖。宋元间，有人构亭植花木，为游赏之地 24 处。岁久荒废。明正统间，知县刘同、县丞刘杰时与乡坤龚永吉、朱肇赏宴其间，歌诗赋唱，取可胜赏者八种：曰驿楼晚照、烟寺晓钟、花岛红云、柳洲画舫、湖亭渔市、画桥系马、松梢落月、荷荡惊鸥，名八景。直至民国初期，柳洲、花岛仍然存在。历代文人墨客创作了为数不菲的诗文赞美绣湖，义乌文人或曾流寓义乌的文人还把自己的文集以绣湖命名，以志喜爱之情，如元金涓有《湖西稿》、《青村稿》；明县丞刘杰有《绣川集》，金江有《华川文派录》，金世俨有《吏隐绣水》；清冯迈有《绣川积玉》；民国张应铭有《绣水应声》等。可以说，绣湖是义乌历史文化的一个缩影，是义乌精神文化的一种象征。

据历史记载，对绣湖共进行过十余次较大规模的疏浚治理，分别是：

宋绍兴十四年（1144），知县董燨请为放生池，尝浚湖。

淳熙五年（1178），县丞吴沃更霆管为斗闸，泄绣湖水，建桥其上，名"吴公桥"。

开禧二年（1206），县丞吴衍重浚。

元至正年间，达鲁花赤亦璘真浚绣湖以兴水利。

景定五年（1264），知县林桂发重浚。

明洪武十一年（1378），知县孔克源重浚，"湖之北故为官道，水啮蚀且尽，因筑而广之，湖南沿堤亦有曲径以通人行，居民侵塞，且及湖百尺，皆斥而复之。杂艺花柳，映带左右，复聚土为山于花岛之后……县人士怀侯不能忘，援昔人名桥故事，既名土山为孔公墩，以识侯公"①。

明景泰间，加浚灌注，采捕为民所利（嘉庆《义乌县志》卷二《湖》）。

弘治九年（1496），知县郑锡文复绣湖旧迹，浚之。

嘉靖十二年（1533），训导罗傅岩聚工筑湖之北岸，徙画桥为新桥。

嘉靖二十九年（1550），知县汪道昆复修堤，创造石桥，周围植以松柳。

万历间，知县俞士章令沿湖居民累石筑堤，以防侵占。

崇祯九年（1636），知县许直捐俸浚湖，修文昌石桥一座。

崇祯十三年（1640），知县熊人霖捐俸浚湖，造绣津桥一座②。

---

① 宋濂：《文宪集》卷十六《义乌重浚绣川湖碑》，按以上六次浚湖时间除亦璘真浚湖时间据崇祯《义乌县志》，其余均据此文。另嘉庆《义乌县志》卷二《湖》云董燨浚湖时间在绍兴十三年（1143）。

② 以上弘治九年至崇祯十三年共六次，均据崇祯《义乌县志》卷三《湖》。

清康熙三十年（1691），知县王廷曾捐浚绣湖。

1999 年 10 月，义乌市委市政府提出改造绣湖、建设绣湖公园计划，总用地约 7.5 公顷，与东北部的千年古塔大安寺塔形成湖光塔影，至 2002 年底初步竣工。

15 次大规模的绣湖治理，无一例外均为地方官倡导所为，经过了他们的精心呵护与参与。如今，"绣湖以其悠久的历史、璀璨的文化，被义乌人民视为心中的圣地、精神的家园，成为义乌地域文化的象征"①。

（二）义乌兵

提到义乌，不能不提到明代的义乌兵。明嘉靖年间，倭寇猖獗，屡屡进犯浙、闽沿海地区，而明兵征剿不力，屡战屡败。参将戚继光至义乌募兵，倍磊陈大成等率众应召，这支部队机智勇猛，屡战屡胜，成为抗倭主力，从此威名远扬，甚至成为义乌人刚猛勇韧性格的象征。而曾先后担任义乌知县的汪道昆、赵大河、周士英，则都与义乌兵有着密切关系。

汪道昆（1525～1593），安徽歙县人，字伯玉，号太函、南溟、松明山人。嘉靖二十六年（1547）进士，授义乌县令。嘉靖四十一年，倭寇侵福建，时汪道昆为福建副使，与总兵戚继光率浙兵合力抗倭，道昆"主画策"，继光"主转战"，设奇制胜，沿海诸贼次第削平。道昆因平倭有功，升为兵部右侍郎，转任兵部左侍郎。万历二年（1574）致仕归乡。道昆又是诗人和杂剧作家，被誉为明代"文坛五子"之一。说到汪道昆与义乌兵的关系，一些资料将他看作义乌兵的创始人，《明人传记资料索引》（台湾"中央图书馆"，1965）载：汪道昆，"嘉靖廿六年进士，授义乌知县，教民讲武，人人能投石越距，世称义乌兵。后备兵闽海，与戚继光募义乌兵破倭寇，擢司马郎"。然此段记载不实，《义乌县志》、《歙县志》以及汪道昆本人的《太函集》均未提及此事。戚继光《纪效新书》卷首《或问篇》对于义乌兵之事讲得非常清楚：

> 岁己未（指嘉靖三十八年），以义乌尹赵公之集兵，予奉命会选而教练之，为部伍，于是而始有义乌之名。

---

① 见义乌市政协文史资料委员会编《义乌文史资料》第十二辑（绣湖专辑）。

汪道昆《太函集》卷二十七《台州平夷传》亦云：

> 比年岛夷犯东南，自台州始。上用督抚议，特命戚参将继光分部台州，而以唐俭事尧臣兼兵巡事。两人雅以才相重，尽平生欢。戚将军尝备胡，习西北兵事。则以江南多沮泽，行者不得比肩而行。阵与西北同，何以战？乃为鸳鸯阵，阵十有二人，队长前，次夹盾，次夹枝兵，次四人夹矛，次夹短兵，樵苏居后。其节短，其分数明，其步伐合地宜，其器互相为用。乃以义乌令赵大河所募县良家子三千人服习之。

文中的赵大河何许人也？据《江南通志》卷一百五十一载："赵大河，字道源，江阴人，嘉靖丙辰进士，授义乌令。时倭寇两浙，特简民壮督习骑射。总制胡宗宪檄监大将戚继光兵，上功幕府，累擢浙江佥事，监军如故。练兵讲武，所拔部曲后皆为名将。"可见戚继光和赵大河才是义乌兵的缔造者。

不过汪道昆与义乌兵还是有着不解之缘的，戚继光《横槊稿》中卷之《闽海纪事》记载了他与汪道昆合力平八闽的详细事迹，戚继光不仅赞叹汪道昆与自己部下义乌兵的亲密关系，"公旧尹乌伤，乌伤人诵公德政，至今不衰"、"部士皆汪旧，赤子乍见，慈母恋恋，视予且甚焉"，而且还对汪道昆幕后赞画，不易为人所知鸣不平，"予职旗鼓，督军行间，肃队而出，悬馘而返，虽五尺童子知予功也。而不知壬戌冬之密盟，南明公之任难，即士大夫亦不能知者。……呜呼，无智名，无勇功，大德不德者，南明公之谓也"[1]。汪道昆任义乌令时，方23岁，"人以尹何少，先生及在事，持廉俭，为吏民先，而出以平恕，大得民和"[2]。嘉庆《义乌县志·宦迹》载道昆，"英特警敏，风力过人，绪寻本始，梳栉宿弊，振洗颓风，杜绝侵渔，征赋立办，辩枉破滑，剪刁锄强，痛惩起灭，以熄讼源，操持公廉，信令必罚，盗贼屏息，豪右惕心，事无巨细，刻期日中决之，群情胥服，易听改观。性好学博览多识，不以案牍辍披吟。尤崇重学校，造就青矜，所奖拔俊异，为时名流，以行取，入为工部主事，民遮道泣留不忍别。

---

① 见王熹校释、戚继光著《止止堂集》，中华书局，2001。

② 明通均：《山居文稿》卷七《明通议大夫兵部左侍郎汪南明先生墓志铭》。该文复印件承台湾元智大学罗凤珠提供，谨此致谢。

公积官至兵部左侍郎，以文章名世，有《太函集》。其在婺属草盖寡，然生平未尝忘婺也"。由此可知，义乌兵的英勇善战，官兵和谐，不能埋没汪道昆的功劳。

义乌兵名声大振后，也带来了一些不良后果，各处募兵官接踵而来，使义乌留乡耕种的劳动力大为减少。戚继光已预见了这种情况，其《纪效新书》卷首《或问篇》云：

> 义乌兵自隶予部下二年，遂有台州、辛酉数捷，至或身亲之人，亦有云云者。曰义乌兵天生性勇，固不假将领教习之力而可用也。今处处募义乌兵者，远自福省。故不知义乌弹丸之地，通计能几十万丁？就中再择其勇而壮者，又复几何？今纷而应四方之募者二万有余矣！编民之家，老幼、官吏、生员、杂役外，十丁五丁可得一壮士否欤？又加之以各处不一之将领，未必人人知兵，未必人人知义乌兵之性，未必人人捐身家以御下。一用之不审，被一大劫。东村痛子，西村哭夫，于此之后，一邑夺气，而义乌之兵不可用在目前矣！

至万历二十二年周士英任义乌知县时，当时情况是"义乌一县兵不得解甲而为民，民不得息肩而无事于兵者三十余年"，"历年来散于北边，散于闽广者几数万众，倭平而生还者十无二三，民方救死扶伤之不暇，而复重之以檄召之纷纷"，"初到任不旬月，而金陵、淮扬、蓟镇、吴淞、浙省等处募兵官员踵接肩摩"，"人民流窜而户口消耗，里分兼并而粮差困赔，邑有憔悴之风，民多死伤之泣"，"乌民户口自嘉靖四十二年以至隆庆五年共一万五千五百一十丁，万历九年户口仅存一万二千九百三十丁"（俱见嘉庆《义乌县志》卷四《民兵》）。因此周士英具疏痛陈之。正因为有了周士英这样惜民力的地方官员，义乌人民才能在沉重的兵役下缓过一口气来。周士英离任后，义乌人民设专祠祀之。

（三）小商品城

义乌市场的崛起既是义乌人民的创造，也与地方官的参与和推动密不可分。我们不妨看几段义乌市场起步阶段时义乌县县委书记谢高华的回忆录：

> 1982年4月，组织上调我到义乌县（现改建市）作县委书记。……义乌县人多地少，自然资源较少，土地贫瘠，人民生活困难。为了提高土地单

位面积产量，义乌农民有着用家禽毛和人畜粪肥田的传统，所以，几百年以来，义乌土地上一直活跃着一支相当规模的"鸡毛换糖"大军。我上任时，正是党的十一届三中全会之后，以家庭联产承包制为主体的农村经济体制改革已经全面推行，义乌的稠城镇和廿三里镇还出现了自发形成的小商品贸易市场。由于长期以来"左"的思想的影响，"鸡毛换糖"、搞自由市场经营一直被视为"盲目外流，弃农经商，投机倒把，走资本主义道路"，其经营者们一直都被斥为"刁民奸商"，并加以批判，且当时在这方面还没有新的明确的政策出台，所以，有关部门一如既往地对此采取禁、阻、限、关的政策和措施。

……

在深入调查的基础上，县委常委们也统一了思想，达成共识，认为应该开放义乌小商品市场。但是，在当时既无明确的政策又无先例的状况下，县委要发出开放小商品市场这样的通告，是要担风险的。一些同志难免会有些顾虑。……于是，我明确表态：开放义乌小商品市场，出了问题我负责，我宁可不要"乌纱帽"。县委一班人统一思想后，也明确表态：开放义乌小商品市场，发展经济，出了问题集体负责。在此基础上，1982 年 9 月 20 日，义乌县委作出决定：开放义乌小商品市场，并由义乌县政府发出通告（这在当时是全国仅有的）。通告发出后，义东、稠城（义乌县城所在地）两个小商品市场率先开放，整个义乌沸腾起来了，人们欣喜万分，奔走相告，甚至燃放鞭炮以示庆贺。

……

通过进一步的调查，我们发现：小商品市场开放后，农民要进城、要经商的愿望很强烈，这在过去看来是"弃农经商"，是绝不允许的；另外，许多经营小商品的人，往返于义乌与杭州、北京、上海、南京、广东甚至偏远的少数民族聚居地之间，这又是"长途贩运"，一直都被视为禁区。在调查中，我们还发现：个体经商的兴起，与国营、集体商业形成了竞争；在当时政策不允许的情况下，有些人悄悄地把责任田转包给了他人……面对这些情况，义乌县委经过反复研究后，作出了"四个允许"的决定，即"允许农民进城；允许农民经商；允许长途贩运；允许竞争（无论国营、集体和个体）"。当时公布的是这四个"允许"，但实际上有五个，还有一个是："允许土地转包"。这几项决定推出后，可以说是解除了对义乌农民参与商品经济的束缚，农民们放开手脚，大搞商品经济，涌现出了一大批敢想、敢干、肯吃苦的能人，从而促使了生产力的发展。义乌的商品经济很快兴盛起来了，个体摊位数一增再增，后因稠城街容量有限而转移到了湖清门市场，小商品市场也由开始的放开几条街设摊，发展到了规划建立市场，多种多类的专业户、专业村纷纷出现，城乡的经济面貌为之一新。从当时的形势发展中，我感觉到：我们找到了发展义乌经济的新路子。[①]

一步先，步步先。如果没有当年义乌政府放开小商品市场的先发优势，我们很难设想后来义乌能够顺利地在全国批发市场步步领先发展，从而逐渐成为具有世界辐射力的小商品集散中心。更为难得的是，义乌市历届领导集体能够与时俱进，及时推出与市场发展方向相适应的各种措施，充分尊重、发挥、扶持、引导义乌人民的聪明才智，从而开辟出了一条既具时代精神，又与义乌地域文化精神相契合的发展之路。

1982 年 9 月 5 日，义乌稠城镇小百货市场开放，市场位于湖清门，湖清门市场当时投资 9000 元，铺设水泥板摊位 700 个，当年市场成交额 392 万元。

在小商品市场发展初期，1984 年，义乌提出"兴商建县（市）"，同年 12 月，第二代义乌小商品市场建成，这次政府投入 57 万元，设固定摊位 1800 个，随后县政府又进一步提出了"五项政策"，即对从事工商业的农民政治上鼓励、资金上扶持、技术上指导、政策上优惠、法律上保护，从而大大促进了市场的发展，1985 年，小商品市场成交额 6190 万元。

1986 年 9 月 20 日，投资 440 万元的小商品城第三代市场在稠城镇朝阳村开业，是年市场成交额 1 亿零 29 万元。1991 年，义乌小商品市场成交额已达 10.33 亿元，首次在全国十大市场中名列第一。

1992 年初，有着 7100 个摊位的中国小商品第四代市场——篁园市场开始营业，该年 8 月 3 日，义乌小商品市场更名为"浙江省义乌市'中国小商品城'"。1993 年，当小商品批发市场逐渐走上正轨，具备自我发展、自我管理，并显示出其优势后，义乌政府及时作出决策，实行"管办分离"，全面退出竞争性领

---

① 见《忆义乌小商品市场的兴起》，浙江省政协文史资料委员会编《小商品大市场——义乌中国小商品城创业者回忆》。

域，成立了小商品城股份有限公司，从市场参与者变为市场服务者，使市场机制的基础性作用得到充分发挥。

1995 年 11 月 29 日，投资 4.2 亿元、设摊 8900 个的中国小商品城第五代市场——宾王市场开业；2002 年 10 月，投资近 7 亿元的中国小商品城第六代市场——国际商贸城一期工程竣工营业。而随着市场的不断扩大和开发，义乌市也适时提出了"以商促工，工贸联动"，"一体两翼"整合工业园区，"以工哺农，以商强农"推进城乡一体化，从"规模最大、商品最多、辐射最广"向"实力更强、商品更优、物流更快"方向发展，推动传统商贸业向现代商贸业转变，建设国际性商贸城市等战略构想，为义乌经济的发展和转型指明了方向。可以说，正是义乌历届领导班子善于抓住重要机遇，20 多年来的义乌经济才能保持持续发展。例如，20 世纪 90 年代末，由于全国各地市场遍地开花，竞争激烈，利润迅速摊薄，义乌小商品市场也有沉寂的趋向。2002 年，义乌市领导群体审时度势，将目光投向了国际市场，提出建设国际性商贸城市的蓝图，促进市场从国内贸易转向国际和国内贸易并重，并在各种配套服务、基础建设上同国际接轨，从而吸引了大量的国际知名零售集团前来采购，还实现了"买国际货、卖国际货"的目标。在义乌经济发展中，义乌市历届领导班子在商城经济发展思路上坚定、连续，使得义乌的发展处于一种良性循环状态，从而能够胜任作出战略性决定、把握发展方向的重大任务。至于具体经营，则完全交给市场来运作，政府不过多干涉。曾任义乌市市长的周启水形象比喻说："历届市委市政府对小商品城的发展支持好像是修路，最早时修出一条小路，又有人将小路修成机耕路，再加宽修成柏油路。我们的责任是继续往前修，把它修成高速公路，两边再好好绿化一番。也就是说，让义乌老百姓的致富路越走越宽。"①

综观 20 多年来义乌小商品市场的发展历程，在每一个关键时期，都离不开政府正确的政策引导和扶持。正如有的专家所说：

> "义乌的发展经验"的精神价值，不仅表现在老百姓的实践创造精神，而且也表现在当地党委、政府的科学精神。义乌的自主发展，并非全由市场

---

① 见《有所为而有所不为——二访义乌市市长周启水》，王卫平、张锦春编《义乌——没有围墙的城市》。

"自说自话"，事实上还靠党委、政府主动地去引导、去调整、去整合。如果没有这种科学精神，小商品市场就不可能长盛不衰。……义乌领导者在构筑小商品市场这个"蜂巢"之后，立足于服务、培育和规范，立足于发展和维护人民群众的根本利益，抓住事关全局和长远的关键环节，用科学发展观来解决新一轮发展中的瓶颈制约，才使得小商品市场最大广度地吸引"蜂群"，让酿造的"蜂蜜"充分涌流。[①]

二 地方官与义乌文化建设

义乌历史上名人众多，人文兴盛，"昔称邹鲁之邦也"（嘉庆《义乌县志·县儒学署教谕事举人谌廷锦序》），这其中，有赖于地方官的推扬之力。

（一）重视地方志的编写

国有史，郡有志，方志是一方之全史，是关于某一行政区域的政治、经济、文化、军事、自然现象和自然资源的文化百科全书，也是该区域生存境遇和历史精神的记忆。正如清代江秉谦所说："夫邑之有志正犹列国之有风，所以纪山川之要塞，辨习俗之羯夷，陈物土之膏瘠，以及兵、农、礼、乐与人物文献之盛，厥系盖綦重矣！"（康熙《歙县志》卷十二《艺文·歙志原序》）了解山川形势可以备守御之道，了解习俗可以更好教化百姓，了解土地可以知旱潦之情，了解物产可以备赋税，了解人物可以储养人才。所谓"治天下者以史为鉴，治郡国者以志为鉴"，方志是地方官员不可或缺的资治工具，因此地方官非常重视地方志的编纂。根据现有资料，《义乌县志》至1987年止，凡历十四修，其中大多为地方官主持编纂。

（元丰）《义乌志》。宋知县荣阳郑安平纂修于元丰二年后，今佚。黄溍《义乌县志序》："宋《元丰旧志》出于县令校书郎郑安平，而所记下及南渡以后，必非其本书。"（嘉庆《义乌县志》）

（咸淳）《义乌续志》。黄溍《义乌县志序》："《咸淳续志》出于溍之族曾祖漕贡进士应稣，手稿见在，而别本互有异同，盖方纂辑而未经裁定，亦非其成

---

① 《"义乌发展经验"的时代精神——记中国浦东干部学院常务副院长奚洁人》，2006年5月24日《浙江日报》。

书。"其书今佚。

（至正）《义乌志》七卷。至正十三年，金华刊本，今佚。元义乌达鲁花赤亦璘真、县尹周思泰主修，黄溍主纂，门人王祎、朱廉属草。

（至正十三年至正统五年间）《义乌县志》十卷。撰人不详。据王廷曾《义乌县志序》，"而自至正十三年至明正统五年，有十卷之志，亦如郑《志》，下及隆庆，而前阙五卷，不知其撰人……乃得正统五年以前十卷之残本"。按此志康熙时已残，王廷曾仅见后五卷，今全佚。其内容既下涉隆庆，亦非正统五年前原刻，恐为后人增修，不知与隆庆六年所修《义乌县志》是否有所联系，存疑。

（正统）《义乌县志》十四卷。明知县刘同修成于正统十年（1445），县人朱肇基于该年为序。刊本今佚。

（隆庆）《义乌县志》。《内阁书目》载：隆庆六年（1572），教谕郑茂林等修。据明周士英《义乌县志序》载："隆庆潘君允哲方锐意编葺，书未成而以内召行，属经生司其事，叙述涧略，编次无伦，识者慨焉。"按潘允哲知义乌县事在隆庆元年至隆庆三年，而郑茂林为义乌教谕时间在嘉靖四十五年至隆庆二年，据此，隆庆《义乌县志》当为潘允哲主修，郑茂林主纂，书未成而二人皆离任，由邑中经生续完，故疏略无次。刊本今佚。

（万历）《义乌县志》二十卷。万历二十四年（1596），邑令周士英修，刊本。全书为类八，为目五十有三。今浙江图书馆存有残本（存卷一至卷八、卷十一至十四、卷二十）。

（崇祯）《义乌县志》二十卷。崇祯十三年（1640），邑令熊人霖修，刊本，八门五十二目，六册。日本国会图书馆支部内阁文库和义乌市分别藏有原刻本。据金世俊《义乌县志序》："熊侯乃取旧志而续修之，雅不欲纷更，惟如共献所云：'法当补书，则引类相从而增入之。'追寻遐狄，附以新政，匝月而毕，真可谓难而易矣。"据此可推知万历《义乌县志》之大概。由于该志是现存义乌方志时间最早且内容最完整者，故录其目如下。

《县图纪》：卷之一（图说、县境图、县治图、县宇图、学宫图、八乡图）。

《方舆考》：卷之二（建置、分野、疆域、形胜、城郭、乡隅）；卷之三（山川、桥渡、风俗、岁时）。

《经制考》：卷之四（公署、学较）；卷之五（秩祀、礼仪）。

《物土考》：卷之六（则壤、户口、物产）；卷之七（贡税、徭役）。

《时务书》：卷之八（矿防、民兵、编户、田赋、水利）。

《人物表》：卷之九（职官）；卷之十（选举）。

《人物传》：卷之十一（名宦）；卷之十二（名臣、儒林）；卷之十三（孝友、气节）；卷之十四（政事、文学）；卷之十五（隐逸、笃行、列女）；卷之十六（义行、武功）；卷之十七（方技、仙释）。

《杂述考》：卷之十八（灾祥、寺观、丘墓）；卷之十九（古迹、遗事）；卷之二十（艺文）。

（康熙）《义乌县志》二十卷。康熙十二年（1673），知县于涟修，邑人董楷序，稿本未刊，今佚。据于涟序，"是书起于崇祯十三年，迄于康熙十二年，凡今之异于古，与今之继乎古者，合则因纲总叙，分则逐目条疏，一一附于各条之后，补成而上之"。概此书重在增补续修，而非重修也。

（康熙）《义乌县志》二十卷。康熙三十一年（1692），知县王廷曾修，16册。复旦大学图书馆、吉林大学图书馆、日本国会图书馆支部内阁文库均藏有原刻本。该志是在前志基础上的重修本，改动较大，分类也有所不同。

（雍正）《义乌县志》二十卷首一卷。知县韩慧基修于雍正五年（1727），刊本，11册。故宫博物院图书馆、日本东京大学东洋文化研究所、美国国会图书馆有藏本，上海图书馆所藏缺第一册。该志是王廷曾本的续修本。

（嘉庆）《义乌县志》二十二卷首一卷。知县诸自谷主修，程瑜、李锡龄、朱世瑷等纂。起于嘉庆四年，成于嘉庆七年（1802），刊本，10册。义乌市图书馆藏有木刻本。民国十九年灌聪图书馆翻印石印本，12册。台北《中国方志丛书》收录影印嘉庆刊本，各大图书馆多有存本。

（民国）《义乌县志稿》。朱乾、吴镜元编。沿革记至民国六年，存残稿残篇，未刊，今存浙江图书馆。

（民国）《义乌县新志稿》。干人俊等编于1943年。稿本，未刊，凡二十五卷首一卷，今仅存首一卷和卷一至四，藏于国家图书馆。据其《凡例》，本编非续修嘉庆《义乌县志》，而以纪民国成立后事为主，故曰民国《义乌县新志稿》。由于民国时期，具有"新的内容"、"新的方法"的"新方志"编纂开始兴盛，故干人俊此书的编纂体现了新旧交混的特点。其目次为：卷首（序、凡例、地图、照片、样张、遗墨）；卷一（沿革、疆域、面积、人口、气候、土壤、地质、道里）；卷二（叙山）；卷三（叙水）；卷四（土田、赋税）；卷五（机关、团体）；卷六（乡镇）；卷七（司法、保卫）；卷八（商业、金融）；卷九（工业）；卷十（教育、卫生、救济）；卷十一（交通）；卷十二（物产一农牧）；卷十三（物产二林矿）；卷十四（职官）；卷十五（选举）；卷十六（人物）；卷十七（宗教）；卷十八（古迹一）；卷十九（古迹二）；卷二十（艺文一书目）；卷二十一（艺文二内编）；卷二十二（艺文三外编）；卷二十三（金石）；卷二十四（杂记）；卷二十五（附录）。

1987 年《义乌县志》。由义乌县委书记赵仲光、义乌县县长姜补根作序，吴世春主编，1987 年由浙江人民出版社出版。该志 1983 年由县委书记王明新倡修，1984 年，在县委书记谢高华提议下成立了编纂领导小组，共 170 余人投入修志工作，至 1986 年年底完成。该志重点放在 1949 年 5 月义乌县解放以后，不是旧志的续修，而是以新观点、新材料、新方法重新编写的新志，一定程度上体现了 20 世纪 80 年代新方志的特点。其要目为：序；凡例；大事记；概述；第一篇（建置）；第二篇（自然地理）；第三篇（人口）；第四篇（农业）；第五篇（林业）；第六篇（水利）；第七篇（工业）；第八篇（交通、邮电）；第九篇（商业）；第十篇（工商行政管理）；第十一篇（财政、税收、审计）；第十二篇（金融）；第十三篇（城乡建设）；第十四篇（人民生活）；第十五篇（中国共产党）；第十六篇（权力机关）；第十七篇（政府机构）；第十八篇（人民政协）；第十九篇（群众团体）；第二十篇（中国国民党及其他）；第二十一篇（政法）；第二十二篇（民政）；第二十三篇（劳动人事）；第二十四篇（军事）；第二十五篇（教育）；第二十六篇（科学技术）；第二十七篇（文化）；第二十八篇（卫生）；第二十九篇（体育）；第三十篇（新闻）；第三十一篇（风俗、方言、宗教）；第三十二篇（人物）；第三十三篇（杂录）；后记。另有百余条细目。

义乌历代的方志，记载了世代义乌人民鲜活的历史，凝聚着义乌人民的文化精神，是优秀的历史文化遗产。地方官对方志的重视，为保存区域文化遗产，研究区域文化精神提供了直接帮助。

（二）重视文教及文化精神的塑造

在中国古代，文教事业的兴盛与否也是考察地方官政绩如何的重要条件。所谓文教事业，在中国古代，主要体现为崇学校、养人才、誉乡贤等。义乌地方官对此可谓不遗余力。如元达鲁花赤亦璘真，"崇礼教，兴孝悌，修学校"。明知县吕盛，"重建明伦堂儒学门，创号房四十余间，拓泮池，甃石为桥，甚有功于黉校"。汪道昆"尤崇重学校，造就青矜，所奖拔俊异，为时名流"。欧阳栢"尤垂意学校，门堂庑垣，时加修饰"。许成楚"大修学宫，捐倡募助，克成伟观"。清知县王廷曾刊行"宗忠简、黄文献、王文忠文集"。沈曾纯"暇则与博士弟子员论文讲艺……每月定期召集诸生命题校课，以尽鼓励造就之意，创与义学，捐俸延师，俾编户单寒，咸就学焉"。

再如明县丞刘杰，"修儒学、忠孝祠、尊贤堂及各公宇桥梁之类，无不备举，所辑有黄文献、王文忠公集"。明教谕胡春同，"诲训生徒，随才造就，所以多克有成，凡庙学颓弊，必捐俸修之，其它有关风化之典，悉举行"。明教谕陈得安，"诲诸生必倾竭底蕴，正统三年，以年老致仕，门人不忍其去，遂家义乌，平居言笑及与人谈论古今人物文章，亹亹不倦，以斯道自任，学者尊师之"。清训导王业澄，"每与诸生讲论文体，谓格必溯先正，而气必夺时贤，诸士从之……明伦堂与西庑圮，倡修之，其寒士之乏篝火资者，访而遗之"。清训导汪浤，"好读书，甘澹泊，勤于校课……五年不倦，遇能文士，不惜清俸以资膏火，持躬严峻，从不干请，当途见者，无不钦其师范，及门感佩德化，遄赋归与，扳留无策，为之勒石于名宦祠侧"。[①] 嘉庆《义乌县志》卷三《学校》里更详细记载了历代地方官对学校的建设和维护，为避繁琐，不一一列举。

注重文教事业，其目的重在培养民众良好的文化精神素养，使风俗归于淳美。正如宋黄幹所云："崇学校、养人才，使教化行而风俗媺。"（《帖军学请孟主簿充学正》）因此如何塑造符合时代潮流又具有地域文化特色的文化精神，即所谓的移风易俗，则在文教事业的建设中具有核心地位。乾隆《歙县志》卷四《官司志》："一邑之中，有令有丞，有尉有师儒博士，虽官无定人，而位有定制，然长令之任为尤重；其最重者移风易俗，其次薄敛省刑，其次兴利除害，其次发奸摘伏。移风易俗，非俗吏之所能为，而亦非匝月期年之可奏绩也。"所谓"十年树木，百年树人"，比起"兴利除害、发奸摘伏"来，"移风易俗"需要一个无法急功近利的长期过程，不容易立竿见影地显示政绩，因此为"俗吏"所不愿为和不能为。历史上的义乌地方官则能知难而上，对"移风易俗"抱有较高的责任心和自觉性。

中国古代是一个农业社会，安土重迁，重农轻商，因此民风斥机诈，以淳厚

---

① 以上事迹均见（嘉庆）《义乌县志》卷九《宦迹》。

为佳，凡有喜讼滋事之人，常被视为奸猾刁民。因此义乌地方官的宦迹里，经常可见抑豪惩强之记载。如嘉庆《义乌县志》里记载的元亦璘真"抑豪强"，明罗栢"禁伏豪强"，明汪道昆"辩枉破滑，剪刁锄强，痛惩起灭，以熄讼源"，明周廷侍"颇抑豪右"等均是其例。相反，地方官对于民乐其居，风俗淳朴总是大加提倡，嘉庆《义乌县志·宦迹》里亦多记载，如明知县李通"在任十年，民庶乐业，野无旷土，一时风俗归美"，明知县吕盛"在任六年，民殷讼息"等。古代义乌"风俗比他邑为独美焉。男子服耕稼，女子勤纺织，商贾鬻鱼盐，工习器械以利民用，无淫巧奇衺之物，奉公供赋，语官府辄惕心丧气，至老死不识县门。而富家子咸布衣革履，入城市不驰驱为富贵容，亲戚邻里以饮食相聚会，或四五簋六七簋而已，礼仪繁委，不及东人。然真情款洽，重然诺不欺，过之远矣"（万历《义乌县志·风俗》）。然而明中叶以来，随着倭患不绝、征伐四起，商业经济又有所发展，义乌民风有所变化：

> 晚近乐岩居者不惮千里以从兵，事本业者不鄙末作以要利，里儿羞布素而尚纨绮，寒家效富室而侈华筵，侈靡日甚，物力日绌，巧伪萌生，智作渐毒，民乃知逃国税，捍文纲，持官司短长，而讦告之风炽矣！回视昔日之醇厚何如哉？（万历《义乌县志·风俗》）

周士英在万历《义乌县志序》里对此情况有更详细的说明：

> 自颜宗建鹳，枕庐殉国，照映后先，故其民至于今犹崇尊亲之化；家有谱，宗有祠，子孙犯奸盗者摈而不得祭会，故其民至于今犹重撿押之训；赀雄里中者不惮出粟以贷，令输以饷军，而闾里化之，故其民至于今犹存好施之风；然而地薄土瘠，芋粟不充，故其民寡积聚而多贫；征车四驰，狃习技击，故其民好矜力而语难；杯酒责望，锥刀竞争，故其民务憪忮而斗捷；军国靡耗，征税百端，故其民多遁逃而觖法，以今征之志，信矣。

他在《序》里又认为"民耳渐之礼义则礼义，习之诈力则诈力，所为转移之者异也。乌民晚近所渐习，盖骎骎乎秦俗矣"。于是希望"照之以灾祸，安之以爱利，柔之以调和，一之以易良，道之以忠信，刓之以师友，则岂必易民而治哉"。而其施政也"问民疾苦，亲课农桑，作叶歌劝民孝友"（嘉庆《义乌县志·宦迹》）。他的前后任官员也致力于民风返厚，如俞士章："由万历癸未进士来任，为治务持大体，严假命诬告之条，民无被法外之祸者。……又悯民俗近偷，注圣谕六章颁示，亲讲乡约，月课衡文，必究大义而黜剽窃"（嘉庆《义乌县志·宦迹》）。再如崇祯朝知县熊人霖，亲作《孝顺父母歌》、《尊敬长上歌》、《和睦乡里歌》、《教谕子孙歌》、《莫作是非歌》、《各安生理歌》等六歌以教化民众（详见嘉庆《义乌县志·典礼》）。在历任地方官的努力下，嘉庆年间义乌的风俗呈现出"礼义廉节之风，不特士习以此自厉也，虽愚夫妇亦多有焉"（嘉庆《义乌县志·风俗》）的面貌。

应该强调的是，今天的义乌对于文教事业的热心比起古代有过之而无不及。在实施"兴商建市"发展战略的同时，义乌市坚持实施"科教强市"战略，将教育放在优先发展的地位，不断加大对各类教育的投入，推进教育事业向均衡化、优质化发展，成为浙江省首批教育强市。2005年7月17日，义乌市委十一届六次会议还通过了《关于加快推进文化大市建设的决定》，明确提出了建设文化大市的总体目标。20世纪80年代末期，义乌市还展开了义乌精神大讨论，并于1989年5月8日召开纪念义乌解放四十周年暨"义乌精神"报告会，将义乌精神提炼为"勤耕、好学、刚正、勇为"。2006年，又补充了"诚信、包容"四个字，完善了新时期对义乌精神的概括。当然，在今天商品经济的大潮中，文化精神及民风民俗都有了一定变化，昔日的非正业如今成了最热门的主业，义乌在"兴商建市"的过程中涌现出无数商界能人，人们也开始崇尚具商业智慧的人。但这不等于说古今精神和风俗就没有承接之处，义乌市在发展商品经济的同时大力倡扬"诚信"的文化精神，岂不正是古代义乌人民"忠信"、"醇厚"风气的另一种体现？行业的转移带来了形式上的差异，其内在的文化精神仍是一脉贯通。义乌当代地方官对"诚信"非常看重，制定了一系列行之有效的规章制度，规范了市场经营主体，保证了商品经营质量。义乌市市委书记吴蔚荣甚至将"诚信"看做是义乌人的"第二个身份证"。2004年，义乌市小商品城被国家质检总局授予"重合同、守信用"的荣誉。如今，"诚信"已经成为义乌商业文化大力弘扬的一种精神品质，也是义乌市场发展和竞争的法宝，默默地为义乌经济的持续繁荣保驾护航。

还要注意的是，义乌文化精神的发展和塑形，与地方官的个性及其文化素质有一定关联。义乌地方官多有刚勇之性，如明知县李玉"性气果敢，廉介有守"，罗栢"以正直忤上司，调兴化去之日行李萧然，民攀号而别"，方介"断狱刚方"、"力抗权豪"，欧阳栢"风力刚决"，许直"操持严峻"等（见嘉庆《义乌县志·宦迹》），均与明代义乌勇锐的民风有所契合。再如义乌地方官文化素质普遍较高，宋周密、吴渭，明汪道昆等①，皆是望重一方的文学名士，他们的活动对于义乌好文之风的形成应该有所影响。以吴渭为例，他是浦江人，宋末为义乌令，国亡退居吴溪，慕陶渊明，自号潜。元至正二十三年，吴渭约方凤、谢翱、吴思齐等遗民诗人树"月泉吟社"，并于该年十月十五日以《春日田园杂兴》为题征诗四方，作者遍布浙、苏、闽、赣等省，共得2735卷，选中280名，自第1名至第50名，依次给予奖赏。而前50名中，就有多名义乌人，如第5名刘应龟，与方凤、仇远等名士皆交好，后曾任义乌教谕；第8名陈尧道、第31名陈舜道、第50名陈希声，为父子三人（希声为父），皆能文，吴渭通过树"月泉吟社"、刻《月泉吟诗》的方式，促进了义乌诗人的创作。

总之，一地文化事业之兴衰，人民精神面貌之风发与否，与地方官的领导才能和个人素质关系甚大。康熙《歙县志》卷二《风俗》云："夫俗成于下，风行于上，昔子游宰而武城雅有弦歌，子羔化而成人变其犷悍，迁善徙义，独不在移之易之者乎?"义乌市委《关于加快推进文化大市建设的决定》也指出："建设文化大市，关键在领导。各镇街和各部门都要高度重视文化大市建设工作。按照党代表先进文化前进方向的要求，增强建设社会主义文化的自觉性，把握文化建设规律，提高领导文化工作的能力和水平。"

看来在这一点的认识上，古人今人似乎并无不同。

第二节　名门望族与地域文化精神

地域文化精神，即一定时期、一定地域人们相对稳定、相对普遍的精神价值观念和文化心理积淀，它反映的是该地域人们的基本价值倾向、思维方式、性格

---

① （康熙）《义乌县志》根据唐独孤及《送义乌韦明府》一诗，将韦应物也列为义乌县令。然考之韦应物生平，与诗所记不符。（嘉庆）《义乌县志》采取"存此俟考"的方式较妥。按《义乌文史资料》第十二辑（绣湖专辑）之《旅游轶文》篇，收录独孤及、李白、刘长卿、钱起五首诗，以为皆送韦应物出任义乌令所作，误。刘长卿诗题虽有"前苏州韦使君新除婺州作"字样，但此指韦之晋，而非韦应物。

特征、审美情趣等内在品质。中国古代地方志中记载地方精英与一般民众风习的"风俗"篇，其实就是地域文化精神的具体表现。地域文化精神的形成，原因多样，概而言之，有自然环境与人文环境两种。前者指气候、地理、山脉、水流等自然要素，后者指人类进行政治、经济、文化活动时形成的诸种现象和规律。自然环境影响的重要不言而喻，在我们去浙江义乌实地调研的过程中，义乌人常常略带自豪地说起义乌的地理是"七山二水一分田"，也普遍认同土地贫瘠是逼迫义乌人激发积极性、穷则思变的说法，义乌人的勤奋受自然地理环境影响是毋庸置疑的。① 但是，在当代义乌人曾经概括的义乌八字精神"勤耕、好学，刚正、勇为"中，② 姑不论其是否完全准确，后六字的成因显然不完全是自然环境能够回答的，更深层和内在的原因还要挖掘到人文环境层面，而家族特别是望族因其融合了政治、经济、社会文化等多种人文环境要素，成为一个较为适宜的探讨媒介。以下我们以宋代义乌宗泽等家族为中心，讨论义乌文化精神中交织的多种家族因素，而自然环境对义乌地域文化精神的影响，因与本论题关系较远，暂付阙如。在我们下面的分析中可以看到：①义乌望族在忠、孝、智、勇上的示范作用，为义乌精神立了根本。②望族迁入的多元性、分散性，使他们在与地方性融合中衍化出的兼容性、挑战性、开拓性等等精神品格，都为义乌商业行为中的"四海为家，家容四海"的胸襟抱负，埋下了历史血缘和文化的基因。

一　对义乌名门望族的历史考察

（一）家族迁徙与地域文化精神的形成

解释一种文化现象，可以有不同途径。潘光旦先生认为，按照进化过程由低到高、时间由远至近的顺序，可以排列为：无机的（如地理的或自然环境的解释），有机的（如生物学和种族学的解释），心理的（主要指未经理论概括的较为原始的大众心态），社会的（指政治、经济、文化等具体社会活动、制度建

---

① 地理环境给予义乌文化带来的并非全是正面的东西，万历二十四年义乌知县周士英《义乌县志序》云："然而地薄土瘠，芋粟不充，故其民寡积聚而多贫；征车四驰，狎习技击，故其民好矜力而语难；杯酒责望，锥刀竞争，故其民务慓伎而斗捷；军国靡耗，征税百端，故其民多通逃而觚法，以今征之志，信矣。"

② 义乌人于20世纪80年代展开过关于义乌精神的大讨论，最后这八个字得到了普遍认同，2006年，又增补了"诚信包容"四个字。

设、行为习惯等），文化自身的（指经过理论升华的社会意识形态）。其中生物学途径是受人力影响而又最具有充分的基本性的。在潘先生看来，"所谓生物的原因有三：一是变异，二是遗传，三是选择或淘汰。选择有两种，因了自然势力而发生的叫做自然选择，因了社会与文化势力而发生的叫做文化选择。选择所由发生的途径有三：一是生产，二是婚姻，三是死亡。如限于某一地方或时代说话，我们还可以加上一个第四个途径，就是人口的流动或移植"①。我们研究家族与地域文化精神的关系，自然离不开研究家族的生物学原因；我们以义乌地域为中心，自然要对"人口的流动或移植"予以充分关注。

1987年9月出版的《义乌县志》，曾如是总结本地人口的变迁问题：

> 本县古代人口稀少，汉代以后外地人陆续迁入。历史上宗族家系不断发生兴衰续绝、赘继融合的变化，故世居土著人口比重不大。汉末群雄争霸，西晋、五代和北宋末年，中原多战乱，从北方避乱南来在义乌定居的不少。晚唐黄巢部一度据闽，清初三藩作乱，闽东北居民大批迁入浙南，一部再迁义乌。明季倭寇滋扰宁、台沿海，有人西迁来本县。上述迁入本县形成宗族的，以北方迁入者居多，也因此带来较先进的中原文化，促进义乌的开发和兴盛……历来从外地迁入本县的，除避乱、逃难、逃荒者外，尚有因婚姻嫁娶迁入，当官退隐后卜筑定居，因游学游历爱山川秀丽而留住，因业工营商而置产落籍者。无论是世居居民及其后裔，或外来户及其宗族世系，也不论其居留时间的长短和人数的多少，都对义乌的开发和文明昌盛作出了贡献。②

这个结论是县志编纂委员会根据本县城乡户口登记册1984年年底的人口，逐一做了姓氏调查，并多方查询其源流后做出的，具有较高的准确性和客观性。我们也曾对县志中记载的"主要姓氏源流"进行分析，发现其家族不像迁闽家族那样，具有西晋的永嘉年间、唐初的高宗时期和五代时期三个集中迁徙的高潮。③

---

① 《潘光旦文集》第二卷，北京大学出版社，1994，第313～315页。

② 义乌县志编纂委员会编《义乌县志》，浙江人民出版社，1987，第97～98页。

③ 参看陈支平《五百年来福建的家族与社会》（第一章），台湾扬智文化事业股份有限公司，2004。

集中期的迁徙或大规模成社团式的整族群迁徙，容易在族群互动基础上形成独立于当地土著文化的新的民族或民系文化，从而导致移民与土著的争斗事件发生，如唐末中原和江淮移民入闽而引起的湘赣闽粤蛮僚动乱等。① 义乌虽是由中原移民为主体构成的区域，但由于其来源相对广泛，迁入时期相对分散，不易形成独立的民系集团，民性刚强的义乌人虽时有尖刀相会的场面发生，② 但鲜有客姓与土著的矛盾，这也使义乌容易形成一种包容性和开放性较强的社会文化氛围，酝酿出一种宽容的地域文化精神。长期以来，义乌人好客不排外，信奉"客人是条龙，无客便是穷"、"上门不欺客"、"小孩大人客"等信条，只要来者不是明火执仗的匪盗之类，即使是平时有嫌隙之人或者是小孩乃至乞丐，义乌人都会亲切问明来意，尽量满足其愿望。特别是义乌人对待外地人的态度，不论是季节性帮工，或者是逃荒流浪之人，都会给予方便。对于成群过境的难民，义乌人会主动安排食宿，并以"义民"③ 相称，无轻视排斥之心。可以说，这种宽容精神至今在义乌仍深入人心，并在义乌经济的蓬勃发展中发挥着重要影响。2004 年，义乌本地户籍人口 67 万，外来人口亦有 60 余万④，2006 年，外来人口则超过100 万，有 142 个国家和地区的 8000 余名外商常住义乌，44 个少数民族的 2 万多人在义乌创业，义乌人的敬客爱客不排外使义乌能够吸纳八方人才，给义乌带来丰厚的回报，目前义乌人均 GDP 高达 5000 美元，并逐渐成为一座新兴的国际化移民城市。⑤

另一方面，在安土重迁的古代封建社会，进行迁徙的家族总带有些冒险家的气质，他们能够主动选择和挑战新的生存环境，善于在竞争中获胜，不惧吃苦，在迁徙过程中经历了许多未曾经验的事物和重重考验，逐渐培养出开拓进取、勇敢善斗的性格特征，遂使义乌地域文化衍生出一种蓬勃的挑战精神。"兰

① 谢重光：《闽台客家社会与文化》，福建人民出版社，2003，第 50～54 页。
② 陈元金主编《义乌风俗志》，浙江省义乌县文化馆，1985 年印行，第 162 页。
③ 义民有多种含义，其一为笃义之贤民，《尚书·多方》："惟天不畀纯，乃惟以尔多方之义民，不克永于多享。"其二为起义抗暴之民，其三为邪曲之人，其四为旧称某些被歧视为贱族的民户。从义乌人善待外来人的观念来看，他们所说的"义民"当为"笃义之贤民"的意思。
④ 据 2004 年 1 月 3 日《浙江日报》刊登的中共义乌市委市政府《统筹城乡经济社会发展，加快推进农业农村现代化》。
⑤ 《建设文化大市，打造人文义乌》，《义乌文化》2006 年第 1 期。

溪人的喷头，义乌人的拳头"，这句俗话很形象地说明了义乌人勇敢好斗的民俗风气，[①] 在整体倾向柔弱轻扬的南方文化中，义乌地域文化显出一定的特殊性。即使是遗民的后裔，由于遗传的关系，也容易出类拔萃，使其家族成为一方望族。以著名的"骆（宾王）、宗（泽）、黄（溍）、王（祎）"四大家族为例，县志记载：

> 骆　东汉时，骆雍临从陕西骆谷迁入，分支居华溪乡李塘，下骆宅乡下骆宅、九如堂、白岸头，尚经乡江村、清塘，楂林乡楂林，东塘乡双元、楼村及廿三里等处。
>
> 宗　五代后晋时，从河南南阳迁居普济寺。北宋时迁今联合乡新厅、石板塘，南宋时后裔宗嗣尹迁福田乡宗宅，支派居桥东乡宗塘。
>
> 黄　宋时黄琳从浦江黄宅迁居稠城驿墈巷，分支居廿三里乡上社、派塘，尚经乡尚经，下骆宅乡楼西塘、麻车，桥东乡山口，塘李乡黄宅及新新乡立山黄。
>
> 王　五代末，山东临清王彦超任吴越节度使，"宋初自会稽避地家于凤林（今尚阳乡），族大以衍，世称凤林王氏"。分支居福田乡清塘下、前店乡前店、平畴乡下王、王宅乡王宅、江湾乡崇山、赤岸乡青口、徐村乡后园及稠城镇（此支分迁官塘）。[②]

可以看出，四大家族都系移民，有的还经过了不止一次的迁移，而他们都成了当地名门。如宗氏家族，祖籍南阳，但唐末五代，天下大乱，南阳正处于战乱中心，宗氏祖先宗道溥决定举家迁徙，一路上栉风沐雨，历经种种威胁，到达了社会环境相对稳定的吴域（今江苏南部），继而看到这里吏治腐败，杂税繁多，不是理想所在，于是又继续迁移，直到义乌的龙祈山普济寺前，才安居下来。北宋初，宗氏又向东南方迁移至现在荷叶塘乡新厅村石板塘附近。抗金名将宗泽即

---

① 兰溪虽多移民，但地理环境优越、风景优美，地处三江之汇，拥有黄金水道和广阔的地理纵深，是钱塘江上游最繁华的商埠，从唐末建县以来，到兰溪定居的士大夫与经营买卖的商人一直很多，因此民风倾向休闲（李渔就是兰溪休闲文化的代表），凡事讲究动口不动手，和气生财，锐气勇气不若义乌。

② 义乌县志编纂委员会编《义乌县志》，第93~97页。

出生在这里，不久，宗泽之父宗舜卿又迁居廿三里。① 可以说，宗氏家族从宗泽起，开始在义乌隆然崛起，绵延近千年，至今仍是一股不容忽视的地方力量，宗氏望族的缔造者宗泽身上，遗传着中原移民的诸多文化基因。这种情况，似乎不惟义乌而然，明清上海地区的诸多望族，如潘恩家族、陆深家族、徐光启家族、王文瑞家族等，亦为移民后裔。②

值得注意的是，由于义乌各迁徙家族力量相对平均分散，大家必须同舟共济，讲信重义，互相帮助，才能够在并不富裕的土地上共同生活下去，因此义乌地域文化精神又呈现出讲求信义团结的一面。何况义乌各迁徙家族多来自北方，受儒家思想影响，风声习气颇类中州，使这些家族不乏儒家仁义思想的沾溉，也为信义团结的行径找到了理论上的依托。

(二) 名门望族对地域文化精神的影响

义乌家族的移民特质是形成义乌地域文化精神的一般性基础，但在灾荒战乱频仍的旧中国，移民实已成为各地域普遍现象，然其民俗却并不相同。个中原因，除了移民来源、移民迁徙时期、移民数量有所差别外，望族在其中实起到至关重要的作用。所谓望族，一般而言，是指对地方事务有一定发言权和影响力的富有声望的缙绅家族，"其耳目好尚，衣冠奢俭，恒足以树齐民之望而转移其风俗"（张海珊《聚民论》，载贺长龄辑《皇朝经世文编》卷五十八《礼政》）。无锡邹鸣鹤《世忠堂文集》卷四《郑氏义学记》亦云："望族者一邑之望也。一邑之所当为而不为者，望族宜倡为之，一邑之所不当为而为者，望族宜首屏之。是故平一邑之政者，邑宰也，佐邑宰之化者，望族也。"因此讨论家族对地域的影响，这个"家族"主要是指望族而言。但所谓的望族影响力，又和望族中的名人息息相关。首先，望族常常因为名人而始得称望族，其声望大多是由族中名人赢得；其次，望族之好尚及其行为准则，常由名人而定，或是以名人行径为标准，制为家法族规，使后人遵奉，进而影响到乡里百姓。清代学者惠士奇曾云："盖行礼顺先典，循故事，所谓礼俗也。百里不同风，千里不同俗，俗不同而一之以礼，则无不同……有一家之俗，有一国之俗，有天下之俗。一家之俗，大夫主之；一国之俗，诸侯主之；天下之俗，天子主之，而皆以一人为转移。"（《礼

---

① 另见 1918 年《麒麟塘宗氏家谱》卷一宗如圭《麒麟塘宗氏家谱序》。
② 吴仁安：《明清江南望族与社会经济文化》，上海人民出版社，2001，第 49~50 页。

说》卷一《天官上》）他充分注意到了望族名人的垂范作用。如大名贯天下的包拯，不仅清正刚廉，还传下了家训："后世子孙仕宦，有犯赃滥者，不得放归本家；亡殁之后，不得葬于大茔之中；不从吾志，非吾子孙。"（《能改斋漫录》卷十四《包孝肃公家训》）结果不仅包氏后人廉勤自守，乡里亦颇慕其遗风余烈。在义乌历史上，不乏这样的名门望族，如傅大士家族、骆宾王家族、徐侨家族、黄溍家族、朱丹溪家族、吴百朋家族、王祎家族、朱之锡家族等，但最具有凝聚力和影响力的，当推县志中称颂的"颜宗流风"。这里所说的颜宗，是指颜乌和宗泽。南宋黄中辅在《义乌忠孝堂碑记》中简述颜乌与宗泽二人事迹后感叹道："他时忠孝之风，接颜踵宗，则公之遗德滋多，讵可忘所自云？"[1] 元黄溍《书王氏忠孝堂记后》载："仆所居里，于汉为乌伤县，盖秦人颜君以孝称，负土葬其亲，而群乌衔土以助之，乌吻皆伤，故曰乌伤。其后有宗公泽，宋元祐进士，靖康时守磁州，高宗以亲王北使过磁，公力止之，朝廷寻以为天下兵马大元帅，而公为副元帅，遂建中天之业，公以京城留守殁于汴，谥曰忠简。县人至今奉公与颜君合祠于学官，号其堂曰忠孝云。夫以数万家之邑，上下几二千年，乃得此两人。"[2] 1987 年《义乌县志》风俗篇云："旧县志称颂本县民情风俗：'颜宗流风薰被，民多尊长孝亲，忠心为国'，'崇礼仪，尚孝义'，'勤劳俭朴，鲠直好武'。"万历二十四年义乌知县周士英《义乌县志序》亦云："诸生进曰：往长老称说，吾邑自颜宗建鸪，枕庐殉国，照映后先。"

较早记载颜乌事迹的是南朝宋刘敬叔的《异苑》，该书卷十载："东阳（义乌旧为东阳郡）颜乌以纯孝著闻。后有群乌衔鼓集颜所居之村，乌口皆伤。一境以为颜至孝，故慈乌来萃。衔鼓之兴，欲令聋者远闻。即于鼓处置县，而名为乌伤。王莽改为乌孝，以彰其行迹云。"（文渊阁《四库全书》本）宋欧阳忞《舆地广记》卷二十二又记载了"乌伤"成为"义乌"的过程："望义乌县，本二汉乌伤县，属会稽郡。异苑曰：东阳颜乌以淳孝著闻，父死，负土成城，群乌衔土助焉，而口皆伤，因以名县。自晋至隋皆属东阳郡，唐武德七年改乌伤为义乌。"不论是"乌伤"、"乌孝"，还是"义乌"，其着眼点都在一个孝字，《孝经·三才》云："夫孝，天之经也，地之义也。"所以颜乌的人类之孝才能感动

---

① 民国三十七年（1948）《美榭宗氏家乘》之《宋宗忠简公全集附编卷一·碑记》。
② 《文献集》卷四，四库全书本。

自然界有着反哺本能的乌鸦。三个名称中，"乌伤"是记事，指乌鸦之口皆伤，"乌孝"则是彰其人之孝行，"义乌"则既可赞誉人，又可赞誉乌鸦，其重心在"义"，包容力更强，于是，自唐武德七年，县名"义乌"历经千余年不改，其孝义的指称也化为义乌人的一种内在品质。明末义乌知县熊人霖曾随意问路旁行人"义乌"由来，"无不能啧啧道乌伤事"，他感叹说，"何数千年后，犹令人景慕至此也，岂非孝之至乎？语曰：不精不诚，不能动人。况于乌乎？嗣是有楼蕴、周祖仁、朱环、龚昙接踵于世，岂所谓闻风兴起者耶"①。可见，"义乌"之称已成为义乌人最为古老的一块精神化石，记载着一代又一代义乌人的慈孝行为。

今日义乌仍有颜村，藏有光绪年间《颜氏宗谱》，但颜乌之事多见于古老传说，其影响难免抽象遥远，不如宗泽其人其事，具有活生生的切实力量。

宗泽（1060~1128），字汝霖，是两宋之交杰出的抗金统帅，我国历史上著名的民族英雄。当金兵灭北宋、掳二帝，天下惶惶之际，年近古稀的宗泽被任命为东京留守兼开封府尹，他殚精竭虑，收溃卒义兵，抚乱世民生，屡挫金人气焰，金人畏称其为"宗爷爷"。建炎元年（1127）七月到次年六月，宗泽先后上疏 24 次，力劝高宗还汴，以图恢复，但均为高宗拒纳，不久忧愤而卒，谥忠简。按谥法，"危身奉上曰忠，正直无私曰简"，综观宗泽一生，可谓彻底恪守着"忠简"精神。他初登第时，廷对限制字数，而宗泽却说："事君尽忠，自今日始，岂可图前列而效寒蝉乎？"结果"力陈时病，几万余言"，考官恶其直，置于末甲（《宗忠简公集》卷七《遗事》）。调大名馆陶尉时，吕惠卿帅鄜延，檄泽与邑令视河埽，檄至，泽适丧长子，奉檄遽行。惠卿闻之，曰："可谓忧国忘家者也。"（《遗事》）后迁衢州龙游令，邑小民未知学，公为建庠序，设师儒，延见诸生，讲论经术，风俗一变，自此登科者相继（《宋史》宗泽本传）。靖康时太原失守，官两河者率托故不行。泽曰："食禄而避难，不可也。"即日单骑就道，从赢卒十余人（《宋史》宗泽本传）。王善者，河东巨寇。拥众七十万，欲据京城。泽单骑驰至善营，泣谓之曰："朝廷当危难之时，使有如公一二辈，岂复有敌患乎。今日乃汝立功之秋，不可失也。"善感泣曰："敢不效力。"遂解甲降（《宋史》宗泽本传）。泽前后请上还京二十余奏，每为潜善等所抑，忧愤成

---

① （崇祯）《义乌县志》卷十三《人物传·孝友》。楼蕴、周祖仁、朱环、龚昙诸人孝行亦见此，不详录。

疾，疽发于背。诸将入问疾，泽矍然曰："吾以二帝蒙尘，积愤至此。汝等能歼敌，则我死无恨。"众皆流涕曰："敢不尽力！"诸将出，泽叹曰："出师未捷身先死，长使英雄泪满襟。"翌日，风雨昼晦。泽无一语及家事，但连呼"过河"者三而薨，都人号恸。遗表犹赞上还京（《宋史》宗泽本传），真可谓鞠躬尽瘁，死而后已，其孤忠血诚，贞直坚韧，刚正勇为，无愧"忠简"之谥。

但所谓"忠简"，并不意味着宗泽没有人情味，恰恰相反，《宋史》本传记载宗泽"质直好义，亲故贫者多依以为活，而自奉甚薄"。岳珂《宝真斋法书赞》卷二十二收有宗泽这样一封家书：

> 叔泽书。寄民师四一侄承务。暑热计时，奉姨姨太孺人安佳。偕十六娘、四一新妇、七二秀才，以次一一平善。老叔自十二月十二日，奔走将兵，无毫发补。俯仰天地，尤可羞愧也。今误蒙朝廷录用，皆翁翁婆婆、与三哥积善所庇，但增惭愧而已。七五名目已奏上，并楼三六，走到南京，得乡中消息，亦补与一承信郎。吾侄但愿老叔活得三五年，次第亦可沾及骨肉，但愿有功有德，有以仰报国恩耳。婆婆坟头，柴山与田地，亦买些。所有价钱，老叔自还。翁翁坟，已托观民，为买四面山种松也。投老了得这些事，死亦瞑目。五三已差二十兵士，并两使臣，去取之矣。七五才得敕，便遣归拜嫂嫂也。洪都行略此报安，不一不一。叔泽书寄民师四一侄承务。七二侄、五一哥，更不别书，好看孩儿。泽批。

我们对于古人的了解，大多要依据传世的文献。在这类别、内容各异的文献中，除了日记外，家信可以说也是极富价值的材料，其对一个人内心真实性的揭示往往要高过奏议、序跋等公共性文献。对于宗泽，人们对于他的了解多据《宗忠简公集》，尤其是其中的力请高宗还汴诸疏和宗忠简公遗事，更因彰显出这位老臣的耿耿孤忠而乐为人引用。《建炎以来系年要录》、王柏《宗忠简公传》（《鲁斋集》卷十四）、《宋史》、《宋史全文》诸书皆载宗泽殁时，无一语及家事，但连呼"过河"者三。《宗忠简公集》中也没收录这位老臣的日记、书信等私密性文件，很让人疑心他是一位缺少人情味的刚肠老人。但我们从这封家书"吾侄但愿老叔活得三五年，次第亦可沾及骨肉，但愿有功有德，有以仰报国恩耳"等语中，却深深体味到宗泽的至情至性，忠孝兼顾。可见，"忠简"不是灭绝人情，而是不因私废公，先公而后私。有意思的是，《宝真斋法书赞》卷二十二还收有宋廷另一大臣孙觌的《和议帖》："觌咨台候，动止万福。如闻和议，报使来还。一门百五十口，遂可偷安卒此岁矣。大抵诸公不量力所及，而轻信妄言无行之辈，淮南数州，又蹂践一空，可难息也。不宣。觌咨顿首再拜，知府宗丞台座。"岳珂对此批评说："事君有大义，彼国家之不计，而惟顾乎妻子之避地，则执笔？痔，惟苟活是视，岸然不愧，固其素志，于予乎何议。"的确，孙觌身为谋国重臣，却只顾畏避偷生，这与宗泽形成了鲜明对比，北宋之亡，和士大夫缺少"忠简"精神有很大关系。

宗泽的"忠简"精神，不仅被其家族奉为圭臬，如《麒麟塘宗氏家谱》家训第一条即为："祖宗家法，以忠孝节义为纪纲，以耕读勤俭为本务，传至后世，虽盛衰不常，贤愚不等，其风声气习，雅韵长存，即此几希，所以别小民而称望族，幸共守之。"① 其影响还扩大到义乌全域乃至全国，宗泽生于义乌，而葬于镇江岘山，如今义乌有宗堂村、宗宅村（均有宗泽后人居住）、金麟山（旧传宗泽生时有金麟现此，故名）、麒麟塘（旧传宗泽将生时，有麒麟现此塘），镇江有宗泽墓等，这些遗址无言地诉说着英雄光照千秋的感人事迹，彰显着后人对英雄的崇拜和接受心理，故明代朱湘才在《义乌宗堂忠简公祠碑记》中说："国初吾邑若王忠文公祎，靖难之时，若楼公琏、龚公泰，皆抱忠不屈、视死如归、英风特节、响应后先，此虽山川间植，谓非闻公之风而兴起不可也。"② 义乌的乡贤黄中辅、黄溍、王祎，曾任过义乌知县的周士英、熊人霖、王廷曾等，也无不曾对宗泽再三致意；历代歌咏赞颂宗泽的诗文更是不计其数，康熙帝亦书有"忠荩永昭"匾表彰宗泽，乾隆帝更誉宗泽乞回銮二十四疏为"读其疏者，未尝不嘉其血诚，赏其卓识，叹其孤忠，欲为堕泪"（《宗忠简公集》卷首《御制读宗泽忠简集》）。时至今日，宗泽的"忠简"精神已内化为义乌人文化性格的一部分，历代义乌人均有急公好义的特性，"奉公供赋"、"兴大役，动大众，一呼而集，不费公帑，竞捐私藏，无俟发征期会也"③，可谓"忠"；当代义乌人更以刚正勇为的精神自豪，可谓"简"，因为"简"即正直无私、勇猛强劲，恰可契合

---

① 此谱虽称系南宋宗泽后人宗如圭所首修，但据家谱中《麒麟塘宗氏历修家谱任事题名》判断，其首修应在万历乙亥三年，由宗文聪纂辑。明清两代，麒麟宗氏闻人不多，但仍不失为望族。
② 民国三十七年（1948）《美榭宗氏家乘》之《宋宗忠简公全集附编卷一·碑记》。
③ （崇祯）《义乌县志》卷三《风俗》。

刚正勇为之意。这一方面说明宗泽的性格源于义乌地域文化精神，另一方面又表明义乌地域文化精神在宗泽这里得到某种提升。当然，"忠简"二字并未包举义乌地域文化精神的全部，如移民文化的宽容、开拓、进取、勇敢，先贤颜乌的孝义等，都在不同层面彰显着义乌地域文化精神，但不可否认的是，急公好义、刚正勇为从此成为义乌士民共同发扬的最具魅力的精神，仿佛宗忠简公英灵宛在，烈风永存。

除了巨大的名人效应外，望族对于地域文化精神的塑造和影响还主要通过家族婚姻交游圈来完成。中国地理广阔，山川密布，交通又不甚发达，婚姻交游一般具有地域局限性，个别贬谪流宦虽也构成了流动性，但往往是个体性的，其家族势力仍多在原有地域，而姻亲圈，其实是家族力量的一种外扩。

宋代宗泽家族可以考知地域的婚姻关系如下①。

　　宗彦昭，宗泽七世祖，娶妻赤岸冯氏（《麒麟塘宗氏家谱》）。

　　宗舜卿，宗泽父，娶妻青岩刘氏。宗舜卿有五女，其中一嫁当地望族陈裕之子陈锡（进士及第，锡子宗晹亦武进士出身），一嫁名士陈允昌子陈昂，一嫁洞门黄琳（宗嘉谟《宗忠简公年谱》），黄琳子三人：玑、益、中辅，俱负高世之才（清嘉庆七年《盘溪重修宗谱序》）。

　　宗泽，娶妻义乌陈氏，陈氏系陈裕幼女，陈裕与宗氏关系密切，其有三女，长适刘哲，次女嫁宗泽弟宗峄（宗泽《陈八评事墓志铭》）。宗泽亦有四女，长适泉州司户叶卞，次适和州司理康协，三适河阳府教授詹栓，四适金华县知县余翱。

　　宗颖，宗泽子，娶妻严州遂安县杨氏（《麒麟塘宗氏家谱》）。

　　宗嗣益，宗颖长子，娶妻衢州赵氏（《盘溪重修宗谱》）。

　　宗嗣尹，宗颖次子，娶妻四明陆氏（《麒麟塘宗氏家谱》）。

　　宗嗣良，宗颖第四子，娶妻永康何氏（《麒麟塘宗氏家谱》）。

　　宗嗣安，宗颖第五子娶妻永康张氏（《盘溪重修宗谱》）。

　　宗夔，宗泽兄宗沃之子，衢州通判，娶妻黄氏，其曾孙女嫁东阳王师仅。而师仅子圂金又娶黄溍高祖伯信之女，黄溍复娶圂金之孙王桂之长女，可谓笃世姻缘矣（黄溍《文献集》卷八上《外舅王公墓记》）。

---

① 　所据资料为《麒麟塘宗氏家谱》、宗嘉谟《宗忠简公年谱》、宗泽《宗汝贤墓志铭》。

宗武，宗泽兄宗沃之孙，登乾道二年进士，其六女，一嫁义乌官塘何大辩，大辩，永康陈亮妻之弟，大辩之妹嫁宗武之子宗楷（陈亮《龙川集》卷二十七《宗县尉墓志铭》）。

宗楷，宗泽兄宗沃之曾孙，宗武之子，娶官塘何氏，系何恪公胞兄何恢公之女，永康陈亮妻的胞妹。宗楷有一女亦嫁永康陈氏（《麒麟塘宗氏家谱》）。

冯氏、刘氏、黄氏、何氏，皆是义乌大姓，他们与宗氏都有姻亲关系。如果再考虑到宗氏家族与四明陆氏、遂安杨氏、衡州赵氏等的异地联姻，考虑到姻亲们的亲友关系（如陈亮是何恢的女婿，黄溍是王祎、宋濂、金涓的老师，宗泽女婿詹桡家族与张栻有所交往①等），考虑到比婚姻圈更广阔的宗氏家族交游圈（如宗泽与李纲、岳飞等名人的交往等因素），一张更为广阔的义乌地域文化网络图就会清晰浮现出来，它是望族宣扬自己文化理念、学习族中名人的有效途径，如宗泽的事迹和精神，便多通过亲友的记述称扬而逐渐广为人知和接受的，他们家族中人物的表现，也往往受宗泽"忠简"精神的影响。如黄中辅（1110～1187），字槐卿，晚号细高居士，义乌县城东隅金山岭顶人，他是宗泽的外甥，崇尚气节，不为苟合。时秦桧柄国，不思恢复，黄中辅于京师临安太平楼题句"快磨三尺剑，欲斩佞臣头"，为世人所重。黄中辅的女弟（兄）嫁给了喻葆光，生五子，"其四人俱以文章知名，良倚、良能同擢绍兴丁丑第；良材，国子进士；良弼，国学进士"（黄溍《文献集》卷四《先世墓铭后记》）。喻良能（1120～?），字叔奇，号锦园，人称香山先生；喻良弼（1125～?），字季直，人称杉堂先生；何恪（1128～1178），字茂恭，号南湖居士，绍兴三十年（1160）进士，著《南湖文集》20卷，文重载道，他们和陈炳一起被陈亮喻为"乌伤四君子"。喻侃为喻良弼之侄孙，为人谅直，宁宗庆元五年进士，经喻良弼引荐，喻侃拜陈亮为师，学业大进，开禧三年金兵犯淮，护粮饷军，终不负国；从弟喻南强，陈亮弟子，太学生，幼负奇气，"为人不立崖岸，而见义勇为，闻朝廷行一善政，辄昂首吐气，或有司苛虐，弹指长吁，终日不乐"（宋濂《文宪集》卷十《南强传》）。陈亮入狱，南强奔走营救，终雪亮冤。刘应龟（1244～1307），字元益，号山南，宋末元初义乌县青岩人。他是黄溍的老师，也是黄溍曾祖黄梦炎的外

---

① 张栻：《南轩集》卷三十九《直秘阁詹公墓志》中的墓主詹至系詹桡之兄。

孙，曾任杭州府学学正、义乌教谕。道德文章，为人称慕，南宋咸淳元年（1265），刘应龟入太学为内舍生，丞相马骥欲招为婿，应龟拒之，被称为"江南奇士（《文献集》卷三《山南先生行述》、卷七上《记高祖墓表后》）。在南宋义乌文化名人中，黄中辅、何恪、喻良能、喻良弼、喻偘、喻南强、刘应龟等都是颇具代表性的人物，考之生平，他们的确多少具有"忠简"气质。

总之，望族离不开名人，望族名人既在家族内部起到凝聚人心的作用，又在社会上具有号召力，大力传播望族的思想价值观念。望族拥有一般人难以抗衡的政治、经济、文化等优势，并通过婚姻交游圈将这种优势扩大，逐步掌握地方话语权，引起社会广泛关注，从而矜式乡里，典型后进，对地方起到良好的示范作用和教育作用。这也是地方建设要借助家族而行的重要原因之一。

二　名门望族与地域文化精神

地域文化精神之好恶，多源于望族士大夫，本章已有所证明，这也是人们一种惯性思维，以至于一说某地风俗如何，马上联想到由望族影响所致。如元李存《俟菴集》卷二十九《答吴君锡》："某生发未燥时，已闻有缙绅之家在比郡佳山水之会，而诗书礼乐之习，少长揖让之风，盖自昔矣。"即将衢州风俗之美与当地吴君锡等望族联系起来。但地域文化精神与望族之间关系复杂，并非显现为一味的单向性。地域文化精神一旦相对固定后，同样会对该地域的望族形成一定的影响和约束。如万历年间周士英《义乌县志序》云："吾邑自颜宗建鸽，枕庐殉国，照映后先，故其民至于今犹崇尊亲之化；家有谱，宗有祠，子孙犯奸盗者摈而不得祭会，故其民至于今犹重捡押之训；赀雄里中者不惮出粟以贷，令输财以饷军，而闾里化之，故其民至于今犹存好施之风。"《麒麟塘宗氏家谱》家训中亦有："子孙不能守法，妄作非为者，父母当严加教诲，不悛宜鸣家长，会众戒责，更不悛或呈官究治，甚则削谱。"望族及其名人前后相望，更唱迭和，始能振藻扬芬，风雅相继。隔世之后，其流风余韵又足使后来之彦闻风兴起，沾其膏馥，熊人霖说到义乌人继承颜乌的孝义精神时，就曾赞扬楼蕴、周祖仁、朱环、龚昙等人的孝行，认为他们"接踵于世，岂所谓闻风兴起者耶"①。可见地域文

---

① （崇祯）《义乌县志》卷十三《人物传·孝友》。楼蕴、周祖仁、朱环、龚昙诸人孝行亦见此，不详录。

化精神也能成为一种无形的文化控制力，促使后人遵沿前人轨辙不失。另外，有些下层民众生活中自然形成的或非主流的价值取向有时也会对望族产生影响，明贺钦《辞职陈言疏》就痛砭明中叶的民俗衰败，并认为对士大夫产生了不良作用："至若祀礼不修，故虽缙绅之家，莫不狥俗苟简。"① 宋代陈傅良在其名篇《山西诸将孰优》中也感叹："习俗之移人，虽贤者不能免也。""习俗之移人，鼓舞变化，虽贤者堕其中而不自觉。齐人多诈，公孙儒者犹为之；楚人深于怨，虽屈原之贤不能免也。"义乌望族名人多刚气，就与义乌民众强悍刚猛、宁折勿弯的传统文化精神有关。

但是，望族或其名人制定或推扬的风俗习惯，体现的是士大夫缙绅阶层主流的价值观念，这些价值观念当然并不能覆盖地域文化精神的全部，义乌地域文化精神中，还应该聆听到另类缙绅士大夫的声音，如义乌大多数望族尊崇二程朱子的性命理学，但同属一个文化圈的邻县永康学派的陈亮却鼓吹王霸义利，赞美商贾及其财富，他在《赠楼应元序》中引用好友戴少望的话，"财者人之命，而欲以空言劫取之，其道为甚左"，认为戴之言"真切而近人情"②，他在《东阳郭德麟哀辞》中赞扬德麟父郭彦明"徒手能致家资巨万，服役至数千人，又能使其姓名闻十数郡。此其智必有过人者"③。陈亮本人也曾灌园治产并获得成功。④ 陈亮的思想对义乌望族喻氏就发生了很大影响，喻侃、喻南强都是陈亮登堂入室的弟子，喻侃在别人多疑陈亮之说而未信时，还能"独出为诸生倡，布磔纲纪，发为词章，扶持而左右之"⑤。

研究望族与地域文化精神的关系，除注意到地域文化精神的反作用力和另类望族的价值观念外，还必须注意到其历时性的变化。地域文化精神，即以一定时期内地方精英与一般民众共同的风俗习惯为主要表现方式。那么随着时代的变化，特别是每一时代主要的经济生产方式与交换方式以及必然由此产生的社会结构的变化，也一定会引起地域文化精神的某些改变，他与望族之间的关系也有一

① 《医闾集》卷八，四库全书本。
② 《陈亮集》卷十五，中华书局，1974，第181页。
③ 《陈亮集》卷二十六，第393页。
④ 《陈亮集》卷二十《又乙巳春书之一》："两池之东有田二百亩，皆先祖先人之旧业，尝属他人矣，今尽得之以耕。"可见他将已属他人的先人土地又设法买了回来。
⑤ 宋濂：《文宪集》卷十《喻侃传》，四库全书本。

个漫长的互相扭结渗透、扬弃嬗变的发展过程。为了更好地说明问题，我们不妨移录明崇祯《义乌县志》卷三《风俗》内容如下：

> 语曰：广谷大川异制，民生其间异俗。风俗之成，所由来者渐矣！唐俗勤俭，而《蟋蟀》犹存遗风；鲁崇信义，而两生愈坚晚节，此岂一朝一夕哉？乌以前尚已风俗靡得而考镜云，举其所可纪者，如颜乌之血诚格乌，宗忠简之力战驱夷，精忠纯孝，培植千百年之前。迨至我朝，如王氏祖孙，龚氏父子，并以节义辉映后先。故沦肌浃髓，耳濡目染，而乌之风俗比他邑为独美焉。男子服耕稼，女子勤纺织，商贾鬻鱼盐，工习器械以利民用，无淫巧奇衺之物，奉公供赋，语官府辄惕心丧气，至老死不识县门。而富家子咸布衣革履，入城市不驰驱为富贵容，亲戚邻里以饮食相聚会，或四五簋六七簋而已，礼仪繁委，不及东人。然真情款洽，重然诺不欺，过之远矣。语曰：东亲戚，不若乌相识。诚然哉。故兴大役，动大众，一呼而集，不费公帑，竞捐私藏，无俟发征期会也。晚近乐岩居者不惮千里以从兵，事本业者不鄙末作以要利，里儿羞布素而尚纨绮，窭家效富室而侈华筵，侈靡日甚，物力日绌，巧伪萌生，智作渐毒，民乃知逃国税，捍文纲，持官司短长，而讦告之风炽矣！回视昔日之醇厚何如哉？然其苦筋力，务纤啬，激烈慷慨，盖亦有足多者焉。岂数君子忠孝节义之化未泯乎，亦其习俗然也。孔子曰：移风易俗，岂家至之哉？是在良有司与诸大家明礼法，树型范，俾齐民有所视效，而后偷薄庶几其可回也。

在义乌志的历史上，从北宋元丰《义乌志》到1987年所修《义乌县志》，凡十余修，明代即有万历志和崇祯志两种，之所以选用崇祯本，一是因为明代是商品经济活跃的时代，它引起的一系列民俗转变，明末已看得非常清楚，二是因为万历志是残本，崇祯志是现存最早的保留最完整的一部义乌方志。从以上引述中，我们不难看出以下几点。

其一，地域文化精神处于不断变化之中，需要动态活泛考察，如古俗勤俭质朴，而至明末则"侈靡日甚"、"巧伪萌生"。

其二，在地域文化精神的变化过程中，望族的影响虽然重要，但并不是唯一的，地域文化精神的引导发扬在于官方和缙绅的共同努力，"良有司与诸大家明礼法，树型范，俾齐民有所视效，而后偷薄庶几其可回也"。

其三，望族和封建官方的价值观念与现代商业文明观念具有不协调和排斥性，现代商业文明以经济为中心，封建官方和望族却以"要利"为耻，这种观念阻碍了商业的发展。宋代义乌面积不大，人口也只有8万左右，但望族为数不少，宋景祐元年（1034）到咸淳十年（1274），义乌共出现进士135名，而义乌历代进士总数不过200人左右，宋代成为义乌文化最为发达的阶段。各进士之家敦望于乡者，士以为矜式，家以为典型，且由于人口素质、社会地位等较为接近，互相景从交往，难免沾亲带故，共同形成对地方文化的控制和影响。降至元及明前期，黄溍、王祎等望族代表的仍是朱子理学的正统观念，因此民间商业行为难兴。而明中叶之后，望族数量减少，理学主流意识形态影响力减弱，敲糖帮始能在民间蔚然兴起，至乾隆年间约达万人①。义乌历史上商业活动最频繁的阶段恰是出现在望族减少、民风浇薄、智作渐毒的时代，这不能不说是一个悖论。

其四，地域文化精神虽有变化，但仍可以找到相对稳定、一脉相承的精神内核。变化的多是物质生活的方式及由此引起的价值动荡，不变的却是为人处世时的性情，正如志中所云："然其苦筋力，务纤啬，激烈慷慨，盖亦有足多者焉。岂数君子忠孝节义之化未泯乎，亦其习俗然也。"这种"苦筋力，务纤啬"的勤劳节俭和"激烈慷慨"的刚正勇为，之所以能够成为义乌人相对稳定的文化性格，一方面是由于望族士大夫的提倡发扬（"君子忠孝节义之化"），另一方面"亦其习俗然也"。

可见，地域文化精神不是抽象的概念，而是受政治、经济、文化影响不断演化的精神整体，具有鲜明的时代特征和世代沉积的丰厚内容，望族与地域文化精神在历史发展过程中也有着错综复杂的层次结构，它提醒我们在处理相关问题时，要认真仔细、全面深入，不宜轻下结论。

最后，附带简谈一下义乌当代"望族"与文化精神的关系。中国古代的望族，一般指文化望族，或只有文化才能使其成为望族，因其与文化的天然联系，望族发达则文化必然发达。但当今的商业大潮则稀释了文化尤其是传统文化的浓厚度。而文化素质的提升不像经济贸易可以立竿见影，它是一种长期的熏陶和教育的结果，很难用办多少培训班和建设多少文化硬件设备来衡量，因此不太为讲

---

① 此数字据陈元金主编《义乌风俗志》，第164页。

求功利的商人所重视和理解。但是文化发展是一种软实力，经济持续发展的最后归因还要看软实力的发展和较量，义乌前几年还被有的人嘲笑为"文化沙漠"①，我们在调研中也发现，义乌的历史文化是丰厚的，而当代的人文气息则应防止浅薄浮泛，这在我们去那些名胜古迹如双林寺、黄大宗祠等地参观时表现得尤为明显，总感到那里缺少了一种氛围——浓厚的文化氛围，这种氛围，不是简单的短期投资就可以营造出的。因此对于今天义乌的著名企业家们，是不是应该鼓励他们多关注文化事业，特别是关注历史文化传统的建设，并建立一种"官绅"合作、共同发展的长效机制，为把义乌建设成为一个真正的文化大市而努力呢？

第三节　义乌文化名人与名人文化

在考察义乌经济崛起时，不可忘记名人文化为其增添的底蕴、色彩和分量。商业文化是一种专业文化，在历史上，它始终没有成为社会的主流，在我们讨论义乌现象时，如果目光还仅仅局限于商业文化内部，怕是很难解释清楚何以这块土地可以和商业文明产生如此深刻的契合。我们的目光应该放得更广一些，从某些传统文化的基本命题入手，探讨义乌人的精神气质的构成，寻找义乌文化圈中那些适应商业文明发展的要素。

一个文化圈的形成，要包括内外两个方面：对内而言，官员的政绩、望族的气质以及民间的若干小传统共同聚合了当地精神资源的走向，使之成为一个有机的整体；对外而言，当地的文化名人们在其仕宦、交游的过程中，逐步将这种富于独立精神的文化品格推广到周边，乃至更远的地区，使之融入全国的文化版图、参与到整个民族的文化气质的建构中。本节所要着力分析的，正是义乌的历史文化名人们对当地文化圈的形成所起到的作用。换而言之，即在他们身上体现出了哪些义乌独有的文化气质，他们如何在一个更大的文化空间中建构起义乌人的形象。关于地方与名人之间的关系，明代义乌籍官员金世俊所言最为明确，他说："敬业一檄千秋诵义，曰义乌骆宾王，而义乌重矣。东京留守只手中原，过河之呼至今犹壮，曰义乌宗泽，而义乌益重矣。"② 从某种程度上看，名人正是

---

① 中共义乌市委宣传部编《开放的义乌》，第36页。
② （嘉庆）《义乌县志》金世俊序。

当地的一张文化名片，对于确立当地文化的合法身份，扩大它的影响力，都起到了极为关键的作用。

义乌自秦代立县以来，人物之盛，代不胜数。较之于当地贫瘠的自然条件，名人无疑是义乌更可倚重的资源。历代义乌县志都一再地表达了这样的一种观点："吾邑山川之胜，不过秀水云黄，习俗之纯，不过急公慕义，而人物之盛，较无愧于大邑通都。"① 其所显示出来的正是对于本乡先贤们的信心。自然，在本节的论述中，不可能涉及全部义乌文化名人，也不可能详细地讨论他们在自己专业内部所取得的成就。本节所关注的只能是诸多义乌籍的文化名人身上所体现出来的共通性的东西，即他们文化品格中最具义乌地域特色，且在全国范围内影响最大的部分。与以往县志"颜宗并祀"的思路相同，本节的探讨将从颜乌开始，既而分析义乌文化的另一源头——宗泽所代表的文化现象，并以此为脉络，考察二人所开创的传统在后世名人身上的传承情况，并希望透过复杂的现象层面，找寻到背后所隐含的某些"集体无意识"的因素。

（一）颜乌与义乌孝文化

一个彪炳千秋的名人就是一个传统，名人文化传统为其子孙后代不断地注入独特的文化气质。谈义乌名人文化之所以要从孝文化讲起，是因为孝文化和商业文化之间存在着张力，孝文化中所强调的传承、秩序、规则，恰恰也是商业发展中不可或缺的因素。而且这种文化经过现代的转化和重构，使人们从商而重孝，可以加强其责任意识，可以去其奸而增其诚。

义乌的得名源于颜乌的传说。邑人童楷在《义乌县志》的序言中讲到："邑以乌名，志孝也。"并进而指出："上溯秦汉，八婺皆以乌伤得名，由晋唐及今，或名乌孝、或名义乌，世变而名不变，以见孝道之恒存天壤也。"作为一个地域空间的实际命名者，颜乌以他个人的品行和气质为生活在同一个区域的乡民们设立了共同遵守的生存规范，为当地的文化流脉注入了最初的，也是最为基本的因素。历代以来，颜乌的故事在义乌当地人人耳熟能详。明代县令熊人霖在祭祀颜乌庙后曾经写道，"已而问道旁行人，无不能啧啧道乌伤事者"，并感叹说："何

---

① （嘉庆）《义乌县志》童楷序。也可参见许宏纲序："迹乌之名山大川不过云黄绣湖诸胜，都鄙不过二十八。户口田赋不过吴越壮县之什三，然使数君子者絜德度材，与四方豪杰联驷而驰，未定谁为中下。则乌之所由重，在此欤，在彼欤？"

数千年后，犹令人景慕至此也，岂非孝之至乎？语曰：不精不诚，不能动人。况于乌乎？"余风流韵，代不乏人，"孝"成为义乌文化精神内在的基因密码。后人在论及此问题时说："夫孝为百行之原，作忠于斯、求忠亦于斯。事功理学莫不根本于斯。故邑有孝子而后如骆文忠抗辞讨武，宗忠简悬奏回銮，王忠文秉节于谕梁王，龚忠愍捐身于靖难。英风大节，千古为昭。至若徐文清黄文献之理学，杨仆射吴司寇之事功，本朝朱梅麓公之绩著河防，金紫汾公之名高谏议，以及文人庄士烈女贞姬更仆未易悉何，莫非颜孝子有以开其原，而诸先正有以接其流哉？"[①] 因此，理解颜乌之"孝"，便成了解读义乌名人文化的起点。

较早记载颜乌传说的为南朝宋刘敬叔的《异苑》，该书卷十载："东阳（义乌旧为东阳郡）颜乌以纯孝著闻。后有群乌衔鼓集颜所居之村，乌口皆伤。一境以为颜至孝，故慈乌来萃。衔鼓之兴，欲令聋者远闻。即于鼓处置县，而名为乌伤。王莽改为乌孝，以彰其行迹云。"宋代欧阳忞的《舆地广记》卷二十二亦引《异苑》之文，并记载了当地由"乌伤"改称"义乌"的过程："望义乌县，本二汉乌伤县，属会稽郡。异苑曰：东阳颜乌以淳孝著闻，父死，负土成城，群乌衔土助焉，而口皆伤，因以名县。自晋至隋皆属东阳郡，唐武德七年改乌伤为义乌。"历代县志与当地颜村宗谱皆沿用此说，并做了进一步的发挥。如明万历《义乌县志》卷五载："秦孝子颜氏，事亲孝，葬亲躬畚锸，群乌衔土助之，喙为之伤。"光绪《颜氏宗谱》则载："（颜）乌，事亲至孝，父丧，负土筑茔，感群乌衔土助之，乌吻皆伤，乌亦恸竭伤亡，附葬于左。"

当颜乌的故事成为义乌历史的叙述开端，各种致力于构筑和强化这一文化符号的行动也随之展开。孝文化的核心价值在于慎终近远的一个"诚"字。人为孝子，乌为义乌，所凭依的其实都是足以感动天地万物的诚。

南宋端平二年（1235），右丞相乔行简以同乡人的名义上书请求为颜孝子立庙奉祀，得到理宗皇帝的嘉许，赐庙名为"永慕"。淳祐元年（1241），邑人康植在墓旁建立房舍，为颜乌设立牌位，接受乡民的香火供奉。景定三年（1262），知县李补在拜祭孝子墓时，看到康植所建之屋"梁角赤白，哆剥不治"，认为不足以"谒虔妥灵"，便筹集银两，指派官员和乡绅主持修建了永慕庙。李补等人的做法显然和南宋理学的兴盛有关。在记录祠堂建成之文中，李补写道：

---

① （嘉庆）《义乌县志》童楷序。

里人来观，动心骇目，咸谓今天子孝治天下之心贲及草木，烨乎有光矣！乃念于余曰：秦以法律愚天下，只锢寸帛，盼盼焉。德色谇语，视孝为何物？颜氏独不愚于秦如此。夫且骊山下锢三泉，水银鹅鹙，机封随圮，而乌喙泥粒，迄今峨然。乌耶天耶？孝子不求助于乌，而乌自动其感，非乌也，天也。天借乌以丑下颜者耳，吁人心之天，万古一日。虽不以庙而存亡，然不庙则非所以宣上德，永人心之慕也。①

秦代治国以法不以孝，而秦人颜乌的行为在当时无疑是特立独行的，在南宋的理学家看来，"乌喙泥粒"所造之坟茔远较工程浩大的秦始皇骊山陵墓的意义重大，因为这是天道褒奖的盛迹，也是上天存儒家之道的见证。官员们出面为颜乌立庙赐名的做法，实际是南宋王朝在当时的历史环境中强化作为官方意识形态的儒家文化的举措之一。此后，历代的地方官员都将上任之初率领部属拜祭孝子祠设为定例。时至明代，义乌又开始了一轮大规模的由官方重建和修缮孝子祠的工程。洪武年间，大概由于当时的战乱，孝子祠屡建屡毁；明代中期开始，义乌当地又面临着倭寇的侵扰。直到万历元年（1573），知县梅淳在故址上重建永慕庙，以宋代孝子楼蕴、明代孝子龚云入孝子祠配享，同时也为颜乌之父颜凤设立神位，于春秋两季与其子一起接受来自官方的祭奠。梅淳一系列新的做法主要是针对明王朝中后期义乌所出现的某些社会问题。大概由于国家连年在此募兵征讨倭寇的做法在当地男丁中唤起的豪侠尚武之气影响了以往安土重迁、恪守孝道的传统，以至于出现了"民心愈漓，乐兵戈，而去之他乡者纷如。生无以为养，死无以为葬祭"②的现象，于是官方又要借助颜乌的孝行来感召民众，稳定社会的秩序。入孝子祠配享的宋人楼蕴在母丧之后，负土成冢，日课三十肩，使得冢高数仞，行者见之坠泪；而明代孝子龚云则"事母尤谨，几四十年"，母丧之后，结庐墓旁，三年如一日。在地方官看来，这些现实生活中的孝子们，其行动即使没有如颜乌那样精诚以动上苍，但也足以证明颜乌开创的孝道传统在义乌当地并未断绝，可以借此使得民风重归淳厚。之后，县令周士英进一步确定了永慕庙祭祀的规格，至此，官方祭奠颜乌的活动在体制上最终完备起来。

---

① （嘉庆）《义乌县志》卷七《祠祀·李补记》。
② （嘉庆）《义乌县志》卷七《祠祀·梅淳记》。

　　国家对孝道的提倡和褒奖必然会对当地的士绅阶层产生影响，当然也只有士绅的事迹，才更容易进入史记。崇祯《义乌县志》"孝友"一章中写道："嗣是有楼蕴周祖仁朱环龚云接踵于世，其所谓闻风兴起者耶？虽无文采可见异迹可纪，然庐墓一节，盖较然不欺其志者矣。余故并列于志，与颜乌同施后世，以激夫砥行立名者。"楼蕴、龚云之事刚刚已经谈到，周祖仁则有在父母墓边朝夕痛哭，甘露降于松柏之事。朱环的情形较为复杂，作为养子，朱环在父母兄弟前的处境颇类似于大舜，尤其是自己的兄弟偷盗父亲资产而反诬于他，致使其父"怒裸环裈袴，立之大雪中一日夜"时，环则"恂恂谢过，无一言辩其冤"，颇有孔子所称赞的"孝哉闵子骞，人不间于其父母昆弟之言"之遗风。如果说上述所说的"肩土成坟，诬金立雪，露垂庐柏，鹤和悲筵"等一系列以孝行著称的故事为各地县志所共有，体现不出义乌当地的特色的话，那么像朱丹溪、虞抟等人走上学医道路的最初动因是为了医治父母之病这一点就相当引人注目了。崇祯《义乌县志》记载朱丹溪学医之始时写道："俄母病延医，因悟曰：人子不知医，而或委之庸人，宁无失乎？于是恭究医理，入于玄妙，著述甚多，有宋论格致遗论，学者称为丹溪先生。"从孝行出发，居然催生出中国医学史上极其重要的一个流派，实在是应该令我们对此拳拳赤子之心所蕴涵的力量给予充分的估量。嘉庆《义乌县志》记载丹溪学派重要的传承者虞抟"幼习举子业，博览群书，能诗。因母病攻医。精于脉理，诊人死生，无不验。求疗不责其酬"。另一名义乌当地的名医楼汝璋则为义乌宋代名臣楼图南的十世子孙，"雅好读书。以母吴多疾，乃研丹溪秘藏。与戴元礼二昆递相往来讨论，遂精其术。调药进母，母病霍然起。于是求医者云集"。大致看来，丹溪学派的开创者和继承者们，最初往往别有抱负，只是在为亲人疗疾的过程中才精研医理，等到自己的父母之病痊愈时，早已是求医者甚众了，于是以此作为自己的职业，也最终以此扬名后世。由此我们看到，孝的放大，由家庭及社会，能够给社会增添几分爱心和真诚。

　　"孝"对于儒家文化体系而言不仅仅是一种家庭伦理，也是一种政治伦理。《论语》中论及"孝"的有 14 处之多。这些言论大致在两个层面上展开。如子夏、子游问孝时，孔子所讲到的"能养"、"服其劳"，到对樊迟所说的"生，事之以礼；死，葬之以礼，祭之以礼"，再到"父母唯其疾之忧"式的和谐亲密关系，以及涉及家族延续的"三年无改于父之道"的表述，这些言论大致局限于家族范围之内，所讲的均为儒家的君子在其私人性空间所应秉持的行为原则。在更大的表现空间中，孔子则要求将这种个人的道德推广到整个社会的层面，"孝乎惟孝，友于兄弟，施于有政"、"宗族称孝焉，乡党称弟焉"，以便使得整个国家也能呈现出儒家君子家庭内部的和谐状态。尤其是曾子所转述的这条最为明显，"吾闻诸夫子：孟庄子之孝也，其它可能也；其不改父之臣与父之政，难能也"，这正是将孔子所说的"三年无改于父之道"的思想在国家政治中进行了延伸。由家族扩展到国家，是儒家文化的基本思路。"孝慈，则忠"这也成了后世的封建国家判断臣子品行的依据之一。孔子之后，儒家一分为八，曾子的门徒乐正子春所建立的孝道学派一度成为最有实力的一支。乐正子春所继承的主要是孔子在家族层面所阐发的"孝"的思想，并将"孝"提升到无以复加的崇高地位。孝道派的代表著作《曾子大孝》中说："夫孝，天下之大经也。置之而塞于天地，衡之而衡于四海，施诸后世而无朝夕。"这实际是将孝视为最高范畴。儒家伦理强调身体力行，"故居处不庄，非孝也；事君不忠，非孝也；莅官不敬，非孝也；朋友不信，非孝也；战阵无勇，非孝也"。总之，孝是贯注于日常生活之中的，也只有通过日常生活的实践来实现。以乐正子春本人为例，其孝行体现于多个方面，尤其是敬养父母，这也是整个孝道派理论最为关注的问题。《曾子大孝》中说："民之本教曰孝，其行之曰养。养可能也，敬为难；敬可能也，安为难；安可能也，久为难；久可能也，卒为难。父母既没，慎行其身，不遗父母恶名，可谓能终也。"养、敬、安、久、卒、终，实际为孝行提供了一系列标准。"大孝尊亲，其次不辱，其次能养。"在孝道派看来，一生坚持不懈的用发自内心的敬爱之情来对待父母才是整个孝行中最为难能可贵的。《孝经》的出现是儒家孝文化发展中另一个重要环节，它将"孝"从伦理范畴转变为政治范畴。在"以孝事君则忠"这类表述中，"忠"获得了新的含义。以往孝道派只是用此概念来指人内心真诚的状态，而《孝经》中谈到"忠"则完全是人臣对君主之忠。在"孝"与"忠"孰先孰后的问题上，"孝"要服从于"忠"，不再是最高意义的范畴，而退为实现政治目的的手段。

自汉代提倡以孝治国以来，"孝"成为封建君主选拔臣子的重要标准，如《礼记·祭统篇》所云："忠臣以事其君，孝子以事其亲，其本一也。"但正如前面谈到的，"孝"在儒家文化的发展中其意义、地位均有变化，尤其在与"忠"的关系上，现实操作中不可避免的会产生矛盾；而且将"孝"和人们的仕途升迁联系在一起，自然会引发种种伪善的行为。事实上，如何处理好为父母尽孝和为国尽忠的关系，如何自始至终地保持对父母最诚挚的感情，就成为每一个传统知识分子必须要面对的棘手问题。在这方面，义乌籍的官员们为人们提供了相当出色的范例。

一般来说，义乌籍的官吏对孝道的恪守非常严格。自唐代至清末，有记载的进士达 198 人，其中宋景祐元年（1034）到咸淳十年（1274）义乌当地考取进士的就有 135 名。宋代理学兴盛，士大夫尤其注重自身的道德修养，对于全孝道一事更是极其看重，孝道有亏者，往往不齿于士林。唐代的骆宾王即使仕途处在"十年不调"的困顿期，也因为要侍奉其母而拒绝裴行俭的举荐；元代大儒黄溍在官运亨通之际多次向朝廷上书恳请回乡侍亲。后世理学兴盛，官员在任职期间请求回籍侍奉双亲、以尽人子之孝者更是比比皆是。孔子说："书云：孝乎惟孝，友于兄弟，施于有政。是亦为政，奚其为为政？"历史上义乌籍的官员恪守儒家之道，非常自觉地将自己对于国家的责任放在躬行孝道的基础上。平时尽心竭力以赡养父母，承欢膝下；出仕时也同样尽心竭力以报国家，并不以功名利禄本身为留恋，表现出对于政治责任既尽心投入，又处之淡然的心态。这其中最为真切动人的当推清代河道总督朱之锡在给顺治皇帝所写的一系列奏章中流露的对自己母亲沈氏的感情。《梅陇朱氏宗谱》中载有朱之锡所写《先母沈夫人事略》一文，记录了作者刚刚升任河道总督，顺治皇帝解衣以赐时，母亲沈氏的反应，"时先夫人疾初作，不孝锡被赐服拜伏膝下，冀以效莱彩，博先夫人一色喜。乃反愀然曰：上恩如此，其何能报称"[1]。尤为令作者感到痛心的是"比后扶养阙下，每一念及故庐，则喟然思归。不孝终养之疏久已属草，不意逡巡未果，误辱殊恩，遂至欲请而不可得也。痛哉"。在朱之锡上任不久，其母沈氏便病殒于任所。在"怮号莫及，五内欲摧"的情况下，朱之锡在给顺治皇帝的奏疏中清楚地表明了自己内心的痛楚和矛盾：

> 伏念臣受命以来，效职曾无分寸之劳，拊膺顿成风木之痛，公私内疚，虽苟延视息，无地自容。[2]

---

① 朱之锡：《先母沈夫人事略》。
② 朱之锡：《丁艰疏》。

停枢在署，举目伤心。若久未就窆，则臣母体魂不得即宁，固情之所不忍；若扶送归籍，则别无亲子可以执绋，又义之所难安。臣非不知以身许国，不得复顾其私，无奈所处之境，有倍苦于恒情者。此所以辗转忧思，疾痛呼天而不能自己也。①

因此，朱之锡屡次上书恳请皇帝准许其"扶榇回籍；特简新督，星驰受事"。而朝廷则以"河道任重"为由，屡次驳回所求，命其"在任守制"。这种家国利益间的冲突，使得朱之锡深陷矛盾之中：一面勤于公务，"竭蹶河干，旱则忧浅，涨则忧冲，不惟不敢言哀，且几忘此身之俨然衰绖矣"；而另一方面，当公事稍稍告一段落，"簿书之暇，每一凭棺，恸心欲绝"。

施闰章在为朱之锡《河防疏略》一书作序时提到此一时期的情景时写道："公初以馆阁重臣，特简治河，恩赉备至，又解御衣宠其行。公是时已誓捐顶踵。及居太夫人忧，再疏请归不许。余往唁之，公泣曰：荷天子异数，餐不足塞，责如亲丧。何辄流涕失声。"一边是天子旷世少有的知遇之恩和作为臣子无可推卸的责任，另一边则是儒家文化严格强调的儿子对亡母必须要尽的孝道，以使自己的道德良知获得安宁，也使整个社会保持稳定的伦理秩序。正如任命之初其母所说的"上恩如此，其何能报称"，夹于这种极度恩宠信赖和真诚的内心痛苦之间的正是儒家正统文化所孕育出的忠臣孝子无法化解的内心矛盾。两年后，朱之锡在河工方竣之时，再度上疏恳请回乡归葬其母：

伏念臣猥以疏庸，谬膺简拔，自痛罹母丧以来，屡荷温纶，勉以职业之宏巨，重以褒宠之光荣，是乃臣子千载之遇。抚躬循省，即使万念俱捐，一身尽瘁，犹且莫能报塞，何敢辄以乌鸟私情，屡行陈渎。顾臣墨缞任事，倏已两秋，泣思臣母易箦之际，执手呜咽，犹拳拳以葬事为念。乃孑然旅榇，尚停官署，忾音容之如在，哀体魄之未安，中夜兴怀，实有无地可以自容者。今者衰杖凄怆之中，倘不获以一缕蚁诚，上回天听，过此以往，则祥禅之期转盼而及，益不敢冒昧琐聒。臣之叩心洒血，不但情不容已，抑亦时不可失矣。我皇上嘉以作忠，在延诸臣，凡有以迁葬乞假请者，无不蒙恩俞

---

① 朱之锡：《泣陈守制疏》。

允。乃臣独觍然忘本，自外于锡类之仁。窃恐特达之鉴未酬，歝伦之诛莫逭。此尤臣之所跼天蹐地不能刻释者也。①

其中流露出的对其母的歉疚之情和对于恪尽孝道时刻不忘的坚执确实令人为之动容。当葬事已毕，朱之锡给顺治皇帝谢恩疏中写道："皇上之恩遇，殷隆沦于肌骨。臣亦惟刻刻服膺，黾勉尽瘁，以庶几竭犬马之愚，效万一之报而已。"②除掉文书中臣子对皇上必须有的卑微谦恭之气外，那种解除掉长久挥之不去的心理重负的感激之情，几乎令人亲身可感。《梅溪朱氏宗谱》中记载在丧事完毕后朱之锡勤于公务的情形时写道："（朱之锡）已复自念，竭犬马以报今上，即所以报先皇帝于地下也。殚力尽职，益勤于初"，"经营河上，什一在署，什九在外"，"每当各工并急，则南北交驰，寝食俱废"，"骎骎有古大臣风"。朱之锡顺治十七年底返回河道任职，仅过了五年便因积劳成疾病殒于任上。无论从个人恪尽孝道的私德，还是尽心竭力以报国家的公德而言，朱之锡都堪称封建官吏的楷模。李之芳在《梅麓朱公墓志铭》中感慨道："若公者，岂非天下之全德哉！"从朱之锡的经历看，这也并非是过誉之评价。

在扶榇回乡期间，朱之锡为《梅陇朱氏族谱》做序时写道"吾婺素称小邹鲁，宗法特严，不敢冒，不敢弃，不敢讳也！"不冒、不弃、不讳作为一种实事求是的精神，清晰地表现出义乌地方文化所培养出来的知识分子的人格风范。值得注意的是，朱之锡这一思想的提出直接源自对孝道的恪守。在这篇文章中，作者写道："宗谱虽一家事也，而天尊下亲之政教实于是乎，推则探本穷源，发微阐幽，务必求于至真，而不使杂出，于至公而不因以徇庶，可告无咎于先，正并以垂，勿欺于奕祀也"，所以修宗谱要"禀先民之直道，是循而不致一本紊遗，以信吾婺郡宗法之严已尔。如曰显宗也而冒之，弱宗也而弃之，继宗也而讳之，是自诬兼以诬人也，揣分乎乌敢，则又乌乎敢"③。显然，这种对宗族的严谨态度一旦推广到社会层面中，确实有助于整个社会机体的稳固和平稳运行。一个能对自己出身门第严谨对待、不卑不亢的人，在参与社会事务的时候必然会成为一

① 朱之锡：《哀恳归葬疏》。
② 朱之锡：《恭报受事日期疏》。
③ 朱之锡：《溪西谱序》。

种稳定而具有建设性的因素。综观朱之锡的一生，在修身齐家恪尽孝道方面为士林楷模，为政期间则兢兢业业，为清初国家经济的复苏和政权的稳定贡献甚巨，堪称治世之能臣。由此可知，"孝"可以使"能"用于国计民生。

顺便说一句，对于朱之锡的研究，到目前为止似乎并没有引起学术界足够的重视，无论是其在治河和吏治方面的政绩，还是作为一个传统封建官吏的生存处境，都有重要的考察价值。这里所着重分析的只是他面对忠与孝的两难处境时所做出的回应，在这种"不可承受之重"的困境背后，所彰显出来的则是朱之锡作为一个传统知识分子和政府官员所具有的人格风范。

明代王祎、王绶、王绅父子三人的事迹可以帮助我们从另一个角度对忠孝问题进行深入思索。从中不难体验到，孝是如何作为为国家安危献身的精神彰显于世的。

明朝建立之初，王祎受朱元璋之命出使云南，招降元朝残部，最终功败垂成，殉国于异域。八年后，明朝的军队平定云南，王祎的死讯才得以确定，尸骸却下落不明。但由于宫廷内部的权力角逐，王祎之死没有得到国家的抚恤和褒奖，直到他的儿子王绅亲自向皇帝陈说后，当时的建文帝才下旨赠谥号"文节"。但时隔不久，靖难之变发生，国统变易，王祎的问题再度敏感起来——"四十余年有司犹不敢举旧谥以为时讳"。直到明朝正统年间，朝廷才改谥为"忠文"。李默在《云南墓记》中谈及此情形时，愤然写道："呜呼，先生不爱一死以终令名，而当时值事之臣胶吻咋舌反不能发明忠愤，俾易名之典，久而后伸，是何平居纷纷，多爱身士邪？尝读鲁颜公传，未尝不废书而叹也！"在文章中李默进而分析了王祎悲剧命运的原因，"公历跻朊仕，以危言正色，动遭摒斥，晚为庐杞所中，遣使希烈李元卿辈皆知其弗利，卒殒贼庭，为天下恸。国史称先生为人刚直，不肯苟附，以取谤毁。为起居注，遇事敢言无讳，尤为胡惟庸所忌，故黜之远裔以穷死。然后知忠鲠违物，直言祸身，古今一也"。可见王祎之死背后有着一系列宫廷内部的权力纷争，也有朱元璋有意识地打压知识分子的因素。但王祎出使云南这件事本身，却无疑是利国利民的举动，甚至可以说体现了明太祖朱元璋的雄才大略，既坚持国家的统一，又尽可能地争取以和平手段解决，减少生灵的涂炭。王祎的死节既有忠于皇帝个人的成分，但又并非是愚忠，他的行为客观上有利于整个国家民族的统一和团结，从本质上讲是殉国之举。对于王祎的评价问题，显然应该运用马克思主义历史观所坚持的人民性、进步性的原则。可以说，王祎给封建臣子之"忠"赋予了更为博大深广的内涵。

忠臣必有孝子。王祎的两个儿子王绶和王绅也以自己的行动给传统的孝道增加了新的意蕴。县志中谈到王绶时说此人"温雅坦易"，"好读书，游学于宋学士濂、胡教授翰之门，有文声"。王祎死节云南时，消息阻塞，而王绅年仅十三岁。此时兄弟二人的母亲去世，王绶"做思亲堂，抚弟绅，甚友爱。祎有《华川集》，亦于其时同绅刻之"。王绶之弟王绅，为人"至孝"，"母夫人病笃，割股作糜以进，已而卒……鞠于绶，事如父"。在父亲勤于国事，在异域多年生死未卜，而母亲病逝的时刻，兄弟间的友爱和扶持成了渡过难关的关键性因素。至于刻印王祎文集这件事情，更能够看出王氏兄弟二人对于其父理解的深切。方孝孺在《华川集后序》中写道："华川先生出使南裔之九年，其子绶绅将传其文于世。"作为黄溍的得意弟子，王祎以文名冠绝天下，曾与宋濂一同担任《元史》的总编修。时人记载："皇明初兴，以文章用于时者，多婺产，若学士宋公景濂，待制王公子充，尤称杰然者。"王祎的文章"宏丽沉赡，自成一家"，学者称之为华川先生。古人以"立功、立德、立言"为三不朽，在其父没于异域消息全无的情况下，首先刻行他的文集，使其文章传世，无疑是一种妥当而明智的举动。后世的王廷曾在《重刊王忠文公文集序》中就曾写道："公以文雄也，而不独以文雄，惟得就义之烈而雄，文乃益传。今又八十八年，顾人知重公文，而文原于节；人知重公节，而节由于学。公之传儒林也。"可见，当时二子刊行《华川集》的举动有力地扩大了其父王祎在儒林中的影响力，也对王祎政治评价问题的解决起到了积极作用。在国家褒奖追祀到来之前，王祎首先在知识分子圈中获得了普遍的认可。

在王绅成年后，前往云南寻找父亲王祎的遗殖未得，"乃于祎所立木主，号恸奠祭"，述《滇南恸哭记》而归。之后，又向当时的建文帝陈述了其父死节之事，促使皇帝下旨褒奖，赠与谥号。王祎最初不过以文名见之于当世，与宋濂处于伯仲之间，自云南死节之事为朝廷褒奖后，其地位一跃而为"本朝儒臣冠"。显然，在这一历史评价的建构过程中，他的两个儿子王绶和王绅起到了重要作用。如果说，千里赴云南寻找其父尸骸使之魂归故里，是传统孝道中应有之意的话，那么恳请朝廷给其父以正确的评价，使之精神传之后世的做法，则表现出更多的社会意义。正如前面讲到的，王祎参与了国家统一的进程，他的奉命出使滇南、不辱使命、最后为国殉节所表现出来的是知识分子的气节和爱国热忱。那么，政府给王祎以正确的评价和礼遇，不但能够垂范士林，砥砺官吏们的气节操守，也能够向天下民众显示政府的公平和正义，以此淳化社会风气。使其父的精神长存天地之间，流芳于后世，为士人之楷模，王绶、王绅兄弟二人的做法无疑将传统的孝道提升到了一个新的层面。

王氏子孙在承继王祎风范方面相当出色，无论道德、文章均见重于士林。翰林编修吴宽在文章中写道："其子孙皆贤而有文，能守其田庐，又有为庙于家以礼祀公。"尤其是王绅之子王稌，《明史》中记载其"师方孝孺。孝孺被难，与其友郑珣辈潜收遗骸，祸几不测，自是绝意仕进。初，绅痛父亡，食不兼味。稌守之不变，居丧，不饮酒，不食肉者三年，门人私谥曰孝庄先生"①。可见颇有其父辈之遗风。

如果前面所谈到的种种孝道似乎过于沉重的话，那么三国时吴国重臣骆统小时的这件逸事读来则令人莞尔。《三国志·吴书》骆统本传中记载：

> 统母改适，为华歆小妻，统时八岁，遂与亲客归会稽。其母送之，拜辞上车，面而不顾，其母泣涕于后。御者曰："夫人犹在也。"统曰："不欲增母思，故不顾耳。"事适母甚谨。

同样是"事适母甚谨"，但已俨然是一派魏晋风度，也颇有一点儿现代人处理情感的理性和节制。骆统在孝道上的这种独异之处也为其日后仕途中的特立独行埋下了伏笔。

五四新文化运动非孝，以破除封建礼教、彰显个人价值为指归。经过近一个世纪的涤荡，孝文化原有的封建伦理色彩淡化，作为中华民族传统美德的意义进一步彰显出来。义乌历史文化名人们在孝行方面的事迹也有助于我们在新的历史条件下对此进行深入思考。首先，提倡孝文化有利于家庭的和睦和社会的和谐发展。义乌新光集团的董事长周晓光曾经谈及他们家中对老人的孝敬和兄弟姊妹间的友爱使他们家族内部更为团结，也使得家族中的每个成员更具有社会责任感，更乐意用自己手中的财富和创业经验为社会提供服务，而且这种责任意识也传递给了他们的子女这一代人。显然，这种以"孝"为纽带的有中国特色的家族文化会成为当前和谐社会建构过程中的积极因素。其次，提倡孝文化有助于提升政

---

① 《明史》列传第一百七十七《忠义一》。

府官员个人的道德品行。一个人如果做不到孝敬父母、友爱兄弟，那么很难想象他能够在为社会服务的过程中秉持公心，尽心竭力。假使每一个政府官员都能够真正明了儒家文化所说的"大孝尊亲"的话，他所考虑更多的必然是如何在为民众服务的过程中体现出个人价值，以使其父母亲族以之为荣；一般不会斤斤计较于个人的私利，做出铤而走险、身败名裂之事。把对父母兄弟的诚挚感情扩展到国家社会的施政方面，可以使得政府官员设身处地为民众着想，使得政策的制定执行更具有合理性。这种个人的道德良知能够成为现实政治运行的良好的润滑剂，减少社会的动荡，提高政府效率。再次，传统孝文化在政治层面的延伸对于当前社会发展规划的制定也有借鉴意义。"孝"所强调的是延续，而非一味的革新。诚然，改革需要发展创新，但任何政策从制定、实施，到收到成效都需要一个过程，甚至可能是较长的一段时间，需要几任政府官员持续不断的坚持和努力。义乌的小商品经济能够发展到今天，首任领导班子无疑有首创之功，但若没有此后历任政府领导的坚持不懈，并根据新的形势不断地推动这一发展规划的实施和完善，义乌的经济奇迹也不可能出现。朝令夕改、屡屡另起炉灶，只会劳民伤财，空耗社会资源。

总之，儒家的孝文化是义乌文化结构中基本的因素，在各个时期的历史文化名人身上都有所反映，并表现出了丰富的内涵，甚至在历史领域，以孝所蕴含的血性真诚，济世福民，提升生命。因此，今天我们重新对其加以审视，继承其中的合理性内核，对于我们保存传统文化的精粹，加强道德建设，乃至更为合理有效地制定社会发展的规划，直至充实商业文化的诚信根基，都有积极的借鉴意义。

（二）宗泽与能臣文化

商业文化是一种务实文化、能力文化，它也是要讲求战略战术的。对此，也可从义乌名人文化中清理出某些脉络。注重实效，不尚空谈，以实际的功业扬名于后世，这是义乌当地名人文化的又一显著特征。宋以后所修历代义乌县志往往"颜宗并祀"，将宗泽视为颜乌之后当地文化建构的另一支柱。宗泽所提供的正是知识分子的道德意识和事功结合的范例，分析义乌的能臣文化首要从宗泽谈起。

以往人们论及宗泽时大概受到对岳飞历史评价的影响，关注点往往落实在抗金及其"孤忠大节"之上；同时过于强调其军旅生活的一面，以将帅视之。其实宗泽与岳飞并没有太多的可比性。诚然，如果没有金宋两国之间的战争，宗泽可能终其一生不过是一个下级官吏，但宗泽却并非岳飞一样出身于职业军人，而是在躬逢乱世的情况下，书生领军，怀匡复天下之志，建不世之功，这一点和后世的明代兵部尚书吴百朋非常类似。《宋史》中宗泽、赵鼎合传，置于李纲传之后，大致可以看出官修史书对于宗泽特质的理解及其历史评价——在社稷将倾之际，以杰出的政治才华和无可比拟的现实功绩成为力挽狂澜者。宗泽的才能在于"建大策、决大疑、定大难、当大任"①。对此评价的理解，我们不妨参照在宗泽病逝的同一年（咸淳元年），从事郎宜差充两浙西路提点刑狱司、同提领镇江府转般仓司干办公事黄震所写的《高宗提宗忠简公亲札碑阴记》中的一段话："当高宗以康王出使，独公请无勤北行；金兵既退，独公请即位南京；位号既定，又独公结忠义兵百八十万，旁招四夷诸国，约克日灭金。前后二十五表疏，力请车驾还京师。使当是时无从中沮挠之者，则金瓯无缺之天下，正自无所谓南渡，又安有后事可夸其为盛如今日所见者哉？"② 从这段话中我们可以看到宗泽在历史大转折时所表现出来的敏锐的政治头脑和处理实际事物时独当一面的能力，文中的三处"独"也显示了宗泽在当时整个宋朝官僚集团中不可替代的作用。

宗泽的发展经历颇为坎坷，青年时代"趣尚不凡，长有大志，读书过目不忘，游学四方，籍籍有声"（《遗事》），完全是一派书生意气；而且很早就展现出处理实际事务的才能，如"八年以将仕郎调大名府馆陶县尉，摄邑事。吏多以年少易之，及牒诉迭至，剖析曲直，迎刃而解，不奄月，讼庭阗然"（《遗事》）。但此后就一直沉沦下僚，任职的足迹北至河北馆陶，东至山东蓬莱，西至山西赵城，南至巴州。这段时期从 33 岁至 66 岁，直到宋金之间的战争爆发，宗泽才脱颖而出。《宋史·宗泽传》中关于赴任磁州的这段记载可以让我们充分了解到宗泽处理棘手事件的能力：

> 时太原失守，官两河者率托故不行。泽曰："食禄而避难，不可也。"即日单骑就道，从羸卒十余人。磁经敌骑蹂躏之余，人民逃徙，帑廪枵然。泽至，缮城壁，浚湟池，治器械，募义勇，始为固守不移之计。上言："邢、洺、磁、赵、相五州各蓄精兵二万人，敌攻一郡则四郡皆应，是一郡之兵常有十万人。"上嘉之，除河北义兵都总管。金人破真定，引兵南取庆源，自

---

① （嘉庆）《义乌县志·名臣》。
② 黄震：《黄氏日抄二》。

李固渡河，恐泽兵蹑其后，遣数千骑直扣磁州城。泽擐甲登城，令壮士以神臂弓射走之，开门纵击，斩首数百级。所获羊马金帛，悉以赏军士。

《遗事》中在"为必守计"后，特别强调了这些事务"不逾月而办"，并且增加了一个细节："（磁州）唯粮食不足，视帑中所有，尽以高价籴米数万斛，然后广募义兵，应者云集。公度所储尚不能久赡，又出俸助之。由是民间争献金谷。"可见，宗泽在面对危局时能够迅速抓住重点、难点，拿出具体可行的方案，条分缕析，依次解决。显然，30多年任职地方官吏所磨砺出来的办事能力在这里起到了关键性的作用，也使得宗泽有别于一般只会纸上谈兵、空做慷慨激昂状，却全无实际办事经验的读书人。唐代诗人杨炯在《从军行》中所写的"宁为百夫长，胜做一书生"之语，除表达了开疆拓土、建功封侯的豪气外，也是根据实际情况说的老实话，点明了在战争环境中，一般的读书人确实不如具有实战经验的下层指挥官更为管用。同时，在这段记载里我们也可以看到宗泽当时虽然仅是地方官吏，但在处理好自己分内事务时还能兼有全局性的战略眼光，不同于一般的守土之臣。这一方面是责任心的体现；另一方面也显露出其运筹帷幄、掌控全局的能力。事实上，由于和汪伯彦、黄潜善等人有较深的矛盾，宗泽始终没有能够进入朝廷的上层决策机构，但"统帅"和"循吏"两种素质的兼备，却使得他能在日后独力擎起宋朝北部的半壁江山。

磁州之役后宗泽开始了其仕途生涯的快速提升阶段。战乱的年代对为人臣者的能力提出了极为现实的要求，而真正具有才华的人也往往能够借此脱颖而出。在此后一系列给宗泽授职的朝廷训词中，所强调最多的恰恰是对其能力的肯定和褒奖。如"自戊寅橄后，兵无会者，独公屡与敌战，每捷到，王嘉叹不已，于是承制除徽猷阁待制"。在这份任命的训词中明白写到了宗泽"人之所难，视之甚易"的独特处。又如提升其为龙图阁学士、知襄阳府、提举随房郢州兵马巡检事的训词中写着："……具官宗泽，博学雄文，懿行高节，刚大之气至老不屈，纵横治才应变尤长。力陈排难之谋，克奋勤王之志。独当一面，声望卓然。"直至高宗任命宗泽担任东京留守、授予中国北部防务重任时，朝廷训词充分表现了宗泽在当时无人可以替代的地位。"京师杂五方之俗，事物大繁，号称难治，用劳侍从之良，典司尹正之重，以尔气浑而质厚，中伟而外庄，笃望可以镇浮，长才足以周变。"在这些褒奖的话中，无不透露着一种在战乱年代为人君者对于自己下属具有安邦定国之才的欣慰。靖康之难后，宗泽是高宗即位最早的劝进者之一，具有拥立之功；同时高宗也需要宗泽这样具有实际政治军事才干的人为其挡住金兵的铁骑，于情于理都会给宗泽以较多的信任和支持。但由于宋朝自开国以来，所吸取的主要是五代十国时政权迅速更替的教训，对于臣子掌握兵权之事一直极力限制，如宋太宗赵匡义所说的，"外忧不过边事，皆可预防；惟奸邪无状，若为内患，深可惧也"。战争打破了朝廷原有的规章制度，给了官员们更多便宜从事的机会，但由于战乱所导致的中央政府权力的衰弱，对于臣下雄武有为者在需要其为己出力的同时，又往往忌惮他们会拥兵自大，因而怀有更为深切的戒心。相对而言，在宗泽日后的仕途生涯中，宋高宗给了他较之于其他军事统帅更多的信任和支持，但与宗泽收复故土、匡复天下的雄心相比，这些显然远远不够。

宗泽任东京留守之后确实不辱使命，开封在当时处于"自敌骑退归，楼橹尽废，诸道之师杂居寺观，盗贼纵横，人情恼恼。时敌留屯河上，距京城无二百里，金鼓之声朝夕相闻。京畿千里之民与京东西连亘数千里，咸怀悚栗"的状况，宗泽以其雷厉风行的作风迅速稳定了民心，并收编了民间武装王善、王再兴、李贵、杨进等人的军队，在统一调度下与金人作战，使得朝廷平添上百万的披甲之众。在与金兵的数次交手中宗泽也取得了一连串的胜利，虽然东西两线的宋军节节败退，但由于开封的无法攻克，金兵一直不敢深入南方，战线僵持在黄河一线。与此同时，宗泽已经为全面反攻做好了初步的准备，在建炎二年提出六月渡河的反攻计划时，宗泽已经拥有百万之众和可以支持半年的物资储备，扭转了靖康之变后宋王朝的颓势。李纲在《建炎进退录》中写道："泽至京师，果能弹压抚循，军民畏爱，修治城池楼橹，不劳而办；屡出师以挫敌锋。虽嫉之者深，竟不能易其任也。"如果说李纲、宗泽等人经营开封的目的是使它成为战略反攻的基地，期待高宗以此号令天下，收复失地的话，那么高宗本人则不过希望开封成为阻止金兵继续南下的防线，从而保有半壁江山。这种目的上的差异必然会引发君臣之间的矛盾以致猜忌。高宗与宗泽之间关系最为紧张的情况有两次，一为信王榛进入开封，另一为宗泽执意羁押金国使臣。前者表现出了义乌当地的历代名臣们共通的对于宫闱权力角逐的漠然，而后者则体现了君臣之间对于抗金态度的分歧。抗旨羁押金国使者一事使得宗泽在朝内饱受攻击，汪伯彦、黄潜善等人借机要求将其解职。而在为宗泽辩护的声音中，强调其能力无出其右的意见再度打动了高宗。尚书左丞许景衡奏折中谈道：

　　然臣自浙渡淮，以至行在，得之来自京师者，皆言泽之为尹，威名政术，卓然过人，诛锄强梗，抚循善良，都城帖然，莫敢犯者。又方修守御之备，历历可观，臣虽不识其人，窃用叹慕。以为去冬之内京城不能固守，良由大臣无谋，尹正不才之故。使当时有如泽等数辈，赤心许国，相与维持，则其祸变亦未至如此其酷也。①

　　与李纲任职丞相仅75天即遭罢免不同，高宗在很多事情上对宗泽表现出了极大的容忍力。自然我们不怀疑宗泽的孤忠大节能够使得最为昏庸的统治者也为之动容，但更可能的一种情况则是高宗所看重宗泽的并非其"赤心许国"之忠，而是"相与维持"之能。在宗泽死后，高宗给他的评价为："气劲而谋深，识高而虑远，怀尊主庇民之志，有爱国忘家之心，逮朕省方，擢司留钥，言多底绩，勇于敢为。折冲樽俎之间，制敌股掌之上，三军服其纪律，百姓安于教条。"（《遗事》）其中讲得最多的还是对其出众的才华和功绩的认可。出于加强中央统治权力的考虑，高宗拒绝了开封当地军民提出的由宗泽之子宗颖继任的要求，而是派杜充任职开封府尹。由于此人"喜功名，性残忍好杀，而短于谋略"②，使得当年宗泽招纳的义兵纷纷转而与宋军为敌。如杨进转掠汝、洛间，众达数万。杜充派官员翟进弹压，反为杨进所杀。丁进转掠淮西。之后，河北京东捉贼使李成以及王善、张用亦脱离朝廷节度。王善、张用驻兵京西，兵马联结千里。这一连串的变故使得宋朝防线从宗泽时期的黄河一线后退至江淮一线，给金兵进一步南下提供了可能。当时宋人所说的"宗泽在则盗可使为兵，杜充用则兵皆为盗"，非常明显地展现出两者间由于能力的差别而引发的不同结局。可见宗泽抱着精忠报国的赤诚，具有一种临危受命，化险为夷的魄力和能力。

　　关于能力问题，自然有相当的部分出于天生，旁人无法企及；但任何天才也有长成的轨迹，况且宗泽又有着30多年在地方任职的经历。我们在谈到以宗泽为代表的义乌籍官吏的"能臣文化"现象时，其重点就在于分析他何以能够建立别人无法企及的功业，有哪些因素是可以供后人学习与效仿的。其实简单来说，宗泽所倚靠的不过是敬业、务实、守法这三条经验。

---

① 许景衡：《横塘集》卷九《论宗泽札子》。
② 《宋史》卷四百七十五《叛臣传》。

从下面的两件事就可以见到宗泽为官敬业之一斑。第一件事情发生在绍圣二年冬天，"（吕惠卿）即檄公与邑令视河堤。檄到，值丧长子，捧檄遂行。惠卿闻之，曰：可谓忧国忘家者也"①。另一件事情是"（宣和）四年，（宗泽）差监镇江府酒税，叙宣教郎。公尽心乃职，课入倍加"②。前者时当宗泽仕途起步期（此时宗泽35岁），这时能够做到舍身忘家这一条对于一般的官员来说恐怕也并不困难；但宣和四年监掌镇江府酒税时，宗泽已经62岁，刚刚经历了为期四年的蒙冤被编管的生活，其间妻子陈氏病故，所担当的职务在宋代又是一种素为州县官所看轻的微贱差使，暮年而任卑职，全无进一步发展的希望，在这样的情况下，宗泽能够做到"尽心乃职，课入倍加"，确实令人肃然起敬。"官员"既是一种个人身份，也意味着一份社会责任。宗泽在地方下层官吏的职务上辗转30多年，面对升迁罢黜能够做到宠辱不惊，在任何地域、任何职务上都恪尽职守、政绩卓然，所秉持的正是这份公心和敬业。

心怀全局是宗泽敬业的另一种体现，也是其社会责任感的进一步延伸。前面在引文中已经谈到宗泽任职磁州时提出了周边五个地区协同防御的整体规划；而早在其任职赵城县令的时候，就已经根据当地重要的战略地位，向朝廷提出了升县为军，"命以军额实治县事，且大养军士以备不虞"的建议。从以后的局势发展看，这确实是一个深谋远虑的意见，但是当时朝廷并没有加以采纳，宗泽感叹道："方今承平之久，固无虑，他日有警，当有知吾言者矣。"③ 直到政和三年（1113）七月，宋廷才根据局势的发展，将其升为庆祚军。④ 在职责范围内恪尽职守，又时刻关注国运的走向，心系天下的兴亡，这大致向我们展现了宗泽统帅气质养成的轨迹。

务实是古今中外一切成大事者的基本素质。宗泽在地方任职期间两度上书要求延缓河工，抵制朝廷收购牛黄，任职开封期间拒绝高宗提出的要当地百姓"三分出战，七分出助军钱"⑤ 的要求，行军作战也能够根据敌我军力的情况，做到进退自如。总之，在宗泽的为官理念中劳民伤财而无所收益的事情不做，对

---

① 《遗事》。
② 《遗事》。
③ 《遗事》。
④ 《续资治通鉴》卷九十一政和三年七月条。
⑤ 《宗简忠集》卷一《条画五事疏》。

于国计民生有利、但时机条件不成熟的事情不硬做，仅仅对个人仕途有利的政绩工程坚决抵制，从而尽可能保护和发展了任职地的各项社会资源，也使得其面对危局时能够最大限度地壮大己方实力，为事情的解决创造条件。

守法所强调的是办事有规则、有秩序。只有在一个有序的环境中，人们才能够安心于自己的职责，通过其能力和业绩来实现升迁罢黜，社会也只有为其成员创造这样的秩序，才能够实现整体实力的最大化。宗泽一生坎坷曲折，用李纲的话来说就是"自为小官即卓荦有气节敢为，不诡随于世，以故屡失官"①。但宗泽在自己任职的权限内却为治下的军民创造了这种有序的小环境，这也是宗泽在接手危局时能够使上下尽力、三军用命，迅速恢复发展己方实力的重要原因之一。以往谈到宗泽治军时往往强调其用自己的官俸敬养抚恤阵亡将士遗属、对义军首领以诚相待的一面，但正如《左传》曹刿论战一篇所谈到的，这是"小惠"，小惠只有建立在有序的管理体系之上，才能够发挥其效用。以下两例倒是可以让我们看到宗泽治军之严的另一面。

四月甲寅，磁州统制官赵世隆、世兴兄弟，以兵三千来归，人以为疑。公曰："世隆本吾一校耳，必无他，有所诉也。"翌日拜于庭，公面语之曰："前日杀守臣者谁？"世隆曰："事非得已，众以无粮，欲杀斯人以止乱耳。"公笑曰："河北陷没，而吾宋法令上下之分亦陷没耶？"顾左右拽出斩之。众兵露刃立庭下，世兴佩刀侍侧，左右莫不寒心。世隆既执，公徐谓世兴曰："汝兄犯法当诛，固应无憾。汝能奋志立功，足以雪耻矣。"世兴叩头请罪，曰："公之号令如此，水火毕入。"

赵海亦贼之雄者，屯板桥于路，设桥以阻行者。同勃刍者八人过海营，海怒曰："我畏阃太尉耶？"悉脔之。觇者以闻。公呼海，海以甲士五百人从。公方迎客，遽语之曰："杀刍者谁？"海辞曰："无之。"出报牒读示，海具服，命械系狱。客曰："奈甲士何？姑徐之。"公笑曰："诸公怯耶？治海者某，诸公何预？"谕次将曰："领众还营。赵海已械送所司，告偏裨善护卒伍，明日诛海。"闻者股栗。②

① 李纲：《梁溪集》卷一百七十五《建炎进退志总序二》。
② 《遗事》。

值得注意的是，宗泽的治军之严与当时普遍的军纪松懈、武人擅权情况形成了鲜明的对比。《宋史·赵鼎传》中记有"刘光世部将王德擅杀韩世忠之将，而世忠亦率部曲夺建康守府廨"一事，朝廷的正规军都如此跋扈，那些既有抗金热情，又以剽掠民众生存的义军的问题就更为严重。王善、杨进等人的部队无不裹挟着数万，乃至十数万老弱妇孺；而军队中动辄与主帅不合，便率军他投的现象比比皆是。宗泽能够号令天下群雄的过人之处就在于他能够确立法规的权威性，保障中央政府的尊严，使部属按规则行事。宋代军法中明确讲："军中非大将令，副将下辄出号令，及改易旗军号者，斩"，"背军走者，斩"。[①] 诛杀率军来投的赵世隆显然是为了明正朝廷的法纪，以警惕统帅诸军者，不可随意行事。杀赵海则体现出了对待官军、民军的一视同仁，在待遇上同等对待，违纪时也同样处罚，并没有为了接纳豪强而降低治军的标准。宗泽性格中这种义乌人的"硬气"和朴质的"法治"思想的结合，在当时疲敝混乱的局势中收到了立竿见影的效果，使得宋军的战斗力大大提高，也使得陆续接纳的义军从乌合之众变成了能够令行禁止的正规部队，从而使得将领部卒能够效死力，打硬仗，在根本上扭转了宋军在战场上一触即溃的颓势。宗泽的这些做法也给后人的立法和执法提供了启示。

作为传统知识分子的典型代表，宗泽无论是为官治军，还是出仕、罢官，始终在奉行着"正心、诚意、修身、齐家、治国、平天下"的修养之道。尤其可贵的是，他在30多年的仕途生涯中，能够将儒家学说中的道德内省功夫与外在事功的建立相通。联系到日后陈亮所提到的"义利双行，王霸并用"的思想，我们就可以更好地理解宗泽所带来的文化启示。

南宋在异族入侵下日益颓败的国事为陈亮等知识分子全面反思"事功"在儒家文化中应有的地位提供了可能。宋代的理学兴盛，尤其是靖康之难后，对于士大夫气节的要求显著提高。在国家危难之时，能够以身殉国、杀身成仁者也不在少数。但朱熹等人所倡导道德内省学说在现实操作中，往往面临着儒生们长于内圣而拙于外王的窘境，处理实际事务的能力明显不足。因此，陈亮正面肯定"事功"的价值，认为儒者应该"志在天下"，做"大有为"的英雄豪杰。汉唐开国君主们正是因为有"宏大开廓"的能力，才使得"其国与天地并立，而人物赖以生息"[②]，这符

---

① 曾公亮：《武经总要》前集卷十四《罚条》。
② 《又甲辰秋书》，《陈亮集》卷二十。

合先圣做人的标准，也是仁德的至高体现。陈亮进一步指出，那些"气不足以充其所知，才不足以发其所能，守规矩准绳而不敢有一毫走作，传先民之说而后学有所持循"①的醇儒不符合时代的要求，在战乱的年代，所需要的正是那些能够建立扭转乾坤、恩泽天下的丰功伟业的人才。显然，陈亮的学说有其深刻的社会发生学背景，所针对的正是南宋王朝在外敌入侵下积贫积弱的窘境。从这个角度我们来看宗泽处理实际事务的才能，以及30多年任职地方的培养历程，就会有新的认识。

宗泽之"能"正是儒家知识分子道德和事功相结合的完美体现。众所周知，程朱理学是宋代以下整个中华文化的正统流脉，也是义乌当地文化圈的主流。陈亮为代表的永嘉学派在"事功"方面对朱熹的挑战，表现为主流内部的某种边缘性的声音。儒家文化体系本身有着非常丰富的结构和层次，在特定的历史条件下，恰恰是某些相对边缘的因素会为整个体系的发展注入活力。宗泽所代表的"能臣文化"现象所体现出来的正是这种结构性的调试所具有的巨大能量。这也可以帮助我们更好地理解杨义先生在分析文化发展模式问题上所提出的"边缘的活力"这一观点。所谓边缘，未必一定指的是来自外部的异质性因素，同一文化体系内部相对的中心和边缘之间的张力，在文化发展历史中所起到的作用更值得我们深入思索。宗泽的成功，正是在战乱背景下，儒家知识分子有意无意地开始注重"事功"之学的结果，也体现出长期的地方任职经历这一实践性因素所拥有的巨大作用。可以说，被誉为宋代"濒危一柱"的宗泽并非横空出世，他的"能"既包括对功业的主观重视因素，也有长期实际工作锻炼培养的因素。

（三）朱之锡的勤勉与专业精神

清代河道总督朱之锡关于官员培养和选拔问题上的一系列言说及其亲身经历可以加深我们对此问题的理解。顺治年间，正是天下经历了明末的大震荡，开始逐步恢复元气的阶段。作为国家传统政治中心所在地的北方，黄河和京杭运河被视为其经济的命脉。正如时人所说的，"黄河为患中国，自汉宋以来，耗金钱若填巨海"②，如何有效地预防黄河汛期对沿岸地区的侵害无疑将成为整个国家经济恢复的关键所在，正所谓"黄水安澜，则万姓受平康之福；堤堰冲决，则国赋增度支之忧"③。同样，

① 《又甲辰秋书》，《陈亮集》卷二十。
② 施闰章：《河防疏略》序。
③ 《河防疏略》卷五《复淮黄关系甚巨疏》。

京杭运河关乎南粮北调问题，控制好枯汛期水量的调解，保证运输通道的畅通，对于稳定当时社会秩序也有着重要的意义。清初的历任河道总督都为此做出了巨大的贡献，而其中的义乌人朱之锡无疑是最为后世所称道者。会稽姜希辙在为朱之锡的文集《河防疏略》所写的序言中，以异常钦佩的口吻写道："公起自词臣，年方过壮，乃能克奏夫功如此，使非神焉，乌能至是?"显然，这只是赞扬之辞，朱之锡之"能"正如宗泽之"能"，既有对"事功"的主观重视因素，也有在其职务上长期任职锻炼培养的因素。

在任职河道之前朱之锡即以勤勉知名。嘉庆《义乌县志》记载其任宏文院编修时，"世祖每幸馆，之锡常在，嘉其勤"。之后朱之锡在顺治皇帝的身边经过了较长时间的官场磨砺，"盖历诸曹，以试其能也，皆称旨"[①]。在授职河道的任命中，顺治皇帝已经明确提到"总河事务重大，必得其人，方能胜任"，特荐朱之锡的原因就在于他"气度端醇，才品勤敏"，非常明确地将其能力与态度摆在了首位。在治理河道的十年中，朱之锡不辱使命，"介马驰视南北，暑不张盖，寒不袭裘。或止宿野庙，或露坐待旦"，使得"凡数十年来不能滤止淤塞，不能堵之决口，皆相度经营。以是屡告成功，漕艘无阻"。在其死后，湖广道监察御史李之芳为其所写的墓志铭中对此讲得更为详细："（朱之锡）经营河上，什一在署，什九在外，兼以雨旸勿若，非旱忧浅，即潦忧冲。每当各工并急，则南北交驰，寝食俱废。值盛暑，介马暴烈日中；隆冬严寒，触冒霜雪，诚所谓劳不乘，暑不盖，骎骎有古大臣风。"可见，朱之锡虽然起自"词臣"，但在各部门任职期间已经表现出出众的能力。接手河道后，凭着超乎常人的敬业和尽心，在较短的时间内已俨然是水利方面的专业人才。清初朝廷所偏重的是整个国民经济的恢复，对于黄河并没有大规模治理的实力和打算，此时的河道总督既要时时小心督导，避免黄河造成大的危害，又要在经济上尽可能的精打细算，减少国库支出。这实际对在河道任职的官员的业务能力提出了更高的要求——他们必须通过自己的业务之熟和应变之能来弥补国家投入有限所造成的缺失。在时人对朱之锡的评价中，有两条是作为褒奖之语提出的：第一，"以故首尾十年，无大工巨役，数省之民，获免昏垫"[②]；第二，"受事之初，河库贮银十余万；频年撙节，现今贮

---

① 《梅麓公行略》，载《梅陇朱氏宗谱》。
② 李之芳：《梅麓公墓志铭》。

库四十六万有奇"（《清史稿》朱之锡本传）。当然，最关键的是在其任职期间黄河并没有出现大的危害，这对整个国家政治的稳定和经济的复苏起到了重大的作用。

朱之锡的治河理念最突出的体现在他的吏治思想上。治河重在择人，朱之锡在给朝廷的奏章中系统地谈到了对官员选拔和培养的问题。这些论述为我们理解"能臣"的含义提供了相当便利的途径。

正如前面分析宗泽时谈到的，能臣之"能"首先表现在敬业上。朱之锡在给朝廷推荐和弹劾官吏时，也往往将这一点放到首位。在给官员所做的考语中，诸如"漫不关心"、"赋性悠忽"、"怠玩成性"等在他看来是最不可容忍的，必须严加惩处。无疑，朱之锡在这一方面以其拼命苦干的精神首先给属下的官员们做出了表率。任职河工是辛苦的差事，兢兢业业尚难保万无一失，一旦出现问题，则损失无可计量。对此朱之锡有非常独到的体会："盖因材器使，用人所亟，而独治河之事，非澹泊无以耐风雨之劳，非精细无以察防护之理，非慈断兼行无以尽群夫之力，非勇往直前无以应仓卒之机。若徒事绳尺以为无过，去之无名，留之有害，事后议惩，悔已晚矣。"[1] 而那些在实际工作中能够做到"周防而甘心尽瘁，视河事宁啻谋家"、"区画既中肯綮，奔驰不惮勤劳"、"不辞劳怨"、"督饬维谨"的官员往往能够得到朱之锡的称赞和嘉奖。

再者，河工是某种具有专业性质的工作，官员必须对自己任职河段水性的顺逆，河流的分合，地势的险要，堤形的高卑等了然于心，在出现险情的时候往往"非局中之人身亲经历，必不能悬揣臆度"。因此，任何一个合格的河务官员，必须有一段在此职位上的培养经历，正如朱之锡所说的："然河防之理，原系专家，故非久历不能深知，非深知不能取效。"[2] 而一旦官员对于自己的工作熟悉之后，国家就应该设法保证其任职期限的完整性，从而最大限度的发挥其专业技术方面的优势。而不应该随意调换，使得岗位上总出现新手任要职的现象。针对当时吏部提出的各司道官员一年一考评一调任的政策，朱之锡非常务实地提出："河工最巨，治河最难，其司、道各官非久于其任，精于其业，鲜克有成者。……窃照黄、运两河上关国计，下系民生，工部专差司官三年一换，诚慎重其事也。"[3] 这一主

---

[1] 《慎重河工职守疏》。

[2] 《题补南河同知疏》。

[3] 《请复河差三年旧议疏》。

张得到了顺治皇帝的支持，既保证了黄河诸河段的安全，也比较合理地使用了人力资源。同时，这一主张的现实意义还在于任何一位官员的施政方针从实行、磨合到见效，都需要一定的时间作为保证，频繁的调任只能使得某些有效的措施半途而废，而某些不合理的政策匆忙上马，给整个国计民生造成重大损失。如果结合前面分析宗泽时所讲到的"有序的小环境"这一观点，我们可以看到朱之锡也在努力为自己的属下建立一整套有序的升迁罢黜制度，如在《请复河差三年旧例疏》中所讲到的："合无今后自司、道以至府、州、县管河诸臣，俱令久任，俾令熟知河务，谙练机宜，修守有方，堤防无失。如累岁贤劳，著有成效者，遇三、六年考满，准与加升职衔，令其照旧管事，待其资俸最久，绩效最著，然后破格超迁。其有迁转离任者，则必就近遴补。如管河郎中有缺，即以管理泉闸等主事中选补，则濡染久而端委相谙，一则交承速而职事无旷。又必令其新旧交代，新者不至，旧者不行，不惟人存政举，缓急有资。且使旧政告新，传受有法，其为河道裨益非浅鲜也。""若一年一换，初则生手未谙，茫然无措，及至稍知头绪，而差期已满，年复一年，岂免贻误。"毫无疑问，朱之锡的这些举措不仅使得下属官员能够明确自己的仕途前景，通过恪尽职守来获得升迁机会；也可以最大限度地保证政务运作前后一致、顺利展开。这些意见，即使放到今天也有着非常显著的实现意义。

在朱之锡的观念中，国家的法度必严，官员的执法必严。任何只顾地方、部门利益的行为必须坚决予以惩处，只有这样才能保证国家的整体利益。比如朝廷各部门在使用运河航运时出现的"到闸勒催启板，积水无存，闸内粮船必致浅搁"的现象，朱之锡认为这些做法是"惟图便一己之私，不复顾京储之重"，是一种小集团利益在作祟，因此要求朝廷对此严加整饬，从而使"庶人心有常目之儆，而漕事无废坠之忧，所裨军国非浅鲜也"[①]。当顺治十六年出现运官不服调度，率众殴打闸官的事件时，朱之锡立刻上疏要求予以严惩，以明国家法纪。在历史上，义乌籍的官员中很少会出现地方、部门主义者，他们往往都会念及国家的整体利益。这也是前面分析义乌当地文化特征时所讲到的包容特征的一种典型反映。

朱之锡谈到官员所应具备的素质时特别强调必须兼有务实与灵活这两方面的

---

① 《粮运关系甚巨疏》。

能力。在任职河道之初，朱之锡就敏锐地意识到治河的一个根本性难题在于河工问题，"如河夫之弊，多起于有司奉行之不均，使势豪有力者坐收土之利，而多以力役委穷民……是不均之怨，非尽役于河之怨也。特以役从河起，故归怨无着，不得不然"①。在给顺治皇帝的《议恤牵夫苦累疏》中，朱之锡罗列了被征民工所面临的一系列困境，指出这是"驱无罪之民，就必死之地"，在这种情况下，沿岸民众对于整治河防唯恐避之不及，使得各项工程难以顺利展开。当然，河防必须修筑，"国家军行重事"亦不能"停免不用"，处理两者之间的矛盾的关键，在朱之锡看来就是任职官员的个人能力，即"有治人无治法"，要尽可能做到两者的兼顾，用现在的话来说就是要创造性地完成工作。朱之锡有两段论述值得我们深入思考：第一，"黄河为患，自古皆然，从无一劳永逸之规，而有因时制宜之法。立法善则官不能行其私，奉行公则民得以忘其役。若不审百姓之筋力，不察地方之远近，不斟酌河工之有无，止于循例而行，以势相督，宜其筋力日尽，远近皆劳，而河工之患为甚酷也"②。第二，"故行法之人，能直致法于人，而不用权术，不假通变者，上古之世或然也。至于后世行法能行者与婉转能行者，唯有不以权术变通与之推移者也。故曰立法之意也，明其意，是能使势豪有力不之挠，而无所扞格者也"③。前者要求官员以务实态度对待工作中所遇到的问题，根据具体情况提出解决的方案，一味循例即为失职；后者则尤其强调了方法上的灵活与变通，官员必须深刻理解法的精神，而运用之妙，则存乎一心。总之，在河工问题上，朱之锡希望下属官员能够"调理得法，不专苦穷民"，让"穷夫尤沾实惠"，以使得人们对待河务工程可以"夫不逃而乐趋事"，以此纠时弊之偏，从根本上消除朝廷与民众在治河问题上的矛盾。朱之锡的这些论述对于官员的能力提出了更高的要求。

能臣文化之"能"落实在各项具体事务中，必然会产生某种专业精神。即在恪尽职守的同时，本人也会逐步成为所任职方面的专家，这是才能与敬业在实际工作中升华的结果。如顺治十六年，朱之锡全面勘查黄淮流域后提出的"分黄导淮"的治理方案；顺治十八年，在运河使用中筹划的防洪闭坝和不误军

① 《复河夫征派当更疏》。
② 《议复河夫征派疏》。
③ 《复河夫征派当更疏》。

运的两便之策，都已俨然是一派水利专家的风范。能臣之能，恰恰兼备了官员的干练与专家的精深，从而在治国方面更趋理性、更具效率，能够有更好的收效。这一点对于我们现在选拔培养官员时同样意义深远。关于专业精神，另一个极为明显的例子是前文所讲到的宗泽。在任职东京留守期间，宗泽向高宗皇帝连上了 24 道《乞回銮疏》，所表现出的匡救天下、兴复王室的一腔忠义，千载之下令人读来依然唏嘘感慨。最有意思的是建炎元年十月所上的第 8 道《乞回銮疏》，其中宗泽向高宗皇帝详细地讲解了自己所设计的新式兵器——决胜战车。

> 浸臣又制造决胜战车一千二百辆，每辆用五十有五人，一卒使车，八人推车，二人扶轮，六人持牌辅车，十有八人持神臂弓弩，随枪远射。小使臣两员，专干半阅习车事。每十车差大使臣一员，总领为一队。见今四壁统制官，日逐教阅坐作进退左右回旋曲折之阵，委可以应用。

事实上，宋军在战场上的节节失利，绝对不是因为对方兵力上的优势。恰恰相反，靖康之难时围困东京的金兵不过区区六万人而已。但金兵均为精锐骑兵，在战场上其机动性和冲击力都使得宋朝的步兵很难抵挡。李纲当时就一针见血地指出："金人专以铁骑取胜，而吾以步兵敌之，宜其溃散。""决胜战车"的设计显然非常具有针对性，它将实战中对付金国骑兵最有效的神臂弓弩和城堡防御结合在一起，使得宋军的步卒在与敌野战时也能有所凭依，从而最大限度地加强了自身的攻击性和防御性、减少对方的冲击力。这一专业化的设计也能够使我们从一个侧面看到宗泽在统军方面的才能与敬业。

（四）吴百朋的严谨敬业

谈到义乌的"能臣文化"现象时，另一位必须提及的人物是明代的兵部尚书吴百朋。与宗泽一样，吴百朋也是书生领军，在平定倭寇的过程中展现出不世出的军事才华。但细读《明史》吴百朋传，最令人动容的并非其赫赫战功，而是其从政过程中的某些细微之处。如"万历初，奉命阅视宣、大、山西三镇。百朋以粮饷、险隘、兵马、器械、屯田、盐法、番马、逆党八事核边臣，督抚王崇古、吴兑、总兵郭琥以下，升赏黜革有差。又进边图，凡关塞险隘，番族部落，土马强弱，亭障远近，历历如指掌"。嘉庆《义乌县志》对此也言之甚详：

"然三镇自嘉靖来独当敌冲，疲于奔命，而大帅马芳将兵十年，多屡老不任战，百朋按其诸不法事，切责之，卒使对簿奏褫之。出塞凡七月，奏筑宣镇内墙为雉二万两千五百有奇，敌台七十座，筑大同内外墙上十利，又敷陈屯政河防边防上便宜十五事。进边图险隘部落士马亭障如指掌。"很多资料在论及吴百朋时，往往习惯性的勾勒其儒帅风范，似乎非"谈笑间强虏灰飞烟灭"的境界不足以显示其才能之过人。诚然，吴百朋指挥军队能够屡出奇谋，确实非常人可及。但在这举重若轻的背后，我们却可以发现其同样严谨过人的另一面。督抚三镇期间，整吏治、筑城墙、绘边图，任何一件都是基础而切实的工程。对边防要务"历历如指掌"更是体现了才能与敬业相结合的典范，值得一切为政者所效仿。县志记载吴百朋早年"复按江北"时，"时岛夷大讧无为，州未城，奏筑之"一事，可见其在战场上运筹帷幄之前，早已做好了各种基础性的工作。兵者，诡道也；战备，常理事。义乌能臣之"能"正在于其在认真严谨处做足了工夫，一旦遇到突然性的变故，平时的准备与个人的才华相互激发，于是成就了其不朽的功业。

（五）义乌名人的专业风范

专业精神除了在义乌籍官员身上有所体现外，在其他行业中也有突出的表现，最为有名的就是中医发展史上的丹溪学派。中国古代知识分子兼通医学的现象较为普遍，但如丹溪学派这样较为自觉地以此为安身立命之本，并扬名后世的却并不多见。前面在分析义乌的"孝文化"时已经谈到，朱丹溪等人最初涉足医学往往是为了治愈父母之病，以全孝道；在其痊愈后还能不懈地深入探究医理，并将行医与理学相结合，作为济苍生的一种途径，这体现出义乌人思想中根深蒂固的专业意识，也为传统知识分子在仕途之外实现其人生价值提供了另一种选择。丹溪学派的另一个代表人物虞抟，自幼所受的家庭教育即"不为良相，则为良医"，为相为医虽选择截然不同，但仅一个"良"字，却已将其专业意识和敬业精神展现无遗。清代名医楼一品"少研经史，不屑穷素难"，所期待的大概还是传统的仕途之路。后来得到异人的传授，医术精妙，以此知名后，观念也为之一变。"已而慨然曰：吾邑丹溪子，儒者也，不尝以医显乎？乃博讨方书，积十余年，出无不中，当路重之，授医学官。"[①] 近代以来，义乌人在各专门学科上更是广有开拓，诸如冯泽芳、陈望道、吴晗等，在各自领域都是当之无愧的

---

① （嘉庆）《义乌县志·方技》。

一流专家。这里仅以吴晗为例，从其治学的某件小事上便可见其严谨务实之一斑。著名考古学家、史学家夏鼐在文章中写道：

> 吴晗同志对于治学方法，总是强调要先打好基础，主张"多读多抄"。他自己在青年时候便开始这样做。他自己说，在大学学习时，虽然住在北京，京戏却一次也没有看过，而是经常进城上北京图书馆去摘抄卷帙浩繁的二千九百余卷的《明实录》（当时未有刊本）和一千七百余卷的《李朝实录》（当时日本有影印本，但印数极少，国内仅北图有一部）……吴晗同志提倡不仅要眼勤，还要手勤。他说："抄录下来是为了巩固自己的记忆，也为了应用时可以查考。"听说他后来积累了一万多张摘抄史料的卡片。①

吴晗的学生李埏也详细地回忆过吴晗向他传授如何制作、使用卡片的情形。② 作为当年胡适寄予厚望的明史专家，吴晗在史料方面所下的苦功及其行之有效的治学方式，无疑为其日后研究中不断推陈出新、成为该学科大师级的学者打下了坚实的基础。

总之，在近代西化大潮的激荡下，义乌人凭借着自己文化性格中的"能"与"专"，似乎并不费力的就完成了由传统士大夫角色向近现代意义上的专业知识分子的转变。文化史的研究关键在于以常观变，义乌文化传统中的"能臣现象"和"专业精神"正是自古至今一以贯之的根本所在。对于任何事都能做到敬业务实，对任何专业都有使自己成为专家的渴望，这也就大概是 20 世纪 80 年代全国各地同时开始发展市场经济，而如今唯有义乌能在小商品市场上独占鳌头的根源所在吧！

三　义乌名人的耿介之气与秩序诉求

前面在分析义乌孝文化时谈到，"历史上义乌籍的官员恪守儒家之道，非常自觉地将自己对于国家的责任放在躬行孝道的基础上。平时尽心竭力以赡养父母，承欢膝下；出仕时也同样尽心竭力以报国家，并不以功名利禄本身为留恋，

---

① 夏鼐：《我所知道的史学家吴晗同志》。
② 李埏：《心丧忆辰伯师》。

表现对于政治责任既尽心投入，又处之淡然的心态"。事实上，在义乌历代官员中确实存在着这种有趣的现象，他们中不乏能臣良吏，但在官场权力斗争中却很少看到他们的身影。他们更习惯将儒家孝文化中的伦理秩序推广到社会事务领域，安分守己的尽到个人的责任。当然，义乌人并非没有"野心"，但他们对于"事功"的渴望全部落实在技术而非权力的层面，耗尽心力所思索的是如何尽忠报国，如何最大限度地担当知识分子的社会责任，如何使所处理的事务获得最佳的功效。面对历代政治无法回避的权力角逐，义乌人或者选择了主动退避，或者往往充当了被边缘化的角色。如前面在分析义乌"能臣文化"现象时重点谈到的宗泽，终其一生始终没能进入朝廷的权力中心，在与汪伯彦、黄潜善等主和派的斗争中全然处于下风；被嘉靖皇帝称之为"才堪大用"的儒帅吴百朋，也因为其耿直性格触及被人们视为贤相的张居正的利益，而屡受排挤……不擅长宫闱权力角逐庶几可以被视为义乌人诸多能力中的一块"短板"，不过这种文化性格中的所"短"倒是比其他任何所"长"都为我们提供了一个剖析义乌人文化深层结构的切入点。

我们的分析不妨从几个历史上的义乌人的实际经历谈起。宋朝开国之初，太祖赵匡胤的杯酒释兵权一事往往为历史学家们所津津乐道，将其视为通过和平手段来巩固中央集权的典范。自然，赵匡胤是这次权力斗争的主角，也是最大的赢家，但这幕宫廷戏的二号角色却往往为人们所忽略，这就是义乌人王彦超，当时的凤翔节度使。《宋史》是这样记录这一幕的：

> 开宝初，彦超自凤翔来朝，与武行德、郭从义、白重赞、杨廷璋俱侍曲宴。太祖从容谓曰："卿等皆国家旧臣，久临剧镇，王事鞅掌，非朕所以优贤之意。"彦超知旨，即前奏曰："臣无勋劳，久冒荣宠，今已衰朽，愿乞骸骨归丘园，臣之愿也。"行德等竟自陈夙昔战功及履历艰苦，帝曰："此异代事，何足论？"翌日，皆罢行德等节镇。时议以此许彦超。

如果以乖巧来看待王彦超的行为怕是会全然不得要领，《宋史》王彦超本传中记录下了其追随太祖以来的赫赫战功。真正在战场上拼杀出来的属下不需要、也不可能对上司曲意逢迎。况且，宋太祖赵匡胤是位开明君主，他要手下的将领们交出兵权时便坦承其目的是为了"君臣之间两无猜疑，上下相安"，并许诺交出兵权后可以"出守大藩，择好便田宅市之，为子孙立永久不可动之业"①。而那些部将们之所以敢于"自陈夙昔战功及履历艰苦"，恰恰得益于这种开明的政治氛围。在这种情境下，王彦超的体察朕心、应对得体所依据的显然不是后代人所认为的对权力斗争的娴熟和热心，恰恰相反，王彦超对于天下平定后必然会随之而来的上层权力纷争选择了主动退避。当宋太祖赵匡胤着手削夺地方节度使的兵权时，天下已然从五代十国的长期分裂战乱中重新归于统一，此时将领手中的兵权已成为国家安全的隐患。主动交权的背后显示出来的更多的是一份以国家社稷利益为重的公心，以及伦理秩序感对于个人能力及权力欲望的有效约束。相对而言，义乌的历代官员由于其出众的办事能力往往对于国家的贡献良多，也由于对自己社会定位的明确和安分，在其积极用事的同时，对于社会所造成的震荡也最少。从某种程度上说，义乌人在历史上自始至终都是作为建设性、稳定性的因素而出现，他们的恪尽职守、进退有矩所表现出来的正是儒家文化理想中的清明政治图景。

东汉时的尚书左丞杨乔以自己的经历向我们诠释了义乌人文化性格中的"有所为"、"有所不为"的行事原则。杨乔对于宫闱权力角逐的拒斥突出的表现在拒婚一事上。桓帝时正是朝廷纲纪废弛、统治上层内部斗争尖锐的时代，宦官和外戚轮流邀宠擅权，宫闱之间的清洗也屡屡发生。杨乔拒绝桓帝的赐婚，正是为了避免踏入这种权力纷争的漩涡，既不求以此获得富贵，也不愿由此去做无意义的牺牲品。但杨乔并非明哲保身之徒，向朝廷举荐当时的前合浦太守孟尝时的绝食力争之举，可以让我们看到其舍身为国的另一面：

> 臣前后七表言故合浦太守孟尝，而身轻言微，终不蒙察。区区破心，徒然而已。……臣诚伤心，私用流涕。夫物以远至为珍，士以稀见为贵。盘木朽珠，为万乘用者，左右为之容耳。王者取士，宜拔众之所贵。臣以斗筲之姿，趋走日月之侧。思立微节，不敢苟私乡曲。窃感禽息，亡身进贤。②

杨乔的举动带有维护正常政治秩序的象征意味，所针对的正是"廊庙之宝，

① 《宋史》太祖本纪。
② 《后汉书》卷七十六《循吏列传》。

弃于沟渠……而忠贞之节，永谢圣时"的混乱的现实政治状况。明代的方孝孺在讲到杨乔时用到了"屈以非礼，万锺不从"① 之语，确实是一语中的的评价。在历史上，义乌籍的政府官员在面对权力纷争时不但能够做到洁身自好，而且也会屡屡挺身而出，成为秩序原则的实际捍卫者。东汉末年的骆俊、骆统父子也是这方面非常有代表性的人物。谢承《后汉书》曰：

> 俊字孝远，有文武才干，少为郡吏，察孝廉，补尚书郎，擢拜陈相。值袁术僭号，兄弟忿争，天下鼎沸，群贼并起，陈与比界，奸慝四布，俊厉威武，保疆境，贼不敢犯。养济百姓，灾害不生，岁获丰稔。后术军众饥困，就俊求粮。俊疾恶术，初不应答。术怒，密使人杀俊。

东汉末年，整个社会实际处于军阀的割据状态，汉家的统治仅仅得以在名义上延续。骆俊此时能够尽心尽力地维护一个小封国的独立性，不依附于任何一个大的军事割据集团，行为本身就已表明了他的政治态度。相对于袁术等人"不修法度，以抄掠为资，奢恣无厌"的破坏性举动，骆俊治理下的陈国则表现出少有的井然有序。能够在混乱的大环境下建立某种有序的小环境，这正是上一章我们分析义乌能臣文化现象时所着重强调的一点。拒绝袁术的借粮则体现出了这种有序原则在处理外部事务时的延伸，即用切实的举动抵制任何僭越行为，保持社会的正常秩序。自然，骆俊为此付出了自己的生命，而他死后，陈国也在袁术大军的洗劫下灭亡。任何秩序的坚守者往往都会为其原则付出代价。杨乔、骆俊之死为我们展现的正是义乌士大夫们的文化性格中的刚性。骆俊之子骆统后来成为吴国的重臣，在他的身上既延续了其父杰出的政治才干，也同样延续了对政治秩序感的恪守和执拗。骆统从备受重用到被孙权所疏远，根源在于其为当时有暗通蜀国、有损国体之讥的张温辩护一事。事实上，骆统自从政以来，为吴国的发展提出了一系列大的规划，深得孙权的赏识，而张温一事不过事关一人而已，并且由于孙权对张温早有不满，也正有借题发挥之意。骆统此时大可不必拿个人的前途冒此风险。但令骆统担忧的是，当时吴国国内在处理张温的问题上所出现的"务势者妒其宠，争名者嫉其才，玄默者非其谭，瑕衅者讳其议"的状况，这显

---

① （嘉庆）《义乌县志》卷十三《节义》。

然预示了某种不正常的权术手段对政治秩序的渗透。"昔贾谊，至忠之臣也，汉文，大明之君也，然而绛、灌一言，贾谊远退。"① 明君与忠臣之间由于缺乏正常的政治沟通途径，仅仅因为"疾之者深，谮之者巧"而使得人臣无报国之门、国家的运作秩序遭到破坏，这种局面正是骆统所不愿意看到的。骆统直言抗辩的结果导致了自己被孙权所疏远，不久便郁郁而终，但吴国政治的发展很快便印证了骆统的担忧是正确的。如今我们可以在一种大的视野下重新审视历史发展的进程，诸如骆统这样的一批带有悲剧性的英雄，他们力图将历史的发展纳入到理性的轨道，并为实践这种文化理想所付出的努力，无疑会唤起我们无限的敬意。

耿介之气和秩序诉求是互相依托的两个方面。耿介之气，首先指的是义乌人的"硬气"。自然，在义乌民间文化传统中，"义乌的拳头"在整个浙东地区大名鼎鼎，戚继光当年来义乌招兵，所看重也正是这种民间的尚武之风。不过，在我们分析文化性格的深层结构时，民风的彪悍只是表面现象，而当地士大夫阶层在其历史活动中所表现出来的刚性才是关键所在。如前面例子中所讲到的，义乌人往往担当了"伟大的少数派"的历史角色，敢于为了维护自己的政治理想而直言犯谏。所谓耿介，正是"正直而不合俗流"之意，在"天下熙熙，皆为利来；天下攘攘，皆为利往"的大环境中，义乌人始终能够保持自己特立独行的风范，这恰恰是其文化性格中硬气一面最好的体现。不过，需要说明的是，这里所说到的"利"是"小利"，也即一己之宠辱得失；义乌的士大夫们所期望的则是将天下置于儒家文化的理想政治范式中，使得任何人只要"不逾矩"，就可以直行无碍，这是"大利"，也是对后世影响最为深远的一面。义乌人的耿介也表现在对于秩序伦理的诉求中。"秩序"是本章以及前面的分析中所反复强调的一个词汇。具体而言，义乌人对于秩序伦理的恪守突出表现在两点：第一，他们会不惜一切代价捍卫正常的社会秩序，如前面所说的杨乔、骆俊父子所体现的生命的刚性，也如宋代的王彦超所展现出来的公心都是如此。第二，他们善于在自己职权范围内营造有序的小环境，推己及人，以此作为兼济天下的手段。义乌最重要的文化源头是颜乌所开启的"孝"的传统。无论是孔子的"君君，臣臣，父父，子子"，还是孟子的"亲亲而仁民"所提供的都是一种从家族伦理向政治伦

---

① 《三国志·吴书》列传第十二。

理扩展的途径。自然，这是整个中华民族文化的共性，但由于国内各种不同文化板块中对于儒家文化接受的切入点的差异，在后世的发展中也相应的表现出了各自的特色。义乌当地对儒家文化的接受偏重于"孝"的层面，因此在后世的延伸中，对于伦理秩序的强调就被置于相当突出的地位。义乌人习惯于各人明确自己的社会角色，将聪明才智运用在功业的建立、而非功名的攫取上，从而使得整个社会肌体保持某种有序性，能够正常运行。自然，我们不讳言历史上义乌士大夫阶层对于"秩序"的强调有其封建伦理色彩，但从另一方面说，任何社会目标的实现，都必须建立在一定的秩序基础上，从而能有效地整合各种社会资源朝向共同的目标，减少内部的倾轧和损耗。从历史活动的主体"人"的角度讲，有序的环境能够调控每个个体的能量，既能最大限度地唤起人们对于功业的渴望，又能抑制权谋思想的泛滥，减少社会的不稳定因素。这对于任何社会来说，其重要性都不言而喻。在这次"义乌文化探源"课题的调研过程中，义乌当地政府官员向我们讲述了一个非常有趣的现象。现在在义乌当地有数千名个人资产在亿元以上的"小老板"，这些人在政府的引导下，在同业协会中对于介绍推广创业经验、提携新人等社会事务不遗余力，表现出相当强烈的社会责任意识。但他们却几乎没有人试图凭借自己手中的财富而跻身政府的行政部门，这和国内其他一些地区所出现的现象形成了鲜明的对比。之所以会出现这一现象，我想不外乎两个因素：第一，当地政府运作的规范性和有序性，使得商人们可以安心从事自己的经营活动，不必担心其他方面的干扰，而去寻求权力上的依托；第二，这也体现了当代义乌人对于自己社会定位和专业分工的明确，每个人都在安心做好自己分内的工作，以此来实现自己的社会价值，而无任何逾越性的举动。从某种程度上说，这是当代义乌人对于自己固有的历史文化品格的继承，也是对其先辈们所开创的传统的有效回应。

在历史上，对义乌人的秩序诉求这一点诠释得最为充分的莫过于唐代诗人骆宾王和宋代的理学家徐侨。

历代义乌县志都将骆宾王置于"节义"一章，大致可以看出主流观念对于骆宾王的评价。万历志还特意强调"作史者书曰：宾王以反诛，是以成败论人也。以成败论人，此豪杰多千载不白之冤"。另有一种观点，大致认为骆宾王长期沉沦下僚，"十年不调"，而在武则天当权后深受牢狱之苦，于是和徐敬业等人起兵反抗。总之，骆宾王加入反叛者的行列似乎是由于其长期不得志的结果，大有铤而走险的意思。事实上，如果根据现有材料——主要是其诗文中所涉及的人生经历——细考其思想发展的轨迹，我们就会发现骆宾王参与起兵的动机实则非常简单，即本章所说的义乌人文化品格中与生俱来的对正常社会秩序的寻求。这里有两个问题应当加以关注：第一，骆宾王从政的目的究竟何在？第二，是否其一生中真的没有获得过仕途发展的机会。骆宾王出身于官宦之家，其父骆履元曾任青州博昌县县令。但在其病逝后，骆家陷入了困顿之中，骆宾王也在此时开始他的干谒求仕的经历，在很大程度上，侍奉其母是骆宾王执著于仕途的主要原因。早年所写的《上瑕丘韦明府启》中，有这样的话：

> 谅以糟糠不赡，甘旨之养屡空；箪笥无资，朝夕之欢宁展！是以祈安阳之捧檄，拟毛义之清尘；思鲁国之执鞭，蹈孔丘之余志。

大致是说家庭生活已到了贫困之极点，母亲得不到"甘旨之养"，为此希望能够得到一个为母出仕的机会。这里用了《后汉书》中庐江毛义的典故。此人以孝称于世，但当他获得官职时，其喜形于色的情形颇为当时的名士们所轻视。等到其母死后，毛义立刻离官服丧，之后官方一再征调，始终不肯再出来做官。骆宾王用此例子大致向对方表明了自己求仕的目的。此外在《上兖州张司马启》、《夏日游德州赠高四》的诗序中，骆也多次讲到了自己为奉养母亲而求仕的心愿。如果说这些话可能是干谒当道的常调，不可以尽信的话，那么上元三年（公元 676 年）骆宾王所写的《上吏部裴侍郎书》则可以确证其所言不虚。在这封信前半部分，骆宾王先讲到自己读古书时以曾参、季路等人的孝行事迹以自励，然后接下去写道：

> 宾王一艺罕称，十年不调，进寡金张之援，退无毛薛之游，亦何尝献策干时，高谈王霸，衒材扬己，历抵公卿。不汲汲于荣名，不戚戚于卑位，盖养亲之故也，岂某身之道哉？……流沙一去，绝塞千里；子迷入塞之魂，母切倚闾之望。就令欢以卒岁，仰南熏之不资；而使忧能伤人，迫西山而何几！……倘矜犬马之微愿，悯乌鸟之私情，宽其负恩，遂其终养，则穷魂有望，老母知归。宾王死罪再拜。

这封信的写作背景正是骆宾王处于任职武功主簿这种九品小官"十年不调"的仕途尴尬期，而此时吏部侍郎裴行俭出任洮州道左二军总管，率军抵御吐蕃。由于非常赏识骆宾王的才干，裴行俭特意表聘骆宾王入幕，担任记室的职务。吏部侍郎，显然是朝中掌有人事大权的人物，又有赏识骆宾王才干、主动为其提供建立军功以得封赏这样的背景，从求官的角度说，骆宾王理应辟入幕，但他却以父母在不远游的理由婉言谢绝了。显而易见，骆宾王求仕俸母之说并不是空言以博令名的举动。

中国古代有诗言志之说，作品无疑是我们了解作者内心思想最为可靠的材料。在初唐四杰中，骆宾王的作品远较其他三人为多，而且涉及的内容相当复杂。其中既有抒发自己郁郁不得志的"牢骚"，也有经历了实际的军旅生涯、表达个人建功立业雄心的边塞诗，还有闲居齐鲁时，"放旷林泉"的山水田园之作。由此可以推断虽然骆宾王早年有"落魄无行，好与博徒游"这样任侠使气的一面，但其思想主流大致不脱儒家文化的主流，既有对功业的渴望，也有恬淡自守的平静。虽然长期沉沦下僚少不得有种种怨气，但任何暗示这种怨气必然导致其参与起兵一事的说法都距离骆宾王实际的性格相差太远。事实上，骆宾王并非没有获得仕途升迁的机会，上文拒绝裴行俭的举荐只是其中一例，另外两次机会的错过也可以让我们更好地理解骆宾王此人的行事原则。

永徽二年（公元651年），骆宾王任道王府属，三年后，其政绩表现深得道王李元庆赏识，为此李元庆特下手谕，要骆宾王自叙所能，目的则是为了能够在其任职期满后给予推荐提拔的机会。此时骆宾王35岁，正是仕途发展的黄金年龄。况且"自叙所能"在唐初是不成文的通例，虽然魏征等人竭力反对这一做法，但其目的不过是怕"令人自举"而助长"浇竞之风"。对于真正的贤者，如骆宾王，已有在王府三年的任职经历作为基础，原本只要如实反映自己学识所长即可，但骆宾王的回应却出人意料。在《自叙状》中，骆宾王认为"自叙所能"的做法是"舍真筌而择士，沿虚谈以取材"，自叙之人有"怀禄之心"，势必会语多虚妄；如果听信这种一面之词而对其任职擢用，必然会出现"有其语而无其人，得其宾而丧其实"的局面。在骆宾王看来，正确的官吏考评之法应该是"简材试剧，考绩求功；观其所由，察其所以"，这样才能真正选拔出那些"临大节而不可夺，处至公而不可干"的德才兼备之士。在《自叙状》的最后，骆宾王表明了自己的态度："若乃脂韦其迹，乾没其心；说己之长，言身之善；觍容冒进，贪禄要君；上以紊国家之大猷，下以渎狷介之高节；此凶人以为耻，况吉士之为荣乎？"自然，骆宾王的回复充满了一种书呆子气，也确实有负道王李元庆为国举贤的一片苦心。但如果我们把骆宾王的反应和义乌历史上如杨乔、骆统等同样看似有书呆子气的某些做法联系起来，我们就可以明白，这是他们义乌当地文化性格使然，在这种拒绝变通的背后，所隐伏的正是义乌人对于恪守正常秩序的坚执之心。对于官员的考评，显然应该依靠某种官员个人影响能力之外的机构和原则，所依据的也应是此人以往的实际业绩；"自叙所能"的做法虽然具有某种灵活性，但它所破坏的正是秩序本身。骆宾王的抵制恰恰展示了义乌人在秩序诉求上的历史传承。另一次拒绝别人的举荐是在武则天当政期间。中宗嗣圣元年（公元 684 年），颇受武则天倚重的左武卫大将军程务挺推荐骆宾王参与贤良方正之举，并为其多方延誉张扬。以程务挺当时在朝中的地位以及他与骆宾王的私交来看，这次骆宾王获得重用的可能性也相当大。不过此时正处于诸武用事，唐宗室人人自危的阶段，这是骆宾王无法容忍的一种政治状况。在《与程将军书》中，骆宾王谢绝了对方的提携，从信里所谈到的"万里烟波，举目有江山之恨；百龄心事，劳生无暇刻之欢"的话中，我们不难看出骆对于武则天"临朝称制"的政治活动的不满和抵制。不久，骆宾王便赴扬州参与了徐敬业等人的起兵。

关于骆宾王、徐敬业和武则天等人谁是谁非的讨论其实并没有什么太大的意义。我们现今评价历史人物时往往会昧于后见之明，无法回到当时人实际所处的环境之中。诚然，在今天看来武则天的政绩相当出色，但其帝位的获得毕竟是通过一系列宫闱权力斗争，其攫取李唐天下、屠戮李氏宗室的做法自然会令时人产生抵制情绪。况且，李氏王朝在当时处于一种全面的上升状况，武则天的夺权在某种程度上说是一次宫廷政变。在这种情况下，起来捍卫朝廷正统的举措自然也无可厚非。随着徐敬业等人的起兵，骆宾王也以一纸《讨武曌檄》而名动天下。发生在武则天和骆宾王之间这次对抗，从文化意义上看，更像是一次宫闱权谋与政治秩序之间的对话。我们可以称赞武则天作为帝王的雄才大略，但骆宾王所代表的儒家知识分子对于正常政治秩序的捍卫无疑能够赢得人们更多的敬意。

从笃行孝道到恪守儒家政治伦理，骆宾王非常详尽地向我们诠释了义乌人的人生原则。其对秩序的坚守充分体现了传统士人慷慨磊落的一面：耿直、自守、在变故面前不失气节和人格的刚性，自觉地将人生目标的实现纳入到固定的程序之中……这一切对于现代社会的运转和现代知识者的塑造无疑也有着深刻的启示意义。

事实上，义乌人对秩序诉求的渴望与传统封建社会人治的政治现实之间并不容易调和。秩序的维持在很大程度上要依靠封建君主的开明统治，缺乏有效的外在保障。使封建君主能够按照儒家圣贤的标准来规范自身，则成为传统体系内唯一切实可行的途径。《宋史》记载了南宋理学家徐侨在端平元年觐见理宗时非常有趣的一幕：

> 趣入觐，手疏数千言，皆感愤剀切，上劘主阙，下逮群臣，分别黑白，无所回隐。帝数慰谕之，顾见其衣履垢敝，愀然谓曰："卿可谓清贫。"侨对曰："臣不贫，陛下乃贫耳。"帝曰："朕何为贫？"侨曰："陛下国本未建，疆宇日蹙；权幸用事，将帅非材；旱蝗相仍，盗贼并起；经用无艺，帑藏空虚；民困于横敛，军怨于掊克；群臣交养而天子孤立，国势岌危而陛下不悟；臣不贫，陛下乃贫耳。"又言："今女谒、阉宦相为囊橐，诞为二竖，以处国膏肓，而执政大臣又无和缓之术，陛下此之不虑而耽乐是从，世有扁鹊，将望见而却走矣。"①

徐侨是南宋理学传承中非常重要的一环，正是在他的建议下，周敦颐、程颢、程颐、张载、朱熹五人得以从祀孔庙。徐侨本人则正如朱熹所说是"明白刚直"之士，县志称其"学行纯笃，风节高峻，诚可谓道学之宗师矣"。在从政期间，徐侨以执法严格、直言敢谏著称于世，为此其仕途也相当坎坷，曾因得罪权相史弥远而被迫挂冠归去。直至晚年理宗当政，徐侨才得以略微施展其政治抱负。这次觐见正是徐侨第一次见到理宗皇帝，而其上书则"上劘主阙，下逮群臣，分别黑白，无所回隐"，相当鲜明地展现了其性格中耿直的一面。徐侨所讲到的"群臣交养"和"女谒、阉宦相为囊橐"二事，正是宫闱权力斗争给正常政治运作所带来的隐患。"帝王之为天下，其要道有四：正心，齐家，知

---

① 《宋史·徐侨传》。

人，安民。学以正心为本，治以知人为急。君心正则朝廷正，以至百官万民莫敢不正。"① 在徐侨看来，理宗皇帝要想改变这一局面，就必须要端正本心，知人善用，将朝廷的政治活动纳入到有序的轨道之中。显然，徐侨所提供的正是义乌文人长久以来所恪守的儒家理想政治的图景。

在现代义乌文化名人的身上，我们同样可以看到耿介之气与秩序诉求的延伸。冯雪峰是中国现代文学史上举足轻重的人物，既是鲁迅的学生、朋友，也是我党负责文化工作最为杰出的干部之一。在鲁迅向马克思主义转变的过程中，冯雪峰所起到的作用无可替代，正如胡愈之所指出的，"是在冯雪峰负责联系鲁迅先生以后，鲁迅先生和党的关系才越来越好，融洽一致的"。鲁迅对冯雪峰的评价是"质直"，有"浙东人的老脾气"，并承认"他对我的态度，站在政治立场上，他是对的"。许广平在回忆文章中讲到了冯雪峰向鲁迅"布置"工作时相当有趣的一幕：

> 这青年有着过多的热血，有勇猛的锐气，几乎样样事都想来一下，行不通了，立刻改变，重新再做，后来好像没见他灰心过。有时候听听他们谈话，觉得真有趣。F（冯雪峰）说："先生，你可以这样这样的做。"先生说："不行，这样我办不到。"F又说："先生，你可以做那样。"先生说："似乎也不大好。"F说："先生，你就试试看吧。"先生说："姑且试试也可以。"于是韧的比赛，F的目的达到了。②

鲁迅是一个敏感而多疑的人，他的人生经历势必使得他在晚年对于青年们时刻保持着戒心。即使是冯雪峰，在回忆第一次见鲁迅先生的情形时，最深刻的感觉也恰恰是鲁迅的"冷"。在和中共接触，并逐步向马克思主义靠拢的过程中，鲁迅一方面认定了这是中国的希望所在，另一方面，对于当时党内负责文化工作的青年干部又极为不满，无法容忍他们个人野心的膨胀，对宗派势力的热衷，以及对自己"倘若能利用，便竭力加以利用"的做法。冯雪峰给鲁迅"布置工作"，所希望的也正是借助于鲁迅的力量，为当时尚处于地下状态的中共文化团

---

① （嘉庆）《义乌县志·理学》。
② 许广平：《鲁迅和青年们》。

体赢得更大的生存空间。虽然也不可回避的带有某些利用的意味，但鲁迅看重的却是冯雪峰性格中质直的一面，以及他在从事政党的文艺工作时所秉持的"公心"。尽管事后冯雪峰对于自己的做法做了检讨，但不可否认，当年强拉着鲁迅"向左转"的行为无论对于党的文化事业，还是鲁迅本人都意义深远。没有冯雪峰，也许鲁迅就不再是今天我们所了解的鲁迅了。关于这一点，同是义乌人且与冯雪峰有师生之谊的陈望道先生非常有见地的指出："今天许多青年受鲁迅的影响，但他不但受了鲁迅的影响，也时时刻刻地企图影响鲁迅的。"①

在冯雪峰的身上，出色的办事和完美的个人道德品格实现了高度的融合。毫无疑问，冯雪峰是中国早期最为杰出的文化干部之一。在他接手左联的领导工作时，正是在国民党文化专制的压迫下，左联组织涣散的时期。由于冯雪峰雷厉风行的工作态度和行之有效的应对策略，在鲁迅、茅盾等文化巨匠的帮助下，仅用了不到一年的时间，便使得整个左翼文化运动迅速走出低谷。在此期间，他所谈到的在革命工作中"甘当灶下婢"②的精神可以被视为对义乌历史上"能臣文化"现象的自觉继承和呼应。同样，在自己的专业领域里，冯雪峰也是当之无愧的第一流的马克思主义文艺理论批评家，丁玲、张天翼等诸多作家都得到过他的帮助和提携，对于推动左翼文学运动的发展成熟起了重要的作用。写于40年代、结集为《乡风和市风》的一系列杂文，亦被某些现代文学的研究者视为鲁迅之后对中国社会了解最深的杂文之作。新中国成立后，主持人民文学出版社和《文艺报》的工作时，也取得了不俗的成绩。

谈到冯雪峰，无法回避的一个问题是30年代左翼文化阵营内部的宗派之争，以及中国共产党早期在共产国际错误路线的影响下复杂的党内权力斗争。1937年冯雪峰与博古吵架后拂袖而去，这成为他一生发展中的重要的转折点。由于以往对冯雪峰的研究多集中于文学领域，过于强调他与同属于文化体制下的周扬、夏衍等人的不和，1937年他的"浙东人的老脾气"的爆发，往往被暗示为是文坛内部宗派斗争压抑下的产物。事实上，随着当年中共中央领导人给冯雪峰的电报稿的发现，1936年其奉中央之命来上海与鲁迅联系时，冯雪峰实则身负诸如

---

① 楼适夷：《怀雪峰》。
② 楼适夷：《诗人冯雪峰》，载《诗刊》1979年第7期。原文为"革命嘛！需要有人在厨房里烧火做饭，也需要有人在客厅里交际应对，好，让我们永远来做灶下婢吧！"

建立上层统一战线这样的秘密使命，主持上海的文化工作只是其中的一项。在他离任时，他的工作成绩得到毛泽东、周恩来、张闻天等中央领导人的一致肯定；而诸多细节由于涉及党的保密工作，直至其晚年冯雪峰也没有再提及过。[①] 周扬等人对他主持文化工作的不满在当时并不可能对冯雪峰构成太多的压力。新中国成立后对冯雪峰的批判主要集中在了他和周扬的恩恩怨怨上，自然，这里没有必要再去争辩谁是谁非，陈早春、万家骥先生在《冯雪峰评传》中对于种种涉及冯雪峰的不实之词已经进行了辨析。诚然，冯雪峰有其性格上的种种弱点，正如他的朋友、研究者所回忆的"严格而不免执拗，朴素而失之偏急"[②]，"性格倔强，阳刚有余而阴柔不足，历来亲下而抗上，得理不饶人"[③]。关于1937年请假回家这一公案，研究者陈早春认为：

> 冯雪峰请假回老家的直接原因是与博古吵架与潘汉年不和，但还可能有更深层次的原因。通过他自己多年的工作实践和亲身感受，加上至交鲁迅晚年的"被摆布"，瞿秋白的被抛弃而牺牲，使他对党内甚至共产国际内的错误路线和由此导致的不正常的人际关系，有厌烦情绪和摆脱心理，他"请党对他这类份子不当作干部看"，就充分说明了这一点。

如果我们联系到义乌人自古以来对于权力斗争的厌恶和排斥，我们大概可以更好地理解冯雪峰的离开所具有的意味。无论是鲁迅的被摆布，还是博古主持中央工作时抛弃瞿秋白的做法，都从根本上破坏了党内工作应有的有序性，革命事业由于个人的私心而屡屡承受不应有的损失，这在冯雪峰看来，无法容忍。在不放弃自己信仰的前提下，选择主动地离开，从某种程度上说，展现出来的正是一个真正共产党人的道德良知和人格力量。在这里，冯雪峰的离开是对义乌历史上文化先贤们的行为所作出的回应，正如当年陈望道不满陈独秀的家长作风而愤然退党，却终身不变自己的共产主义信仰一样。如今我们回过头来，思考这段历史，我们就会发现，这批人对我们党建立起正常公正的党内民主秩序所起到的作

---

① 程中原：《关于冯雪峰1936～1937年在上海情况的新史料》，《新文学史料》1992年第4期。
② 唐弢：《追怀雪峰》。
③ 陈早春：《冯雪峰评传》修订后记。

用真的无可估量，虽然他们本人可能为此付出了过多的代价。

从杨乔到冯雪峰，两千多年来，义乌人耿直的性格中始终缺少某些圆滑的因素，也许正因为如此，他们对于正常秩序的渴求表现得比其他地方的人们更为强烈。如果仅从传统文化内部来看，不够圆滑自然是义乌人性格中的一块儿短板，但若着眼于近代以来整个民族文化的复兴和再造这一大的工程，我们就会发现在这些倔强的灵魂中实则孕育着大的智慧——更接近于现代人的行事原则，更深刻的契合了近代以来的法治思想。只要拥有一个正常的运作环境，他们就可以迅速展现出从本乡的文化先贤们身上所继承下来的办事能力和专业气质，将任何事业都做到最好。在这个意义上说，从谢高华开始的历任领导班子，他们给义乌小商品经济的发展提供了有序、高效的运作环境，并坚持不懈的保障这一体系的稳定性，这才是义乌经济腾飞的关键所在。

第十章
重教传统与义乌民俗文化

　　义乌以小商品市场为主体的经济发展，是以广大民众较高文化教育素质作为基础的。义乌民众较高的文化教育素质，源于千百年来义乌人毫不吝啬地把节省下来的有限资金积极投入教育，期望培养与造就出一代又一代具有较高文化教育素质的优秀人才，为义乌经济与社会发展源源不断地提供了坚实的人力资源和强大的智力支持。义乌民众在长期历史中形成的思维方式和行为习惯，包括方言土语、宗族祭祀、岁时节日、婚丧嫁娶、建筑民居、饮食样式、社交礼仪、服饰装饰、文化传说、地方艺术等，是酿造义乌文化精神的最广阔的来源，形成了今日义乌经济发展的历史文化基因。现代义乌正是具有这种前瞻性眼光的战略思考和积极实践，才有力地保障了它的经济与社会健康、协调、可持续的发展，并跻身于世界商品经济的大舞台。

第一节　义乌民众教育

一　历史上的义乌民众教育

　　义乌历史上十分重视教育。在我国历史发展中义乌素有"文化之乡"和"小邹鲁"的美称。作为中华文明的一个区域，义乌拥有与中华文明一样悠长的历史。义乌崇文重教，投身教育，尽管与我国其他地域和杭州等本省其他地区相比，教育教学规模比较小，但却发挥了大作用，为我们培养出了一大批国家栋梁之材。据不完全统计，从唐末楼颖第进士后，至清末朱一新止，义乌有记载的进士有198人，状元1人，其中文进士184人，武进士14人。即使在新中国成立后，义乌也培养出各种专业的大批人才。义乌整理的《名人录》收录全国各条战线的杰出人士就有5000余人。如知名教授楼维秋、楼仁海、童咏春、黄道南、黄能馥、黄振东、孟自黄、金松寿、陈德俊、张立彬、吴满山、吴中杰、朱元松、毛瑞信、毛协民等，自然科学家楼翰一、龚美菱、金元文、陈家坊等，社会科学家吴斐丹、李其华等。由此可以看出，重视教育是义乌形成文风颇盛和人文素养较高的重要原因，也是义乌今天为什么发展如此迅速的重要原因。下面我们把义乌教育放在我国及浙江历史发展的大背景下进行简要的回顾。依据社会历史发展，义乌教育大致经历了初步形成期、高度繁荣期、向近代演变转型期等几个阶段。

上古、秦汉至隋唐为义乌教育的初步形成期。早在10万年前，浙江就有"建德人"出现。进入新石器时代，浙江出现宁绍平原河姆渡文化、杭嘉湖平原马家浜文化，以后接续出现金衢地区良渚文化，瓯江水域崧泽文化。浙江近期又发掘出跨湖桥文化遗址和上山文化遗址。这些文化在发展中相互影响、互为继承、逐渐融合构成浙江文化教育的源头。4000年以前浙江就出现了可与黄河流域中原文化相辉映的於越文化。从越王无余立国到勾践称霸诸侯的1600年历史中，於越民族始终保持自身的特点独立发展。他们生活在不同于中原地区的经济结构、社会结构、居住形式、饮食习惯、衣着服饰、生活习惯、民风民俗及文化教育、思想观念的社会环境中。於越民族曾一度出现文化繁荣，被称做是东亚地区的"百越"中心。先秦时期，中原地区实行官师合一的教育模式，设置"国学"、"乡学"两种制度学校。家设"塾"、党设"庠"、术设"序"、乡设"校"。教育内容主要包括礼、乐、射、御、书、数六艺知识。孔子一生从事传道授业解惑教育工作，他最大的贡献在打破政教合一制，创办私学教育体系，使教育出现转向民间的新型学校教育。

秦始皇兼并六国后，在今义乌地区设立乌伤县进行管理，开始强行推行政治、经济、法律、文化大融合。忌于士儒们学古非今，惑乱黔首，鉴于诸侯们厚招游学，虚言乱实，导致社稷毁灭的惨痛教训，秦朝开始实行取缔私学，焚书坑儒，以吏为师的教育政策。进入汉代以后，汉武帝确立"罢黜百家、独尊儒术"的国家文化政策，儒家学说遂成为统治阶级的正统思想。汉代建立太学制度，兴办地方官学，始令天下郡国皆立学校官，劝学重教风气逐渐形成。此时浙江地区是"南蛮鴂舌之地"，文化教育发展相对缓慢。西汉末年北方战乱，大批士族避乱江南，带入中原先进文化教育，导致浙江文化与中原文化的趋于同化，使原保持自身内涵的浙江地方文化，向中原文化发生地域性文化的根本转变。引进大量中原文化的同时，浙江文化也还保留着自身的特点，并在此基础上融会发展。

魏晋南北朝时期战乱频发，中原之地发生了史称"三百六十年混战"，而浙江极少战争侵扰。西晋永嘉（公元307～313年）以后，北人大量南移，大批士族和熟练劳动力涌入浙江，使浙江地域社会与文化结构发生重大变化。南移群体与土著居民开垦荒地，发展农业手工业，进行物品交流，推动了商业进步。东晋汉民族政治文化中心南移，形成了中国历史上南北文化对峙的局面。浙江地区文化受南移中原文化的影响，激活了自身内在的生机与活力，快速发展。隋唐五代是中国文化的辉煌时期，也是南方文化高速发展的历史时期。京杭大运河的开通为南北经济、文化和贸易往来提供了极大的便利，促进了南北经济文化进一步的交流与融合。中唐时期即有"天下大计，仰于东南"的说法（《新唐书·权德舆传》）。盛唐以后江南经济直追北方，经济发达使得科学技术、文学艺术、学术创造取得了可喜成就，儒学、佛学和道教思想进一步传播，这对浙江民风民俗的形成与改造产生了重大影响。

据清嘉庆《义乌县志》记载，东晋隆安年间，"县人娄幼瑜，字季玉，聚徒教授，不应召聘，力辞做官"。儒学经典失于秦始皇焚书，又散于汉末西晋之乱，他多方搜集整理出一些《礼记》内容，成《礼记捃拾》30卷，《礼记捃遗别记》1卷。并有《文集》66卷。这是目前可以找到文字记载的义乌私塾师宗的记录。据明万历《义乌县志》记载，"县故有学，肇自元魏（公元493～499年）"。隋唐时期，州县亦皆设学，这是目前可以找到文字记载的义乌县学的背景。从历史记载中可以得出这样的结论，东晋娄幼瑜聚徒教授，一种私塾形式的教育在义乌已经展开。私塾教育是我国古代对学童进行启蒙教育的重要形式，义乌的私塾教育应该始于秦汉时期，只是可惜没有详细的文字记载。义乌县学始于与元魏（北魏别称）同期的东晋。县学是我国古代官办的正规地方学校，是为统治阶级培养人才的教育场所。

在秦汉至隋唐历史中，我们没有找到更多的有关义乌教育的具体记载。但我们还是可以从其他方面窥测到当时的教育信息。2000年义乌在稠城兴建绣湖广场工程中发现春秋时代 13 口古井。我们知道古时"井"与"市"密切相关，《周易》即有"改邑不改井"，"往来井井"的说法，人口大规模聚居地饮水用的"井"，必有交易的"市"场，市井交易是商业发展的标志，由此说明义乌商业已构成相当规模。"饮之食之，教之诲之"，人类延续、饮食教化、商业发展离不开教育，因此可以推定义乌经济发展已具备兴办教育的基础条件。再看《义乌县志》中记载的两个历史人物。东汉义乌人杨乔、杨璇兄弟由郡县推荐为"孝廉"，被召入朝侍奉桓帝。杨乔见朝政腐败，随举荐合浦太守孟尝辅助国政。合浦位于南部沿海，农业落后盛产珍珠。地方官吏对珠民肆意贪占，珠民无利可求纷纷逃走。孟尝继任合浦太守后经过明察暗访，制止搜刮，革易前弊，采取减少税收，奖励珠民采珠等政策，不到半年，珠民重回合浦，安居乐业，商业复苏。历史上称为"合浦还珠"。桓帝不采纳杨乔举荐，杨乔绝食荐贤献出性命。另一个史事说，东汉义乌人骆俊以"孝廉"被举荐进京，后任陈国国相。那时中原战事不断，战争灾难频发，生产受到破坏，到处食不饱腹。他配合陈王守疆卫国，奖励生产粮食，使得粮食连年丰收。相邻州县灾民纷纷涌入陈国境内就食。骆俊对外来饥民像对待陈国百姓一样，慷慨解囊。他将粮食拿出来分发接济，使数以万计的难民存活下来。骆俊发展生产的同时还实行奖励生育政策，民间妇女分娩生育不论生男生女，都要送上粮食和畜肉作为礼物，给产妇调养身体便于更好地哺育婴儿。两件史事说明什么呢？①说明乌伤古县在两汉时期经济社会就相当发达，儒家"仁政"、"爱民"思想已成为士人从政的理念。②从孟尝、杨乔、骆俊所表现的"仁政"、"爱民"典型实例中，可以看出义乌士族学习儒家经典，传诵儒学文化开始盛行，已具备相当高的文化教育氛围和环境。

北宋、南宋为义乌教育的高度繁荣期。两宋时期的经济重心已经由北方转移至江南，浙江兴修水利、疏浚河流、扩大水田、培育水稻，同时发展多种经营，扩大桑蚕、茶叶、水果、甘蔗、苎麻的生产。农业的繁荣带来手工业与农产品加工业的发展。浙江以丝绸为主要产品的纺织业在全国首屈一指，茶叶加工、造船、造纸、冶炼、制瓷、酿酒等也都居于全国前列。发达的农业和手工业带来了商品贸易的繁荣。当时杭州、温州等地都是国内较大的贸易大港。南宋时期出现的大规模人口南移和文化南移，使中原人才和文化精粹汇聚江南。两宋经济发展又促进了文化的全面进步。此时浙江地区文化教育十分发达，县学、书院、乡学遍布各地，讲学与求学之风盛行，学术思想、科学技术、文学艺术都走在了前面，涌现出许多杰出的人物。学术思想方面，出现程颢、朱熹理学派和陆九渊、王守仁心学派，吕祖谦、陈亮、薛季宣浙东学派的新儒学思想改革运动，科学技术方面出现了沈括这样的科技大家，文学艺术领域出现了周邦彦、陆游等杰出人物，李清照晚年也客居金华。宋代是浙江历史文化重大转折点，经济发展和文化进步对浙江人生活方式、风俗习惯、宗教信仰都产生了重大影响。据统计，浙江共有州县学 122 所，其中北宋 48 所，南宋 74 所。州县学以传播儒家思想为主，主要为科举服务。宋代书院蓬勃发展，非常发达，几乎取代官学成为主要教育机构。浙江各地建有书院 70 多所，义乌就有东岩书舍、龟山书院、滴珠书院、龙华书院、讲岩书院、石门书院等。大多数书院传授浙江地方学派思想，讲授经史文献，以开物成务为宗旨。这时的浙江真正成为中华民族的富庶之地、文明之乡。

义乌宋代有关县学的记载，是《义乌县志》中记载的宋仁宗庆历八年（1048），义乌县令毛惟瞻就孔庙建县学。孔庙因称文庙，一直为生员读书之地。皇祐元年（1049）文庙从县南迁至县东，徽宗崇宁元年（1102）迁至县西。宣和三年（1121）方腊军到来，被毁之战火。绍兴八年（1138）又建于尉司故址。明武宗正德十三年（1518）迁至县西北稠州州署故址。这是县学历史延续的记载。县学是举人、进士基础教育阶段，到了宋代进县学学习的目的十分明确就是为了科举。进县学成为秀才才具备了参加乡试、考取举人的资格，中举以后才能进京参加会试殿试考取进士。南宋 150 多年，义乌涌现出多位进士，成为历史上科举最盛、进士人才最多的时期。如进士黄畊，他与永康陈亮同榜。陈亮是第一名状元，他是第五名。童必大是嘉定十年中的进士，曾任安定知府。陈林是嘉庆十三年中的进士。刘仕龙是理宗淳祐元年中的进士，曾任雷州知州。毛炳是理宗宝庆二年的进士，官至天章阁待、待制，宝谟阁学士。黄梦炎淳祐十年的进士，曾任枢密院编修官，兼权户部左曹郎官等。

书院作为一种新型私学教育形式和教育制度被确立下来开始于宋代。书院原是藏书、修书和校书的地方，唐末五代开始用作聚徒讲学，到了宋代才作为一种教育形式被正式认可。当时书院林立，"岳麓书院、白鹿洞书院、嵩阳书院、睢阳书院"四大书院闻名天下。《义乌县志》记载"嘉定十二年（1219），提举江南东路常平茶盐公事徐侨，向朝廷上便民奏章，痛陈官场陋习。权臣史弥远阅后，欲使御史捏词弹劾。徐侨辞官回乡。先往西乡何斯路村旁五云寺，后徙南乡赤岸东岩，筑室数间为书舍，招徒讲学，传朱熹理学于浙东。门人龚应之、楼大年、叶由庚、王世杰等均中高第"。这是有关义乌东岩书舍的记载。徐侨被罢官回家在义乌赤岸筑室数间，创建东岩书舍，聚徒研习，传授理学。徐侨教授学生以命、性、心、中、诚、仁六字为穷理之要，九思九容为居敬之本，严守师说。门人朱元龙、康植、王世杰、袭应之、楼大年等皆中进士第。徐侨学养醇厚而讲演力强，东岩书舍一度成为宋宁宗后期全国学习理学的教育中心。经徐侨培养出来的学生，后来在各地做官继续信奉理学，产生巨大影响，不但促进理学在浙江的复兴，而且对全国信奉理学也起到推动作用。

据明清《义乌县志》和其他史料记载，两宋期间，义乌除东岩书院外还有五所有较大影响的书院。①龙华书院，由南宋鲍公琰所建。鲍公琰举进士第，由兵部主事晋升兵部尚书。条陈十策，宁宗嘉纳之。与韩侂胄不和，遂乞骸骨，以吏部尚书太子师致仕。家于十八都义亭，建龙华书院于铜溪之东西二处，优游自适、泉壑终老。宋末元兵入侵婺州，并尚书宅悉毁于火。②龟山书院，叶蓁"差知荆门军，会京西帅幕建议筑城东蒙两山之巅，蓁以为山无水泉，且非敌路，条其不便者六。制置使赵方主先人之说，不从。蓁叹曰：'敝民误国，宁有避耳。'解莱阳绶去。有旨除夔路转运判官，俄复予祠，结庐东山，匾曰'抗云'。祠满，差知武冈军，未上而卒。墓在湖门龟山，旧有龟山书院"。叶由庚办龟山书院之时，名声大振，其影响不逊于丽泽书院。③滴珠书院，南宋理宗宝庆年间（1225～1227）虞复所建。宝庆年间，虞复因上表进"爱养根本之说"，忤"史嵩之开督府，以御批尽收列郡利权"之意，有旨降都郎官。御史金渊承风旨秦寝新命，奉祠归退、居东岩（县东三十五里华溪滴水岩下）十又五年"，其间建滴珠书院，又名藏书精舍。④讲岩书院，南宋咸淳年间石一鳌所建。石一鳌字晋卿，宋理宗景定五年乡举进士。南宋度宗咸淳年间（1265～1274），石一鳌于县西北30里苏溪辟书院，名曰"讲岩"。负笈执弟子礼者数百人，甥黄溍亦游其门，咸淳十年弟子王龙泽举进士第一。⑤石门书院，南宋端宗景炎年间（1276～1278）刘应龟所建，位于县南青岩刘村。刘应龟字无益，潜心义理之学，每以古人自明，人称"山南先生"，黄溍曾从其学。历史记载当时义乌书院讲学之风极盛，随者兴趣相当浓厚，如喻南强、傅藏等，有时收有弟子上千人。

元明清三代为教育向近代演变转型期。这一时期近代资本主义经济萌芽生长，封建社会结构逐渐解体，社会阶级矛盾与斗争异常激烈，封闭思想与开放思想日趋对立，中西文化猛烈撞击，启蒙主义思想与人文主义精神迅速崛起。进入元代以后，浙江经济迅速恢复和崛起。首先，出现资本主义萌芽。农业生产不断发展，手工业生产不断扩大，商品贸易不断提高，城镇经济日益繁荣。另一方面在商品经济的冲击下，农村小生产经济遭到严重破坏，贫富差距日渐加剧，阶级分化逐渐突出。其次，经济发达带来了思想文化领域启蒙主义思想与人文主义思潮的出现。浙东王阳明学派继承了南宋心学与事功学的主体精神与现实精神，提出要从经学和理学思想束缚中解放出来。杂剧、散曲作品中，表现出强烈的人文主义倾向，越来越显现世俗化和自由化倾向，人性解放成为创作主题。这时西方文化思想、科学技术不断传入我国，给古老文明的中国带来前所未有的冲击，广泛的世界性交流迫在眉睫。尽管封建主义仍然占据着主导地位，但新社会的转型已不可避免。据浙江方志记载，元代浙江所辖 11 路 54 个县都设有学校。至清代全省共有府州学 11 所，县学 75 所。元代浙江共有书院 67 所，居全国第一，明代达到 120 所，清代数目超过以往，遍及全省。义乌元代有五云书院、华川书舍、景德书院，明代有绣湖书院、蜀山书舍、杜门书院、釜山书院、齐山精舍、钟山书院、纯吾书院、葛仙书院、石楼书院，清代有紫阳书院、漱芳书院、延陵书院、伯寅书院等。清代末年，废除科举制、兴办新型学堂，书院随之被废除。据雍正《浙江通志》记载，清代私学昌盛，浙江有社学 399 所。据《民国十八年浙江省学校通讯》记载，清末期间（1911）义乌共有高等学堂、初等学堂 64 所。

进入元代，统治阶级施行限制南方汉人进入统治集团的政策，科举举行的很少，而且分蒙古色目人为"右榜"，汉人、南人为"左榜"，授官也有等差。元代一百余年的时间里，义乌只有黄溍一名进士。黄溍知识渊博，他与柳贯、虞集、揭傒斯齐名号称"儒林四杰"，宋濂、王祎、刘基、高明、傅藻等都是他的学生。明朝期间，义乌人中的进士也不多，有李鹤鸣，他是正德十二年中的进士，曾任会试分考官、上海知县、大理事右丞等。金世俊，他是万历三十五年中的进士，曾任吏部主事、郎中等官。清朝期间，义乌人中进士的更少，但饱学之士还是有很多，像楼虎臣与黄晓城等人，十几岁就中举人。

元代兴起社学。社学是初级普及教育方式，是设于乡村的启蒙学校，多数由地方官府兴办。《义乌县志》记载，元世祖至元七年（1270），颁令各路劝农立社，50 家为 1 社，每社设立学校 1 所。明代沿袭元制，继续兴办社学。明太祖恢复国子监及府州县学之后，发觉"乡村之民，未睹教化"，于是于明洪武八年（1375）诏有司立社学，延师儒教民间子弟，请秀士教训，仍将学所师生姓名申报。义乌当时设有学舍 30 余所。正统元年（1436）朝廷又令各县重视社学，不准废弛，成绩优秀的学生，允许补为州县学生员，进县学读书。社学中的学生成绩，一年考查一次，社学老师可以免除差役。弘治十七年（1504）更明确规定，年龄不到 15 岁的儿童都要进社学读书。崇祯十一年（1638）知县熊人霖在全县建了九所龙门大社，其中之一就是绣湖社学。

元明清时期，义乌继续实施书院教育。据《义乌县志》记载，元代义乌建有：①五云书院，元大德年间，楼如浚于县西 25 里之五云山下创建。宋濂曾在此读书和讲学。②华川书舍，元至正年间王祎所建，王祎字子充，号华川，以号命名书舍。因宋濂与王祎同受经于侍讲黄溍先生之门，宋濂应邀作《华川书舍记》。其中有"子充之居，直湖之阴，犹系之以旧名，志乎古也"。华川系子充讲学之所。③景德书院，元南川子所建。位于县南王蒲潭村，宋濂曾在此游学。

明代义乌建有：①蜀山书舍，明洪武年间由楼宗远重建，位于县南 45 里。②杜门书院，明洪武五年由傅藻创建。③釜山书院，明洪武十年宋濂所建。④齐山精舍，明成化末年王汶所建。⑤钟山书院，明虞守随所建，位于县东 30 里华溪鲍寺。⑥纯吾书院，明嘉靖三十七年虞怀忠乡试及弟后所建，位于县东郑山头村。⑦葛仙书院，明万历及崇祯《义乌县志》"八乡图"中标有该书院。位于县南 50 里倍磊葛仙与倍磊塘之间、葛仙屏以北。⑧石楼书院，明万历及崇祯《义乌县志》"八乡图"中标有该书院。位于县东 25 里缙云乡六都石楼山（亦称白岩山）南偏西。⑨绣湖书院，明崇祯《义乌县志》记载，"绣湖书院共楼堂、厢房十二间，俱废"。清康熙五十四年，修建绣湖书院，杨州彦捐二都花园后田五亩。乾隆四十二年，知县黄元炜捐建绣湖书院。位于治西绣湖滨俞公堤上。

清代义乌建有：①紫阳书院，清康熙五十一年朱氏裔孙等建。书院位于九都清溪。②漱芳书院，清康熙末年或雍正初年郡庠生陈云荃所建，位于县北 40 里大陈村。③延陵书院，位于县东平畴隆平寺。④伯寅书院，位于县西黄山村中。

义乌通过五种办学形式，大力兴办民众教育。义乌通过秦汉时期兴起的学塾，北魏时期发轫的县学，两宋时期创办的书院，蒙元时期始兴的社学，清末年间开始的学堂等形式，官办民办相结合，汇集各方财力物力支持，大力兴办教育。

学塾 学塾又称私塾、蒙馆，是古代对学童进行启蒙教育的学校，农村教育主要形式。学塾发端比官方县学要早，义乌学塾始于秦汉之际。义乌虽然农业经济落后、办学艰难，但历朝历代义乌人还是再穷不能没有教育，极力捐资兴办教育学、助学建校者甚多。义乌学塾学生收取人数不定，少则四五人，多至五六十人。没有固定学习年限，也无规定的教学制度，其教学程序，大致包括识字、读书、写字、作对、作文和伦理道德教育等几个环节，教学方法采用个别教学。学童初入塾，先教识字，教以《三字经》、《百家姓》、《千字文》、《千家诗》、《神童诗》和《幼学琼林》、《龙文鞭影》、《鉴略》等蒙学课本为教材。亦有直接教以《大学》、《中庸》、《论语》、《孟子》等四书的。

县学　县学是古代官办的县级学校，元明清时期县学称为县儒学。因县学都设于孔庙内，又称县庙学。义乌县学，始于北魏年间。县学以传播儒家思想为主，设教谕、训导等职，学规严苛，十分注重考试，主要为科举服务。县学教学以儒家经书为主要内容，明代的县学分礼、射、书、数四科。礼包括经史、律令、诏诰、礼仪等内容；数则以《九章》为教材。清代的县学主要学习四书、五经、《性理大全》、《大学衍义》、《历代名臣奏议》、《文章正宗》等书。明代中叶以后，科举以八股取士，县学的教学实际上多以学作八股文为重点。县学教学大多有名无实，但十分注重考试。明代县学的考试分月考、岁考、科考三类。月考由学校教官主持，岁考、科考由提学官主试。岁考列一等者，为候补廪膳生；列二等者为候补增广生；列三等者照常；列四等者挞责；列五等者递降，廪膳生降为增广生，附生降为青衣；列六等者黜革除名。科考是对岁考列入一等、二等的生员进行复试，合格者可应乡试。清代县学分岁考和科考两种，岁考每年举行一次，科考隔岁举行，均由学政主试。岁考成绩优等的可升等，附生补增广生，增广生补廪膳生；列入劣等的，依次递降。科考成绩优等的允许乡试。

书院　书院又称精舍，原是藏书和修书的地方，唐末五代开始用作讲学，成为名师宿儒讲经授徒之所。宋代书院大盛，开始确立作为一种新型的私学教育形式和教育制度，具有培养人才、研究学术、传播文化之功能。明代书院设置的目的发生变化，少部分为学者讲学场所，大多数则是地方官绅为举业而设。据历朝县志及其他史料记载，书院多为自主办学，没有一定的修业年限，入学生童无定额，一般只招收上过经馆或科举落第而成绩较好的学生。其主持者多为地方名师宿儒或因故辞官回乡的官吏，称"山长"、"堂长"或"洞主"。宋代书院多为民间私人办学，办学经费主要来自院田，多半由私人捐赠。元代各路、府、州均设书院，由朝廷委派山长，开始逐步官化，官办与私办并存。书院讲学内容以儒家经学为主，学生学习四书、五经，亦旁及史书诗文。元代书院渐趋官学化，至明清教学内容须经官府批准，根据科举考试要求，教授学生熟读四书、五经，学八股文，同时学习制艺贴经及诗赋，以备应举。但学术空气仍然较浓。书院主要是自学，采用个别钻研、互相问答与集体讲解相结合。书院一般授课每月两三次，以"山长"、师席讲学为主，有的地方官员亦到书院授课。

社学　社学元代始兴，明清时广为设立。它是古代设立于城乡的地方学校。元世祖至元七年，颁令各路劝农立社，50 家为 1 社，每社设立学校 1 所，称之社学。社学农闲时招收蒙童入学，聘塾师执教，学官循例检查，考核优劣。优秀者可送县学附读。学业有成就，亦可申报官府查验。社学教学内容包括《三字经》、《百家姓》、《千字文》、《孝经》、《论语》、《孟子》等，特别注重御制大诰、本朝律令、冠丧葬祭等礼仪制度。明洪武二十年，诏令将御制太诰、本朝律令作为社学教材，令民间子弟通读，进行法制教育。

学堂　学堂是学校的雏形。清光绪三十年（1904），绣湖书院改建为学堂。次年清廷下令废科举，兴学堂，义乌先走了一步。学生梳辫，不收女生。民国二年（1913）改名为义乌县立第一高等小学校。民国二十七年（1938）改名绣湖小学。民国二十九年（1940）改称稠城镇中心国民学校。民国三十一年（1942），县城被日寇侵占停办。民国三十四年（1945）抗战胜利，在学校原址上创办树德中学。学生不论是否同姓同宗，一律免收学费。光绪三十三年（1907），创办县立初等小学。民国元年（1912）创办绣川小学。民国七年（1918）创办县立女子高等小学校，附设女子初等小学校。民国十二年（1923）秋，创办县立幼稚院，开创幼儿教育历史。民国 16 年（1927），县立高等小学和初等小学都可招收女生。民国十三年（1924）创办县立初级中学。民国十六年（1927）秋，县立中山中学建成开学。学校经费主要来源于在地（田赋即钱粮）丁（人丁税）税中，增加附捐，每"两"钱粮，带征七分银洋，一年可得银洋2500 元。义乌重视兴办初小、初中教育，县立初小、初中职员与教师办学积极性也十分高涨，学生学习风气良好，成绩斐然。毕业生无论是升学或是走上社会，都为义乌和祖国的发展作出了贡献。

二　新时期的义乌民众教育

教育是一种传承文化。它一旦形成传统，必然影响当代和后世。义乌人重视教育的传统也延续到新中国成立之后，尤其是实施改革开放政策以来。

进入改革开放新时期，经济与社会发展如何协调发展摆在各级领导面前，是经济、社会一起抓，"两手"都要硬，还是先抓经济，以暂时牺牲社会发展来求得经济发展。当时有些地方是以牺牲社会发展来求得经济快速发展，结果是社会发展拖了经济的后腿，又把快速发展的经济拉了下来。义乌却具有前瞻性眼光，"双管"齐下，实施优先发展科技教育的战略。1983年义乌领导在农村经济调研中发现，在先富起来人群中有一部分人是具有较高文化程度的新型农民，由于有较高的思想素质和知识结构使他们发展迅速。具有前瞻意识的领导马上认识到，人的素质和知识结构制约着经济发展，提高人的素质和知识结构就是对经济发展提供精神动力和智力支持。加快义乌经济发展必须两手都要硬，要狠抓两点，一个是市场一个是教育。为此他们在制定"兴商建市"城市发展战略目标的同时，提出了"科教强市"的发展战略思路。1984年市委以（84）第1号文件形式，下发《关于加强党的领导，加速开创教育工作新局面的决定》。这个决定共十条，主要内容为：教育、科学是发展战略重点，各级党政领导必须高瞻远瞩，像抓经济建设那样抓教育；要积极勇于创造条件，实行"二、六、三"义务教育制；改革中等教育结构，大力发展职业教育；要坚持两条腿走路的方针，多渠道集资办学；要改革学校管理体制，按知识化、年轻化、革命化、现代化的标准建设好学校领导班子；要加强党对教育工作的领导，实现分级办学、分级管理，县属学校县办、区属学校区办、乡镇学校乡镇办、村属学校村办。文件下达后，全市各级党组织、各级政府组织了认真讨论，大家联系各区各单位实际，在全市范围内迅速掀起"科教强市"、尊师重教、集资办学的热潮。这个具有前瞻性、科学性重大战略决策的确定，对义乌经济发展、经济与社会协调发展和建设自主创新型城市起了重要的作用。20多年来义乌实施"兴商建市"发展战略的同时，坚持实施"科教强市"发展战略，切实把教育放在优先发展的战略地位。特别是20世纪90年代以来，按照"强基础、创特色、现代化"改革与发展思路，高起点大投入发展各类教育，不断推进教育事业向均衡化、优质化发展，呈现出"普教、特教、职教、成教、高教、幼教""六教并举，协调发展"的崭新局面。2006年义乌市教育局撰写《浙江省首批教育强市——义乌市》一文，总结与概括了义乌教育的发展情况。义乌教育在如下几个方面取得了优异成绩，办出了自己的教育特色，在县级市中位居全国教育的前列。

基本完成国家宪法与教育法中规定的"双基"任务，基本扫除文盲，基本普及九年制义务教育，并逐步向十五年制基础教育过渡。从目前全国基础教育来看，由于经济发展不平衡和价值观念差别，完成基本扫除文盲、基本普及九年制义务教育任务还很艰巨。而义乌依据经济社会发展规划，积极投入基础教育资金，合理调整全市学校布局，积极完成"双基"任务，普及教育没有空白点，位居全国教育的前列。

义乌现有普通高中 11 所（其中民办 3 所），职业高中 4 所，初中 26 所，小学 86 所（其中九年一贯制学校 3 所），成人文化技术学校 13 所，教师进修学校 1 所，幼儿园 321 所，高等职业技术学院 1 所，电大义乌分校 1 所。中小学在校生近 12 万人，在职教职工 6000 多人。全市学前三年幼儿入园率 99.4％，三残儿童少年入学率 98.9％，小学入学率、巩固率均达 100%；初中教育入学率 99.9%，巩固率达 98.9%；高中教育入学率 98.7％；大学学龄人口入学率达 40%，其比例居全省第一；民工子弟学生有 2.3 万多人，创建民工子弟校 15 所，公办中小学接纳民工子女入学 1.5 万人，其余为民工子弟校接纳，基本解决流动人口子女教育问题。

义乌现有国家级重点职高 3 所，全市已有省级以上各类重点、示范学校 38 所，13 个镇、街道办事处均通过省级教育强镇验收。1995 年率先通过浙江省"两基"验收，并被评为全国特殊教育先进县市，1997 年被评为浙江省"两基"教育先进县市。先后被列为全国解决流动人口中适龄儿童少年入学问题试点单位、国家基础教育课程改革实验区、全国中小学信息技术教育实验区、全国学校艺术教育工作先进单位、浙江省首批教育强市、浙江省推进素质教育工作先进单位。

积极推进应试教育向素质教育重点转移，有序实施"德、智、体"全面发展。实现四个现代化和建设小康社会，首先要提高人的素质，人的素质要现代化，在一定意义上讲人的素质是经济社会发展的重要因素。要实现中华民族整体素质的升高，必须先从儿童抓起从教育抓起。党中央、国务院颁布的《关于深化教育改革，全面推进素质教育的决定》，对新时期的教育工作提出了新要求、新标准。义乌是我国较早实施从应试教育向素质教育转轨的地区之一。

1996 年义乌出台《全面推进素质教育实验方案》。方案指出学校是实施素质教育的主阵地，教师是主力军，课堂是主渠道。为依法规范办学行为，义乌又分别制定了《学校管理常规》和《教师教育教学行为规范》等规定，确保学校有效落实市委市政府素质教育实施方案。新旧世纪之交，网络等信息渠道迅速融入中小学生日常生活中，理想信念、价值观念和道德观念日益多元化。1999 年义乌开展做人的基本道德准则和行为规范、法制意识、心理健康等方面的教育。2001 年初中共义乌市委、义乌市政府《关于切实加强和改进中小学德育工作的若干意见》出台，确定把思想政治教育、品德教育、纪律教育、法制教育作为中小学德育教育工作的重点。"以人为本"逐步成为教育工作的指导思想。学校思想道德建设中，要着眼于增强爱国主义情感，弘扬和培育以爱国主义为核心的民族精神；着眼于确立远大志向，树立和培育正确的理想信念；着眼于规范行为习惯，培养良好的道德品质和文明行为；着眼于提高基本素质，促进青年学生的全面发展。群星中学把"德育为首、做人为本"作为学校办学宗旨，义乌四中开展的"诚信教育"、义亭中学开展的"感恩教育"、苏溪镇中学开展的"生活教育"、实验小学开展的"养成教育"都体现了"做人为本"素质教育的理念。通过不断创新德育模式，德育载体多样化，教育内容具体化，培养目标个性化，学校德育工作实效性日趋增强。

1997 年义乌推出素质教育改革措施，一是加快高中招生改革步伐，改普通高中（含重点中学）指令性招生与定向招生相结合。二是改革小学、初中学生的评价方法，摒弃仅以学科成绩作为评价学生的标准，在小学阶段取消百分制，实行等第制 + 特长 + 评语的评价方法，在初中实行百分制 + 特长 + 评语的评价方法。三是认真实施教育部关于普通高中、初中、小学课程设置与计划安排，组织好必选修课、劳动技能和社会实践活动。为保证素质教育改革正常进行，义乌制定出一系列保障措施和运行制度，包括导向机制、管理机制、评价机制、监督机制、督导督查制度等。管理机制中的学校目标管理、学校年度工作目标责任制、教师年度考核制、学生素质发展水平报告单制等规范了学校日常性管理，也使德育教育逐渐形成"内容系统化、活动系列化、形式适龄化、评价科学化"的体系，素质教育实效显著。1998 年义乌成立教育督导委员会，定期开展普及十五年教育、办学体制改革、课程改革与全面推进素质教育等落实情况督导，及教学纪律、食品卫生、学校安全、师德师风等专项督查，保障教育教学工作正常化。

积极多方筹集教育资金，加大政府财政转移支付力度，吸引社会民间资金流入教育，高起点发展教育事业。义乌经济进入良性循环发展态势后，民间资金相当雄厚。为吸纳民间社会资金投入教育，义乌制定优惠政策给投资者合理的回报。1994 年义乌提出拓宽教育经费筹措渠道，发动全民办教育，提出"人民教育人民办，教育人民办教育，办好教育为人民"的口号，号召群众集资办教育，"六路进财"（政府投入、投资办学、群众捐助、教育附加费征收、勤工俭学、鼓励乡镇贷款）办学，全市掀起投资、捐资办教育的热潮。这年市财政拨款 4308 万元，预算外拨款 526 万元，乡镇投入 192 万元，教育附加费 2514 万元，勤工俭学用于教育 91 万元，社会捐资 1202 万元，学杂费用于教育 828 万元，其他投入 627 万元。雄厚的资金有力地支持了教育事业的发展。1995 年义乌颁布《义乌市关于社会力量办学实施细则》对社会办学进行科学化、规范化的管理。社会力量办学既有学历教育，又有非学历教育，既有长班，又有短班，既有成人教育，又有职业教育、基础教育、学前教育，并逐步形成城市向乡镇拓展的态势。全市现有各类民间办学机构 700 余个，每年平均为社会培养人才上万人。

　　义乌坚持以高标准高质量普及十五年基础教育为目标，逐年加大对教育的投入。2001～2005 年，预算内教育拨款分别为 1.8 亿元、2.47 亿元、3.15 亿元、3.25 亿元、4.2 亿元，基本建设专项经费分别达 2.5 亿元、3.2 亿元、2.2 亿元、2 亿元、1.5 亿元。2006 年为改善寄宿制学校学生宿舍条件投入 2.5 亿元基本建设经费。如义乌中学新校址占地面积 500 亩，各类建筑 20 栋，图书馆、实验室、多功能厅应有尽有，仅体育场馆就有 4 座，办学条件位居全国前列。近年来义乌教育经费始终保持在每年 6～7 亿元。由于有办学经费的有力支撑，各类学校配套设施、硬件条件得到明显改善，2005 年各类学校全部达到部颁新标准。2006 年义乌改革教育经费投入使用管理体制，教职员工经费开始由财政综合预算予以全额保障，学校公用经费按财政综合预算生均公用经费定额标准全额安排。这不仅切实保障了教职员工的待遇问题，也使农村学校教育经费得到大幅度增加，真正实现了城乡学校在教育经费上的均衡。实施这一政策，使义乌农村小学生均公用经费由原来 360～380 元提高至 600 元左右，农村初中由 500 元提高至 800 元左右，城乡学校的生均公用经费趋于平衡。

　　想方设法保障"弱势"群体受教育权利，稳妥解决外来人口子女教育问题。义乌坚持以政府为主，以公办学校为主，妥善解决贫困家庭子女入学和外来人口子女入学的政策。2001 年义乌出台对农村寄宿制小学、初中 30% 寄宿学生按每月 20 元标准给予生活补助政策。2003 年义乌下发《义乌市人民政府分步实施免费义务教育进一步加强基础教育工作的通知》，对列入最低生活保障对象家庭子女和依法由社会福利机构监护的未成年人、革命烈士子女、列入农村五保供养范围的未成年人、"三残"儿童少年、因病因灾导致特殊困难家庭子女，小学、初中阶段的杂费、代管费、信息费和住宿费等全部免予收取。同时以学校为单位，农村学校义务教育阶段学校按在校生数的20%予以减免杂费，城区学校义务教育阶段学校按在校生数的10%予以减免杂费。2005年根据浙江省提出的"四项工程"，又加大了减免杂费和发放生活补助的比例。贫困生资助和爱心营养餐补助对象延伸至高中、职高学校，高中阶段特困生的学杂费、代管费、信息费、住宿费等全部免予收取。同时明确高中学校学费10%用于减免、补助、奖励其他家庭困难学生，让在高中、职高就读的贫困家庭学生享受爱心营养餐的补助，特困家庭子女全部给予爱心营养餐补助。2005年落实家庭经济困难学生资助对象1万多人，安排专项经费364万元。爱心营养餐享受学生6090人，安排专项经费105万余元。从2005年秋季开始，正式启动"教育资助券"工作，1万多名学生享受资助。

义乌本地人口67万人，常驻流动人口达到90多万人，流动人口子女学生已达2.3万多人，稳妥有序地解决流动人口子女入学问题，是关系当地经济能否持续增长和社会能否长治久安的基本问题。义乌坚持以公办学校为主，尽最大可能接受更多流动人口子女入学。据不完全统计，公办中小学现接纳1.5万名本市以外的流动人口子女学生，几乎所有公办中小学都发挥了主渠道作用。主渠道接收以外，还逐步批设了华立、育英、曙光等15所社会力量创办的外来工子弟校，开设150多个班，总共接收7000多人。由于环境、安全、教学质量等原因不具备办学条件，有5所农民工子弟学校未取得合法办学资格。为保障学生合法权益和生命安全，准备或劝其自己主动关闭，或依法强行取缔。目前有9所学校具备招收外籍学生的资格，有来自韩国、巴基斯坦、印尼、阿富汗等15个国家和地区170余名外商子女在义乌多所学校就读。

合理调整教育资源，创办示范学校，不断深化教育改革。义乌根据经济社会总体规划及时修订调整教育资源，合理调整学校布局。小学从1995年300余所调整为86所，校均学生790人；初中从1995年46所调整到26所，校均学生1150人。义乌二中、大成中学、义乌三中、义乌四中分别通过省一、二、三级重点中学评估，已有省级以上各类重点、示范学校38所，中小学生在示范学校就读率达61.6%。创办义乌工商职业技术学院，首开县市办大学之先河。全面实施"万校标准化工程"，近年来投资 1.95 亿元占地 468 亩的义乌中学，投资 6000 万元占地 183 亩的义乌三中、投资 6500 万元占地 156 亩的新实验小学，投资 6500 万元占地 125 亩的宾王初级中学，投资 6000 万元占地 120 亩的江东初中，投资 4500 万元占地 120 亩的苏溪镇初中，投资 4000 万元占地 100 亩的北苑初中，投资 6000 万元占地 130 亩的稠江初中，投资 6500 万元占地 130 亩的后宅初中，投资 2000 万元占地 70 亩的佛堂镇第二小学，投资 3300 万元占地 45 亩的绣湖小学，投资 3000 万元占地 100 亩的廿三里镇第二小学，投资 2300 万元占地 70 亩的青口小学等一批上规模、上档次的现代化、标准化校园均已投入使用。

抓基础建设的同时在教育管理方面也狠下工夫。义乌为实现"教育公平"原则，促进重点学校与非重点学校、城市学校与乡村学校均衡发展，通过教学物质条件重点与非重点、城市与乡村均衡，教师教学相互流动和教育信息相互沟通，营造一个尽可能公平的教育环境。为整合教育资源，鼓励骨干教师流动，义乌制定出一系列优惠政策，包括给予一次性奖励，提高薪金等级，照顾晋升职称和任命行政职务等。义乌改革教育人事管理制度，中小学校长在全市中选拔、培训、聘任、使用和管理，实行聘任制、任期制、轮岗制、离任审计制和任期目标评价制。定期开展中小学校长岗位培训，分批选送优秀校长和教育骨干到先进地区学习。选拔部分城区学校年轻骨干教师到山区学校担任校长。实施教职工全员聘用制、新进人员养老保险制和人事代理制。分别与浙江教育学院、华东师大、浙江师大联合创办高学历进修班，共有 10720 人次初中小学教师参加省、地、市和学校组织的各级培训。全市小学、初中、普高、职高专任教师学历达标率分别为 99.51%、99.47%、92.29%、87.60%。开展教师城乡交流任教工作，凡晋升中高级职务，年龄在 40 周岁以下的教师必须在任现职期间有农村学校任教的经历。

全面推行学校目标管理和学校年度工作目标责任制、教师年度考核制和学生素质发展水平报告单制。全面实施新课程改革，按照"以学生发展为本"指导思想，根据"补缺项、强弱项、育强项"课改工作总体要求，在全市中小学中深入开展课程理念、课程结构、课程内容、课堂教学、实践活动、课程评价及学生素质发展等方面实验，被确定为浙江省首批国家级基础教育课程改革实验区。全市所有中小学均开设英语课程和信息技术课程。建设能覆盖全市所有中小学的计算机网络系统，义乌教育网各类学科教学素材容量已达到 150GB，新增访问量

70 万人次。每 11 位学生拥有一台计算机，建有校园网 104 个，教育信息化覆盖全市 95% 以上的学校，开通"网上实时双向图像教学"、"网上教育图书馆"、"网上教育行政管理系统"和"网上家教系统"。网上论坛教研讨论异常活跃。全市有国家级现代教育技术实验学校 2 所，省级现代教育技术实验学校 7 所。

三 教育对义乌发展的促进作用

人们常说经济的背后是文化，文化的基础是教育。现在我们从文化精神尤其是培育这种精神的环境——民众教育和民风民俗角度进行一些探索，以期引起人们进一步扩大对义乌成功经验的思考。这次我们来到义乌进行考察，一踏上义乌这片热土，就深深被义乌这座新型城市所吸引，视觉冲击扑面而来。我们接触到不同阶层不同人群的义乌人时，就深深感到他们身上有那么一种精神一种干劲，勤奋进取、求真务实、精明善思、朝气蓬勃。我们发现，义乌人都有一种典型的文化精神品质。这种融会于义乌人血脉中的"文化基因"的精神品质，不仅在义乌现代典型创业人身上反映出来，而且也可以在历朝历代的义乌人身上寻找出来。现代义乌人创业典型故事中，就凝聚着这种千百年来形成的独特的文化精神品质。正是这种独特的文化精神品质，促使他们敢想敢闯、不怕艰难、抓住机遇、大胆拼搏，取得了巨大成功。

1989 年义乌市委通过向全市广泛征求意见把这种文化精神品质概括为"义乌精神"，即"勤耕、好学、刚正、勇为"。2006 年随着时代的发展，义乌市委再一次组织全市人民展开讨论，征求概括义乌精神的意见。新的实践呼唤新的精神，根据新的实践，义乌在原有总结的基础上又增加了四个字，"诚心包容"。这十二字体现着义乌人勤劳勤奋、不怕艰苦、勤俭朴实、自强不息的精神，尚礼敦教、善学精思、求真务实、永不满足的精神，民性强悍、正直不阿、义在利先、诚实守信的精神，尚武勇为、闯荡天下、履险求新、敢为人先的精神，以诚待人、信誉为重、胸怀世界、海纳百川的精神。义乌精神是义乌人群体性格的集中概括与高度总结，是义乌人巨大的人格力量所在。正是在这种强大精神力量的驱使下，才使古代义乌人把一个偏远蛮荒之地改造成江南富庶之邦，才使现代人把一个贫穷弹丸之地铸造成一个小商品市场的国际采购园。

义乌素有"文化之乡"之称，或有"小邹鲁"美誉，有着"勤奋好学、崇文重教"的优良传统。其实这种优良传统是与义乌先天不足的自然资源环境紧密相关的。义乌地处祖国东南，不靠边，不靠海，资源匮乏，耕地缺少，俗话说"七山二水一分田"，生存空间狭窄。这窘迫的生活空间促使义乌人具有坚强的生存意识和坚毅的拼搏精神。要么在有限的田地里辛勤劳动，要么背井离乡出外谋生，要么刻苦读书跳出农门。为改变自己的生存状况，一部分人离土不离乡，走街串巷打工为生，一部分人则毫不吝啬的把节省下来的有限资金积极投入教育，想让子孙多读些书，"学而优则仕"进身社会。

翻看义乌教育历史，我们发现义乌始终把教育怎么做人放在首位，先学做人后学做事。例如顺治年间义乌县学设立"卧碑"明示，学校诸生皆当上报国恩，下立人品，立志当学为忠清官，居心当为忠厚正直，不可干求官长，交结势要，希图进身，不许纠党多人，立盟结社，武断乡曲，所作文字，不许妄行刊刻。并规定教官必须每月传集学生进行宣读。光绪年间义乌官立初等小学礼堂牌匾明示教育宗旨，忠君、尊孔、尚公、尚武、尚实，以圣教为守，以艺能为辅，以理法为范围，以明伦爱国为实效，培养学生爱国情操。民国期间义乌学校规定须"涵养儿童之德性，导以实践"，内容包括孝悌、亲爱、信实、义勇、恭敬、勤俭、清洁诸德，以及对于社会国家之责任，养成爱国爱群之精神。夏丏尊、刘大白、李次九、冯雪峰、陈望道等进步教员反对尊孔读经，提倡自由平等，推动新文化运动，以此教导学生当自立自强，以期造成现代国民的必备品质。怎么做人是义乌教育的第一位工作，这种品质教育也是义乌民众教育的核心内容。千百年来正是这种品质教育，培育、继承和弘扬了义乌人所具有的人格秉性"义乌精神"。

教育当然要灌输统治阶级的思想，义乌也不例外。除讲授基础知识外，儒学是义乌文化教育的重要内容。儒家学说主要内容是"祖述尧舜，宪章文武"，崇尚"仁、义、礼、忠、孝"，提倡"不偏不倚、无过不及"的"中庸"之道，政治上主张"德治"和"仁政"，重视伦理道德教育和自我修身养性。汉武帝采纳董仲舒建议"罢黜百家，独尊儒术"以后，儒家学说开始成为统治阶级的正统思想，逐渐成为中国封建社会文化教育的主流。各个历史时期封建统治阶级为了自己利益集团的需要，总是修正与演绎出各种适合自己政治需要的儒家学说来让世人尊奉。两汉时期有以董仲舒和刘歆为代表的今古文经学及谶纬之学，魏晋时期有王弼、何晏以老庄思想解释儒学的玄学，唐代有韩愈为排斥佛老而倡导的儒家"道统"学说，宋明之际有兼取佛道思想的程朱派和陆王派理学，清代前期有汉学宋学之争，清代中叶以后有今文经学和古文经学之争，直到五四运动以后，随着封建社会退出历史舞台，儒家学说才逐渐丧失正统思想的独尊地位。

然而义乌教育还有另外一个脉络，就是深受南宋以来地方学派的影响，包括由吕祖谦创立的金华学派（也称婺学、吕学），以陈亮为首的永康学派，以薛季宣、陈傅良、叶适为代表的永嘉学派的影响，反对理学家空谈心性命理，提倡注重事业功利的"事功之学"，主张"义利双行，王霸并重"，为事治学注重实际功用和效果，推崇"关注现实、讲究实效"，"务实重商，义利并举"的务实精神。金华学派、永康学派、永嘉学派作为一种地方文化思想学派，对浙江乃至义乌的经济社会发展，铸造江浙一带人文思想、价值理念都产生了不可低估的重大影响。义乌则通过这些传统教育和地方思想文化的影响，向广大民众和莘莘学子灌输了这些既是正统教育又是地方教育的思想。学以致用的经学济世思想，自我主宰的独立精神，义利并举的事功取向，工商皆本的经济意识，公私兼顾的价值立场，正是对这种文化教育的传承和弘扬，才孕育出"义乌商魂"和现代义乌"商业精神"。

教育在义乌社会历史发展中占有十分重要的地位。无论是在历朝历代的社会发展年代，还是在新中国建立后和平建设时期，义乌通过教育都培养与造就出一大批具有开创精神、坚贞守节的国家栋梁之才。历史上"初唐四杰"之一的骆宾王，金元四大医家之一的朱丹溪，宋朝民族英雄宗泽，还有现代的冯雪峰、吴晗、陈望道等都为中华民族历史进步和社会发展作出了杰出贡献。即使进入社会主义新时期，也是先有一批品质素质较高，具有前瞻思想意识，文化知识渊博和敢创敢做的义乌人，敢于吃第一口"螃蟹"，广大群众积极响应，党和政府尊重与保护群众的首创精神，才成就与铸造出今天义乌的辉煌。20多年来，义乌通过普通教育、特殊教育、职业教育、成人教育、高等教育、幼儿教育，针对国际小商品商贸城开设商务英语培训，针对农村劳动力转移开办电器修理、烹饪餐饮、服装加工、汽车维修等技术培训，针对厂长、经理需要开阔视野不断提高举办管理人员高层培训，培养和输送出不同层次各种专业的优秀人才。源源不断的人才队伍和技术队伍，为义乌经济发展与壮大提供了强大的精神动力与智力支持。因此从这个角度说，义乌的良好教育也是义乌发展取得成功的经验之一。

第二节　义乌民俗风貌

教育与民俗有着千丝万缕的联系，如果说教育是显学的话，那么民俗则是潜学，渐进的良好教育可以使一个地区的民风民俗发生潜移默化的嬗变。义乌狠抓教育，教育促进了移风易俗。义乌民众教育与民风民俗在历史发展进程中，对"义乌商魂"与现代商业精神的形成和承传产生了不可低估的重大影响。民风民俗是一个地区社会生活中长期形成并普遍认同的风尚、礼节、习惯等的总和。民风民俗的形成与演化，受自然条件、地理环境、生产方式、社会结构和文化传统、宗教信仰、思维方式等制约和影响，甚至还会受到人口迁移、战争爆发、文化冲撞等因素的影响。民风民俗的形成与发展，是一个动态发展过程，它会随着历史的演进与嬗变而发生变化。作为於越民族后裔的义乌民众，在过去漫长历史发展过程中，形成了自己独特的风俗习惯和生活方式，并在发展过程中不断除弊迎新、吐故纳新、与时俱进。

历史文献中对义乌民俗风貌有如下的记载，《方舆胜览》记载义乌人"俗勤耕织"，还有"士质民勤"，"颜宗流风薰被，民多尊长孝亲，忠心为国"，"概助军实，乐于施舍"，"俗近秦风，喜习戈矛"，"竞相比武，以应征募"，"地少而瘠，人众蓄寡"，"征敛重，民多逋逃"等记载。《隋志》说"君子尚礼，庸庶敦庞，风俗澄清，道教隆洽"。《宋史·地理志》说"人性柔慧，尚浮屠，急于进取，善于图利"。《东阳郡志》说"风声气习，一变醇厚"。《续东阳郡志》说"民多返朴，俗尚向方，礼义之风遂振"。古志说："贫民不作富贵人仆，贫女不作富贵人妾。"明万历年间周士英主编《义乌县志》说"激烈慷慨有足多者"。这些都是古代很有影响的史志、舆地书上对义乌风尚的记载。

1985年义乌县文化馆编撰的《义乌风俗志》认为，"居民工农业生产品类，经营方式，商品交换，生活习惯，礼仪俗尚，道德观念，宗教信仰，以至岁时节令诸方面，无不受时代前进潮流所冲击，而发生巨大变化，或被淘汰，或仍因袭，或由繁趋简，或因时而起"，20世纪以来义乌民俗风貌可以归纳为几个方面：以农为本、以副养农，勤劳节约、俭朴成风，喜好娱乐、爱习拳棒，热诚好客、款待竭诚，团结互助、不分畛域，急公好义、乐于舍施，民性强悍，宁折勿弯。

《义乌市志社会卷·民俗篇》认为，义乌民俗是在高低不平丘陵环境中生活，从事农业生产的人群，基于自身的素质，受山山水水大自然的制约，受封建政治和社会经济的影响，受儒家学说文化教育熏陶与佛道教义教行感染，在长期生存斗争中逐渐形成的。主要表现在对生命的重视，追求平安和无灾无难，向往生存道德，珍视祖墓，怜悯人骸，对生者友善，爱护亲人，关爱世人，推己及人，予人方便，反对强权，扶助弱势，不妒富不媚财，善于认识世界，长于利用客观，勇于改变现状，精于图利，巧用智慧，锱铢必积，狠抓现实，敢作敢为，不留丑名，鄙夷厚己薄人，轻视损人利己。义乌民风习俗有六个方面的特性，即汉族观念的特性，讲究文明的特性，平和谦虚的特性，诚信有序的特性，除弊汰劣的特性和赶时与自安的特性。

历史上浙江及义乌地域经历了三次较大的民俗民风重大转变。第一次是在魏晋南北朝时期，当时由于经济社会迅速发展和中原文化的影响，浙江区域传统民俗发生急剧变化，从图腾崇拜到信奉佛道，从轻悍好勇到怯懦敦庞，从累世同居到异炊理财。这个时期宗教信仰对民风民俗转变产生了重大影响。第二次是两宋时期，这个时期由于全国政治经济中心南移，中原文化南进并与浙江地域文化结合，经济与文化空前繁荣，带来了民俗风貌的重大变化。《宋史·地理志》概括浙江民间风俗这种变化为"人性柔慧，尚浮屠之教。俗奢靡而无积聚，厚于滋味。善进取，急图利，而奇技之巧出焉"。即习尚奢侈、贪求享受，舍本逐利、趋利经商，拜佛崇道、敬事鬼神，勤学好问、善于进取，好尚虚荣、伦理失纲，婚嫁论财、葬倡火化。第三次重大转变是在新中国建立时期，这个时期民风民俗发生的变化可以概括为，以农为本、以副养农，勤俭节约、俭朴成风，喜好娱乐、爱习拳棒，热情好客、款待竭诚，民性强悍、宁折勿弯，急公好义、乐于施舍。

如果说前几次随着经济、政治、社会和人口迁移、中原战争及宗教信仰变化，使义乌民风民俗发生了重大的变化，这种重大变化反过来也促进和影响了义乌经济与社会的进程，那么进入社会主义新时期以来义乌发生了重大变化，可以说是又一次民风民俗的重大转变。现在义乌城市建设旧貌变新颜，商品交换市场遍布城区，国内外来客络绎不绝，国际交往日益扩大，经济社会的变化，生活结构的变化，这些因素催生了新义乌民风民俗新风貌的形成。在民风民俗变迁中其实有变与不变两种因素，不变的是千百年来形成的独特的精神品质，变化的则是具体形式的民风民俗。义乌人在新的历史条件下，承载与发扬了千百年来形成的优秀的精神品质，将这不变的因素与应变的时代内涵、经济变化和生活特点等相结合，形成了新的民风民俗，"精思求实、海纳百川、包容天下"便是新风新貌的具体体现。正是这种传统的独特的精神品质与时代结合，才构筑了具有时代内涵、地方特点和现代市场经济特质的新的义乌精神，才使义乌具有奇强的综合竞争力和创业激情。从观念形态上看义乌民风民俗有如下几个特征。

仁爱慈善的助人观 义乌民众趋向慈善，以帮助他人作为做人的高尚追求。义乌人讲究仁爱之道，愿意用自己之心推想别人之心，用自己之感受忖度别人之感受。当他人面临危险和困境的时候，愿意伸出援助之手以帮助其渡过难关。翁本忠《中国儒学义乌学系》一文，总结了义乌人这个习性，并回顾了历代义乌人这方面的事迹。义乌境内东江桥以外的河桥，经常被水冲毁。作为古代自救组织的桥会，经常以购置田产的收益来作为桥梁被冲毁后再修复的经费。其他的船渡、道路、凉亭等公益设施，都能未雨绸缪。民间对公益事业建设，抱着有钱出钱，有力出力的态度乐于赞助。捐资建设公益事业数额最大的要算清代道光年间修理孔庙的柳村杨畅斋，明朝独资建筑湖清门的朱孟高，清独资重修颜孝子祠的王夔。义乌境内，溪流较多，溪上石桥有的是个人独造，有的是合作集资建设。古代帮助他人解除困难的事迹很多，例如宋人吴圭代无力偿还债务的人偿还巨额借款。元人方天瑞，清人陈子苞，将钱借出后，来还则收，不来还则不讨。胡其湟则干脆将借出的债券烧毁。明人朱正美则主动出卖产业，以金钱救贫，胡宗鹏出钱为他人赎回妻子。清人王云荃、王为本为贫病无力治病的人广施药物，清人陈万善施寒衣恤贫，黄理施布料给人御寒，明人张万山捐地给无地葬亲的人做坟等，都是对儒家恕道和仁术的发扬。他们把善心看作自己的人心，助人当作做人的本分。漠视他人苦难，对慈善事业一毛不拔的有钱人常被社会上看作"为富不仁"而受非议。现代义乌人慷慨赈济，义乌市消防水带厂厂长胡绍鹤，创业极其艰难，平时生活俭朴，不该花的钱一分钱也不花，但对于当地的公益事业，诸如兴学助教、修桥铺路、扶贫济困却非常慷慨，对消防救火致残人员也解囊相助，近几年捐助公益事业30余万元。新光饰品有限公司董事长周晓光不仅帮助自己企业内部职工渡过难关，热心公益事业赈灾救灾，还调整资金帮助同行业垮掉的竞争对手渡过难关。周晓光认为竞争是对手，更是朋友。市场经济不讲竞争不现实，有竞争才有进步，新光就是在竞争中发展起来的，但竞争并不排除合作与友谊。

重教好学的教育观 《义乌教育志》详细介绍了义乌人这方面的情况。义乌民众受儒家思想影响，重视教育，总好把节省下来的有限资金也要投入教育，兴办学校。在儒家尊师重教思想影响下，兴校办学被看成是一个做人的目标。虽然说穷苦人无法达到办学这个目的，但尊师爱学的风气却普遍存在。南宋鲍公瑛建龙华书院，徐侨建东岩书舍，虞复讲学东崖书院，叶由庚讲学龟山书院，王炎泽讲学龙门山，楼如浚建五云书院，王棉创办华川书院，宋濂建釜山书院，刘刚建棠溪书舍，傅藻创办杜门书院，王汶建齐山书院，虞守随创办钟山书院，虞怀忠创办纯吾书院，朱姓族人创建紫阳书院，陈云荃创办漱芳书院，这些私人创办书院的事迹，常常被后人传诵与铭记。义乌民众重视教育，爱好学习，除非吃不上饭，否则总想让子女多读几年书。义乌人认为读圣贤书，行仁义事是天经地义的事情，学习文化知识，掌握工作技能是进入社会不可缺少的基本本领。过去儿童十多岁时便被父母送去学习《三字经》、《千字文》，封建统治阶级以"学而优则仕"为号召，鼓励老百姓读儒学经典，并从通晓四书五经的人中考试选取官吏，考中举人进士便可入仕途做官。即使考不取秀才进士，也可成为地方上有知识的面子人物。在这种文化环境里，读书自然受到追求，读书人自然受到尊敬。古人为了应用需要，有的蒙馆里，增加珠算学习，培养计数能力，或增加学习《五言杂字》，学习日常生活所见的种种物品的名称，以方便登记账目。学以致用也是义乌儒家教育的一个特色。现代义乌人即使工作再忙再累也要继续学习更新知识的良好风气，无不受传统重教好学思想熏陶和影响。

耿直不弯的品行观　现存的史料与书籍中介绍义乌人这种品行观的事例很多。义乌人讲究修身养性，重视自己的品德修养。义乌人讲究遵纪守法，政治与道德上有坚定不移的操守和气节。讲究遵从正义，保持气节，威武不能屈，淫逸不能移。义乌人生性耿直，为了自己的理想与追求，宁折不弯。三国时期骆俊，史称义乌刚正第一人。他蔑视袁术称帝，拒绝把粮草借给袁术部队，结果惨遭暗害。东吴将领骆统，忠直敢言，上谕30多篇，屡劝孙权尊重贤士，采纳良言，关心部属，让利民众，倡公正宁可被罢官，为正义宁可被杀头。初唐诗人骆宾王，多次遭贬，江山易改，禀性难移，宁可被陷害坐牢也不屈服，代徐敬业起草的《讨武曌檄》"一抔之土未干，六尺之孤何托"，"请看今日之域中，竟是谁家之天下"的豪言震撼朝野。北宋抗金英雄宗泽，应试进士对策论力陈时弊，考官恶其直言抑为末等。金兵侵犯，宗泽留守东京，上谕24道奏章，竭劝皇帝收复土地。南宋政治家徐侨，敢于旧衣破鞋见皇帝，当面直陈时弊，被后人称为"明白刚直士"。元朝黄溍，在朝耿直正义，不附权贵，人称"清白高洁如冰壶尺玉,纤尘不污"。清朝朱一新,揭露太监李莲英恃宠骄横,妄自尊大,反对慈禧挪用海军经费修颐和园,反对李鸿章推行慈禧的联俄外交路线,刚正不阿,敢言直谏,人们称赞他为"言论侃侃,不避贵戚"。现代文艺理论家冯雪峰耿直诚信,明知发表"不要把艺术的价值和它的社会的政治的意义分开","更不能从艺术的体现之外去求社会的政治的价值"的观点,有悖于当时主流,仍把文章发在《新华日报》上,招致没完没了的批判。史学家吴晗,在革命年代揭露蒋介石反动派的黑暗统治被赞誉为"老虎"。后因1959年撰写《海瑞骂皇帝》、《论海瑞》等文章,1961年编写《海瑞罢官》历史剧,在"文化大革命"中被迫害致死。历史上这些人物,体现了义乌人宁可罢官说公正,宁可杀头不弯腰的耿直气节和崇高精神,也是义乌人人格力量的所在。

趋时与安详的生活观 《义乌风俗志》概括了义乌人这个典型的生活特点。义乌人对生活既有追赶潮流的一面,也有守分自安的一面。义乌人对经济社会发展,时尚风气潮流特别敏感,喜欢与时俱进追赶历史的潮流。对义乌人来说,时尚新风源头都在外地他乡,潮流都以高品位、超世俗引领民众生活。赶潮流首先影响社会上层人士,然后是普通百姓。赶潮流一般是乡村学城镇,城镇学城市,城市学都市。义乌人善于与时俱进追随潮流。政治上如欢迎黄巢起义,齐心抵抗元兵,支援朱元璋造反,奋勇抗击倭寇,执著练武卫乡,投身抗日解放事业,拥护改革开放,积极参与市场经济等,都是顺应时势积极追随的表现。文化教育方面如宋代书院掀起理学风气,元明清大力兴办民众教育,民国时期普及基础教育,近年来考大学之风、学外语之风、学技术之风、出国留学之风。现在掌握外语,学会驾驶,操作计算机,网上博客更是风行一时。与赶时相反的是趋安,义乌人在自身条件不允许与人家齐头并进时,能冷静对待并采取自安的态度。"不要名头,只要调透(舒适)"。建不起高楼大厦,只要一家亲爱。亲情取之不尽,用之不竭。衣着无法赶时,穿暖穿干净不以为丢脸。承认自己不足,看人家富有,不妒富,看人家有钱,不眼红。凭借自己劳动,以勤补拙,寄望于自己的努力。自安不等于停步不前,自安不等于对钱奴颜媚骨,自安不等于侥幸取财,自安不等于自愿放弃拼搏。正是由于进取趋时、退以自安的民风民俗,才使自远古於越以来义乌地面从未发生过大的动乱,大的群盗,大的战争。也正是这种长期的习俗淀积,才能使义乌民众安贫乐道而至于礼仪之邦,又能把握时机,经商致富。

博纳宽容的处事观 现有总结义乌成功经验的材料中这方面的事例很多。义乌人尚义、好客，重视人与人的和谐相处。只要不是杀人放火偷盗恶人，义乌人对他们就不鄙夷、不轻慢。义乌人不欺生，乐于接纳来自五湖四海的客人。20世纪90年代阿拉伯国家商人来义乌，为使这些穆斯林安心做生意，义乌专门请来阿訇，建起一座能容纳4000人做礼拜的"穆斯林清真大寺"。为解决穆斯林子女上学问题，义乌办起了穆斯林幼儿园，开设阿拉伯语、汉语、英语及宗教常识课，让孩子们在学习知识的同时，能接受伊斯兰教传统教育。当外来商人在义乌发生纠纷或遇到困难时，义乌人则倾力相助。一位巴基斯坦商人在贸易合作中被骗走近100万元人民币货物时，义乌经销商不但没有终止与其交往，还热情送上生活用品帮助他克服困难。义乌人善待五湖四海的朋友，不仅使义乌市场突破狭隘的地域局限，还使义乌的生活结构发生了重大变化。现在义乌大街上英文、阿拉伯文、朝鲜文等各国文字招牌目不暇接，韩国料理、美式快餐、法式西餐、阿拉伯饮食的饭店屡见不鲜，各种肤色、各种语言的外国人络绎不绝。有近8000名阿拉伯人常年往返经商，有142个国家和地区的8000多名外商和国内44个民族2.6万余名少数民族群众成为城区的常住人口，境外商户驻义乌代表机构已达496家。随着市场经济的不断发展，外向开放思想观念已成为义乌人博纳宽容的重要特征。义乌人现在经商足迹遍布五大洲四大洋，让"义乌商人走遍天下、义乌商品遍布天下、义乌美名扬遍天下"口号已变为实实在在的行动。世界上哪里有市场，哪里就有义乌人。义乌人眼里世界没有国界之分、民族之分、种族之分，只有商品经济。各种不同文化背景的客商来义乌采购，也带来了各国不同的先进商业文化。义乌人在发展贸易中注意学习国外长处，吸收外来先进文化。国际互联网诞生不久，义乌人就率先在全国开通县市级互联网，实时发布义乌小商市场20大类30余万种小商品信息。为使客商更快捷地得到信息，降低运行成本，义乌人为客户提供了商城信息定时发布、商品信息搜索引擎、电子商务交流互动3个平台。现在义乌互联网固定用户已达6.94万户，互联网不仅改变了义乌市场经营模式，也促进了义乌社会生活的深刻变化。

尽力作为的事业观 义乌人对自己从事的事业无限热爱，想方设法要做就要做最好的。义乌人性格坚毅，精明细致，大度对人，严格对己。对自己从事的事业，恪守职责，竭尽全力，尽力作为。历史上义乌人领兵打仗尽力作为。明隆庆年间，戚继光在义乌招三千子弟兵，为整肃军纪他让这些义乌兵在雨中站立，从早到晚一动不动，这让观者"无不惊骇"。戚继光撰写《纪要新书》和《练兵纪实》两部兵书发给部队，要人人记熟以此练兵。两部兵书汇集了戚继光的军事思想，也融入了义乌兵用生命和鲜血书写的实践经验。37 年时间，义乌兵转战浙、闽、粤各地，打了数百场仗，战功卓著，在明代关宁铁骑、广西狼兵、福建藤牌军和浙江义乌兵四大精锐部队中，义乌兵以抗倭先锋、镇边勇士闻名于世。

在发展小商品市场经济方面，义乌人也竭力作为。义乌人被生活所迫走上鸡毛换糖之路。敲糖帮挑着糖担挨家挨户上门换取鸡毛和废铜烂铁，走遍大江南北，江苏、广东、新疆、东北，都留下了他们的身影。渴了喝口山泉水，饿了吃口冷干粮。走遍千山万水，历尽千辛万苦，敲糖生意越做越大，从单纯鸡毛换糖变作兼卖和交换小商品，肩挑糖担变成提篮小卖、背包贩运、街头设摊，终于赢得 1982 年在稠城地方办起小商品市场的契机。1984 年义乌审时度势，提出"兴商建县"和"科教强市"的战略决策，为发展小商品市场大造舆论和建立理论基础。80 年代义乌人迅速走上以家庭为生产单位的办厂道路，形成"一村一品"、"一乡一品"的小商品加工和生产的经济格局。廿三里如甫的塑料玩具、郑山头的头花、大陈的服装、苏溪龙华的尼龙袋、吴店毛塘楼的钥匙坯、平畴的电珠、杭畴的尼龙袜、九联的雨伞等闻名遐迩。全市拥有生产小商品乡镇企业和家庭工厂 8681 家。90 年代义乌又提出"引商转工"、"工商联动"的发展战略，商人企业家大胆学习新知识新技术，尝试新的生产方式和管理模式，使义乌生产模式迅速向工业化方向扩展。义乌人永不满足，要做就要做最好的。当成千上万小企业在城乡遍地开花时，义乌人又开始寻求新的突破。一大批企业家打破常规，锐意进取，把原先实力弱小的家庭式企业，发展成为规模领先竞争力颇强的龙头企业，形成袜业、饰品、化妆品、服装、拉链、毛纺针织、工艺品、玩具、印刷、小五金等 20 余个在全国具有影响力、主导力的核心产业群。浪莎袜业集团、新光饰品集团、美雪化妆品公司、能达利集团、双童吸管、三鼎织造等企业成了"中国袜子大王""中国饰品大姐大"、"中国彩妆大王"、"中国服装大王"、"世界最大吸管企业"、"亚洲最大织带企业"，造就出了"小商品、大产业，小企业、大集群"的工业发展格局，义乌经济和社会协调发展取得了辉煌的成绩。义乌人尽力作为的民风民俗注定了在以后的发展道路上会永不懈怠，勇往直前。

第十一章
经商传统与义乌商业文化

义乌的商业发展渊源久远。当代义乌小商品发展的直接源头，则是清代中叶兴起直至民国时期达到繁盛的"敲糖帮"。没有货郎担的拨浪鼓，义乌经济也可能会发展起来，但绝不会以小商品市场的面貌出现。这种源远流长的商业传统，对形成"以人为本、义在财先、诚实守信、包容四方、讲究效益、童叟无欺、和谐发展、开放图强"的义乌现代商业精神起到了重要作用。

第一节　经商传统与现代商业发展

一　义乌的经商传统

义乌商业发展是与义乌历史发展同步进行的，义乌商业发展在我国商业发展历史上，同样拥有光辉灿烂的一页。长期以来，我国是一个以农业为主的国度，由于长期奉行"重农贱商"的政策，深刻影响和抑制了商品经济的发展。我国商品经济发展一波三折，一般都认为，我国商品经济的发展经历了秦汉、唐宋、明清三次蓬勃发展时期。早在秦汉之际，就有"富商大贾周流天下"的商人活动的记载。唐宋时代发生的社会经济变革，促进了当时商品经济的发展。宋代的文献中有"南商"、"北商"称谓，商品交易活动相当兴盛。到了明清，开始出现资本主义萌芽，商品经济达到了鼎盛时期。随着我国商品经济的发展，义乌商业的发展，也潮起潮落，此起彼伏。作为商品品牌的义乌三宝"红糖、火腿、南枣"曾享誉全国，甚至在国际上也颇有影响。清代兴起的"敲糖帮"在我国民间商业活动中，更是以组织形式严密，交易范围广阔而影响深远。义乌商业发展的历史，可以概括为几个时期。

商业初创时期　早在春秋战国时代，义乌市现在城市所在的稠城地区内就发现了古井遗址。到了汉代，发现的古井遗址多达十余口。说明当时人口比较稠密，并有可能伴随着一定规模的市井交易。《史记正义》中说，"古者未有市，若朝聚市汲，共汲水，便将货物井边买卖，故曰市井"，"俗说市井者，言至市鬻卖，当先于井上洗濯，合物鲜洁，然后市，二十亩为井，今因井为市"，"因市为井，俗说市井，谓至市者，先当于市上洗濯，其物香洁，及自到市，乃更整饰也"。古代常把市和井联系起来，称市为"市井"，市井交易是商业滥觞。发现如此密集的水井，表明义乌古代商品交易已达到相当高水平。1981 年平畴村（今江东办事处）南发掘一座西周晚期墓，墓中出土 62 件随葬品，左侧挖出 52 件，合计 114 件，其中原始青瓷 100 件，陶器及其他器物 14 件，主要器物有盉、盂、盘、豆、罐等。青瓷器规整秀丽，大部分为青绿釉，少数青黄釉，胎釉结合良好，有光泽。数量之多，在浙江省境内实属少见。据古陶瓷专家推断，这批原始青瓷属当地产品，距今已有约 3000 年的历史，这说明当时的居民已有初步社会分工和商品交换。正因为古代乌伤区域城镇经济繁荣和商品生产发达，秦王政廿五年（公元前 222 年），秦将王翦平定江南时，才在此首置乌伤县。

商业发展时期　进入汉代以后，有关乌伤县商品交易的情况，文献记载十分稀少，但考古发掘的资料显示，乌伤当时商品生产和人文活动却相当频繁。像赤岸镇青口村古太婆山汉代遗存、后宅镇宅里塘村西北叶塘山汉代遗存、佛堂镇田心村金鸡笼山汉代遗址、稠城镇汉代墓群、井头村西北后山汉代墓群、塘里赵村山背汉代墓群等发掘证实，汉代义乌商品生产相当发达。西汉末年，中原动荡，战乱促使大批士族、手工业者和农民迁移到浙江。移居群体为浙江带去了先进的文化思想、科学技术和生产工具。自东汉以后，义乌在全国的地位开始上升，历史上开始出现"义乌人物"，如杨乔、杨旋、骆俊、骆统等。由于政治经济发展，汉末乌伤一分为三，即分为乌伤、长山和永康。南北朝时期，佛教开始兴盛，寺院经济随之蓬勃发展起来。义乌双林寺当时是显赫一时的名寺大刹。据南朝傅翕《双林傅大士语录》记载，梁"大通二年（公元 528 年）三月，同里傅重昌、傅僧举母以钱五万买之（傅大士之妻刘妙光），大士得钱即营设大会"。

这是目前为止义乌最早的具有商品交易性质的文字历史记录。唐代义乌开始出现经营盐业生意的盐商。据嘉庆《义乌县志》记载，上元元年（公元760年）义乌"盐铁使刘晏法，令亭户聚盐，纵商人取之，此商盐所由始；郡县又有常平仓盐，每商人不至，则减价以聚，官收厚利，而民不知贵，此官盐所由始"。五代后唐时期，义乌隶属吴越版图，钱镠王采取"保土安民"的政策，休兵20余年，大力发展经济。进到宋代，由于社会与经济的发展，义乌开始出现安居乐业的情景。据《宋史》记载，这时义乌人是"人性柔慧，尚浮屠之教。俗奢靡而无积聚，厚于滋味。善进取，急图利，而奇技之巧出焉"。

商业繁荣时期　南宋初年，义乌开始出现取代笨重金属的新钱币。据宋李心传《建炎以来朝野杂记》等文献记载，"建炎初，啸聚充斥，诸富室皆不自保"。婺州屯兵，需要经费，于绍兴元年（1131），始置关子，"召商人入中，其法入见钱于婺州"，"绍兴末，颇举行焉"。新钱币的出现，是商品经济发达、社会进步的重要标志。宋代义乌以丝织、酿酒、陶瓷最为发达。据史料记载，两晋南朝时期，义乌一带就以广泛植桑养蚕，在唐朝时期就有婺州的绸、锦等列为贡品，唐武德年间分置绸州和绣州，以其丝绸之名设立，就足以说明当时义乌已是丝绸之乡。据史料记载，春秋战国时代，义乌就开始酿造黄酒，五代吴越钱镠为了偏安江南，岁岁向梁、唐、晋、汉、周各王朝进贡，金华酒被列为贡品。南宋时期永康陈亮为减轻百姓繁重的义乌酒税，专门撰写文章抨击，文章题为《义乌县减酒额记》。据文物部门调查，义乌至今仍有古窑址37处，属宋元时期遗址，分布在廿三里、荷叶塘、苏溪、徐江、佛堂、赤岸等乡镇。产品主要是以碗为主的日用品，其中保存完整、规模较大的有苏溪镇的范家碗窑背窑址、廿三里镇的葛塘窑址等。这足以证明陶瓷在当时商品中，已是强劲的品种。乾道四年（1168），官府曾诏令婺州义乌，允许柜户、牙人、山谷之民任意买卖商品，依照法令交纳税款，不得距县五里以外巡视拦截，敲诈勒索百姓。嘉定元年（1208）官府曾绘制驿线图，其中有义乌—东阳驿线，这也说明当时商业的繁荣景象。

元朝全国统一后，农业手工业发达，海运漕运便利，纸币交钞发行，给商业发展带来空前繁荣。由于经济发达，属于婺州路的义乌其差役劳役相当繁重。据历史记载，至元二十九年（1292）时任监察御使的王龙泽在上御使台呈文中就专门论述过此事。至正十年（1350），义乌人王祎著文《婺州路均役记》也曾论述过差役之苦。1977年义乌出土一只元代铜权，权身正反面均有浮铸铭文，"龙凤七年"（1361）。元至正二十四年（1364），朱元璋裁革金华府义乌、浦江等县适课司四所。元代铜权的出土，元代税务制度的完善都可以作为义乌当时商品经济繁荣的历史证明。

商业转型时期　明清之际，我国社会经济结构发生巨大变化，资本主义商业萌芽开始出现。明代商品经济得到快速发展，义乌有人脱离农业生产，转而专门从事工商业。如洪武年间，义乌下骆宅村人骆得源"家甚富，充千石长，征一至七都钱粮"，家粮很多，次子骆征信就开始做粮食生意，经营"南粮北运"，去北方营销粮食，赚了钱，曾经在"北京顺天府大兴县第四厢富户地方，设田三百亩"。明洪武六年（1373），王祎在《泉货议》中提出铸造金银货币的主张，他认为货币是"理国家者恒赖以为生民之大命"，若一日废弃"则国家之命几乎息矣"。他主张铸造金银铜币，开采铜矿、实行铜禁、铸造铜钱。这一建议对明代以后货币流通产生重大的影响。据史料记载，正统年间，义乌绸城绣湖已有"湖亭渔市"，正德年间，已有官府下令撤销义乌等县计38处税课局的记载。明代商业发展的另一个现象是工商业集市的崛起。据万历六年（1578）《金华府志》记载，金华府义乌县有集市13个。万历二十四年（1596）《义乌县志》记载，当时义乌有集市16个，具体为湖塘市、上市、青口市、廿三里市、江湾市、洋滩市、光明市、野墅市、赤岸市、倍磊市、苏溪市、八里市、查林市、卢砦市、双林市、花溪市。这些集市构成的密集网络，在商业上可以相互支持。明代中叶以后，义乌集市贸易蓬勃兴起。集市贸易充分发挥着商品集散中心的作用，大大促进地区间经济分工与合作。海外贸易发展在明代也进入一个新阶段。赤岸人冯允奇是现在已知的义乌从事外贸的第一人。顺治十八年（1661），种蔗制糖技术传入义乌，这更加速以卖糖换钱"敲糖"生意快速发展。至乾隆年间，"敲糖"已达到极盛，全县约有"糖担"万余副，"敲糖"人数以廿三里镇和苏溪镇两地最为集中。这也是后世公认的义乌中国小商品市场发展的源头。嘉庆七年（1802）《义乌县志》记载，义乌当时已有集市29个，与万历年间相比，几近翻了一番。义乌当时的主要商道有三条，一是至宁波旱道，从东乡过东阳；二是赴苏杭大江水路，从南乡过金华、兰溪等处；三是赴临、绍小江水路，由北乡过诸暨等处。

商业近代时期　从清朝到民国，义乌佛堂镇市集密集，商店众多，为浙东四大商业重镇之一。民国二十年（1931）杭江铁路通车，稠城镇交通便利，贸易兴旺，商业凌驾佛堂镇之上。据民国十八年（1929）调查，义乌有7个主要行业，商号 68 家，年交易额 78 万银元；民国二十五年（1936），义乌商家 1000 多号；民国三十六年（1947），义乌有棉、纱、布、糖、油、盐、茶、木、粮食、百货、山货、国药、钢铁器、五金电料、田料、图书教育用品、承揽运送、钱庄等 32 个行业，各种商店 652 家，从业人员 1000 余人，资金总额 2.34 亿元（法币）。较大的商号在棉布业有号称"三兴"的佛堂镇吴德兴、隆太兴、汪德兴；制烟业有佛堂镇吴大成、大陈陈赞记、稠城镇方泰兴荣记 3 家；染纺业有佛堂镇丁顺昌；腌腊业有佛堂镇李尚彪（年腌火腿 2 万只左右）；医药业有佛堂镇沈太和、稠城镇毛天德、魏立盛东记 3 家；酱酒业有稠城镇龚聚源、陈怡顺、陈平顺和廿三里镇金永和 4 家；南货业有稠城镇振丰南货店等。据《民国义乌县志初稿》记载，当时义乌有集市 28 个。民国十八年（1929），在杭州举行"西湖博览会"，义乌获奖产品有特等奖龚振昌特别南枣、傅吉祥陈甘露酒、黄培记号红糖；优等奖顺记火腿、楼大成延寿菜（九头芥干）、龚和顺南枣；一等奖周恒大银鱼、陈日新五加皮酒、陈平顺酱油、源顺官酱园酱油、朱义兴记绒线、福泰竹手炉等。民国十八年（1929）以后，上海、杭州等地钱庄利用义乌钱庄，发放大量贷款，同时境内商店利用沪杭商人资金经商，收入存入钱庄。民国二十三年（1934），义乌第一家银行义乌东浦地方农民银行建立。此外外销产品种类增多，数量急剧增加，据《中国名产》记载，早在清光绪十四年（1888），金华火腿已远销欧美及南洋各地。民国十七年（1928），从佛堂出口萤石达 1 万余吨，十之八九运销日本。民国二十一年（1932），义乌输出商品南枣 100 吨、白蜡 40 吨、黄蜡 50 吨、毛猪 2 万只、火腿 15 万只，其中大部分出口，黑猪鬃全部出口。民国二十二年（1933），义乌桐油产量达 200 吨，大多销往英、美、苏及南洋各地。

二　义乌现代商业的发展

新中国成立之后，义乌商业发展进入了现代阶段。但是，在计划经济体制下，由于国家对工商业的全面垄断，民间力量受到抑制，拥有商业传统并以民间商业力量为主的义乌商业很难得到发展。历史的转机发生在改革开放之后。改革开放以来，义乌商业发展抓住了历史赐予的难得机遇。经过义乌人的不懈奋斗，义乌的商业不断升级换代，从马路市场、棚架市场逐步发展到国际商贸城，由"中国市场"转变到"世界市场"。按照小商品市场发展时间顺序，义乌现代商业的发展可以分为以下几个大的时期。

小商品市场起步与初创时期（1979～1987 年）　义乌小商品市场起步与初创阶段，大致经历三代小商品市场的更替。第一代小商品市场建于 1982 年。1978 年义乌稠城、廿三里两镇农民自发的在镇区马路两侧摆起地摊，出现第一批由"鸡毛换糖"货郎担演变而来的小商品摊位，并逐步形成时间、地点相对固定的"马路市场"。1982 年 9 月义乌党政部门尊重群众发展小商品贸易的强烈愿望，毅然做出开放小商品市场的决策，提出允许农民经商、允许从事长途贩运、允许开放城乡市场、允许多渠道竞争，并出资在县城稠城镇朱店街两侧搭起上可防雨防晒、下可摆摊设点的简陋小商品市场"稠城小百货市场"。1984 年小商品市场摊位发展到 1887 个，年成交额 2400 万元。

第二代小商品市场建成于 1984 年。1984 年 10 月义乌县党政部门受十二届三中全会关于发展社会主义商品经济决定精神的鼓舞，果断提出"兴商建县"的发展战略，把发展小商品市场摆在义乌经济社会发展的龙头地位，大力发展小商品市场经济。同年 12 月在稠城镇新马路建设第二代小商品市场。第二代市场占地 1.3 万平方米，全部水泥地面，水泥固定摊位，钢架玻璃瓦，排列有序。市场中心建成四层服务大楼，配有工商、税务、银行、公安、餐饮、个体协会等机构和服务设施，实现了由"马路市场"向"以场为市"的转变，商品种类达 2740 多种，流通范围逐渐从周边市县延伸到省内省外。1985 年摊位增至 2874 个，成交额 5000 万元。

第三代小商品市场建于 1986 年。由于群众要求和小商品市场发展需求，1986 年义乌在篁园路建设第三代小商品市场。新商品市场占地 4.4 万平方米，设固定摊位 4096 个，临时摊位 1387 个。场内配有商业服务大楼，工商、税务、邮电、金融等服务用房，立体型管理服务体系初步形成。新市场规模宏大、场地宽敞、设施齐全，商品种类多样，商品质量高档，吸引了来自温州、台州、绍兴等省内地区和福建、江苏等外地的客商进场设摊，不少乡镇企业和国有企业也进场直销商品，市场主体从一元开始向多元化方向发展。1987 年小商品市场成交额为 2 亿元。

小商品市场的创立适应了我国社会经济发展的需要。由于我国长期实行"重生产、轻流通"的国策和国有集体商业单位"等客上门"的经营方式，导致流通领域商品紧缺与商品供销脱节，尤其是群众购买日常生活必需品，缺少方便、廉价、快捷的购买渠道。正是看到这种商机，义乌商人承担起厂家与群众之间商品流通的纽带作用，开始在"马路市场"为群众配货送货。这种商机给有着"鸡毛换糖"商业传统的义乌商人，提供了与历史发展相结合并获得蓬勃发展的巨大空间。当时由于交通、通信条件严重滞后，销售的商品绝大部分是牙膏、毛巾、鞋子之类的生活必需品，销售方式也以零售商品为主。由于销售品种和销售方式的局限，使得当时的商品购销活动都以义乌区域为主。随着国民经济的进一步好转和国家优先发展轻纺工业方针的实施，群众对生活必需品的基本消费需求开始转向服装、头饰、床上用品、毛线编织品等初级消费品。

随着时间的推移，群众开始对需求的商品种类、商品质量提出了新的要求。尤其是第一代小商品市场，货郎担和配货摊适应时代的要求开始快速发展，商品供应方和需求方开始趋于稳定并逐步拓展。在血缘、亲缘、地缘关系的影响下，从事小商品生产和销售的人数与日俱增，由此形成了相应的产业。此时义乌的交通、通信条件得到一定的改善，产品销售的区域也扩大到周边县市区与临近省区，销售方式则为零售兼批发。尤其是第三代小商品市场的建成，使义乌与周边县市区的经济联系得到较大程度的加强。这种经济联系已不单纯体现在商品交换层次，而开始有了更多的生产分工协作、人力资源流动等内容，这种联系的加强和深化为以义乌为轴心的商业活动圈的诞生提供了基本的经济基础和社会环境。

小商品市场壮大与拓展时期（1988~2001年） 义乌小商品市场经过民间创立与积累，政府帮助与扶持，逐步形成一定规模并逐渐辐射到周边地区乃至全国的小商品市场。1990年义乌小商品市场成交额跃居全国同类市场首位，以后年年名列前茅。1991年小商品市场年交易额达到10.25亿元，成为全国第一大小商品市场。商品辐射范围不仅包括附近省份，而且在东北、西北、华北等地产生了巨大影响。1992年2月第四代小商品市场第一期工程建成，占地6.8万平方米，场内新设摊位7100多个，实现了"以场为市"向"室内市场"的转变。1992年8月国家工商总局正式把义乌小商品市场命名为"中国小商品城"。同年10月第四代市场篁园市场一期投入运行。1994年7月篁园市场二期又投入运行。1996年9月集商贸、仓储、办公、饮食、娱乐为一体的现代化超大型商城宾王小商品市场投入运行。该市场占地28万平方米，共设600间门店和8900个摊位。新市场各种商品全部搬入大厅式室内市场，完成了中国小商品城全面提升改造、整体搬迁的历史任务。在这一阶段，义乌小商品市场的营业面积达到46万平方米，市场成交额达到211.97亿元。

从第一代市场到第四代市场，义乌小商品市场的内部结构和交易形态发生一系列可喜的变化，也奠定了义乌小商品市场成为全国最大小商品流通中心的地位。这一时期市场总体功能逐步健全、市场主体日益多元化，形成了商品"买全国、卖全国"的大格局。90年代中后期，由于我国经济整体紧缩，加上受1997年亚洲金融危机的影响，义乌小商品市场处于调整巩固时期，市场经营场地和规模没有显著增加，年销售总额甚至有所下降，可以说这也是经济高速发展过程中所引起的结构性矛盾的一个表现。此后随着产业结构和产品结构的不断调整，义乌小商品市场又一次呈现出强劲的发展势头。在同类市场中，义乌小商品市场的核心地位凸现，市场规模和辐射能力都大大超越其他专业市场。这一时期义乌小商品市场形成了篁园、宾王两大市场群，商品门类品种越来越多，场内立体型管理服务体系已经形成。从此义乌小商品市场声名鹊起，不但周边县市区的相关产业日益围绕义乌小商品市场来发展，来自浙江其他地区和沿海省份的商品也陆续入驻，以此形成了以义乌市场为依托的一批颇具特色的生产销售产业群，或直接或间接地推动了周边地区市场和产业的发展。在浙江省乃至全国，一个与义乌小商品市场有着紧密经济联系的，以义乌小商品市场为核心的跨区域分工协作网络即"义乌商圈"基本形成。20世纪90年代中后期，义乌大量商业资本向小商品制造业转化，一大批民营商户和企业家利用掌握的市场信息向商品制造产业扩展，从而形成了以针织袜业、饰品、服装、拉链、文化用品等为代表的20多个具有特色的小商品加工制造产业。通过这些产业的迅速发展，创建出一个市场带动商品制造、商品制造支撑商品贸易，双向互动、相互依存、共同繁荣的局面。随着小商品市场的不断升级以及一些新商品种类的出现，对商品科技含量的要求越来越高，这进一步促进原有商品制造产业不断提升科技含量与生产能力。制造产业升级反过来又促进小商品市场在国际舞台的竞争力，从而促使义乌商品品牌国际影响力逐步扩大。

小商品市场全面发展与走向世界时期（2002～2006年）　2001年义乌市明确提出建设国际商贸城市的总体目标，开始建设具有标志性建筑的"国际商贸城"市场，进一步提升市场的软硬环境，使义乌小商品市场与国际贸易接轨。2001年下半年起，义乌按照"全国小商品市场示范性窗口，50万以上人口大城市高水准小区，国际性商贸城市标志性建设"的定位，开始建设第五代小商品市场即"国际商贸城"。2002年9月第五代小商品市场义乌"国际商贸城"一期市场投入使用。2004 年 10 月"国际商贸城"二期一阶段市场建成投入使用。2005 年 9 月"国际商贸城"二期二阶段市场投入使用。"国际商贸城"一期、二期全面建成，标志着义乌市场发展进入到一个从量的扩张向量质并重发展的新阶段。国际商贸城占地面积 20 平方公里，绵延 2.5 公里、周长 6.6 公里、营业面积 170 万平方米、拥有 2.5 万个商位。市场园区内配备了海关、出入境检验检疫、物流中心、仓储、世贸中心、电子商务中心等一系列管理机构与服务机构。国际商贸城作为义乌小商品市场的第五代市场，极大地改善了市场经营环境，为义乌小商品市场的进一步发展开辟了十分广阔的空间。国际商贸城是目前世界上单体规模最大的现代化商品批发市场，来自全国各地、以高中档为主的小商品，通过义乌小商品市场这一窗口，源源不断输往全国乃至世界各地，并且已有约占总成交额 5% 的国外商品进入。这一阶段义乌小商品市场发展呈现出三大特点：一是市场档次和信息化水平不断提升；二是企业规模继续扩大，经营者素质不断提高，形成多种市场形态共存共荣的格局；三是会展经济迅速崛起，向国际商贸中心的方向发展。

至此义乌小商品市场形成了以"中国小商品城"篁园市场、"中国小商品城"宾王市场、"中国小商品城"国际商贸城三大主要市场群为核心，10 多个专业市场，30 多条专业街，260 万平方米经营面积，6 万多个经营商位，20 多万从业人员，20 多万人次日客流量，展销商品涵盖 41 个行业、1900 多个大类、40 多万个种类的国际小商品大超市，也形成了一个覆盖全国、联结城乡、辐射境外的商品销售网络和物流、客流、资金流、信息流的网络体系。国际市场让义乌人发现了巨大赢利空间，他们大胆创新贸易手段，千方百计发展国外市场下游分销商，构建国际营销代理网。俄罗斯的"海宁楼"，意大利的"中国城"，巴西的"中华商城"，阿联酋的"中国产品交易中心"，南非的"中华门"，巴拿马的科隆，世界上 10 多个国际小商品集散市场都与义乌成功接轨，小商品辐射五大洲，从中东迪拜、俄罗斯、乌克兰等向欧美更多国家和地区扩散。义乌小商品市场的外向度已达到 60% 以上，初步形成了商品"买全球货、卖全球货"的现代化国际化商贸新格局。

义乌小商品市场推动了义乌经济的持续增长，促进了义乌市场化、工业化、城市化、国际化的快速发展。义乌商业资本积累带动产业资本集聚，产业发展又为市场提供强劲支撑，以商促工、贸工联动，义乌构筑起小商品、大产业、大集群工业化的发展格局。商品流通背后是密集的资金流通、人才流通、科技流通、信息流通。正是依托商品市场得天独厚的先发优势和强大的要素集聚功能，一个个脱胎于家庭手工作坊、印有"义乌制造"品牌的企业脱颖而出。目前义乌全市工业企业已达 1.5 万余家，形成了以文教用品、五金家电、工艺饰品、针织服装、袜业毛纺、拉链玩具、印刷礼品等 20 余个在全国具有影响力、主导力的核心产业群。新兴的"义乌制造"创下了多个"全国第一"乃至"世界第一"。占世界生产总量 40% 的电子钟表，占全国 70% 的饰品，占全国 40% 的拉链，占全国 35% 的袜子。义乌有世界最大的袜厂，国内最大的易拉罐生产基地、圆珠笔芯生产企业、织带生产企业等；有 23 家企业设有高新技术研发中心，100 多家企业设有研发机构，还有 100 多家企业与科研院所、高等院校建立起紧密的联系。更可喜的是义乌出现了商品资本"反哺""三农"的现象，有力地支持了农村城镇化建设、农业现代化产业化的发展和农民剩余劳动力的转移。义乌的农贸市场年销售额达 13 亿元，已成为区域性农产品的主要集散地。

义乌小商品市场每一轮跨越式发展，都为城市变革提供了强大的支撑，而城市每一次变革又都给小商品市场发展创造了新的空间。义乌商品市场发展 20 年时间里，成功跨越了集贸、批发、会展三类业态，会展经济赋予了义乌商品市场发展新的内涵，除义乌国际小商品博览会（规模仅次于广交会等的大型展会）外，还衍生了五金博览会、印刷产业博览会、住宅产业博览会、玩具及儿童用品展销会等 40 个专业博览展销会。开放型经济需要高度开放的城市相匹配，日益发达的市场对城市承载力和城市功能也提出了更高的要求。从马路市场、简易棚架市场到商品专业街、商品专业市场，再到国际商贸城，义乌市场五易其址，十次扩建，每一次扩建都带动了城市空间的相应拓展，使义乌的城市化水平向前跃进一大步。义乌每年都要投入近百亿资金到城市建设中，城市面貌一天一个样。目前义乌城区建成总面积达 50 平方公里，全长 400 公里的城市环线道路，全长 18.8 公里的江滨绿廊公园，总投资 25.6 亿元的市民广场，八都水库和横铺水库引水工程，日供水 30 万吨的自来水二厂、三厂等一大批城市公共基础设施交相辉映，会展中心、体育中心、演出中心、酒店宾馆、博物馆、图书馆、医院、学校等一大批现代化建设项目颇具特色，一座现代化国际性商贸城市已坐落在东方的地平线上。

义乌小商品市场发展拉动了大地球，现在义乌与世界 212 个国家和地区有着贸易往来，有 6000 多家境内外企业在义乌设立总代理或总经销，有来自 142 个国家和地区的 8000 多名客商常驻义乌，每天从义乌海关出关的标准集装箱突破 2000 多个。义乌正在成为全国乃至世界中小企业集中展示产品的一个窗口，成为全国和外商重要的采购基地之一。国际化的商贸业带动了产业的国际化，推动了整个经济外向度的提高。来到义乌洽谈生意、采货购物、出差办公甚至旅游，你都可以享受到宾馆式的经营环境、星级酒店式的服务、即时即用的网络信息。更可喜的是国际化理念在义乌人脑海里已深深扎根，无论是兴办产业、规划城市，还是经营贸易、管理城市，义乌人都自觉或不自觉地向国际水平看齐。例如义乌无缝针织内衣行业，起步就以国际市场标准设立，现在是世界上拥有无缝内衣织机最多的地方，义乌中心商务区 50 多幢高楼，设计方案完全向国内外公开招标，美、澳、港等设计事务所纷纷中标，体育场馆、会展中心等公共设施管理也充分借鉴国际成功的管理经验。义乌以小商品市场经济为中心，充分发挥市场的作用，推动区域工业化、城市化、国际化、城乡一体化建设，成功建造了一个现代化国际商品大都市。

第二节　义乌商业文化精神

义乌作为一个缺乏自然资源，缺乏工业基础，缺乏优惠政策，不靠边疆不靠沿海的内陆小县，在短短的时间里创造出令人惊奇的发展速度和辉煌成就，商业发挥了至关重要的作用。改革开放之后，全国各地兴起了很多地方市场，但至今都很难与义乌相提并论。这就不能不归结于义乌深厚的商业传统和独特的商业文化精神。义乌人不仅承传了"拨浪鼓"代表的"义乌商魂"，而且不断创造出新的义乌现代商业精神。

一　"敲糖"与深厚的商业传统

义乌有深厚的商业文化传统。宋代开始，义乌就有"鸡毛换糖"的商业活动，进入清代，"鸡毛换糖"形成了很有气候的"敲糖帮"。这种商业活动的精髓，是讲究诚信待人和敢为人先的精神。

义乌经济发展的背后，深刻蕴含着千百年来沉淀在义乌社会生活中的商业文化，以及这种文化中蕴含的商业精神。我们讲商业文化，主要是指商品在流通领域所表现出来的具有商业特质的文化现象。商业文化包括商品品牌文化，商品营销文化，商业环境文化，商业管理文化等。我们讲商业精神，主要是指在商业活动中作为活动主体的人，在商品流通领域作为活动主体所表现出来的思想风貌。

探求义乌商业起源，我们可以追溯到义乌发现的春秋时代 13 口古井。古时"井"与"市"密切相关，有"井"必有交易的"市"场，市井交易是春秋时代商业发展的标志，这里可以看出义乌当时市井交易已具相当规模。但是对义乌商业文化产生重大影响的还是在宋代。如果说宋代"鸡毛换糖"和清代逐渐形成的"敲糖帮"商业活动，奠定了义乌现代小商品市场的基础，那么宋代浙江学人学术思想，对义乌商业文化的影响，则是奠定了义乌现代商业精神的根基。浙江学人们"士农工商，此四者皆百姓之本业"，否定"重农抑商"的传统经济理念，是宋代商业活动的精神动力。南宋时期，以吕祖谦为首的金华学派，以陈亮为首的永康学派和以叶适为代表的永嘉学派，反对"空谈理论"，推崇"关注现实"，讲究"注重实效"，提倡"务实重商"，主张"义利并举"，这种学以致用的济世思想，义利并举的功利取向，工商皆本的经济意识，公私兼顾的价值立场，孕育出义乌独特的商业文化和商业精神。这种商业文化和商业精神，对义乌社会生活与经济的发展，产生了十分重大的影响。明清之际，中国地方商帮和商人资本兴起，出现了著名的十大商帮，即山西帮、徽州帮、陕西帮、福建帮、广东帮、江右（江西）帮、洞庭（苏州太湖中洞庭东山和西山）帮、宁波帮、龙游（浙江中部）帮、山东帮，初步形成了覆盖全国商业市场的运作体系。从中国商业发展历史的角度看，义乌商业是在边远地区出现的以自发民间组织形式运作的边缘性活动，不能与其他商帮相提并论，也不能与本省的宁波帮、龙游帮相比，但是它独特的商业文化和商业活动却是不容忽视的，它是形成今天义乌现代小商品市场并逐步登上国际经济大舞台的起始点。

"鸡毛换糖"商业活动起始于宋代。那时义乌土地资源稀少，居住人口众多，生存竞争异常激烈。为了使有限的土地增加粮食产量，义乌人试探着用各种方法改变土壤。当时有人用宰杀下来的禽畜毛羽，当作肥料撒到田里，结果发现用过这种肥料的土地相当肥沃，于是开始涌现出一批专门从事收集禽畜毛羽的群体。义乌拥有一批手艺人，能把粳米或劣质火烧米配合大麦芽酿成糖油，煎成老糖再掺和碱水，打造出各种各样的糖条、糖饼、糖块等。禽畜毛羽不值几个钱，用现金交易比较麻烦和困难，于是善动脑筋的义乌人就想出用老糖打造的糖果换禽畜毛羽的办法，随之就开始有了"鸡毛换糖"的中间商人。这批"鸡毛换糖"的换糖人，肩挑糖担、走村串户、跋山涉水，用糖果上门换取禽畜毛羽。随着时间的推移，又增加了用旧衣破鞋、废铜烂铁等其他物品换取以期得到微利。"鸡毛换糖"是个既脏又累又赚不了多少钱的苦差事，一年四季在外面跑，渴了喝口冰凉水，饿了啃口冷干粮，晚上回来还要整理换回来的禽畜毛羽、废铜烂铁。春节前后是"鸡毛换糖"生意的旺季，人家杀猪宰羊、炖鸡炖鸭、喝酒吃肉欢度节日，换糖人却挑着糖担，顶风踏雪挨门挨户上门换取鸡鸭鹅毛。正是在这种艰苦环境中，培育出了换糖人坚忍顽强、不畏苦累、闯荡江湖、诚实守信的精神。而这种精神就是义乌现代商业精神发展的源泉。

清代顺治十八年（1661），种蔗制糖技术传入义乌，使得"鸡毛换糖"生意越做越大，并形成"敲糖帮"有组织的营销活动。据史料记载，当时种蔗制糖技术传入以后，"鸡毛换糖"生意迅速发展，义乌全县约有"糖担"近万副，以廿三里镇和苏溪镇最为集中，他们肩挑糖担，手持"拨浪鼓"，走户串巷，送货上门。《新修东阳县志》记载了义乌人肩挑货担，游走四方的情景，"乌人世经商他处，远至京师，著籍不啻千家，他乡故知视同骨肉"。"敲糖帮"的足迹遍布全国各地大小乡镇。至清代咸丰年间（1851～1874），"敲糖帮"除以糖换货外，还兼售少量百货，这时"敲糖帮"开始有组织的运作。据《义乌风俗志》记载，"敲糖帮"组织形式分为坐坊和担头两种。坐坊是坐地不动的经营，坐坊分为糖坊、站头、行家和老土地四种。糖坊制作各式各样糖果，用糖果或现金贷给糖担，同时折收或代销糖担换来的货物。站头为糖担居住小客栈，兼营糖担托运业务。行家采购小百货供应糖担。老土地专门收购糖担换回来的物资。担头为挑担上门换货人，也分为四种。老路头，由精于糖担业务、熟知经营路线及购销货种、深知行情的人担任，由各大族在敲糖人中举荐，统率一路糖担。拢担，业务能力亚于老路头，由各村推举出来负责领导本村糖担业务者。年伯，由拢担指定，辅助拢担工作。糖担，为初次出门经营敲糖者，有如工匠做学徒，归年伯指导引带。担头的经营路线、运作范围、出行时间、膳食住宿、购销物品、成本核算、借贷结算、货物托运等，均需事前磋商，谨慎运作。义乌"敲糖帮"经营路线有南中北三路。南中二路总站设在衢州，下设30个分站，南路辐射湘赣闽等地，中路辐射皖南徽州及浙南各县。北路总站设在杭州，运作辐射苏南、皖南、浙西、浙东等地。经过近省区，再辐射到远省区乃至全国。"敲糖帮"有严格的运作规则，不准任意抢道妄行，若有违背，将清除敲糖帮队伍或勒令停业。"敲糖帮"为我们留下了四份人格遗产：刻苦坚韧的无畏精神，走南闯北的开阔视野，精打细敲的工作态度以及严密的组织形式与运行规则，这些都是传统农业社会中

"日出而作，日落而息"的不同生活模式和人格类型，这可以解释为何同样是货郎担，全国其他不少地方商业没有发展起来，而义乌能发展起来的重要原因之一。

闯荡天下的义乌"敲糖帮"，历尽千辛万苦，生意做出花样，由单纯的"鸡毛换糖"变成了兼卖或交换小商品的货郎担。换糖人逐渐变成提篮小卖、长途贩运、街头设摊的商品经销人。在恶劣自然环境里为自身生存而长期挣扎的义乌人，认识到一个简单的道理，不出去"敲糖"家里的日子没法过，出去"敲糖"可抚养一家老小。出于生存竞争的需要和改善生活的愿望，义乌人逐步树立起不以小本营商为贱、为苦的人生理念，自觉或不自觉地走上了经商"敲糖"的道路。这使经营小商品生意的理念，外出闯荡市场的意识，捕捉商业信息的敏感性，在义乌人心中深深扎根，变成义乌人血肉身躯之中的"商业文化基因"。新中国建立以后，全国实行粮食统购统销，糖坊改造成国营企业，禽畜毛羽由国家统一收购。即使这样，义乌人还是利用农闲时间，偷偷出门做些"敲糖"生意，这种行为当时当然要遭到割除"资本主义尾巴"的批判。十一届三中全会以后，义乌人顺应"解放思想、实事求是"的潮流，继承与发扬"敲糖"经商历史传统，重新高扬"敢闯敢冒"的"拨浪鼓"商业精神，率先在廿三里和稠城办起小商品市场，开始构建"义乌模式"小商品市场经济。1984 年义乌市委市政府审时度势，大胆决策，果敢提出"兴商建市"、"科教兴市"前瞻性战略发展方针，这为义乌人由自发继承"敲糖"生意，创建小商品市场，变为自觉弘扬"拨浪鼓"精神，重新构建小商品市场，发展社会主义市场经济指明方向。以1984 年为标志，义乌经济发展与城市建设发生历史性重大转折，以小商品市场经济为中心，市场经济与城市建设协调发展的新义乌，逐渐出现在东方地平线上。

经过 20 余年的不断拼搏和艰苦努力，义乌现已成为国际国内小商品贸易的重要采集地和重要集散地，义乌商人也成为中国乃至全球经济贸易独具影响力的区域性商人群体。昔日的街头摊点、经营网点，如今已被宽敞无比的国际商贸城所取代，昔日的"敲糖"生意人，如今已坐上轿车，运用现代通信工具，与五湖四海客商洽谈生意。如今义乌人虽已放下沉重货郎担，收起辛酸的拨浪鼓，但那根植于乌江厚土中的商业传统与商业精神，却在新的历史条件下不断被继承与发扬。

二 义乌"商魂"与现代商业精神

进入改革开放社会主义建设新时期，义乌人继承和发扬"拨浪鼓"商业传统，乘着"解放思想、破除禁区、大胆实践"的东风，重又摇起"拨浪鼓"，挑起货郎担，开始小商品贸易。义乌人在缝隙里面求生存，在细小领域谋发展，不以事小而不做，不以利小而不为，经过坚忍不拔的奋斗与拼搏，终于在贫瘠的土地上建设起一个经济与社会协调发展的新义乌。总结义乌发展经验，有人说是"拨浪鼓"商业文化摇出了一个新义乌，这种表述可能过于简单，但它确实道出了义乌传统商业文化与现代经济发展的承传关系。从"鸡毛换糖"到小商品生意，从小商品摊位到小商品市场，从小商品城到国际商贸城，每一次发展与飞跃无不凝集着义乌人辛勤劳动的汗水与奋勇搏击的心血。正是在这种长期艰苦奋斗的过程中，义乌人形成了自己独特的精神风貌。过去"敲糖人"以"自强不息、坚忍顽强、不畏苦累、敢为人先、以和为贵、诚实守信"的精神，挑担经商，设摊经商，现在义乌人继承这种精神，并结合时代发展赋予以新的内涵创造出新的商业精神。正是靠这种现代商业精神，才使义乌人在经济发展中，以小商品市场为中心，逐渐征服全国小商品流通领域，并迅速赢得国际小商品流通领域的份额。义乌人在小商品市场广场，雕塑了一个手摇"拨浪鼓"、肩挑货郎担的"换糖人"雕像，义乌人引以为自豪地说它代表着义乌独创天下的创新精神和现代商业精神。义乌现代商业精神核心内容可以概括为："以人为本、义在财先、诚实守信、包容四方、讲究效益、童叟无欺、和谐发展、开放图强。"具体表现有以下几个特征。

"商品中心"的价值观　进入改革开放社会主义建设新时期，我国传统社会价值理念受到时代变化和外来思潮的猛烈冲击，千百年来形成的以伦理道德为中心的道德价值观，和以政治标准为中心形成的政治价值观面临着革命性的变革。在"解放思想、实事求是"思想路线和"实践是检验真理标准"大讨论的鼓舞下，义乌人社会价值观发生了革命性的变化，以经济价值为中心的价值观首先在义乌小商品市场登上历史舞台。"君子喻于义，小人喻于利"，耻于言利，羞于言商的迂腐观念，在义乌人思维理念中被彻底清除。从地缘文化角度看，义乌人既没有处于政治文化中心的人们所特有的政治头脑，也没有封闭地区的人们根深蒂固"安土重迁"的传统观念，而是具有自己边远地区边缘文化形成的"敲糖"生意的独特商品价值观。过去义乌人的价值取向处于压抑和半压抑状态，不敢公开示人，只能以实干、巧干，经营小生意谋取实利，各级组织只能以默许的方式从善对待，现在可以重扬"拨浪鼓"精神，大张旗鼓地言商经商。义乌人坚信党的富民政策，拥护以经济建设为中心，坚持党的基本路线，坚持改革开放的治国方略，承认社会主义市场经济内含合理的竞争，为合理的市场竞争，敢闯敢冒，敢于当第一个吃螃蟹的人。义乌人独具特色的商品价值观，为他们赢得了在全国市场经济发展中的先机。在社会主义市场经济初创时期，他们利用"时间差"、"地域差"、"信息差"，赢得了义乌小商品市场的迅猛发展，做到"人无我有，人慢我快，人旧我新，人贵我廉"。在全国市场经济发展兴起之后，他们又通过学习先进科学技术和先进管理方式，利用"技术差"、"科技差"、"管理差"，迅速占领国际国内大市场，做到"人次我优，人低我高，人普我特，人平我奇"。

"义在财先"的交易观　在商品贸易交往中，"天下熙熙，皆为财来；天下攘攘，皆为财往"。追求利益是商人的基本特征。作为商人总是以最高经济效益作为自己的奋斗目标，总是把获得最大利润作为自己的最大追求，义乌商人也不例外。义乌人把"财"看得很重，因为在他们贫穷的成长环境中，吃尽了没有"财"的苦头，深知"财"对于自己生存的重要。因此"蝇头小财也不舍弃"一直是义乌人行商的准则。但是义乌人看重"财"的同时，同样看重"义"。不在交易中"惟利是图"，为追求利益而丧失"义"。"骗只能骗一次，不能骗一世"，"以诚待人，人人敬；以信办事，事事成"。这些哲理已经是义乌人行商的座右铭。从义乌商业发展历史中，可以看出老一辈"敲糖"人所怀有的中华民族"厚德载物"、"明礼诚信"的优秀美德，正在被年青一代义乌人承传创新并发扬光大。现在义乌人进行贸易交往，严格恪守一个"铁律"，那就是"义利并重"、"义在财先"。义乌人绝不做只顾自己赢利，不顾对手死活的买卖，也绝不做只有自己赚钱，而对方一点不赚的买卖。义乌人认为只有买卖双方共赢才是真正的赢利。现在义乌商界有很多很好的口头禅，如"不贪小利，方能从大局着眼"，"顾及他人利益，方能赚回自己利益"，"义在财先，方能聚人，方能双方赢利"，"一流商者注重人缘，擦肩而过也有前世因缘"，"长期的客户，永久的朋友"等，正是凭借这些良好的行商规则，义乌商人一步一个脚印地逐步打开自己的市场，一步一步地登上国际商品的大市场。

"以小谋大"的创业观　义乌经济发展首先是以"小"起家，小商品，小市场，小资金，小作坊。绝大多数义乌人坚信，财富是从小一点一滴积累起来的，生意是从小本钱投入经过一点一滴累积起来的，机遇的"小"并不意味着市场的"小"。这就是"小机会大商机，小商品大市场，小资本大集聚"的发展道理。因此在义乌人眼里，生意不分轻重大小，职业没有高低贵贱，只要有钱赚他们就会去努力。小纽扣、小鞋帽、小皮带、小五金、小百货、小饰品、小吸管同样孕育着市场发展大商机。正是这种独特的商业价值理念，使义乌人喊出了"大商品小商品都做，一分钱一厘钱生意都做，大钱小钱都赚"的经商口号，并经年持久地付诸各种实际商业行动之中。新光饰品有限公司周晓光从饰品做起，生产"新光"、"EVE"、"新光希宝"3个品牌饰品，有合金、爪链、同金三大系列，发卡、耳环、项链等12大类2万多个品种，除国内市场外，远销欧美、东南亚、中东等国家和我国的台湾、香港等地区。梦娜、浪莎、芬莉集团的袜子，吴店锁业集团的钥匙坯，鑫昌拉链有限公司的拉链，义乌大大小小上千家企业与公司无一不是从小做起，从小钱赚起。一分一厘集腋成裘，义乌商人以此完成原始累积，从而为其后的第二次、第三次创业奠定雄厚的资金基础。

"敢为人先"的风险观　敢为人先、艰苦创业是要冒风险的，有风险才有收益，高风险才能带来高收益。义乌商人从小跟随父母在外走南闯北，闯荡市场，逐步养成很快适应陌生环境的冒险精神。他们对未来不确定性有很强的承受能力，为正当的商业利益敢于铤而走险。更重要的是义乌有良好的社会环境，在这种环境中允许失败、同情失败、宽容失败。许多人敬佩敢于拼搏的失败者，许多人也不怕暂时的一度失败，哪怕是负债累累，也坚信经过努力可以"东山再起"。冒险是要有前提条件的，义乌商人白手起家，没有过多的思想约束，从小培养起来的善于捕捉商机和创造商机的意识，使他们胸有成竹敢于大胆冒险。改革开放初期，义乌人凭借自己高人一筹的眼界和灵敏的信息，开始到全国各地做小商品生意。他们一方面积攒本钱，一方面搜集各种信息。一旦时机成熟，他们就把所收集到的信息，连同在生意场上积累的技术、资金、经验和项目，带回家乡搞起个体经营。当商铺和企业日渐兴旺，资金积累比较多以后，许多义乌人又开始走出国门调研考察，在国际市场寻找商机，甚至在国外兴办市场、商店、公司。这种冒险精神与一些地方仅仅习惯于在家乡务农，在自己家门口"成大王"形成鲜明的对比。由于长期处在传统农业社会中，人们心里一般都有"故土难离"的情结，不愿抛家离土舍弃建立好的人际关系去进行空间的迁徙，而义乌人则在"走出去"干出一番新天地方面走在全国的前列。义乌人曾骄傲地说"凡是有市场的地方，就一定有义乌人"。

"诚信包容"的竞争观　商场如战场，商场竞争是十分残酷和激烈的。遵守

"公平竞争"规则，既要敢于竞争，又要善于赢利，既要诚实守信、又要包容对手，这对于生产和销售同一产品的企业和商铺，又在同一个城市相互竞争来说，是比较难做到的。义乌人在市场竞争中，既相互竞争，又相互包容，既相互攀比，又相互合作，硬是创造出一个"和谐发展"的新型商业运行模式。这种模式既要相互竞争，又要包容对手，既要为自己考虑，又要为对手考虑，既要"惟利是图"，又要不损害竞争对手，"四六分成，你赚大头，我赚小头"，考虑对手的利益和感情，一起"和谐"发展，这在市场经济竞争环境里，是十分难能可贵的。袜子产业在义乌聚集着浪莎、梦娜、芬莉几家全球最大的袜业集团，在一起竞争一起"和谐"发展的事迹，就为我们塑造了这方面运行的成功范例。梦娜集团董事长宗谷音就说，竞争是对手，更是朋友。竞争不是坏事，有竞争才能进步，但竞争并不排除合作与友谊。如果一味讲竞争，不讲合作，不讲信用，义乌袜业也发展不到今天。义乌人竞争中不奸诈、不假冒，自觉维护市场经济秩序，主动协调人与人之间的关系，为全国商品市场树立了良好的榜样。作为一座新兴"移民城市"，义乌始终以开放兼容的精神，海纳百川的胸怀，兼容并包的气度，包容着来自全国各地以及世界各国不同群体、不同文化背景、不同思想观念、不同风俗习惯、不同生活方式的客商。全国各地及境外不同外来群体也为义乌带来了各种各样的思维方式、生活理念、文化观念，义乌始终抱着开放的姿态和健康的心态接纳外来的新鲜事物，虚心学习借鉴别人的经验和长处，大胆包容吸纳一切外来有益的积极因素，共生共存，交融升华。义乌特别是从政治、工作、学习和生活方面关爱外来建设者，维护外来客商的合法权益，提高外来群体的社会地位。通过创造良好城市人文环境，义乌吸引全国和世界各地最有头脑的人来贡献智慧，共谋发展大计，共同和谐相处，共同协调发展。

"兼济天下"的爱国观 义乌人从小生意、小市场做起，把小商品市场做成国际商品的采摘园，干出了一番让世界惊叹不已的宏伟事业。义乌人对待事业，兢兢业业，一丝不苟，严格管理商品流通领域的每一个环节，尽量做到不出瑕疵，要做就要做最好的。义乌生活富裕了，也诞生出不少大小老板，可是依然保持着勤俭持家，成俭败奢的生活态度。义乌人衣食住行都非常俭朴，义乌人认为，"富贵"两个字，不是连在一起的，现在许多人只是富，不是贵。真正的"富贵"是作为社会一分子能用你赚来的金钱，服务社会，让社会更快地进步。许多义乌人致富不忘国家，致富不忘回馈社会，致富不忘帮助发展的外来建设者。在国家和社会某些领域暂时困难时，他们挺身而出，慷慨解囊。义乌公益事业诸如，修桥梁、铺公路，扶助贫困户、救济困难户，帮助伤残家庭，资助老人活动等，只要政府号召，各类企业商户大小老板马上立即行动。例如义乌市消防水带厂，针对自己业务领域，经常捐助义乌、东阳等地消防队救火致残的消防队员。义乌盛川实业有限公司，主要生产健康"离子水"，他们把离子水和各种体育运动结合起来，经常赞助体育活动。对教育的赞助和医疗的捐助，是义乌人"兼济"的重点。许多企业老板商户老总，总是对这两项事业毫不吝啬的慷慨捐助，在"人民教育人民办"资助教育的活动中，全市人民掀起了捐资助学的热潮，全市各类企业商户捐资累计共计1.12亿元。义乌人觉得能在国家和政府暂时困难时，为国家尽点心尽点力，作出自己可以做到的奉献，是一件有重大意义的事情。报效国家，报效人民，回馈社会，是每一个中国公民都应尽的义务。

"商业信誉"的制度观　义乌人十分重视商品市场管理制度的建设。为了提升市场经商人员诚信意识，牢固树立"以德兴商、以信兴业、诚信为本"价值观和经营观，推进商品市场的信用建设，义乌建立起一整套管理商品市场的运行制度。这套制度包括：《商品城信用监管实施方案》、《商品城市场信用监管评价标准及评分细则》、《商品城信息征集制度》、《商品城经营者信用评价结果反馈和公示制度》、《商品城信用监管工作流程图》、《商品城"信用商位"评选管理办法》、《商品城经营者不良行为警示制度》等。"管"的目的在于规范市场运作，"管"的方法可以多种多样，义乌采取三种方法进行管理，一是通过诚信教育让经商人员不愿"犯"，二是通过打击让经商人员不敢"犯"，三是通过科学设置让经商人员不能"犯"。义乌通过科学设置、严厉打击、长期教育，三种方法三管齐下，积极营造文明商业的大环境。为此制定了《义乌市举报制售假冒伪劣案件有功人员奖励办法》、《义乌市保护知识产权举报投诉服务中心工作规定（试行）》、《中国小商品城品牌准入制度》、《中国小商品城"总代理"、"总经销"、"特约经销"信用管理制度》等。为了维护消费者正当的权益，最大限度地降低消费者维权成本，增强经商人员的法律意识和责任意识，构筑一个放心的消费购物环境，提高小商品市场在消费者心目中的诚信度和信誉度，义乌制定出《国际商贸城旅游购物中心商品销售先行赔付制度》等制度，在国际商贸城旅游购物中心、中国小商品城等几个市场执行，商品销售先行赔付制度对化解消费者与经商人员的矛盾做了有益的探索。

文化发展篇

第十二章
文化建设战略与文化发展

当代义乌的崛起主要体现在经济社会领域尤其是经济指标上。但是，当代义乌文化建设同样发挥着不可替代的重要作用。前面我们分析了义乌文化作为经济社会发展内在动力的历史与表现。历史总是不断向前发展的，文化建设也不能落后于现实，否则将从发展的动力变为发展的制约。具有深厚文化底蕴和创新意识的义乌人，并没有因为经济崛起放慢文化建设的步伐，而是根据时代要求确立了新的文化建设战略和政策，努力加快当代文化事业与文化产业的发展。

第一节　义乌文化建设战略和政策

进入新世纪以来，义乌市委、市政府可以说对文化建设相当重视。市委书记吴蔚荣在市委十二届二次全会上重点指出，要大力发展创新文化，扎实开展文化大市建设，努力构建社会主义核心价值体系，提升社会文明程度，促进社会全面进步和人的素质全面提升。义乌市代市长何美华在政府相关重要会议上多次强调，要全面加快国际文化中心等重点文化设施建设，大力发展文化事业，努力满足群众精神文化需求。义乌市政府出台了一系列文件，从不同方面指向了一个共同的主题：文化建设。这些文件是：《义乌市文化事业发展"十五"计划》（2000 年），《义乌市文化发展纲要》（2002 年 7 月），《关于加快推进文化大市建设的决定》（2005 年），《义乌市人民政府关于加强历史文化遗存保护的若干意见》（2007 年），等等。这些文件构成了义乌市在一个新的历史发展阶段，应对发展的挑战而作出的重大的战略转型的基本面貌。

一 义乌发展战略转变的时代背景

将义乌改革开放以来的发展与浙江省的发展进行比较，可以看出重大战略发展模式转型的必要性。1978～2005 年间，从国民生产总值看，浙江全省生产总值从 123.72 亿元猛增到 13365 亿元，年均增长 13.1%，高出全国平均增幅 3.7 个百分点。而据统计，义乌的生产总值 1982～2005 年间年均增幅达 24%，高出浙江省约 11 个百分点。从人均 GDP 看，浙江省人均 GDP，2005 年达到 3329 美元，提前完成了"全面小康"的国家发展目标，而义乌超过 5400 美元，高出浙江省约 2/3，已经进入"中等发达国家"的水平。从经济结构看，浙江省 2005 年三次产业比例是 6.5∶53.5∶40，呈现二三一的排序；义乌是 2.9∶46.2∶50.9，呈现三二一排序。从城市化水平看，浙江省 2004 年第五次人口普查统计数字显示为 54%，义乌则达到 60%，并计划于 2020 年实现"城乡一体化"。义乌在 2004 年度全国百强县（市）中居第 15 位，城市综合竞争力已跃居浙江省县级市首位。这些数字可以看出，就静态结果的指标而言，义乌的发展水平远远高于浙江省，如果说浙江省的发展自新世纪以来就进入了一个重大的战略转型阶段的话，义乌的发展应该更具有转型的紧迫性，是不是如此呢？

我们关注到另一些更具分析价值的情况和数字，这些情况和数字揭示了出现义乌奇迹的原因，也在一定意义上凸显了义乌的局限，在说明战略转型的紧迫性方面，具有远远超出以上常规数据的意义。

首先，我们注意到义乌所交易的商品的主要类型特征。义乌所以名为"小商品城"，就是因为交易的商品以日用小商品为主。这些小商品表现在产品形态上是"体积小、面积小、重量小"，表现在生产方式上是：资本规模小（易于形成生产能力）、生产规模小、产品产量小、生产工序简单（易于模仿）；表现在经济特性上是：单位价格低、种类繁多、更新很快、难以标准化、资本要素和劳动力要素相互替代性强，因而易于使用劳动力密集方式生产等。[①] 我们注意到，小商品的交易和生产具有起点低、进入门槛低的特点，特别适合于在义乌这样一

---

① 参见《义乌商圈》，浙江人民出版社，2006，第 28～29 页。

个没有任何现代工业基础、农业劳动力富余、人民特别能够吃苦耐劳、民间又具有强烈经商传统的地区发展。我们还注意到，正是这一明显的成功条件，也成为义乌进一步发展必须跨越的障碍。20多年来，义乌小商品市场规模虽然一再扩大，但产品的文化、技术含量基本上没有变化，有一种被"锁定"的特点。有文章分析，在小商品生产上，义乌及其周边地区的优势主要是在生产加工环节，而在核心技术开发和产品设计等环节没有优势，而且缺乏上游技术和下游品牌的支撑。

其次，我们注意到义乌所形成的"义乌商圈"的规模。从义乌目前已经形成的规模看，上述商品交易的集约化程度已经做到了极致，国际影响也日益扩大。根据数字显示，"义乌商圈"目前共涵盖41个行业、1900余个大类的40多万种商品，占全球小商品交易品种2/3以上，绝大多数是外销。其中在"核心区"——义乌小商品城，有10多个专业市场、30多条专业街相互支撑，拥有经营面积260万平方米、经营商位5.8万多个，从业人员20多万，日客流量20多万人次。在全国范围内，义乌商人已经在江苏、新疆、甘肃等全国20多个省区市开办了30多个分市场，5万人的经商大军全年常驻全国各地。在全球范围内，已有柬埔寨的"中国商城"、南非的"中华门"、俄罗斯的"海宁楼"、意大利的"中国城"、阿联酋的"中国产品交易中心"等10个境外小商品市场与义乌对接，建立境外机构50多家，数万人在国外经商，商品已出口到世界212个国家和地区。目前，境外企业经登记批准在义乌设立办事处（代表处）615家，来自100多个国家和地区的8000多名外商常驻义乌，在义乌金融机构开设账户近万个。我们注意到，由于形成了多级市场体系，义乌作为中国小商品的最大交易中心的地位已经难以取代，而且已经成为中国加入全球低端消费品生产和交易体系的最大集散地。换句话说，义乌已经再造了全球小商品市场的结构，将全世界从事日用消费品生产和交换的商人都吸引到义乌来交易。

再次，我们注意到义乌上述市场的扩大引起的产业链延伸和城市规模的扩大。"义乌经济圈"的地理辐射范围超出浙江直到全国各地，在义乌市场销售的商品中，30%来自义乌本地，30%来自浙江其他地区，30%来自全国各省区市，10%来自境外。产业延伸范围包括会展、金融、物流、中介、餐饮、旅游购物等多种现代服务业，仅义乌市就有各类服务业经营单位10万余家，从业人员50多万人，第三产业增加值占GDP的比重超过50%。我们注意到，义乌的市场创新已经向产业体系创新和城市结构创新发展，随着义乌中心城区市场规模的不断扩大，商务成本逐步提高，制造业产业区块在向周边地区不断延伸，中心城区的相关第三产业的发展开始扮演经济增长的主角，与现代城市有关的新兴服务产业正在不断产生。

综合以上几个方面，我们作出如下判断：义乌是在日用小商品这样一个技术水平较低的领域，发展出了全球最大的市场网络和产业集聚，并在此基础上初步形成了一个中等城市。如果以"创新"来分类，义乌奇迹在产品层面并不突出（产品技术含量并不高），还是颇为传统的"低成本竞争"模式；在市场创新层面特别突出，创造了全球化的"奇迹"；在社会创新层面应该说刚刚开始，还在探索之中。义乌的成功具有"低端起步"、"锐角推进"的特点，行进在一条颇为狭窄的上升通道中。

二　义乌战略转型的必要性与迫切性

义乌的"经济奇迹"世所公认，但是还远没有结束。义乌"小商品"种类繁多，却不能掩盖其性质的相对单一；市场规模巨大，却不能掩盖其产品文化、技术含量的贫瘠；城市发展迅速，却不能掩盖其基础的薄弱。在国际市场风云变幻、全球性产业结构不断重组，浙江省在"倒逼机制"作用下"腾笼换鸟"、实行战略转型，以及义乌城市商务成本不断提高、产业区块向劳动力成本更为低廉地区转移等因素作用下，义乌市实行战略转型是不可避免的。

浙江省一位研究义乌的学者在一篇文章中提出了浙江省民营经济"代际锁定"现象，对我们的观点具有重大佐证意义。他提到这样一件事，1991年底他采访过一位女个体户，当时约30多岁，经营丝巾扣和丝巾。2005年又设法找到了她，想看看这10多年来的变化。结果发现，原先只是在家里放一台热定型机，现在有了一个数十个工人的小工场；原先只有一个不到1米长的小摊，现在有了一个两间门面的店铺；原先只是和国人做生意，现在则大量地与外商做生意。然而，她所经营的产品仍是那种廉价丝巾。在十几年里，她尝试过经营服装、娱乐业等，但最后还是回到丝巾上。"你以为我不想做其他吗，太难啊。"这位学者由此提出，浙江的这一代企业家注定以生产经营低层次产品为主，他们的历史使命就是进行资本原始积累。浙江经济、社会的重大转折性变化，必须由具有全新的创业理念和方式，生产经营全新的产品和劳务的新一代来掌控实施。因此，必须"抓住代际更替机遇加快走向现代市场经济"。① 由此可见，这次转型必须指向"人"，必须达到"基因变异"的程度，实现文化的变迁。

在描述"义乌商圈"的发展前景的时候，有一个非常具有创新性的观点，即认为义乌已经成为"浙江中部一个最大的'经济枢纽港'"，应该向"浙中城市群"、"浙中商务中心"的方向发展。我们需要补充的是，应该将眼光更多地转向即将完成这一伟大创举的主体——义乌的创业者。义乌是一个以"义乌商帮"（或者说所谓"敲糖帮"）为主体的中国商人群体的故事，一个在改革开放和全球化的背景下，地方经济成功发展的极端案例。但是迄今为止，这还是一个特别具有浙江—义乌地域特色的，属于"边缘群体"在体制夹缝中打天下和成就事业的故事。应该说，义乌的发展必然超出简单的纯经济意义，市场经济定会呼唤出自己的社会、政治、文化等上层建筑。义乌奇迹这个故事已经完成了一半，另一半正在展开。

我们希望看到这样一个典型的全球化景观：从一个小商品生产、展示、销售中心区，走向一个以极高的文化创新能力，引领区域发展并通过"小商品"向全世界输出文化影响的独特城市；从一个不断向低劳动力成本的周边地区实行产业扩散的交易型中心城市，走向一个对周边地区具有强烈吸引力和向心力的魅力城市。一句话，从自发的商业繁荣走向自觉的文化繁荣。

三 文化发展战略：提出过程和主要内容

义乌人已经开始自觉应对这一挑战，从一系列有关文件的出台及其内容，可以看出一条明确的线索。

1. 在建设国际性商贸城市的总体思路下设计文化发展战略

义乌文化发展战略的提出的大背景是义乌市城市现代化建设的一系列决策，包括 1999 年的《义乌市现代化建设纲要》、2001 年的《关于加快建设现代化商贸名城的决定》和 2002 年的《关于建设国际性商贸城市的决定》。

1999 年，义乌市委市政府出台了《义乌市现代化建设纲要》，接续 1994 年提出的"引商转工"、"以商促工"、"工商联动"战略，强调产业结构升级和优化，进一步提出了"兴商建市——强商强市"的总体战略。在要求完善市场体

---

① 卓勇良：《民间的边际革命》。

系、强化市场功能的同时，提出了加快发展旅游业、大力发展新兴第三产业的新思路，为小商品市场整体功能的提升指出了方向。

在此基础上，2001～2002年，义乌市政府异乎寻常地连续出台了具有导向性意义的《关于加快建设现代化商贸名城的决定》，和《关于建设国际性商贸城市的决定》。从前一个《决定》到后一个《决定》，我们看到了义乌未来20年发展的越来越清晰的蓝图，这就是：三步走，翻三番，争十强，把义乌建设成为经济发达、市场繁荣、社会文明、环境优美、生活富裕、生机盎然的国际性商贸城市。前一个《决定》特别提出，衡量现代化商贸名城的目标是否实现，不仅仅要看义乌的经济综合实力，更要看义乌人的整体素质，看义乌的文化繁荣程度，甚至可以说，文化发展的水平如何，将最终决定着义乌未来发展的品位。因此，加强文化建设，提升人口素质，推进人的现代化，是建设现代化商贸名城的题中应有之义。后一个《决定》则提出了一个重要的"城市素质"观点，指出"一个城市的素质决定着它的未来。建设国际性商贸城市，经济国际化是核心，城市现代化是关键，城乡一体化是基础，社会文明化是支撑，领导科学化是保证"。从强调人的素质到强调城市的素质，我们已经看到了义乌人可贵的文化自觉。

2. 以宽领域文化发展战略提升"义乌商圈"的层次和水平，建设国际性商贸城市

义乌文化发展战略是一个以2002年《义乌市文化发展纲要》为核心，并由包括教育（2004年《义乌市教育现代化建设纲要》）、科技（2005年《义乌市国家科技进步示范市建设与发展规划》和2006年《义乌市科技事业和高新技术产业发展"十一五"规划》）、卫生（2004年《义乌市现代化卫生服务体系建设和发展规划》）等一系列决定、规划在内的重要文件组成的整体。这些文件整体上构成了义乌城市"公共服务体系建设"的面貌，为"义乌商圈"中长期发展奠定了文化基础。

2002年8月颁布的《义乌市文化发展纲要》是一个核心文件。我们注意到了两个突出特点。首先，这个文件的颁布时间是2002年8月，几乎与《关于建设国际性商贸城市的决定》同时出台，时间跨度也是2002～2020年，这说明，这是一个与《关于建设国际性商贸城市的决定》同时制定的文件，在一定意义上说，这个文件具体解释了如何提高义乌市的"城市素质"，把义乌建设成国际性商贸城市。其次，这个文件中所指的文化，是一个结构性概念，如文件中所说，《纲要》所指的文化是相对于政治、经济而言的文化，主要包括思想道德建设和科学文化建设两个部分，涵盖教育、科技、社会科学、文学艺术、社会文化、新闻出版、广播影视、体育、旅游等领域。我们看到，这是一个"宽领域"的文化发展概念，几乎覆盖了公共服务领域的全部。

2004～2006 年间出台的教育、科技、卫生等文件也凸显了紧密的相关性。《义乌市教育现代化建设纲要》从深化教育体制改革、建设高素质师资队伍、改善办学条件等方面入手，要求到 2020 年全市实现教育思想现代化、发展水平现代化、教育教学体系现代化、条件保障现代化和教育管理现代化。《义乌市国家科技进步示范市建设与发展规划》要求围绕加快国际性商贸城市建设、着力提升科技综合实力和自主创新能力，促进科技与经济、科技与社会、科技与市场对接，努力构建区域创新体系，推动服务业的现代化和传统产业的高新化，到 2009 年建成具有国内先进水平的科技进步示范市。《义乌市科技事业和高新技术产业发展"十一五"规划》要求坚持有所为有所不为，突出重点、发展高新技术产业；积极实施知识产权保护战略，形成专利、商标、版权、技术秘密等相结合的知识产权保护体系；建成全国科技进步示范市和浙江省科技强市，为建设可持续发展的和谐社会创造良好的科技环境。《义乌市现代化卫生服务体系建设和发展规划》从卫生服务体系和卫生支持保障机制方面，对全市的公共卫生事业作出了部署，要求为义乌经济社会发展提供良好的社会卫生环境。

根据研究，教育、科技、文化、卫生可以看做是宽领域的"大文化"概念。从行业分类看，教科文卫是国家公共服务体系的基本组成部分，不可或缺。从经济学的分析看，这几个领域间也有一种相互关联、相互促进的作用。比如说，教育水平的提高会提升文化创造性的生产和消费的能力，公共卫生服务体系的完善将解放城乡居民的文化消费潜力，等等。义乌市先出台文化发展纲要，继而分别出台教育、科技、卫生等专项文件，充分显示了建设国际商贸城市的宽领域宏观战略性思考。

3. 加快文化大市建设步伐

我们最后关注的文件是 2005 年 7 月 15 日义乌市委十一届六次全会审议通过的《关于加快推进文化大市建设的决定》。《决定》共分 12 条 25 项，深入分析了大力提升文化建设在义乌政治经济社会发展中的地位和作用，明确提出了建设文化大市的总体目标、基本思路和工作任务。

义乌市在"十五"期间制定了第一个文化发展规划——《义乌市文化事业发展"十五"计划》。为了贯彻落实浙江省委、省政府于1999年底做出的建设"文化大省"的战略决策，为了实现金华市委、市政府提出的建设浙江亚文化中心的目标，围绕义乌在全省率先基本实现现代化、建成现代化商贸名城的工作要求，该规划提出，要树立大文化观念，发展文学艺术事业，加强文化设施建设，培育和繁荣文化市场，大力拓展文化产业，深化文化体制改革，重振义乌"文化之邦"风采，着力提高城市文化品位，提高人民群众的思想、道德、科学、文化素质，为义乌率先在全省基本实现现代化和建设现代化商贸名城提供强大的精神动力和智力支持，把义乌建成文化大市。

2002年，随着义乌市建设国际商贸城市的战略的提出，出台了《义乌市文化发展纲要》这样一个中长期文化发展纲要，在新的背景下，文化大市建设的目标需要进一步完善，建设步伐必须加快，这就出台了加快推进文化大市建设的新的决定。

义乌文化大市建设的总体目标是：围绕建设国际性商贸城市目标，以全面提高市民的文明素质和全面提升城市文化内涵为重点，把义乌建设成市民素质优良、城市品位一流、教育科技发达、社会文明进步、文化繁荣开放，传统文化与现代文化并存，华夏文化与世界文化交汇，物质文明与精神文明辉映，具有鲜明时代特征和商贸特色的具有较大影响的文化大市，成为区域性的文化、休闲、娱乐中心，实现政治、经济、文化、社会的协调发展。

义乌文化大市建设的基本思路是：以邓小平理论和"三个代表"重要思想为指导，坚持文化建设的先进性、群众性、开放性、均衡性、科学性、长期性的原则，整体推进文化大市建设。深入开展文明礼仪教育实践活动，不断提高市民素质。重视保护和发掘历史文化，加大政府对公益性文化设施和文化项目的投入，积极引导和鼓励社会资金建设文化设施，经营文化项目。加强文化市场管理，大力培育壮大文化产业，繁荣群众文化，加强对外文化交流，深化文化单位体制改革，力争到2010年文化发展主要指标、文化事业发展整体水平和文化发展综合实力位居全省前列。

《关于加快推进文化大市建设的决定》是一个具有历史意义的文件，对义乌的全面发展起到了不可估量的推动作用，促进了城市整体品位的提升，文化的软影响力使得义乌小商品市场的吸引力进一步增强，赢得了更大的国内外知名度和美誉度。

应当看到，《关于加快推进文化大市建设的决定》以及随后的《关于 2005~2006 年文化大市建设实施计划》，从某种意义上说着重点还是在文化基础设施建设方面，但是文化大市建设光有这些硬措施是远远不够的，更需要在软件方面加大力度。经济强市可以用许多指标来衡量，但是文化大市却很难用一些具体的指标来考核。因此我们应该强调文化大市建设不能急功近利，文化大市建设是一个长期的过程、动态的过程。①

第二节　义乌公共文化服务体系建设

公共文化服务是着眼于提高全体公众的文化素质和文化生活水平的文化环境与条件的公共产品和服务行为的总称。公共文化服务以满足社会成员的基本文化需要为目的，可以由公共部门与准公共部门共同生产或提供，共同构成公共服务体系的有机组成部分。② 构建公共文化服务体系是实现公民文化权利的主要方式，是建设和谐社会的重要内容和精神支撑。

随着义乌经济的迅速发展，在社会、文化领域也获得了长足的进步。近年来，义乌市文化主管部门为贯彻落实科学发展观、建设"和谐社会"，积极构建公共文化服务体系，努力实现广大群众的文化权利，进行了多方面的探索和实践，取得了显著的成绩。

一　加大公共文化设施投入，建立健全公共文化服务体系

文化设施是开展公共文化服务的必备空间。改革开放以来，义乌市认真贯彻把"精神文明建设落实到城乡实处"的要求，文化建设取得了可喜成绩，一批标志性的公共文化设施使富裕起来的公民有更多文化消费的便利场所。

公共文化投入力度不断加大。1998 年，义乌财政投入文化事业的经费不足 500 万元，到 2005 年文体事业财政预算为 2267 万元，约增长 4.5 倍。近年来，全市累计投入 20 多亿元，用于文化设施建设。中心城区共有公共文化设施 10 余

---

① 参见骆亘《正确把握文化大市建设的三个关系》，义乌市政府网。
② 参见陈威主编《公共文化服务体系研究》，深圳报业集团出版社，2006，第 16 页。

万平方米，镇街文化设施5万平方米，农村、社区文化设施20万平方米。

公共文化服务体系逐渐完善。义乌目前的公共文化服务体系构成情况是：城区有"三馆"（图书馆、文化馆、博物馆）、三院（书法院、画院、剧院）、一团一办一公司（婺剧团、文化市场管理办公室、电影公司），有13个镇街道文化站，5家镇街道文化中心，10个镇街万册图书馆、5家国有影院、36个农村电影队。其中市图书馆建筑面积3500平方米，义乌剧院3764平方米，义乌婺剧团2638平方米，义乌影都5000平方米，绣湖体育馆2900平方米（座位1400个），梅湖体育场有座位3.5万个，体育馆座位6000个。

广播电视事业进一步发展，2006年新增有线电视用户22068户，其中，城区3784户，农村18284户。全市有线电视用户总数达23万多户。数字电视用户快速拓展，到2006年底数字电视用户达到8300户，比上年增加5000户，用户总数位居全省县级市第1位。[①]

由于义乌文化事业的长足发展，近年来获得了"全国文化先进县"、"全国体育先进县"、"中国武术之乡"、"中国现代民间绘画之乡"、"中国曲艺之乡"等荣誉。廿三里、佛堂、稠城3个镇（街）获得了省级"东海文化明珠"称号，江东、赤岸2个镇（街）获得了金华"东海文化明珠"称号。

二 面向农村、基层和外来人群，创新公共文化活动形式

义乌在城乡一体化与和谐社会建设过程中，不断创新文化活动的新方式，体现了面向农村、面向基层、面向外来人群的鲜明特点，通过向弱势群体提供必要的公共文化服务增强了地方社会归属感和凝聚力。

1. 加强农村社会主义精神文明建设，丰富农民文化生活

在新农村建设中，义乌市特别关注加强农村社会主义精神文明建设，繁荣农村文化，提升农民素质，提高农村社会文明程度，以深化文明礼仪教育实践活动，培育国际化时代义乌人。比如说，开展学习型社区创建活动，引导农民参与"四个一"活动，每天读一份报纸，收听（看）一档广播（电视）新闻，每月坚持阅读一本书，每年至少掌握一项实用技术。又比如说，鼓励开发有地方传统、区域特色的民间艺术项目，发展农村文化俱乐部，激发农民参与文化活动的热

---

① 义乌市统计局：《2006年义乌市国民经济和社会发展统计公报》。

情。大力开展"乡风文明村"创建活动，广泛开展"文明家庭"、"文明村镇"评比活动。

过去农村文化活动以看戏、看电影为主，演员在台上，农民是观众，互动性不强。现在农民的参与意识提高了，参与文化活动的要求强烈了，农民自办文化的愿望更大了。义乌市连续举办了15届农村文化节，每届均是以政府主办、镇街农民承办的方式进行，活动涉及文艺踩街、卡拉OK比赛、合唱比赛、民间艺术展演、书法美术展及体育比赛等。通过举办农村文化节，把舞台搭在农村的广阔天地中，吸引群众广泛参与，文化的价值得到了充分的体现，也充分显示出农民群众中蕴藏着丰富的文化能量。如义乌城西的"莲藕节"、佛堂的"十月十"等，每届的农村文化节经费投入均在80万元以上。

2. 坚持开展文化进社区（村）活动，提供公共文化便利服务

义乌市城乡群众性文化活动蓬勃开展，广场文化、社区文化、村落文化、企业文化、校园文化逐步深入到基层。各地纷纷举办群众喜闻乐见的农民文化艺术节、文艺会演、歌咏比赛等，产生了如春节舞龙灯活动、广场民间文艺展演、群众文艺踩街、村村有歌声等活动。每年举办"商城之春"、"义博会文艺晚会"等系列文化活动，接待较高规格外来文艺团体演出20多场次，极大地丰富了人民群众的文化生活。2006年义乌共组织开展各类文化活动350场次，其中文化活动294次，各类书画、艺术展览51次，观众35万人次。从2006年开始，每4年举办一次义乌市文化艺术节。

公共文化便利服务是指为群众提供方便快捷的各种文化服务，包括送书上门、送戏上门、流动演出、流动服务车等服务。2006年义乌市大力开展送电影下乡活动，全年共计放映电影3689场次，幻灯宣传83362片次，观众达250万人次。[①]

3. 面向外来人口，满足新义乌人的文化生活需求

随着市场化、工业化、城市化、国际化的不断推进，义乌已经成为一个外来建设者超过本地人口的多民族居住的"移民"城市。目前，全市160余万人口中，常住外来人口近100万人，常住外商近1万人；外来人口中有40个少数民族的群众2.2万人，其中仅穆斯林信徒就有6000多人。像义乌这样一个移民城

---

① 义乌市统计局：《2006年义乌市国民经济和社会发展统计公报》。

市，能否建立和谐社会，很大程度上取决于能否处理好新老义乌人的关系，文化生活的满足程度关系很大。

针对外来民工，义乌市采取建设一批"外来建设者之家"、"安心工程"、创办外来人员文化俱乐部（科技图书馆）、组建外来人员文化活动点等方式，有效地满足外来务工人员对文化生活的需求，让外来建设者享受到"文化套餐"。这些活动调剂了外来务工人员的业余生活，也让他们在异乡有了在家的感觉。享受到公共文化服务让他们产生了融入感，使整个社会有更高的凝聚力。

企业在满足外来民工文化需求方面起到了主力的作用。许多企业秉承"以人为本，善待员工"的理念，千方百计为员工提供健身娱乐场所，并开展丰富多彩的企业文化活动。外来建设者在工作之余，也纷纷投入到自己喜爱的各项文体活动中。"新光"建有乒乓球室、阅览室、棋牌室、电视室、篮球场、排球场等员工活动场所，不定期组织各项球类、棋类、文艺类比赛；每逢节假日，员工们在文艺演出中自编自演自导的节目，常常逗人捧腹大笑。"浪莎"、"梦娜"利用生产淡季，组织员工出门游览大好河山。"能达利"投资近千万元建起"能达利公园"、图书室、多功能歌舞厅，免费为员工开放。"沪江线业"、"芬莉袜业"、"百思得"、"三鼎"等企业经常在公司内放映露天电影，开展趣味横生的各类比赛活动。

街道、社区和乡村在为外来建设者构建欢乐精神家园工作中也做出了不少努力。北苑街道有10万多名外来建设者，为改善辖区文化基础设施，投资3000万元建起北苑文化中心；苏溪在百盛街、江滨公园、街心花园等地开设28处健身场所，每年有计划地组织一系列丰富多彩的体育竞赛活动；苏溪胡宅村村干部自掏腰包花费近6万元购买功放、音响设备，在休闲健身场地上铺设花岗岩，周边还配备灯光，供村民和外来人员免费使用。许多外来建设者感慨地说，在义乌打工，不仅赚到了钱，学到了本领，还能享受到丰富充实的业余文化生活。①

义乌还有一个更特殊的外来人口群体，这就是数千名外国人。国外来的客商生活居住条件一般比务工人员好得多，但他们也有特定的文化诉求。无论是西方人，阿拉伯人，还是韩国人，他们都有各自的宗教信仰，需要专门的宗教活动场

---

① 《营造新义乌人的精神家园——我市关爱外来建设者纪实之五》，www.yw.gov.cn，2007 - 03 - 16。

所。为此，义乌市专门规划了一块教堂用地，由当地信众集资修建一所规模可观的基督教堂；市里也将一座废弃的厂房拨给穆斯林，经适当装修，改建成一座清真寺。这样，外来人员的精神信仰有了寄托之地。

三　破除僵化的公共文化观念，创新公共文化设施管理方式

初次来到义乌的人都会对义乌市规模宏大的体育场馆设施惊叹不已，但是很快就会产生疑问：这些耗资巨大的公共设施是不是也会与国内很多其他地区那样，一经建成就陷入经营困境呢？

近年来，义乌市将形成一批"水准超前"的文化体育设施作为文化大市建设的重点，比如说，投资5亿多元建成占地1000多亩的梅湖体育中心，主体育场座位3.5万个，是浙江省规模最大的体育场之一，每年承办国家级体育赛事40多场（已有"四国女足邀请赛"、"全国女足锦标赛"、全国乒乓球、拳击、门球、模特比赛等重大赛事举行）。在一定意义上说，建成这些高水准设施对于义乌这样一个财政收入连年高速增长的城市来说不是难事。难得的是，义乌市在大型文化设施的管理方面探索了一条新路，打破了"公共服务＝非市场化运作"的僵化观念，将公共部门与企业部门的优势充分整合，最大限度地发挥了公共文化设施的经济效益和社会效益。

义乌市政府在体育场馆建成以后就按照政府建设、企业运作的模式，将其移交给商城集团进行经营管理。市政府授权市财政局、体育发展局与商城集团签订了为期15年的租赁协议，商城集团将每年上缴财政450万元的年租。上述各项赛事、活动的成功举办均是商城集团具体的运作尝试。商城集团接手体育场馆的运营后还积极推出各项体育建设服务项目，方便市民及义乌各单位的文体活动的开展。在体育场馆投入商业运营之初，商城集团在票价方面实行了不少灵活措施，以鼓励义乌人进行有偿体育消费，培育文体市场。根据协议，商城集团经营的体育场馆也要支持市政府举办的大型公益活动。这时政府只需支付相关的水电费用，商城集团无偿提供其他费用与服务。有了这个协议，义乌体育场馆迈上了可持续发展的探索之路。[①]

---

① 李景源、张晓明主编《浙江经验与中国发展——科学发展观与和谐社会建设在浙江》（文化卷），社会科学文献出版社，2007，第230页。

四　加强历史文化遗产保护，整理历史文化资源

义乌虽说是浙中一座新兴城市，但它却久负盛名，人文荟萃。义乌 5000 年的灿烂文化和 2200 多年的建城史，孕育了一大批仁人志士；义乌佛堂古镇和黄山八面厅等历史文化村镇和传统乡土建筑，是中华民族悠久历史的见证和生存发展的文化基因，是人类文明的物化成果。这笔丰富的历史文化遗产理所当然地成为义乌市文化建设的不可再生的珍贵资源。保护这笔历史文化遗产是义乌市公共文化服务体系建设的基本任务之一。

到目前为止，义乌市有国家级文物保护单位 2 处，省级文物保护单位 5 处，义乌市级文物保护单位 44 处，义乌市级文物保护点 291 处。近年来，义乌市加大了对各级文物保护单位的维护力度，保护了大批文物保护单位和历史遗存。对具有义乌特色的民间文艺、风俗等非物质文化遗存安排专门经费，组织专门人员进行了收集与整理。

义乌市目前处于"城乡一体化建设"的关键时期，城市的急遽扩张使得农村古建筑民居等文化遗产的抢救保护工作更加凸现出来。切实做好新农村建设中历史文化遗存的保护工作，已经刻不容缓。2007 年 2 月，义乌市人民政府出台了《关于加强历史文化遗存保护的若干意见》，决定全面制定历史文化遗存保护计划，并从 2007 年开始用五年左右时间，根据轻重缓急，对市级以上文物保护单位、文物保护点进行一次抢救性修缮，解决漏雨、结构性加固和电线老化等三类迫切需要解决的问题，并配备必要的消防设施，所需经费由财政按照比例予以专项安排。

五　积极鼓励社会力量兴办文化设施，开展公共文化活动

在公共文化服务体系建设方面，经济发展水平不同、市场经济发育水平不同的地区，必然有着极为不同的面貌。义乌市作为浙江省经济最发达、市场经济体制最成熟的地区，积极鼓励民间投资兴办公共文化事业，就成为一个令人注目的特点和亮点。

按照"政府主导、企业主体"模式，义乌市先后投资 50 亿元建成绣湖广场、梅湖体育中心、江滨绿廊等大型文化休闲设施。同时正在大力筹建国际文化中心（计划总投资 7 亿元，包括图书馆、档案馆、群众文化中心、博物馆、音乐厅、大剧院等项目）、婺剧团新团部、新华书店等系列工程。义乌市规定，个人、企业、

社会团体兴办国家政策许可的文化项目，在规划建设、土地征用、规费减免等方面与国有文化单位实行相同的政策。纳税人通过国家机关和非营利的社会团体向公共图书馆、博物馆、群艺馆、文化馆、文化站、革命纪念馆、体育场馆等公益性文化设施建设的捐赠，可在缴纳企业所得税和个人所得税前按规定予以扣除。

六　探索公共文化服务的多样形式

义乌既是一个迅速发展的工商业城市，也是一个迅速膨胀的移民城市，建设社会主义和谐社会方面的探索对于公共文化服务体系建设产生了较大的正面影响。义乌市的"文明创建"活动，如大力推进文化大市建设的活动，大力推进基层文化服务，特别是普及农村基本文化设施和场地等，都取得了明显的成效。义乌市尊重外来移民的文化权利，特别是外国工商业者文化权利，包括宗教信仰权利方面的探索（协助民间集资兴建基督教堂、清真寺等），都是值得肯定的做法。

在义乌当前发展阶段，进一步发展文化生产力需要大力发展文化产业，也要大力建设公共文化服务体系。义乌文化发展正在向新阶段提升，强有力的财政支持是极大的有利条件，但是创新公共文化管理体制是更为重要的改革任务。在市场经济大发展的良好形势下，义乌市政府改造国有文化机构的任务并不重，真正的挑战在于如何以改革的精神构建公共文化服务体系。

改革开放以来，义乌市已经建立起了较为完善的市场经济体制，政府不仅在物质生产领域，也在精神文化生产领域，基本上退出了竞争性市场，成为服务型政府。在省委和省政府实施"八八战略"和"平安浙江"的大形势下，在20多年经济体制改革成功先行一步的基础上，义乌在社会体制改革方面，应该说已经做好了准备。现在需要探索在公共文化产品和服务领域，如何深化改革、转换职能、回归本位，改善公共财政的提供方式，探索公共文化服务的多样形式，与营利性机构和非营利性机构形成良好的合作关系，共同推动义乌市的先进文化建设走向新的阶段。

第三节　义乌文化产业的发展

如果说公共文化服务带有更多的政府主导的公益性质的话，那么义乌的文化产业则自发地实现了文化与市场的融合。

义乌的文化产业发展历程鲜明地体现了"从小商品中产生文化产品再发展到文化服务，从传统经济中诞生文化经济再萌发创意经济"的逻辑，围绕提升文化产品的制造水平、交易规模和产业结构，产生了会展、金融、物流、中介、旅游购物等多种现代服务业，文化服务业强势崛起，而在文化产品设计、生产、销售的价值链中，创意的价值越来越大，从业者开始自觉地通过创意设计提升了文化产品的附加值。

一　文化产品市场发达

得益于义乌小商品市场的繁荣，义乌的文化产业从最外围的文化产品制造、交易迅速发展起来，义乌开始从传统经济向文化经济发展。义乌国际商贸城目前有文体商品经营户 4500 余家，经营的文化产品主要有：礼卡、书刊、音像、字画、年画挂历、印刷制品、印刷器材以及各类文教体育用品、新兴现代办公用品等。2006 年还设立了义乌古玩书画城、义乌出版物中心，形成了文体用品生产和经营的集聚区。

义乌文化产品的主导行业是文教体育用品、框画工艺品、年画挂历、印刷包装、制笔等五大行业，10 万余个品种，约占义乌小商品种类总量的 1/4 左右。[①]2005 年，文教体育用品业和彩印包装业年生产销售额各达 50 亿元，框画工艺品年销售额达 15 亿元，制笔业年产值 13 亿元，年画挂历年销售额 6 亿元，五大类主体产业年生产销售额占全市文化产业总量的 90%，占全市 GDP 总量 47%。年画挂历的全国市场占有率超过 70%，笔类产品超过 60% 外销，内销占国内市场销量的 80% 以上，办公用品、纸制品 60% 以上出口。90% 以上的国内名牌企业在义乌设立总代理，70% 以上的体育运动产品销往国外。

义乌既是文化产品的主要销售基地，也是文化产品的重要生产基地。义乌的文化产业从经销文化小商品起步，逐渐建立起了自己的生产基地。除了 7000 多家文化经营单位外，近几年来，义乌的经营户投资创办了 2000 多家文化产品生产加工企业。这些企业通过来样加工或自主研发，不断开发新品种，推动着整个文化市场如滚雪球般越滚越大。

目前，义乌小商品市场上约有 1/3 的文化产品是义乌本地企业加工生产的，

---

① 参见《义乌文化产业异军突起》，2006 年 4 月 3 日《金华日报》。

这既保证了文化产品在质量、价格等方面的国际竞争优势，也促进了文化市场的持续繁荣。

二　文化服务强势崛起

义乌商贸业的高速发展带动了会展、仓储物流、金融保险、信息服务、旅游购物等多种现代服务业，以会展为代表的文化服务业强势崛起。

首先，会展业成为支柱产业。近年来，在政府的引导和扶持下，义乌市充分发挥各行业协会的龙头作用，依托小商品市场和每年一届的中国义乌国际小商品博览会，积极引进文化产品会展业，搭建会展平台。

义乌会展业起步于 1995 年的名优新产品展示会（首届义博会），在十多年的发展历程中，义乌坚持以专业化、市场化、国际化、品牌化为导向，依托小商品市场优势和长三角产业基础大力发展会展业，走出了一条以贸兴展、以展促贸的新路子。截至 2005 年底，义乌有注册展览公司 21 家，国家级行业协会及国内外知名展览机构已有 15 家在义乌办展，有义博会、五金展、玩具展等 40 多个固定展会，2005 年全年举办各类展会 80 余个。① 其中由国家商务部、浙江省人民政府主办的义博会已成为国内第三大贸易类专业展会，历届展会规模不断扩大，国际化程度和对外影响力日益提高，自第一届到第十二届，展区面积从 5000 平方米扩大到 9 万平方米，展位从 348 个增加到 4000 个，参展企业从 179 家上升到 2000 余家，展会成交额从 1.01 亿元人民币增加到 94.5 亿元。投资 2 亿多元的义乌梅湖国际会展中心是华东地区规模最大的专业展馆之一，是全球展览业协会（简称 UFI）成员，被评为 2004 年度最佳展览馆。义乌先后被评为中国最具发展潜力会展城市、中国最佳会展城市。②

从 2004 年 6 月开始，义乌文化用品行业协会和中国文教体育用品行业协会联合在义乌举办了每年一届的中国义乌国际文体用品博览会，吸引全国 350 多家文教体育用品企业参展。在前两年举办义乌文化用品博览会的基础上，2006 年升格为由中共浙江省委宣传部主办、义乌市人民政府承办的国际文化产业博览

---

① 参见《义乌商圈》，浙江人民出版社，2006，第 42 页。
② 中国社会科学院课题组义乌调研资料汇编《义乌市现代服务业发展基本情况》，2005 年 12 月，第 124 页。

会，对扩大义乌文化用品行业的国内外知名度、加强行业交流、提升行业规模等产生了重要影响。

2007年"义乌文化产业博览会"更名为"义乌文化产品交易博览会"，进一步突出了文博会的产品属性和经贸实效，发挥义乌小商品市场的优势，与国内众多的"文博会"错位发展，形成全新的经贸定位，彰显了政府进一步做大做强义乌文化产业、提升产品交易优势的决心。从数据看，2007年文博会的577家参展企业中，商品交易类展位占80%，而2006年只有60%。

文博会对义乌文化产业起到了巨大的促进作用，有鲜活的案例可以证明。2005年4月，山东省日照三信印务有限公司在义乌成立分公司，分公司第一年创造的经济总产值约700万元，第二年，这一数字翻了一番。实现这一质的飞跃，义乌"文博会"功不可没。2006年首届文博会，分公司作为参展商加入其中。尽管会上当场签单的项目不多，但会后的订单却源源不断。该分公司总经理说"文博会带来的直接经济效益高达1000万元，如果没有文博会的推动，1000万需要花费半年时间的努力"。

其次是配套服务业发展势头强劲。义乌作为一个国际性商贸城市，现代服务业的发展已经成为国民经济的重要部门。

物流仓储作为商贸业的配套服务行业，从小商品市场产生和"义乌商圈"形成的第一天便开始与商贸业构成一个有机整体。目前，在中国除了上海、广州、大连、宁波等著名港口的国际货运代理，义乌小商品市场物流仓储的业务量堪称中国内陆之最。义乌现有国内外货运经营单位160多家，全球最大的20强海运集团已有8家进驻；2005年海关义乌办事处办理出口标箱11.4万个，成为浙江省三个"大通关"之一。正在筹建的国际商贸城物流仓储配套工程，占地3005亩，总投资约17亿元，将成为国内一流的生态型物流场站，从而使义乌货流得到成本最低、速度最快、质量最优的服务。

金融保险与信息服务业伴随着"义乌商圈"范围的拓展和产业链的拉长，对市场生产交易功能的转变与提升发挥着越来越大的作用。2005年，全市有银行机构12家，证券营业机构5家，保险分支机构7家。金融机构的各项本外币存贷款金额较快增长，存款586亿元，贷款356亿元；现金收支十分活跃，全年银行现金收入3343.7亿元，现金支出3457.7亿元，分别增长21.3%和21.1%，收支相抵，全年净投放现金114亿元，增长21.3%。2004年，信息服务业生产总值 7.4 亿元，法人单位 122 家，从业人员 800 人。"数字义乌"建设稳步推进，全市拥有门户网站 550 余个，网上商店、网上支付、网上推广的电子商务体系初步形成，国际商贸城一期、二期全部完成了信息高速公路的建设。①

近年来义乌的旅游购物人数逐年增多，2006 年旅游接待 437.3 万人次，其中境外游客 26 万人次，分别比 2005 年增长 19.2% 和 20.4%。2006 年国际商贸城被国家旅游局授予中国首个 AAAA 级购物旅游区荣誉称号，义乌被游客评为浙江省十大休闲旅游城市，到义乌购物被越来越多的游客认为是一种时尚旅游。设在国际商贸城的购物旅游接待处，2006 年共接待来自全国各地旅行社组织的旅游团队近 3300 个，游客 13 万人次，同比分别增长 18.4% 和 36%；其中国外团队 331 个，游客 6019 人次，分别增长 59.1 和 40.3%。

三　创意经济崭露头角

义乌的工艺品、饰品制造业一直保持着快速增长势头，2005 年实现产值 40.7 亿元，同比增长 38.5%，饰品产销量占全国的 70% 以上。自主创新使得义乌饰品逐步引领国际潮流，从最初贩卖广东、香港等地饰品发展到现在大举进军欧美市场。②

目前义乌有 1800 家饰品生产企业，10 万人从事这个行业，其中有很多品牌饰品企业。由于创新活动日益活跃，目前已经出现了硅谷高科技企业所经历过的企业衍生、集聚的现象，围绕大型专业公司聚集了大量中小企业。

新光饰品公司是中国饰品行业的龙头企业、浙江省饰品行业协会会长单位，以其自主创新引领着饰品行业中小企业的健康快速发展。1995 年 7 月，义乌人周晓光投资 700 万元办饰品厂，义乌大地上从此有了一个闻名全国的饰品生产基地——新光饰品厂。从 1995 年到 1998 年，几年时间，新光饰品厂以连续翻番的速度发展，并在全国建立了自己的产品销售网络，一举成为国内饰品行业的龙头企业。

周晓光很早就把目光瞄准了国际市场。为了解不同文化背景下人们对不同饰物的要求和理解，周晓光的足迹几乎遍及亚、欧、美。有一次，仅仅为了买下一

---

① 参见《义乌商圈》，浙江人民出版社，2006，第 42～43 页。
② 参见《义乌商圈》，浙江人民出版社，2006，第 42 页。

张美国一家老牌企业的产品创意设计构思说明书，她毅然掏出了2.4万美元。为了到国际市场去拼搏一番，她曾经集中全部精锐力量，关门生产了6000多个饰物的新产品，专程运抵香港亮相，一炮打响，轰动了香港，巩固了"新光"饰品在中国饰品行业的龙头地位。

目前，新光饰品有限公司生产销售的饰品，有合金、爪链、铜金等5大系列20余类共计10万多个品种。公司有自己专门的新品研发中心，专业设计人员达380人，平均每天都有上百款新品面市。最为重要的是，在新光公司的带动下，出现了由一大批中小企业构成的饰品产业集群。这些企业中有相当一部分是从新光公司独立出去自己创业的原新光职工（新光正是因此而被称为义乌饰品行业的"黄埔军校"），新光对他们一律采取了眼光长远的支持态度。周晓光对产业集聚的重要性体会非常深刻："促进当地经济的发展，仅靠一家企业做大是远远不够的，特别是饰品这一行业，只有产业集聚了，在世界的舞台上才有立足之地，才能形成气候和氛围，带动整个产业的提升"。

相比针织袜业和工艺饰品，义乌的文具用品可以说是一个不太起眼的产业，然而，经过多年的发展，这个不起眼的"小不点"已经开始为世人瞩目。据义乌市文体用品行业协会有关人员介绍，目前义乌共有文具制造企业1000多家，市场经营户三四千家，产业集群已经初具规模，市场年贸易额高达几十亿，其中70%出口海外。文具用品行业之所以不断发展壮大，主要是因为其产品已从过去的"实用"向现在的"时尚"转变，同时文具产品市场结构也从过去的内销向外销转变，产品附加值从过去的自主品牌少向多品牌发展。

在国际商贸城的文体用品交易区，陈列的样品与其说是文具，不如说是工艺品更恰当。在一个专售文具盒的摊位上，除了各种动物图案或乐器状的文具盒外，飞机火车形、大坦克状、欧式建筑物样等造型别致的文具盒分外醒目，引得来往客人爱不释手；书包的功能也不再仅仅是装书了，除了面料不断更新，书包外表还装了电子表、指南针等，包的背面增加了真空按摩功能；就连那些以前缺乏造型创意的蜡笔，居然也有数百个款式，有卡通形象的，还有彩色透明的。工艺设计师们展开想象的翅膀，给原本普普通通的文具用品赋予了千姿百态的外表：动物造型、乖巧可爱的削笔机，配有迷你算盘、拼音识字卡的文具盒，威武有力、能屈能伸的变形金刚圆规……

义乌雪莲文化用品有限公司是一家专业生产工艺羽毛笔的企业，创造出每年几百万支工艺笔的不俗销量，这一切，归功于文化内涵赋予普通小商品的竞争力。设计人员在普通的圆珠笔外部包裹上一层亮丽的缎面材料，用圣诞树、贵妇人、小爱心取代传统的笔具顶部，一支别具新意的现代工艺笔赫然立于眼前。圣诞节主题、情人节主题、卡通主题……不同的文化背景赋予工艺笔不同的文化含义，也让消费群体一再扩大。以前买笔的主要是学生和办公族，消费群体很单一。但现在这种工艺笔已经进入了礼品市场、婚庆市场，连一些电视台的主持人在主持节目时也会把工艺笔当作抢眼的道具使用。这类工艺笔首次面市时，立刻遭遇哄抢，很长一段时间内出现了"一笔难求"的状况。最热销时，一个月以后的货都被订光了。市场的高度认可也带来了全新的经济增长点。普通圆珠笔的批发价格是 0.2 元/支，而工艺圆珠笔却卖到了 1.4～1.5 元/支。近 7 倍的销售价格，是文化创意赋予小商品的惊喜附加值。

用创意加强产品文化内涵是义乌文化产品生产企业的新课题，一流的创意设计成为文化产品的立业之本，义乌文化产品在国际上的竞争力正在不断增强。

随着义乌文化创意产业的发展，健全知识产权保护体系，以完善的法律环境促进创意经济发展的课题已经提了出来。

创意产业作为"源自个人创意、技巧及才华，通过知识产权开发、运用，具有创造财富及就业潜力的产业"，其核心价值在于创造性和创新性，是基于创作者个人创意的一种智力成果，而知识产权正是主体对其创造性劳动成果依照相关法律法规所享有的垄断权利。知识产权是创意产业的核心和衡量指标，也是市场竞争的重要手段。众多国外跨国公司通过自主创新获得知识产权，再通过强大的知识产权保护体系抢占全球竞争最高点，为创意经济提供源源不断的动力。

霍金斯曾这样概括创意经济和知识产权的关系：知识产权是创意经济的"货币"，知识产权保护就是创意经济的"中央银行"。知识、信息和发明的正常流动，才能形成创意产业的良性循环。

作为创新型国际商贸城市的义乌，已经认识到，在参与国际产业分工的过程中，必须积极实施知识产权战略，培育企业和市场经营户的知识产权意识，形成专利、商标、版权、商业秘密等相结合的全方位的知识产权保护体系，支持建立以行业协会为主导的国际知识产权维权和援助机制。义乌市目前正在借助"义乌商圈"各相关经济区块之间固有的分工协作关系，加强知识产权保护方面的交流与合作，通过跨区域的协作，共同强化知识产权保护执法，加大专利、商标保护力度，引导企业和创意个体的专利申请、商标注册从以国内为主向国内外合理布局转变，并给予适当的补助。

以文具行业为例，它已经真正进入了一个创意比拼时代，这对商家来说是一次掘金的机会。随着义乌文具用品在市场的份额越来越大，更多的义乌厂家开始注重产品的附加值，许多企业已经采取注册商标和申请专利的形式保护自己的产品。据市文体用品行业协会统计，目前义乌文具已经拥有一个省级著名商标和5个市级商标，拥有商标和专利的企业达到80%以上。

从总体上看，义乌发展文化产业已经形成自己的特点。义乌在经济体制改革方面走在前列，社会主义市场经济体制建立较为完善，因此形成了"增量主导"的文化产业发展特点。总的来说，叫做"体制内文化资源存量不大，增量领域民营文化企业活跃，产业区块粗具雏形，辐射效应已经出现"。义乌文化产业的发展是民营企业对市场信号的合理反应，是传统产业发展逻辑的合理延伸，总体上来说受到体制性束缚较少，显示出与其他产业相似的强烈的扩张冲动，正在积极加入国内、国际产业分工的链条。

义乌目前的文化企业主要是为外部文化消费者提供文化制造品，是传统制造业的一个延伸门类，以"在地产业"满足"在地消费"的文化产业的发展还很不足。工商业者以"两板精神"为宗旨，不是积极的文化消费者；雇佣劳动者大都是体力劳动者，文化消费是为了恢复体力劳动者的劳动能力，也处于"依附"地位和较低的水准。因此，传统上由政府支配的，以福利性的方式提供（免费）、并由大众被动接受的电子媒介的消费——以广播电视为主体——还居于主导地位。对文化企业说，下一步的发展应该逐步走向文化产业的"内圈"和"高端"，进入文化内容产业的创造领域，以进一步提升文化产业水准。从文化消费来看，需要进一步启动本地文化消费，提高本地居民的文化素质，培养其文化消费和鉴赏能力，成为义乌文化产业的"拉动力量"。

第十三章
文化建设重在塑造新义乌人

《义乌市文化发展纲要》明确提出，要把义乌建设成为市民素质优良、城市品位一流、教育科技发达、社会文明进步、文化繁荣开放、具有鲜明时代特征和商贸特色、在国内外有一定影响的文化名城。市民素质优良是义乌建设文化名城的首要目标指向，不断提高人的素质，促进人的全面发展，塑造新义乌人，构成了义乌以商业文化为特色的全部文化建设的核心内容。

育人是文化的重要功能，义乌的文化建设能在实现文化的育人功能方面表现得积极有为、得力得法，一个很重要的原因就在于，义乌在开展文化建设中能密切结合义乌"人"的实际，密切结合义乌为实现建设"国际性商贸城市"这一战略目标对人的素质要求。义乌是一座农民城市，市民的主体是进城经商务工的农民。同时，义乌又是一座商贸城市，有大量的外来常住人口和流动人口，外来人口甚至已经远远超过本地户籍人口，而且，随着对外商贸交往的日益扩大，更多的国外的商贸人员会大量涌入义乌。农民多、外来人口多是义乌人口构成的基本实际，在这样一种人口构成背景下，要不断实现义乌经济的跨越式发展，不断丰富和发展义乌的商业文化，实现建设"国际性商贸城市"，乃至和谐社会的战略目标，义乌在走向市场化、城市化、国际化和现代化进程中必须把全体义乌人观念的提升和素质的提高放在特别突出的位置。在更准确的意义上说，塑造新义乌人之"新"，其对象不只是指向"新来者"，而是包括原住民在内的全体义乌人，是全体义乌人的观念更新、能力更新、素质更新。

第一节 文化融合与相互包容

义乌是一座迅速成长起来的新兴的商贸城市，随着外来人口的不断涌入，义乌也已经成为一座外来人口远远超过本地户籍人口的名副其实的移民城市。近年来，义乌外来人口呈高速递增的趋势，截至 2006 年，全市 160 余万人口中，常住外来人口就超过 100 万。其中，来自世界 142 个国家和地区的，常住外商 8000 多人，来自国内 44 个少数民族的常住人口有 2 万多人。外来人口的大量涌入给义乌的经济社会发展注入了强大的活力，同时，像任何移民城市一样，伴随着外来人口而来的是外来文化，如何面对外来文化与本土文化的冲突，如何促进文化的包容，实现多元文化的融合，是一个移民城市无法回避的问题。促进不同文化的相互包容与不断融合，是促进人与人之间相互包容、和谐相处，从而促进个人和城市发展的基本条件。就义乌而言，促进多元文化的融合更是丰富自己的商业文化，推进商贸发展和"国际性商贸城市"建设的必由之路。

从 20 世纪 80 年代以来，随着经济的发展，义乌大体经历过三次人口大积聚。第一次是 1982 年，当时的县委提出了"四个允许"，既允许农民进城经商，允许长途贩运，允许城市市场开放，允许多渠道竞争。政策的开放，极大地激发了义乌人的创业热情，大量本地农民涌入县城经商创业。第二次是 1992 年，邓小平同志南方谈话发表后，随着我国社会主义市场经济的发展，大量来自省内外的外地经商者涌入义乌。第三次是 2002 年，我国加入世界贸易组织以后，大量的外国商人涌入义乌。一个内陆小县能敞开胸怀接纳来自五湖四海的客商，迅速变成一个国际性的商贸城市，其本土文化中所具有的包容性特质无疑起着非常积极的作用。

义乌文化或者说义乌人所具有的包容性特质的形成，与义乌人手摇拨浪鼓走南闯北的行商历史自然有着密切的联系。他们行走四方，辛劳奔波时，最能体会的是出门的不易与艰辛，当他们将心比心、设身处地地为他人着想时，一种朴素的好客情感会自然而生，经过漫长的历史积淀便形成了一种不欺生、不排外的显著的文化特质。可以认为，义乌本土文化中所孕育的包容的因子、开放的因子为义乌的对外开放和商贸发展提供了得天独厚的文化优势。但这种传统的文化因子要在现代社会中发扬光大，对经济社会发展产生积极的促进作用，必须有赖于一种深刻的文化自觉和积极的文化创新。我们看到，义乌在文化建设，乃至在政治建设、经济建设和社会建设中，都努力结合现代市场经济发展的需要，以及构建和谐社会的要求，充分挖掘地域传统文化中的一些积极因素，使之在新时代得到升华。当维权的观念、平等的观念、公正的观念、和谐的观念逐渐深入人心，并在公共政策的制定和各种制度建设中不断得到体现时，我们体味到的已不只是义乌文化或者说义乌人所具有的"宽容包容"的人文精神和不欺生、不排外的朴素的好客情感，而是一种民主意识、现代意识，传统在现代化中得到升华。

正因为这种包容精神的升华，使小小的义乌显示出大气与大度，形成了开放与包容的城市品格。人们可以从不同侧面感受到这种包容与开放。比如说，在义乌越是外地的车辆越能受到关照；外地人与本地人发生冲突时，多数本地人会站在外地人一边。再比如说，义乌市政府的大门不设保安，总是向人敞开的等等。但让人更深切感受到这座城市开放与包容品格的是义乌对外来人口的政策措施，和这些政策措施所体现的精神理念。多年来，义乌市委、市政府始终把外来人口工作当作事关义乌商贸城市建设，乃至整个城市经济社会发展的大事来抓，积极探索外来人口管理的新途径，做好外来人口的教育、管理和服务。首先，义乌市委、市政府牢固树立以人为本的理念，充分尊重外来人口平等的主体地位，强调要用开放、包容、平等的精神善待外来人口。坚持在城市的经济社会发展和城市发展的定位中，把外来人口当作实有人口考虑，实现外来人口本地化管理；坚持给予外来人口以平等的政治待遇，积极引导他们参政议政；坚持鼓励和支持符合条件的外来人口在义乌落户，并落实市民待遇，在社会保障、医疗、住房、就业、子女就学等方面与本地人口同等对待。其次，强化对外来人口的教育、服务和维权工作。坚持开展普法和安全、就业教育，有针对性地对外来人口进行法律观念、安全保护意识的宣传，进行劳动技能、英语、电脑和外贸知识等方面的培训，以提高外来人口的法律意识和就业能力；优化对外来人口的服务和办事环境，丰富他们的文化生活，并针对外来人口的一些特殊需求，提供一些特殊的服务；建立农民工权益保障联席会议制度，创新工会维权机制，积极开展法律社会援助，以拓宽维权渠道，为外来人口构建一个公平的法制环境。再次，坚持创新机制、强化制度保障，通过建立社会化管理机制、信息化管理机制、经费保障机制和考核机制等，不断提高外来人口管理水平。

义乌人的包容既是对外来者的包容，同时也是对随外来者而来的外来文化的包容，对人的包容不能没有对文化的包容，文化包容能促进人的包容。如果说义乌本土文化具有包容性的特质，那么，正是这种文化的包容性特质促进了义乌在走向国际性商贸城市的进程中不断实现文化包容和文化融合，从而促进了人的包容。义乌市第十二次党代会的工作报告明确提出，要注重不同宗教、不同民族的文化融合，尊重常住义乌外国客商的生活习性和工作方式，引导外商融入义乌生活。

宗教是外来文化影响最直接、最显著的领域之一。改革开放前，义乌仅有佛教和基督教，信徒不过几千，且都是义乌本地人。随着商贸城市的形成和发展，义乌的宗教呈膨胀性发展趋势。义乌现有佛教、道教、基督教、伊斯兰教、天主教等多种宗教存在，信徒不断增加，活动场所不断增多。截至 2006 年，基督教登记在册的义乌本地信徒近 6000 人，慕道友约 3000 人，外来经商打工的信徒约 3000 人，有聚会活动场所 48 个，其中基督教会 9 个、分会（堂）19 个、聚会点 21 个。天主教也有百余人在活动，信徒大多来自国内福建省和浙江本省的温州、苍南等地，也有少数外商。而发展最为迅速的当属伊斯兰教。20 世纪 80 年代初，随着义乌小商品市场的兴起，国内新疆、青海等地的穆斯林开始来义乌经商，90 年代初，国外穆斯林开始进入义乌，到 21 世纪初，国内外穆斯林大量涌入义乌，穆斯林信徒已达 1.5 万余人，2001 年后，义乌开始设立伊斯兰教活动场所。义乌的宗教呈明显的涉外性特征。基督教新恩堂年接待来自美国、韩国、英国、德国等国家和我国港、澳、台地区的信徒 1 万余人次。面对义乌宗教发展的形势，多年来，义乌市委、市政府高度重视宗教工作，把宗教工作列入重要议事日程。市委理论学习中心组曾专门举行宗教知识理论专题学习会，学习宗教知识，加深对宗教问题的了解。社会各方面也形成了做好宗教工作的良好氛围，并切实帮助解决中外信徒开展宗教活动所遇到的困难。韩国有近千人常住义乌，其中有 300 多人是基督教徒，经市民政宗教局批准，基督教新恩堂特地为韩国信徒提供聚会场所，开设朝鲜语聚会、英语团契。通过做好宗教工作，不仅使"让义乌走向世界，使世界了解义乌"多了一个有力的载体，而且也有力地宣传了我国的宗教信仰自由政策。但更为重要的是，使外来的信教客商更快、更好地融入义乌社会，极大地促进了义乌国际商贸城市的建设。

文化的包容就是对不同的思想观念、宗教信仰，乃至不同的风俗习惯、生活方式的包容，理解和尊重来自不同文化背景的人的风俗习惯和生活方式。在义乌，房东住最顶层，租户住下面几层是常见的租房形式之一。如何彼此尊重不同的风俗习惯，使不同文化背景的人能在同一个屋檐下和谐相处、共同生活，无疑是个问题。义乌的相关部门多年来在这方面做了大量的工作，居民在这方面的意识也越来越强。江东街道鸡鸣山社区有位樊姓居民，他家住着一户阿拉伯租户，穆斯林在家里做祷告时，他家里的人都会自觉肃静下来，连他上小学的儿子也都知道，阿拉伯人叫牛郎星为天平星，以前把甜瓜叫"天堂圣果"。而阿拉伯人也会和他们一起聚餐，看春节联欢晚会，玩"拖拉机"扑克游戏。不同文化背景的人和谐相处，其乐融融。像鸡鸣山社区这样居住着来自美国、澳大利亚、加拿大、日本等70多个国家的客商的居民社区，不同文化的相互交融，本地居民与各国客商以及各国客商间的和谐相处，构成了义乌多元文化交流融合的一个缩影。

文化的包容不仅包含着对外来文化的理解和尊重，同时更包含着对外来文化的学习。义乌人始终抱着开放的姿态和健康的心态虚心学习外来文化中一切积极的有益的东西。他们不断学习与人交往，在商贸交往和文化交往中认真学习先进的商业文化理念，采人之长补己之短。多元文化共存的客观社会和文化环境，也为义乌人的学习提供了机会。在义乌的韩国人几乎每周都自发组织起来，开展捡垃圾活动，这种公益精神深深感染了义乌本地人，于是，一支有商人也有学生、有义乌人也有外国人组成的志愿者队伍便宣告成立。在多元文化的共存与交往中，不同文化间形成了一种良性的互动。

从文化的包容性到实现人的包容、文化的包容，义乌文化或者说义乌人所具有的这种包容性特质，对义乌的经济社会发展起到了极大的促进作用。文化包容不只是个文化问题，也是个政治问题，甚至是经济问题。义乌人文传统中的包容精神对义乌现代商业文化的形成，乃至义乌的商贸发展都是一个不可低估的因素。有调查表明，义乌之所以具有十足的商业魅力，就在于这座城市的开放性、包容性的城市品格，绝大多数接受调查的外来者都十分看重义乌海纳百川的胸怀所形成的良好的经商环境。从更根本的意义上看，文化包容更是一个事关社会和谐和人的全面发展的问题。包容性既为义乌的原住民也为义乌的后来者提供了广阔的发展空间，同时，也极大地提高了所有义乌人对这座城市的认同感、归属感。文化包容为塑造新义乌人提供了一个良好的文化氛围。

第二节　新义乌人的权利维护与融入

义乌作为一座新兴的商贸城市和移民城市，市场经济发展较早、较快，外来人口的流入也较早、较多。如何面对和处理由于市场经济的发展所产生的不同利益主体之间的矛盾，切实保障各个利益主体的权益，如何平等维护包括经济权利、政治权利在内的人的各项基本权利，是义乌经济社会发展不容回避的问题。

近年来，义乌探索工会社会化维权机制，取得了很大成绩，在全国产生了重要影响；义乌外来人口当选县市级人大代表，在全国也是开先河之举。义乌之所以有如此的探索、如此的创举，并非偶然。重视维护人的各种合法利益，保障人的各种基本权利，是市场经济健康发展与和谐社会建设的内在要求。对于维权，义乌人有一种可贵的自觉，这种自觉既表现在对维权之于市场经济发展与和谐社会建设的重要性的深刻认识上，也表现在义乌文化或者说义乌人所具有的"宽容包容"的人文精神和不欺生、不排外的朴素的好客情感的观念升华上，表现在基于观念升华和文化自觉基础上的制度自觉上。对于维权的重视，不仅是义乌过去经济社会健康发展的重要基础，也是保障义乌未来经济社会又好又快发展的重要条件。从维护人的主体地位，贯彻科学发展观"以人为本"的核心理念的意义上看，对于维权的重视及其相应的制度建设更是塑造"新义乌人"的重要基础。

一　社会化维权机制的发展

随着义乌市场经济的起步与迅速发展，以及外来人口持续不断的大量涌入，各种性质的维权问题一直是义乌经济社会发展所必须面对的。从义乌第一代小商品市场建立以来，如何正确处理市场内两类群体的关系就一直是政府和具体管理部门关注的问题。一类是在市场经商的义乌本地人与在市场经商的外地人的关系，这两部分市场经营者在市场中的比例构成从最初的前者占九成发展到后来的各占五成，两者之间由于市场的竞争关系，矛盾在所难免；一类是在市场经商的经营者与外地客商之间的关系，受利益驱动，在两者之间坑蒙拐骗、侵权欺诈等现象也时有发生。面对这些问题，市场管理部门本着平等公正的原则，不偏袒、不纵容，依法维护各方的利益，并在市场内建立了维权调解组织，积极开展维权调解工作。随着市场经济的深入发展，知识产权保护也日益成为义乌维权工作的重点之一。20 世纪 90 年代起，义乌市委、市政府就高度重视知识产权保护工作，依法打击各种侵权行为，提出"大打大繁荣，小打小繁荣，不打不繁荣"。依法保护知识产权是保持义乌市场的生命力和持续繁荣的前提，越来越成为人们的共识。进入新世纪新阶段，义乌的维权工作更面临着新形势新任务。义乌市委、市政府坚持以人为本的发展理念，尊重人民群众的主体地位，努力维护好、实现好、发展好人民群众的利益，在切实保障包括外来人口在内的广大人民群众的经济权利、政治权利、文化权利和社会权利方面做了大量的工作。工会社会化维权机制的建立和赋予外来人口选举权和被选举权是义乌在新时期探索做好维权工作的两个新亮点。

义乌市场经济的迅速发展，使义乌的经济关系和劳动关系发生了深刻复杂的变化。义乌民营经济发达，90% 以上的职工在民营企业工作，且绝大多数为外来务工人员，这一群体的合法权益最容易受到侵犯。从 1997 年开始，义乌每年发生的各种劳资纠纷、劳务矛盾都超过万起，各类侵权事件也时有发生。这些纠纷和矛盾若得不到及时妥善的解决，不仅会损害职工的各种合法权益，还易引发恶性事件，对社会稳定和企业发展带来危害。面对经济关系和劳动关系的新形势新特点，如何有效维护以外来务工人员为主体的广大职工的合法权益，是义乌市委、市政府面临的重要课题。多年来，义乌为解决这一课题在多方面进行了积极的探索。从 2000 年开始，义乌市总工会在市委、市政府的领导下，对义乌劳动关系中所发生的种种矛盾状况进行了认真的调查研究，面对职工的维权需求，为了更好地为职工群众服务，大胆进行体制创新，走出了一条工会社会化维权的新路。经过几年的努力，初步建立起了以建设"平安义乌"、构建和谐社会为目标，以表达和维护职工权益为重点，以法律法规为基准，以制度建设为保证，以社会化维权为特征，以包括外来务工人员在内的职工群体为基本对象，以协商调解、参与仲裁、代理诉讼、法律援助为基本手段，融整体维护和具体维护为一体，覆盖劳动关系全过程全领域的协调机制。

义乌市总工会在建立工会社会化维权机制的探索中，做了大量卓有成效的工作。首先是建立社会化维权平台。在 2000 年成立了义乌市职工法律维权协会，作为非营利性的维权专门机构，协会后改称义乌市职工法律维权中心。该中心的主要职能是，参与工资集体协商、集体合同和劳动合同见证；参与劳动争议协调处理，主持劳动争议调解；参与劳动争议仲裁，开展职工劳动争议仲裁代理、诉讼代理；开展代书法律文书、法律咨询、法律知识培训；为职工提供法律救助和法律援助等等。其次是完善社会化维权网络。经过几年的努力建立起了横向跨省市，纵向到基层的维权组织网络；建立了维权信息网络；建立了一支由专职人员与社会法律志愿者相结合的维权队伍，实现了维权力量的社会化。再次是构建社会化维权格局。聘请各部门的主要领导为职工法律维权中心的特邀顾问；与司法、劳动和社会保障、工商、法院等部门紧密联合，实现维权工作的互联、互动、互补；与一些律师事务所建立合作关系，增强维权力量，保证维权质量；与一些新闻媒体联合，为工会维权营造有力的舆论氛围；与高等院校合作，联合开展普法培训、法律咨询以及职工法律维权理论和机制创新的调研等。在市委、市政府的领导和有关部门的支持下，已初步形成"党委领导，政府支持，各方配合，工会运作，职工参与"的社会化维权格局。最后是运用社会化维权手段。在具体工作实践中十分重视运用社会化的维权手段，把维权工作落实到劳动关系建立、运行、监督、调处的各个环节。在劳动合同和集体合同方面、安全生产劳动保护方面、困难职工帮扶方面、劳动争议调解方面、参与劳动争议仲裁方面、代理职工诉讼方面等都做了深入细致的工作。①

通过几年不懈的努力，义乌工会社会化维权工作取得了令人瞩目的成绩。职工法律维权中心受理和办结了大量投诉案件，帮助数千职工挽回了经济损失，维护了职工的合法权益；减少了劳资纠纷和劳动关系中的矛盾，有力地促进了社会的和谐，增强了城市的亲和力。工会社会化维权受到社会各界的普遍认可和广大职工群众的欢迎，"维权找工会"已经成为义乌职工群众的普遍共识。胡锦涛同志曾就义乌工会社会化维权机制做过批示："完善在工会组织领导下的维权机制很有必要。要注意总结经验，不断强化职能，更好地为职工服务。"这是对义乌进行工会社会化维权机制创新的充分肯定和鼓励。

二 外来人员的参政议政与政治融入

如果说义乌工会社会化维权机制的建立更多的是着力于维护以外来人员为主体的广大职工群众的经济权利，那么，外来人员当选地方各级人大代表则是保障外来人员政治权利的重要举措。随着义乌市场经济的快速发展，外来人口增势迅猛，并已超过本地户籍人口，且呈继续增长的趋势。面对义乌外来人口大量涌入，如何确

---

① 参见陈有德《创新社会化维权机制，充分发挥工会在构建和谐社会中的作用》。

保大量外来人口政治权利的行使已成为日益突出的问题。多年来，义乌根据自己的实际情况，在如何有效保障外来人口行使政治权利方面做了积极有益的探索。2001年底，义乌市进行乡镇人大代表换届选举，市人大常委会认真研究，精心部署，首次在一些乡镇组织了7699名外来人员参加义乌当地的人大代表选举，共提名推荐初步代表候选人近百名，17名成为正式代表候选人，最终有10名外来人员当选为镇人大代表。2002年底，义乌市人大常委会即着手安排组织外来人员参加选举市人大代表工作。根据规定，在义乌居住一年以上、年满18周岁的中华人民共和国公民，凭个人身份证、暂住证可自愿前往选民登记地登记；在不违背现行法律法规的情况下，尽量方便外来人员参加选民登记，外来人员参加选民登记后，由所在镇、街道选举委员会函告其户籍所在地；外来人员单独设立选区，为外来人员当选代表创造有利条件；运用新闻媒体进行广泛的宣传发动，积极鼓励外来人员参与选举。2002年12月24日，义乌市后宅街道华灵拉链有限公司朱林飞当选为义乌市第十二届人民代表大会代表，成为全国首位县市级外来人员人大代表。在2006年的市镇人大代表换届选举中，义乌市人大常委会在总结经验的基础上，继续完善外来人员的参选工作，更好地保障了外来人员行使政治权利。截至2006年12月30日，义乌共选举产生11名外来人员市人大代表和10名外来人员镇人大代表。义乌打破按户籍人口统计选民进行选举的惯例，解决了外来人员既无法参加户籍所在地的选举，又不能参加居住地选举的困难，使维护外来人员政治权利真正落到了实处。义乌外来人员当选地方人大代表曾引起强烈反响和广泛关注，2001年义乌外来人员当选镇人大代表就被收录进2001年全国人大大事记。

在做好外来人员参与地方人大代表选举工作的同时，义乌还采取其他措施，积极引导外来人员参政议政。邀请外来人员旁听市人代会也是义乌一项创新性的举措。在2006年举行的义乌市第十二届人民代表大会第四次会议上，就邀请了27名外省籍公民旁听了会议。这些外来人员是从上百名报名者中选出来的，他们分别来自新疆、陕西、辽宁、河南、天津、台湾等省、自治区、市，其中有企业管理者、市场商户、职业策划人等等，年龄最大的49岁，最小的25岁。在旁听会议期间，义乌市政府的领导还就义乌方方面面的问题与大家进行了座谈，听取大家的意见。义乌还特别重视外来人员中的党团组织建设，积极在外来人员中发展党团员，并为外来人员中的党团员参与义乌的政治生活创造条件。在2007年1月举行的中国共产党义乌市第十二次代表大会上，就有5名外来人员党代表出席了会议，这在义乌党代会的历史上是第一次。

对于外来人员政治权利的尊重和保护极大地增强了他们的主人翁意识和归属感。一些应邀旁听市人代会的外来人员表示，在这座新兴城市，他们这些后来者没有被当成外人，有了更多的发言权，这使他们在这座城市有了更强的归属感。一位来自安徽的打工妹，1996年到义乌，在一家文具公司当包装工，10多年来，她先后担任过公司的仓库管理员、车间主任、办公室主任、生产部经理、工会主席、妇联主席等，2001年入了党，2007年还被选为义乌市党代会代表，她觉得能在义乌生活、工作，对义乌的发展有所贡献，自己很有价值。

三　基本权利平等与新义乌人

自改革开放以来，义乌市（县）委、市（县）政府都十分重视根据义乌经济社会发展不同时期的不同特点，和面临的主要问题，努力维护人民群众的合法利益和各种基本权利。义乌的市场经济之所以发展迅速，充满活力，一个很重要的原因就在于，义乌的各方面都能自觉地适应市场经济发展的内在要求，对进入市场的不同主体给予平等的尊重和保护。正是这种对不同市场主体的利益和权利的平等保护，使义乌像一块磁石有力地吸引着市场主体，并从根本上激发着各个市场主体的积极性和创造性，平等尊重和保护市场主体的权益是义乌市场经济迅速发展、充满活力的重要动因之一。就市场范畴而言，如果说得市场主体者得天下，那么，若要得市场主体必以平等对待市场主体为第一要务。市场经济的发展，既要以存在相对独立的利益主体为前提，也要以各个不同的利益主体自主参与市场活动为前提，这两个前提都只能在一个市场主体的权益受到平等尊重和保护的市场环境中才能获得。

从平等尊重和保护市场主体的权益，到努力平等尊重和保护包括人的经济、政治权利在内的人的各种基本权利，义乌在经济社会发展中始终坚持以人为本，不忘进行机制和体制创新，努力保障人的基本权利。在充分尊重人民群众创业权利，努力造就千百万充满生机和活力的市场主体的同时，认真处理效率与公平的关系，关心社会困难群体，把实现社会公正作为重要的政策导向，在努力保障更多的人共享发展成果、达到共同富裕中体现对人民群众的切身利益和公民基本经济和社会权利的尊重；积极引导人民群众的民主参与热情，通过机制和制度建设切实保障公民政治权利的实现；最大限度地满足人民群众的文化消费需求，积极维护公民的文化权利。平等尊重每个人作为人的价值和尊严是"以人为本"的重要伦理内核，而人的价值和尊严在一个很重要的方面，则是通过人是权利的持有者，或者说人是权利的主体而体现出来的。对人的权利的尊重就是对人的尊重，没有对人的权利的尊重，就谈不上对人的尊重。

人的基本权利的被尊重是实现个人发展的基本前提，义乌不断强化文化观念上的权利意识，不断创新权利保障的制度设计，为"新义乌人"的塑造奠定了重要基础。

第三节　全民学习与义乌人素质的提升

一　努力打造全民学习型城市

义乌是一个以农民和外来人口为主体的新兴商贸城市。随着经济的跨越式发展和城市发展目标的不断提高，城市人口的综合素质与城市发展目标的要求之间的矛盾日益显著。党的十六大报告提出要"形成全民学习，终身学习的学习型社会，促进人的全面发展"，这一精神的重要性对义乌似乎显得尤为突出。义乌市委、市政府对城市人口的综合素质与城市发展目标的要求之间的矛盾一直有着十分清醒的认识，20 世纪 90 年代末以后，义乌就已开始投入巨资面向下岗人员、市场经营户、农民等开展成人教育培训活动，有针对性地进行免费培训，以提高他们的就业能力和职业素质。

2002 年以来，义乌市委、市政府更是从建设国际性商贸城市的高度出发，以提高市民综合素质、提升城市品位为目标，全面开展学习型城市建设。2002年以后，义乌市相继出台了《中共义乌市委关于创建学习型城市的决定》、《关于深入开展学习型城市创建活动的通知》、《义乌市建设学习型城市规划(2003 ~ 2010)》、《义乌市学习型城市创建工作实施意见》等一系列文件和相应的政策规定。在这些文件中，贯穿着一个基本的理念，建设学习型城市要"以人的发展为中心，以提高人的素质为目标"。人的素质的不断提高既有助于促进义乌国际性商贸城市的建设，也有助于促进人的全面发展，从这一意义上说，学习型城市建设是塑造新义乌人的必由之路。

学习型城市建设是义乌文化建设的一大特色，同时，就像义乌经济发展走出了一条符合自己实际的道路，义乌的学习型城市建设也有其自身的特色。义乌的学习型城市建设始终立足于自己城市人口构成的实际和市民综合素质的实际，不是走精英型文化教育的路子，而是把目光面向大众，把着力点放在不断提高经营者和普通劳动者的从业技能和文化素养上，走出了一条符合自己实际的学习型城市建设的道路。义乌把学习型城市建设当作一项事关城市未来发展的社会工程和一项造福广大民众的公益事业，政府是第一责任人。2000 年，市政府决定，5 年内投入 5170 万元（其中财政投入 2585 万元），作为开展成人继续教育和职业技术培训的专项资金，参加学习和培训的人全部免费。"零收费"极大地调动了广大群众参与学习和培训的积极性。义乌把本地的职业技术教育机构作为建设学习型城市的主要载体，以启动普通劳动者的培训作为学习型城市建设的切入点，通过培训，提高他们的从业技能和文化素养。学校根据"干什么、学什么、缺什么、补什么"的原则，在学校原有课程的基础上，增加电子商务、商务英语、商务计算机应用、市场营销、美容美发、物业管理等课程，并根据发展需求及时调整教学内容。义乌在建设学习型城市中努力采取方便群众和易于调动群众学习积极性的学习和培训方式，低起点、多系列、多样式是其显著的特点。低起点，以免费的、短期的实用技术培训为起点，多数培训班以一个月为期，有助于吸引包括老年人、家庭妇女和一些收入低的失地农民及外来务工人员等参加学习和培训。多系列，以实用技能培训、证书培训、学历教育、综合提高为几大学习系列，满足不同的学习和培训要求。实用技能培训意在培养一技之长，证书培训旨在提供上岗、专业晋级所需的资质，学历教育立足于提升学历层次，综合提高则是为了综合素质的提高。多样式，对不同对象采取不同的培训方式。对农村剩余劳动力的培训，采取送教下乡和集中培训相结合的方式，以实用技术培训为主。对经商人员的培训，则采取晚间和双休日分散培训的方式，以现代综合技能培训为主。义乌在建设学习型城市中努力构建一座纵横贯通的"学习立交桥"，使学习覆盖全员、覆盖各个年龄段、覆盖所有学习通道。机关干部、农民、外来务工人员乃至外商，青年人、中年人、老年人，都能找到自己的学习"入口"，参加适合自己的学习和培训活动，而且，学习者在不同机构的学习经历和成绩都能在主管部门记录备案，并能被相互承认。①

---

① 侯靖方等：《义乌市创建学习型城市的调查报告》。

二　全面建设学习型城市

根据《义乌市建设学习型城市规划》，义乌要用五年左右的时间构筑学习型城市的基本框架，到 2010 年构建起比较完备的学习型城市体系。为此，义乌以开展学习型市场、学习型企业、学习型机关、学习型社区和学习型家庭五大类学习型组织为抓手，全面开展学习型城市建设。

学习型市场建设在义乌学习型城市的建设中占有特别重要的地位。义乌是商贸城市，市场是义乌经济社会发展的命脉所系，而数以万计的市场经营者作为市场的主体，他们的素质状况对于市场的发展至关重要。因此，义乌市明确规定：市场经营户年受训人员要达 9000 人次以上，组长以上骨干经营户每年参加继续教育的时间不少于 40 小时，新入场的经营户接受文明经商、场规场纪教育培训率要达到 100%；要重点抓好市场经营户外语、商贸、法律、电子商务知识等方面的培训，使 50% 的经商人员能够基本掌握简单的英语对话，80% 的经商人员能够基本掌握电子商务知识，90% 的经商人员掌握一定的外经贸知识。① 近年来，义乌市政府充分挖掘和整合各类教育资源，组织对市场经营户的免费培训，开设了电子商务、外经贸知识、商务外语、营销知识等方面的初、中级培训班。通过几年的努力，市场经营户的业务能力都明显提高，越来越多的人学会了一些外语会话，正逐渐改变以往靠打手势或靠翻译完成经商交易的状况，网上交易也趋普遍。同时经营者的诚信意识、文明经商意识也得到很大提高。学习型市场的建设不断地促进了市场经营者素质的提高，从而有力地推动了义乌商贸市场健康有序地向前发展。

义乌大力开展学习型企业建设，"先上课，再上岗"是义乌建设学习型企业的主题口号。义乌市提出，要建立企业员工知识更新定期培训制度，重点抓好员工的职业技能培训、法律法规和公民思想道德教育及外来务工人员的教育培训；要加强员工继续教育，满足员工终身学习需求。义乌市根据不同企业的不同用工需求，开办了各种职业技能培训班。一些有条件的企业还建立起自己的培训机构，以培养符合本企业的经营理念、技能要求和行为规范的管理干部和员工。义乌市浪莎针织有限公司就成立了浪莎学院，学院根据文化层次和学历水平的不

① 参见《义乌市学习型城市创建工作实施意见》。

同，对员工和管理干部分层进行培训。公司以积分形式计算个人的学习能力，根据学分来分配岗位，凡在学院毕业的员工都发给毕业证书。同时，公司还建立了一系列相应的学习激励机制，实习员工带薪参加培训，公司根据培训成绩决定是否录用；对在职员工，学习培训情况与薪酬和职位挂钩；通过考试取得相关等级的员工，可以享受公司规定的相关福利待遇，培训学习的次数作为晋升的资格或岗位的任职条件。所有这些都极大地激发了员工的学习积极性，促进了学习型企业的建设和企业的发展。①

义乌的学习型社区（村庄）建设也开展得有声有色。社区是居民活动的重要场所，义乌市以服务居民为宗旨，努力健全社区教育学习网络，构筑社区居民的学习平台。义乌市要求，要建设和完善社区图书馆、阅览室和科普画廊等学习教育阵地，建设"15 分钟阅读圈"，使居民在步行 15 分钟的范围内就能阅读看报；要在实现农村广播村村通的基础上，实现城市广播区区通；要开展各种能满足居民休闲娱乐要求的文化教育活动。义乌的一些社区为建设学习型社区都制定出年度的活动计划，并按计划有条不紊地开展活动。江东街道鸡鸣山社区 2006年的社区学习教育活动就很丰富多彩。该社区 2006 年的学习教育活动包括思想道德教育、居民素质教育、法律法规教育、共驻共建教育、星级荣誉教育等六个方面，并明确规定了活动的主题和所要达到的目的。思想道德教育以学习"三个代表"重要思想和十六大精神为主题，以加强居民道德修养，提高居民思想品质，坚定居民社会主义理想信念为目的；居民素质教育以创建优美环境为主题，以优化居民生活质量，培养居民良好卫生习惯，掌握卫生科学知识为目的；法律法规教育以学习计生法、合同法等法律为主题，以使居民、外来人员和外籍人员在生活和工作中守法、用法为目的；共驻共建教育以共驻共建、共创平安社区为主题，以鼓励和引导共建单位志愿者参与社区各方面建设为目的；星级荣誉教育以强化居民的社区归属感为主题，以居民积极参与争创星级社区活动，把社区工作提高到新水平为目的。义乌的学习型社区建设为居民参与学习和教育提供了新的途径，有效地促进了居民综合素质的提高。

义乌在大力开展学习型市场、学习型企业、学习型社区建设的同时，积极建设学习型机关和学习型家庭。义乌市要求领导干部每年不少于 5 天集中培

---

① 参见浙江省精神文明建设办公室编《文明办信息》第 48 期。

训，培训率要达到 100%，一般干部培训不少于 3 天，培训率要达到 90% 以上，95% 以上的机关党员干部要具备电脑基础操作能力，所有机关党员干部要参加普法教育，要把机关建设成"人人重视学习，个个努力求知"的学习型机关。义乌市努力把学习网络延伸到家庭，号召全市文明家庭积极投入到"学习型家庭"的创建活动中，提出，建设学习型家庭要形成父母带头学习、家庭全员学习的机制，使学习成为家庭生活的重要内容，不断提高家庭成员的综合素质。

义乌人素有勤耕苦学的精神，事业发展的需要和学习型城市建设的推动更激发了人们的学习热情。领导干部在学习，普通市民也在学习，企业员工在学习，企业老板也在学习。新光集团董事长周晓光就是一个酷爱学习的"学习模范"。仅有高中学历的周晓光经过 20 多年的艰苦努力，事业发展迅速，她组建的新光集团已成为著名的饰品企业。她事业的成功与她酷爱学习、善于学习是分不开的，多年来，她经常奔波北京、上海等地，参加各种研修班、培训班，企业规模日益扩大，学习热情依然不减。在义乌，像周晓光这样热爱学习的企业家不在少数。

通过几年的不懈努力，义乌学习型城市建设工作取得很大成绩。建设学习型社会的口号深入人心，市民的学习积极性日渐提高，学习已成为许多普通义乌人生活的重要组成部分。学习型城市建设对义乌未来经济发展无疑会产生极大的促进作用。义乌要实现建设国际性商贸城市的目标，必须面对经济全球化和日趋激烈的国际竞争，必须不断提升城市的综合素质和整体竞争力，体制创新、机制创新和科技创新是实现城市整体竞争力提升的根本途径。换言之，发展与创新是须臾不可离的。而创新则必须以学习为基础，建设学习型城市能使城市的各个主体都始终保持不断学习的状态，从而实现以学习促创新，以创新促发展。义乌的学习型城市建设必将有助于义乌的创新型城市建设，促进义乌经济的发展。学习型城市建设对加快义乌的城市化进程也发挥着直接的作用。当大量的农民变为市民，大量的外地人变为当地人，学习对他们来说也变得十分必要。学习型城市建设亦有助于在一定程度上缓和由于外在的各种差异所带来的人与人之间受教育机会的不平等以及由此造成的个人发展机会的不平等，义乌在学习型城市建设中始终强调关注弱势群体，凸显了学习型城市建设对促进社会公平和社会和谐的意义。从根本上说，义乌学习型城市建设的目标，就在于不断提高人的思想道德素质和科学文化素质，不断提高人的创造性和适应社会现代化的能力；就在于促进人的全面发展；就在于塑造新义乌人。

第四节　新义乌精神与新义乌人

义乌作为一座新兴的商贸城市和移民城市，人员流动性大，市民大多脱胎于进城经商务工的农民，这就决定了义乌市的文明城市创建工作有其自身的特点和难点。多年来，义乌市委、市政府密切结合义乌实际，以"提高市民素质、构建和谐商城"为主题，按照"以经济建设为中心，以城市化为载体，以创新为动力，以育人为根本，以服务人为宗旨"的创建思路，开展了大量卓有成效的工作，义乌市的文明创建工作有效地提升了城市的文化力、竞争力和城市品位，促进了人的文明素质的提高。

一　文明礼仪宣传教育与实践

近年来，义乌大力开展以"人文义乌、礼仪商城"为主题的文明礼仪宣传教育和实践活动。2005年，根据省委书记习近平同志的批示精神，浙江省决定用三年的时间在全省开展以"做文明公民、建文化大省"为主题的文明礼仪宣传教育活动。义乌被列为活动前期的四个试点城市之一。义乌以此为契机，以社会礼仪、市场礼仪、生活礼仪、职业礼仪、校园礼仪、场馆礼仪、涉外礼仪等为重点，从教育、活动和管理等方面入手，广泛深入地开展文明礼仪宣传教育和实践活动。

义乌高度重视文明礼仪的宣传教育，努力提高广大市民对文明礼仪对于和谐商城建设和人的素质提高的重要性的认识，大力普及文明礼仪基本知识。在文明礼仪宣传教育活动中，以抓交通文明和遵守公共秩序为重点，进行社会礼仪的宣传教育；以抓好市场经营户礼貌待客、制订市场诚信经商文明守则为重点，进行市场礼仪的宣传教育；以抓好文明行为规范养成和新型邻里关系的培育为重点，进行生活礼仪的宣传教育；以抓机关干部和窗口服务行业优质文明服务为重点，进行职业礼仪的宣传教育；以培养学生尊敬师长、团结友爱的道德品质以及良好行为习惯的养成为重点，进行校园礼仪的宣传教育。义乌还着重对外来客商、参展企业、场馆工作人员进行场馆礼仪方面的培训，对青年志愿者以及涉外部门和企业的相关人员进行涉外礼仪方面的培训。义乌在文明礼仪宣传教育活动中，突出对市场经营户、外来务工人员和在校学生三个重点人群的教育。义乌为了广泛开展文明礼仪宣传教育活动，组织编印了包括《文明礼仪知识手册》和电话接听礼仪宣传卡片在内的大量宣传品，成立宣讲团到社区、农村进行文明礼仪的宣讲，义乌工商学院还开设了相关的礼仪课程，教授文明礼仪知识。

义乌在进行文明礼仪宣传教育的同时，最大限度地调动市民的参与热情，积极组织和开展形式多样的文明礼仪实践活动。为了调动广大市民积极参与文明礼仪实践活动的热情，义乌进行了"百国百万"市民大动员，举行了万人签名宣誓仪式，发动了来自100多个国家和地区的8000余名常住义乌的外商参与各类活动。为了使文明礼仪实践深入有效地进行，义乌开展了一系列文明礼仪实践活动。在社会礼仪方面，组织万名党员干部走上街头，开展"文明从脚下起步"劝导活动，组织千名青年志愿者开展"我与文明交通同行"、千名出租车和公交车司乘人员开展"我为文明交通争光彩"等活动。在市场礼仪方面，在制订市场诚信文明守则的基础上，定期在经营户中开展"文明摊位"和"诚信经营"的评选活动，建立经营户文明积分制度，强化经营户的文明礼仪意识和行为。在生活礼仪方面，主要在社区开展"让生活更美好"文明家庭礼仪展示活动、"让邻里更和睦"邻居开门日活动和"让社区更清洁"文明卫生创建活动等。在职业礼仪方面，以"争一流，创一流，树形象"为主题，重点在机关和窗口服务行业开展优质服务竞赛活动，以"六不让"推进机关礼仪建设，即不让单位的整体形象在自己身上受到损害、不让各项纪律在自己身上有所松弛、不让来单位办事的职工在自己身边受到冷落、不让原则问题在自己身上丧失、不让是非在自己嘴边生来惹去、不让工作任务在自己身上落空。在校园礼仪、场馆礼仪和涉外礼仪方面也开展了一系列实践活动。

为了促进文明礼仪宣传教育和实践活动的有效开展，义乌市委、市政府加强领导和管理，并形成了三个有力的机制。一是领导监督机制，由市领导牵头，市创建办和市督查办组织，定期和不定期地对文明礼仪宣传教育和实践活动进行督查；二是礼仪教育领导联席会议机制，每月召开一次由市文明委领导和各职能部门领导参加的联席会议，研究活动开展过程中的问题并部署下一步工作；三是组织保障机制，由市委宣传部和创建办对拟开展的各项活动细化活动方案，落实责任单位，并进行协调、督查。

二 思想道德与文化阵地建设

近年来，义乌市为了落实浙江省在全省城乡开展以"思想道德建设、文化阵地建设、整治文化市场、整治社会风气"为主要内容的"双建设、双整治"活动的部署，因地制宜、突出重点、分类指导、层层推进，在全市开展了声势浩大的"双建设"活动。在义乌市下发的《关于全面推进农村现代化、深入开展思想道德建设的通知》中，明确提出：各镇、街道开展"双建设"活动至少要达到"四个有"，即有规划、有投入、有制度、有载体；各行政村至少要达到"五个一"，即建成一个室内文体活动室、一个室外活动场所、一支宣传文体队伍、一块以上宣传橱窗和黑板报、一批公民道德建设宣传牌。义乌为开展"双建设"活动已投入专项资金一亿多元，完成了一大批文化、宣传、体育、娱乐和健身设施的建设，同时，城乡居民的文化、体育和健身活动广泛开展，有声有色。为了把"双建设"活动引向深入，促进社会主义新农村建设，义乌在全市广泛开展"乡风文明村"创建活动。"乡风文明村"创建活动以实施"以文化人"工程为核心，以进一步加强农村环境卫生和公共服务事业为基础，以提高农村居民生活质量、提高农村文明程度、提高农民综合素质为目标，努力实现"一突破四提升"，即乡俗文化建设取得新突破，提升农村居民人文素养，提升农村文化队伍素质，提升农村文化活动水平，提升农村文化阵地建设水平。义乌在"乡风文明村"创建中，开展了一系列丰富多彩、富有特色的活动，诸如"六情对夸"就极富特色，即"夸父母养育情、夸夫妻恩爱情、夸婆媳母女情、夸姑嫂姐妹情、夸翁婿父子情、夸邻里互助情"。由于受生活方式、生产方式、传统习惯的影响，以及经济和文化发展水平的制约，农村的精神文明建设要比城市更困难，任务也更繁重。义乌在农村精神文明建设中创新思路，迎难而上，为提高农民的综合素质，加快城市化进程奠定了良好的基础。义乌在全市城乡开展"双建设"活动的基础上，还进一步把"双建设"活动推向企业，一些企业通过开展"双建设"活动，有效地促进了企业文化建设，提升了员工的素质和企业形象。

义乌还通过其他多种载体，广泛开展思想道德建设，促进文明城市创建工作的深入进行和人的素质的提高。2006年，胡锦涛同志关于社会主义荣辱观的讲话发表后，义乌即下发了《关于学习贯彻胡锦涛总书记讲话精神，全面开展社会主义荣辱观宣传教育活动的通知》，启动全市社会主义荣辱观的宣传教育活动。一年多来，义乌开展了一系列社会主义荣辱观的宣传教育活动，诸如，举办社会主义荣辱观专题讲座，组织中小学校开展"八荣八耻"宣誓活动，印制社会主义荣辱观宣传小折页，组织社区业余文艺表演队编排以宣传"八荣八耻"为内容的文艺节目进行巡演，在新闻媒体开设"我眼中的荣辱观"、"从身边事看荣辱观"等专题栏目等等。这些活动的开展有力地调动了广大市民践行社会主义荣辱观的自觉性和积极性。

三　当代"义乌精神"与"新义乌人"

伴随着义乌经济的崛起，如何认识自己，成为义乌人为自己定位的一个前提。为此，义乌认真组织开展了新时期"义乌精神"大讨论。比较大的讨论进行了两次。最近的一次是 2006 年进行的。一方面，通过开展新时期"义乌精神"的表述语征集、调研和讨论，对新时期"义乌精神"进行提炼总结。为此宣传部门运用多种方式，通过多种途径在全国范围征集表述语，征得表述语多达60100 余条；组织新时期"义乌精神"课题调研组，分历史文化、现代商业文化和现代化国际商贸城市精神文化三方面进行调研；发动各界围绕"义乌精神对义乌经济社会发展的作用"、"现代义乌人具有的品质"和"新时期义乌精神的新内涵"等问题进行了近百次座谈讨论。在此基础上，对新时期"义乌精神"做出了概括，即"勤耕好学，刚正勇为，诚信包容"。

另一方面，在对新时期"义乌精神"进行提炼总结后，即开展大规模的宣传活动，举办新时期"义乌精神"主题报告会，组织演出队、宣讲队宣传新时期"义乌精神"，新闻媒体开辟专栏、专版进行新时期"义乌精神"的专题宣传，在全市形成了人人关注、人人知晓、人人实践新时期"义乌精神"的浓烈氛围。义乌以讨论、提炼和宣传新时期"义乌精神"为契机，在全社会形成了一种精神向心力和凝聚力，有力地促进了义乌经济社会的发展和人的思想境界的提高。

"信用义乌"建设是培育新义乌人的重要载体。建设"信用义乌"不仅是打造富有特色的义乌商业文化的重要内容，是义乌建设国际性商贸城市的重要基础，也是义乌创建文明城市，着力提高人的素质的关键环节。

培育新义乌人从孩子抓起。义乌认真探索未成年人思想道德教育的新途径、新方法，出台了《义乌市中小学养成教育评估细则》、《义乌市中小学德育特色学校评价标准》、《中小学生品德素质评价方案》等一系列文件，组织编写了《义乌市中小学法制教育读本》、《德育基地读本》等，加强学校德育与新课程改革的整合，同时，积极开发和利用校外德育资源。在未成年人思想道德教育中，义乌特别重视把文明行为规范养成教育与"做人"教育结合起来，注重对未成年人的诚信、责任意识和关爱心等基本道德品质的培养，为塑造"新义乌人"打下良好的道德基础。

义乌千方百计大力发展群众文化，不断丰富群众的文化生活，努力发挥文化对人的教育、引导和熏陶功能。义乌充分利用传统节日，组织开展丰富多彩的文化活动，"商城之春"春节文艺晚会、"新义乌人中秋演唱会"等就是义乌颇具特色的文化活动，同时，义乌还成功举办了诸如农村文化节、校园文化节、企业文化节等一系列文化节庆活动；1998 年以来，义乌一直开展"江滨之夜"广场文化活动，每年从 4 月底开始到 10 月底结束，每个周末的晚上都组织群众在义乌江滨进行自编自演的文艺演出，参加的群众自娱自乐，其乐融融；每晚在绣湖广场等场所进行的优秀电影免费展映也吸引了大批观众，这些文化活动都成了广大群众休闲娱乐的极好方式。不仅如此，义乌还邀请一些包括全总文工团和上海歌舞团在内的高水平的演出团体，和包括克莱德曼在内的著名艺术家来义乌演出，举办包括中国男子篮球职业联赛和全国女足锦标赛在内的高等级体育赛事，使市民有机会欣赏高水平的文艺演出和体育赛事。义乌开展不同形式、不同层次、不同水平的文化活动，目标只有一个，就是要在努力满足广大群众的文化需求的同时，陶冶人的情操，不断提高人的文化素养。

四　充分发挥政府在文化建设中的领导作用

改革开放以来，义乌在充分发挥文化建设对经济社会和人的发展的促进作用方面做了大量富于创新性、有效性的工作。与经济发展主要依托民众力量和市场机制的"无为而治"相比，义乌历届市委、市政府在文化建设方面的"有为而治"发挥了重要的作用。

就文化建设和新义乌人的塑造而言，这种"有为而治"既表现为积极倡导义乌传统文化精神的升华和促进多元文化的融合，更重要的则表现为在实现义乌传统文化精神与现代的维权观念、平等观念、公正观念、和谐观念的结合上积极进行制度创新。在经济社会发展迅速，城市发展日新月异的情况下，要实现传统文化精神的升华，要培养素质优良具有现代观念的新市民，要为人的全面发展提供良好的文化氛围与制度基础，制度建设和制度创新是必需的。义乌大力弘扬以"勤耕好学，刚正勇为，诚信包容"为主要内容的义乌精神，这些精神要素既表现为一种个人的品质内涵，也表现为一种社会的文化氛围，同时，还应表现为一种制度的内在诉求。也就是说，应当为人们塑造这样的品质，为社会形成这样的氛围，进行相应的制度设计与政策安排。如果说"勤耕好学，刚正勇为，诚信包容"构成新义乌人应当具备的精神品质，那么，如前所述，义乌的党政部门在为塑造人的这些精神品质而进行的制度设计与政策安排是积极的，制度建设对人的观念的提升和品质的形成发挥了强大的促进作用。在促进多元文化的融合、维护人的主体地位、建设学习型社会和创建文明城市中，义乌市委、市政府都表现出一种积极有为的姿态，为促进人的全面发展做了大量卓有成效的工作。

党的十六届六中全会通过的中共中央《关于构建社会主义和谐社会若干重大问题的决定》发表后，义乌市委、市政府认真组织学习，并密切结合义乌实际，把构建社会主义和谐社会同促进义乌人的发展紧密联系在一起。2007年1月，中共义乌市委下发了《关于构建社会主义和谐社会的意见》，提出：构建社会主义和谐社会，要遵循民主法治、公平正义、诚信友爱、充满活力、安定有序、人与自然和谐相处的总要求，要按照发展固和谐、民主促和谐、文化育和谐、公正求和谐、管理谋和谐、稳定保和谐的思路进行；要坚持以人为本，促进人的全面发展，坚持民主法治、保障人民权益和社会公平等一系列原则；要建设和谐文化，发挥思想道德的力量，坚持把社会主义核心价值体系融入国民教育和精神文明建设的全过程；要重视不同民族、宗教和地域文化，发展包容开放、兼容并蓄的多元文化；要着眼于增强公民、企业、各种组织的社会责任感；要高度重视社会成员的心理健康问题，加强人文关怀，积极开展心理疏导和预防干预，促进人的心理和谐；要加强对外来建设者的管理和服务，强化法制教育和劳动技能培训，提高外来建设者的归属感和认同感。

我们看到，义乌市委、市政府正更加自觉地从和谐社会的构建来审视义乌的文化建设，更加自觉地在和谐社会的构建中来塑造"新义乌人"。我们相信，随着义乌构建社会主义和谐社会进程的不断深入，"新义乌人"的塑造必将迎来更美好的前景。

第十四章
义乌文化的未来走向

当代义乌奇迹的全景展现，可以描述为以"四个允许"为原点的一系列社会创新过程。社会创新是义乌奇迹的原始缔造者，即根本原因。观察义乌发展历程，我们看到：兴商建（县）市战略，形成了市场义乌或商贸义乌；而市场（商贸）义乌的全面、协调和可持续发展，呼唤着文化义乌。

义乌的未来发展仅仅满足于建设义乌商业文化或者义乌文化是远远不够的，必须着力打造文化义乌。文化义乌必须具有鲜明的义乌地方特色和时代特征，能够体现义乌精神、义乌风格和义乌气派。文化义乌和义乌文化是两个不同的概念，文化义乌指的是义乌顺应经济社会发展要求而进行的文化建设，义乌文化指的则是未来义乌人全新的生活方式和未来义乌全新的城市形象，是上升为义乌总体发展战略的文化，是规定和引领着义乌国际性商贸城市建设的文化。建设全新的义乌文化，是义乌商业文化的未来走向，也是打造文化义乌的必由之路。

第一节　义乌正处于创新的拐点

一　义乌正处于创新的拐点

义乌奇迹并不仅仅在于经济创新，尽管市场是义乌奇迹的核心，是义乌极为重要的经济创新，但在那个年代，市场却并非为义乌所独有。义乌奇迹的真正源头是"四个允许"所实现的社会创新。其革命性的标志就是农民可以成为商人，实现了农民身份的实质性变化，创造了义乌经济发展的新主体——"农民"商人。尽管在户籍意义上农民仍然是农民，但在实际生活中，世世代代的农民从此以后可以不再受土地的束缚、可以不必再成为农民。允许农民脱离土地经商的革命性意义无论给予多高的评价都不会过分，因为被传统生产关系长期束缚的农民占人口比重极大，一旦将其解放出来，其所蕴藏的巨大潜在生产力的释放效果必定是空前的，这正是后来人们看到的义乌奇迹。农民商人的合法化及其爆炸性增长，与农民身份变化相配套的其他政策创新一起，打破了国有机构的垄断和计划经济体制一统天下的局面，开放了市场，改变了经济结构，奠定了义乌奇迹的基础，开创了义乌经济发展的新格局。

提起创新，人们往往会和技术创新联系在一起。其实，正如彼得·F. 德鲁克告诉我们的那样，"创新不一定必须与技术有关，也完全不需要是一种'实物'。从造成的影响来看，任何技术创新都不能与像报纸或保险之类的社会创新相抗衡"①。为了验证他的社会创新更为重要的观点，德鲁克以日本为例进行了说明。他说，尽管日本在20世纪70和80年代突然以超级经济大国和国际市场上最难对付的竞争对手的姿态出现，但它还是一直受到西方人士的低估。造成这种现象的主要原因也许是与创新必须与实物有关，必须以科技为基础的普遍看法有关。人们（西方人士及日本人自己）普遍认为，日本人并非是创新者，而是模仿者。因为日本人没有创造出显著的科技革新。德鲁克认为，日本的成功，依靠的是社会创新。在他看来，1867年日本开始推行明治维新，是日本人十分不情愿地向世界敞开大门的不得已之举，完全是为了避免重复印度和中国所遭受的命运。而这恰恰是一次社会创新，奠定了日本成功的基础。他指出，"早在一百年以前，日本人就慎重地决定，将资源集中于社会创新，对科技创新加以模仿、进口和适应，结果他们获得了惊人的成功。事实上，即使是现在，这个政策对他们而言，可能仍然是正确的选择"②。

---

① 〔美〕彼得·F. 德鲁克：《创新与创业精神》，上海人民出版社、上海社会科学院出版社，2002，第38页。

② 〔美〕彼得·F. 德鲁克：《创新与创业精神》，第38～39页。

在外部表现上，义乌的奇迹与日本有着惊人的相似之处。第一，义乌的"四个允许"和日本的明治维新都是"被动"① 的选择。所不同的是，日本面临的是西方文明的外在压力，而义乌面临的则是内部的人民生存压力。第二，义乌的奇迹和日本的成功一样并没有赢得应有的尊重，相反，在外界的印象中，两者都不过是一个"暴发户"的形象。第三，义乌的奇迹与日本一样，都不是源于技术创新，而是源于社会创新。在科技创新上走的都是模仿、进口和适应路线。如果德鲁克的判断是正确的话，即对科技创新加以模仿、进口和适应而将资源集中于社会创新的政策，即使对现在的日本而言可能仍然是正确的选择，那么义乌呢？未来义乌的创新之路在何方？

拐点原本是一个数学概念，指的是连续函数上，上凹弧与下凹弧的分界点，后来被广泛用于经济分析中。我们说义乌正处于创新的拐点，意欲指出的是，今后义乌的创新可能会表现出与以往创新不同的新趋势。

其一，向外性。以往义乌的创新主要解决的是生存问题，创新的主要指向是内部。如今生存问题已经解决，2006 年义乌户籍人口的人均 GDP 达到 6300 美元②，已经提前进入现代化和小康社会。今后要解决的主要问题是发展问题。发展问题的解决既面临内部约束又面临外部约束，而内部约束越来越具有外部化的特征，即只有从外部才能加以解决，如土地和人才等要素短缺以及环境制约等。可见，义乌未来发展（无论是构建义乌商圈，还是建设国际性商贸城市）所面临的主要约束是外部约束。义乌未来的创新主要应该解决这些外部约束问题。

其二，集中性。向外性揭示的是创新应着重解决的问题，但是，创新还是要在内部的体制、机制、制度、机构等方面实现。未来义乌创新面临多种选择，是将资源用于科技创新、经济创新还是社会创新？答案肯定存在着分歧，根据义乌的实际，将资源集中于社会创新可能是正确的选择，其中包括政府创新，这一方面是因为政府的工作与群众期望还有差距，职能转变还不适应发展的新要求，社

---

① 这种被动只是表面上的，实际上是却是主动的。日本经济人类学者前川启治提出了一种发展中国家加入全球化的理想模式，叫做"转化式适应"，指的是发展中国家原有的文化体系一边维持着自己的结构形式，一边逐渐地适应外来的各种新制度或原理。日本经济产业省产业经济研究所顾问研究员，政策研究大学院教授大野健一认为，日本的明治维新就是这种转化式适应的成功范例。参见〔日〕大野健一《从江户到平成——解密日本经济发展之路》，中信出版社，2006，第 4~7 页。

② 义乌市统计局：《关于 2006 年义乌市国民经济和社会发展统计公报》。

会管理和公共服务还需加强①，另一方面是因为"未来25年里，最需要创业精神和创新的领域是政府，而不是企业或非营利机构"②。

其三，文化性。与科技创新相比，社会创新更加重要，也更加困难。对于社会创新的困难性，德鲁克以日本为例作了简要说明。他说，"社会创新的实现比制造火车、机车和电报机要困难得多。……日本的社会机构必须是典型的'日本式'，而且还必须非常'现代化'。它们须由日本人管理，同时又须满足高度技术化的西方经济模式。科技能够以较低的成本进口，而且只需冒最低限度的文化风险。相反，机构却需要文化基础才能兴旺发达"③。简言之，社会创新需要以文化整合为基础和支撑。义乌未来创新必须在文化整合上下工夫，一方面要保留义乌商业文化的优秀基因，另一方面又要接受先进的现代商业文化，实现义乌商业文化的现代转型和向义乌文化的跨越式发展。这既是巩固义乌以往社会创新成果的需要，更是义乌未来社会创新的需要。

二　义乌商业文化面临挑战

以拨浪鼓文化为核心的义乌商业文化，造就了义乌的商业奇迹；义乌的商业发展，也赋予了这种商业文化以新的时代内涵。但是今天，义乌的这种拨浪鼓商业文化正面临前所未有的挑战。如果说以往义乌最大的成功就在于将有800多年历史的拨浪鼓这种小商品买卖文化发扬光大的话，那么，今天则应认真考虑这种商业文化如何转型的问题了。

拨浪鼓商业文化面临的第一个挑战，是义乌发展战略的转型，也就是国际化的挑战。义乌人引以为自豪的是建立并成功经营了全球最大的专业批发市场，但是，如今的义乌人有了更高的追求，那就是要把义乌建设成为国际性商贸城市。建设国际性商贸城市，实质上就是要确立并实施国际化战略，这是义乌"兴商建市"战略的深化和发展。显然，"国际性商贸城市"与"全球最大的超市"有着质的区别。要"成为商贸业的辐射力、影响力、控制力具有国际性的城市"，拨浪鼓商业文化不足以成为支撑。拨浪鼓商业文化面临的第二个挑战，是法治化

---

①　吴蔚荣：《政府工作报告》，《义乌市第十三届人民代表大会第一次会议》，2007年2月7日。
②　〔美〕彼得·德鲁克：《下一个社会的管理》，机械工业出版社，2006，第69页。
③　〔美〕彼得·F.德鲁克：《创新与创业精神》，第39页。

的挑战。拨浪鼓商业文化脱胎于"鸡毛换糖"这种简单的物物交换，带有明显的前现代性。现在义乌的国际商贸城与过去的"货郎担"有着质的区别，这是一个规范的、以法治为基础的、以现代商业文明为支撑的小商品展示与交易平台。市场经济是法治经济，与市场经济相适应的商业文化同样应该建立在法治的基础上。义乌传统的重"义"观念和重"客"观念等，都潜藏着与法治精神不符合之处。拨浪鼓商业文化的第三个挑战，是文化经济的挑战。西方发达国家兴起的知识经济浪潮，在本质上是文化经济。文化经济有两个层面，一个层面指文化本身的经济化，这就是所谓的文化产业；另一个层面指经济本身的文化化，文化成为经济发展的重要资源、不可忽视的重要动力和高附加值的重要来源。义乌传统商业文化中的"不以微利而不为"等理念，在文化经济时代，在义乌的国际化战略中，尤其在资源约束日趋严峻的未来，带有明显的局限性。

义乌传统的拨浪鼓商业文化面临的挑战本身，已经预示了它的未来走向。首先，义乌传统的商业文化需要重建。浙江省工商局局长郑宇民指出，时代义乌"必须摆脱'亚当夏娃偷吃禁果'的原始性，再造适应国际一体化的秩序基因——建设人类共同的商业文明"①。如果我们没有理解错的话，建设人类共同的商业文明，就是要在充分吸收人类先进商业文明成果的基础上，重建义乌商业文化，使之对人类商业文明有所贡献。再造适应国际一体化的秩序基因，重建义乌商业文化，不能无视上述挑战。重建义乌商业文化，不是要抛弃义乌传统商业文化的精华，而是要根据国际化、法治化和文化化的要求，赋予其时代精神和新的内涵，使之转型和重生。其次，要使义乌的商业文化升华，使之走向更加全面的义乌文化。一个国际性商贸城市，需要自己独特的商业文化，但是仅有商业文化是远远不够的，还需要有更加全面的独特文化作为其基础和支撑，这就是义乌文化。

义乌是一个有着丰厚文化底蕴的城市，然而，无论这种底蕴有多么丰厚，也无论拿出多少证据来证明义乌人有文化，在外界的印象中，义乌还是一个暴发户的形象。这固然是一种偏见，但如果从积极的意义上来理解的话，却也可以从这种偏见中发现义乌的文化太"商业"了。这种太"商业"了的文化是义乌以往成功的优势，可能也是义乌走向未来成功的劣势。这正是我们强调应从片面的商

---

① 郑宇民：《得市场主体者得天下》，2006 年 6 月 6 日《浙江市场导报》。

业文化走向更加全面的义乌文化的原因。建设义乌文化，不仅是扭转义乌形象的需要，更是义乌未来发展的需要，应该使之成为义乌人普遍的文化自觉。

第二节 通往现代义乌文化之路

一 从义乌商业文化走向现代义乌文化势在必行

义乌文化，既不是一个新概念，也不是一个新事物。义乌文化早已经存在着，只不过是在商业文化主导下的存在，是一种碎片化的存在。透过义乌的商业文化，整理那些闪光的、充满人文精神的非商业文化碎片，就能发现义乌文化原来有着远比商业文化丰富和深刻得多的内涵。

（一）义乌商业文化只是义乌文化的主体部分而非全部内容

义乌文化是义乌人独特的生存方式，是义乌人应对自然环境、社会环境和人的精神世界变化的适应机制。义乌人独特的生存方式是商业。鸡毛换糖是义乌人最早的商业形式，但在相当长的历史时期内，这种以物易物的原始商业不过是义乌人以农耕为主的生存方式的一种补充而已。只有到了货郎担彻底放弃了土地，专职从事商业时，商业才能真正成为义乌人的生存方式。很显然，那是著名的"四个允许"之后的事情。土地（责任田）可以转包，农民可以经商，这是一个革命性的变化。从此大批农民放弃了土地，专门做起了生意，商业开始成为义乌人主导的生存方式。尽管并不是所有的义乌人都成了商人，但是商人却无可争议地成了占有绝对优势的多数。尽管义乌还有着规模庞大的工业，但是义乌的工业脱胎于商业、围绕着商业、离不开商业。因此，商业主宰着这座城市的经济，国际商贸城是这座城市的标志性建筑，"兴商建市"成为这座城市永不动摇的发展战略选择。商业作为义乌人独特的生存方式，这种独特性还显示在外部。不仅浙江省内和国内尚无义乌这样的城市，就是国际上也是罕见的。一位美国博士不经意间发现了义乌这个大洋彼岸的市场后，提出的疑问是为什么美国在工业文明初期，没有出现像义乌小商品市场这样的超大型专业市场？为什么在欧洲历史上也同样没有出现过？[①] 可见，尽管商业随处可见、到处都有，但唯独

---

① 参见屈伟祥《解读义乌商业文化》，《人民网信息导刊》2004 年第 17 期。

在义乌人那里成为独特的生存方式。套用尼葛洛庞蒂的话，义乌人是"商业化生存"的人。

既然义乌人是商业化生存的，那么义乌文化不就是商业文化吗？这话既对又不对。说它对，是因为义乌文化原本就是商业文化；说它不对，是因为商业文化并非义乌文化的全部，只不过是义乌文化的表层而已。不论是义乌人的商业意识，还是义乌人的商业精神，也不论是义乌人的商业理念，还是义乌人的经济价值观，这些都不是无源之水、无本之木。说到底，它们都是义乌人的理念和价值观在商业上的表现形式。因此，我们需要透过义乌商业文化的表层结构，深入到义乌文化的深层结构，来摸一摸义乌文化这个"大象"。

从经济学的角度看，所谓商业无非是从事贸易的行业，而贸易就是相互交换。所以，商业的经济学本质就是交换，它所体现的是物与物之间的关系。但是从哲学的角度来看，交换所体现的并不是用来交换的物与物之间的关系，而是以物为媒介的人与人之间的关系。这部分地因为物的使用价值和交换价值是人所赋予的，部分地因为物权的所有者是人，商业通过交换而实现的物的所有权的让渡，体现着人与人之间的物质利益关系，折射出交换者的人的观念。商业的哲学本质是人的观念，既包括对自己的观念，也包括对对方的观念。不同的人的观念，决定着不同的商业理念、商业价值观和商业行为。义乌人讲诚信、讲以义取利、讲不以利微而不为、讲敢为人先的冒险精神、讲包容等等，这些被解释为义乌商业文化的东西，背后所反映的就是义乌人的人的观念。对自己，相信自己是一个有价值的人，敢为人先的冒险精神、不以利微而不为的创业理念等所引导的商业行为，目的是为了实现自己的人的价值，成就自己作为人的可能性；对他人，像对待自己一样对待他人，认为他人是和自己一样的有着自己追求的人。表现在对顾客上，把客人当成"龙"，以义取利，讲诚信；表现在对生意伙伴上，讲究人赚钱的前提下我赚钱，人赚九我赚一，讲竞争，更讲合作。无论是对顾客，还是对生意伙伴，所要做的都是在为他人创造价值，为成就他人提供服务。但是，义乌并不把自己当作雷锋，而是把为他人创造价值、提供服务看成是实现自己利益和价值的途径。

义乌文化的深层结构是关于人的文化，它与义乌的拨浪鼓商业文化一起，构成义乌文化的有机整体。在两者的关系中，人的文化决定着商业文化，表现为商业文化；商业文化反映着人的文化，实现着人的文化。

（二）义乌文化的系统与表现

人的文化与商业文化构成的义乌文化整体是一个系统。在这个系统中，存在着四个基本要素，第一是义乌人的核心理念，第二是义乌人的基本价值观，第三是义乌的基本制度安排，第四是义乌人的行为方式。

作为义乌文化系统中的第一个基本要素，义乌人的核心理念是义乌文化的统领，是整个义乌文化的原点，整个义乌文化都是由这个核心理念出发生成的。义乌人的核心理念是：人应该尽一切努力实现自己的人生价值。每个地方的人都有实现自己人生价值的愿望，义乌人的独特之处并不在于有这个愿望，而在于要实现这个愿望的强烈程度和百折不挠的决心，以及不等、不靠、不要，而是通过自己努力去实现。

义乌人的基本价值观，是义乌文化系统中的第二个基本要素，它是由义乌人的核心理念派生出来的，是义乌制度安排和义乌人行为方式的基本价值指向。由于义乌人的核心理念是实现自我的价值，而这不能靠别人只能靠自己，所以决定着义乌人的基本价值观的第一条是：自己的利益是重要的。其表现就是"义乌人看'利'看得很重"，有着"蝇头小利不舍弃"的行商行为。但是，因为别人也和自己一样要实现他的自我价值，换位思考，不能因为自己的利益而损害他人的利益，相反，只有尊重他人利益，自己的利益才能更好地实现。因此，义乌人基本价值观的第二条是：他人的利益和自己的利益一样重要。其表现是义乌人坚信"骗人只能骗一次，不能骗一世"，"我要赚钱，不要让人家赔钱"，"只要我自己有钱赚，不管他人赚多少"。

义乌的基本制度安排（不包括基本政治制度，指义乌人能够自主安排的制度），是义乌文化的第三个基本要素，它以义乌人的基本价值观为价值指向，是义乌人核心理念和基本价值观的制度化，是实现义乌人价值的制度保障，同时也对义乌人的行为方式起着激励和规范的作用。义乌商城集团的制度设计、藏富于民的税制安排、在市场发展过程中的政府定位（导航者、驱航者和护航者）①、市场"信用监管模式"、商业文明建设的各项举措等等，就是这样的基本制度安排。

---

① 吴蔚荣：《市场发展过程中的政府定位》，载义乌市工商行政管理局编《商业文明》（专刊），第6~7页。

理念也好、价值观和制度也好，都是内在的，都要通过一定的载体才能表现出来，否则始终只能停留在观念中和纸面上。义乌文化的重要载体和外在表现形式之一，就是义乌人的行为方式，这也是义乌文化的第四个基本要素。义乌人的行为方式，是由义乌人的核心理念和基本价值观驱动的，同时也受到义乌基本制度安排的激励和规范。义乌文化的第二个重要载体和外在表现形式，是义乌人的行为。行为和行为方式不同，行为指的是做什么，行为方式指的是怎样做。如吃饭是行为，用筷子吃，还是用刀叉吃，则是吃的方式。行为不是文化，但行为表现文化。这不仅是因为行为一定要以某种行为方式才能进行，而且也是因为行为是一个人综合素质的外在表现和反映。就是说，可能存在着行为方式相同，但行为却仍存在质的差别的情况。如同样是用筷子吃饭，仍然有文明和不文明之别。义乌文化的第三个重要载体和外在表现形式，是义乌的外界形象。义乌的外界形象，指的是外部的人对义乌的综合看法和反映，它是义乌的文化整体与外部人的观念相互作用而形成的。因为外部的人通常不了解也很难全面地了解一个地方文化的全部，他往往是通过与他接触的"点"来了解该地文化的，而他的观念也可能是有问题的，这就决定了有时候外界的形象很可能是扭曲的，不是该地文化的真实反映。但是，如果一种歪曲的外界形象是一种普遍现象的话，那么就说明这其中一定存在着某种问题，通常应该从与外界接触最多的点去查找原因，如果不是的话，那就是说文化本身一定存在着某种严重缺陷。针对在外界形象中义乌不过是一个"暴发户"的普遍现象，就必须查找出问题的真正原因，对症下药加以解决，而不是简单地告诉外界义乌是一个文化底蕴深厚的城市。

（三）义乌文化的缺失与距离

作为一种地域文化，义乌文化应该具有鲜明的义乌特点，并能够体现义乌风格、具有义乌气派。应该说，形成这样的义乌文化的基本要素基本上已经具备了，现在的工作就是如何将这些要素加以整合，以形成一个有机的系统。不过，这并不意味着义乌文化的基本要素已经充分，也并不意味着义乌文化已如囊中之物唾手可得了。义乌文化还存在着重要缺失，义乌文化还任重道远。

义乌文化存在的第一个缺失，是忽视了社会。在义乌人的观念中，有对义乌人自己的观念，有对待顾客和生意伙伴的观念，但是对待社会的观念不清晰。在义乌商业文化的众多表述中，在义乌精神的征集中，提到与社会有关的很少。目前，我们所看到的资料中，还没有一个事例说明义乌的商人和企业是如何承担社会责任的。我们都知道义乌人非常重视环境，可是义乌商人和义乌企业又是如何保护环境的，宣传得不够。这不能不说是一个严重的缺失。义乌文化的第二个缺失，是忽视了外来打工者。这里讲的外来打工者，不是指的外来客商或客人，而是指在义乌工厂里打工的人。客人是龙，这些打工者是什么，还没有看到任何说明。事实上，这些人与那些客商同样重要。义乌文化的第三个缺失，是对已存在的人文精神的忽视。因为义乌太爱商业了，因此特别钟情于商业文化，即使偶尔提到义乌的人文精神，也自觉不自觉地将其与商业文化挂钩，或者给予商业文化的解释。

义乌文化存在的缺失表明，在义乌人的观念上，离义乌文化还存在着相当的距离。除了上述的缺失以外，还有两个观念上的问题需要解决。一是义乌文化的观念和义乌文化的自觉问题。就我们了解到的情况和掌握的资料显示，在目前义乌人的观念中，还没有清晰的义乌文化这样一个整体的观念，也没有形成要建设义乌文化这样一种文化自觉。二是商业文化与人的文化的关系问题。尽管俗语说在商言商，但是，言商却不必一定都全说商业文化。不可否认，商业文化对于义乌是极其重要的，但是，真正支撑起商业包括商业文化的却是商业文化背后的人文精神。真正的商业精神，一定是几乎没有商业味的人文精神。一位美国人说，没有娱乐不成其为商业，意思是说，商业要增加娱乐的元素才能兴旺。而我们要说，没有文化不成其为商业。因为只有真正文化支撑的商业才能持续繁荣。商业文化就如同企业文化一样，不过是一种管理技术，当然是一种重要的管理技术，甚至是核心竞争力。而文化则是人的生存方式，是人（当然包括商人在内）的精神世界。文化，对于义乌这样一个建在市场基础上的城市而言，尤其具有重要意义。

在文化建设实际方面，离义乌文化也存在着相当的距离。一是文化的地位和作用虚化。在表述上，对文化的地位和作用看得很重，特别是在解释上，在谈起义乌奇迹时，特别凸显文化的重要地位和作用。但是，在实践上，并没有形成一个有机的文化战略，更没有将文化上升到城市发展战略的高度来看待。其实，对于建设国际性商贸城市而言，文化不应该仅仅被归结到"社会的文明化"中起支撑作用，而应该与"经济国际化"一样成为核心。因为没有强大的文化吸引力、影响力和竞争力，国际性商贸城市是不可想象的。二是文化建设与义乌的经济发展水平和经济上的影响力不相称。义乌市领导也坦言，"义乌的文化建设相对滞后，对城市文化的开发、挖掘和利用还远远不够，与其它兄弟县市相比，义乌市还缺乏城市特色和个性。同时，一些干部和市民的思想观念与义乌目前的经济地位不相适应，他们的综合素质还不能满足建设国际性商贸城市的要求"①。三是居民的文化素质和文化消费水平偏低。2005 年，义乌农村平均每百个劳动力中，高中程度以上的只有 21 人，农村住户人均用于文教娱乐的总支出仅为111.59 元，其中还包括纸张、文具和其他用品及文教娱乐机电，真正用于书、报、杂志和文娱费的支出只有 20.02 元，而全年人均总支出却是 7321.73 元。城市居民文化消费水平同样不高，加上教育仅占年人均消费支出的 13% 以下，如果去掉教育可能只有个位数了，更令人忧虑的是，百分比并未显示出随着支出增加而增加的趋势，也就是说，并未显示出随着人均收入水平的增加而增加的趋势。② 这表明，义乌城市居民的文化消费意识还十分淡泊，文化消费动力不足。这种状况，与义乌市已提前进入现代化和小康社会的现实形成了强烈的反差。

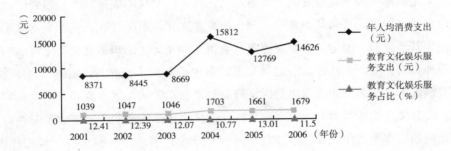

图 14 - 1　义乌城镇居民文化消费状况（2001 ~ 2005 年）

根据《义乌市统计年鉴 2006》数据整理，百分比数据为计算值，2006 年数据来源于义乌统计局。

二　通往义乌现代文化之路

我们清楚知道的一个事实，或者说，一个确定不移的趋势是，义乌已不再是一个小商品市场的代名词，而是一个正在崛起的以经营小商品市场为特色的国际性商贸城市。这样的一个城市需要有自己的文化，事实上，它已经创造并且正在

---

① 转引自屈传祥《解读义乌商业文化》，《人民网信息导刊》2004 年第 17 期。

② 数据来自义乌市统计局编《义乌市统计年鉴 2006》。

继续创造着这样的文化，这就是义乌文化。但是当前，义乌文化主要表现为义乌的商业文化，而义乌的商业文化却并没有充分展示出义乌文化的特点、气派和风格。建设义乌文化，首先必须破除义乌的商业文化就是义乌文化的观念。"观念是个总开关"，通往义乌文化之路，始于义乌人"义乌文化"的自觉。建设能够充分展示义乌特点、气派和风格的义乌文化，需要文化创新，需要义乌品牌的塑造，需要公共文化服务能力的提高和文化产业的发展。

（一）重视文化创新，推动义乌生存环境的改善

在根本上，文化创新是人类对生存环境挑战的适应方式。只要人类生存环境总是处于不断的变化之中，文化就始终需要创新。文化创新的成果，是诞生了与变化了的生存环境相适应的新的生存方式。这种新的生存方式，可能是与过去完全不同的全新的，但是在大多数情况下，新生存方式都是对原来生存方式的调整、补充和修改。义乌文化所展示的是当代义乌人的生存方式，而这样的生存方式总是潜藏在生存环境的变化之中。

建设义乌文化所需要的文化创新，首先必须从分析当代义乌人生存环境的变化入手。不要把创新神圣化、神秘化。其实，大多数成功的创新实际上都十分平凡，不过是积极地利用了内外环境出现的变化而已。事实上，是变化为创新提供了机遇，而创新就在于对这类变革可能提供给创新的机遇进行系统化的分析，从而有目的、有组织地寻求变革。比如，当年义乌那个著名的创新"四个允许"，事实上就是将与以往经验的"不一致"看作机遇，正是这种"赶也赶不走、割也割不掉、打也打不倒"的新经验的出现，才最终有了"四个允许"政策的出台。再比如，从当年的马路市场到今天的国际商贸城，市场的每一代发展，其实都是利用了小商品市场意外成功而进行创新的结果。系统分析义乌人今天生存环境变化所提供的每一个可能的创新机遇，适时进行创新，并加以系统化，义乌文化就将展现在世人的面前。

（二）重视义乌文化价值的传播，努力打造新义乌形象

整体的义乌形象，是由义乌人的形象和义乌城市的形象构成的。说到底，是义乌文化在人们（包括义乌人在内）头脑中形成的表象。尽管义乌形象会因人而异，但是，一个统一的、义乌人所期望的、能够准确反映和代表义乌文化的义乌形象，却具有相当的客观性。那种认为义乌就是一群没有文化的农民靠着买别人货、卖别人的或者模仿别人的货而发财的暴发户的歪曲的义乌形象，必须从根本上彻底改变。重塑义乌形象，就是要通过传播义乌价值、打造义乌品牌的途径，建设义乌文化。

打造新义乌形象，应从检讨义乌理念开始。最根本的理念，就是关于义乌存在价值的看法。也就是说，义乌到底为什么而存在。毫无疑问，义乌的存在是为义乌人的存在。但是，义乌的存在也是为浙江人的存在、为全国人的存在，甚至是为世界其他国家的人的存在。因为在义乌市场上，有1/3的货是义乌人之外的浙江人生产的，有1/3是浙江人之外的中国人生产的，而义乌市场上的商品已出口到世界212个国家和地区。因此，义乌是义乌人的义乌，是浙江人和全国人的义乌，也是世界其他国家人的义乌。对于义乌人而言，义乌是他们生活的家园，是他们生存、繁衍和发展的空间，是他们成就自我价值的根据地；对于义乌人以外的人而言，义乌是一个共有41个行业、1900多个大类、40多万种商品的真正的小商品的大市场，他们可以成为这个市场商品的生产者、销售者，更可能是这个市场商品的消费者。检讨义乌理念，就是要从义乌与义乌人、义乌与义乌以外的人的这种基本关系中，去追问义乌对于义乌人的根本价值，去追问义乌对于义乌人以外的浙江人、中国人和其他国家人的根本价值。我们掌握的现有资料显示，与这方面相关的义乌理念，主要还是"小商品海洋，购物者天堂"的说法。这种说法在一定程度上反映了现实，但过于表面化、片面化，无法充分展示义乌对于义乌人和其他人的价值。追问义乌价值，形成规范性说法，并以有效的方式加以传播，是重塑义乌形象的首要任务。

打造新义乌形象，要应用义乌理念重新构建义乌的视觉识别系统。义乌政府网站有一则公告，正在以4000元的价格征集网站的LOGO。看到这则公告，我们是既喜且忧。喜的是，形象的概念已经开始在义乌政府网站上受到重视；忧的是，义乌不应该有多个不同的LOGO。义乌只应该有一个统一的、能够很好传达义乌理念的LOGO。否则，义乌在世人心中的形象一定是混乱的、相互冲突的。义乌的视觉识别系统，大到义乌的LOGO、标准字和标准色，中到义乌建筑物风格、街道名称和指示系统，小到公文纸、信纸和信封等。对于义乌的视觉识别系统来说，最基本的要求是要做到统一、协调，其次是要有强烈的视觉冲击效果，给人印象深刻，使人过目不忘，最后是要有助于充分展示义乌的核心理念。

打造新义乌形象，还要着重构建义乌人的行为识别系统。义乌形象由义乌理念决定，因为一个好的理念让人震撼、令人感动；义乌形象要靠义乌的视觉识别系统来传达和识别，因为一个好的视觉识别系统能通过视觉的冲击和吸引强化理念的震撼和感动；但是归根到底，义乌形象却要靠义乌人的行为识别系统来表现和确证。因为再好的理念，再好的视觉识别系统，终究都是虚拟的，如果理念不能落实到行为中、并最终在行为识别系统中得以体现和贯彻，那么给人的感觉必定是"金玉其外、败絮其中"，令人有上当的感觉，使人鄙夷。在这种情况下所形成的形象，甚至还不如没有那个好的理念和好的视觉识别系统时的形象。因此，必须对构建义乌人的行为识别系统给予高度重视。构建行为识别系统，根本的是要在行为中体现和贯彻义乌理念。首先要在每一个接触点上，根据接触性质制定详细的行为规范；其次是待人接物时的用语文明、举止礼貌；最后是分层次逐步强化和实施。比如，对于政府公务员，应该统一行为规范，并强化实施；对于普遍市民，应该积极倡导和引导；对于经商户，可以在文明示范岗评选时增加相关内容，以充分发挥榜样的示范效应。

（三）加强公共文化建设，奠定义乌文化发展的长远基础

义乌文化是义乌人的文化，义乌人的文化素质和文化修养对于义乌文化的影响极大。进一步提高义乌人的文化素质和文化修养，是建设义乌文化的需要，更是义乌人全面自由发展的需要。义乌的经济发展水平与发展速度，义乌城镇和农村居民的文化消费意识和消费水平，决定了在义乌提高义乌人文化素质和文化修养的重要途径可能是加强公共文化建设。

义乌加强公共文化建设具有现实可能性。加强公共文化建设需要加大公共文化投入力度，义乌市有能力进一步提高公共文化服务支出水平。进入 21 世纪以来，义乌市地区生产总值一直以 13% 以上的速度高速增长，财政总收入的增长速度也在 17.9% 以上。持续高速的经济发展，特别是财政收入持续稳步的增加，为提高公共文化支出提供了可靠的财政基础，为加强公共文化建设提供了现实可能。

义乌加强公共文化建设极具必要性。首先，目前义乌人的文化消费意识和文化消费水平与义乌人的人均收入水平和支出水平不相称。从人均收入水平来看，义乌已达到中等发达国家的水平，但是，人均文化消费支出占人均消费总支出的比重却极低。2006 年义乌城镇居民的教育文化娱乐支出为 1679 元，仅高于衣着消费支出的 1548 元，还不及汽车消费支出的 1698 元。[①]虽然农村居民已显示出

---

① 数据来源：义乌统计局，载义乌资讯网，网址：http：//www.yiwu.org/blog/b650.htm。

旅游、休闲和娱乐的倾向，但是文化消费意识不强，消费水平仍然很低。在短时间内，提高居民的文化消费意识和消费水平十分困难。增加公共文化投入，培养居民的文化消费习惯，显得尤为必要。其次，义乌人的文化素质和文化修养并不是每个义乌人自己的事，而是关系到义乌未来发展的大事，具有非常明显的外部性。因此，加大财政支持力度，加强公共文化建设，通过多种途径切实提高居民的文化素质和文化修养，是政府的重要职能。再次，公共文化有助于展示义乌文化的风采，提升义乌形象。成体系的公共文化设施可以凸显城市的文化品位和文化风格，丰富多彩的文化活动能够展示义乌文化和义乌人的精神风貌，众多保护良好的物质和非物质文化遗产记载着义乌文化的起源、发展与传承。最后，将更多的财政资源用于加强公共文化建设，是提高义乌人幸福感的重要途径，更能彰显义乌文化对人的关怀及其强烈的人文精神。研究显示，人的幸福感与收入的增加有正相关关系，但是，当人们的生活水准超过了生理上的某个最低限度之后，他们的福利将更多地取决于一些非物质因素，例如人际关系及其人生哲学。在这种情况下，私人消费的进一步增加并不能提高人们的快乐程度，而公共支出对于社会福祉的贡献却大于私人支出。因此，有必要扩大公共支出。① 义乌已步入了这样的发展阶段，吃的再好、穿的再时尚、坐的汽车再高级，对幸福感的影响已经没有那么重要了，相反，公共文化很可能会大大提高人们的幸福感。所以，扩大公共文化支出十分必要。

加强公共文化建设，不能忽视外来人口，特别是常住外来人口及其中的知识工作者。就像一些发达国家的人口已无法满足经济发展的需要一样，义乌的经济发展未来在很大程度上要依靠外来移民。为外来人口提供公共文化服务，是义乌文化的要求，是义乌未来发展的需要。

（四）发展文化产业，以打造义乌文化品牌推动文化经济融合发展

发展文化产业，是建设义乌文化的另一个重要战略选择。新闻集团董事长兼首席执行官鲁伯特·默多克，在中央党校作过一场关于《文化产业的价值》的演讲，在演讲中，默多克指出，对于任何一个在21世纪的先进国家而言，一个强劲繁荣的传媒产业不仅仅是有利可图的，而是必不可少的。这是因为，一个国家的艺术和知识产品的价值，远远超过它们所带来的财政收入；它们是传播的原

---

① 参见黄有光《效率、公平与公共政策》，社会科学文献出版社，2003，第150～177页。

动力。一个国家的传播能力——分享它的历史遗产,表达它的智慧,以及在国内外交换特殊人才——才是保证这个国家能够进入连接着世界最强大国家的媒体网络。书籍、报纸、电影、杂志和电视,这些都远不止是闲暇的消遣;它们是一个民族参与世界范围伟大思想交流的必经之路。默多克认为,文化产业不仅具有巨大的经济价值,更具有非常重要的社会价值,它能够提高一个国家和民族的人力资本;能够从根本上持久地加强公民和社会的实力;能够对其所属的社会起到持续推动的作用。一个充分发展的传媒产业将在以下三个重要的方面作出突出成就:推进公众教育、增强民族团结、提升国家和民族在世界舞台上的地位。①

对于文化产业巨大的经济价值,义乌人有着异乎寻常的敏锐。一位记者这样描述,"在义乌人眼里,文化与生意的关系是对等的,甚至可以加个字,文化 = 好生意"②。义乌文博会证明了这一点。2006 年首届义乌文博会吸引了 102 个国家和地区的 3112 名外商,参加展会人数超过 5 万,成交额 13.6 亿元,其中外贸成交额 7.36 亿元,占成交总额的 54.1%。2007 年第二届文博会,577 家参展企业中,商品交易类展位占 80%,而去年这一数字只有 60%。目前,义乌拥有文化生产和经营单位 1 万余家,从业人员 30 万余名。文教体育用品、框画工艺品、年画挂历、印刷包装、制笔五大类文化产业占据主导地位,年生产销售额占全市文化产业总量的 2/3 以上,其中,年画挂历在全国市场占有率达到 70% 以上。义乌文化产业具有主体产业突出、产品种类繁多、生产贸易并举、出口增势强劲四大特点。③

正如 2007 年上半年的义乌文博会由去年的"文化产业"改成"文化产品"所显示的,义乌的文化产业基本上是制造业。尽管义乌已经建立了出版物中心,尽管义乌文化制造业中创意的贡献在增加,但是,从总体上看,义乌的文化产业并不是默多克所说的文化产业,还不能承担起推进公众教育、增强团结和提升义乌形象的真正价值。我们知道,要求义乌发展起具有巨大社会价值的文化产业是困难的,目前也是不现实的。然而,这并不意味着义乌只能发展文化制造业。义

---

① 鲁伯特·默多克:《文化产业的价值》,http://www.people.com.cn/GB/14677/22114/41180/41185/3015288.html。

② 李思婧:《三个"新义乌人"看义乌新文化产业足迹》,2007 年 4 月 28 日《每日商报》。

③ 参见叶海、周娜《专访义乌市市长吴蔚荣:义乌文化产业不断发展壮大》,2007 年 4 月 28 日《浙江在线》。

乌有着深厚的文化底蕴，有骆宾王、宗泽、朱丹溪、陈望道、冯雪峰、吴晗等一批文化名人，有美丽动人的乌伤传说，有众多物质和非物质文化遗产。义乌文化中的这些重要的资源，是提高今天义乌人素质、增强义乌人团结和自豪感以及提升义乌形象的宝贵财富。深入挖掘这些资源中深刻的义乌文化内涵，并以现代文化产业的形式加以表现、展示和展演，不仅是义乌公共文化建设的一个重要内容，也是发展义乌文化产业的一个重要任务。

发展义乌文化产业，不仅仅是为了经济上的价值，更是为了社会价值。发展义乌的文化产业，就是要在大力发展义乌文化产品制造业的同时，根据义乌的基础和条件，有选择地发展其他具有丰富文化内涵的文化产业门类。通过这些门类的文化产业的发展，满足义乌人日益增长的精神文化需要，传播义乌的价值，塑造义乌的品牌，进一步提升义乌的整体形象。

主要参考文献

（崇祯）《义乌县志》。

（康熙）《新修东阳县志》。

（宋）志磐法师：《佛祖统纪》。

（唐）道宣：《续高僧传》。

（万历）《义乌县志》。

（雍正）《浙江通志》。

（嘉庆）《义乌县志》。

《三国志·吴书》。

《史记》卷四十一《越王践世家》。

《史记正义》。

《宋会要辑稿·食货》。

《宋元学案》。

《光明日报》评论员：《科学理论的生动实践》，2006年6月19日《光明日报》。

《人民日报》评论员：《义乌经验的启示》，2006年7月11日《人民日报》。

王卫平、张锦春编《义乌——没有围墙的城市》，中国轻工业出版社，2000。

《义乌市发展社会主义市场经济文件材料汇编》（1979～1993）。

《义乌先哲遗书六种》共九卷，刊于1933～1935年间。

《义乌县志·佛教》，义乌县志编委会 1987 年修。

吴蔚荣：《市场发展过程中的政府定位》，载义乌市工商行政管理局编《商业文明》（专刊）。

吴蔚荣：《政府工作报告》，义乌市第十三届人民代表大会第一次会议，2007 年 2 月 7 日。

何美华：《在市政府第一次全体会议上的讲话》，2007 年 7 月 19 日。

C. A. 冯·皮尔森著《文化战略》，刘利圭等译，中国社会科学出版社，1992。

白小虎：《交换专业化与组织化的理论与历史考证——以义乌的"鸡毛换糖"、"敲糖帮"为例》，《中国经济史研究》2005 年第 1 期。

包伟民、王一胜：《义乌模式：从市镇经济到市场经济的历史考察》，《浙江社会科学》2005 年第 2 期。

陈邦贤：《中国医学史》，团结出版社，2006。

陈国灿、奚建华：《浙江古代城镇史》，安徽大学出版社，2003。

陈亮：《陈亮集》，中华书局，1974。

陈威主编《公共文化服务体系研究》，深圳报业集团出版社，2006。

陈寅恪：《金明馆丛稿初编》，上海古籍出版社，1980。

陈元金主编《义乌风俗志》，浙江省义乌县文化馆，1985。

程民生：《宋代地域经济》，河南大学出版社，1992。

程中原：《关于冯雪峰 1936～37 年在上海情况的新史料》，《新文学史料》1992 年第 4 期。

董平、刘宏章：《陈亮评传》，南京大学出版社，1996。

冯尔康主编《中国社会结构的演变·绪论》，河南人民出版社，1994。

冯志来：《傅大士》，载《义乌名人》，中国文史出版社，2000。

冯志来：《戚继光与义乌兵》，《义乌文史资料》第八辑。

冯志来：《勹水·於（乌）越城·义乌市》，《上海师范大学报》1999 年第 6 期。

傅键：《佛堂经济百年回眸》，浙江省义乌市博物馆，2000。

傅键：《义乌商业史略》，浙江省义乌市志编辑部，2002。

桂栖鹏、楼毅生等：《浙江通史·元代卷》，浙江人民出版社，2005。

胡琦：《义乌的"敲糖帮"》，《浙江文史资料选辑》第二十一辑。

华柯：《乌伤正义与乌伤国考》，载《义乌文史资料》第十三辑。

华柯：《义乌东阳古代蚕桑业与蚕俗考》，《义乌方志》2005 年第 2 期。

黄昌滉：《敲糖换鸡毛的演变》，《义乌方志》2003 年第 4 期。

黄乃斌、朱盛卿：《青枣史话》，《义乌文史资料》第一辑。

黄乃斌、朱盛卿：《火腿春秋》，《金华文史资料》第十五辑。

贾祥龙：《义乌与婺剧文化》，《婺剧概述》，《义乌文史资料》第十四辑。

江征帆：《重返义乌抗日根据地》，载《历代名人咏义乌》，《义乌丛书精选本》。

康寒：《义乌古代教育鸟瞰》，《义乌方志》2004 年第 3～4 期。

李纲：《梁溪集》卷一百七十五《建炎进退志总序二》。

李景源、张晓明主编《浙江经验与中国发展——科学发展观与和谐社会建设在浙江》（文化卷），社会科学文献出版社，2007。

李思婧：《三个"新义乌人"看义乌新文化产业足迹》，2007 年 4 月 28 日《每日商报》。

梁晓燕：《从青铜农具兵器看於越人的文化品格》，《东方博物》2004 年第 4 期。

林华东：《浙江通史·史前卷》之《总论》及《导论》，浙江人民出版社，2005。

刘石吉：《明清时代江南市镇研究》，中国社会科学出版社，1987。

刘文革：《二十世纪义乌教育概况的回忆》，《义乌文史资料》第一辑。

龙登高：《江南市场史——十一至十九世纪的变迁》，清华大学出版社，2003。

楼国华、吴蔚荣：《义乌丛书精选本·总序》，义乌丛书编纂委员会整理《义乌丛书精选本》卷首。

楼国华：《建设文化大市，打造人文义乌》，《义乌文化》2006 年第 1 期。

楼适夷：《诗人冯雪峰》，载《诗刊》1979 年第 7 期。

陆立军等著《义乌商圈》，浙江人民出版社，2006。

陆立军：《市场义乌——从鸡毛换糖到国际商贸》，浙江人民出版社，2006。

南怀瑾：《禅话》，中国世界语出版社，1994。

钱穆：《中国近三百年学术史》，商务印书馆，1997。

屈伟祥：《解读义乌商业文化》，人民网信息导刊2004年第17期。

施章岳：《义乌精神》，《义乌方志》2005年第1~4期。

滕复、徐吉军等编著《浙江文化史》，浙江人民出版社，1992。

滕复：《陈亮与浙江精神》，《浙江学刊》2005年第2期。

王熹校释、戚继光著《止止堂集》，中华书局，2001。

翁本忠：《浅述义乌民间艺术》，《义乌方志》2006年第3期。

翁本忠：《中国儒学义乌学系》，《义乌方志》2005年第3期。

义乌名人丛书编纂委员会编《义乌名人传》。

吴仁安：《明清江南望族与社会经济文化》，上海人民出版社，2001。

吴松等著《中国农商关系思想史纲》，云南大学出版社，2000。

吴翼龙：《义乌现代基础教育溯源》，《义乌方志》2004年第3~4期。

谢高华：《忆义乌小商品市场的兴起》，《小商品大市场——义乌中国小商品城创业者回忆》，浙江人民出版社，1997。

叶海、周娜：《专访义乌市市长吴蔚荣：义乌文化产业不断发展壮大》，浙江在线，2007年4月28日。

叶辉、严红枫：《文化的见识和强力——解读"义乌现象"的精神内核》，2006年6月20日《光明日报》。

叶建华、徐王婴：《拨浪鼓文化的昨天与明天》，2002年11月6日《浙江经济日报》第7版。

义乌稠城镇志编纂委员会编《义乌稠城镇志》。

义乌教育志编辑办公室：《义乌教育志》（2005年）。

义乌教育志编纂组编《义乌教育志》附录一，《义乌教育大事记》，1986。

义乌市博物馆：《乌伤遗珍》（2006年未刊稿）。

义乌市档案局编《义乌市小商品市场发展文件材料汇编》。

义乌市教育局：《浙江省首批教育强市——义乌市》（2006年）。

义乌市统计局：《2006年义乌市国民经济和社会发展统计公报》，www.ccmedu.com/。

义乌市文联编《天南海北义乌人》丛书之二，中国文联出版社，2004。

义乌市统计局编《义乌市统计年鉴2006》。

义乌市志编辑部编《义乌历史大事记》（2006 年）。

义乌县地名委员会编《义乌县地名志》，1984 年印。

义乌县志编纂委员会编《义乌县志》，浙江人民出版社，1987。

中共义乌市委、市政府：《统筹城乡经济社会发展，加快推进农业农村现代化》，2004 年 1 月 3 日《浙江日报》。

中共义乌市委宣传部编《开放的义乌》。

浙江省政协文史资料委员会编《小商品大市场——义乌中国小商品城创业者回忆》，浙江人民出版社，1997。

中共浙江省委、浙江省人民政府：《关于学习推广义乌发展经验的通知》，2006 年 5 月。

中国社会科学院浙江经验与中国发展研究课题组：《浙江经验与中国发展》，社会科学文献出版社，2007。

朱新海、王茂松：《义乌商会史（1906～1949）》，《义乌文史资料》第六辑。

朱新海：《解放前佛堂镇钱庄的兴衰》，《义乌文史资料》第三辑。

朱雪芳整理《义乌抗日武装革命文化活动概况》，《义乌文史资料》第五辑。

宗泽：《宗汝贤墓志铭》。

后　记

　　本书是中国社会科学院与义乌市合作完成的集体研究成果，是中国社会科学院与浙江省合作进行重大国情调研课题《浙江经验与中国发展》的姊妹篇，同时列为中国社会科学院与浙江省合作的重大国情调研项目。中国社会科学院常务副院长冷溶同志担任总顾问，并在百忙之中指导课题研究，撰写了序言。中国社会科学院原秘书长朱锦昌同志担任课题总协调，在课题立项、调研和进行过程中发挥了重要协调指导作用。根据义乌市的要求与中国社会科学院的安排，由课题执行主持人王延中负责提出课题设计与研究方案，具体负责课题研究。四个分课题组分别提出本篇具体写作提纲。经课题组集体讨论后，确定了全书的基本结构、研究思路、研究方法。课题组在实地调查基础上经过一年半的研究，完成了本书初稿。各章节初稿执笔人如下。第一章：倪鹏飞、钟宏武；第二章第一节：张冠梓，第二章第二节：徐平；第三章：李河；第四章、第五章：杨艳秋；第六章、第七章第一节和第二节：林存阳；第七章第三节和第四节：高翔；第八章、第九章第一节：张剑；第九章第二节和第三节：冷川；第十章、第十一章：陶国斌；第十二章：张晓明；第十三章：余涌；第十四章：贾旭东。各篇负责人对初稿审核修改后，将课题成果送义乌市征求意见。课题组根据义乌市提出的审读意见和复审意见进行了修改，最后由本书审稿组审定。参与审稿的除审稿组成员陈祖武、杨义、李景源、王延中外，还有徐平、高翔、陶国斌、余涌、张晓明等同志。

　　应当指出的是，本研究课题是根据时任义乌市长、现任市委书记吴蔚荣同志的提议设立的。在课题调研和写作过程中，吴蔚荣同志给予了大力支持和指导，并为本书撰写了序言。义乌市委宣传部、市政府办公室及市委、市政府各有关部门的领导和同志们对调研组的工作给予了大力协助。参与审定本书初稿的义乌市的领导与专家，提出了非常好的修改意见。在此，向他们表示衷心的感谢。同时要感谢社会科学文献出版社谢寿光、宋月华、魏小薇、孙以年、黄丹等同志为使本书早日面世付出的辛勤努力。从多学科的角度开展一个县域的文化发展历史与现状的集体研究，在中国社会科学院的历史上是第一次，在国内学术界也不多见。受资料、时间和学科角度等方面的制约，本书只能算是一个尝试，肯定还存在这样那样的问题或不当之处。敬请读者提出宝贵意见，便于将来修订时进一步完善。

课题组

2007 年 10 月

图书在版编目（CIP）数据

义乌发展之文化探源/中国社会科学院《义乌发展之文
化探源》课题组著. －北京：社会科学文献出版社，2007.10
　ISBN 978－7－80230－866－4

　Ⅰ. 义… Ⅱ. 中… Ⅲ. 文化史－研究－义乌市
Ⅳ. K295.53

　　中国版本图书馆 CIP 数据核字（2007）第 157719 号

义乌发展之文化探源

著　　者／中国社会科学院《义乌发展之文化探源》课题组

出 版 人／谢寿光
出 版 者／社会科学文献出版社
地　　址／北京市东城区先晓胡同 10 号
邮政编码／100005
网　　址／http://www.ssap.com.cn
网站支持／(010) 65269967
责任部门／编辑中心 (010) 65232637
电子信箱／bianjibu@ssap.cn
项目经理／宋月华
责任编辑／孙以年　黄　丹
责任校对／孙　鹏　乔　鹏
责任印制／盖永东

总 经 销／社会科学文献出版社发行部
　　　　　　(010) 65139961　65139963
经　　销／各地书店
读者服务／市场部 (010) 65285539
排　　版／北京中文天地文化艺术有限公司
印　　刷／北京季蜂印刷有限公司

开　　本／787×1092 毫米　1/16
印　　张／26.75
字　　数／441 千字
版　　次／2007 年 10 月第 1 版
印　　次／2007 年 10 月第 1 次印刷

书　　号／ISBN 978－7－80230－866－4/D·269
定　　价／55.00 元

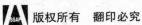